忠实丛书

陈忠实研究论集

上

冯希哲　张志昌　编

西安出版社

U0670049

图书在版编目（CIP）数据

陈忠实研究论集：上、下 / 冯希哲，张志昌编. —西安：
西安出版社，2020.6（2021.5重印）
（厚土忠实丛书）
ISBN 978-7-5541-4401-5

Ⅰ.①陈… Ⅱ.①冯… ②张… Ⅲ.①陈忠实
（1942-2016）—文学研究 —文集 Ⅳ.①I206.7-53

中国版本图书馆 CIP 数据核字（2020）第 071482 号

陈忠实研究论集：上、下
CHENZHONGSHI YANJIULUNJI SHANGXIA

编　　者：冯希哲　张志昌
出版发行：西安出版社
社　　址：西安市曲江新区雁南五路 1868 号影视演艺大厦 11 层
电　　话：（029）85253740
邮政编码：710061
印　　刷：永清县晔盛亚胶印有限公司
开　　本：787 毫米×1092 毫米　1/16
印　　张：60.25
字　　数：870 千字
版　　次：2020 年 6 月第 1 版
印　　次：2021 年 5 月第 2 次印刷
书　　号：ISBN 978-7-5541-4401-5
定　　价：158.00 元

目录
CONTENTS

1

三

四

五

六

七

一

韩伟 陈涌 白烨
朱言坤 费秉勋 王渭清
赵祖谟 朱寨 房伟 姚晓雷
邢小利 杨光祖 刘宁 冯望岳 祁小绒
王鹏 李震 徐刚 李建军 张国俊
王素 张勇 阎纲 王鹏程 杨晓歌
陈黎明 李云雷 李杨 冯希哲 王仲生 李兆虹 胡红英
林为进 常振家 李清霞 洪治纲 李遇春 吴进
李树军 段建军 雷达 裴雅琳 王晓音 孙豹隐 李晓卫 李星 魏李梅 洪水
薛迪之 张丽军 宋颖桃 蒋济永 王大鹏 郜元宝 温奉桥

关于陈忠实的创作

陈　涌

内容提要　在创作《白鹿原》之前，陈忠实大量的中短篇小说已经显示了他作为一个严肃的现实主义作家直面现实的艺术勇气和社会主义的思想倾向。《白鹿原》的创作，承继并发展了他的创作的这些现实主义特点，在表现中国农村宗法关系掩盖下的阶级关系的全部复杂性方面，在理解并显示中国革命斗争的长期性、复杂性和残酷性并提供发人深思的历史经验，揭示历史发展趋向方面，在刻画具有鲜明个性和深厚的社会生活内容的典型形象方面，都取得了突出的成就。作者某些主观观念上的缺失并不影响作品总体正确的思想倾向和深刻反映历史真实的艺术效果。

一

回顾陈忠实在写作《白鹿原》以前的作品，对理解《白鹿原》是有帮助的。因为陈忠实的创作有他一贯的特点。他在表现社会主义时期的农村生活的作品里，也和《白鹿原》一样着重注目于现实生活复杂的矛盾冲突，这些矛盾冲突，既有新中国成立后新的历史条件下产生的，也有历史上继承下来，表现为一种新旧交错的形态的；当陈忠实在经历过时间不短的创作生活，有了丰富的人生经验和艺术经验，再回过头去对旧中国进行考察，他对旧中国的复杂矛盾就会有更深的理解。《白鹿原》以前的众多的中篇和短篇，除了少数篇章是为《白鹿原》做准备的片段以外，处理的都是中华人民共和国成立后主要是 50 年代末以后社会主义时期的现实题材。这时中国人民渴望摆脱历史遗留下来的落后贫困，渴望尽快把中国建成一个繁荣富足的社会，但由于对社会主义革命和建设缺乏经验，党的领导离开了中国社会发展的客观规律，政治上一再出现失误，社会动荡不安。"反右斗争""反右倾机会主义""大跃进""四清"乃至"文革"，很大程度都是脱离中国实际，夸大阶级斗争，伤害了大批干部和群众，人为地造成干部和干部之间、群众和群众之间的矛盾，而不是在生产资料基本上完成了社会主义改造以后，把工作重心放在发展经济上面。陈忠实的中短篇小说对这一历史时期的复杂矛盾是没有回避的。我们已经看到，陈忠实的《白鹿原》突出的特点就是直面生活的矛盾冲突。《白鹿原》是表现旧中国的社会生活的，它和作者以前的中篇和短篇有不同的历史内容，但我们仍然可以找到二者思想和艺术追求上的共同点。

在《白鹿原》以前，陈忠实已经注意到，即使在新中国成立建立了社会主义制度以后，社会生活还有它的复杂性。一方面，社会主义思想广泛传播，新人不断出现；另一方面，旧的封建思想并未自动消亡。当我们许多人只注意到资产阶级思想在社会主义时期的危害性的时候，陈忠实却没有忘记封建传统思想仍然是我们前进的一种很大的阻力。而且，在 20 世纪 50 年代末以后，再加上由于政治上的失误所造成的过去所没有的新的矛盾冲突，情况就更为复杂，冲突就更为尖锐了。作为一个忠实于现实生活的作家，一个知道应该按照生活本来的面貌表现生活的作家，陈忠实无法回避迎面而来的现实的矛盾冲突，无法回避 50 年代末以后那些政治失误，在农村中，对社会主义事业、对干部和群众带来的损害。

在短篇《反省篇》里，一个公社的党委书记沉痛地反省了自己执行"左"的方针、政策的严重后果：

"二十多年来，我给农民办过不少好事，也办过不少瞎事；在好多时间里，我们是在整农民，而且一步紧过一步……

"从五九年下半年到六二年冬天，我的那个公社饿死过人，当时谁也不承认是饿死的，说是病。

"六五年夏天，我从渭北被派到咱们县来搞四清。我所在的那个公社二十九个大队，运动后保存下来一个支部书记，是为了体现政策的啊！其他干部、队长、会计，都一杆子打光了……

"四清刚毕，'文化革命'紧接上开战，刚上来的那一批干部又一齐倒台……我也靠边站了。

"七　年，我被宣布'解放'，调来河西学大寨，人批促人干，想人的干大的，割资本主义尾巴，限制自发倾向……"

接着，这位叫作梁志华的公社书记用更加沉重的心情做了这样一个总结：

"我们把农民身上的肉也割掉了，岂止'尾巴'！

"我干这些蠢事的时候，并不以为蠢啊！我是拼着命，没黑没夜地干，只怕落在别人后头。

"我砸了农民的锅，急急忙忙把他们赶进食堂；食堂大锅里吃光了，又把他们赶散伙。自己的动机和效果刚相反，然而毫不脸红！我们把农民干部培养起来，干了十几年工作，再把'漏划地主分子'的帽子给他们扣到头上，实行专政；农民多养了一只鸡，一窝蜂，也是阶级斗争……

"我们的农民太好了！尽管经过三番五次的折腾，我干了那么多瞎活，他们骂我，可我修的那个'丰收渠'，他们却不忘好处，还说我也吃了不少苦，只是惋惜我后来发昏发疯……"

这是一名真正的共产党员，真正的社会主义者对待问题的态度。作为一位作家，敢于正视现实的矛盾冲突，"如实描写，并不讳饰"。在精神上，在对待现实的态度上，陈忠实和梁志华是一致的。

50 年代末以后，中国几个重大的政治运动所出现的失常状态，在他的中篇和短篇里都通过具体的人物和事件得到反映。

这些作品，艺术上完成的程度并不一样，但整个说来都是经过自己独立的观察、体验，有真情实感，有许多篇章是有深度有独创性的。这些作品，以其现实主义的真实性，使读者感到仿佛置身在作者所表现的环境里，和作者一起体验当时纷纭复杂的生活和斗争，也带有作者进行创作时思想情绪的起伏变化。几十年来，包括打倒"四人帮"以来的新的历史时期，陈忠实《白鹿原》以前的作品，在一定意义上可以说是中国社会的政治变动、社会变动和人的精神变动的一面镜子。

现实主义在叙事文学中历来是占优势的，而现实主义的真实在美学上的认识价值又总是突出的。陈忠实从 20 世纪 70 年代发表小说开始，便一直是一个接续过去现实主义传统的作家，他还很少受到其他艺术方法的影响。人们在他的作品里，可以看到他所表现的历史时期，主要是中国农村的各种变动，各种人，各种矛盾冲突。可以并不夸张地认为，它教给我们的，正是只有现实主义文学才能提供的。这就证明，即使仅仅从认识生活这个意义来说，现实主义文学的巨大作用也是不可代替的。

二

在中篇《娥子老太》里，我们看到一幕中华人民共和国成立后一个农村妇女的悲剧。这个悲剧是在中国特殊的条件下产生的。一方面，中国推翻了旧的政权，建立了人民自己的政权，但人们传统的观念并没有也不可能和旧世界一起被埋葬。封建的伦理道德、男尊女卑一类的思想，仍像梦魇一样地压着人们的头脑。另一方面，我们的社会主义还远没有完善，领导上的主观主义也容易给人造成甚至是严重的创伤。一个被称为"娥子老太"的妇女的悲剧，便是在这种带着历史印记的矛盾冲突中产生的。

娥子老太从小父亲便死去，家里没有男劳力，当时还是个孩子的她便代替父亲参加田间劳动，这使她练得一身耕作的本领，男的能干的她都能干，在乡下的女子中是少有的。她长得难看，脸相像个长长的梆子，结婚后她没有生育，这就为自己的丈夫和家里公婆所歧视。这样的一个妇女，在中国传统观念很重的农村是很不幸的，她寂寞、痛苦，没有人同情和理解，这使她产生一种心理，希望村里能发现另外也不能生育的妇女，这样，自己就免于孤立。这事后来发生了一些误会，也引起了一些笑话，梆子老太便被人骂作"盼人穷"。她其实是一个并无恶意，而且对人还很善良很热心的人，由于心胸狭隘，也喜欢多嘴多舌，她便越孤立、苦闷，越来越不幸。而使她完全陷于悲剧的命运，以致孤寂地死去的是蔓延到农村的"左"的政治运动。梆子老太被工作组捕风捉影地认定是村里"睁着一只眼睡"，觉悟高、警惕性也高的人，她成了村里的"积极分子"。这样做就把这个本来并没受过什么政治教育的人，最后弄得几乎一无是处，人人生厌……

妇女，在封建传统观念根深蒂固的中国，是特别不幸的，即使在新中国成立以后，在社会主义环境下，特别是在农村，也还出现过梆子老太这样的悲剧。以后我们看到以旧中国守旧的农村生活为题材的《白鹿原》，全部最悲惨的命运大多数都集中在妇女身上。应该说，这一点在《梆子老太》中是已见端倪的。

中篇《蓝袍先生》描写新中国成立前一个坐馆教书的青年，新中国成立后被分配到新开办的教师训练班学习。这个青年刚刚脱下一身象征腐朽的封建束缚的"蓝袍"，开始意识到人应该有民主自由。但在1957年"大鸣大放"中仅仅对过去的一个同学、现在处于另外一个学校的领导岗位的党员提出"好大喜功"的批评，便被定为右派，便承受了以前不可想象的可悲的遭遇。这说明在社会主义条件下，实现真正的人民民主，也还要走相当长的曲折的道路。脱下蓝袍子以前的这个青年，确是受着封建思想的精神束缚，但现在，因为一句话便被推到敌人的位置上，成为专政的对象，那就连人身的自由也被剥夺，所受的凌辱更是过去所受的一般封建的束缚不能相比的。这部作品告诉我们，没有真正的人民民主，那些真诚正直的敢于说话的人会遭殃，而那些善于看风使舵、心术不正的人则飞扬跋扈、为所欲为。事实使人看到，脱离实际和脱离人民的决策和做法，和过去专制主义的封建时代的传统不是没有联系的。

《蓝袍先生》也写到一个贫苦农民，他的思想完全被封建阶级的信义观念所腐蚀。新中国成立前，他因为贫穷，为自己的女儿订下婚约，实际上是出卖了自己的女儿。新中国成立了，他仍然坚决要履行婚约，原因是他有一个信念，这就是"人而无信，不知其可也"。甚至他女儿的许多同学捐款帮他还债，他为了"守信"开始时仍然不愿接受。这个贫苦的老人，没有受过什么教育，却毫不反悔地忠实于封建阶级的传统道德，忠实于封建阶级的以普遍性的形式向人民进行欺骗的道德信条，死心塌地成为这些杀人不见血的精神屠刀下似乎虽死无悔的奴隶。

陈忠实的作品有助于我们重温马克思主义这个原理：上层建筑，在经济基础上一经创立，便有它相对的独立性，对于那些"高悬空际"的意识形态就更是这样。意识形态的变化并不一定随着经济基础的变化立刻变化。人们思想的变化通常是落后于他的地位的变化的。

中国的封建传统思想是十分强固的，在推翻了旧的政治上层建筑，改造了旧的经济基础以后，还会继续存在，在相当长的时期内还会继续成为人们的历史负担，它甚至还会渗入无产阶级革命队伍的肌体。有些革命了几十年，亲手推翻了旧制度的人，还会有旧思想在他身上作怪。如果我们看到这个事实，那么，对于还处于半封建半殖民地的旧中国来说，对于有过两千多年历史的封建思想，直到新中国成立以前，还是一种占绝对支配地位的思想，便没有什么可奇怪的了。

"文化大革命"，对人的摧残不只是肉体上的，影响更为深远的是心灵上的。这个谈不到任何理性的运动，使人的价值、人的尊严、人的才能、人的美好的理想都被践踏、被侮蔑、被摧毁，使人的本质异化。陈忠实在《珍珠》这个短篇里，以一个人的似乎平淡无奇的际遇，使人看到另一种人生的悲剧，看到一个有美好的理想的青年，在"文化大革命"

的恶劣的环境下美好的内心世界的沉没。这个叫珍珠的女学生，出生在父母都老实巴交的农民家庭，唯独她有一种吸引人的歌唱的天赋。在"文化大革命"中，她不愿意诬陷自己的老师，同时，拒绝和一个公社书记的二流子儿子结婚，为了生活，便成了一个吹鼓手。这是一种谁也看不起的专为丧事服务的行业，过去一个女的参加这类行业更是少见。但这时候的珍珠却坦然，说起来理直气壮："我才不管丢人不丢人，反正是凭出力唱戏挣钱"，"我不偷不抢，不贪污不受贿，我比那些人光荣！"这时候，她已经从一个天真的年轻的女学生，变成一个有两个孩子的三十多岁的母亲了，她说，"现在不比念书那阵儿了，要养娃娃，要过日子，要挣钱！"

悲剧就在于，这个本来有才能有理想有志气的青年，她的人生的理想和幻想，她的才能的真正意义在她心里已经消失，连她对自己的过去也不能理解，而且遗忘了。她似乎并不为此感到苦痛，占据着她的心的只是对人世的不平和对腐败现象的愤激。她已经变得很实际、平庸了。

作者在小说的结尾用小说中人物的口气说：

"我不想评论吹鼓手比贪污受贿到底光荣多少，却是深深感到，坐在我面前的珍珠，已经不是在我当班主任时候的那个珍珠了。"

这个短篇，不只用悲愤的心情控告了"文化大革命"，而且也提出了人的价值、人的尊严的问题，而在《初夏》这个中篇中，这个问题得到很好的很充分有力的展开。

三

《初夏》是一部优秀的中篇，表现的只是一个生产队，但从中可以比较完整地看到改革开放初期中国农村的面貌。这里有多种倾向和性格的人物，作品生动、真实，而且包含着一个至今还继续保持着它的重要意义的严肃的问题，这就是怎么看待人的价值、人的尊严，也就是人生观的问题。矛盾冲突便是环绕这个问题展开的。

人生观的问题，并不是新时期独有的问题。但是由于多种经济成分同时存在和发展，由于市场经济交换关系的特点，由于改革开放西方思想观念的引进，不可避免地在人们的头脑得到反映，也不可避免地出现意识形态的矛盾冲突，也使得人生观问题变得比以往任何时候都突出、都复杂了。在改革开放之初，陈忠实便敏锐地抓住这个新时期社会生活中更突出更有普遍性的问题。

《初夏》这部中篇使我们看到，在 80 年代，党在农村中开始实行承包责任制时，便已经出现人生观问题的分歧。承包责任制使多数农民和干部受到鼓舞，积极性有了很大的提高，他们感到在党的新的农业政策的指引下，今后在农村会大有作为；但也有一些人思想未能跟上。其中包括一些"老土改"，他们是土地改革中的积极分子，是新中国成立后党最早在农村中培养起来的党员干部，景藩老汉便是其中的一个。他是在他那个地区建立起第一个农业社的带头人。过去历尽艰辛，使农民把牲畜、土地集中起来进行集体生产，现在又承包到各家，在他看来，这是回到过去的单干。他感到他这个老支书以后无所作为了，产生了明显的失落感，而且他看到和他一样的"老土改"，尽管能力、作风、为人都不如他，现在却进城当了一个公司的经理，境况和继续留在村里的他大不相同。这使他不平，也使他产生自卑感，于是为自己的儿子进城工作"吃商品粮"而操心，和当了队长决心留在农村干一番事业的儿子也发生了矛盾，对村里的事开始冷淡，甚至不闻不问了。

显然，这个"老土改"本质上是忠实于党的，但知识水平不高，思想也有局限，在新的历史条件下遇到新问题，思想开始倾斜了。

在这个村子里，有一个民办女教师薛淑贤和一个参军的青年订婚了，结果这个叫马驹的青年不是在部队被提干，而是复员回乡，她便要解除婚约。

在同一个村里，还有一对青年，女的叫彩彩，是一个赤脚医生，她的父亲原来是一个大队长，在"四清"时被戴上"漏网地主分子"的帽子因而自杀，母亲改嫁，剩下她和奶奶两个人，在当时那个历史环境里，境遇会怎样悲惨是可想而知的。但正好同样有一个男青年叫冯文生，父亲被县地段医院开除，原因是当过国民党的军医，属于"国民党残渣余孽"，他本人也学了点医。一面是"地主分子"的女儿，一面是"国民党残渣余孽"的儿子，正是"门当户对"，他们也就有了婚约。

但后来，父亲平反了，冯文生也想法进城当了医生；"地主分子"也平了反，但女儿彩彩仍然留在村里。就这样，这个远走高飞、在城里吃"商品粮"的冯文生也提出和彩彩解除婚约。

城乡有巨大的差别是事实，到城里去落户，吃"商品粮"，成了农村许多青年追求的目标，也曾有过一些作品，把这种现象笼统地加以肯定，认为是一种进步的表现，把这些青年称作是"开拓型的青年"。

但和这些"开拓型的青年"相反，彩彩是一个真正有理想有志气有道德的好青年，这些恰巧是在她不幸的境遇中培养起来的。她的不幸没有把她压倒，而是使她冷静，使她理智，使她深沉，她所能够接触到的中国和外国的文学作品，也加深了她对社会人生的理解。她决心留在农村，继续做自己的医务工作，这并不是出于无奈，而是被她的人生忧患所熔铸成的对人生的意义和对人的价值人的尊严的理解，也就是对人生观的理解所决定的。

当马驹看到她因为自己的父亲的问题受尽种种痛苦，现在又被一个吃到"商品粮"的未婚夫所冷淡，便同情她，也为她难过。但她说：

"我不苦。我爸爸得到平反，我也跟任何青年一样平等了，这就够了。我说过，我给乡亲们看病打针，不是个无用的人，这也就满足了。我能看出来，你是同情我过去遭遇不好，又丢了文生这样的婚姻。你错了。我不想让别人总是用同情的眼光盯我，用同情的眼光和我说话。我现在生活得很好，很自由，也很畅快。"

这里并没有不着边际的豪言壮语，也没有做作的激情，但正是这个经历过人生忧患的少女，比她周围许多人都更理解什么是真正的人的价值和人的尊严。她认定自己"不是无用的人"，"在充满自信心和自豪感的同时，还蕴含着一种令人对她更加敬重的谦抑"。

11

在爱情的问题上，彩彩也带有一种高尚的诗意的性质。她本来和马驹就是相爱的。他们从小就在一起。父亲成了"四不清"的"地主分子"以后，为马驹着想，她有意在他参军以后和自己并没有什么感情的冯文生订婚，马驹以为她真爱冯文生，所以原谅她，在她面前总是说冯文生好。当冯文生明确表示要和她解除婚约时，他还想去劝说冯文生。他们两个人的关系被作者描写得真挚、细腻、动人。不同心理的两个人都体验着一种真正的爱情，一种能够做出自我牺牲的爱情，一种纯洁的爱情。作者这样描述彩彩对马驹的爱："她喜欢他，无论他是军人，无论他是农民，她都喜欢，她喜欢他这个人，而不是像那个势利眼的民办教员，只喜欢他的军官头衔。"这种爱情和她对人生观的理解，对人的价值、人的尊严的理解是联系在一起的。

《初夏》也写到一个叫来娃的矮子，"他矮小得简直像个怪物，他过去只干一样活儿——在村边田地里吆赶啄食庄稼的猪羊和鸡鸭"，甚至被认为是一个混工分的废物。他的劳动能力虽然受到身体的限制，但其实是很有自尊和自信，很愿意做好适合自己的工作的。马驹当了队长以后，他提出到饲养场喂牛，其时队里正好从远地买回了一些做种牛用的良种"秦川牛"。副队长牛娃不放心，反对，竟说出这样伤人的话："我敢说——头种牛，比他来娃值钱。"

这话被来娃听到了，他怒气冲冲地说：

"牛娃队长，你说话那么欺人！我是冯家滩三队队员，你值多少钱，我也值多少钱！

"'好马驹兄弟！'来娃带着深重的感情说，'我种地有困难，俺老婆说叫他娘家人来帮收帮种，我心里难受，不想拖累亲戚。咋哩？咱是冯家滩三队社员呀！眼下虽说地分了，牛分了，各家自奔前程哩！可我想，共产党在冯家滩的支部没有撤销嘛！难道就闭眼不管咱这号困难户了吗？你说让队里给我帮工，还说对我家按'五保户'照顾，我给俺哑巴老婆说，看看，党对咱有安排哩！可我又想，我也是个人，为啥要旁人照顾呢？我不要别人可怜我，我能干喂牛这活儿嘛！只要集体给我安排一个我能干的活儿，我凭自己的劳动过日月，谁也不用斜眼瞅我！……"

这个外形丑陋的矮人，有着怎样比金子还宝贵的心啊！"我也是个人！""我不要别人可怜我！"这和彩彩说的"我不是无用的人""我讨厌同情！"是多么接近、多么神似啊！他们都热望用自己诚实的劳动为社会主义的集体做出自己的贡献，哪怕只是微末的贡献；但他们是真正懂得什么才是真正人的价值和人的尊严的人。那些只知道"吃商品粮香"的薛淑贤们、冯文生们，简直渺小到等于无物！

四

彩彩是一个正在成长的社会主义的新人，从这样的人身上，也可以看到我们的人民，我们民族的希望，看到社会主义事业可靠的力量和光明的未来。即使像来娃这样其貌不扬的残疾人，在社会主义社会里，也能激发出他的自尊心和自信心，引发他参与共同的人民事业的光和热。

同样重要的是，我们从《白鹿原》以前陈忠实的大量作品里，看到一个个我们很难忘怀的共产党员形象，但他们不是那种登高一呼应者云集的英雄，他们大都是在过去"左"的指导思想支配下，在极困难极严酷的考验中显示出自己高尚纯正的思想品格的。

恐怕在生活中，很少有比田老七的事迹更令人难以想象也更令人激动的了。他早就是一个大队的支部书记，也是从农村土改到合作化最早的带头人中的一个，仅仅因为国民党时代逃壮丁，家里没劳力农忙时雇过短工，到"四清"便被定为"富农分子"，从此一个人在队里做着最脏的挑稀粪的活。到了"路线思想教育宣传队"进村时，队里的干部又被整得七零八落、死去活来，被宣传队专门指定的生产队长在宣传队走后也撂挑，不愿再干，副队长自知能力薄弱，眼看生产会受严重影响，真是一筹莫展。但正是在这种情况下，"富农分子"田老七，每次向副队长兼治保委员交所谓"思想汇报材料"的时候，总是另外夹了一张字条，内容是对农村生产当务之急的建议，"思想汇报材料"是过去那位宣传长规定要按时写的，田老七不忍眼看队里的生产垮掉，才利用交汇报的机会偷偷提出自己的建议，副队长正是在这样连续不断的建议帮助下，使队里生产上了轨道，而且成了受表扬的榜样。但队里的生产暗地受到"富农"的指导，当然是不能让人知道的，这事甚至连年轻副队长自己也感到迷惑："他忍受政治上的压力和人格上的屈辱，心里怎样想啊？每月逢十，给我带来思想汇报材料的时候，里面肯定夹着一绺或长或短的纸儿，心里想的又是什么呢？"

这个副队长和"富农分子"之间的秘密终于被原来那个"路线教育宣传队"发现了，引起了轩然大波。这篇作品情节奇特，却突出地表现这样的一名共产党员，他不以在革命队伍里个人的遭遇来决定自己对革命的态度，有什么比这种真正献身的精神更能说明一名真正共产党员的品质呢？而且也只有真正理解党和党所领导的革命和建设的事业的作家，才有可能用蘸满感情的笔来描画这些人的形象的。

从他的创作成果可以看到，陈忠实在写作《白鹿原》以前，就是一个社会主义作家，他那时候已经具备一个社会主义作家的鲜明的思想立场，他已经遵循艺术必须真实的规律进行创作。他的艺术实践证实他并不缺少直面现实生活的矛盾冲突的勇气，哪怕这些矛盾冲突是十分尖锐的，不是每一个作家都敢于接近的。这是一个真正的社会主义作家应有的勇气。

陈忠实《白鹿原》以前的作品，使人们清楚地看到，50年代末以后，党在政治上的失误所造成的后果是严重的，但陈忠实不但没有因为党曾经有过哪怕是十分严重的政治失误而怀疑和否定党本身，而且相反，正如我们所看到的，他以与批评党的政治失误同样真诚的态度赞美真正的共产党人，歌颂在党的思想影响下的社会主义新人，他们即使在极复杂极令人困惑的现实面前都没有迷失方向。在他的作品里，你不会遇到任何悲观失望的情绪，也发现不了什么幻灭感和失落感，而这类情绪和情感，在"文化大革命"以后，在中国社会主义事业遭受到严重挫折以后，在中国的知识分子和中国的作家中，并不是罕见的。

一方面是直面现实生活的矛盾冲突，为了艺术真实，哪怕这种矛盾冲突带着浓重的苦味，也决不回避，决不让步；另一方面，又保持自己清醒的分析头脑，看取社会历史发展的方向。陈忠实在《白鹿原》以前已经明白并露出来的特点，在《白鹿原》里得到了继续发展。

五

但并不是一切好的作品都一目了然，人们都很容易达到一致的理解。事实是，有许多时候，一部好的作品，因为表现现实的复杂的矛盾，如果再加上作者本身也存在着矛盾，而且这种主观观念上的矛盾在他的作品里也得到反映，问题就会变得更复杂。《堂吉诃德》《哈姆雷特》《静静的顿河》，对它们的理解便一直存在着分歧。不久前，中国说是要上演根据《堂吉诃德》改编的舞剧或歌剧，报刊上的介绍，还把堂吉诃德这个人物认定为只是一个可笑的人物。但80年代访问过西班牙的丁宁，在马德里的一个广场上看到耸立的堂吉诃德的铜像，丁宁告诉我们，"堂吉诃德不是正史名人，但是，西班牙人民却以最大的骄傲，把他视为历史的不朽形象，竖立在首都的广场上"，而且她还说"瞻仰这位悲壮的英雄，丝毫不为他的形象和行为感到可笑，我只觉得他非常壮美"（《堂吉诃德的故乡》）。

这是一个时间较近的例子。由此也可以断定，堂吉诃德是一个复杂的存在着矛盾的形象。如果这个人物仅仅是一个可笑的形象，他有可能几百年来一直不断地激动千千万万人的心吗？在他的故乡能够专门为一个可笑的人物竖一个铜像吗？

社会历史生活本来就是复杂的矛盾的，在新旧斗争特别激烈的时期，在社会历史的过渡时期、转折时期就更是这样。一个忠实于生活的作家，一个要求真实地反映生活、按照生活本来的面貌反映生活的作家，他就不会回避，而是直面生活中复杂的矛盾。这是每一位真正的艺术家应走的道路。这是一条会遇到种种抵抗、种种阻力的艰难的道路。走这条道路的作家，也难免会有失误，会有颠踬，会遇到意想不到的问题。通向生活真理、通向艺术真实的道路向来不会像北京东西长安街那样笔直平坦。我们也应该这样来观察《白鹿原》和它的作者陈忠实。

陈忠实的《白鹿原》给我们描绘了一个什么样的图景呢？它是否真实，是否具有典型的特点呢？

我们从这部作品集中表现的一个小小的白鹿村也可以看到，反动的国家政权，以血缘为纽带的宗法关系做基础的族权，和传统的意识形态——封建的纲常名教相结合，成为压迫人民的强大的工具，给人民带来深重的灾难。辛亥革命只听到一点风声，自然谈不上解决这里需要解决的问题。给这里的穷苦人民带来新的希望的大革命也惨重地失败了。但革命的火种并未熄灭，也不会熄灭，只是还没有成为燎原大火。反动的黑暗势力是强大的，而穷苦人民的力量还小，他们还不觉悟。因此斗争是艰难复杂的。这就是作者给我们描绘出来的白鹿村的图景最简单的概括。人们可以说，这也是整个白鹿原的。除了当时已经被人民掌握了政权的少数红色地区，白鹿原可说是当时中国的一个缩影，一个艺术上真实的典型的表现。

在白鹿村以至整个白鹿原，反动的国家政权，为了进行反革命战争，越来越苛酷地征粮、征税、征丁，直接威胁人民的生存，使他们陷入走投无路的困境，这是每一个人都容易感觉得到的。但是几千年继承下来的封建思想，主要是封建的伦理道德观念，对人民进行精神统治的严重后果，却不是很多人都看到、都能认识清楚的。这种封建伦理道德紧紧地钳制着人民的头脑，从孩子一生下来吸吮母亲的奶汁开始，人们便开始接受这种传统观念的影响，它麻痹、败坏被压迫阶级的阶级意识，使他们麻木、驯顺，安于自己被压迫的地位；而以血缘为纽带的宗法关系，又用一种含情脉脉的面纱掩盖着现实的阶级关系。所有这些，组成一种强大的压迫人民的物质的和精神的手段。这就是新中国成立前的旧中国长久存在的现实。白鹿原可说是具体而微的旧中国这种现实的缩影。尽管这个白鹿原地区被认为是比较先进的地区，是一个"共产党的老窝"，全县第一个共产党员就出在原上，全县头一个共产党的支部就出在原上。尽管从第一次大革命开始，这里便有过群众的革命发动，但群众基础还是薄弱的，而且随着大革命的失败，这里也和全国一样，革命走向低潮。虽然党已经成为一种不可扑灭的力量，但在一个很长的时期里，大多数人相信传统观念超过了相信共产党。尽管鹿兆鹏这个共产党人，无论在政治上、在道义上、在个人的人格力量上，都不是朱先生这种儒者可比的，但人们还是相信朱先生超过相信鹿兆鹏。不论这个事实多么残酷，给我们带来多么痛苦的感情，我们都不能不承认这是事实，在中国过去相当长的一个历史时期是典型的事实。

正是这个敌强我弱的形势决定了，不只是白鹿原白鹿村，而且整个中国过去都曾经有过一个极端痛苦的黑暗时期，也就是鲁迅所说的"路正长，夜也正长"的时期。主要着眼于中国这样一个历史时期社会复杂的矛盾冲突，而且能够做到"如实描写，并无讳饰"的文学作品，《白鹿原》即使不是第一部，也是其中突出的一部。陈忠实以一个清醒的现实主义作家，真实地突出地表现了白鹿原这个地区现实关系和革命斗争的复杂性。

也许有人会提出反驳：不是说哪里有压迫，哪里便有反抗么？中华民族和中国人民是爱好自由的，是不甘受压迫、反抗压迫的，这有过去许多次规模巨大的农民反抗斗争做证，现在怎么又把人民描写成这样落后、这样不觉悟呢？是的，你所提出的本来是毛泽东也说过的原理，有它根本的正确性，但社会生活总是充满矛盾的。压迫阶级对人民的压迫，也使人愚昧、驯服。特别是在专制主义强大的中国，还有两千多年延续下来的为封建阶级服务的儒家思想、封建伦理道德，它成了对人民进行精神奴役的强固的枷锁。因此，历史的发展并不是康庄大道，它总是曲折的。如果我们只是直线性地理解前面所说的根本正确的原理，那么，中国革命的胜利会是轻而易举，中国革命的进程，便只见一路鲜花，革命人民只要高歌猛进就是了。事实上，中国革命正如毛泽东的论断，是长期的、复杂的、残酷的。历史的辩证法给我们昭示的恰好是充满痛苦充满矛盾冲突的事实。如果说，过去在这个问题上，我们有些革命作家也常常免不了只知道图解一些最根本的观念而忘记了现实，那么，在这个问题上，陈忠实是更忠实于生活，更符合一个作家应该真实地反映生活、按照生活本来的面貌反映生活这个文学创作的根本要求的。

六

"吃人的礼教！"五四时期这个有如晴天霹雳的对中国封建思想的指控，又重现于以旧中国的社会生活为题材的《白鹿原》，而且问题被表现得更具体、更透彻、更触目惊心了。

只要看田小娥这个最平常的妇女一生的经历，便可以知道封建礼教对中国人民压迫深重的程度，而中国的妇女，又总是这种压迫最可悲的牺牲品。

田小娥出生在一个读书人的家庭，样子长得不错，大约也可说是小家碧玉，但做了年纪已过七十的郭举人的小妾，在大妇的严厉的监管下，过着毫无欢乐的卑微委屈的日子。她后来和鹿三的儿子——在郭举人家当雇工的黑娃有了爱情关系。这种关系，当然为封建礼教所不容。

尽管小娥开始在黑娃身上仅仅是追求性爱，但在当时的环境下，这本身也包含着对封建伦理道德的反抗，和"存天理，灭人欲"的封建义理是背道而驰的。以后小娥和黑娃的关系便逐渐增加了精神的因素，成为一种真正互相依恋的爱情，一种真正的人的需要，以至只要能够摆脱被奴役、被贱视的婢妾的地位，她甘愿和黑娃一起过贫苦的自由的生活，但这种微末的愿望也不能实现。

因为在中国第一次大革命到来时，在小村子里，黑娃当过农协主席，小娥当过妇女主任，革命失败后黑娃逃亡在外，留在村里的小娥成了一个完全孤苦无告、生活无着的人，她所受到的迫害，所遭遇的凌辱，不是生活在中国的黑暗、腐败、守旧的封建宗法统治的农村，不是亲历其境的人，是很难想象的。田小娥遭受完一个女人在旧中国所能遭受的一切痛苦、一切凌辱和损害以后，是被她心爱的黑娃的父亲亲手杀死的。

小娥事先是没有料到自己会突然被刺杀的，更不会想到刺杀她的竟是自己心爱的黑娃的父亲。正是他在她背后刺杀她那一刹那，她"猛然回过头来，双手撑住炕边，惊异而又凄婉地叫了一声'啊……大呀……'"。这是小娥在人世间最后的呼喊，是她生命的最后一刻的绝叫。它使人战栗，它震撼每一个有道德感的读者的心灵，也使鹿三原来封建的道德意识开始破裂，使他以后走向精神崩溃。

小娥这个封建制度的牺牲品，在封建伦理道德神圣的名义下被凌辱与被损害着，她的死，归因于她被认为异端的微末的爱情。鹿三本来应该说是她的阿公，在中国人的习惯中是和自己的父亲一样的，小娥没有忘记这点。但她直到生命的最后一刻，都没有权利把他看成自己的亲人，而且，她恰好死于这个她本来希望能够认作自己亲人的人的手下。这是怎样的伦理道德呢？这种吃人的伦理道德怎么会两千多年来一直被认为是神圣不可侵犯的呢？

小娥在既惊异、惊恐，又绝望、凄婉的"啊……大呀……"的绝叫中结束了自己短暂的一生。这个绝望蕴藏着的悲剧，不只是她小娥一个人的。

田小娥是又一个祥林嫂。她们出身不同，性格不同，经历不同，但她们悲惨的命运，实质上是相同的。在新中国成立前，和她们有着同样命运的妇女何止千万。时过境迁，现在已颇有些人对"吃人的礼教"的控诉表示异议了。但是，一个还有正常的道德感的人，我想，面对田小娥悲惨的命运，不但不感到灵魂受伤，甚至无动于衷，是很困难的。

正是这个"啊……大呀……"的绝叫，惊醒了鹿三内心深处潜在的人性意识，这种人性意识，过去为纲常名教所闭锁、所淹没，但并未泯灭，现在被小娥的绝叫惊醒了，于是出现了鹿三的封建伦理道德和良心同自发的人性人道意识的激烈的冲突，使他开始精神失常，发生小娥常常出现在他面前的幻觉，以致后来"鬼魂附身"——阴间的小娥借阳间的鹿三出现，诉说自己的冤屈。这就使这个牺牲在封建礼教屠刀下的中国妇女的悲剧有了更加峻烈的性质。

值得我们深思的是，田小娥虽然直接死于鹿三的梭镖的利刃之下，但是自从她和黑娃结合以后，为白鹿村众人所不齿、所孤立，这也已经预示了这个女人以后悲惨的遭遇。

封建的伦理思想和宗法关系紧密结合，两千多年来，成了统治中国农村、钳制人民命运的强固的手段。可悲的是，封建阶级的统治思想已经渗透进人民的肌体，使他们承受了封建阶级的阶级偏见。小娥这个孤苦无告、从未挣到过一个人的价值的女人，得不到同情，得不到理解，在这个白鹿村里，没有她的地位，没有她的被承认的生存的权利。传统的封建观念是这样强大，这样可怕。保守势力支配了大多数。她在多数人心中成了"淫乱者"，成了"烂女人""婊子"。农民的不觉悟实际上也就成了封建主义有力的支柱。恩格斯在《法德农民问题》中的论断，在东方，在中国得到更加有力的证实。

七

鹿三这个人物的典型意义就在于，他说明持续两千多年的封建传统思想对人民的精神统治的深度。值得深思的是，这不是一个简单的卑劣的奴才，不是一个完全失去独立人格会说话的工具，这是一个有自尊自信的正直诚实的劳动者，他忠实于自己的主子，相信现存的主仆关系的合理性，但这是他的一种观念、一种认识，他并没有对主子淫媚、没有奴颜媚骨的表现。但在我们看来，问题的严重性正在这里。

奴才毕竟只是奴才，奴才毕竟只是少数，现在的事情是封建统治阶级的统治思想渗透到普遍劳动人民身上，成为他们自己的思想。问题的复杂性就在于，在我们这个东方古国，真实的阶级关系往往为含情脉脉的以血缘为纽带的宗法关系所掩盖。鹿三的主子白嘉轩也并不把鹿三看作只是一个奴才或者奴仆，而是看作一个同宗，看作是自己家里的一个

"非正式的，但是不可或缺的"成员。白嘉轩总是叫鹿三作"三哥"，叮嘱自己的儿子叫他"三叔"，当鹿三发觉白嘉轩的大儿子白孝文和小娥有了败坏族规门风的关系时，忍不住扇了白孝文两巴掌。在这时候，鹿三只想到自己是长辈，而不是被雇的长工。鹿三平常并不过问白嘉轩的家事，但遇到全家商议问题的时候，白嘉轩总要请鹿三参加，而且请他坐一个尊贵的座位。信奉"耕读传家"的白嘉轩一家几个男子都是和鹿三一起劳动的。陈忠实一再描写白嘉轩和鹿三一起劳动，着意表现他们那种互相协调、关注的简直像田园诗一样的关系。我们看看白嘉轩，被土匪打断了腰，伤治好养好以后，重新和鹿三一起耕地的情景：

"当鹿三再犁过一遭在地头回犁勒调犍牛的时候，白嘉轩扔了拐杖，一把抓住犁把儿一手夺过鞭子，说：'三哥，你抽袋烟去！'鹿三嘴里大声憋气地嘀嗒着：'天短球得转不了几个来回就黑咧！'最后还是无奈放下了鞭子和犁杖，很不情愿地蹲下来摸烟包。他瞧着白嘉轩把犁尖插进垄沟一声吆喝，连忙奔上前抓住犁杖：'嘉轩，你不敢犁地，你的腰……'白嘉轩拨开他的手，又一声吆喝：'得儿起！'犍牛拖着犁铧朝前走了。白嘉轩转过脸对鹿三大声说：'我想试一下！'鹿三手里攥着尚未装进烟末的烟袋跟着嘉轩并排儿走着，担心万一有个闪失。白嘉轩很不喜悦地说：'你跟在我旁边我不舒服。你走开你去抽你的烟！'鹿三无奈停住脚步，眼睛紧紧瞅着渐渐融进霞光里的白嘉轩，还攥着空烟袋记不起来装烟。"

一个雇工，对自己受伤初愈的主子的关怀简直像对自己的亲人一样，他专注到手里拿着烟袋忘记了装烟，这真是传神之笔。但由此也可以看到，这是一种不寻常的主仆关系。

我们当代文学还很少有过鹿三这种典型人物，很少有过这种田园诗式的主仆关系的描写。也许有人认为这是对劳动人民的歪曲，但如果我们也考虑到封建伦理政治在中国人民中的支配并不是没有成效的，并不是可以视而不见的，那么，鹿三的精神状态，白嘉轩和他这种含情脉脉的主仆关系，正是东方特有的一种"儒效"。现在东方的许多国家不是也在谈论"儒家资本主义"的优越性么？西方资本主义国家遭遇困境的时候，这种"东方的精神文明"不是正受到关注受到赞叹么？调和阶级矛盾的"仁政""德治"，与此有关的传统的儒家伦理政治哲学，一直是治人者的一种理想。

深受封建伦理道德这种"东方精神文明"熏陶的鹿三，也是因为坚决维护这种"东方精神文明"才亲手杀害小娥的。这事情说明封建礼教、封建伦理道德的残忍，说明它的反人性、反人道主义的性质。

鹿三杀死小娥以后出现了精神失常，以致后来陷于精神崩溃，这个情节在作品里表现得令人震惊，也是令人感到凄怆的。鹿三的变化对完成这个人物的性格，对表达作家对儒家封建道德的态度，都是十分重要的。

八

"修身齐家治国平天下"，是儒家的基本的伦理政治哲学，也是它政治上的基本路线。不论是儒家或新儒家，老新儒家或现代新儒家，他们都是忌讳阶级斗争，不赞成用革命方法解决中国问题的。有的甚至认为中国人太穷，连阶级也不存在，梁漱溟便有这种看法。

1938年，梁漱溟去过一次延安，他自说是为了看看国共两党建立了抗日民族统一战线以后，共产党是否"真心放弃阶级斗争"。其实中国共产党从来不曾表示过"放弃阶级斗争"，当然不会有真假的问题，梁氏这样说，不过是他的愿望的反映罢了。对现代新儒家如何评价，也还是一个问题，但直到后来，还有几个新儒家，共同发表过表达自己的思想观点的宣言，把1949年中国革命的胜利看作是中国的灾难，这清楚不过地说明他们对中国革命道路的态度。

《白鹿原》有两个重要人物都是坚持儒家思想，对传统的儒家伦理道德身体力行，除了白嘉轩，还有一个叫朱先生。朱先生把白鹿原比作一个烤锅盔的鏊子，共产党和国民党都争夺这个鏊子，总而言之，都是把老百姓放在鏊子上烤，后来又出现了土匪，在他看来，更成了三种人争夺鳖子，而遭殃的却是老百姓。

我们看：

"'噢！这下是三家子争着一个鳖子啦！'朱先生超然地说，'原先两家子争一个鳖子，已经煎得满原都是人肉味儿；而今再添一家子来煎，这鳖子成了抢手货忙不过来了。'"

在朱先生看来，国共两党，国民党主张"天下为公"，共产党主张"天下为共"，这就像一个在卖荞面，一个卖饸饹一样，不过是"大同小异"，为什么不合起来呢？他们的斗争，不过是"争占集市"。朱先生说这些话，正是在国民党反动派叛变了革命的时候。这也就是认为共产党和国民党的斗争，不过是争权夺利的斗争，并无是非之分，并不是革命和反革命的斗争，因此被他称作"窝里咬"。

比较起来，朱先生的同情实际是在共产党方面，这不是因为他同情共产党的信仰，而是国民党实在太黑暗腐败。这个懂得历史的儒者后来也看出了共产党领导的革命会取得胜利，他不得不承认事实。

如果说，朱先生是白鹿原代表儒家思想的精神领袖，那么，白嘉轩主要是这种思想的实践者，也可说是白鹿原儒家封建伦理道德的一个多少理想化了的活的样板。他是白鹿村的族长，是一个小地主。他留恋据说过去封建时代老百姓只纳"皇粮"的"仁政"，为了抗拒辛亥革命以后军阀官僚的苛税，他愤然串联附近一些村子的农民向县政府"交农"——也就是一齐上交农具，实行罢耕。这是一次群众性的示威。为这事，他和村学老师徐先生的对话是很有意思的。白嘉轩说："你是知书识礼的读书人，你说，这样算不算犯上作乱？算不算不忠不孝？"徐先生回答："不算！对明君要尊，对昏君要反，尊明君是忠，反昏君是大忠！"白嘉轩又说："徐先生，这事由我担承，任死任活不连累你。"徐先生说："什么话！君子取义必舍生。既敢为之亦敢当之。"

看来他们都遵奉早期儒家的民本思想。他们两人都带着杀身成仁、舍生取义的凛然正气倡导这次和穷苦人民切身利益相关的正义行动。这表明早期儒家思想珍贵的民主性的一面，也为白鹿原的儒者所承传了。

这次行动，白嘉轩因为受到反动势力的阻碍未能亲自参加，但本来性格平和的鹿三也受到群情的感染、激发，毅然站出来。这次示威是以县长被迫妥协，老百姓胜利结束的。事后，白嘉轩称赞鹿三说："你是人！"

这使人看到白嘉轩也有过人文精神的闪光，这正是这个人物的思想的最高点，自此以后，这个最高点他便再也没有达到过了。

白嘉轩也和朱先生一样认为张扬儒道是"治国之根本"，当白鹿村以至整个白鹿原都刮起"风搅雪"的革命风浪的时候，他不闻不问，有意躲在家里守着轧花机拼命劳动。大革命失败后，田福贤这个极端反动的总乡约（联保主任之类）对参加过革命行动的人进行残酷的阶级报复，他只想到带领别人修补被黑娃他们砸碎的"乡约"的石刻和"仁义白鹿村"这块被他看作无上光荣的碑石，这块碑石是过去一个县太爷为了对白鹿村的"民风淳厚"表示嘉奖而赠送的。他对革命和反革命两方面都表示冷漠、无视，他和朱先生都坚持儒家封建伦理道德，而且又都确实能够身体力行。可以说，他们都奉行"内圣外王"这种儒家理想，这容易博得人们的同情和赞誉，而忽略了他们思想的阶级本质。

九

我们当然应该这样说，如果把白嘉轩和鹿子霖相比，那么就个人品质来说，"学为好人"的白嘉轩和阴险毒辣、好色之徒的鹿子霖是不同的。但在阶级社会里，总是要从阶级关系、从每个人在阶级斗争中所处的地位、所起的作用来观察问题的。这样，白嘉轩和鹿子霖这两个地主分子就很难说谁比谁更好，甚至我们更应该说，身为族长，盘踞在白鹿村，有至高无上的权力，又是封建主义思想、封建主义秩序的坚决卫士的白嘉轩有更坏的作用。这种作用是鹿子霖代替不了的。

阶级斗争是按照自己本来的规律进行的，不是个人的意志、愿望可以左右的。即使是反动阶级的代表人物，就个人的品质来说，也是各种各样的，不能简单地认为置身于反动营垒的人，或者他的言行实际上起了反动的作用的人，都一定是品质恶劣的人。如果陈忠实把他笔下站在革命对立面，或者成为革命阻力的人物，都一律写成简单的丑角，那他就不是一个立足在生活基础上、忠实于生活的作家了。当然，说阶级斗争是不以人的意志为转移的，并不意味着可以用这个唯物主义原理替历史上的罪人、历史上人民的敌人辩护，为他们推卸个人的责任。

不论白嘉轩平常对人多么仁慈、宽厚，但他是决不容许人触犯封建传统的，对违反白鹿村乡约、族规的人一律坚决处以残酷的肉刑，连同他自己的亲生儿子也不例外。是的，白嘉轩没有为自己残害过什么人，他也憎恶小娥，但小娥是鹿三杀死的，鹿三是她的亲人、她的公公。但坚决维护封建阶级纲常名教长期对鹿三实施言传身教的白嘉轩难道就能不负什么责任？虽说白嘉轩也表示过不赞成鹿三亲自杀死小娥，但没有白嘉轩连同他父亲两代人对鹿三的思想影响，也不会有小娥最后一幕悲剧。鹿三本人何尝不也是一个受害者？我们责备他愚忠，却更憎恨使他成为它的牺牲者的封建的纲常名教。

小娥整个短促的一生，都是不幸的。她的悲剧是封建阶级的纲常名教造成的。而小娥不过是两千多年来无以计数的封建社会牺牲品中的一个。看到这种血迹斑斑的事实，读者怎么能不引起愤激的感情？对于贯彻儒家封建伦理道德可以说不遗余力的白嘉轩这类人，又怎么能为他的"学为好人"所迷惑，对他表示宽容？这就正如列宁所说的：

"决定论思想确定人类行为的必然性，推翻所谓意志自由的荒唐的神话。但毫不消灭人的理性，人的良心，以及对人的行为的评价，恰好相反，只有根据决定论的观点，才能做出严格正确的评价，而不致把一切都任意推到自由意志的身上。"（《什么是"人民之友"以及他们如何攻击社会民主党人？》）

列宁这个思想，使我们清楚地认识到在社会生活中，客观的必然规律和人的意志、动机、愿望之间的对立统一的关系。一个和现实生活有深刻联系的作家，是可能通过自己的实践达到这种认识的，但掌握列宁这个问题的思想，大有助于我们认识人的活动规律，认识人和社会关系的多样性、丰富性，而避免走向唯心主义和机械论的片面性。

在这个问题上，我以为陈忠实在白嘉轩这个人物身上留下太多的温情，太多的温厚，甚至令人感到他对这个人物有一种禁不住的向往和赞赏。他令人感到他赞赏这个人物和鹿三的田园诗一样的关系，他对他这个雇工简直无微不至地关怀，他对其他穷人异常大方地周济，甚至黑娃打断了他的腰骨，鹿子霖使计坑害了他的儿子白孝文，他也并不深究，不但不报复，而且对鹿子霖后来的落难，还立刻想法营救，这真是犯而不校，不念旧恶，不为已甚，以德报怨……中国传统道德都相当完备了。

但这些"美德"，除了不致根本损害自己阶级利益的部分，封建阶级对被压迫人民，实际上是办不到的。在尔虞我诈、你争我夺的封建阶级内部至少也很难完全办到。被压迫人民对压迫犯而不校，不念旧恶，不为已甚，以德报怨，不是美德，而且恰好相反，是违背他们应有的道德标准的。

毫无疑问，儒家的伦理道德思想也有合理的成分，例如关于修身——人的自我修养的问题，他们也提出了一些普遍适用的合理要求；在社会共同生活中的人际关系方面，也总结一些经验，提出一些合理的、一般的、共同的准则，这都是应该加以鉴别、筛选、改造、吸收的。我们建设社会主义的伦理道德不能离开过去的历史遗产，也包括儒家这方面的遗产。

但不应忘记，儒家思想，从根本上说，是封建阶级的意识形态，是为封建阶级服务的，伦理道德思想也并没有例外。

《白鹿原》的现实主义力量之强大，在很大程度上就在于他对封建的伦理道德、封建的纲常名教的揭露比许多别的作家都更深刻，对封建伦理道德、封建纲常名教给人民造成的苦痛，对它麻痹、腐蚀、瓦解人民的革命意识，以致成了人民觉醒的严重阻力等等，他在这些方面比许多别的作家表现出更强烈更激动人心的义愤和憎恨，他的批判的声音比许多别的作家更深沉、更激烈。

但同时在对待儒家封建伦理道德的问题上，我们看到作者态度模糊、软弱的一面。

在白鹿原上，在意识形态领域里，主要就存在着以鹿兆鹏为代表的革命思想和朱先生、白嘉轩为代表的"学为好人"的儒家思想的斗争。这两种思想，本质上是对立的，不能调和的。

<h1 style="text-align:center">十</h1>

儒家封建伦理道德思想的本质，它对人的毒害能够达到什么程度，从黑娃"学为好人"的变化来看，也大有助于回答这个问题。

黑娃在县保卫团当了营长，和一个也懂点文墨的秀才女儿结婚，过着富裕的心满意足的生活，于是也想到读书，决心拜朱先生为师。这是他和朱先生相见时的对话：

"鹿兆谦求见先生。"

"你是何人？求我有啥事体？"

"鄙人鹿兆谦，先前为匪，现在是保安团炮营营长。想拜先生为师念书。"

"我都不念书了，你还想念书？"

"兆谦闯荡半生，混账半生，糊涂半生，现在想念书求知活得明白，做个好人。"

这里我们惊异地看到黑娃的激变，看到他把过去自己的所作所为都一笔勾销，决定重新"做个好人"。这正是儒者朱先生所要求的，以后黑娃每天早起诵读《论语》。"中国古代先圣先贤们的镂骨铭心的哲理"，一层一层自外至里陶冶着这个桀骜不驯的"土匪坏子"。

和黑娃同时的朱先生的弟子中还有鹿兆鹏、鹿兆海等等，他们都各走各的道路，没有真正成为朱先生的忠实好弟子，特别是成为共产党人的鹿兆鹏，从儒者朱先生的观点看，简直成了叛逆。只有黑娃和他们不同。连朱先生也承认："想不到我的弟子中真求学问的竟是个土匪坏子。"

黑娃后来自己要求回乡祭祖，见到白嘉轩时第一句话便说："黑娃知罪了。"黑娃祭祖时激动得哭喊，声泪俱下："不孝男兆谦（黑娃的官名）跪拜祖宗膝下，洗心革面学为好人，乞祖宗宽容。"这场祭祖的活剧演出过后，黑娃后来看到过去曾被自己砸碎现在重新嵌镶的"乡约"，顿然想起作为农协总部的这个祠堂里所发生过的一切，愧疚得难以抬头，"那断裂拼凑的碑文铸就了他的羞耻"。

以后我们还看到他和他的新夫人一起在白鹿村跪拜诸多长辈。

这次祭祖之行，和他过去的所作所为对照对照，简直判若两人，这都是接受了"中国古代先圣先贤"教育的结果，也就是"儒效"。他已经成为儒术的俘虏，这个曾经对旧世界反叛的贫苦农民，现在激起强烈的忏悔意识，果然从桀骜不驯变为温良驯顺。作者在这里是用同情和赞赏的态度来表现黑娃这种变化的；我们的作家显然把事情理想化了，不论从正面和反面来看，都把儒家提倡的"修身"的效力太夸大了。黑娃的变化太急促了，令人完全看不到变化的合理的过程。我们的作家本来是遵循现实主义的要求，忠实于生活，按照生活的本来面貌表现生活的，但在这里我们却看到黑娃成了作者的观念的化身，成了儒家心目中的理想的人格化。在这里，作者主观观念的缺失损害了他的现实主义，削弱了现实主义的艺术说服力。

十一

还有一个问题，也容易受到读者和评论界非议，这就是作者写到革命失败后，变节投降的人不少。看来，作者写到这些变节投降的现象，也是服从他的要表现革命斗争的复杂性的需要的。既然作者在表现斗争的复杂性时，并没有忘记社会历史的总趋势，这些变节投降现象的出现，也不过是革命前进激流前面的一些沙石，改变不了革命激流的走向。陈忠实的作品，尽管写了不少现实生活的消极面，却没有给人什么阴暗的感觉。原因在于他是站在历史发展的高度，也是在历史发展过程中观察这些消极现象的。

在革命前进过程中，革命队伍总是多数人在前进，但也有人落伍，有人动摇，有人变节投降。但整个队伍还是不断壮大、纯洁，这是不难理解的革命运动的规律。在革命力量遭受严重挫折，革命进入低潮，而且后来的事实证明，由于敌我力量的悬殊未能很快改变，中国自大革命失败后便进入一个茫茫的长夜，处于极端黑暗痛苦的时期。在白鹿原我们也看到，这个时期反动势力疯狂地反攻倒算，有人壮烈牺牲，也有人在反动势力的逼迫下悔过认罪，这类事实是不必讳言的。但同时我们也看到正是在这极险恶的时候，党的活动并未泯灭，并未停息，不但以鹿兆鹏为代表的党的领导人并未离开白鹿原，而且黑娃他们还曾经潜入黑云压顶的白鹿村，为牺牲的贺老大的坟茔挂起引魂幡，真可谓胆大包天，足见革命的地火还在燃烧，还在运行，革命的希望不会熄灭，革命的人民是不死的。

别的作者处理同类的题材，是很少有过对革命低潮到来以后，原来革命地区的动态，像陈忠实那样敢于如实描写，并无讳饰但又没有给人阴暗的感觉的。

我们有些作者，往往宁走抵抗较小的道路，宁可避免表现这类容易引起疑惑的现象。但一个真正的艺术家，为了生活和艺术的真实，是应该有勇气面对现实生活中哪怕是令人感到痛苦的复杂现象的。目的是让人知道革命的艰难复杂，这对锻炼我们的革命意志和提高认识生活的能力，是有好处的。

《白鹿原》正面人物不太多，反面的人物或者和革命疏远、在革命和反革命的对峙中保持中间状态的人物占了优势，这和作品的主题思想有联系。一部作品，是否真实地反映现实，是否具有社会主义精神，关键不在这里。那种认为无产阶级作品必须突出正面人物，突出英雄人物，突出主要英雄人物，其他人物都只能是铺垫的论调，大概陈忠实没有领教过，但并不因此他就不是社会主义作家，他的作品就不是社会主义作品。

如果要说《白鹿原》的主要英雄人物，那么鹿兆鹏就是主要英雄人物。但这个人物在作品里也不是主要人物，比起白嘉轩、鹿子霖来，对

陈忠实研究论集（上）

他着墨不算太多,却是有声有色的。他组织烧粮仓,和黑娃几次谈话,做黑娃工作,为了他的弟弟和白灵思想的分歧做工作,他和国民党内右派分子进行针锋相对但又有理有利有节的斗争,都生动地显示出这个人干练、坚持革命的原则立场,而又平易、灵活。虽然他还年青,但已经使人看到,他是一个已经成熟的共产党人。他的出现,他的行动,都使人深信无论在政治上、在道义上、在个人的人格力量上,都高出于其他人物之上,这是前面也提到过的。

这部作品,尽管反动势力、群众的落后的观念和习惯占优势,革命力量暂时还没有成为一种决定因素,但作者许多地方用虚中见实的方法,使人觉得革命的声威无处不在。

作品提到这样一件事,是在新中国成立前夕,一个"老老诚诚的庄稼汉"去买药,那是袭击联保所时受了伤的游击队员所需要的,这使白嘉轩大为吃惊:"像这个亲戚一样的庄稼汉,直戳戳走到联保所,谁也认不出他是共产党!据此你就根本摸不清,这原上究竟有多少共产党……"

就这样,充分地理解现实斗争的复杂性,理解中国革命斗争的长期性、复杂性和残酷性这个特点,但又同样清楚地看到中国历史发展的趋向。尽管陈忠实在探索中国社会关系和社会斗争的过程中,也出现了自己主观认识上的一些问题,但他整体思想倾向的正确是应该肯定的,他的这部作品,深刻地反映新中国成立前中国的现实的真实是主要的。

[本文引用的作品:《白鹿原》,1993年6月第1版(同年10月第6次印刷),人民文学出版社;《陈忠实自选集》中篇小说卷、短篇小说卷,1996年1月第1版第1次印刷,华夏出版社。]

(《文学评论》1998年第3期)

论陈忠实的创作道路与文学地位

邢小利

摘　要　陈忠实的创作道路大致可以分为四个时期。代表作《白鹿原》实现了创作上的重大跨越以至超越，堪称一部史诗般的巨作。陈忠实是描写农民生活、农村社会和乡村文化的高手。陈忠实既不属于传统意义上的文人，也不属于现代意义上的知识分子。陈忠实的创作道路、身份变化与新中国的文艺政策、文学体制密切相关。当把文学当作终生事业孜孜以求的时候，陈忠实努力从理性高度自觉反思自己的思想观念、思维方式和文学观念。经历了听命与顺随、反思与寻找、蜕变与完成的三级跳跃，陈忠实走过了从没有自我到寻找自我并最后完成自我的漫长过程，从而成为一个具有时代文学标志性和代表性的大作家。

关键词　陈忠实　当代文学　乡村　反思　自我

一、陈忠实的创作道路

陈忠实的创作道路大致可以分为四个时期。

第一时期，从"文革"前到"文革"结束（1965—1978）。这一个时期又可分为两个阶段。第一个阶段是模仿性的习作期，尚缺乏文学的自觉。陈忠实喜爱文学始于初中,初中三年级时在"诗歌大跃进"的时代氛围影响下,习作了不少诗歌,1958年11月4日《西安日报》发表了其中的一首《钢、粮颂》。1962年回乡当了小学民请教师,立志从事创作,以文学为人生希望,意欲以此改变命运,同时亦以文学作为困境生活中的精神安慰。从1965年到1966年4月,在《西安晚报》发表散文5篇、故事1篇、诗歌1首、快板书1篇。这些带有习作痕迹的作品的创作和发表,一方面为他带来喜悦和希望,另一方面又使他受染于时代的生活气息和文学观念,开始了与时代的"合唱"。第二个阶段是"文革"后期,从1973年11月在《陕西文艺》第3期上头条发表生平第一个短篇小说《接班以后》亮相文坛,至1976年在《人民文学》第3期小说栏目头条发表短篇小说《无畏》,四年间连续发表的4个短篇小说,均在当时文坛和读者中引起较大反响。《接班以后》《高家兄弟》《公社书记》和《无畏》4个短篇小说,单从形象塑造、结构和语言等技术层面来看,都显得较为成熟,可以看作是陈忠实在文学创作道路上跃升为比较自觉时期的作品。创作和发表这几个短篇小说时,陈忠实三十岁出头,由民请教师身份转为国家正式干部不久,不仅在人民公社的工作热情积极,业余的文学创作也有一种期望不断向前的激情。这一阶段的小说写作,其基本内容和人物塑造明显受到了当时意识形态和文艺政策的影响。内容的一个重点就是农村复杂的阶级斗争尤其是无产阶级和资产阶级两条路线的对抗,其主题最后往往归结于一个核心问题即围绕政治权力的斗争。这些小说着力塑造普通人中的英雄人物特别是青年英雄人物形象。

第二时期,大约从1979年到1986年。这一个时期的创作特点,大致可以概括为从追踪政治与人的关系到探寻文化与人的关系。

这一个历史阶段的中国文学主流的变化,是从伤痕文学、反思文学、改革文学到"85新潮"的现代派文学、先锋文学、女性文学和寻根文学的后浪逐前浪,不断出新。陈忠实因1976年发表与"走资派"做斗争的短篇《无畏》受到工作和生活冲击,历经两年多的苦闷和反思,重新拿起笔,一方面继续沿着他所熟悉的政治与人的创作思路进行创作,另一方面也不断关注当时的文学思潮并受其影响，开始了缓慢而深刻的创作转型。1978年春天，陈忠实在灞河筑堤工地上，读到了刘心武的短篇小说《班主任》。这篇小说以大胆触及时代给人带来的人格和心灵伤害而呈现出的全新文学视境，给陈忠实以极大震动。他由此敏锐地感觉到：文学创作可以当作事业来干的时候终于到来了①。《信任》（1979年）是陈忠实这一时期的一篇代表作，展现时代发生巨大转变时如何对待过去的矛盾和问题。小说在当时普遍写历次政治运动给人心留下的深重"伤痕"的时代文学风潮中，另辟蹊径，表达了要化解矛盾、克服内伤、团结一心向前看的主题。

中篇小说《初夏》于1983年写成，它在陈忠实的创作中既是一个里程碑，又是一个重要的过渡。所谓里程碑，是说这是他的第一部中篇；所谓重要过渡，是说这部小说既有以往写作的惯性延伸，如注重塑造新人，又有新的社会问题的发现和强烈的现实关怀。作品写改革开放初期一个家庭父与子的故事，主要人物颇有时代的典型意义和相当的思想深度，反映了作者对于生活的敏感。但是，陈忠实这时的艺术思维，因十七年文学影响所形成的心理定式尚未完全冲破，还习惯给人物涂上或浓或淡的先进与落后的政治色彩，笔下自觉不自觉地对人物进行着高尚与低下的道德人格评判。《初夏》和短篇小说《枣林曲》《丁字路口》等，都把青年人进城与留乡的行为选择、为公与谋私的个人打算作为衡量、评价人物的一个标尺，而且往往还表明了这样的基本认识：农村的贫穷，主要是因为没有或缺乏好干部的领导。所以，他在多篇小说中着力塑造好干部的形象，他们差不多都与《初夏》中的乡村"新人"冯马驹近似：年轻，党员，公而忘私，舍弃个人利益，一心扑在集体事业上，既肯吃苦，脑子也灵活，最终成为农村走共同富裕之路的带路人或榜样。由此表明，塑造不同时期农村好干部的新人形象，成为陈忠实这一时期创作中的一个顽强的思维定式。这样一来，作者所塑造的人物性格，特别是

---

① 陈忠实：《关键一步的转折》北京：作家出版社，2012年，第54页。

陈忠实研究论集 上

33

作者心目中的"新人"形象，都有着或浓或淡的某种既定概念的影子，人往往只是表达概念的工具，而不是艺术的目的，人物的性格因此缺乏丰富性和复杂性。这在一定程度上反映了作者艺术思维的简单化。

《初夏》的艰难写作以及这一历史时期诸多社会和思想的变化引发了陈忠实的文学反思，他后来称之为思想和艺术的"剥离"。陈忠实于1982年创作了中篇小说《康家小院》，开始关注文化与人的内在关系。孕育这部中篇，至少受到两个外部因素的影响：一是1981年夏，他去曲阜参观孔府、孔庙和孔林时，对文化与人的关系深有感触；二是读了路遥的《人生》，其人生主题的厚重、人物性格的真实准确和艺术表现力的不同凡响，使他深受触动、震撼，由此开始深入思考文学如何写人。《康家小院》在写真实的人物及其命运的过程中，触及了文化与人的关系这一重大命题。小说主人公吴玉贤本不识字，学了一点文化后开了眼界，由文化的觉醒引起"人"的觉醒，觉醒之后试图改变自己的生活，却引起了无法调和的生活冲突。吴玉贤在痛苦的人生矛盾中开始反省，逐渐对生活有了新的觉悟。吴玉贤的悲剧是双重的：没有文化的悲剧和文化觉醒之后又无法实现觉醒了的文化的悲剧。

这种关于文化与人的创作探索，表现在陈忠实这一时期的许多作品中。创作于1985年夏秋之季的《蓝袍先生》，突出展现文化观念对人的行为的影响，特别是传统礼教与政治文化对人的束缚。创作于1986年夏天的中篇小说《四妹子》，写陕北女子嫁到关中后的生活和命运，是陈忠实第一次从地域文化对人物文化心理性格的影响入手，来开掘人物性格的特点。

总体上看，陈忠实是一位重视客观化写作的作家，他以前的作品较少表现自己的生命体验，到了这一个时期，开始在客观化的生活描写中融入自己的生命体验。中篇小说《最后一次收获》（1985年）写一个即将举家迁往城市而最后一次回到家乡收获庄稼的文化人的生活经历和人生感悟，深刻地融入了陈忠实自己的人生经历和生命体验。一般作者面对这样的题材，可能会写成抒情性的感慨之作。从这部小说看，陈忠实显然不是一个仅仅喜欢抒发个人感慨的作家，他正面切入这个题材，"硬碰硬"地展开描写，而且进行了深入开掘。人物性格真实、准确、生动，人物情绪酣畅饱满，乡土生活气息浓郁。由此可以看到陈忠实创作的一个特点：他不大选取侧面取巧的方式处理素材，一般都是正面切入，直接面对笔下的人物和生活。

第三个时期，是长篇小说《白鹿原》的写作，时为1987年至1992年。这个时期的陈忠实已年过不惑，接近天命，是他生活、思想和艺术积累已相对成熟，同时也是精力最为旺盛、思维最为活跃、艺术创造力最为强劲的阶段。《白鹿原》的准备、构思与写作，是其创作方向的一个最大转折，他的文学才力的倾注面，从20多年来一贯执着的现实生活转向了历史文化。这一艺术转变，是陈忠实密切关注1985年兴起的"寻根文学"思潮并且深入思考有关问题的自然结果。他的艺术聚焦，是从家族关系入手，从人与文化角度切入，触及社会特别是农村社会的生产方式、经济活动、教育理念与方法以及政治关系等关乎人的生存的各个方面，深刻透视传统中国宗法社会数千年传承下来的人的生活方式、生存态度和生存之道，展现传统的宗法社会和乡规民约在时代暴风雨的击打中所发生的深刻嬗变，尤其是家族的嬗变、人性的嬗变、人心的嬗变，并从这些嬗变中，透示社会演变的轨迹和历史深层的文化脉动。

《白鹿原》展示的是中国两千多年皇权社会崩溃之后，新的社会秩序将建而未建以及革命、抗日、内战等历史大背景下，农村社会的图景和农民生活的变迁。地主白嘉轩、鹿子霖，长工鹿三，乡村贤哲朱先生，无不以全新的面目出现于文学史画廊，每一个人都具有深刻的历史文化内涵；浪子黑娃、白孝文，荡妇田小娥，追求新的社会理想的鹿兆鹏、鹿兆海和白灵，无不体现着鲜明的时代特征。在历史进行深刻转变的时期，这些从传统深处走来的老少人物，有的继续努力恪守传统的生活观念和人格理想，有的受时代感召，或追逐时代的步伐或被时代的车轮驱裹，其凌乱的人生履痕，其复杂多变的命运，揭示了民族的传统观念和人格精神在现代文化背景中的深刻矛盾和裂变，展示了一个民族从传统迈向现代的历史轨迹和心理行程，触及了中国近现代半个世纪历史行程中的深层矛盾和历史搏动。《白鹿原》是一部史诗般的巨作，它超越了简单的阶级斗争模式，突破了狭隘的政治斗争视域，以幽深的文化眼光打量历史行程中的各色人物，以宽阔的历史视角观照波澜壮阔的历史进程。

《白鹿原》的主旨是探寻民族的文化心理，进而探求民族的命运和前途。小说中的主要人物大致分属父与子两代人，父辈人物从历史深处走来，他们的身上带有几千年封建社会的精神遗存，总体上沿袭着传统的人生观念和生活方式。子辈多为叛逆者，他们在趋时和向新的历史风潮中和个人的命运转换中逐步完成了自己的人格形象，有些人物如黑娃等即使死了，但他们在这个转变时代所完成的人生命运和所形成的人格态度，凝聚成了一种精神并向着未来延伸。父一代是"守"或"守"中有"变"的农民，子一代是"变"或"变"中趋"守"的农民。一"守"一"变"，"守"中有"变"和"变"中趋"守"，生动而准确地反映了清末至民国再至新中国成立这一历史时期的生活巨变和人心嬗变。

小说中的核心人物白嘉轩继承了几千年来传统中国农民的本质特征，是一个真正意义上的中国农民。他注重现实的世俗生活，没有不切实际的空想，现实，务实。他生活的白鹿原，其文化氛围和主体意识形态，世代沿袭的是儒家的思想文化。源自生存环境的耳濡目染，来自朱先生的教化，使白嘉轩终生服膺儒家的思想和精神。他的整个人生理想和目标，一是做人，二是治家，即儒家所谓的"修身"和"齐家"。朱先生是白鹿原的灵魂人物，他是白嘉轩的精神导师，生活指路人，白嘉轩是朱先生精神和思想的践行者。朱先生是白鹿原的精神文化象征，他的思想渊源是儒家，具体到白鹿原这块地域，则是儒家思想的变相——理学中的关学一脉。关学是一种实践理性，强调"通经致用""躬行礼教"，这非常契合白嘉轩们的生活实践、生命感受，易于和乐于被白嘉轩这样的农民接受，对白嘉轩这样的族长更具有现实的指导意义。鹿三是白嘉轩家的长工，与白嘉轩构成了中国传统社会中一对重要的关系——主子与奴仆。鹿三忠厚、善良，也非常执拗，拗在两个字——"忠"与"义"，这也是传统封建社会所强调的奴才对主子的"忠"与"义"。鹿子霖是中国传统农民另外一种典型，他与白嘉轩性格相反，却又构成互补的现实关系。鹿子霖做人行事，依照的是现实的形势，这是一个能够迅速判断时势，也能够很快顺应时务的乡村俊杰；而白嘉轩行事做人，遵循的则是内心已然形成的信念和意志。中国的乡村社会，千百年来，核心的主要的人物，就是由这两种人物构成：一个观风看云不断顺应时势的变化，一个坚守先贤的遗训和内心的原则，一动一静，动静冲突又结合，构成了一部稳定而又激荡的中国乡村历史。白嘉轩和鹿子霖，都是白鹿原上的精明人物和威权人物，他们在中国文化和历史中都具有原型的意义。

黑娃和白孝文是小说中两个性格最为鲜明的叛逆形象，前者先由一个淳朴的农家子弟变为"土匪"，再由一个"土匪坯子"变为真心向学的儒家门徒，并发誓"学为好人"，后者由族长传人堕落到不知羞耻的地步，再变为残杀异己毫不手软的冷酷之徒。他们性格的发展和变化，都包蕴着丰富而复杂的时代内涵和历史文化内涵。鹿兆鹏、鹿兆海和白灵等人，皆为一个时代的有志青年，他们不愿意依照父辈预设的生活方式去生活，追求远大理想，忠诚，热情，有献身精神，但后来各自的命运，如鹿兆鹏的失踪，鹿兆海的死于内战，白灵的被活埋，既是深刻的个人悲剧，也都具有深广的社会内涵。

第四个时期，为1993年至今。20多年来，陈忠实除过写了9个短篇小说，偶尔也写点遣兴的旧体诗词外，所涉笔者基本上都是散文，其中又大多为随笔。结集出版的主要有《生命之雨》《告别白鸽》《家之脉》《原下的日子》《吟诵关中》《白墙无字》等。这些作品的题旨，多为对生活的回味、感悟和思考以及对生命的咏叹。陈忠实通过散文回到了自身，审视自己的生活，回味自己的人生甘苦，思索更为深沉的人生哲理。

纵观陈忠实从1993年到2013年的散文写作，又可分为前10年和后10年。前10年即20世纪90年代，其散文多是对往事的回忆，对已逝生命的感怀。后10年即21世纪以来，其散文中则有了不少直面当下之作。陈忠实属于一个客观写实性的作家，50岁以前的作品以小说为主，而小说是一种多把作家主体隐藏起来的文体;50岁以后集中写起了散文,尽管散文是一种更为贴近创作主体的文体,但也许是由于写作惯性,陈忠实这个时期的散文,仍然喜欢侧重于写实的叙事,有的散文也有很强的情绪力度,但写得较为节制,注意藏"我"。而60岁以后即21世纪以来,也许是散文这个文体真的适合自我精神表现,也许是作者的生命境界更臻于自由,也许是作者的现实感怀更为强烈,也许三者兼而有之,陈忠实的散文出现了一个重要变化:更多主体内在思想情怀的表现,更偏于托物言志、借景抒情、以事说理。

陈忠实后期的散文佳作以《三九的雨》(2002年)、《原下的日子》(2003年)等为代表,可视为陈忠实最为抒情的散文,也是作家对自己的生命、对人生的方向思考得最为深沉的作品。评论家李建军曾以"随物婉转"和"与心徘徊"评论陈忠实早期和后期的散文创作①,确实深中肯綮。而李建军所论"与心徘徊"之作品,还都是就陈忠实20世纪90年代所写散文而言,陈忠实进入21世纪之后所写的散文,像《原下的日子》以及《三九的雨》等,不仅有"与心徘徊"的好思致,更有"明心见性"的敞亮感。

在《原下的日子》中,陈忠实引了白居易的一首诗《城东闲游》:"宠辱忧欢不到情,任他朝市自营营。独寻秋景城东去,白鹿原头信马行。"然后略做发挥:"一目了然可知白诗人在长安官场被蝇营狗苟的龌龊惹烦了,闹得腻了,倒胃口了,想呕吐了,却终于说不出口呕不出喉,或许是不屑于说或吐,干脆骑马到白鹿原头逛去。"②这就是陈忠实之自况、实录。"还有什么龌龊能淹没能污脏这个以白鹿命名的原呢?断定不会有。"③白鹿原是干净的,因此,他才回到了白鹿原,复归原下。他写道,回到祖居的老屋,尽管生了炉火,看到小院月季枝头暴出了紫红的芽苞,

---

① 李建军:《宁静的丰收——陈忠实论》,北京:华夏出版社,2000年,第97页。
② 陈忠实:《原下的日子》,《原下的日子》,西安:太白文艺出版社,2004年,第6页。
③ 陈忠实:《原下的日子》,《原下的日子》,西安:太白文艺出版社,2004年,第6页。

传达着春的信息，但久不住人的小院太过沉寂太过阴冷的气氛，一时还不能让他生出回归乡土的欢愉。文字之外，让人感受到的，其实是他的心情许久以来过于郁闷，也太过压抑，所以，尽管回归了朝思暮想的老屋，但心情一时还是难以转换，感受着一派春寒的冷寂。"这个给我留下拥挤也留下热闹印象的祖居的小院，只有我一个人站在院子里。""我站在院子里，抽我的雪茄。""我一个人站在院子里。原坡上漫下来寒冷的风。从未有过的空旷。从未有过的空落。从未有过的空洞。"①一连三个排比句，三个"空"字，三个斩钉截铁的句号，极力表达着作者内心的空茫和宁静。他写道："我不会问自己也不会向谁解释为了什么又为了什么重新回来，因为这已经是行为之前的决计了。丰富的汉语言文字里有一个词儿叫龌龊。我在一段时日里充分地体味到这个词儿的不尽的内蕴。"②其实，在这里，陈忠实反复斟酌拈出的"龌龊"一词，已经透露了他复归原下的原因。具体是什么"龌龊"，没有必要追问。"我听见架在火炉上的水壶发出噗噗噗的响声。我沏下一杯上好的陕南绿茶，坐在曾经坐过近二十年的那把藤条已经变灰的藤椅上，抿一口清香的茶水，瞅着火炉炉膛里炽红的炭块，耳际似乎缭绕着见过面乃至根本未见过面的老祖宗们的声音：嗨！你早该回来了！"③最后一句是陈忠实式的表达语言。陶渊明或千古以来文人的表达句式是："归去来兮，田园将芜胡不归！"意思是一样的。第二天微明，他在鸟叫声中醒来，"竟然泪眼模糊"。在尽情地抒写乡间一年四季的美妙之后，他"由衷地咏叹，我原下的乡村"。全文激情涌荡，一唱三叹，抚今追昔，慷慨明志。

《三九的雨》写于旧历一年将尽之时，有顾后瞻前之意。此文写得非常从容，然而情绪却又回环往复，宛如一首慢板的乐曲。这是他当时的心境，也是他当时的生活状态，悠游从容，淡定自然。三九本该是严寒

---

① 陈忠实：《原下的日子》，《原下的日子》，西安：太白文艺出版社，2004年，第2页。
② 陈忠实：《原下的日子》，《原下的日子》，西安：太白文艺出版社，2004年，第2页。
③ 陈忠实：《原下的日子》，《原下的日子》，西安：太白文艺出版社，2004年，第2页。

的天气，却没有落雪，而是下了一场雨。陈忠实一直感觉自己生命中缺水、缺雨，三九天居然下了这一场雨，自然令他欣喜万分。腊月初四天明后，他来到村外一片不大却显得空旷的台地上，极目四望，感受三九雨后的乡村和原野。四野宁静，天籁自鸣，陈忠实觉得宁静到可以听到大地的声音。雨后的一片湿润一片宁静中，陈忠实的目光从脚下的路延展开去，陷入往事的回想。脚下的沙石路当年只有一步之宽，为了求学，他走了 12 年。当年背着一周的干粮，走出村子踏上小路走向远方，小小年纪情绪踊跃而高涨，却对未来模糊无知。当时的宏愿无非是当个工人，不想却爱上了文学，"这不仅大大出乎父母的意料，连我自己也感到奇怪"①，"背着馍口袋出村挟着空口袋回村，在这条小路上走了十二年"，所获的是高中毕业。那一刻，他意识到，他的一生，都与脚下的这条沙石路命运攸关。在回顾了过往的大半生的人生之路后，他强调"我现在又回到原下祖居的老屋了"。"老屋是一种心理蕴藏。"他在和祖先默视、和大地对话的过程中，获取心理的力量蕴蓄。特别是，从他第一次走出村子到城里念书的时候起，父母送他，眼里都有一种"神光"，"给我一个永远不变的警示：怎么出去还怎么回来，不要把醍醐带回村子带回屋院"。这个警示给"这个屋院"赋予了特别的意义：它是净地，它是祖屋。在散文即将收尾的时候，作者简单地提了一句他前不久在北京当选为中国作家协会副主席，有记者向他提问，他的回答是："作为一个作家，应该始终把智慧投入写作。"然后从容写道："我站在我村与邻村之间空旷的台地上，看'三九'的雨淋湿了的原坡和河川。""粘连在这条路上倚靠着原坡的我，获得的是沉静。"②自然而又端然地展现出一派宠辱不惊的气度、宁静致远的心态。

---

① 陈忠实：《三九的雨》，《原下的日子》，西安：太白文艺出版社，2004 年，第 116 页。
② 陈忠实：《三九的雨》，《原下的日子》，西安：太白文艺出版社，2004 年，第 117 页。

二、陈忠实的文学地位、影响和意义

陈忠实是描写农民生活、农村社会和乡村文化的高手。

中国是一个历史悠久的农业社会国家。几千年来，乡村是中国人生活的家园、生命的故乡，自然也成为历朝历代文人描写和咏歌的对象，从先秦《诗经》中的"国风"到东晋的陶渊明再到唐代的王维、孟浩然、韦应物以及宋代的范成大、杨万里等，形成了一个源远流长的山水田园诗派，亦形成了中国文学独有的关于乡村的审美范式，并积淀为中国人关于乡村的审美理想和文化想象。仔细辨析，其实乡村可分为自然的乡村和社会的乡村。中国古代文人描写和咏歌的，主要是乡村社会自然平和的一面，即可以尽情享受自然之美和人伦之美的牧歌式的乡村、士子失意后或不得志时可以安然归隐的乡村。到了 20 世纪，文学中的社会展现因素增强，乡村世界中社会的现实的一面，逐渐在文学特别是小说中得到比较全面的描绘和深刻的表现。鲁迅等作家笔下的乡村社会，显示着灰暗、破败、衰落、沉闷的质相，令人失望甚至绝望，成为当时乡村社会的真实写照。而沈从文等作家更倾心于书写自然人性，他们笔下的乡村社会也就更偏向于自然的一面。鲁迅和沈从文，双水分流，各有侧重，从而构成了中国现代文学一个侧重于展现社会的乡村、一个侧重于描绘自然的乡村的艺术流向。前者的艺术价值追求在于真实、深刻，后者的艺术价值追求在于自然、优美。沿此"双水分流"以观，赵树理的"山药蛋"小说、柳青描写农民创业的小说等，其艺术追求总体上走的是鲁迅之路，而孙犁的"村歌"小说、刘绍棠的"大运河乡土"小说等，则大体走的是沈从文之路。

从近现代以来的文学改良和文学革命的思想背景和艺术思潮来看，文学干预社会的作用被极度放大和空前提高，从写乡村生活的文学特别是小说来看，以鲁迅、茅盾、赵树理、柳青等人为代表的写实派或称现实主义流派显然是主流。陈忠实走上文学道路，完全靠的是自学，而他所学和所宗之师，前为赵树理，后为柳青。因此，陈忠实承续的就是展现社会的乡村这一小说之脉，此脉也被称为现实主义流派。在数十年的创作实践中，陈忠实在坚持现实主义创作方法的同时，艺术上也不断更新，注重吸收和融入了现代小说的魔幻、心理分析等艺术表现手法。从文学表现乡村的历史来看，陈忠实的小说，既准确地表现了自然的乡村，表现了北方大地的乡村民俗风物之美，也真实、深刻地展现了社会的乡村，深刻剖析了关系复杂的家族、宗法、政治、经济糅在一起的社会的乡村，而其代表作《白鹿原》，更是表现了儒家文化积淀深厚并且深入人心的文化的乡村。

陈忠实的文学史意义，还在于他的身份变化，他的创作道路，同新中国的文学体制、文艺政策紧密相关。从他的文学生涯，可以清晰地见出文坛变化的轨迹。作为一个作家，陈忠实的成长之路，他的精神"剥离"过程或称反思过程，他对艺术的追寻之路，不仅放在新中国的历史中，就是放在中国文学的历史长河中，也都是相当独特的，具有一定的历史典型意义。

陈忠实首先是在毛泽东《在延安文艺座谈会上的讲话》的精神哺育下，在中国共产党培养工农兵业余作者的体制扶持下，由于自己的兴趣爱好，再加上对于人生出路的追求和奋斗，通过顽强的自学写作，最终走上了文学写作之路的。其早期的写作主要是在党的政策指导下写生活与人，这是一种不自觉的听命式的政治性写作。后来几经生活的挫折和文学上的失败，开始认真反思和苦苦寻找，进入了文学写作上的政策阐释与文学描写的二重变奏。最后，经过生活实践的磨砺，通过创作实践的体悟，其思想水平得以提高，艺术境界得以升华，终于回到了艺术之本——人自身。他既认识到文学是写人的，是人的文学，文学描写的对象是写人，真实的人，不同的人，丰富而复杂的人，在写人中写农民的文化心理，进而探寻民族命运；也深刻地体悟到创作还要回到作家自身，要写作家这个人的"生命体验"。"从生活体验到生命体验"，这是他完成《白鹿原》之后谈得最多的一个体会。

从中国文化和精神的谱系上看，陈忠实既不属于传统意义上的文人，也不属于现代意义上的知识分子。他的由于生活经历和所受教育而形成的生活观念和思想观念，都更接近于中国农民的生活观念和思想观念。传统文人的生活方式、价值观念与艺术趣味，在中国历史上有源有流，几千年来自有空间，自成体系，既有自己的"文统"，也有自己的"道统"，上与朝廷官府异趣，下与黎民百姓有别，它是"士"阶层的文化与精神。中国传统文人虽然也做官，成为朝廷官府之一员，但他们在思想和精神上与朝廷官府之习气始终保持着相当的距离，邦有道则仕，邦无道则隐，在朝廷与山林田园之间进行价值选择，或进或退；他们也可能出自草野民间，但与普通百姓的生活方式和趣味也存在着一定的距离，这就使他们对普通百姓的态度，既有关怀、同情的一面，也有劝导、批判的一面。知识分子是一个现代性的概念，它与工具理性相区别，注重价值理性，是社会的良心，上对权力保持警惕和批判态度，下对民众负有启蒙和引导的责任。总之，无论是文人还是知识分子，都有一个共同点，那就是坚持独立之人格、自由之精神。说陈忠实既不属于传统意义上的文人，也不属于现代意义上的知识分子，着眼点就在于此。差不多在 40 岁以前，陈忠实基本上还没有或者说尚缺乏独立人格、自由精神的意识。受自身的文化背景、教育以及时代观念的影响，他的意识中，还是觉得自己是人民大众的一员，即使是一个作家（作者），也应该是人民大众的代言人，他的眼光基本是向人民大众看齐的，对上则要听从党的领导和指挥；而对于文学的认识，也是除了认同文学的"真"（真实地反映生活）和"美"（艺术地反映生活）这两条原则之外，也认同文学是党的事业，是代人民大众说话的工具，换句话说，是认同文学为政治服务、为人民服务这个时代的口号的。对于这个强有力的时代的口号，陈忠实在意识深处是相信并认同的。

在陈忠实文学创作前期，文学被认为是党的事业的一部分。作为一个工农兵"业余作者"，自然是党领导下的一兵，属于整架革命机器上的一颗"螺丝钉"。与传统文人和知识分子对人的认识不同，传统文人和知识分子认为"人"或"我"是独立的"个人",而作为工农兵"业余作者"时期的陈忠实,认同的是时代的普遍意识,没有独立的"个人"的存在,只有作为"人民"一员的"群众"的存在。文学当然也不是甚至绝对不是关于"自我"的表现,而是革命事业的一部分,是党的事业的一部分,因之他的文学创作便理所当然地要服从党对革命事业的统一领导和指挥。文学是按照党的意志对人民生活和群众"意愿"的反映,当群众的"意愿"与党的意志一致时,它就是正确的,反之,就是错误的甚至是反动的。而在当时的文化语境里,任何背离党的意志,表达自己所认为的群众"意愿",要么被认为是"不真实"的,要么被视为"自我""小我"的表现,是要受到批评甚至批判的。这种关于文学的认识,在当时,不仅仅是陈忠实一个人的理解,而是一个时代的"文学意志"。

这个时期以至以后的陈忠实,反复强调文学与生活的关系,认为生活是创作的唯一源泉,因此,特别强调要深入生活。比如他在 1980 年 4 月写的《我信服柳青三个学校的主张——〈信任〉获奖感言》,1982 年 5 月写的《和生活的创造者一起前进》,1982 年 12 月写的《深入生活浅议》,都从不同角度反复地谈到了这一点。他的这个观点或者说是认识,主要来自两个方面。一个是理论方面,这个理论就是毛泽东的《在延安文艺座谈会上的讲话》。毛泽东在这个《讲话》中说:"一切种类的文学艺术的源泉究竟是从何而来的呢?作为观念形态的文艺作品,都是一定的社会生活在人类头脑中的反映的产物。革命的文艺,则是人民生活在革命作家头脑中的反映的产物。"[①]另一个是创作实践方面,陈忠实在很长一段时期特别是早期一直以柳青为榜样,而柳青为实践毛泽东《在延安文艺座谈会上的讲话》精神,从北京到西安,再从西安城市到了长安县农村,扎根农村 14 年,写出了《创业史》,《创业史》对陈忠实影响极大极深,同时也令陈忠实钦佩不已。陈忠实认为,《创业史》的创作成

---

① 毛泽东:《在延安文艺座谈会上的讲话》,《文学运动史料选》第 4 册,上海:上海教育出版社,1979 年。

功，一个重要的原因，就是柳青坚持了"深入生活"。由于长期过于重视生活对于文学的作用，陈忠实在某种程度上忽略了作家主体精神建构的重要而特殊的作用，表现在创作实践上，便是总体上偏于客观性和写实性，而弱于主观精神的表现。

陈忠实的文学创作虽然与时代的前行总体能保持同步挺进的姿态，但他某些时段的创作，也有徘徊和困惑。他是一个看重生活积累、强调生命体验的作家，重视文学的思想性包括政治关怀，因爱好文学而从事业余写作，后来在环境、时势和个人的追求中一步步成为半专业以至专业作家，个人所修的艺术准备，环境给予的文化影响，时代给予的思想教育，等等，都不免有这样那样的缺陷，因此，当他把文学当作终生的事业孜孜以求的时候，认识到不足，他对自己的创作时有自觉的反思。在经历了一些文学的挫败以及因文学而引起的人生挫折之后，面对变化着的新时期的社会生活，他开始从理性高度自觉地反思自己的思维方式、思想观念和文学观念，深刻反省以吐故纳新，博览群书以广视野并得以启迪，用陈忠实的话说，就是"剥离"非文学因素，"寻找属于自己的句子"。正是有了自觉的和不断的"剥离"和"寻找"，他的创作才有了大的跨越以至超越。

蝴蝶一生发育要经过几个阶段的完全变态，才能由蛹变蝶。作为作家的陈忠实在其精神进化的过程中，大约也经历了这样几个阶段。因为出身、经历以及社会环境等各方面的原因，陈忠实的文学准备是先天不足的，但他始终视文学为神圣的事业，他的身上也具有文学圣徒的精神。经过顽强的不断求索和可贵的自我反思，他的文学生涯由最初的听命和顺随式的写作，转为对自身的怀疑和内心的惶惑，进而不断地开阔视野并寻找自己，在不断蜕变中最终完成了作为一个作家的自我。听命与顺随、反思与寻找、蜕变与完成的三级跳跃，陈忠实走过了从没有自我到寻找自我进而完成自我的漫长过程，从而成为一个具有我们这个时代标志性和代表性的大作家。

［《西北大学学报》（哲学社会科学版）2014 年 5 月］

论 20 世纪中国乡村小说的基本传统①

李 震

摘 要 乡村是 20 世纪中国文化裂变的阵痛中心，也是 20 世纪汉语文学最重要的话语资源，因此乡村小说便成为 20 世纪汉语文学中成就最高的领域。站在今天的认识高度，从作家的主体立场、审美视角、叙事策略及其在现代性建构中的意义等角度进行考察，20 世纪乡村小说呈现出三种基本传统：从鲁迅到韩少功是以知识分子立场、文化批判形成的启蒙传统；从废名、沈从文、孙犁到汪曾祺、贾平凹是以知识分子立场、人性审美形成的诗化传统；从赵树理、柳青到高晓声、路遥是以农民立场、现实视角形成的"史诗"传统。这三种传统，在 90 年代出现的乡村小说《白鹿原》中实现了全面整合与超越。《白鹿原》由此获得了将中国乡村小说推向成熟的文学史意义。

关键词 中国乡村小说 《白鹿原》 现代性 叙事策略 文学传统

---

① 在 20 世纪二三十年代，此类小说多被称为"乡土小说"，四五十年代以来，从强调题材意义出发，普遍被称为"农村题材小说"，本文出于综合考虑和对本义的尊重，故用"乡村小说"一说。此问题可参阅王又平著《从"乡土"到"农村"》，《华中师范大学学报》(哲学社会科学版) 2003 年第 4 期。

将 20 世纪汉语文学整体地当作民族文学时代结束之后，新的文学传统的发生过程，应该成为当今新文学研究的一个重要视角，尽管人们早已用"五四""解放区"这样的概念命名过 20 世纪的文学传统，但真正使我们获得认识和总结这一传统的条件和可能性的，却是在 20 世纪结束、历史文化语境发生了根本变化之后的今天。

一、农耕图景中的现代叙事——20 世纪乡村小说的基本问题

在 20 世纪汉语文学形成的若干传统中，乡村小说的传统是最值得关注和反思的。众所周知，乡村小说是 20 世纪汉语文学中成就最高的领域。无论是作为原生态的自然文化社区，还是作为社会文化变革的场景，20 世纪的中国乡村都是文学最重要的资源和空间。作为自然文化社区的乡村，应当说是中国的原色，无论是人口基数、占地面积，还是文化传统，乡村是整个中国的总体象征。对于中国来说，从社会形态到经济形态，从革命到建设，最基本的问题始终是三农问题。迄今为止，中国依然是一个农业国。农耕文化至今是中国的文化原色。从"教民稼穑"的神农后稷到现在，中国社会的基本结构是以农耕图景为基础建构起来的。所有被称为中国传统的那些文化意识形态，都是按照农耕的需求和理想产生和发展起来的。儒道法无一例外。农本思想一直沿袭至今。

在社会文化变革的意义上，20 世纪的乡村更是整个中国的缩影和核心。从土地革命到集体化，再到联产承包责任制，从"抓革命"到"促生产"，作为农村和农业的基本元素，农民安身立命之本的土地，在中国农民手上从无到有、从有到无、再从无到有的山重水复的变化，使中国乡村社会经历了近一个世纪的剧烈动荡。

20 世纪是中国社会从农业文明向现代工商业文明的过渡期。从前半叶的"农村包围城市"到后半叶的"城市吞噬农村"，数千年的文明史在

这个世纪里发生了质变和飞跃。经济形态在由自然经济为主体的农业向商品经济为主体的工商业过渡，农村在向城市过渡，农民在向产业工人过渡。这些社会革命和文化裂变，给整个中国社会带来的巨大精神阵痛的中心点就在乡村。因为乡村是中国传统文化的子宫。而这种阵痛恰恰是 20 世纪汉语文学表现力的重要源泉和现代性生长的基点。因此，在 20 世纪，无论出于实现现实功用和社会价值，还是出于作为人学而关注人的生存之必然，再或是出于作为一种艺术形式的发生、传播和更新，汉语文学都无法回避农业文明及其意识形态的存在，都无法离开农耕文化的潜在语境。

尽管中国小说是随着市民阶层的出现才形成的，但我们仍然有理由认为：直到 20 世纪末期，两千多年的汉语文学，始终在农耕文化的语境中生长着。明清以来以小城镇为场景兴起的市民文化，事实上是农耕文化的一个变体，它所沿袭的依然是农耕文化中形成的生存方式和意识形态。这一点可以从现在的大部分小城镇仍然在延续乡村的习俗得到证实，因为小城镇居民不仅处在农村人口的包围之中，而且他们本来就是从农村人口中分离出来的。因此，中国几乎没有纯粹的城市文化。以上海为标志的现代工商业城市也仅有 100 多年的历史。汉语文学中真正的都市小说是以 20 世纪 30 年代以来的海派小说和茅盾的《子夜》为标志才出现的。而且，在这个以农耕文化为底色的国度里，是不会有纯粹的都市小说的。即使在《子夜》这部典型的都市工商业题材的小说中，也始终存在着一个"乡下"背景，若隐若现地游移在都市场景之中，更何况茅盾同时还有"农村三部曲"那样直接写乡村的小说。即使在 20 世纪 90 年代，贾平凹刻意写出的都市小说《废都》还是被人认为是一个"大村庄的故事"。直到 20 世纪末，在中国社会城市化、工商业化飞速推进的情景中，真正有分量、有影响的小说还是以取材现实中或历史上的乡村的作品为主。在中国小说的最高奖项"茅盾文学奖"获奖作品中，无论数量、质量还是影响，最令人瞩目的还是乡村小说。有人认为，在中国写小说，要追求深度和质量就去写乡村，要追求商业效应和改编电视剧的机会就去写都市。其原因就在于中国的乡村有着深厚的历史文化底蕴，而中国的城市尚未形成自己成熟的历史文化。

20世纪汉语文学是在农耕文化语境的变异过程中生长起来的。其现代性的建构是以农耕文化为支点、背景和平衡力的。现代作家正是在现代性与农耕文化的张力中，寻找着与古典文学截然不同的现代叙事。乡村小说在很大程度上可以作为考察现代性建构、现代叙事方式成熟的依据和标志，因为它是现代性和传统性直接交锋的地方。因此，认识20世纪乡村小说的基本传统，不仅对重新认识20世纪汉语文学的经验和规律，而且对理解汉语文学的当下处境和前景，都是一个极有说服力的角度。

二、从鲁迅到韩少功：知识分子立场、文化批判与启蒙传统

20世纪乡村小说最早的传统是由鲁迅开创的。鲁迅是最早以小说的方式关注乡村的现代作家。人们一般认为鲁迅小说取材于农民、妇女和知识分子三大领域，事实上，鲁迅小说主要取材于农民。且不说集中写农民的《阿Q正传》被当作鲁迅小说的代表作，即使作为妇女题材代表作的《祝福》，其实也是一个女农民的故事。而以"咸亨酒店"为标志的城镇场景中孔乙己之类的知识分子，本质上也只是农民的一个特殊类型——乡村秀才。如果把孔乙己这个"知识分子"放在阿Q的"未庄"也未尝不可。甚至可以说，从孔乙己和祥林嫂身上看到的农业文明的成分，比在阿Q身上看到的更多、更本质。鲁迅的乡村小说写作，直接带动了20年代"乡土小说"的风气。严家炎先生曾指出："由鲁迅首先创作，到1924年前后蔚然成风的乡土小说，是'五四'文学革命之后最早形成的小说流派之一。"[1]这也是20世纪第一个乡村小说流派。这一流派的主要

---

① 严家炎：《中国现代小说流派史》，北京：人民文学出版社，1995年，第247页。

作家，杨振声、王鲁彦、台静农、蹇先艾、许钦文、彭家煌，都程度不等地成为鲁迅乡村小说传统的继承者。反过来，他们的写作也促成了周氏兄弟对"乡土小说"的论述，这些论述成为汉语文学史上最早的关于乡村小说的理论建树，进而成为20世纪中国乡村小说不同传统的源头。而鲁迅的写作和他对"乡土小说"的论述则形成了乡村小说的第一大传统。

1. 知识分子立场与"世俗"现代性的建构

鲁迅在其乡村小说中，对农民表达了一种众所周知的态度：哀其不幸，怒其不争。问题在于：这种态度的主体到底是谁？或者说，鲁迅是以什么样的主体立场"哀"和"怒"的呢？

很显然，鲁迅既不代表神仙皇帝，也不代表农民自己，而是站在知识分子的立场对农民做出的反应。他之所以"哀"，是由于他对中国农民在封建礼教和传统农耕制度下生存自主权的丧失，乃至人格、尊严被剥夺的深切同情；他之所以"怒"，是出于对"吃人"的封建礼教和传统农耕制度对农民的摧残的愤怒。而这种同情和愤怒，正是鲁迅以一个知识分子的立场观照农民、观照乡村社会的重要标志。

这样的知识分子立场，已不再是士大夫文人在面对底层民众的疾苦时那种"朱门酒肉臭，路有冻死骨"式的单纯的同情和愤怒，而是在辛亥革命带来的农村社会变革背景下，在《狂人日记》中对传统礼教的理性批判基础上，产生的对农民文化命运深刻反思的结果。也就是说，鲁迅的"哀"和"怒"是在民主与科学的镜子中反照出来的一个知识分子所具有的良知、人道和理性精神。可以说，鲁迅的知识分子立场是一种现代知识分子才可能具备的立场。

因此，"哀其不幸，怒其不争"所表现出来的知识分子立场，正是乡村小说现代性建构的起点，也是"五四"传统的核心，更是鲁迅精神的根基。从鲁迅的知识分子立场中，我们可以看到，20世纪汉语文学的现代性是建立在以确认人的价值为核心的民主精神和以理性批判为核心的科学精神基础上的。如果按照西方人对现代性的二分标准来看，鲁迅乃至整个"五四"精神中的现代性主要是建立在"世俗"层面，而非"审美"层面上的。尽管鲁迅本人的小说在"审美"层面上也表现出较强的现代性，但根据鲁迅"直面惨淡的人生"的一贯文学主张，这种现代性主要集中在现实、文化这些"世俗"层面。这种意义上的现代性决定了鲁迅乡村小说传统的基本形态，也决定了鲁迅对后起的"乡土文学"的反思与评判：

"凡在北京用笔写出他们的胸臆来的人们，无论他自称为用主观或客观，其实往往是乡土文学，从北京这方面说，则是侨寓文学的作者。……侨寓的只是作者自己，却不是这作者写的文章，因此也只见隐现着乡愁，很难有异域情调来开拓读者的心胸，或者炫耀他的眼界……"①

这段言论中的关键词是"侨寓"和"乡愁"。只对作者而言的"侨寓"，表述的正是乡土文学的作者们作为远离故土、客居异乡的"知识分子"身份。而用"乡愁"来概括这些乡土文学的作者们表现出的精神内涵，既指出了他们对故土情感上的眷恋和忧患，也表明了鲁迅对这批乡土文学作者理性精神不足和文化视阈狭窄的批评。这种批评，正是鲁迅对自己所开创的乡村小说传统的一次匡正和捍卫。

2. 文化批判与启蒙主题

作为20世纪汉语文学的现代性的奠基者，鲁迅的知识分子立场，主要是通过文化批判体现出来的。鲁迅传统最重要的精神是在文化层面上关注和批判现实与人生。在鲁迅的乡村小说中，这种文化批判既是对农民自身的文化"劣根性"的，也是对摧残农民的礼教和制度的，更是对整个农耕文化传统的。人们早已熟知的鲁迅对封建礼教"吃人"本质的批判，对阿Q"精神胜利法"的批判，对闰土、华老栓和众多"看客"们麻木不仁的不觉醒自我的批判，对孔乙己、祥林嫂身上延续着的旧文化余毒的批判，以及对辛亥革命未能改变农民现实命运和文化"根性"的批判，都是这种文化批判的著名案例。这一点也正是鲁迅不满于乡土

---

① 鲁迅：《新文学大系·小说二集》序，《鲁迅全集》，第6卷，北京：人民文学出版社，1982年，第247页。

文学作者只"隐现着乡愁",难有"眼界"的地方。

鲁迅的文化批判,开启了贯穿整个 20 世纪汉语文学的一个重大主题:启蒙。

启蒙作为一种出于现代精神的文化作为,它的主要对象就是农民。因为农民是"铁屋子"中人数最多、沉睡得最深、离现代理性最遥远的一类(这或许正是鲁迅执着于乡村小说写作的根本原因)。因此,启蒙主题也就集中地出现在乡村小说当中。启蒙作为一项巨大的文化心理结构的改造工程正是由乡村小说始,进而在乡村小说中延续下来,并在乡村小说中实现的。因此,启蒙传统不仅是 20 世纪乡村小说最早的传统,也是最大和最重要的传统。

作为这一传统的开创者,鲁迅曾被人称为"乡土艺术家",但这种称谓却被认为是由于"他的作品满熏着中国的土气"[1],这恰恰忽略了鲁迅乡村小说传统最重要的精神,那就是与"土气"正好相反的现代性,因为鲁迅尽管执着于乡村和农民,但他的精神实质却是现代性的,现代性建构既是启蒙的动机和目的,也是启蒙的本质所在。所谓启蒙,就是以现代理性精神对现存的文化心理实施的结构性改造。因此,鲁迅是一位关注乡土的现代艺术家,而不是一位冒着"土气"的"乡土艺术家"。

鲁迅开创的这种从知识分子立场出发,通过文化批判实现的启蒙传统,不仅仅是 20 世纪乡村小说最重要的传统,而且是五四精神的主要内涵。它旗帜鲜明的现代性是包括乡村小说在内的整个 20 世纪汉语文学的主导精神和总体目标。这一传统在其后 80 多年的文学历程中时断时续,成为一条贯穿始终的、坚韧不拔的主线。

3. 主观写实主义:乡村小说的现代叙事模式

鲁迅乡村小说对确立现代叙事方式的意义,绝不仅仅在于以白话对文言的背叛,也不仅仅在于第一个用现代小说的方式讲述了发生在乡村的故事,更重要的在于鲁迅刷新了传统小说讲故事的原则和策略。鲁迅

---

[1] 张定璜:《鲁迅先生》,《现代评论》1926 年第 1 期。

尽管沿用了"××传"的传奇或史传小说的标题，却不是以传奇或史传的策略进行叙事，尽管汲取了《儒林外史》式的幽默与讽刺，却没有单纯地使用这些手段。鲁迅的现代叙事遵循着一种极端主观的写实策略。其主观性体现在叙事主体对故事和人物的强烈干预和批判，这样的叙事如一束强光，时刻照射着故事中的人物，令其不得不"原形毕露"，将自己的内心乃至无意识明晃晃地裸露出来，如阿Q的一系列能够极端表现其内心行为的下意识动作和语言，就是在这种强光照射下裸露出来的。而这种主观性在叙事过程中却体现为一种被人们称为白描的写实口吻。鲁迅小说这种写实策略中的主观干预精神，应该就是胡风的现实主义理论中的"主观战斗精神"，可惜在鲁迅因此被树为"旗手"的同时，胡风却因此遭了涂炭。其实，这种由鲁迅实践、胡风倡导的叙事策略便是典型的19世纪西方批判现实主义的做法，只不过是被鲁迅加进了一些尼采式的强度、现代主义的手段和中国传统小说的写法，如意识流、讽刺、荒诞等。

鲁迅这种主观写实主义的叙事模式之于乡村，构成了与随后将要谈论的沈从文们那种以"田园诗风"讲述的乡村完全相反的美学形态，那就是被一种为死亡、血腥、麻木、扭曲所笼罩的悲剧化的乡村。阿Q糊里糊涂唱着戏被砍了头，祥林嫂带着恐惧默默死去，华老栓带着儿子去吃革命党的人血馒头等有意味的细节，是在一系列被升华到文化高度的冲突中凸显出来的。在这样的乡村中我们看不到炊烟、闻不到香火味、听不到鸡鸣狗吠，更听不到田园牧歌。可以认定，鲁迅的乡村叙事，是鲁迅以文化批判和启蒙主题为核心的乡村小说传统的必然产物。

4. 鲁迅传统的延续形态：韩少功和寻根小说

以鲁迅为标志，以知识分子立场、文化批判和启蒙主题为核心的乡村小说传统，只在20年代的"乡土小说"中得到了一定程度的延续，而随着三四十年代抗战文学的兴起和四五十年代解放区传统对"五四"传统的替代，以及"文革"中所有传统的中断，直到80年代中期，一直处于休眠状态。七八十年代之交，高晓声写农村的小说出现后，有人便认为鲁迅传统复活了①。然而，尽管高晓声通过陈奂生、李顺大的形象触及了农民身上自私狭隘的文化性格，但由于他主要是在通过这些人物展示社会变革的进程，而在总体上尚未进入文化观照的层面和文化批判的高度，也不具备进入这种高度的理性因素，更扯不到启蒙主题上。所以还不能说高晓声延续了鲁迅传统，真正延续了鲁迅传统的应该是80年代中期出现的以韩少功为代表的寻根小说。

寻根小说是"文革"后经过充分的科学理性的重建、人道主义的复兴和文化意识的再度觉醒之后，出现的一次以现代理性精神反思民族文化、凸现启蒙主题的文学思潮。这一思潮中出现的小说，全都取材于乡村，而且全部是以现代知识分子的身份和立场，去审视比鲁迅的"未庄"还要蛮荒、古朴的乡村社会的，如"小鲍庄""鸡头寨""老井村"等等。这批作家如韩少功、阿城、王安忆、李陀、李杭育、李庆西、郑义等，都充分吸收了西方现代文学的营养，具有明确的现代追求和对民族文化的启蒙意识②。因此，无论是知识分子立场还是对现代性的建构，无论是文化批判还是启蒙精神，都完全切入了鲁迅传统，而且至少在以下两个方面发展了鲁迅传统。

第一，寻根小说在文化批判上深化了鲁迅精神。寻根作家不拘泥于某种主观的政治立场对文化进行选择，而是在更加全面的世俗现代性意义上对民族文化的"根性"的反思和批判。同时，他们选择现存的原始村落作为审视文化之"根"的切入点，将其触角由鲁迅的对主流文化的反思和批判，进入了对民族民间文化的反思和批判。这一路径一直延伸到90年代韩少功的《马桥词典》《鞋癖》之中。

第二，在现代叙事策略的探索方面，寻根小说也更进了一步。寻根作家们更多地吸收了西方现代主义的叙事手段，譬如，与阿Q相比，丙

① 丁帆：《中国乡土小说史论》，南京：江苏文艺出版社，1992年，第179—181页。
② 参见李庆西《寻根：回到事物本身》，《文学评论》1988年4期。该文阐发了寻根文学寻找民族文化精神以获得民族精神自救的目的，这一目的就是启蒙立场。

54

崮更富有荒诞和魔幻的特质。在对变态心理和蒙昧状态的叙述上，韩少功的作品应该比《阿Q正传》和《狂人日记》中同类细节的叙述更加逼真和精细。

从鲁迅到韩少功构成了20世纪乡村小说的第一种传统。尽管这一传统曾被中断了半个多世纪，但它代表着20世纪乡村小说不可忽视的高度和深度。如果要指出这一传统的某些局限的话，本文认为，与其后出现的以农民立场写农民的局限性相比，以知识分子立场写农民，同样存在局限性。以单纯的知识分子立场写农民，始终不能切入农民的实际生活情景中去，以致使这些作品与农民的现实命运一直是相隔的。无论是在鲁迅的作品中，还是在寻根作家的作品中，人们看到的，只是一些类似文化象征符号的"农民"和"村庄"，如"未庄""鸡头寨""阿Q"和"丙崽"，始终看不清他们的实际生活情景，而好像是一些有关农民的文化寓言。此外，从写作中的文化象征到写作的文化目的和动机，都可以证实支持这一传统文学观的是一种文化本体观，即以文化的动机、文化的手段来实现文化的目的。文化本体观将穷尽某些文化规律、文化理念和文化形态当成了文学写作本身。因此，这种文化本体观决定了这一传统所建构的现代性更多地建立在世俗层面上，不管作家们如何努力去锤炼叙事手段，其"审美"层面上的现代性始终不会成为主导因素，而这对于作为一种艺术形式的文学来说，则是可悲的。

三、从废名、沈从文、孙犁到汪曾祺、贾平凹：知识分子立场、人性审美与诗化传统

20世纪中国乡村小说的第二种传统源于二三十年代的京派作家。早在20年代，当"乡土小说"作家们"隐现着乡愁"时，废名却"横吹出中国中部农村远离尘嚣的田园牧歌"①。他的《浣衣母》《竹林的故事》

---

① 杨义：《中国现代小说史》第1卷，北京：人民文学出版社，1979年，第450页。

《柚子》，以及长篇《桥》展示出与"未庄"迥然不同的乡村景观。如果说鲁迅的乡村叙事是立足于各种社会矛盾和文化冲突的话，那么废名的乡村叙事则是立足于和谐与宁静，以诗意审美的眼光来打量中国的乡村世界。尤其是那些在鲁迅和"乡土小说"作家的作品中被作为文化批判目标的落后文化因素，在废名的作品中却变成了审美元素。废名小说与"乡土小说"的这种区别类似于道家文化与儒家文化的区别，也类似于周作人与鲁迅的区别。事实上，作为周作人的弟子，废名本来就是在小说中演绎周作人散文的境界。而且周作人虽没有明确使用乡土或乡村的概念来谈文学，但对于地方风土与文艺的关系却有深刻的、不同于其兄鲁迅的理论表述，他"所希望的，便是摆脱了一切的束缚，任情歌唱，……只要是遗传、环境所融合而成的我的真的心搏，……这样的作品，自然的具有他应具的特征，便是国民性、地方性和个性，也即他的生命"。他倡导文学"须得跳到地面上来，把土气息、泥滋味透过了他的脉搏，表现在文字上，这才是真实的思想与文艺"[①]。这些见解显然明确地表现在了废名的乡村小说中。

废名递出的乡村小说传统的接力棒，首先被沈从文所传递。沈从文从 20 年代的《野店》《赌徒》《夜渔》到 30 年代的《边城》，一直在向人们讲述着湘西乡村的故事。其叙事风格和面对乡村世界的姿态与废名惊人地相似。从沈从文所著《论冯文炳》一文可以看出，沈从文对湘西乡村的叙述深受废名的影响。而沈从文丰盛的写作实践，以及由此带来的影响力，将废名开创的乡村小说传统推向成熟。

废名、沈从文传统在 30 年代之后，与鲁迅传统一样被以赵树理为代表的另一种乡村小说传统所取代，在以《讲话》为标志的解放区文学成为主流的 40—60 年代里，唯一可作为这一传统传承人的是孙犁。孙犁所代表的荷花淀派与赵树理所代表的山药蛋派同作为乡土文学的代表，却在两种完全不同的传统中生长着，《荷花淀》讲述着与《小二黑

---

① 周作人：《地方与文艺》，《谈龙集》，上海：上海书店，1937 年，第 15 页。

结婚》截然不同的乡村情景。他虽然也是解放区作家，也有反映新生活的使命和动机，但他更注重人的性情、乡村里的民情风俗及其与自然的和谐，更注重诗化的审美和写意的笔法。因此，孙犁成为废名—沈从文传统在那个特殊的历史时期的接力者，尽管时代因素的介入使孙犁对这一传统的延续不能像沈从文那样纯粹，而且这一传统在那个时代只能居于边缘状态，但也正是由于处于那个时代，孙犁对这一传统的延续显得弥足珍贵。

"文革"后，废名—沈从文传统的接力棒传到了汪曾祺、贾平凹的手中。汪曾祺在西南联大时期曾直接师从沈从文，深得沈从文小说之真传。但汪曾祺对其师所代表的乡村小说传统的延续则是在 80 年代初期，他以《受戒》《大淖记事》对其家乡江苏高邮一带乡村习俗的叙述，发出了废名—沈从文传统回归的信号。其写法从美学姿态到叙述方式可以说完全延续了这一传统的精魂，而且对当时小说的观念和写法实现了全面的超越。以诗意方式叙述乡土风情是汪曾祺乡村小说最醒目的特点，也是他师法沈从文的主要方面。可以说，汪曾祺的乡村小说写作开启了 80 年代乡村小说的一个沈从文热潮。与此同时，作为荷花淀派主将的刘绍棠的乡土小说，也在延续孙犁四五十年代的血脉，他以《瓜棚柳巷》《蒲柳人家》等一批中篇小说对华北乡村的叙述，与汪曾祺的"高邮"、贾平凹的"商州"构成了 80 年代初期一个新乡村小说的可观阵容。其共同特点就在于以诗意化的方式观照乡村社会的民情风俗，也就是在共同延续废名—沈从文传统。贾平凹的"商州"系列，既得益于他的故乡商州趋于原始自然的民情风俗，也得益于二三十年代被斥为"帮闲文人"和明清时期性灵派作家超然淡雅的人生境界和语言风格，同时还得益于孙犁的直接提携。贾平凹的这几个源头与废名—沈从文传统直接或间接地都有关联，这使他成为这一传统在青年一代作家中最得力的传人。贾平凹对商州的叙述尽管带有变革时代的一些视角，但最主要的特征还是以诗意化的方式观照乡村民情风俗的变化，并将各种现实矛盾冲突化解或升华为一系列朴拙的审美趣味，进而实现了性情、习俗与自然的和谐统一。

与鲁迅传统相比，废名—沈从文传统形成了完全不同的精神脉络。

1. 知识分子立场与审美现代性的建构

废名—沈从文传统与鲁迅传统最大的一致性，在于他们都是以知识分子立场进入中国乡村世界的。因为，无论是以政治家的立场，还是以农民自己的立场，都是不会形成那种纯粹的审美姿态的。但同是知识分子立场，却表现出两种不同的姿态。鲁迅是理性批判型的知识分子，而沈从文们则是灵性审美型的知识分子。从沈从文们所展示的带有明显人道精神和人性理想的审美层次来看，他们的知识分子立场同样也是现代性的。正是其现代知识分子立场与乡村世界的原始形态之间的反差，构成了他们小说的美学支点和依据。但同是现代知识分子，同对汉语文学的现代性建构做出过努力，却建构着两种完全不同的现代性。如果说鲁迅传统构建的是世俗现代性的话，那么废名—沈从文传统构建的则是审美现代性。鲁迅由其现代知识分子立场与乡村现实的反差，导向了对抗性的批判姿态。而沈从文们则由其现代知识分子立场与乡村现实的反差，导向了和谐的审美姿态。因此，"未庄"是千疮百孔的、丑陋的，而"湘西"是人性化的、美好的。这两种不同的现代性依据于两种不同的现代精神，世俗现代性更多地依据科学和现代理性精神，以批判的眼光去摧毁现实与传统中不符合自我构筑的现代图景的因素；审美现代性更多地依据民主和人道主义精神，以审美眼光去发现和构筑人性中潜在的符合自我构筑的现代图景的因素。世俗现代性更多地倾向于形而下，而审美现代性更多地倾向于形而上。因此，鲁迅更多地呈现出现实的不合理性，而沈从文们更多地呈现出理想的合理性；鲁迅主"理"，沈从文们主"情"；鲁迅重写实，沈从文们重写意；鲁迅立足于现实主义，沈从文们立足于浪漫主义。

2. 人性观照与诗意审美

与鲁迅传统立足于文化批判不同，废名—沈从文传统始终立足于人性的观照。沈从文的《柏子》所写水手柏子和吊脚楼妓女之间畸形的爱，有着深刻的社会原因，如果是在鲁迅笔下，自然会导向尖锐的社会—文化批判中去，而在沈从文的笔下，却演绎为一种畸形中的真诚、粗野中的欢愉、丑陋的现实中发出的人性的光彩。

"湘西""高邮""荷花淀""商州"，和"未庄"一样，都存在着丑陋和冲突，但沈从文们将这些丑陋和冲突化解为美丽与和谐，进入了诗意化的审美境界。这种境界以单纯、明净，升华了现实中的复杂与浑浊。那些在现实中为人们所不齿的人物在沈从文们的小说中都会具有人性的光彩。诗意审美的核心就在于和谐和单纯。在《萧萧》《边城》中，沈从文为人们完成了由复杂、浑浊和喧响的现实世界向单纯、和谐、宁静的诗意世界转化的过程。《萧萧》中从12岁的童养媳与3岁的丈夫之间的不和谐现实到萧萧固守的那份天真、幼稚和单纯，《边城》中从充满血腥和死亡的爱情冲突到只剩下翠翠和一只渡船的宁静，都抵达了诗意的归宿。在汪曾祺的《受戒》中，作为出家人的小和尚明海与小英子两小无猜的朦胧爱意，超越了现实中的贫困和宗教教义。小说结尾处明海与小英子的小船划入芦荡深处惊起一片鸟群的情景，无疑使人性与乡情飞上了诗意的天空。

对现实矛盾实现诗意化的超越，是这一传统几代传人的自觉追求，沈从文、孙犁、汪曾祺等多次表述过类似的观点。沈从文曾在《从文小说习作·代序》中说："要血和泪吗？这很容易办到，但我不能给你们这个。"他的确曾在湘西军队的六年中亲见过屠杀上万个人的情景，但他还是说："神圣伟大的悲哀不一定有一摊血一把泪，一个聪明的作家写人类痛苦是用微笑来表现的。"孙犁在《文学与生活的路》中曾表达过同样的意思，他说："看到真善美的极致，我写了一些作品。看到邪恶的极致，我不愿意写。这些东西我体验很深，可以说镂心刻骨的。可我不愿意写这些东西，我也不愿意回忆它。"

这种对现实纠葛的拒绝不是一种逃避和迁就，而是一种诗意的超越，就像大自然中的急风暴雨终究要化作彩虹一样。事实上，废名—沈从文传统的乡村叙事正是以人性与自然的和谐，编织着诗意的天空中一道道美丽的彩虹。

3. 意象与抒情：浪漫的乡村叙事

诗意化的世界是一个纯粹的文人乌托邦。它在审美上是和谐、宁静和单纯的，而在精神上则是理想主义的和浪漫的。这种立足于理想和浪漫的叙事，追求的是情节与结构的单一和简约。无论是在沈从文、孙犁还是在汪曾祺、贾平凹讲述的故事中，我们都没有发现剧烈的矛盾冲突和复杂的情节结构，即使遇到了这样的冲突和结构，也往往是化繁为简，置杂于一。而且，在叙述过程中大多不以陈述情节为目的，而是常常突破叙事的时间链条，进入空间呈现。汪曾祺曾经明确表示他的作品缺乏崇高悲壮的美。他所追求的不是深刻而是和谐。这种淡化矛盾冲突，简化故事情节，以及突破时间进入空间的叙事策略，在外表上表现为小说性的弱化和散文性的增强，在内在精神上却是对诗性的抵达。因此，对沈从文们的小说，有人认为具有散文化的倾向，还有人认为具有诗化的倾向，事实上这两种倾向是同时存在的，汪曾祺干脆认为这是小说向散文诗的一种趋近。这种意见不仅对废名和汪曾祺自己是成立的，对沈从文、孙犁、贾平凹也都是成立的。

作为一个共同特征，散文诗化的叙事标志着这一传统的作家与乡村世界的内在关系。那就是，乡村成了文人乌托邦的最佳外化情景，成了作家们寻找诗意、寻找浪漫、寻找人性寄托的最有可能的去处。因此，对沈从文们而言，与其说他们是在向人们讲述乡村的故事，不如说他们是在借助乡村向人们讲述自己内心的故事。这一点与鲁迅们和赵树理们形成了明显的区别。如果说鲁迅们是想通过现代理性去唤醒乡村、拯救乡村的话，那么赵树理们则是在尽力用自己的笔去描绘并赞美乡村及其历史变迁；如果说，在鲁迅们的小说中，来自作家主观世界的现代文化理念撞击得乡村世界的文化与现实铿锵作响的话，那么在赵树理们的小说中，乡村世界历史变迁的潮水哗啦啦地冲破了作家主观世界的提坝；如果说鲁迅们的小说是在文化的航船上讲述关于乡村的文化寓言的话，那么，赵树理们的小说则是在乡村的夜空中飘荡的谣曲。但在鲁迅和赵树理不同的乡村小说中，有一点是相同的，那就是乡村世界被作为一个客观存在的"他者"来对待。也就是说,他们的叙事是"及物"的。而沈从文们则完全不同,他们的叙述可以说是"不及物"的。乡村,在他们的叙事中不完全是作为一种对象,而是作为支点和依托,被内化在作家的内心情景之中,变为他们个人乌托邦的存在形式,进而成为他们表述自己"精神故乡"的个人意象,无论是中部乡村、"湘西""荷花淀",还是"高邮""商州",事实上都已成了象征这些作家"精神故乡"的著名的个人意象。在这个意义上说,沈从文们的乡村小说是真正浪漫主义的。这与他们追求诗意审美、追求人性与自然的和谐统一、追求审美层次上的现代性,是浑然一体的。

四、从茅盾、赵树理、柳青到高晓声、路遥:农民立场、现实视角与"史诗"传统

无论是鲁迅传统,还是废名—沈从文传统,都受到了三四十年代兴起的另一种乡村小说传统的剧烈冲击。这种冲击首先表现为"革命文学"中新的社会理论尤其是阶级观念对乡村小说的全新要求,这在小说界具体表现为茅盾对乡土文学的批评和左翼文学的日趋功利化趋势。

茅盾在《关于乡土文学》一文中指出:"我以为单有了特殊的风土人情的描写,只不过像是看一幅异域的图画,虽能引起我们的惊异,然而给我们的,只是好奇心的餍足。因此在特殊的风土人情而外,应当还有普遍的与我们共同的对于运命的挣扎。一个只有游历家的眼光的作者,往往只能给我们以前者;必须是一个具有一定世界观与人生观的作者方能把后者作为主要的一点而给与了我们。"[①]这里所说的"共同的对于运命的挣扎"和"世界观与人生观",正是左翼革命文学所要强调的。尽管茅盾同时还在倡导尽可能客观的"写实主义",但这种主观倾向性确已成

[①]《茅盾全集》第21卷,北京:人民文学出版社,1991年,第89页。

为茅盾评价别人的乡村小说和自己以《农村三部曲》为代表的大多数乡村小说的主要价值标准。而这种趋势，在《讲话》发表后，得到了进一步强化和合法化。于是乡村小说便顺理成章地过渡到了赵树理传统。

以赵树理的《李有才板话》《小二黑结婚》，以及获斯大林奖金的丁玲的《太阳照在桑干河上》和周立波的《暴风骤雨》为代表的一批体现《讲话》精神的作品，成了 40 年代乡村小说的主流。这股潮流在新中国成立后国家意识形态的强力支持下，迅速成为整个汉语文学的主流。除赵树理又推出《三里湾》、周立波又推出《山乡巨变》外，还出现了柳青的《创业史》、梁斌的《红旗谱》、浩然的《艳阳天》等一批长篇巨作。尽管其中大部分作品在"文革"中被否决，但事实上，这一传统一直到80 年代仍然是中国乡村小说的主流。"文革"后，虽加入了新的时代内容，且在叙事策略上得到一定程度的改进，但这一传统依然在高晓声、路遥等作家中延续着。

1. 农民立场与现代性的迷失

赵树理传统与前两种传统最大的区别在于主体立场的不同。如果说前两种传统的主体立场是知识分子立场的话，那么赵树理传统的主体立场则是农民自己的立场。这一点，除了有这一传统提供的大量以民族化、大众化为表征，为中国农民所"喜闻乐见"的作品可以为证外，其代表作家都做过巨大的主观努力。赵树理自觉致力于打通新文学与"农村读者"的"隔阂"，他长期居住在农村，试图将自己的思想感情完全融入农民的立场之中，从而专门为农村的读者写作。柳青生长于陕北农村，且又回乡当过三年乡文书，为了写《创业史》，又在长安县皇甫村居住了整整 13 年。他认为，深入生活，走与工农相结合的道路，必须是长期的，无条件的，全心全意的[①]。周扬在《论赵树理的创作》中指出："没有站在斗争之外，而是站在斗争之中，站在斗争的一方面，农民的方面，他是他们中的一个。他没有以旁观者的态度，或高高在上的态度来观察描

[①] 柳青：《回答文艺学习编辑部的问题》，《文艺学习》1954 年第 5 期。

写农民", "因为农民是主体, 所以在描写人物、叙述事件的时候, 是以农民的感觉、印象和判断为基础的"。①

将知识分子立场转变为农民立场的努力, 正是以《讲话》精神为代表的 40—70 年代主流意识形态对作家的一项基本要求。而"深入生活""体验生活", 成为这种转变的主要方式。新中国成立后, 作家下放农村、工厂、矿山、战场、边疆蔚为风气, 除部分是由于被迫害所致之外, 大部分像赵树理、柳青一样是自觉自愿的。他们的自愿既出于对新中国、新生活的由衷热爱, 对文学与现实关系重要性的深切认同, 也是在自觉迎合主流意识形态的要求和对作家的规范。因此, 这种农民立场本身具有强烈的意识形态色彩。

作为作家主体立场的农民立场在乡村小说的写作中, 表现出了一定的优势。如对乡村生活细节的了解, 对农民思想感情的体验, 对农民现实命运的把握, 都使赵树理们获得了充分的经验基础, 且的确做到了作品与农民生活最大限度的切近, 受到中国底层读者的普遍欢迎。四五十年代的赵树理、五六十年代的柳青、80 年代的路遥的确成了家喻户晓的作家。然而农民立场却使新文学失却了自己的初衷, 也使乡村小说失去必要的主体性, 失去了观照农民生活与命运的必要的审美距离, 进而失去了对其做出评价的能力。因此才出现了赵树理传统的作品对农民生活的判断不到半个世纪就被历史所否定的可悲结果。

更重要的是, 在鼓励以农民立场来叙述农民生活及其历史变迁的同时, 知识分子立场在这一时期被作为"小资"情调受到了抵制和打击。不管是试图改造农民传统文化心理结构的启蒙传统, 还是对乡村世界的诗意化的审美传统, 基本上都处于冬眠状态。他们从不同层面上对汉语文学现代性的建构被迫终止。从现代理性精神出发试图对乡村社会实施启蒙的世俗现代性, 在意识形态因素的强力介入之下逐步被庸俗化为否定一切、打倒一切的"革命"行为; 而从人道主义出发试图对乡村社会

---

① 周扬:《论赵树理的创作》,《解放日报》1946 年 8 月 26 日。

进行诗意观照的"审美"现代性则被形形色色的功利主义倾向所排斥。因此，汉语文学现代性的建构，从三四十年代到 70 年代末期，迷失在了历史的隧洞里。

2. 现实视角与实用现实主义

赵树理传统与鲁迅传统、沈从文传统的第二个重大区别在于观照乡村世界的视角。鲁迅传统的视角是文化，沈从文传统的视角是审美，而赵树理传统的视角则是社会现实及其历史变迁，即试图客观展示乡村社会的现实本身。这一视角在那个急剧变革的时代里，具体化为确认历史变革在乡村社会和农民命运中的现实表现。因此，这一视角既能充分体现《讲话》对文艺的要求，也完全符合茅盾等人的写实主义理论和对农村题材小说的期望。因此，《李有才板话》被认为是"非常真实地、非常生动地描写农民斗争的作品，简直可以说是一个杰作"[1]。赵树理的小说被一次会议确认为"赵树理方向"，并被作为"我们的旗帜"。[2]然而这面旗帜沿着既定的方向，将乡村小说带到了完全实用主义的道路上，所谓现实视角最终成了实用主义泛滥的一个合法通道。赵树理说他写农村的小说主要是为了配合农村的"实际工作"，同时，小说被他当成了劝善的工具[3]。中华人民共和国成立后赵树理写农村的《三里湾》和《锻炼锻炼》等，或为配合合作化运动，或为配合农村整风运动。这些作品尽管因为描写了变革中的农村生活的"本来面貌"而具有现实主义的一般特征，但作者配合运动、图解政策、立足劝善的写作意图却将现实主义实用化，为后来"文革"时期现实主义的进一步庸俗化埋下了伏笔。

这种现实视角在柳青、周立波、浩然以及"文革"后的高晓声、路

---

① 陈荒煤：《向赵树理方向迈进》，《人民日报》1947 年 8 月 10 日。

② 陈荒煤：《向赵树理方向迈进》，《人民日报》1947 年 8 月 10 日。

③ 在《随〈下乡集〉寄给农村读者》中赵树理曾说："俗话说，'说书唱戏是劝人哩！'这话是对的。我们写小说和说唱戏一样（说评书就是讲小说），都是劝人的。"在 1949 年 6 月 26 日发表于《人民日报》的《也算经验》中，赵树理还强调了他的小说写作是为了配合农村"实际工作"，"产生指导现实的意义"。

遥的乡村小说写作中一以贯之，成为这一传统的主要标记，其中一些作家尽管也表现出了一些与其他乡村小说传统类似的地方，如周立波在风俗描写和语言风格方面显然有沈从文传统的一些特点，高晓声、路遥的小说也带有鲁迅传统中的批判倾向，但他们观照乡村的视角和主体立场，却是现实视角和农民立场，并没有进入鲁迅式的文化层面。这一点决定了这些作家从根本上属于赵树理传统。一个作家的观察和叙述整体上是在哪一个层面上展开的，决定了这个作家的基本面貌。有论者试图通过文本细读来证实解放区作家也具有鲁迅式的文化批判锋芒①，然而正是由于解放区作家的主体意识几乎为现实视角所垄断，在整体上未能进入鲁迅式的文化批判层面，所以只能是一种现实层面的批判，和鲁迅传统不可同日而语。

这种在主体意识和观照视角上的一致性，使赵树理传统的乡村小说陷入了一种模式化和短期效应的危机。柳青的《创业史》、周立波的《山乡巨变》和浩然的《艳阳天》，与赵树理的《三里湾》一样，在同一种结构模式、同一种选材和主题、同样的角色设置和同样的起绰号的方式中，讲述当代中国乡村的故事。他们之间的个人差异远不足以掩盖他们雷同的实质。高晓声和路遥尽管关注到了与赵树理、柳青讲述的正好相反的乡村现实，但他们的视角却是一致的，都是现实视角，以及由新旧生活理想之间的冲突带来的社会变革。这使他们从本质上嵌入了赵树理传统。这种从农民立场审视乡村现实的特性，决定了这一传统的短期效应。五六十年代写农村合作化道路的那一批小说，在七八十年代之交已面临历史实际进程的拷问，80年代初期出现的农村经济改革，与这些颂扬合作化道路的"经典"作品开了一个极具讽刺意味的历史玩笑。而陈奂生、高加林曾经在城乡交叉地带、文明交叉地带所面临的选择，在90年代以来大规模的城市化进程和"民工潮"之中，也显出了作家主体视野的捉

---

① 王利丽：《救亡未忘启蒙——论解放区作家对农民落后意识的批判》，《文学评论》2003年第6期。

襟见肘。当然我们不能要求一个作家对历史可以料事如神，但中外真正的经典名著哪一部是在几十年之中就被历史所淘汰的？

3. 民间趣味与"史诗"幻象：民族化名义下的反现代叙事

赵树理传统最显著的叙事特征是以民族化、大众化为动机的民间趣味和以展示农村历史变革为动机的史诗意识。

40年代以来由毛泽东倡导的民族化、大众化运动，可以说是汉语文学史上最大规模的一次有纲领、有组织的文人文学与民族民间文学的大融合。这次运动除了对民歌的大规模搜集、仿造和借鉴之外，成就最高的就是以赵树理为代表的乡村小说写作。被视为"毛泽东文艺思想在创造实践上的一个胜利"的"赵树理方向"，本身就包含着民族化、大众化的意思。赵树理认为"五四"以来的"新文学"与"农村读者"是相隔膜的，他要用自己的小说来打通这一隔膜。这种努力的结果就是促使他大量采用民间的各种传统文艺形式，主动去迎合农民的欣赏趣味。于是，民间的许多传统艺术形式，如快板、鼓词、说书、谚语，甚至绰号便频繁出现在赵树理的写作中。针对农村读者迷恋故事情节的欣赏习惯，赵树理小说主要在演绎曲折、离奇的故事情节。这些做法在赵树理传统中得到了充分的延续。柳青对关中农村、周立波对湖南农村、浩然对河北农村、高晓声对江苏农村、路遥对陕北农村的描写，尽管发生在不同的时代、不同的地域，但在突出民间趣味上却是一致的。

值得反思的是这种以民族化、大众化为动机的民间趣味，并不是建立在文化层面或审美层面，而是在现实矛盾斗争层面上出现的。因此，那些被动用的民间文化形式只能让人们感到是一种手段或装饰，或者是被贴在作品上的文化标签，而不能让人感受到一个地方的整体文化气象。这也是四五十年代民族化、大众化的主流导向最终只强化了"人民性"和"阶级性"而未能复活真正的民族传统文化的根本原因。

赵树理传统的叙事目的包含有很强的史诗欲求。从柳青到路遥一直想写出当代中国农村的史诗来，而且他们的作品也被广泛地誉为史诗。诞生于英雄时代的史诗艺术，对平民时代的文学来说，的确是一个不可企及的艺术高地。但问题在于当代作家究竟凭借什么去抵达这个高地？从赵树理传统中所有作家的作品来看，赖以被称为史诗的因素，恐怕只有那种试图完整、真实地再现一段中国农村变革历史的愿望。权且不论他们的再现是否达到了完整、真实，仅就史诗构成的基本元素也尚且没有具备。我们当然不能要求当代作家写出英雄时代的史诗来，但即使是平民时代的史诗式的作品，也最起码应该具备史诗构成的基本元素。

概括地讲，一部史诗，应是理性与诗性在历史叙事中的和谐统一。

在英雄时代，艺术始终秉承神话时代人类提出的永恒追问，那就是对人和世界的追问便是人类最早的也是最大的理性。这种理性在英雄时代被延伸为对一个种族或作为该种族代表的英雄及其由来的解释和追问。在平民时代，如此本初状态的理性固然不可能再去直接支撑一种艺术，但它最起码应该演变为一种追问和反思的精神，而这种精神恰恰是赵树理传统最为缺乏的，或者为一些世俗观念所置换。理性精神的缺席，在"五四"传统既已开创的四五十年代让人难以置信。

构成史诗的另一个基本元素诗性，在赵树理传统中则显得更加匮乏。在神话时代和英雄时代，诗性几乎是天然的，它表现为语言对历史本身的超越能力，以及作为表象与本质高度统一的命名魔力。这种诗性在平民时代的文学中尽管已不可企及，但至少应该演变为一种艺术地超越历史本身的欲求，或者说至少不应该以放弃艺术的超越能力为代价，来表现对历史的"忠诚"。

在赵树理传统的主体意识和叙述策略中，"人民性"和"阶级性"始终高于理性和诗性。可以说，这些作家所专注的只是历史表象的本身，而下无理性之根基，上无诗性之升华，再宏大的历史叙事也无法构成史诗的特质，因为史诗就是诗性与理性对历史的一种穿透。历史本身，仅仅是在诗性与理性之间的一个浮游物。在这个意义上说，赵树理传统的叙事手段不仅是反史诗性的，而且也是反现代性的。因为支撑现代叙事的理性精神和诗性精神的缺失，使这一传统的作家无法站在现代的高度来讲述中国乡村及其历史。

五、《白鹿原》：整合与超越

在经历了 80 年代中期以来的观念变革和本体实验之后，乡村叙事发生了根本变化。这种变化可以概括为：一、作家的主体意识在自觉地完成一次调整和还原，具体表现为对人为设定的观念的清除和剥离，譬如某些不适应文学的意识形态因素、单一的视角，尤其是人为的主观立场等；二、叙事策略进入了一个自由的多项选择局面；三、作家们的目光由现实普遍转向了历史，尤其是民国史上的乡村民间生活；四、在《百年孤独》等外国小说影响下，"家族"成为许多作家关注乡村的共同角度。这些变化预示着 20 世纪的乡村小说正在走向成熟和综合。

在这一时期，作家们关注最多的依然是乡村，除属于鲁迅传统的韩少功等寻根作家和属于沈从文传统的贾平凹外，还有写了故乡系列的刘震云、写了《狗日的粮食》和《伏羲伏羲》的刘恒、写了《妻妾成群》和《罂粟之家》的苏童、写了《尘埃落定》的阿来、写了《棺材铺》和《赌徒》的杨争光等等。而这期间，最能够作为走向成熟和综合的标志，并成为 20 世纪中国乡村小说传统集大成者的，则是陈忠实的《白鹿原》。

1. "入乎其内，出乎其外"：成熟的主体立场

如果说前述三种乡村小说传统中，作家的主体立场始终存在着知识分子立场或农民立场的偏失的话，那么以《白鹿原》为标志，中国乡村小说的主体立场进入了相对成熟的状态。知识分子立场与农民立场各自的优势与局限，同时得到了发挥和扬弃。知识分子立场与乡村世界的现实、历史和文化之间的距离和反差，以及由此产生的批判锋芒和美学光泽，农民立场表现出的那种对农民生活的深度体验和现场感，在《白鹿原》中同时得到了体现。相反，知识分子立场对农民生活现实的隔膜，以及由此形成的概念化的文化象征符号，或一厢情愿的虚无的美学符号，尤其是农民立场对批判意识和反思高度的放弃，也都在《白鹿原》中得到了有效的弥补。可以认为，《白鹿原》的主体立场中，既包含作为知识

分子精神中最核心的部分——理性批判精神，又包含对农民生活的实际体验与现实关怀。

在当代文坛，陈忠实所在的"陕军"向来被视为农民作家群。其作品似乎一直是中国传统文化和传统审美心理的标志，而与现代性无涉。形成这种认识的原因，就在于陕西作家始终不能建立起与传统农耕文化心理保持现代意义上的心理距离的主体意识，反而赵树理似的把玩和欣赏这种农耕文化心理。《白鹿原》的出现在根本上改变了这一状况。陈忠实虽生长于关中农村，且在成为专业作家之后仍长期住在乡下，但《白鹿原》的构思发生于中国思想文化大变革顶峰期的 1987 年前后，国内外各种现代文化思潮和文学作品，以及许多新观念、新方法使陈忠实的小说写作进入了一个痛苦的突变期，他明显感觉到了过去写作的局限性，深入的反思使他对自己所熟悉的农村社会进入了全新的、更深层次的体验，他说："直到八十年代中期，首先是我对此前的创作甚为不满，这种自我否定的前提是我已经开始重新思索这块土地的昨天和今天，这种思索愈深入，我便对以往的创作否定得愈彻底，而这种思索的结果便是一种强烈的实现新的创造理想和创造目的的形成。"①这种新的创造理想和创造目的的形成，正是陈忠实主体立场发生突变的标志。从《白鹿原》中表现出的鲜明的文化反思与理性批判精神来看，陈忠实是以与"陕军"的农民意识完全不同的知识分子立场进入《白鹿原》的。这使《白鹿原》在对中国文化最传统部分的叙述中开启了现代性反思。

在以往对《白鹿原》的评论中，许多批评家都指出："《白鹿原》不仅以空前规模深刻准确地表现和把握了中国农业社会的基本特点，而且在历史和人的结合中塑造了庄严饱满的中国农民形象，展示了民族的精神和灵魂，它的出现给外界（包括世界）提供了许多关于我们民族的新

---

① 陈忠实：《关于〈白鹿原〉的答问》，《中国当代作家选集丛书：陈忠实》，北京：人民文学出版社，2002 年，第 333—334 页。

的认识。"①这种说法其实只说出了问题的一个方面，而更重要的是作家对他所展示的"民族精神和灵魂"的反思和批判。在《白鹿原》中，白嘉轩便是这种"民族精神和灵魂"的代表形象。而作家对这个形象始终是持批判立场的，譬如，在对女人的态度上，白嘉轩将女人当作一个传宗接代的工具，而且自己可以连娶七房女人，而田小娥只改嫁一次就成了不可归宗的妖孽。白鹿原上几乎每一个女人都落了悲剧下场，这些悲剧全部根源于白嘉轩代表的那种"民族精神和灵魂"。这样的描述本身就是批判性的。而作家对田小娥死后化蛾、灵魂附体等情景的叙述，将这种批判性推向了极致。此外，白嘉轩作为族长对待鹿黑娃、白孝文、白灵乃至鹿子霖的做法，也表现出来自我们民族灵魂深处的残暴、冷酷和虚伪。作家对白嘉轩所代表的这种文化精神的批判，显然是站在现代人对人性的深刻理解的立场上，对一种违背"人性"的文化的批判。

在对作为儒家文化代码的人物朱先生的叙述中，作家表现出的，并不全是人们所说的那种欣赏和热爱，而是更深一个层次的批判。作为关中大儒的朱先生在小说的表层意义世界中，被塑造成一个"先知"和道德"楷模"，是白鹿原人心目中良心和正义的化身，似乎凝聚着作家的理想和爱。但在小说的深层意义世界中，以"兼济天下"为己任的关中大儒，在天下兴亡面前却始终抱残守缺、无所作为，还不如只会传"鸡毛令"号召乡民"交农"的"匹夫"。而且朱先生对清末民初那段向现代社会过渡的历史变革，始终保持一种隔膜和抵触的状态。这样一个人物显然在光环的背后隐含着作家的批判锋芒，隐含着作家对支撑这部"民族秘史"的文化精神的深刻反思。可以毫不夸张地说，就文化批判的深入程度，《白鹿原》是对鲁迅小说的一次本质的延续。正是在这个意义上，《白鹿原》抵达并延伸了"五四"以来汉语文学现代性建构的历史。

《白鹿原》在体现出现代知识分子的理性批判立场的同时，并没有像

---

① 陈忠实：《关于〈白鹿原〉的答问》，《中国当代作家选集丛书：陈忠实》，北京：人民文学出版社，2002年，第539—540页。

鲁迅、韩少功那样，仅仅将乡村当作知识分子反思历史文化的一个抽象的（或虚拟的）支点，而是真正切入了对乡村民间生活的真实体验。在这一点上，陈忠实做得并不比赵树理、柳青们逊色。他同样有着在乡村生长的经历，同样在进入专业作家行列之后依然长期居住在农村。柳青在长安皇甫村 13 年，陈忠实在灞桥乡下岂止两个 13 年。在那里，他经历了种菜、施肥、浇水、喷农药、捉蚂蚱的农民生活，也经历了抽雪茄、喝酽茶、下象棋、听秦腔的秦腔老艺人的生活。这些经历使陈忠实得以将知识分子的反思和批判立场与对中国传统农民的生存体验融为一体，从而使《白鹿原》的主体立场得以将知识分子立场和农民立场相互兼容，扬弃了中国乡村小说传统中由单一的主体立场所导致的弊端。《白鹿原》的经验告诉我们，在确立乡村小说写作的主体立场的过程中，作家既不能放弃作为知识分子的反思与批判能力，也不能与农民的生存体验相悖逆，或者至少不能与农民的现实生存体验相互隔膜，最正确的选择应该用王国维先生描述诗歌境界的那两句朴素的话：入乎其内，出乎其外。

2. 多层次的空间观照视角

作为中国乡村小说传统的集大成者，《白鹿原》观照乡村世界的视角是多层次的。陈忠实既不是单纯以文化的眼光透析乡村的精神命运，也不是仅仅以审美的眼光打量乡村的风土人情，更不是简单、机械地停留在乡村生活的现实层面和历史变革层面，而是从以往单一的线性的观照视角发展为一种多个层面的、空间化、立体化的观照视角。

陈忠实从文化层面上反思乡村社会的历史是自觉的。1987 年前后发生的那次突变，便是从对乡村社会的观照视角的变化开始的。他说："回想起来，那几年我似乎忙于写现实生活正在发生的变化，诸如农村改革所带来的变化。"[①]陈忠实的自我否定由此开始。这说明他已不满足于赵树理传统中那种单纯关注现实层面的观照视角了。这种自我否定，促使

---

① 陈忠实：《关于〈白鹿原〉的答问》，《中国当代作家选集丛书：陈忠实》，北京：人民文学出版社，2002 年，第 333 页。

他对农村社会的反思触角深入文化的层面。他在谈到人物塑造时进一步说明了这种变化。他说："我过去遵从塑造性格说，我后来很信服心理结构说。我以为，解析透一个人物的文化心理结构而且抓住不放，便会较为准确真实地抓住一个人物的生命轨迹。"①在这种变化和自我否定中形成的《白鹿原》是一部以中国传统民间生活为依据的文化反思性的乡村小说。作家的文化目光不仅投射到了以往乡村小说所关注的民情风俗上，而且投射到了思想层面上，更重要的是在人物塑造上，小说没有刻意地去描述每个人物的性格特征，甚至没有描述人物的肖像，而是着力开掘特定地域和特定时代中人物的文化心理结构。尽管读者几乎没有看到人物的外形，但每个人物都能活生生地呈现在眼前，人物之间的差异主要依靠文化心理的不同来识别。这在乡村小说的写作传统中可以说做到了极致，因为，无论是鲁迅的阿Q还是韩少功的丙崽，再或是赵树理的小二黑、柳青的梁生宝都未能省下肖像描写的笔墨。从文化心理的角度对一个人物的刻画，到了可以完全取代性格描写和肖像描写的程度，足可以见出《白鹿原》文化视角之成熟。

审美视角同样是《白鹿原》观照乡村的一个重要层面。《白鹿原》的写作有着充分的艺术准备，而且作家在艺术手段和形式问题上做过深入的探索。这种探索表现在多个方面，但给人印象最深的不是那种沈从文式的淡雅的诗意和文人情调，而是从多个层面上同时展开的审美行为，而这些层面又和谐地统一于同一个艺术结构之中。绵密浓郁的民间生活趣味、恢宏壮阔的历史风云画卷、曲折而充满悲剧意味的文化心理冲突、展开于阴阳两界的魔幻奇观、奇妙而富有诗意的象征意象等等，构成了《白鹿原》天地人神鬼多层次的艺术结构和审美空间。这种艺术结构在中国小说史上，除《红楼梦》等名著外并不多见。可以说，《白鹿原》不仅没有因为凸显文化反思层面而淡化了审美意识，反而使中国乡村小说的

---

① 陈忠实：《关于〈白鹿原〉的答问》，《中国当代作家选集丛书：陈忠实》，北京：人民文学出版社，2002年，第541页。

审美视角得到了充分的延伸。

与此同时，《白鹿原》虽然不满足于停留在社会现实及其历史变化的层面来观照乡村世界，却也没有放弃对现实视角的把握，而是充分调动了作家对乡村生活的实际体验，将这一层面还原到真正有血有肉的民间生活层面。尽管《白鹿原》叙述的是民国年间的乡村，但陈忠实对乡村民间生活的大量体验和长达数年的对各相关区县地方志的研究，使他对多年来被过分强调的所谓"现实"有了全新的把握。从赵树理传统形成以来，乡村的现实一直是在意识形态遮蔽下的观念化的"现实"，似乎从四五十年代开始，乡村社会所延续的始终是政治运动，农民的心理和言行全部围绕政治展开。事实上，政治的确是这一时期农村最重要的因素，但农民对政治的理解和接受，始终是按照自己的生活需求和文化习惯进行的，乡村的民间生活在任何一次政治运动中都是按照自己的方式顽强地延续着。因此，揭开意识形态阴影下民间生活的真相，成了80年代中后期以来新写实小说、新历史小说以还原生活的"原生态"为口号，立志实现的一个写作目标。《白鹿原》的构思和写作也是发生在这一时期。从小说的真实情形看，《白鹿原》不仅没有舍弃现实层面，反而将赵树理传统中的所谓"现实"深化到民间生活的真相中去了。

现实历史层面、审美层面和文化层面的同步展开和同构性统一，使《白鹿原》结束了20世纪乡村小说单一视角的历史，将作家的目光延伸到了更加开阔、更加立体的空间。

3. 开放而敞亮的乡村叙事

乡村叙事到了《白鹿原》的时代可以说进入了一个多项选择的时期，而且每一项选择都已经历过深入的反思和深化。一直作为当代文学主流的现实主义，不仅经历了80年代初期的拨乱反正，而且经历了80年代中后期向民间生活的原生态的还原；来自西方现代主义的各种叙事手段，也已经过80年代中期以来的多种实验，逐步完成了汉语化的过程；那种诗意化的、充满浪漫情调的乡村叙事，在汪曾祺、贾平凹的笔下已臻于纯熟；过去盛极五六十年代的史诗性追求，在经历了80年代发生于诗界的东方史诗写作和小说界的寻根文学，以及全社会性的文化思潮之后，显出了其历史局限性，一种对史诗的全新认识鼓舞着新一代作家。

《白鹿原》在开篇位置引述了巴尔扎克的名言："小说被认为是一个民族的秘史。"此言不仅道出了陈忠实对小说的理解，也透露了《白鹿原》叙述乡村世界的基本方式，那就是写史。写史的意识在鲁迅和沈从文传统中似乎并不明确，但却是赵树理传统的基本追求。然而，由于历史的和文学自身的原因，乡村小说的史诗性叙事，到《白鹿原》中才算真正完成。而且，即使在 80 年代末到 90 年代的诸多小说巨制中，《白鹿原》仍然是最具史诗特质的一部。《白鹿原》的史诗性叙事是从三个层面上展开的，而且每一个层面都对应着一种不同的叙事策略和方法。

第一个层面是物界。在作品中指现实历史层面上的叙事。在这一层面上，《白鹿原》立足并发展了现实主义的叙事策略。作为陕西作家，陈忠实不可能不受到以柳青为代表的 17 年小说中现实主义传统的影响。事实上，陈忠实是带着对《创业史》的崇敬走上文坛的，但他对柳青式的现实主义进行了否定性的延伸。在《白鹿原》中他基本摆脱了意识形态笼罩在现实历史上的阴影，没有简单地将现实和历史的真实性建立在抽象的"本质"基础之上，而是建立在了对中华人民共和国成立前后关中农村的民间生活细节和人性基本现实的叙述之中。可以说，在对意识形态化的现实向"生活的原生态"的还原上，《白鹿原》与新写实小说和新历史小说的叙事策略是一致的。小说中呈现的这一层面是由白、鹿两个家族之间，从族争到党争、从习俗到人性的一系列现实历史纠葛构成的。同时，在主观上，陈忠实自觉摆脱了柳青式的单一、机械、照相式地反映现实历史变革的叙事策略，力图综合地、立体地、客观地呈现乡村民间生活和人性基本现实。这显然是一种更加本质的现实主义。

第二个层面是灵界。在这个层面上，《白鹿原》采用的是象征主义的叙事策略。灵界是超越于物界之上的一个诗意化的形而上层面。在小说中，灵界的叙述是通过象征意象"白鹿""百灵"和人物白灵，以及作为文化象征符号的"朱先生"展开的。"白鹿"和"百灵"所代表的是一个灵视的神性世界，是一种超验的和先知先觉的力量。而"朱先生"所代表的是一个由现实历史层面直接升华出来的智性的和理性的世界，同样是一种先知先觉的力量。"白鹿"和"朱先生"在《白鹿原》中的意味，有似《红楼梦》中的"玉"和"空空道人"，虽为一人一物，却照亮了整个作品，使整个现实历史层面升华到了灵视的空间。

第三个层面是魔界。在这个层面上，《白鹿原》采用的是魔幻现实主义的叙事策略。魔界是一个非理性的世界，它代表着人性中某些神秘的、不可知的和恐怖的力量。在《白鹿原》中，作家对魔界的叙述是从白嘉轩七个女人之死，田小娥灵魂附体、制造瘟疫和"化蛾"，朱先生预言的数十年之后那场噩梦般的社会运动，以及鹿兆鹏妻的发疯等环节中展开的。魔界在表面上是一个鬼魂的世界，但实质上是作家对人性中不可知现实的表现。

灵界在上，魔界在下，物界在其间，灵界与魔界虽在《白鹿原》中着墨不多，却构成了一种穿透物界（现实历史层面）的力量，使作品通向了人性、理性和诗性。这正是《白鹿原》抵达史诗性叙事特质的关键所在。事实上，一部经典的小说文本，不管它是在何种时空中产生的，都是由这三个层面构成的，《红楼梦》是如此，《百年孤独》也是如此。二流以下的小说文本往往只能涉及其中的两个或者一个层面。本文也正是在这个意义上，将《白鹿原》视为20世纪乡村小说传统的集大成者的。

［《陕西师范大学学报》（哲学社会科学版）
第 34 卷第 3 期，2005 年 5 月］

陈忠实研究论集

上

陈忠实创作道路的文化意义

冯望岳

　　摘　要　陈忠实创作道路具有重大的文化创造意涵。其一是早期农村生活奠定了作家民间化平民文化情感立场和文化价值观念，打造了鲜明独特的民族化、乡土化、地域性本土文学底色；其二是对文学与人民、文学与生活、文学与政治关系的明确认知，使作家始终保持与人民母亲的血肉联系；其三是从为谋生而文学走向为实现生命价值和民族复兴而文学，成为夸父追日、精卫填海般勇毅执着文学事业的励志书；其四是不断进行精神的与艺术的"剥离"，不断地拓新自我社会文化圈，不断择优、趋优，定义自我和超越自我，登攀文学艺术高峰。

　　关键词　陈忠实　创作道路　文化创造　民间立场　本土文学　生命价值　励志

　　陈忠实是我国新时期文坛"一个真正的社会主义作家"①，是继柳青、杜鹏程之后，陕西文学界一位品牌性、标志性的本土作家。陈忠实从一名爱好文学、自修文学的青年而成长为以《白鹿原》彪炳史册

---

① 陈涌：《关于陈忠实的创作》，《文学评论》1998年第3期，第5—21页。

的文学大家，他的半个世纪的漫漫创作道路，毫无疑义，极其典型而富有"深刻的文化意义"①。本文探究和论述陈忠实独异创作道路巨大的文化价值，以纪念《在延安文艺座谈会上的讲话》暨陈忠实先生七十华诞。

一

  陈忠实早期的农村生活和长期农村基层工作的经验，奠定了作家民间化平民文化情感立场和文化价值观念，涂染并打就了鲜明独特的民族化、乡土化、地域性本土文学底色。

  陈忠实是从独异而丰厚的文化世界走来的文学家。他出生在古城西安东郊西蒋村一个"白嘉轩"式正派纯粹的农民家庭。地处秦岭北麓、渭河平原南部白鹿原下、灞水之滨的蒋村，属于汉唐帝都京畿之地。少年陈忠实生长于北方农村的民间文化世界。犹如赵树理、柳青早年如鱼得水般遨游在民间文化艺术世界一样，陈忠实长期生活于地域性农民世界和纯粹的民间文化艺术海洋之中，从而形成了终生不渝的底层平民立场、民间文化意识和关中"乡土情结"。而早期农村生活、基层工作和创作"操练"，为陈忠实新时期创作奠定了思想、生活和艺术表现力的坚实基础。五十年间，陈忠实始终"注目南原觅白鹿"，"破禁放足不作囚"，"犹存汉唐高格调"，"独开水道也风流"。他以独异的题材与描写领域，在那"魂系沃土香益烈"的中短篇小说创作中描绘和展示了极其丰富的人的心灵世界：康勤娃、冯马驹、冯彩彩、四妹子、珍珠、山楂、罗坤等形象，表现了农村社会中新的文化精神力量在崛起、在壮大，并且会逐渐成为主导的文化力量；以犨牛队长老娘、县委副书记母亲、秀芬、张三等形象表明了新的文化精神力量赖以滋养、支持的优秀传统文化的

---

① 畅广元：《陈忠实论——从文化角度考察》，北京：人民文学出版社，2003年，第242页。

深重；而刘建国、王育才、灵虫王二、梆子老太、蓝袍先生等"非神圣形象"的自我异化现象，则说明农村社会文化变革的复杂性和艰巨性。而且在那史诗性的"民族的秘史"《白鹿原》中，描绘了白鹿两大家在政治社会地位、经济力量文化素养，尤其是如何做人的问题上繁复微妙的较量，对一部中华民族生存与发展的秘史做出了超凡脱俗、鞭辟入里的深层揭示和复杂多样、震颤脊背的审美表现。

在《白鹿原》中借助白嘉轩、鹿子霖、朱先生、白孝文、鹿兆鹏、白灵、鹿兆海、鹿三、黑娃、田小娥等形象的塑造，对中华民族社会文化现代转型期繁复的文化形态、价值观念、生存方式和现状、民间习俗和风情，诸如儒、道、释、农、商、学、兵、官、民、匪、侠、主、仆、奴、亲、仇、善、恶、正、邪等，无不予以极其富有启蒙现代性和审美现代性的现实主义描写。

早在 20 世纪 20 年代，周作人分明是从美国 B. 哈特、马克·吐温的乡土文学创作和以鲁迅为代表的乡土文学作家群的成功经验受到启迪，或者受到法国白兰士、白吕纳和美国亨丁顿的文学艺术家及其人文自然地理关系理论影响，明确强调"风土的力在文艺上是极重大的"，"强烈的地方趣味也是'世界的'文学的一个重大成分"。[①]陈忠实以《信任》《第一刀》《鬼秧子乐》《轱辘子客》《舔碗》《窝囊》《康家小院》《初夏》《梆子老太》《四妹子》《蓝袍先生》《地窖》《最后一次收获》《白鹿原》《日子》《腊月的故事》《李十三推磨》等为代表的小说文本，分明是具备周作人所说的"风土的力"和"强烈的地方趣味"的。正因如此，他不仅是秦地本土的、区域性和民族的，而且是世界的、人类性和现代性的。

二

陈忠实对文学与人民、文学与生活、文学与政治辩证关系的明确认

---

① 余三定：《文坛岳家军论·序》，石家庄：花山文艺出版社，1994 年，第 5 页。

知和体悟，使他始终保持与人民母亲的血肉联系。"踏过泥泞五十秋"，"注目南原觅白鹿"；"寄语情钟白鹿人，体验不真不谋篇"。陈忠实作为一名"农裔城籍"文学家，他来自民间，魂系沃土，热爱祖国，忠于人民。"文坛百态毋需忧，我行我素静如初。凄风苦雨蚀斯民，旧礼新潮划亲仇。"[1]面对形形色色的非意识形态文艺思潮，面对世纪之交种种私人化、欲望化消极写作颓风，陈忠实始终保持着与人民大众的血肉联系，始终自觉地为中华民族复兴、人类社会文明与进步的历史服务。

陈忠实曾经明确指出：文学的最基本的含义是人道的。做文学这个事的人，也须得以人道作为最基本的人格修养，成为富有"人本"意识、社会良知、圆满人格的现代人民作家。陈忠实时时"饮水思源"，每每难以忘怀的是那正直要强、茹苦含辛、供子女念书的父亲身影，是那位不知名的女教师真挚善良的晶莹泪花，是那精心指导他写作并"第一次投稿"的车老师，是那笔使其得以迅速复学并享受到高中毕业的每月 8 元钱的人民助学金，是在 20 世纪 60 年代初"双重饥饿"期于秋田里煮苞谷棒子给他充饥的马罗大叔，是在漫漫文学道路上曾给过他以种种关心、扶持、奖掖、鼓励和影响的柳青、王汶石、肖云儒、李星、蒙万夫、白烨、吕震岳……正是这种饮水思源、知恩必报的人性良心，使陈忠实在他的小说世界中总是"旧礼新潮划亲仇"，"破禁放足不作囚"；"慷慨陈词图布新"，"一掬热泪酬斯民"。陈忠实在热情洋溢地彰显和高扬一切真、善、美的人与事，诸如不仅由衷地赞扬梁志华（《土地诗篇》）、冯马驹（《初夏》）、尤志茂（《尤代表轶事》）、田学厚（《七爷》）、刘老大（《小河边》）、鹿兆鹏（《白鹿原》）等真共产党员的献身精神和高贵品质，而且赞美南恒（《正气篇》）、四妹子（《四妹子》）、田雅兰（《田雅兰》）、山楂（《送你一束山楂花》）、惠畅（《夭折》）等平凡的奋进者，还发掘和表现马罗大叔（《马罗大叔》）、来娃（《初夏》）、秀芬（《田园》）、小强和娟子（《丁字路口》）、幸福（《幸福》）等普通劳动者的金子般的心灵。同时

---

① 陈忠实：《陈忠实文集》，广州：广州出版社，2004 年，第 478 页。

又无情鞭挞和扬弃一切假、丑、恶的人与事，诸如既无情鞭挞狠毒的报复者王育才（《两个朋友》）、仗势欺人者刘治泰（《灯笼》）、损人利己者引娣（《幸福》）、盼人穷者黄桂英（《梆子老太》）以及横行乡里者马成龙（《拐子马》）、刘耀明（《轱辘子客》）和南志贤（《正气篇》）的阴暗狠毒的心地，又抨击和讽刺病相畸形者徐慎行（《蓝袍先生》）、"成熟"的顺从者姜莉（《毛茸茸的酸杏儿》）、精灵的狡黠者王二（《石狮子》）和王林（《桥》）等的平庸人格；而对困惑者吴玉山（《失重》）、康勤娃（《康家小院》）和悲剧者田小娥、白灵（《白鹿原》）、珍珠（《珍珠》）、田芳（《蓝袍先生》）、莎娜（《关于莎娜》）的被损毁、扭曲寄予深切的人道主义同情。陈忠实在《白鹿原》中借朱先生、白嘉轩之口提"鏊子说"，与其说是政治层面的对黑娃掀起的"风搅雪"农民运动和田福贤的反攻倒算行径的超党派抨击，不如说是文化层面的对国民阿Q式狭隘报复主义的针砭和批判。如果我们把《白鹿原》《蓝袍先生》《梆子老太》《地窖》《初夏》《日子》《腊月的故事》等排列起来，就是一幅"清明上河图"型的近百年现代转型期中国社会生活之多彩画卷。

而诚如作家所自述：改革开放以来的25年间，"这些小说几乎是亦步亦趋留下了生活演变的履痕，大致可以揣摸在冲决一层一层精神和心理藩篱的历程中，中国人尤其是农民心理秩序发生过怎样的变化"，"二十余年来我始终没有从现实生活的层面移开眼睛"。[①]我们正是从陈忠实小说文本所表现的伟大人道主义意绪、情操、价值人格和文学题材、母题、人物形象、情节、语言、诗情、画意上，认同和激赏陈涌先生关于陈忠实是"一个真正的社会主义作家"的精辟论断的。

"好诗从来和血出，孺子牛知孺子心。"鲁迅、茅盾、赵树理、柳青文学传统的启迪，使陈忠实深知并时刻悉心铭记着：人民群众的生活是"一切文学艺术的取之不尽、用之不竭的唯一的源泉"[②]；"人民是文艺工

---

① 陈忠实：《陈忠实文集》，广州：广州出版社，2004年，第470页。
② 魏绍馨：《中国现代文学思潮史》，杭州：浙江大学出版社，1988年，第415页。

作者的母亲。一切进步文艺工作者的艺术生命，就在于他们同人民之间的血肉联系"①。自觉地保持与祖国人民的血肉联系，把自我的文学艺术之树深深"植根中国社会主义现代化建设的实践，反映中国人民创造自己新生活的进程和中华民族自强不息的精神"②，分明就是著名的社会主义主流文学家陈忠实的立身之本与成功之本。而这一种立身经验和成功道路，在中华民族伟大复兴与"全球化"的双重背景下，毋庸置疑，是极富于典型性、榜样力和文化创造意义的。

三

陈忠实从为兴趣与谋生而踏上漫漫文学摸门、文学自修之路开始，到坚信"真正的文学依然神圣"，自觉走向为实现生命价值和民族复兴而献身于人民文学事业，其半个世纪的文学道路，简直就是一部夸父追日、精卫填海般勇毅执着文学事业的雄浑厚重的创业史诗、励志奇书。

青年陈忠实是一名矢志不移、夸父追日般执着追求文学的理想者。陈忠实从发蒙读书、做文学家梦，到散文处女作《夜过流沙河》面世，进而发表优秀短篇小说《信任》，确是一个漫长而艰苦的磨砺与选择的人生过程。

半个世纪以来，陈忠实把强烈的文学兴趣与寻求人生出路纠结在一起，把由衷的文学痴情与确立自我终生事业统一在一起，进而自觉地把有限的个体生命价值实现与无限的中华民族伟大复兴的繁富壮丽事业有机地联系起来，走出了一条艰巨卓绝的文学自学而又自强之路，走出了一条创获丰硕、誉满寰宇的文学成功之路。陈忠实沐浴着改革开放大时

---

① 涂途：吴开英《邓小平文艺理论读本》，北京：中共中央党校出版社，1998 年，第 9 页。
② 涂途：吴开英《邓小平文艺理论读本》，北京：中共中央党校出版社，1998 年，第 19 页。

代的阳光春风"亮相"新时期文坛，迄今为止已经给祖国与人民奉献出2004年广州版7卷本《陈忠实文集》及之后《李十三推磨》等小说创作和文学理论，约计350万字的人性化、高品流的"和血"诗章。其中《信任》1979年获全国优秀短篇小说奖，《立身篇》1980年获甘肃《飞天》文学奖，《尤代表轶事》1981年获《延河》文学奖，《康家小院》获上海《小说界》首届（1981—1983年）优秀作品奖，《第一刀》获《陕西日报》优秀征文奖，《初夏》获1984年北京《当代》文学奖，《十八岁的哥哥》获1985年河北《长城》文学奖，《渭北高原：关于一个人的记忆》（与田长山合作）1992年获全国优秀报告文学奖，《四妹子》获陕西省首届"双五"文学奖，《活在西安》2000年获《人民日报》优秀作品奖，《白鹿原》1993年获陕西省第二届"双五"文学最佳作品奖、1994年获1980—1993年人民文学奖、1998年获第四届茅盾文学奖。目前陈忠实小说已经有日、朝、越、俄诸多译本和港台地区多种繁体竖排版本，并被写入多种文学史著作，进入高等院校文学专业教学和研究领域，产生了极为广泛的影响。

　　贯穿陈忠实整个文学创作和文学理论文本的一条主线，分明就是作家以"惊金石动鬼神"的至真至诚之情对社会主义核心价值的热切关注和诗性表现。由陈忠实早期于民间文化世界中形成的虽说简朴单纯却不失底色、尽管不甚开阔却与人类社会文明同步发展的个人社会文化圈和自我价值人格所决定，由陈忠实近30年始终与人民共和国主流文化圈、文艺界王汶石、李若冰、张光年、贺敬之、王愚、畅广元、王仲生、蒙万夫、肖云儒、李星、白烨、阎纲、何西来等人保持良好的对话交流关系所决定，也由陈忠实始终自觉地为以农民为主体的民间社会着想、为人民立传代言雕像，自觉地为人类文明与进步的历史服务的创作宗旨所决定，作家整个创作文本所想引发人们的情感体验的性质和总指向，是积极进取、健康向上，"致人性于全"，即是清扫人们心灵反省状态的压抑、扭曲、异化人性的精神垃圾，焕发人们以民主、科学、独立、自由

---

① 马克思：《1844年经济学哲学手稿》，北京：人民出版社，1985年，第77页。

为内核的当代人文精神，自觉维护人的平等、尊严和社会的正义、公平、文明。陈忠实在走向"完善的人道主义"①理想境界进程中，不断地"定义自我"，不断地提升和完成自我，实现自我崇高而博大的价值人格。

作为一个独立创作主体，陈忠实的个人社会文化圈在 60 年间不断拓变、调整、重组的过程中，始终保持着对科学社会主义文化思潮及其核心价值体系的"单纯信仰"和坚贞情结。"人间正道是沧桑。"陈忠实早期农村生活、长期农村基层工作和业余文学创作"操练"，为其新时期创作奠定了思想、生活和艺术表现力的坚实基础。而"文学依然神圣"的坚定信念，对柳青"六十年一个单元"和"文学是愚人的事业"名言的激赏和自觉，非凡的"只问耕耘，不问收获"的执着追求和以"自己的头自己摇"为内核的现代人格魔力，对祖国对人民的由衷酷爱与忠诚，"为历史服务"的高度自觉与热忱，使陈忠实创作进入金色的宁静丰收期，并登上风光无限的人民文学艺术的高峰。

"稚少痴梦艺苑里，老大醉耕不计年。"陈忠实由一名少年文学爱好者、普通的城郊乡镇上的业余作家，锻炼苗长为"茅盾文学奖"得主和中国作协副主席，其独特的文学历程不仅表现了创作主体正派、硬气、坚韧、雄强、"决不言败，决不认输"的生存意志和不断地自我反省、自我解剖、自我"剥离"、自我定义、自我超越的现代意识、现代人格及做人的大气象、大境界，而且表现了文学创作主体与时俱进、自觉"拿来"、探险历练、综合创新的非凡智慧和才情。他那种"文学永远神圣"的坚定理念，激赏"文学是愚人的事业"的警策名言，"只问耕耘，不问收获"的座右铭，那种坚毅不屈、不甘人后、永不言败、自强不息、在趋优中拼搏奋进、不断精神"剥离"、不断超越自我的现代人格精神，堪为一笔极其珍贵的精神财富。人民文豪郭沫若认为"天才是努力生活的结晶"，称赞王阳明是伟大的精神生活者，是儒家精神的真正传人，是自强不息的奋斗主义者。①作为努力生活、自强不息的文学天才，陈忠实的创

---

① 冯望岳：《郭沫若的文学世界》，西安：陕西人民出版社，1993 年，第 98 页。

作道路，毫无疑义，就是一切有志青年不断地定义自我、超越自我、完善自我、实现自我，不断地崇优、择优、趋优、创优，而成长、成才、成功的雄浑厚重的创业史诗、励志奇书！

四

陈忠实自觉地不断进行精神的与艺术的"剥离"，不断地拓新自我社会文化圈，不断择优、趋优，定义自我和超越自我，是作家攀登文学艺术高峰的重要保证和唯一秘诀。畅广元教授十分注重陈忠实文学和精神双重"剥离"过程所呈现的文化精神及其品位。他反复地谆谆告诫文艺界同仁，对陈忠实的创作文本和他的精神"剥离"过程，应该认真地进行文学文化学批评研究，而不是人们已经熟悉了、习惯了的一般性的文学研究。①因为这一"个案"是极其典型的，陈忠实独异的文学世界和精神"剥离"过程，在走向 21 世纪的现代中国文学界不仅具有普泛意义，而且富于"先锋"品格和引领、启迪一代文学新军的价值。

20 世纪 70 年代末的"剥离"是陈忠实文学生涯中具有特殊历史性意义的重大事件。其时的陈忠实自觉而敏锐地感受到真正的人民生活的春天、祖国富强的春天、文艺繁荣的春天气息，于划时代的 1976 年 10 月——文艺家们欢庆人民的伟大胜利的时分，没有急于以沙哑的歌喉浅薄、表象地颂扬光明，以颓败的笔刀挞伐丑恶，而是默默"躲进小楼成一统"，潜心读书，把自己也烧进化，借他山之石，窃异域之火，攻"玉"煮"肉"，完成自我痛苦而深刻的精神"剥离"，以求能适应新变、与时俱进，在为人民服务、为祖国服务、为社会主义服务的文学事业中，实现多年追求的自我理想和生存价值。在此次重大的精神"剥离"和心态大"爬坡"的过程中，陈忠实不仅要从思想认识层面冲破和扬弃极左的文艺教条主义，而且从创作上要彻底地清理与抛却极左的文学创作理念

---

① 畅广元:《陈忠实论——从文化角度考察》,北京: 人民文学出版社, 2003 年, 第 243 页。

与套路，而进入真正意义上的文学写作。从 1979 年春天，陈忠实开始了他真正意义上的颇高产的创作时期。

陈忠实是一位富有社会良知和责任心的作家。当他在已经成为陕西作家协会专职作家，出版了几本作品集、获得过全国奖、在社会上产生了一定影响之后，没有丝毫松懈，没有骄人沽名，而是认真回溯和检索自己的创作，敏锐而强烈地感受到一名作家的职责和压力，自觉地从思想和艺术的结合上为自己提出更新更高的目标。"你作为一个作家，在陕西和中国当代文学中达到了什么程度，占有怎样的位置？""如何形成属于自己的、应该不为人淡忘的东西？""你应该在中国的图书馆里挤进一本书呵！"于是在 20 世纪 80 年代中期，陈忠实再次进行了重大的精神"剥离"和心态大"爬坡"。陈忠实从生活体验转化到生命体验、从典型性格理论转向到民族"文化—心理"结构理论，不断接纳和吞吐东西方文化艺术养料，扬弃与文艺新潮不相适应的理念与方法，如中篇小说《初夏》一稿采用的"革命现实主义"创作方法。陈忠实正是在精神"剥离"过程中，一方面实现知识结构和审美观念的更新，在自觉"拿来"、创化、融入魔幻现实主义和新历史主义等现代东西方文学元素中促使现实主义深化和开放而达到空前的艺术高度与境界；另一方面则注重和沉思文学与主体人格的联系，致心力于涵养浩然正气，培育现代杰出作家品格：（1）特定的改革大社会时代的审美要求和独立的文学主体的审美理想相互作用下的美学规范系统；（2）建构了独立的社会批判和文化解剖的文学品格；（3）强化了作为文化存在者自由重构"生活类型"和"自评体系"的创造性。①正是这种以崇优、趋优、择优、获优为宗旨，以做矢志不移、无怨无悔、真诚地面对事业、大胆地否定自我"先天性不足的艺术空虚"、勇于捍卫自己明白了的东西和心灵的一方自由绿地净土的"愚人"为强大驱动力量的精神"剥离"，使陈忠实创作出了堪为经典的长篇巨制《白鹿原》，跨入了当代中国文学的杰出作家之列。

---

① 畅广元：《陈忠实论——从文化角度考察》，北京：人民文学出版社，2003 年，第 173 页。

　　陈忠实明确地指出:"文学创作是一种文化的表现,而且是文化最直接最显露的表现方式。""艺术就是自己对已经意识到的现实和历史内容所选择的最恰当的表现形式。"这些主张分明是作家对葛林伯雷"文化诗学"理论和贝尔"艺术乃有意味的形式"理念的一种深度透析和独异阐释。半个世纪以来,陈忠实那300多万字的文学创作与文学理论著述文本,不仅仅是作家独立的主体生命体验和艺术体验的结晶,而且是近百年中国社会文化、思维方式进行急剧现代转型、深巨变革的多彩画卷和多棱镜。陈忠实以开阔宏放的文化视野和悲悯美善的人文襟怀,反复认真地审视、透析和考量东西方古代现代诸多文化艺术思潮、名家大师们的创作经验,不仅关注思考和探索人类社会文学艺术的一般规律,而且探寻和总结中国特色社会主义文学艺术的特殊规律,绝没有崇洋媚外、食洋不化或者眷恋古董、守成复古的心态意绪,绝没有把现代西方社会文化思潮中形成的某些主义的艺术理论或艺术规律视为"放之四海而皆准"的普世性真理和规律。在这一方面,陈忠实确实是难能可贵的。

　　陈忠实小说中不仅描写和塑造出朱先生、白嘉轩、鹿三、冯景潘、冯二老汉等传统文人和正经庄稼人形象,描写和塑造出鹿子霖、黄掌柜、徐慎行、黄桂英、唐生法、王育才、刘建国等心术不正者和人格畸变者形象,而且发掘和赞扬鹿兆鹏、田老七、王玉生、侯志峰、罗坤、冯马驹等真正共产党人和白灵、幸福、山楂、珍珠、娟子、冯彩彩、四妹子、秀芬、马罗大叔,甚至外形丑陋而矮小的来娃等普通劳动者的心灵美,从而使文学文本成为人们借以认识省情国情、创造和谐新美社会生活不可或缺的精神食粮。"文化"就是"人为的进化",其本质精神是青春的、创造的、进化的。陈忠实文学文本作为"一种文化的表现"和"对存在的诗意的沉思"[①],形象生动地表明人类追求"现代性"有两条迥然不同的途径:其一是正派的、人道的、民主的、大众的;其二是市侩的、兽

---

　　① 仵从巨:《"城堡"与"迷宫"——欧美现代主义文学论集》,成都:四川民族出版社,1998年,第3页。

性的、专制的、霸权的。陈忠实小说文本的文化精神和文化价值，正在于坚持正派的、人道的、民主的、大众的、科学的、和谐的现代性之路，而扬弃市侩的、兽性的、专制的、霸权的、愚昧的、无序的现代性之路。近些年时贤们热评"现代性"问题，却缺少具体的分析明辨，就不免有盲人摸象之嫌。正因陈忠实小说描绘和表现近百年民族文化心理"全部隐秘"的深刻而独特，畅广元教授称赞陈忠实是具备"世界性因素"的陀思妥耶夫斯基式的"最高意义的现实主义者"。①

在长篇巨著《白鹿原》之后，一方面是好评如潮和荣获第四届"茅盾文学奖"，一方面是出任陕西省作家协会主席，陈忠实的个人社会文化圈进一步迅速地扩展、调整、升级和优化。过去的 15 年间，三秦文坛上的李若冰、王汶石、胡采、王愚等前辈文艺家们，"笔耕"组的刘建军、蒙万夫、畅广元、王仲生、肖云儒、李星等著名文学评论家们，分明是陈忠实文学创作从幼稚走向成熟、从出名走向辉煌过程中的良师益友。而在新世纪之交，陈忠实则又添了诸多新朋友，如费秉勋、白烨、何西来、李建军、公炎冰、邢小利、卞寿堂等专家学者。在陈忠实独异的个人社会文化圈不断创造、拓新、重组、优化的过程中，正是由于畅广元、王仲生、肖云儒、李星、白烨、李建军等诸多高层次、高品位师友们热心而精诚的指点、奖掖与提携，才使他取得了百尺竿头、步步层楼的文学成就。

陈忠实在长篇小说《白鹿原》出版以后，曾高瞻远瞩而热情洋溢地指出："一个处于经济腾飞和新的机制形成的充满活力的民族，无论如何也缺失不了文学。……我坚信，一个没有文学艺术的民族无论经济怎样发达，也不会是一个完美的优秀的民族；一个有雄心在经济上独立强大于世界的民族，也应该有最优秀的文学争艳于世界文学的神圣殿堂。""经济获得更大发展，国民素质获得进一步提高的中华民族，必将要创造一个文学艺术的新世界，任何市侩的短视的眼光和浅薄的议论都会过去。"

---

① 韦建国、李继凯、畅广元等：《陕西当代作家与世界文学》，北京：中国社会科学出版社，2004 年，第 148 页。

"真正意义上的文学依然神圣。"①

站在新世纪初期东西方文化艺术发展的制高点上的陈忠实，不断吞吐东西方文化艺术的信息和养料，更新知识结构，不断进行艺术探索和创新，自觉地"从与农民共反思走向与民族共反思"，从注重社会生活的体验层面走向强调主体生命体验层面，从追求"典型性格说"走向"民族文化心理结构"理论，从"革命的现实主义"走向开放、发展着的"最高意义上的现实主义"。从《日子》到《李十三推磨》等近期创作，在小说理念、美学情趣和艺术实践的结合上，表现了陈忠实新的文学创作高度与风貌。

综上所述，陈忠实作为由故乡关中热土走出潼关、走向全国、走向世界的我国社会主义新时期文学发展史上的杰出作家，作为当代著名马克思主义文学理论家陈涌所激赏的"一个真正的社会主义作家"，毫无疑义，他的创作道路具有深刻的文化创造意义：其一是早期农村生活和长期农村基层工作经验，奠定了作家民间化平民文化情感立场和文化价值观念，打造了鲜明独特的民族化、乡土化、地域性本土文学底色；其二是对文学与人民、文学与生活、文学与政治辩证关系的明确认知和体悟，使作家始终保持着与人民母亲的血肉联系；其三是从为谋生而文学走向为实现生命价值和民族复兴而文学，成为夸父追日、精卫填海般勇毅执着文学事业的励志书；其四是不断进行精神的与艺术的"剥离"，不断地拓新自我社会文化圈，不断择优、趋优，定义自我和超越自我，攀登文学艺术高峰。这些成功经验和优秀传统，必然会促使当代中国特色社会主义人民文学事业的成熟、繁荣与发展，并给广大文学青年们以有益的人生和创作启迪。

（《唐都学刊》第 28 卷第 3 期，2012 年 5 月）

---

① 陈忠实：《陈忠实文集》，广州：广州出版社，2004 年，第 445 页。

二

陈涌
韩伟 白烨
朱言坤 费秉勋 王渭清
赵祖谟 朱寨 房伟 姚晓雷
邢小利 杨光祖 刘宁 冯望岳 祁小绒
王鹏 王鹏程 李震 徐刚 李建军 张国俊
王素 张勇 阎纲 冯希哲 王仲生 李兆虹 杨晓歌
陈黎明 李云雷 李杨 胡红英
林为进 常振家 李清霞 洪治纲 李遇春 吴进
李树军 段建军 雷达 裴雅琳 王晓音 孙豹隐 李晓卫 李星 魏李梅 洪水
薛迪之 张丽军 宋颖桃 蒋济永 王大鹏 郜元宝 温奉桥

废墟上的精魂

——《白鹿原》论

雷 达

一

我从未像读《白鹿原》这样强烈地体验到，静与动、稳与乱、空间与时间这些截然对立的因素被浑然地扭结在一起所形成的巨大而奇异的魅力。古老的白鹿原静静地矗立在关中大地上，它已矗立了数千载，我仿佛一个游子在夕阳下来到它的身旁眺望，除了炊烟袅袅，犬吠几声，周遭一片安详。夏雨，冬雪，春种，秋收，传宗接代，敬天祭祖，宗祠里缭绕着仁义的香火，村巷里弥漫着古朴的乡风，这情调多么像吱呀呀缓缓转动的水磨，沉重而且悠久。可是，突然间，一只掀天揭地的手乐队指挥似的奋力一挥，这块土地上所有的生灵就全都动了起来，呼号、挣扎、冲突、碰撞、交叉、起落，诉不尽的恩恩怨怨、死死生生，整个白鹿原有如一鼎沸锅。在从清末民国到新中国成立之初的半个世纪里，一阵阵飓风掠过了白鹿原的上空，而每一次的变动，都震荡着它的内在结构：打乱了再恢复，恢复了再打乱。在这里，人物的命运是纵线，百回千转，社会历史的演进是横面，愈拓愈宽，传统文化的兴衰则是精神主体，大厦将倾，于是，人、社会历史、文化精神三者之间相互激荡，相互作用，共同推进了作品的时空，我们眼前便铺开了一轴恢宏的、动态的、纵深感很强的关于我们民族灵魂的现实主义的画卷。

我也很少看到当代作品中像《白鹿原》这样，把人在历史生活中的偶然与必然的复杂微妙关系揭示到如此出神入化的境界。那种常见的，作者受某种观念驱使，又让人物去体现这种观念的"手"放松了，一任隐蔽的规律性在作品中自由前行。近五十年岁月，在白鹿原这块土地上，盛衰兴替，人事沧桑，变动不可谓不剧烈，但是，你将奇妙地感到，一旦舍弃了表层变动，后面是一个深邃的海：几乎每个人的生死祸福、升降沉浮，都是难以预料的、出人意表的，却又是不可逆转的、合情合理的。书读到一半的时候，没有人能像读有些作品那样，预知主要人物的命运归宿。好像有种不可见的"道"主宰着一切，又好像高踞云端的上苍默默注视着人群，每个人都恪守着自己的性格逻辑行动，每个人都被自身的利欲情欲驱遣，他们争夺着，抵消着，交错着，平衡着，不断地走错房间，最终谁也难以完全达到预想的目标，谁也跳不出辩证法的掌心，大家仿佛都成了命运的玩物、天道的工具，共同服从于一种不可抗拒的强大的必然。这可真是令人惊讶的真实，它既不同于非理性的、不可知的历史神秘主义，也不同于把人当作"历史本质"的理念显现符号的先验决定论。

在阅读《白鹿原》的整个过程中我强烈感到，原先的陈忠实不见了，一个陌生的大智若愚的陈忠实站到了面前。他在什么时候悟了"道"，得了"理"，暗暗参透了物换星移、鱼龙变化的奥秘？在陕西灞桥镇闭门谢客、著书五载的陈忠实只是朴素地说："当我第一次系统审视近一个世纪以来这块土地上发生的一系列重大事件时，又促进了起初的那种思索，进一步深化而且渐入理想境界，甚至连'反右''文革'都不觉得是某一个人的偶然判断的失误或是失误的举措了。所以悲剧的发生都不是偶然的，都是这个民族从衰败走向复兴复壮过程中的必然。这是一个生活演变的过程，也是历史演进的过程。"①同样的话，别人也说得出，但理性的感知与饱和着生活血肉的感悟是大不一样的。对于创作出"白鹿原"整体意象的陈忠实来说，这是了不起的觉醒和发现。陈忠实的全部努力，就在于揭去覆盖在历史生活上的层层观念障蔽，回到事物本身去，揭示存在于本体中的那个隐蔽的"必然"。

由于廓清了某些观念的迷雾，浮现出生活的本相，尽管《白鹿原》的取材、年代、事件已被许多人写过，《白鹿原》依然呈现出全新的面貌，给人以刮垢磨光后的惊喜，惊喜于那么多本在的人物、心理、文化形态何以到了今天才被发掘出来。

《白鹿原》是一个整体性的世界，自足的世界，饱满丰富的世界，更是一个观照我们民族灵魂的世界。说它是民族灵魂的一面镜子，并不过分。对一部长篇小说而言，它是否具有全景性、史诗性，并不在于它展现的外在场景有多大，时间跨度有多长，牵涉的头绪有多广，主要还在于它本身是否是一个浓缩了的庞大生命，是否隐括了生活的内在节奏，它的血脉、筋络、骨骼以至整个肌体，是否具有一种强力和辐射力。《白鹿原》正是以这样凝重、浑厚的风范跻身于我国当代杰出的长篇小说行列。

二

若仅就聚拢生活的手段、概括生活的基本方式而言，《白鹿原》并无多少标新立异之处，它不可能逃出许多经典的现实主义作品已经提供的范式。白鹿原是一片地域，黄土高原上一块聚族而居的坡塬，散落着几个村庄。最大的白鹿村由白鹿两姓组成，形成一个大宗族，一个典型的基层文化单元，一个血缘共同体组成的初级社会群体，"它具有初级性和稳定性，外延可以很方便地伸向广大社会，内涵可以是广大社会的缩影"。于是，《白鹿原》采用了"通过一个初级社会群体来映现整个社

---

① 转引自《陈忠实答李星问》，《小说评论》1993 年 03 期。

会"①的方法。事实上,《红楼梦》《静静的顿河》《喧哗与骚动》《百年孤独》从大的结构框架来说,莫不如此。我国当代长篇小说中,《太阳照在桑干河上》《暴风骤雨》《创业史》《艳阳天》《芙蓉镇》《古船》等,也概莫能外。

然而,方式终究只是方式,问题在于你究竟翻新了什么,注入了什么,有多少独特的、重要的发现,概括了多少新的社会历史内容和民族文化底蕴。我们不妨拿《白鹿原》与《艳阳天》略做比较——两作的时代背景和主旨不同,但也不是绝对不可比。两作相比,真有恍若隔世之感。按说,白鹿村与《艳阳天》里的东山坞同是北方农村,同属一个文化源流,不是没有一脉相承之处的。可是,东山坞的一切生活形态,一切人物及其心理,都用阶级斗争的漏斗分解过了,尽管浩然在当时允许的范畴内还是表现了难得的才情,全书也不乏细节的生动与丰富和某些人物的活脱的生命,但观念化毕竟排挤和钳制着生活化,肖长春们、焦淑红们、马之悦们、马老四们的一言一动、一怒一笑,无不与阶级斗争和路线斗争挂钩,只有在"斗争"的间隙,才流露出少许自然的世俗感情和人间气,与《白鹿原》的写法相比,它不知遗漏了多少文化意蕴和精神空间啊。对于中国农民性格和灵魂的探索,以及养育他们的文化土壤和精神血缘的挖掘,它都淡化掉了,因而它只能是一部缺乏深厚的文化根基的作品。《白鹿原》写了"最后一个地主"白嘉轩,这个人与传统文化有千丝万缕的联系,甚至他本身就是传统文化的象征;《艳阳天》倒也写了个地主马小辫,这个人除了念念不忘破坏和变天,他那"心不死"的心里就没有更多的东西可言了。诚然,地主也是多种多样的,但它属观念的工具还是鲜活的生命,有无丰厚的文化内涵,还是不难判别的。直到今天,我仍然认为《艳阳天》对于它的时代而言不失为比较优秀的长篇,但它构筑的太多"左"的阶级斗争观念的廊柱,使它在无情的时间的冲刷下东倒西歪也就不足为怪了。

---

① 薛迪之《评〈白鹿原〉的可读性》,《小说评论》1993 年 03 期。

同样，《白鹿原》与《芙蓉镇》也不是不可以略加比较。这两部作品的时代和主题不同，但概括方式近似，都是透过"小社会"的旋转变化来隐括大社会、大时代的变迁。《芙蓉镇》也在对历史进行深切反思，那反思集中在拨开"阶级斗争扩大化"（此系当时的提法）所布下的迷阵，寻踪辨迹，力求还历史和人物以本来面目。它的最大功绩在于恢复和坚持了"写真实"这一现实主义的要义，因而它对极左路线破坏下的中国农村现实的揭示是深刻的，它对三中全会的路线和政策的拥护也是由衷而热烈的，加以作者奇妙地把湖南山镇的风土人情与政治斗争的狂飙巨澜糅合起来，使作品焕发出久违了的艺术魅力。可是，冷静一想，作者的眼光终究局限在一个短时期内，他虽然扬弃了"左"的"阶级斗争理论"，但没有也不可能摆脱狭义的政治本位视角。这当然是当时的思想解放的程度和风气所局限，但它不可能不影响作品去发掘更深邃更广大的真实，尤其是影响了作品的文化意蕴的深度。

　　那么《白鹿原》呢？如果说，《芙蓉镇》的写法是对《艳阳天》的写法的一次否定（哲学意义上的）和反驳，表现了现实主义发展的某些征兆的话，那么《白鹿原》又是对《芙蓉镇》的写法的一种提升和深化，同样传递着现实主义在当今中国文学中推进的最新信息。就在《芙蓉镇》发表后不久，我国思想界兴起了研究文化的热潮，文学界也掀起了一股"寻根热"，无论其创作实绩如何，这一思潮乃是思想解放运动的继续，它扩大了人们的眼界，把"文化"这一尘封多年的、更为广大的视角引入了思想界，大大扩充了人们审度生活的眼光和认识世界的图式，打破了固守着单一的政治视角的狭局。人们意识到，看待生活的眼光，总会受到媒介和角度的制约，认识活动终究还是主观世界的活动，怎样使这个主观世界更接近事物的本质，就需要多种视角的互补和矫正，这才有可能趋向本体的最大真实。这并没有取消政治视角、经济视角的意思，而是还须动用文化参照的眼光，学会把事物放到长时期中追本溯源、寻根究底的本领。《白鹿原》并没有回避20世纪上半叶一系列重大的政治事件，如辛亥革命、国共合作、大革命、抗日战争、解放战争等等都或直接或间接地涉及了，当然它的焦点始终聚结在白鹿原上的宗法制和礼俗化的农村，但是，在这里，无论是大革命的"风搅雪"，大饥荒大瘟疫的灾祸，国共两党的分与合，还是家族间的明争暗斗，维护礼教的决心，天理与人欲的对抗，以至每一次新生与死亡，包括许许多多人的死，都浸染着浓重的文化意味，都与中华文化的深刻渊源有关，都会勾起我们对本民族历史文化的深长思考。这也许就是《白鹿原》与《芙蓉镇》在把握生活、反思历史上的最明显的不同。《白鹿原》无疑具有更大的文化性、超越性、史诗性。虽然都在观照一个村庄，从《艳阳天》到《芙蓉镇》再到《白鹿原》，作家们的眼光发生了怎样深刻的历史性变化呵。

为了使《白鹿原》达到足够的心理深度和文化深度，作者切入历史生活的角度和倚重点也很值得注意。作者在卷首引用了巴尔扎克的一句话："小说被认为是一个民族的秘史。"不管巴尔扎克说这话的本意是什么，也不管它有无奥义，由这句话再证之以作品，可看出陈忠实独特的追求。秘史之"秘"，当指无形而隐藏很深的东西，那当然莫过于内心，因而秘史首先含有心灵史、灵魂史、精神生活史的意思。《白鹿原》的叙述风格确乎具有很强的心理动作性；它的笔墨也确乎不在外部情节的紧张而在内在精神的紧张。更重要的是对"民族秘史"的理解。那自然是相对于历史而言的。民族历史通常是指政治史、军事史、经济史和一般意义的文化史，那么陈忠实所理解的"民族秘史"是什么呢？简而言之，家族秘史。家族制度在我国根深蒂固，有如国家的基础，故有"家国一体"之说。重在写家族，也就深入到了宗法社会的细胞。但作者又不是一般地写家族秘史，他的写法，带有浓重的"家谱性质"，也就是说，他要力求揭示宗法农民文化最原始、最逼真的形念。在作者看来，白鹿原所在的关中地区乃多代封建王朝的基地，具有深潜的文化土层，而生成于这个土层的白鹿两族的历史也就典型不过地积淀着我们民族的文化秘密。我们不会忘记，《白鹿原》以怎样精细曲折的笔墨描写了"天然尊长"借乡约、族规、续家谱来施展文化威力，甚至不吝篇幅把族规的原文都存留下来。《白鹿原》固然是个宏大的建筑，但究其根本，它的础石乃是对中国农村家族史的研究：它是枝叶繁盛的大树，那根系扎在宗法文化的深土层中。所以，与其说它是"通过初级社会群体映现整个社会"，不如进一步说，它是通过家族史来展现民族灵魂史。

写宗族制度、宗法文化自然并非《白鹿原》的新发现，鲁迅先生开创的新文学运动一早就省察及此，洞若观火：冥顽不灵的赵太爷、鲁四老爷之流也早在一些中短篇小说里露面，这些代表人物的可憎面目我们绝不陌生。在现代文学的发展中，矛头直指宗族罪恶的也不在少数。可是，我们细细检点一番后发现，正面剖视农村家族内部结构的作品并不多，家族尊长的面目也多少有点凝固化、模式化了，更多的作品把重点放到冲出家族牢狱的新生代身上，家族本身的文化形态和历史变迁反倒被遗落了。《白鹿原》恰恰是把白鹿两族的生存状态作为宗法文化的完整模型，置放在风雨纵横的历史进程中，进行正面的、系统的、深刻的综合审视。作者的视线有时也随白鹿两家的子孙活动，转向城市、根据地或抗日前线，但那视点最终又回落到家族的历史文化变迁上。而且，最重要的是，作者的审视是站在今天思想文化高度的重新审视，那诸多的新发现，那宗法文化的余晖和临近终结，就不是过去的文学可以包括。

三

《白鹿原》的思想意蕴要用最简括的话来说，就是正面观照中华文化精神和这种文化培养的人格，进而探究民族的文化命运和历史命运。倘与另一部政治文化色彩浓厚的长篇《古船》相比，可以说：《古船》写的是人道，《白鹿原》写的是人格。

《白鹿原》的作者，对于浸透了文化精神的人格，极为痴迷，极为关注。他虽也渲染社会的变动，但真正的目的是，穿越社会，深入腠理，紧紧抓住富于文化意蕴的人格，洞观民族心理的秘密。在他看来，一个富有文化价值的人格，犹如一把钥匙，可以打开民族文化的库藏。支配中国社会几千年的文化传统，它的人伦精神、思维方式、生活观念，以至伦理型文化的特征，均可通过人格的结构反映出来。《白鹿原》有多少充满魅力的人格啊，白嘉轩、朱先生、鹿子霖、黑娃、白孝文、田小娥、鹿兆海、鹿三等，哪一个不是陌生而复杂！其中，白鹿村族长白嘉轩，尤被作为中华文化的正统人格代表，突现于作品中，占有举足轻重的地位。

面对白嘉轩，我们会感到，这个人物来到世间，他本身就是一部浓缩了的民族精神进化史，他的身上，凝聚着传统文化的负荷，他在村社的民间性活动，相当完整地保留了宗法农民文化的全部要义，他的顽健的存在本身，即无可置疑地证明，封建社会得以维系两千多年的秘密就在于有他这样的栋梁和柱石们支撑着，不绝如缕。作为活人，他有血有肉，作为文化精神的代表，他简直近乎人格神。

白嘉轩是作者的一个重大发现。现当代文学史上，虽不能没有原型，但的确没有人用如此的完整形态、如此细密的笔触、如此的评价眼光描写过他。在经济上，他当过地主，尽管因新中国成立前三年鹿三已死，他未再雇长工，恰好"漏了网"，但这并不能说明他不具备地主阶级的思想意识。作者写他，不是纠缠在常见的阶级斗争眼光下的善善恶恶，也不是按着常见的反面形象的模式来处理，而是超越了简单化的批判层面，从文化的根因上来写。对于他的狡黠，迷信风水，视土地如命，作者倒也没有放过。小说开始不久，他就精心策划了一场买地戏，内心欲火中烧，外表上显出可怜和无奈，可谓深谙人心之道，目的则在把鹿家的风水宝地弄到手，保佑白家福运绵长。这不是典型的地主阶级的思维吗？但这些不是白嘉轩的重心所在，由于他终生不脱离劳动，生活方式与自耕农并无不同，他表达的实际是农民的思想情绪，这个深沉的精灵似的人物远不是一般的地主可以望其项背。其实，在静默的、较为封闭的农村，至今我们仍能嗅到白嘉轩的灵魂的残余气息，这种封建精英人物长久地活在我们民族的精神生活中，陈忠实终于捕捉到了他。

白嘉轩一出场，就以他的"六娶六亡"以至不得不娶第七房女人的传奇经历先声夺人。小说劈头第一句话便是："白嘉轩后来引以为豪壮的是一生里娶过七房女人。"有人发现这一段有声有色的描写与后面的情节关系不大，就认为不过是有趣的楔子或哗众的手段罢了，或认为无非是写其传宗接代的生活目标而已。其实不然。这里既有生殖崇拜的影子，又在渲染这位人格神强大的雄性的能量，暗喻他的出现如何不同凡响。作者写这位白鹿原的族长，有意疏离其社会性，强化其文化性。白嘉轩对政治有种天然的疏远，他的全部注意力集中到内省、自励、慎独、仁爱上去，监视着每一个可能破坏道德秩序和礼俗规范的行为，自觉地捍卫着宗法文化的神圣。控制他的人格核心的东西，是"仁义"二字。"做人"，是他的毕生追求。"麦草事件"中，于情急中长工鹿三代他出头，他大为感动，那评价是这样一句话："三哥，你是人！"这个评价也是他自己的心迹表露。人者，仁也，包含着讲仁义、重人伦、尊礼法、行天命的复杂内涵。他未必受过系统的儒家教育，但他对儒家文化精义的领悟和身体力行，真是活学活用，无与伦比。他淡泊自守，"愿自耕自种自食，不愿也不去做官"，一生从不放弃劳动。他的慎独精神仿佛是天生的，说"人行事不在旁人知道不知道，而在自家知道不知道"。他的心理素质的强韧，精神纪律的一丝不苟，确实让人惊叹。他有如一个逆历史潮流而行的舟子，一个悲剧英雄，要凭着自身的最后活力坚持到最后一息。正是这种精神力量，使他享有桃李无言的威望。

按说，白嘉轩所信奉的文化、所恪守的戒律是最压抑人性的，他却表现出非常独立的人格，不能不说是个奇迹。这大约也是需要我们重新审视传统文化的一个方面吧。如果权且抛开阶级属性和文化属性仅仅作为一个人来欣赏，白嘉轩沉着，内敛，坚强，不失为大丈夫、男子汉，具有强大的魅力。他的身形特点是"腰板挺得太直太硬"，后来被土匪打断了腰，自然"挺"不下去了，佝偻着腰仰面看人，如狗的形状，但在精神上，他依然"挺得太直太硬"。这个人，真有"三军可夺帅，匹夫不可夺志"的勇毅，"尚志"精神贯彻始终。当然，这里的独立人格与近代民主思潮所谓个性解放、人格独立不可同日而语。

为了维护他的人格尊严和他所忠诚的纲常名教，白嘉轩遭受的精神打击异常残酷。在家族内部，他把教育视为头等大事，言传身教，用心良苦。他深夜秉烛给儿子讲解"耕读传家"的匾额，唯恐失传，强令儿子进山背粮食，为的是让他们懂得"啥叫粮食"。长子白孝文新婚后有"贪色"倾向，被他警觉，及时遏制；小女儿白灵是他掌上明珠，任其骄纵，可是一发现白灵有离经叛道的苗头，他即不惜囚禁，囚禁失效，他居然忍痛割断父女关系，"只当她死了"。凡是事关礼教大义，他就露出了很少表露的残忍性。对于白孝文的堕落，他痛心疾首地说："忘了立身立家的纲维，毁了的不止是一个孝文，白家要毁了。"孝文倒向荡妇田小娥的怀抱一节，是深刻揭示白嘉轩的灵魂最有力量的情节。起初这只是"杀人的闲话"，等到眼看就要证实的瞬间，作品写来真有惊天动地、万箭穿心之力：

"白嘉轩在那一瞬间走到了生命的末日，走到了终点，猛然狗似的朝前一纵，一脚踏到窑洞的门板上，咣当一声，自己同时也栽倒了。"这真是灵魂的电闪雷鸣！能够承受一切的白嘉轩，在这个静静的雪夜体验了真正意义上的精神死亡和彻底绝望，他被真正击中了要害。我们不能不赞赏作者的诛心之笔。然而，即使面对如此摧毁性的打击，白嘉轩也还没有倒下，可见他的精神之可惧，生命力之泼旺。他说："要想在咱庄上活人，心上就得插得住刀！"鹿三的一句"嘉轩，你好苦啊"，道尽了他为维持礼教和风化所忍受的非凡痛苦。

白嘉轩的人格中包含着多重矛盾，由这矛盾的展示便也揭示着宗法文化的两面性：它不是一味地吃人，也不是一味地温情，而是永远贯穿着不可解的人情与人性的矛盾——注重人情与抹杀人性的尖锐矛盾。这也可说是《白鹿原》的又一深刻之处。白嘉轩人情味甚浓，且毫无造作矫饰，完全发乎真情，与长工鹿三的"义交"，充分体现着"亲亲、仁民、爱物"的风范；对黑娃、兆鹏、兆海等国共两党人士或一时落草为匪者，他也无党派的畛域，表现了一个仁者的胸襟。可是，一旦有谁的言行违反了礼义，人欲冒犯了天理，他又刻薄寡恩，毫不手软。他在威严的宗祠里，对赌棍烟鬼施行的酷刑，对田小娥和亲生儿子孝文使用的"刺刷"，令人毛骨悚然。他的身上，仁义文化与吃人文化并举。田小娥死后，尸体腐烂发臭，后来蔓延的一场大瘟疫据说就是由她引起的，村人们无不栗栗自危，对这昔日的"淫妇""婊子"烧香磕头，还许愿要"抬灵修庙"。白嘉轩却不顾众怨，沉静如铁，说："我不光不给她修庙还要给她造塔，把她烧成灰压到塔下，叫她永世不得见天日。"他果然在小娥的旧居上造了塔，连同荒草中飞起的小飞蛾一并烧灭。这个最敦厚的长者同时是最冷血的食人者。

的确，白嘉轩把"仁义"发挥到了淋漓尽致的程度，他的私德也几乎无可指摘，这容易使人产生作者是否无条件地肯定传统文化的疑问。只有把与白嘉轩对立的另一人物鹿子霖拉出来一起考察，才能看出作者的思考是深刻的。如果白嘉轩是真仁真义，鹿子霖就是假仁假义。白鹿两家的矛盾贯穿始终，这两家也确乎为争地争权发生过一些冲突，特别是鹿子霖的巧设风流圈套拉孝文下水，深重地伤害过白嘉轩。但我以为，白鹿两家的矛盾并不像有些作品纠缠于一般的政治、经济纷争，它是高层次的，主要表现为人格的对照、精神境界的较量。鹿子霖是白鹿原的"乡约"，是反动政权布置在村社里的爪牙。他贪婪，阴险，自私，淫荡，舍不得放弃任何眼前利益。他也耐不住半点寂寞，"官瘾比烟瘾还难戒"；他被欲望和野心燃烧着，一面在上司田福贤面前摇尾乞怜，一面在田小娥身上发泄疯狂的占有欲。他的两个儿子都很成材，兆鹏是中共高层领导，兆海是国民党内的抗日军官，他除了在不同时期从儿子们身上分些余炎，夸耀乡里，并无多少真挚的骨肉之情。真是尊长不像尊长，父亲不像父亲。白嘉轩对官职坚辞不受，他却为谋官极尽钻营；白嘉轩不靠官职声威自重，他却必须借一个官名撑持门面。冷先生一语"你要能掺上嘉轩的三分性气就好了"，点穿了他极端自私的卑污人格。他有时毒辣得惊人，看着因捉奸而气昏倒地的白嘉轩，"像欣赏被自己射中倒地的一只猎物"；有时又怯懦得可鄙，受儿子牵连入狱后逢人表白，以泪洗面。当然，他也不是天良泯绝到了万劫不复，"麦草事件"中他与儿媳妇在性心理上一报一还，耳热心跳，潜台词丰富，但终究还是在乱伦的边缘收住了脚。再说，他的贪婪燥热、急功近利对白鹿原的沉滞生活也许还有点推动作用呢。作者把白嘉轩的道德人格与鹿子霖的功利人格比照着写，意在表明：像白嘉轩这样的人，固然感召力甚大，但终不过是凤毛麟角，他所坚持的，是封建阶级和家族长远的、整体的利益，他头上罩着圣洁的光环，具有凌驾一切富贵贫贱之上凛然不可侵犯的尊严，但是，真正主宰着白鹿原的，还是鹿子霖、田福贤们的敲诈和掠夺、败坏和亵渎，他们是些充满贪欲的怪兽，只顾吞噬眼前的一切。于是，白嘉轩的维护礼义，就面临着双重挑战：一面是白鹿原上各式各样反叛者的挑战，一面是本阶级中如鹿子霖们的挑战。江河日下，道将不存，他怎不倍感身心交瘁呢！

毫无疑问，白嘉轩是个悲剧人物，他的悲剧那么独特，那么深刻，那么富有预言性质，关系到民族精神生活的长远价值问题，以至写出这个悲剧的作者也未必能清醒地解释这个悲剧。质而言之，白嘉轩的悲剧性也即民族传统文化的悲剧性，就是 20 世纪末叶的今天，这个悲剧也没有绝迹，现代国人不也为找不到精神家园和文化立足点而浮躁、焦灼吗？我们看到，虽然白嘉轩在白鹿原上威望素著，但在几十年颠来倒去的政治斗争中，他愈来愈找不到自己的位置和空间，愈来愈陷入无所作为的尴尬。怀抱着仁义信念的白嘉轩发现，昔日滋水县令授予"仁义白鹿村"的荣耀已成旧梦，暴动、杀戮、灾祸、国难、流血的武装斗争却接踵而来，他无力回天，只能和他的精神之父朱先生一起，把白鹿原喻为"烙烧饼的鏊子"了。纵观白嘉轩的一生，可谓忧患重重，创巨痛深。他为反对横征暴敛发动过"交农事件"；大革命时他被游街示众，事后并不参与血腥报复；他被土匪致残；他经受过失女之痛，丧妻之悲，破家之难，不肖子孙的违忤之苦……但这一切都不能动摇他的文化信仰。他坚持认为，"凡是生在白鹿村炕脚地上的任何人，只要是人，迟早都要跪倒到祠堂里头"。他的文化态度决定了他既看不惯共产党，也看不惯国民党，在现实斗争中无所凭依，就只能做些积德行善、维持风化的事务，到了最后，他除了在冷寂中续续家谱，已无所事事。这不是一个抱着农民乌托邦的理想主义者吗？

究其根本，白嘉轩的思想是保守的、倒退的，但他的人格又充满沉郁的美感，体现着我们民族文化的某些精华，东方化的人之理想。我同意这样的看法："白嘉轩的悲剧性就在于，作为一个封建性人物，虽然到了反封建的历史时代，他身上许多东西仍呈现出充分的精神价值，而这些有价值的东西却要为时代所革除，这些有价值的东西就显出浓厚的悲剧性。"[①]我想，只要我们懂得把封建思想和传统文化区别开来，白嘉轩的某些精神品性在今天仍具某种超越性和继承性，是不成为问题的。问题在于，作者缺乏更清醒的悲剧意识，小说临近尾声如强弩之末，白嘉轩的悲剧性本应愈演愈烈，作者却放弃了最后"冲刺"，遂使"生于末世运偏消"的悲剧力量的挽歌情调大为减弱，实为全书最大之遗憾。

四

《白鹿原》终究是一部重新发现人、重新发掘民族灵魂的书。在逆历史潮流而行的白嘉轩身上展现出人格魅力和文化光环，这是发现；但更多的发现是，在白嘉轩们代表的宗法文化的威压下呻吟着、反抗着的年轻一代。《白鹿原》一书中交织着复杂的政治冲突、经济冲突和党派斗争、家族矛盾，但作为大动脉贯穿始终的，却是文化冲突所激起的人性冲突——礼教与人性、天理与人欲、灵与肉的冲突。这也是全书最见光彩、最惊心动魄的部分。无数生命的扭曲、荼毒、萎谢，构成了白鹿原上文化交战的惨烈景象。人不再是观念的符号，人与人的冲突也不再直接诉诸社会观和价值观的冲突，而是转化为人性的深度，灵魂内部的鼎沸煎熬。

如果抛开一个阶级一个典型的成见，我们将发现，黑娃也好，白孝文也好，田小娥也好，他们都是直接从生活中提取的异常复杂的形象。田小娥不是潘金莲式的人物，也不是常见的被侮辱与被损害的女性，她

---

① 费秉勋《评白嘉轩》,《小说评论》1993 年 04 期。

的文化内涵相当错杂。她早先是郭举人的小妾，实际地位"连狗都不如"，是一种特殊的锦衣玉食的奴隶，性奴隶。她与黑娃的相遇和偷情，是闷暗环境中绽放的人性花朵，尽管带着过分的肉欲色彩，毕竟是以性为武器的反抗。她和黑娃都首先是为了满足性饥渴，但因为合乎人性和人道，那初尝禁果的战栗、新奇的感觉，可以当作抒情诗来读。小娥的人生理想不过是当个名正言顺的庄稼院媳妇罢了，可这点微末的希望也被白嘉轩的"礼"斩绝了，不准她进祠堂，因而也不被白鹿原社会承认。黑娃出逃后，她伶仃如秋燕，无依无靠，鹿子霖趁机占有了她，她虽出于无奈，但也带着出卖性质。社会遗弃了她，她也开始戏弄社会；她是受虐者，但也渐渐生出了施虐的狠毒。只是，她常常找错了对象。她的诱骗狗蛋，已有为虎作伥之嫌，至于在鹿子霖的教唆下，把白孝文的"裤子抹下来"，则已堕为宗族争斗诡计的工具。白嘉轩用"刺刷"当众打得她鲜血淋漓，这固属封建礼教对她的摧残；她以牙还牙，诱白孝文成奸，给"清白"泼污水，也不失为予与汝偕亡的决绝。可是，受鹿子霖操纵，等于助纣为虐，又使仅有的一点正义性消失殆尽。这是多么复杂的纠葛！善耶？恶耶？是反抗，还是堕落？是正义，还是邪恶？实难简单判断。

这个"尤物""淫妇"以仅有的性武器在白鹿原上报复着，反抗着，亵渎着，肆虐着，她是传统文化的弃儿，反过来又给这文化以极大的破坏。设陷阱败坏孝文的名声，本出于报复的恶念，目的达到后她却没有欢悦，只有沉重；她对孝文原本满怀敌意，待孝文倒入她的怀抱，她又顿生爱怜的真情；她教孝文抽大烟本是出于爱心，结果使孝文更加沉沦。这心态又是何等复杂！她是连自己也以为下贱的，但在构陷孝文成功后的"狂欢"之夜里，她却"尿了鹿子霖一脸"！这个奇举，是她对鹿子霖卑鄙人格的一种最奇特、最恶谑、最蔑视的嘲弄，只有她才干得出来。这一笔堪称绝唱。鲁迅先生谈到陀思妥耶夫斯基时指出："他把小说中的男男女女，放到万难忍受的境遇里，来试炼他们，不但剥去了表面的洁白，拷问出藏在底下的罪恶，而且还要拷问出那罪恶之下的真正洁白来。而且还不肯爽利地处死，竭力要放他们活得长久。"作者写的田小娥，真也近乎这样的人性深邃程度。她以恶的方式生，又以恶的方式死。她被自己的公公鹿三杀害，但鹿三并不是真正的凶手；鹿三是善良的笃信礼教的劳动者，连鹿三都不能见容，可见宗法文化对她是何等深恶痛绝。她当然斗不过白嘉轩，白嘉轩有武器，那就是经过几千年积淀和磨砺的道统，她没有武器，只有肉体和盲目的报复心理，她的毁灭是必然的。她死后尸体腐烂，居然引发了一场大瘟疫，这个恨世者用她年轻的生命表达了对旧文化的抗议，尽管是病态的、有毒的抗议。

同样触目惊心的，是白孝文的命运突变，大起大落。如果田小娥是被传统文化从外面压碎的话，那么白孝文就是从旧文化营垒中游荡出来，险些自我毁灭的浪子，他的文化拷问意义比小娥更深刻。为了培养这个族长的接班人，白嘉轩耗费了多少心血啊，真是惕惕厉厉，如履薄冰，孝文也果然不负厚望，一副非礼勿亲、端肃恭谨的神态，他从精神到行动都俨然新任的族长了。可是，这个孝子贤孙却像沉默的活火山潜藏着危险。这一点白嘉轩没有觉察，他自己也不知道。田小娥的诱惑等于打开牢门放出了他躯体中的野兽，尽管他起初怒斥着这下贱的女人，但恶兽放出便不可收拾，禁锢解除便欲海难填。他通奸，他吸毒，他沉迷在幻觉中，成为人人不齿的败家子。这个从德高望重的白家门楼逃逸出来的不肖子孙，经过了从灵的压抑到肉的放纵的迷狂：他不具备任何革命性，因而只能受躯壳支配，"世界也就简单到只剩下一个蒸馍和一个烟泡儿"了。小说写他与小娥最初的性活动，"那个东西"戏剧性地忽而中用忽而不中用，其实在写灵与肉的分离、礼教的压抑对人的残酷捉弄，颇为深刻。

诚然，揭露礼教对人性的压抑并不是个新话题，但是，站在 20 世纪末重新发现人的高度，以文化批判的眼光深入探究民族灵魂，揭示宗法文化下人的可怜、扭曲、变态的惨象，就具有现代意义。作者的笔伸向人的潜意识深层。比如，鹿子霖的儿媳妇，新婚一夜后，就不再过正常生活，丈夫兆鹏厌弃她且杳无踪影，她渐渐产生了性妄想，公公的挑逗加剧了她的谵妄，肉体成为罪恶的牢狱，这个善良本分的农村妇女陷入不能自拔的绝路，患上淫疯病，终于死去。礼教杀人，杀得残酷，她的牺牲几乎找不到凶手。

也许我们会感到困惑：作者一面不无赞赏地描写白嘉轩的仁义境界和人格魅力，一面又毫不留情地揭露宗法文化的噬人本质，这不是自相矛盾的悖论吗？其实，作者的出发点是共同的，这出发点就是一切为了"人"，怎样使人从人之暗夜走向健全、光明之路。由于"人"回到主体位置，对民族灵魂的探索占压倒地位，因而人的历史不再是与政治经济发展史相平行的被动的活动史，获得了本体意义上的相对独立性，才出现了这种貌似悖论的现象。试想，如果不是把表现"历史地发生了变化的人的本性"（马克思）放在首位，不是突出了文化性格，《白鹿原》与许多反映农村历史变迁过程的作品又有多少区别？它还能拒绝平庸吗？

五

《白鹿原》的作者不再站在狭义的、短视的政治视点上，而是站到了时代的、民族的、文化的思想制高点上来观照历史。他以民族心史为构架，以宗法文化的悲剧和农民式的抗争作为主线来结构全书。每一个重大的历史事件和每一次大变动，都使白鹿原小社会在动荡中重新聚合，都在加深这一悲剧。作者势必遇到的问题是，怎样把政治上的阶级斗争、党派斗争，经济上的状态和人与自然的斗争，纳入文化审视的大框架中？虽然，它突出着人的主体地位，深掘着个体的文化内涵，但是，倘若脱离了具体的政治经济斗争，它给自己规定的文化主题无论多么高深，也必将流于虚飘。现在，《白鹿原》里的众生不是抽象的文化符号，他们一刻也没有停止具体的、历史的社会实践和相互猛烈撞击，可是，他们又一个个展现出丰沛的文化性格，此中的奥秘何在？作者是怎样处理人、历史、文化的关系的？

我不认为作者已经全然放弃了阶级斗争的评价眼光，他的努力在于，即使写阶级斗争，也尽可能多地浸淫浓重的文化色调，把原先被纯净化、绝对化了的"阶级斗争"还原到它本来的混沌样相，还原到最大限度的历史真实。这当然不是外敷一点文化的油彩就可以奏效的，而是既看到阶级关系，也看到某些非阶级因素，既看到党同伐异，又看到共通的民族心理模式。

我们注意到，《白鹿原》里的人与人的关系，有种"斗不够、打不散"的奥妙，似乎谁也不能容忍谁，谁又离不开谁，这种相互斗争又相互依存的关系长久地维持着。家族之间如白家之与鹿家，国共两党之间的兆鹏、白灵之与兆海、岳维山，宗族领袖之间如白嘉轩之与鹿子霖，情敌之间如黑娃之与孝文，主仆之间如白嘉轩之与黑娃……除了鹿三与白嘉轩的关系有些特殊，其余的真是打得难解，合得难分。作品中有一情节：白灵与兆海这对恋人，在国共合作时期曾用抛一枚铜元来决定谁姓"国"谁姓"共"，虽属游戏，却象征着一种真实。他们后来果真戏剧性地交换了各自的党派属性。这种不弃不离的描写，正是进入了规律性思考的表现，颇有几分参透了天地造化的味道。作者的创造性在于，他在充分意识到文化制约的不可抗拒的前提下，把文化眼光与阶级斗争眼光交融互渗，从而把真实性提到一个新高度。主要人物黑娃的成功创造，即是一例。

黑娃不同于我们熟悉的那种草莽英雄，也不是由农民成长起来的共产主义战士，而是宗法文化的牺牲品，虽然他们做过的他都做过。黑娃的阶级意识是天然的，又是模糊的，尽管白嘉轩对他的父亲鹿三优厚有加、极为器重，他仍然对白嘉轩含着敌意，潜在的、不自觉的敌意。白家的儿女待他也不薄，一起上学堂，还给他冰糖吃。他永远也忘不了这世界上最好吃的东西。可是，在他当了土匪冲进白家时，他还是由不得自己对着一袋冰糖撒尿。这又是一种本能的仇恨。他怀着对富人和祠堂的憎恨，投身大革命，打土豪，闹农协，砸宗祠里的石碑，掀起一场"风搅雪"。然而，可悲的是，他虽在毁族规，砸招牌，却一点也没有跳出宗法文化的樊篱。他一度沦落为流寇、土匪，支撑他的无非是江湖义气；他后来又归附过国民党，再后来大彻大悟，投到朱先生门下埋首四书五经；新中国成立前夕他率部起义，竟因白孝文的暗算而被人民政府错杀。临刑时，他拒不与田福贤、岳维山之流站在一起受刑，表现出他至死也未失去阶级本能。

黑娃的经历可谓极尽曲折，其文化意味更是引人深思。虽然他金刚怒目，敢作敢为，不愧为顶天立地的好汉，虽然他国、共、匪、儒家信徒一身而四任，但他仍在长夜中摸索，他的困境实为我们民族的文化困境。若仅从文化意义看，他的革命比起阿 Q 的革命来，并没有多少实质性的进步。尽管他比阿 Q 坚强得多，行动得多，但他也如阿 Q 一样，并没有真正清醒地意识到自己的奴隶地位，特别是封建宗法文化的奴隶地位。他像一个盲目的弹子，在世事如麻的棋局中撞来撞去，始终撞不出文化怪圈。他与白嘉轩原本誓不两立，最后却走到了一起，跪回到白的宗祠里。我不知道作者究竟是以赞赏的还是遗憾的心情在看黑娃的忏悔、修身以及拜朱先生为师。在我看来，这除了证明传统文化的黑洞具有极大吸力之外，声泪俱下的黑娃的呢喃"不孝男兆谦跪拜祖宗膝下，洗心革面学为好人，乞求祖宗宽容"，是颇有些滑稽的。黑娃在解放战争的枪炮声中做此抉择，这真能安顿他的灵魂吗？无疑，这只能仍是悲剧，文化的悲剧，精神的悲剧。

我发现，只要作者坚持从民族文化性格入手，就写得深入；一旦回到传统的为政治写史的路子或求全、印证、追求外在化的全景效果，就笔墨阻塞，不能深入。鹿兆鹏的地位本是极重要的，他是中共省委委员，多次大斗争的策划者，但作者吃不准他的文化性格，又怕不写他不足以概括全景，于是，这个人物似乎经常露面，又一触即走，入不了"戏"。他甚至斗不过田福贤，他的作为好像只是秘密地开过一次省委扩大会，搞掉过一个叛徒。而这，也还是通过作者交代出来的。由于作者对都市历史较为生疏，写地下斗争的章节缺少声色。比较起来，倒是白灵与兆海这两个年轻的出走者、叛逆者写得动人，他们的命运有极强烈的感染力。原因是，他们虽然远离了白鹿原，但灵魂还留在白鹿原上，所谓"白鹿精魂"。他们都没有死于敌人的枪下，却死于自己人的锋刃，不也是文化的别一种悲剧么？

我始终认为，陈忠实在《白鹿原》中的文化立场和价值观念是充满矛盾的：他既在批判，又在赞赏；既在鞭挞，又在挽悼；他既看到传统的宗法文化是现代文明的路障，又对传统文化人格的魅力依恋不舍；他既清楚地看到农业文明如日薄西山，又希望从中开出拯救和重铸民族灵魂的灵丹妙药。这一方面是文化本身的两重性决定的，另一方面也是作者文化态度的反映。如果说他的真实的、主导的、稳定的态度是对传统文化的肯定和继承，大约不算冤枉。我并不完全同意他的文化价值观念，但我坚决捍卫他作为一个作家保留自己独特的评价生活的眼光的权利。作家就是作家，他不是社会学家、历史学家、文化史家、哲学史家，他没有必要必须与一般的社会史、文化史、政治史的观点保持一致，这就好像许多优秀的批判现实主义作家，从来就不与市场经济保持一致，从来就批判着金钱的罪恶一样。这是不影响他们揭示出充分的真实的。换句话说，正是他们世界观与创作的矛盾，使他们看到了别人看不到的隐蔽的真实。对我们的作家来说，可悲的倒不是出现了这种错位和矛盾，而是这种矛盾太少，太不深刻。当然，这样说并不是要否定深邃的、富于穿透力的思想眼光往往可提取更大的真实的意义。

由朱先生这个人物，是不难透露出作者的倾向性的。如果白嘉轩只达到道德境界，那么作者所塑造的关中学派的大儒朱先生就进入天地境界了。钱穆先生曾对"天地良心"四字有过绝妙的解释，他说："（天地良心）但亦可谓天属宗教，地属科学，心属哲学，宗教、科学、哲学之最高精义亦可以此四字涵括，以融通合一。亦可谓中国文化传统即在此天地良心四字一俗语中。"[1]朱先生其人也正就浸淫着"天地良心"四字。他确乎继承着中国士大夫中独善其身、淡泊退藏的一脉，每当事关民生疾苦，他又肯挺身而出，如只身却敌，禁绝烟土，赈济灾民，投笔从戎，发表宣言，等等，突出表现了他的民本思想。但就个人生活而言，他与

① 钱穆：《现代中国学术论衡》，第80页。

政治严格保持距离，绝仕进，弃功名，优游山水，著书立说，编撰县志。国民党想借他的名声欺骗舆论，威胁利诱他发宣言，他决不屈从，表现出富贵不能淫、威武不能屈的凛凛气节。他又料事如神，未卜先知，状类半人半仙。他平生只出过一次远门到南方，颇不耐烦南人的狡黠，抱着很深的成见，从此隐身林泉，过着一箪食一瓢饮式的清淡生活。这样的描写，自然是文化气息再浓厚不过了，可是我总觉得，朱先生缺乏人间气和血肉之躯，他更像是作者的文化理想的"人化"，更接近于抽象的精神化身。

这个判断可能有些武断，但我们是可以提出许多问题来问一问的。比如，朱先生身处清末民元，他为什么一点也没有受到康梁以至孙中山思想的影响？他对诸如大革命、国共两党究竟抱何种看法？因为，作为当时的一个知识分子，哪怕是隐士型的知识分子，也不可能毫无立场。他称白鹿原是"翻烧饼的鏊子"，其实是各打五十大板。他虽然拒发宣言，但主要是为了保全自己的名节。他的最后一卦是算定共产党要胜利，但根据是国民党旗上的"满地红"，弄不清是出于深刻的看法，还是一种神秘主义的机敏。他死后墓砖上刻着"折腾到何日为止"，"文革"中被学生们挖出，引起一片惊呼。连几十年后的"文革"他也料到了。我并不是说，作者不可以用"神化"的浪漫笔调，只能用写实的方法，而是认为，朱先生对一系列重大问题太朦胧了。他时而让人想起伯夷叔齐，时而让人想到超现实的神仙。他死后终于化身为白鹿飘逸而去。

问题不在于能不能这样写，而在于作者为什么要这样写。我想，作者站在中华文化的立场上是无可厚非的，他着力表现中华文化的深厚、博大、源远流长、根深叶茂也无可厚非，但是，要真正看清传统文化的利与弊，又不可仅仅固守在本民族文化的立场上，还需要借助外来文化的眼光，看到传统文化面临的挑战，才能更深刻地探索中华文化的历史运命。沉醉于朱先生的飘逸，欣赏朱先生的高蹈，召唤朱先生的退藏，连同他的神秘主义，作为审美对象固然是不错的，但毕竟不是中华文化的当代出路。我想陈忠实这样写是不奇怪的，甚至其他来自农村的作家这样写也是不奇怪的。对于农民血统的儿子，血管里流淌着传统农民的血液、精神上饱受农民文化熏陶的陈忠实来说，他更容易认同农业文化及其哲学观，更容易接受重理轻欲、贵义贱利的传统观念。作家的思想倾向到底还是影响了他的艺术世界——"白鹿原"毕竟是个封闭的、自足的世界。这个艺术世界对于它的存在状态来说是极为真实的，对于未来的世纪来说，它提供得最多的还是教训，而不是广阔的文化前景。

六

《白鹿原》的出现，给当今寂寞的文学界带来了新的震撼和自信，它告诉人们，我们民族的文学思维并没有停滞，作为社会良知的作家们，也没有放弃对时代精神价值的严肃思考。这样大气的作品，没有足够的沉潜和冷静，没有充分的积累和学养，是断然写不出来的。它是那样的饱满、厚实、绵密，又是那样的古拙、苍凉、沉郁。尝有读者说："看《白鹿原》有听秦腔的感觉。"这是准确捕捉到了它的风格特质。《白鹿原》确实深入秦汉文化的魂魄，以至它使我们蓦然想起这样的诗句："秋色从西来，苍然满关中。五陵北原上，万古青濛濛……"

然而，《白鹿原》的出现又绝非偶然。它不可能在80年代出现，但正是80年代为它准备了条件。我们可以明显地感到，凡是新时期文学发展中的重要的积极变革成果，都对《白鹿原》的创作发生了或直接或隐蔽的影响。倘若没有思想解放运动，没有深长的政治反思、经济反思和文化反思，没有文化寻根，没有现代主义思潮的激荡，没有外来文学的广开思路，《白鹿原》是不可能产生的。所以，在充分肯定作者的厚积薄发的同时，应该看到它是新时期文学发展到现阶段的一次飞跃。它在人们盛谈"后新时期文学"的时候出现，似乎又一次证明着物质发展与精神生产的不平衡。

读《白鹿原》，对它的艺术形态会感到几分陌生。作为一部现实主义作品，它的现实主义不是原有的概念、范畴、方法特征可以轻易概括的，就像一个正处在嬗变中的新东西难以命名一样。它无疑在认识方式和概括方式上继承了传统现实主义的优势，但它又明显地、有意识地克服着以往现实主义（主要是"革命现实主义"）的某些局限，例如，对政治视角的过分推崇，突出理性、意义、本质的要求对表现生活原生态的削弱，戏剧化和两极化的倾向，强调社会属性、轻视文化属性和自然属性的倾向，等等。以往许多作品的一个突出弱点是，在捕捉生活时，往往只抓住了理性的经络，却让大量生命的活水和层次丰富的"生活流"从指缝间漏掉了。《白鹿原》除了用文化眼光统率全局、化解全局外，一个最突出的特点是，找到了一种有能量、有张力的叙述方式。它有如一股叙事流，融动作、心理、质感、情绪于一体，推动情节，充满动势，浩浩乎漫流而下，取代了笨拙的对话和慢悠悠的描写。它的意义绝不限于叙述语言，它是一种浓度很大的、致力于回到事物本身的现实主义创作精神的表现。这也许是新写实小说对作者的启发吧。

但《白鹿原》绝不是跟在新写实小说身后亦步亦趋，它的气度要大得多。如果说，新写实小说对传统的典型观深表怀疑的话，《白鹿原》的作者对之仍然尊崇，典型人物的刻画仍是他惨淡经营的核心。不过，他对典型性格的理解更侧重于典型的文化人格。在对人的描写上，《白鹿原》有两方面极具突破性质。一是强烈的、不可臆测的命运感。每个人物都沿着自己的命运轨迹在运动，到处都是活跃的元素，而每个人的命运又都不是直线，无不极尽峰回路转、柳暗花明、冲波逆折、腾挪跌宕之妙，好像九节鞭似的曲折。这里并无人为的编造痕迹，而是人生的复杂、曲折、丰富的真实显现，是深化了的现实主义的表征。不是深刻地洞悉人物，不是大力排除"理念"和"本质"的干扰，人物是不可能如此充分地暴露自我的。

第二个方面更加重要。那就是，随着作者对人本身的重新发现，人的自身世界的扩大，作者表现人的手段也更加丰富，突破了拘束理性的传统现实主义的疆界。作者把潜意识、非理性、魔幻、性力、死亡意识等现代主义感兴趣的领域和手段，大胆借进了自己的方法世界。其中以通过性意识活动展示人物的文化精神和生命活力显得突出。作者力图写出社会属性、心理属性、生物属性相统一的完整的人性。在死亡大限面前深掘灵魂，更是《白鹿原》的一大特色。它写了很多生命的陨落：小娥之死，仙草之死，孝文媳妇之死，鹿三之死，白灵之死，兆海之死，朱先生之死，黑娃之死……真是各有各的死法，充分表现了每个人都是独一无二的人，一反过去有些作品在死亡描写上的大众化、平均化、模式化的平庸。这些死亡，绝无雷同，它通过"无"让人看到"有"的价值，且能超升到文化境界中去，真所谓"知死方能知生"。这不也是现实主义的具体而微的发展变化么？

当然，《白鹿原》也时有驳杂、生硬、不协调的部分，借鉴和糅合的功夫还不到家。不少论者指出作者受《百年孤独》的影响，事实上，他受俄苏现实主义文学史诗观的影响更为明显。《静静的顿河》里流荡着哥萨克民族的犷悍之气，仿佛受了葛利高里的启发似的，《白鹿原》里的白嘉轩，则浸润着秦汉文化的血脉，以及那块土地上的山水风云和艰苦卓绝、忍辱负重的精神。作者一再说，他写的是"白鹿精魂"，一部《白鹿原》展示给我们的，不正是宗法文化废墟上的民族精魂吗？

在我国当代现实主义文学的发展中，《白鹿原》无疑带有过渡性、不确定性，它的作者致力于原生态与典型化的整合，文化审视与社会历史概括的整合，现实主义方法与某些现代主义手法的整合，取得了突出的成绩。站在今天的历史高度来看，开放的现实主义具有多种可能性，更高的峰峦还在前面。

（1993 年 6 月初稿，8 月 30 日抄改）

《白鹿原》的经典相

雷 达

好些年来，我们总是感到当代文学有一种欠缺，那就是深入本民族的历史和现实，出之以宏大叙事和史诗性，能充分体现中国精神和善于讲好中国故事的大作品比较稀少。经过 20 多年的检验，比来比去，大家还是觉得《白鹿原》的深邃程度、宏阔程度、厚重程度及其巨大的艺术概括力，显得更为突出，把它摆放在当代世界文学的格局里也毫不逊色。20 多年来，《白鹿原》不断被重印，不断被改编为电影、电视剧、话剧、秦腔、歌舞剧、美术连环画等多种形式，始终不肯从人们的视线中淡出，由此可以看出，《白鹿原》有一种说不完、挖不尽的感觉。这恰恰是经典作品特有的品质。

《白鹿原》的抱负甚大，卷头题词引用巴尔扎克的话："小说是一个民族的秘史。"事实上，以小说状写历史之表象者多矣，能达到秘史境界者却少之又少。《白鹿原》堪称一部秘史，首先是家族秘史，而"家国一体"，家族史又衍伸为民族史。"白鹿原"位居十三朝古都的周边之地，生成于此的白鹿两个家族，自然积淀了丰富的文化密码。作品充满了家族之间的矛盾、党派之间的争斗、各种政治集团之间的较量，但作者非常巧妙地把这一切置放、凝聚在渭河流域的"白鹿原"上。原上的地方虽不大，众多典型人物却聚首于此，涉及的问题非常之大，涉及历史、家国、个人的走向，浓缩了半个多世纪乡土中国的生存状态和命运际遇。《白鹿原》采用了"通过一个初级社会群体来映现整个社会"的方法。

《白鹿原》立意高远，它的文化意蕴首先表现在正面观照中华文化精神和这种文化所培育的人格，进而探究民族的文化命运和历史命运。当我们深切反思百年中国文学的时候，常常会想，为什么我们就没有像俄罗斯那样拥有众多的伟大叙事作品？这原因当然是很复杂的。现在看来，与我们曾经有过的割裂、否定、扭曲中国文化的整体性命脉有很大关系。而《白鹿原》在以文化精神观照乡土中国上，迈出了坚实的步伐。例如，书中的关中大儒朱先生，乃是作者理想人格的典范，既有飘然出世之想，更有兼济天下苍生的入世之举。每当事关民生疾苦，他总是挺身而出，如只身却敌，禁绝烟土，赈济灾民，投笔从戎，发表宣言，亲自主持抗日英烈鹿兆海的葬礼，突出表现了他的爱国精神和民本思想。就个人生活而言，他绝仕进，弃功名，优游山水，著书立说，编撰县志，手拟《乡约》。国民党想借他的名声欺骗舆论，威逼利诱他发宣言，他决不屈从，表现出富贵不能淫、威武不能屈的凛凛气节。他又料事如神，未卜先知，将圣人、智者、预言家集于一身。

现在一般的改编者都把朱先生这个人物去掉，是看不到《白鹿原》思想灵魂的表现。从作者对朱先生的大力肯定可以看出，《白鹿原》的主导思想倾向是肯定儒家文化中积极的、有生命力的精华。小说有一个贯穿始末的关键词，叫"人"——"做人"。白嘉轩夸赞鹿三说："三哥，你是人！"白嘉轩自己的最高信念也是"做人"，他说，要做人，心上就要插得住刀。田小娥想做人而做不成，泼在她身上的脏水太多了。她对白嘉轩说："你不让我做人，我也不让你做人。"人者，仁也，包含着儒家精神中讲仁义、重人伦、尊礼法、行天命的深刻内涵。"做人"就是要做一个有道德的人、有尊严的人、以仁义为本的人。

小说的力量说到底还是要看人物塑造的深刻程度。《白鹿原》塑造了众多内涵深厚的人物，如白嘉轩、朱先生、白灵、田小娥、黑娃、鹿子霖、田福贤、白孝文、鹿兆鹏、鹿兆海、白孝武等等。如层峦叠嶂，气象不凡。白嘉轩形象中的文化渗透程度是前所未有的。持守耕读传家理想的白嘉轩，年轻时也曾不光彩地"智取"白鹿宝地，也曾种罂粟起家，被朱先生强令"犁毁"。显然他的理想与行为存在矛盾。作为族长，原上的精神之王，白嘉轩敢于与大党棍田福贤抗衡，始终不忘保护农民利益，甚至带领农民搞过抗税的"交农"事件。他还钢钎穿腮扮马角神祈雨，几近传奇。但另一方面，他又顽固地压制离经叛道的自由精神，虽在剪辫子和放脚上认可新政，骨子里却恪守儒家传统。他耳提面命，要黑娃赶快抛弃田小娥这个"灾星"，并以"前悔容易后悔难"威逼之。对他自己的儿子白孝文则管束极严，期望极高，但白孝文被田小娥勾引走了，由一身洁白变成了一个鹑衣百结的乞丐和大烟鬼，"把人活成了狗"。这来自最爱者的伤害对白嘉轩是致命的，使他"气血蒙心，瞎了一只眼"。小说在塑造这个悲剧人物时，写他的腰一直挺得很直，连黑娃都怕"嘉轩叔挺得太直太硬的腰"。小说结束时，被黑娃打折了腰的他，用未瞎的一只眼凝视着暮霭中的群山，忏悔当年买地换地是一辈子做下的唯一一件见不得人的事。这一笔对白嘉轩的完整性很重要。100年来的农民形象中，还没有白嘉轩这样一个独立、自尊、自信的人物。白嘉轩的出现，不但扭正了过去小说中习惯于政治化定位的简单化倾向，而且创造了一个富于文化底蕴和人格魅力的形象。《白鹿原》完成了当代农村小说"文化化"的审美进程。

　　《白鹿原》全书的确交织着盘根错节的政治冲突、经济冲突、党派斗争、军事行动，但作者把这一切全都"消化"了，消化到家族矛盾和人与人的关系之中了。更重要的是，转化为文化的冲突方式，进而转化为文化冲突所激起的人性冲突，那就是礼教与人性、天理与人欲、灵与肉的激烈冲突。《白鹿原》之所以光彩四溢，惊心动魄，这是成功的重要秘密。无数生命被扭曲、荼毒、萎谢，构成了白鹿原上文化交战的惨烈景象。人不是观念的符号，人和人的冲突也不是直接诉诸社会观和价值观的冲突，而是转化为人性的格斗、灵魂的煎熬。这是《白鹿原》很了不起的地方。

　　田小娥为什么总是成为戏剧改编的枢纽人物？因为她是汇聚矛盾的焦点。舞剧《白鹿原》一开场就是田小娥、黑娃、白孝文和鹿子霖的四人舞；电影《白鹿原》的结构主干也大体如此。这虽然缩小了原著丰厚的意蕴，但也不是没有一定道理。田小娥的人生理想不过是当个名正言顺的庄稼院的媳妇，可这点微末的希望也被白嘉轩的"礼"斩绝了，不准她进祠堂，也不被白鹿原的社会承认。她与黑娃的相遇和偷情，是闷暗环境中绽开的人性花朵。黑娃出逃后，鹿子霖趁机占有了她。她是受虐者，但也渐渐生出了施虐的狠毒。在鹿子霖的教唆下，她把白孝文的"裤子抹下来"。她敢于尿鹿子霖一脸，这也是内心深处反抗性和追求尊严的曲折表现，但她对鹿子霖言听计从，实已堕为宗族争斗诡计的工具。小娥勾引白孝文，原系报复和圈套，不料两个绝望者的偷情却渐渐偷出了真情。田小娥死了，鹿子霖长出一口气，庆幸封口，毫无人性；白孝文满怀伤痛以至昏厥，足见人性之复杂。善耶？恶耶？是反抗，还是堕落？是正义，还是邪恶？田小娥究竟是可怜虫、怨鬼、被怜悯的对象，还是一朵喷射着火焰的怒放的鲜花？实难简单判断。田小娥是让敦厚的长工、黑娃父亲鹿三杀死的。按说，杀田小娥的不应是"好人鹿三"，却偏偏是鹿三；鹿三只知"不能再叫她害人了"，却不知宗法势力往往要借助他这双长满厚茧的手来实施杀人。这不禁让我们产生了一种历史的悲剧感：世界上很多悲剧往往是好人造成的，不该杀人的人杀了人，不该杀人的人杀了不该杀的人。

　　白鹿原上最有反抗精神的女子有两个：白灵、田小娥。她们一正一"邪"，姿态殊异。现在的改编几乎全都去掉了白灵这个人物，不能不说是对艺术整体的损伤和窄化。在作者的设计和表现上，朱先生和白灵才是"白鹿精灵"的真正代表。白灵这女子，至刚至烈，令人惧，令人敬。她激烈反抗父亲白嘉轩的专制和逼婚，白嘉轩向全家宣布："从今往后，谁也不准再提她，全当她死了。"砸了国民党陶部长一砖头的白灵，成了通缉要犯；苦恋白灵的兆海，没有料到"新嫂子"——兆鹏哥的太太竟是白灵，于是百感交集，心如刀割。"张村话别"，荡气回肠，如此纯洁高贵的爱情，到何处去寻？白灵，这白鹿原的精灵，竟在南梁清党肃反时被自己人活埋了，她的"野性子"加剧了她的死。她临死痛骂毕某"你比我渺小一百倍"。作为重要人物，遽然而逝，好像一朵花还没有充分绽放；但作为一种残酷的真实，却有异常深刻的意味。白灵走了，白鹿原上一片空荡凄惶。

《白鹿原》在艺术表现上有一个重要特点，那就是在历史的必然性和偶然性的处理方面达到了一个很高的境界，所有的人都被一只看不见的手牵制着、拨弄着，每个人走的路都不可预知。那只手的名字叫命运。你读这本书的过程中，不知道每个人会走到哪一步，你也不知道每个人最后的结局是什么。当你读的时候会觉得变化多端，把握不了，可是最后你又觉得合乎人物的内在逻辑。小说借鹿鸣（他应是白灵与鹿兆鹏的孩子）这个神秘人物之口，其实是代言了作者内心的追求："重要的是对发生这一幕历史悲剧的根源的反省。""当我第一次系统审视近一个世纪以来这块土地上发生的一系列重大事件时，又促进了起初的那种思索，悲剧的发生都不是偶然的，都是这个民族从衰败走向复兴复壮过程中的必然。"

黑娃的命运谁能想得到呢？刚开始革命的时候他比阿Q厉害。阿Q说，老子现在比你强多了，黑娃却不说，他是实实在在地干，敢字当头。黑娃高喊，咱穷哥儿们在原上刮一场风搅雪！贺老大挂出第一块农民协会牌子，黑娃和他的"革命三十六兄弟"声威大震，连小娥也当上了妇女主任，满以为革命就要成功，殊不知血雨腥风紧跟随。他当过土匪，当过国军，最后参加革命。但最有意思的是，黑娃拜朱先生为老师，学"四书五经"，学得特别认真，本来他是最怕上学了，却变成老师最好的弟子，还得到朱先生很高的评价。黑娃遭诬陷，与田福贤、岳维山一起被枪毙时，他坚决要求分开，这一笔好，其阶级本能依然强烈而凛然。白孝文摇身一变，混进革命队伍还当了官。他很像鹿子霖的影子，却比鹿子霖阴鸷、权变，隐藏得更深，屈伸更加自如，是一个狡猾的机会主义者。所谓营救黑娃，本因性命之虞，却两头讨好，取得更大信任，最终置黑娃于死地。此人阴气太重。这个回头浪子的人生箴言说穿了就是"好死不如赖活"。

整部书，作者陈忠实的内心充满了矛盾。一切伟大的作品，其作者内心往往充满了矛盾；完全没有矛盾的作家不可能是一个伟大的作家。陈忠实在《白鹿原》中的文化立场和价值观念确乎是充满了矛盾的，他既看到了传统的儒家文化是现代文明的路障和阻碍，又对传统文化人格的魅力赞赏有加；他既清楚地看到传统的农业文明如日薄西山，但又希望从中开出拯救和重铸我们民族灵魂的灵丹妙药。他既在批判，又在情不自禁地赞赏；他既在鞭挞，又不由自主地在挽悼。一方面这是文化传统本身的两重性所决定的，另一方面也是作者文化态度的一种反映。如果要说陈忠实主导的、稳定的态度，我认为毫无疑问是对传统文化精华的肯定，而且肯定力度很大，所以有人认为他是文化保守主义者。不管文化保守还是文化激进，都不能代替文艺创作本身的艺术价值。抱持着非暴力的基督教无政府主义的托尔斯泰，并没有因其"主义"而损伤了他创作的现实主义价值；保皇党人巴尔扎克，仍然写出了他所钟爱的贵族男女不配有更好的命运，成就了伟大的现实主义的峰峦。这是一个值得研究的问题。

《白鹿原》的出现绝非偶然，《白鹿原》不可能在80年代出现，但整个80年代为它准备了条件。我们可以明显地感到，凡是新时期文学发展中的重要的、积极的变革成果都对《白鹿原》的创作发生了直接和隐秘的影响，倘若没有思想解放运动，没有深切的政治反思、经济反思和文化反思，没有文化寻根，没有现代主义思潮的激荡，没有外来文学包括俄苏文学和拉美文学的广开思路，《白鹿原》是不可能产生的。

（《人民日报》2016年6月17日）

民族精魂的现代思考

——重读《白鹿原》

洪治纲

一

十三年后，当我再次重读陈忠实的《白鹿原》，依然觉得小说里包含着许多难以言尽的精神意蕴。这些意蕴，枝展蔓延，常读常新，恰如卡尔维诺所言："一部经典作品是一本永不会耗尽它要向读者说的一切东西的书。"①——是的，就我的阅读来说，《白鹿原》已经具备了某种经典的意味：初读时似乎颇为熟悉，再读时却又每有发现；它提供了某种广博丰沛的中国经验，却又迫使人们对这种经验进行再度审视与思考。

我说的这种经验，便是《白鹿原》对中国传统文化之精魂的重新梳理和认定。这种精魂，既是厚厚的雪原中悄然长出的那株形似白鹿的"绿油油的小蓟"，又是一生讲究"慎独"却能时时指点迷津的白鹿书院掌门人朱先生之人格。它深深地植根于华夏大地之上，迎风斗霜，优雅而又顽强地生长着；它穿越了一次次历史的狂波巨澜，不动声色地实现了对

---

① 卡尔维诺著，黄灿然、李桂蜜译：《为什么读经典》，译林出版社，2006年，第3页。

一个个乖张生命的救赎。它看似拥裹在深厚的传统痼疾之中，却又融合了儒与道的精髓，以强悍的伦理姿态，直击人性的脆弱部位，理性、祥和而又毫不含糊地左右着我们的生存，并在现代性的意义上展示出它那卓越非凡的整合能力。

这是《白鹿原》的重要品质，或者说是它的精神内核。尤其是历史虚无主义和犬儒主义四处泛滥的今天，这种来自民族文化结构深层的精魂，像小说中那只无迹可求却又不时显现的白鹿精灵，是一个让人警醒的价值存在。记得初读《白鹿原》时，我甚至有点排斥这种道德化和隐喻化的潜在价值——那时，我只是异常感奋于陈忠实对人物的塑造，譬如白嘉轩的宽厚隐忍，鹿子霖的自私狡猾，田小娥的放浪形骸，黑娃的刁钻鲁莽，白孝文的颠荡沉浮，白灵的率真浪漫……这些人物，带着乡土中的自然气息，甚至原始的野性冲动，与20世纪前半叶的中国历史相互激荡，在个人与历史的分崩离析之中，为中国社会在现代性进程中所遭遇的沉重与多难做出了生动的诠释。但是，重读之后，我却发现朱先生（包括白嘉轩）并不是一种简单的道德化的存在。在他的身上，折射了陈忠实对革命化境域中的中国历史的极为独特的思考——这种思考，并非像有些学者所说的那样，是一种"狭隘的民族主义"意识，而是超越了文化保守主义的僵化思维，自觉而又深刻地意识到了本土文明的演进，绝对离不开对民族精魂的重新激活，离不开对传统文化中某些重要品质的重铸和丰富。

在《白鹿原》中，陈忠实并不是动用传统/现代、保守/开放的二元对立思维，以突显传统文化的道德力量，来贬抑历史权力冲突中的暴力意味，而是将之视为一种充满活力的民族信念，牢牢地确立在创作主体的精神意志之中。也就是说，陈忠实的内心是希望借助传统文化中的某些重要价值体系，在审时度势之中，直接回应纷乱历史中所出现的各种灾难。所以，《白鹿原》里的人性救赎意味和济世意味，要远远大于历史反思意味。这一点，可以从它的叙事结构上得到明确的印证。从白鹿书院诞生之初，作者便让朱先生带着理想化的启蒙意愿，意气风发地开始了民族文化的复兴；然而，突变的历史却以变幻无常的手段，不断地激活了白鹿原上各色人等的欲望，在革命化的政治意识统摄下，人性出现了疯狂的扩张，大种罂粟、乱伦、以欺诈获利、恩将仇报、官匪相通、政治投机、私仇公报等等，启蒙也由此迅速地转换为救赎；而当一切历史的喧嚣终于搅乱了白鹿原最基本的生存秩序，甚至颠覆了人们的生存意志之后，无论是黑娃、白孝文还是鹿兆鹏、鹿兆海等人物，又终于回到了白鹿书院，回到了朱先生的价值系统上来，并以此完成了人生的自我救赎。这种轮回式的叙事结构，不仅暗合了"看山是山——看山不是山——看山还是山"的哲学境界，而且透视了创作主体光复仁义的明确的价值取向。如果我们将白鹿原视为传统中国的一个小小的缩影，那么，在暴力革命与文化启蒙的双重鼓噪下，白鹿原的困境并没有获得真正的解决，透过鹿子霖和白嘉轩的际遇，我们所能看到的微薄希望，仍然是朱先生所极力推崇的隐忍退让式的儒家文化伦理。

但是，就《白鹿原》的叙事内蕴来看，陈忠实并不具备某种哲学上的严谨性。面对错综复杂的 20 世纪前半叶历史，陈忠实更看重的是被革命化的历史语境所催发出来的一团混乱的非理性主义与神秘主义。它们伴随着原始的人性冲动所散发出来的生命激情，将质朴的中国乡土社会肢解得七零八落。面对那些暴烈而又充满无序的生存现实，面对黑暗、混乱如雪崩般的伦理秩序以及充满玄秘和劫难的历史本体，陈忠实站在传统文化的整体高度，以全部的民族文化信念来对抗它，包括传统的道德规则和勇气。所以，在《白鹿原》中，那个民族精魂的绝对化身朱先生，尽管并不是小说中的重要人物，其性格的多重性和立体性也并不比其他人物更丰富，甚至在某些行为上的矛盾性也值得商榷，但是，作为一种理性的存在，作为一种高迈的价值标杆的存在，他依然以若有若无的方式，规约着白鹿原的生存走向，并不断地排除了一场场人性和历史的灾难。陈忠实对这个人物的用笔看起来非常吝啬，但他却是统摄所有人物的核心和枢纽。除了白嘉轩作为朱先生人格力量的一个重要印证之外，小说中几乎只有这位"关中大儒"朱先生的人生叙述得最为完整，直至死后若干年，仍散发出"圣人"般的卓越见识。

这种对民族精魂的重铸和彰显，让人们在全球化的现代文化格局中，再度看到了作家对传统价值信念的一种审视和认同。其中所包含的宏大意识和中国经验，从某种意义上也印证了美籍华裔作家哈金所强调的相关问题。哈金认为："目前中国文化中缺少的是'伟大的中国小说'的概念。没有宏大的意识，就不会有宏大的作品。这就是为什么在现当代中国文学中长篇小说一直是个薄弱环节。"[①]为此，他极力倡导所有中国作家都应该建立起"伟大的中国小说"之信念，并给"伟大的中国小说"下了这样一个定义："伟大的中国小说应该是一部关于中国人经验的长篇小说，其中对人物和生活的描述如此深刻、丰富、真确并富有同情心，使得每一个有感情、有文化的中国人都能在故事中找到认同感。"[②]表面上看，这种"宏大信念"似乎只是一种纯粹的艺术理想，是一个很难企及的终极目标，但是，如果细细地审度《白鹿原》，我觉得，陈忠实不仅具备了这种宏大意识，而且的的确确道出了中国人所普遍保存的生存经验，并足以让我们从故事中找到认同感。

二

对历史的反思并不是一件难事。作为一位当代知识分子，在经历了太多的、充满各种吊诡意味的革命记忆之后，每一位作家在重述 20 世纪前半叶的中国历史时，都会有自己特殊的理解和判断。类似的作品不胜枚举，甚至优秀之作亦不在少数。但是，大多数作家通常依助于现代哲学（如格非《人面桃花》、李洱《花腔》）、原始人性（如莫言《丰乳肥臀》）或某种宗教（如刘醒龙《圣天门口》）来推衍历史深处的奥秘，来解决暴力对抗所引发的各种存在困境。这些作品当然也非常成功——它们以其独特

---

① 哈金：《呼唤"伟大的中国小说"》，《青年文学》，2005 年第 7 期。
② 哈金：《呼唤"伟大的中国小说"》，《青年文学》，2005 年第 7 期。

的审美发现和生命思考，使文本成为"一切历史都是当代史"的生动注脚，也为我们洞悉历史的玄秘之门提供了各种有效的思考通道。而《白鹿原》却立足于民族文化内部，从精神本原上来审度中国现代革命史中所付出的代价，进而确立了一种以慎独隐忍的儒家精神和自由超迈的道德风范为价值核心的"救世正己"的生存理想，这同样也让我们驻足沉思。

为了更清楚地辨析《白鹿原》中这一"救世正己""内圣外王"的价值理想，剖示陈忠实对民族精魂的思考与定位，我们有必要围绕朱先生的精神人格做进一步考察。在《白鹿原》中，陈忠实非常清楚文化保守主义的危险，也意识到了民族精魂与文化沉疴之间的纠缠关系。因此，当他将朱先生做为这种民族精魂的重要符号来进行演绎时，并没有将他置于叙事的前沿地带，而是放在所有矛盾冲突的背后，也没有将他置于白鹿村的内部，而是让他独立于荒僻之地——白鹿书院。这意味着，朱先生既是一个审视者，又是一个独立者。他拥有审视的必需距离，又具备自省的独立空间。"慎独"是他的生存哲学，而"济世"又是他的人生姿态，此亦即"内圣"而"外王"的儒家伦理。他以"慎独"的方式，确保自己遗世独立的完善人格，同时又带着儒家"达则兼济天下，穷则独善其身"的人生意愿，试图以仁义隐忍的入世哲学来解决激荡的历史和失控的命运。但他毕竟是一个旧儒风范，其骨子里又不免带着保守者固执的文化风貌，甚至是道家的自然主义质色。譬如，有关朱先生的出场，作者是这样叙述的："他一身布衣，青衫青裤青袍黑鞋布袜，皆出自贤妻的双手，棉花自种自纺自织自裁自缝，从头到脚不见一根洋线一缕丝绸。"[1]这种既崇尚自然质朴又彪炳传统守旧的衣着装扮，显然折射了他那复杂的内心意绪。又如朱先生的那句被四乡八里反复传诵的经典名言："房是招牌地是累，攒下银钱是催命鬼。房要小，地要少，养个黄牛慢慢搞。"[2]这种不为物役的思想，似乎也暗合了某种道家的人生境界。

---

① 陈忠实:《白鹿原》，北京：人民文学出版社，2004年，第17页。
② 陈忠实:《白鹿原》，北京：人民文学出版社，2004年，第279页。

但更重要的，还是朱先生的处世哲学。所谓"内圣外王"，按儒家的思想伦理，便是"救世"必先"正己"。为此，朱先生首先将"正己"视为人生第一要义。"读书原为修身，正己才能正人正世；不修身不正己而去正人正世者，无一不是盗名欺世。"①如何"正己"？那便是绝对地"慎独"——坚决保持独处时亦能谨慎不苟。他一再强调："君子慎独。此乃学人修身之基本。表里不一，岂能正人正世！"②这种"慎独"思想，正是儒家思想的要义之一。《大学》中言："所谓诚其意者，毋自欺也。如恶恶臭，如好好色，此之谓自谦。故君子必慎其独也。小人闲居为不善，无所不至，见君子而后厌然，掩其不善而著其善。人之视己，如见其肺肝然，则何益矣。此谓诚于中，形于外，故君子必慎其独也。"③这里的"慎其独"，既有"诚其意"之旨，又有"著其善"之意——所谓小人，就是经常在一个人独处时，为恶而无所不至，这并不是因为他不知道善的重要，而是独处之时便失去了自我控制的能力。而君子则无时无刻不专注于诚和善。《中庸》中也说："天命之谓性，率性之谓道，修道之谓教。道也者，不可须臾离也，可离非道也。是故君子戒慎乎其所不睹，恐惧乎其所不闻。莫见乎隐，莫显乎微，故君子慎其独也。"④这里的"慎其独"似乎表明的是一种"道"，但如果我们根据《中庸》第二十章里"诚者，天之道"以及第二十五章里"诚者自成也，而道自道也"中的"道"来理解，所谓"慎其独"仍然是指"诚"。"道也者，不可须臾离也"就是要时时保持内心的诚，它与《大学》里的"诚其意"一脉相承。这也就是说，朱先生念念不忘的"慎独"，从本质上看，就是按儒家的伦理要求完善个人的内心生活。如果一个人能够在"人所不知而己所独知之地"时时从诚从善，那么，他就在某种意义上真正地达到了"正己"

---

① 陈忠实：《白鹿原》，北京：人民文学出版社，2004年，第581页。
② 陈忠实：《白鹿原》，北京：人民文学出版社，2004年，第18页。
③ 朱熹：《四书集注·大学》，江苏：凤凰出版社，2005年，第8页。
④ 朱熹：《四书集注·中庸》，江苏：凤凰出版社，2005年，第15页。

的要求。朱先生的确是这样努力的，他清晨即起诵读，终日清茶淡饭，且毕生不入仕途，这种高度自律的结果，使他在白鹿原不仅成为一个圣人，甚至成为一尊神——很多乡野平民都视他的话为某种准确的预言。

当然，"正己"的目的并不是为了"独善其身"。所谓"修身齐家治国平天下"，这才是传统儒家思想的终极目标，也是朱先生的最终理想。因此，朱先生几乎是严格地按照"立德立功立言"的人生"三不朽"准则来规范自己的。在"立德"（即"慎独"）的同时，早在世纪之初，他便执着于兴办书院，以传统经书启蒙幼童，以期大化天下，成就白鹿原为仁义之地。尤其是处在那种特殊的历史风云之中，面对权力、暴力、欲望以及启蒙思想的相互冲撞所引发出来的疯癫现实，"救世"几乎成了每一个知识分子的自觉使命，朱先生更是期望以"立功"的手段来实现"救世"愿望。当然，他的救世方法依旧是儒家精神——仁义、隐忍、向善、恭谦等等。从大的方面来看，对非道义的行为，他强悍地抵制；对向善的言行，他赞赏有加。他不仅以果断的气魄禁烟犁毁罂粟，还在饥荒之时鼓动开仓放粮，以大道之行救民众于水火之中。从小的方面看，他同样也是一丝不苟。譬如，白嘉轩因为鹿子霖的奸诈而与鹿家闹起了土地纠纷，想让朱先生出谋划策，结果朱先生给了白鹿两人"为富思仁兼重义，谦让一步宽十丈"的忠告，让他们两家握手言和。譬如，白孝文与田小娥勾搭成奸，以至于弄光了家产，而朱先生并没有责怪这个后辈，只送了他两个字：慎独。譬如，鹿兆海在临赴抗日前线时，特地向朱先生求字一幅，朱先生听罢激动不已，以至于双手战栗而不能书，只好将手浸入冷水之中，然后提笔为兆海写下了"砥柱人间是此峰"的赠言。又譬如，当白嘉轩抛却前仇，执意要为残害自己的黑娃救命，朱先生得知后，便以少有的激情大赞嘉轩："以德报怨哦，嘉轩兄弟！你救下救不下黑娃且不论，单是你有这心肠这肚量这德行，你跟白鹿原一样宽广深厚永存不死！"[1]在公祭抗日牺牲的兆海之后，朱先生又血气高涨，

---

[1] 陈忠实：《白鹿原》，北京：人民文学出版社，2004年，第465页。

联合在白鹿书院修编志书的其他八位老先生，决意亲赴战场抗击倭寇。在"立功"颇见成效之后，朱先生又转向"立言"，带领数位老先生修纂志书，四处筹措经费，最终完成了五册二十九分卷的《滋水县志》。似乎是完成了这一系列的"立德立功立言"的人生之事，朱先生"顿时觉得自己变轻了"，于是，质本洁来还洁去，他经过一番梳洗之后便无疾而终。

有趣的是，有关朱先生的死，作者整整动用了十页的文字来叙述。陈忠实不仅让朱先生精心地安排了自己的后事，而且在他临终之时，让他的妻子"忽然看见前院里腾起一只白鹿，掠上房檐飘过屋脊便在原坡上消失了"。至此，我们终于明白了朱先生才是白鹿原上真正的"白鹿精魂"，也是中华民族的文化精魂。"人们在一遍一遍咀嚼朱先生禁烟毁罂粟的故事，咀嚼朱先生只身赴乾州劝退清兵总督的冒险经历，咀嚼朱先生在门口拴狗咬走乌鸦兵司令的笑话，咀嚼放粮赈灾时朱先生为自己背着干粮的那只褡裢，咀嚼朱先生为丢牛遗猪的乡人掐时问卜的趣事，咀嚼朱先生只穿土布不着洋线的怪癖脾性……这个人一生留下了数不清的奇事逸闻，全都是与人为善的事，竟然找不出一件害人利己的事来。"①朱先生不仅在生前为世人留下了自己完美的一生，而且在审时度势之余，也为后世同样留下了"天作孽，不可违；人作孽，不可活"的警语。这是来自某种神性的预言，还是他面对现代中国的一种深刻的判断？抑或是他最终领悟到了传统文化的精魂并不能从根本上解决现实生存？

答案将永远也无法出现，其实也没必要追究最终的答案。就多难的现代中国历史而言，向善、抗暴、追求仁义而又不忘济世的人生，同样也是一种普世的价值操守。因此，我以为，对民族文化精魂的探讨与彰显，既是陈忠实的一种精神信念，又是《白鹿原》的审美目标。它为我们提供了某些可感知的人生经验，也为作家的独特思索架起了通向读者认同的桥梁。

---

① 陈忠实：《白鹿原》，北京：人民文学出版社，2004年，第593页。

三

《白鹿原》的复杂，当然并不仅仅在于陈忠实对民族精魂的探寻、演绎和彰显，还在于他对历史本身的深度质疑，尤其是暴力化的革命史在权力、人性和利益上的彼此纠葛。就像小说中写到的很多百姓卖壮丁那样，人们总是将革命化的历史语境作为自己的生存机遇，并企图借此获取自己的最大利益，满足自身的最大欲望。这种历史的盲动主义最终引发了乡土中国的人性劫难，而陈忠实显然想从这种劫难中打开阶级史的缺口，并进而反思暴力存在的合理性，很有些"子不语怪力乱神"的伦理意味。记得拉什迪在谈及君特·格拉斯的小说时也曾说过："格拉斯在历史中穿国过境所学到的就是怀疑。现在他不信任所有那些宣称拥有绝对真理形式的人；他怀疑所有总体的解释，所有宣称是完整的思想体系。"[1]陈忠实的《白鹿原》显然也折射了这种历史怀疑论的主观意图。所以，他在表现历史本身的暴力冲突时，除了在抗日战争等大是大非的问题上带着明确的价值立场之外，对党派之争等等均取以超然的姿态。这种超然的叙述姿态叙述，既为他再现历史现场提供了一种客观化的视角，也表明了他对既往史观的不信任——其背后，仍然潜藏了儒家传统缺失的缘由。这一点，可以从朱先生死前对现实的郁闷心境中看出——白灵、黑娃先后屈死，鹿兆鹏不知去向，白孝文大显投机才干，而自己的救世之力却日渐苍白。如果深而究之，这是五四新文化运动所倡导的"打倒孔家店"的结果，还是像陈忠实自己所说的那样，是人类社会从封建性走向现代性的必然趋势？对此，恐怕谁也不能说得清楚。

但我们必须相信的一个事实是，一个民族的演进绝对离不开自己的文化传统，因为"根、语言和社会规范一直都是界定何谓人类的三个重

---

① 布罗茨基等著，黄灿然译：《见证与愉悦》，百花文艺出版社，1999 年，第 343 页。

要元素"①。倘若抛开语言这一无须争辩的元素,从文化的角度来审视我们的"根"和"社会规范",那么,我们或许将无法绕过陈忠实在《白鹿原》中所彰显的儒家思想,尤其是它那内外兼修的理性主义本质。在谈及中国传统文化时,钱穆先生曾说:"中国人虽然没有宗教,但是中国人却有信仰,这信仰便是天地人的合一。在这种'天人合一而育万物'的信念里面,其实也隐含了西方宗教的'上帝创世'观。更重要的是,中国人的神之社会里,其实都是由人来建立的,这便突出了某种'入世'的功能。与此同时,中国的传统文化还具有极大的包容性,各种宗教都可以在中国找到存在的根基。"②我以为,钱穆的这种见解点出了中国传统文化自身的魅力和活力之所在——就像孔子所言:"祭神如神在。吾不与祭,如不祭。"中国的传统文化尤其是儒家思想所追求的是心神合一,"通天人,合内外,皆此心,皆有神,皆有礼"③。对此,长期生活在美国的儒学家余英时在《从价值系统看中国文化的现代意义》一文中也有类似的表述。这也表明,完全跳开了文化保守主义的生存环境的余英时,同样也意识到了中国传统文化内在的强大生命力。尽管他在不少论著中也谈到中国传统文化尤其是现代儒学的困境,甚至认为儒学已成为"游魂",其焦虑意识和批判意味从未消停,但从总体上看,他的自信力仍然深深地植根于他的研究对象之中。我甚至推断,如果中国传统文化本身已不具备存在和发展的价值,他可能决不会选择这种领域作为自己的学术方向。

　　我之所以重提这一看似陈旧的话题,甚至觉得《白鹿原》在彰显民族精魂方面尤显重要且意义深远,是在于儒家的诸多思想对于现代社会仍然有着极为重要的引鉴价值。仅举一例,美国人文主义大师白璧德在《民主与领袖》一书中就特别地将孔子和亚里士多德并举,并认为孔子的

---

① 布罗茨基等著,黄灿然译:《见证与愉悦》,百花文艺出版社,1999年,第341页。
② 钱穆:《现代中国学术论衡》,北京三联书店,2001年,第10页。
③ 钱穆:《现代中国学术论衡》,北京三联书店,2001年,第10页。

思想能够提供现代民主领袖所最需要的品质。儒家"以身作则"的修身精神（其内核便是"慎独"）完全可以塑造出"公正的人"，而不仅仅是"抽象的公正原则"。这是儒家可以贡献现代民主的一个典型元素。[①]但是，令人不解的是，国内的不少学人甚至是知识分子对我们的传统文化却丧失了一些自信力。最典型的是，随着全球化的到来，尤其是西方霸权文化在第三世界的大量侵袭，从20世纪90年代开始，我们的思想界就曾有不少人大谈"文化殖民"的问题，以为西方国家侵略野心不死，只不过由先前的军事殖民和经济殖民慢慢地改为文化殖民了，所以我们必须提高警惕。我对这种"文化殖民主义"的论调颇有几分怀疑，关键在于文化自身必须拥有特殊的生命力。一种文化，如果它拥有强劲的生命力，如果它能够直接为现代文明的建构提供有力的精神支撑，那么靠"殖民"的手段是不可能消灭它的；反之，如果它已不具活力，不必动用"殖民"它也会自然消亡。看看东南亚一些地区和国家，中国文化依然风姿绰约，这足以证明"文化殖民主义"是一个二元对立论下的思维怪胎。

正因为如此，余英时在《现代儒学论》里并没有去奢谈文化殖民的危险——凭他对西方文化的了解和判断，他应该更清楚文化殖民的后果——但他更多地坚持人本立场，认为儒学的现代出路在于日常人生化（即"入世化"），唯有如此，儒家似乎才可以重新获得精神价值方面的影响力。在"余英时作品系列"的总序中，他就曾说道："我自早年进入史学领域之后，便有一个构想，即在西方（主要是西欧）文化系统对照下，怎样去认识中国文化的传统特色。"在这种努力下，他终于在2006年获得了美国国会图书馆颁发的、有"人文诺贝尔奖"之称的"克鲁格人文与社会科学终身成就奖"。他的获奖，一方面得益于他对中国传统文化进行现代清理的西方人文价值理想，但我想，另一方面也更得益于中国传统文化自身特殊的魅力和活力——这一点，或许才是本质的原因。在人文领域中，其研究对象本身如果没有现代意义上的承传价值，那么，往

---

① 余英时：《现代儒学的回顾与展望》，北京三联书店，2004年，第261页。

往会影响研究者自身的学术意义，这是不言而喻的事实。因此，从某种意义上说，余英时的获奖，在很大意义上既是中国传统文化魅力和活力的表现，也是东方人的生存智慧（尤其是儒家思想）被西方社会重新评估和接纳的表现。尽管这是一个题外话，但它无疑也从另一个角度印证了陈忠实在《白鹿原》中所触及的精神本原的重要性，也体现了《白鹿原》在某种程度上恢复了哈金所说的"中国经验"。

　　而这，也正是我在重读《白鹿原》时感受最深的地方。不过，也有不少人曾对朱先生所崇尚的儒学思想进行过质疑，其中最具代表性的当属毛崇杰先生的《"关中大儒"非"儒"也》一文。在该文中，作者指出："朱先生的道德行为是一种'自律'而非'他律'，因而'儒'只是朱先生的一个外壳。朱先生的每一件关涉政治道德的行为，立乡约，清营退兵，赈灾民，发'抗日宣言'，收教黑娃使弃恶从善……直到把县志稿本中的'共匪'改成'共党'，都不是来自朱先生自身之外的驱使，并无一是先圣遗训使然，有些甚至是与儒教宗法制度相悖的。"在经过一番分析之后，作者进而认为"朱先生的德行总体上与儒教'他律'相悖，甚至是一种带有现代和后现代意味的美学意味"①。我以为，这种论断显然值得商榷。其一，"他律性"是否只是儒家的思想？换言之，仁义和向善的追求，是否可以简单地认定为仅仅是一种满足人类的"利他"意愿而并无自我慰藉的功能？如果进一步追问，儒家的恬退隐忍方式在最终的结果上是否也包含了"利我"的意愿？否则，何来"小不忍而乱大谋"之说？其二，儒家思想的包容性与中国传统文化的包容性是相辅相成的。我们所强调的儒学，从本质上并不是简单地恪守先圣遗训。这一点，我曾在前述中征引了钱穆先生的话，而《白鹿原》中所体现出来的，也正是这种包容性的姿态，就像朱先生一方面带有强烈的"济世"愿望，另一方面又不愿以牺牲个人的独立与自由而入"仕途"一步；一方面主张在田小娥的破窑上造塔镇妖，另一方面又宽容剪辫风波；一方面反对党

---

① 毛崇杰：《"关中大儒"非"儒"也》，《文学评论》1999 年第 1 期。

派之争的暴力行为，另一方面又在公祭兆海时火烧日寇头发。这并不是作者对朱先生精神一统性的破坏，恰恰相反，它们体现了儒家"仁智信"并举的灵活性。识时务者为俊杰，朱先生的"智"其实在终极上始终对准大是大非的原则。其三，我们在面对一个具体的文本时，是否有必要坚持自己的既定成见或理论体系，并以此来判断作品的合理性？我以为并无必要。贯穿在朱先生精神生活中的"儒学"是否是一个"外壳"，既不能通过朱先生自身的某些小小的矛盾行为来否定，也不能简单地对照圣言遗训来否定，更不能仅靠自己对儒学的理解来否定。如果我们细细地看看孔子的某些日常言行或癖好，其中也存在着与他所倡导的思想不一致的地方呢！所以，针对作品本身的整体倾向进行阐释，或以更开阔的思维进行论析，或许更有意义。当然，反过来说，《白鹿原》所形成的不同见解，不仅是必要的，也是弥足珍贵的，因为，这至少表明了这部作品的的确确拥有丰富复杂的审美意蕴。

（《黄河文学》）

史志意蕴·史诗风格

——评陈忠实的长篇小说《白鹿原》

白　烨

《白鹿原》是真正的厚积薄发之作。

陈忠实从 1965 年发表短篇处女作到 1992 年发表长篇小说《白鹿原》，其间整整相隔了 27 年。不能说这 27 年他都在有意为长篇小说创作做准备，但 27 年间他在社会生活中的磨炼和在文学创作上的探求，无疑都给他的长篇创作在内蕴上和艺术上不断地打着铺垫。否则，我们就很难理解他的长篇小说《白鹿原》何以如此姗姗来迟，而这个晚生的产儿又为何一呱呱坠地便那么不同凡响。

作为一个创作严谨的作家，陈忠实向来是以作品的质朴和厚实取胜的。他的每一篇作品，都卓有足实的生活内蕴和清丽的生活感觉，而且给人一种越来越凝重的感觉。人们毫不怀疑他拿出长篇力作的实力。即使如此，《白鹿原》的问世还是让人们吃了一惊，它在许多方面所达到的艺术水准，使人们不能不对它刮目相看。

它以白鹿原的白鹿两家三代人的人生历程为主线，既透视了凝结在关中农人身上的民族的生存追求和文化精神，又勾勒了演进于白鹿原的人们的生活形态和心态的近代、现代的历史发展轨迹，及其发生的大大小小的回响。在一部作品中复式地寄寓了家族和民族的诸多历史内蕴，颇具丰赡而厚重的史诗品位，在当代长篇小说创作中当属少有。

还有，《白鹿原》在以时间为经、事件为纬的结构框架中，始终以人物为叙述中心，事件讲求情节化，人物讲求性格化，叙述讲求故事化，而这一切都服从和服务于可读性，有关的历史感、文化味、哲理性，都含而不露地化合在引人入胜的艺术魅力之中，比较好地打通了雅与俗的已有界限。一部作品内蕴厚重、深邃而又如此好读和耐读，这在当代长篇小说中亦不多见。

这些突破，使得《白鹿原》把陈忠实的个人创作提高到了一个新的艺术层次，也把当代长篇小说的现实主义创作推进到了一个新的时代高度，从而具有某种标志性的意义。

《白鹿原》具有的多重内蕴和多种魅力，既给解析作品提供了多样的可能，也给把握作品造成了不少的难度。但作品在开首所引述的"小说被认为是一个民族的秘史"的巴尔扎克名言，无疑给人们理解作品留下了一把钥匙。可以说，陈忠实还是把白鹿原作为近现代历史替嬗演变的一个舞台，以白鹿两家人各自的命运发展和相互的人生纠葛，有声有色又有血有肉地揭示了蕴藏在"秘史"之中的悲怆国史、隐秘心史和畸态性史，从而使作品独具丰厚的史志意蕴和鲜明的史诗风格。

一

在《白鹿原》诸多的史志意蕴中，由许多大大小小的事件纠结勾连起来的政治斗争的风云变幻，在作品中最具分量也最为显见。那实际上是作者由白鹿原的角度，对近现代以来的国史在社会层面上的一个浓墨重彩的勾勒。

白鹿原从清朝到民国、民国到中华人民共和国成立的近 40 年的时间里，一刻也没有消停过。先是督府的课税引起了"交农"事件，其后是奉系镇嵩军与国民革命军的你争我斗。当事态演化到国共双方的分裂与对抗之后，白鹿原就更成了谁都不能安生、谁也无法避绕的动荡的旋涡：农协在"戏楼"上镇压了财东恶绅，批斗了田福贤等乡约；乡约和民团们反攻回来，在"戏楼"上吊打农运分子，整死了倔强不屈的贺老大；尔后，加入了土匪的黑娃又带人抢劫了白鹿两家。及至"革命"进一步深入家族和家庭，白家的孝文进入了保安团，白灵参加了共产党；鹿家的兆鹏成为红军的要员，黑娃则摇身成了保安团的红人……这些大开大合、真枪实弹的阶级抗争，连同白嘉轩和鹿子霖那种钩心斗角的家族较量，使得白鹿原成为历史过客逞性要强而又来去匆匆的舞台，而白鹿原的芸芸众生们被裹来挟去，似懂非懂地当了看客，不明不白地做了陪衬。在复式叙述这些上上下下和明明暗暗的复杂斗争时，作者一方面立足于历史的现实，写了纷乱争斗之中的是是非非、善善恶恶以及革命力量在艰难困苦中的进取和社会演进的客观趋向；另一方面又超越现实的历史，以更为冷静、更见宏观的眼光，审视发生在白鹿原的一切，大胆而真切地揭示了革命和非革命的、正义和非正义的斗争演化成为白鹿原式的"耍猴"闹剧后，给普通百姓的命运和心性带来的种种影响。

作品第十四章写到国共分裂，田福贤等人重新整治了对立一方后给白嘉轩还"戏楼"的钥匙时，白嘉轩用超然物外的口吻说："我的戏楼真成了'鏊子'了。"田福贤后来又从朱先生口中听到同样的话："白鹿原成了'鏊子'。"洁身自好、与世无争的白嘉轩和朱先生，作为事态的旁观者确比别人看得更为清楚。"鏊子是烙锅盔烙葱花大饼烙馍的，这边烙焦了再把那边翻过来。"因为黑娃等在"戏楼"上整了田福贤等人，田福贤等重新得势后一定要再在"戏楼"上回整黑娃的同党，你对我残酷斗争，我对你也无情打击，在这种翻过来又翻过去的互整中，白鹿原成了谁都没有放过的"鏊子"，白鹿原的乡民们成了吃苦受累的不变对象。他们既是当时的历史所不能缺少的陪客，也是过后的历史随即忘却的陪客。这种付出了不该付出的、又得不到本该得到的无谓结局，是比那些有头有脸的人物的相互戕害的悲剧更为深沉，也更为普遍的悲剧。

"鏊子"说一出，把白鹿原的错综纷繁的争斗史，简洁而形象地概括了、提炼了。它既生动地描画了白鹿原式的斗争因"翻"而构成的烈度和频度，又深刻地喻示了这种"翻"来"翻"去的闹法给置身其中的乡民们造成的困苦。即就黑娃和田福贤在戏楼上你来我往的较量来说，那就是谁也没有占到上风的平手戏；而先后被整死的老和尚和贺老大，却切切实实地做了代人受过的替罪羊。从这个意义上说，"白鹿原成了鏊子"，实质上是在正剧幌子掩盖下的闹剧，以闹剧形式演出的悲剧。

白鹿原是个你争我夺的"鏊子"，也是个巨细无遗的"镜子"。在那种紊乱无序的风云变幻中，一些人如何被扭曲本性，一次次地陷入人生之误区，而另一些人又如何被畸态的历史所愚弄，懵懵懂懂地付出了生命的代价，在这面凸透镜中都映照得格外清楚。勤劳善良的黑娃由"风搅雪"涉足政治之后，强劲的社会风浪把他冲来荡去，他不断变换着身份，却始终没有找到自己的位置；天真、纯朴的白灵参加革命后，出生入死、诚心诚意，却被误作潜伏特务处以"活埋"；身为国民革命军营长的鹿兆海在进犯边区时身亡，却被当成了抗日"烈士"厚礼安葬；在解放战争中立有策划起义之大功的黑娃官居副县长之后，被白孝文暗中诬陷惨遭镇压，而混入革命三心二意又狡诈阴险的白孝文却如鱼得水，悠悠自得。在这里，因种种因素所构成的阴差阳错，使得不同人的命运走向了与其本意和本性相偏离、相悖谬的方向。个中，个人的和社会的历史经验和教训，既丰富又沉痛，很值得人们深加玩味和认真汲取。

我们如若不是从教科书上去了解历史的话，那么很多历史差不多都是一团乱麻。但如果把历史的一团乱麻还原成文学上的一团乱麻，那充其量是做了历史书记官的工作。文学家的作为，是从已有历史的审美观照和文学表述中，表现作者主体的眼光，表达自己独特的发现。《白鹿原》的历史故事，就既是客体的，又是主体的；既是普遍的，又是独特的；尤其是它贯穿了"鏊子"这样一个形象而隽永的象征意蕴之后。

二

在白鹿原绵延不断的争斗与纠葛中，除去蒙受冤屈的人、死于非命的人，最为不幸的当数白嘉轩了。他作为一个居仁由义、心怀大志的族长，被社会的浪潮挤到舞台的一角，家业难兴，族事难理，与老对手鹿子霖的较量始终难分胜负。可以说，他的一生是时乖命蹇的一生。然而，他的心有余而力不足的种种行状和心态，却构成了秘史中的另外一个重要部分，那就是隐含在一个传统农人身上的独特的文化精神和民族心史。

作为一个敬恭桑梓、服田力穑的农人，白嘉轩身上有着民族的许多优良秉性和品质。他靠自力更生建立起了家业，又靠博施众济树立起人望，无论是治家还是治族，他都守正不阿，树德务滋。尤其是对文化人朱先生、冷先生的敬之、效之，对老长工鹿三的重之、携之，更以对小生产意识的明显超越，表现了他在一代农人之中的卓尔不群。白嘉轩始终怀有一个不大不小的热望：按照自立的意愿治好家业，按照治家的办法理好族事，使白鹿原的人们家家温饱，个个仁义，从而也使自己的声名随之不朽。但当这些想法在现实中刚刚开了一个头，他便遇到了种种意料不到的难题和挑战。起先是没有了皇帝，使他六神无主；接着是民国建立政权，鹿子霖以乡约的身份与他平分了秋色；随后便是各家的混战蜂起，家事和族事都乱了套，他使出浑身解数也每况愈下，只有儿子孝文在最后做稳了县长，他才稍稍有所慰藉。从未放弃过个人的私欲和名誉，却也不错过任何可以急公好义的机会，把一己的价值实现寓于家族和乡里的事业发展，这是白嘉轩这个形象的独特所在。

作为独特的白鹿原的独特产儿，白嘉轩离不开白鹿原这个舞台，白鹿原也离不开白嘉轩这个主角。他首立了乡规、乡约，确立了他的族长地位又使乡民们有规可依；他修祠堂、建学堂，树立了自己的威望，也使孩子们上学读书有了保障；他与鹿子霖明争暗斗，守住了族长职位，也阻遏了恶人的势力膨胀。他处处救助受难者，使自己的人缘、人望大增，也使频仍的混战对人的伤害得到了不小的减缓。他的"仁义"为怀、自立为本的人格精神，最典型不过地表现了中国传统农人基于小农经济和田园诗生活的文化意识和人生追求。

不难看出，对于《白鹿原》中的白嘉轩的塑造，作者既把他当作较为理想的农人典型，也把他当作一面可以澄影鉴形的"镜子"。用他，照出了鹿子霖的卑狠与丑恶；用他，照出了朱先生的睿智与清明；用他，还照出了乱世沧桑的悲凉与悲壮。一个时世，如若使仁人君子都惶惶不安、悻悻不乐乃至备受折磨和煎熬，那这个时世还不可叹可悲么？反过来看，也可以说作者也经由白嘉轩写了传统的"仁义"精神在历史发展中的有用性与无用性，尤其是白嘉轩不无欣幸地把儿子孝文当了县长以为是白鹿"显灵"的结果，更是以一种悖论性的内涵，暗示了白嘉轩仁义追求走向意愿反面的最终破产。在这里，作者在白嘉轩人格精神的悲剧结局里，不仅映现了社会生活在急剧变动之时难分青红皂白的某种冷淡性、无情性，而且表达了他对传统的文化精神肯定与否定参半、赏赞与批判相间的历史主义态度，尽管那样更像是一曲略带忧伤色彩的挽歌。

三

《白鹿原》里少有缠绵悱恻、催人泪下的情与爱，有的多是缺情乏爱的性发泄。白嘉轩先后娶了七房女人，同哪一个都没有太深的感情纠葛；白孝文娶妻之后，先耽于床笫之事，后又移心别离；只有黑娃和小娥的相恋带有真情，却又棒打鸳鸯散，各奔了东西。是作者没有兴致、没有才力去抒写人间情爱么？当然不是。我以为，这只能理解为关于白鹿原上的性事与性俗，作者别有自己的看法。尤其是通过白嘉轩的冷待女人和小娥的放纵沉沦，作者实际上向人们揭示了白鹿原人们游离了性爱本义的畸态性史。

白嘉轩所娶的七个妻子中，有六个都没有给他留下什么，他也只有同她们初次交欢时的印象。他娶了第七个妻子仙草后，相处日渐融洽，其因在于她既连生三子，发挥了传宗接代的功用，又带来罂粟种子，起到了振兴家业的效能。然而，白嘉轩并没有想到他人财两旺的光景同仙草有什么切实的关系，他把自己的发家致富主要归结为"迁坟"后的"白鹿逞灵"。没有给他带来什么东西的女人在他心目中没有任何地位，给他带来了"人"和"财"的女人，在他的心目中仍然没有什么地位。女人作为人在白嘉轩的世界里被遗忘了，她们或者只是他泄欲时的对象，或者只是他干事时的帮手。男女之间应有的情性相悦，到白嘉轩这里一概被淡化、被消解了。正是出于这种传统的婚姻观，他对六个死去的妻子只有在初婚之夜如何征服她们的感受，而且常常"引以为豪壮"；他看不惯儿子和儿媳的过分缠绵，教唆儿子孝文使出"炕上的那一点豪恨"，不要"贪色"，他认为小娥是"不会居家过日子"还要"招祸"的"灾星"，拒阻黑娃和小娥到祠堂成亲。作为正统社会的一个正统男人，白嘉轩只把婚姻看成是传宗接代和建家立业的一个环节，可能纷扰最终目的的卿卿我我、情情爱爱之类的东西宁可少要或不要。这样不讲对等意义上的互爱和超越功利意义的情欢，把婚姻简单地等同于生孩子、过日子，正是长期以来民族婚俗中少有更变的传统观念。它是正宗的，却也是畸态的。

　　而小娥有关婚爱的想法和做法，与白嘉轩恰成鲜明对比。她不计名利、不守礼俗，只要是两心相知、两情相悦，她就交心付身，没遮没拦，而且不顾一切、不管后果。她一旦爱上黑娃，便死心塌地、一心一意，哪怕他位卑人微，也在所不惜，把一个重情女子的柔肠侠骨表现得淋漓尽致。在小娥的情爱观里，显然不无贪情纵欲的成分，然而正是在这一点上，她有力地超越了传统的功利主义婚恋樊篱，带有一种还原性爱的娱情悦性本色的意味。然而，这必然与以白嘉轩为代表的正统道德发生抵牾，从而为白鹿原的习俗所不容。因而，当她失去了黑娃的佑护之后，便像绵羊掉进了狼窝，在政治上、人格上、肉体上备受惩罚和蹂躏，从而也变成了白鹿原皮肉场上的一只"鏊子"。鹿子霖乘其危占有了她，并以此作为对黑娃的某种报复；她又听从鹿子霖的调唆以美色诱引孝文走向堕落；白嘉轩打上门来找小娥被气晕在门外；鹿子霖"气出了仇报了"，又来寻小娥"受活受活"。在这里，正言厉色的白嘉轩把她当成伤风败俗的"灾星"，不顾伦常的鹿子霖把她当成搞垮对头的"打手"，而对她似乎不无情意的白孝文，也实际上把她当成是除治阳痿、激性纵欲的"工具"。在她那里，也是你上来我下去，翻着另一种形式的"烧饼"，场面虽如火如荼，却谁也没有付出真情实意和爱心，她一如白鹿原的"戏楼"，是男人们相互角力和私下放纵的"演练场"。他们既没有轻易放过她，也没有把她真正当成人。

小娥由追求真情真性的爱恋而走向人尽可夫的堕落，当然有她自己破罐子破摔的主观原因，但在很大程度上也是白鹿原的男人所逼就的。她爱黑娃不能，洁身自好也不能。为人正直又守成的白嘉轩压制她，为人伪善又歹毒的鹿子霖威诱她；她在场面上要忍负正人君子的唾骂，在背地里又要承受偷香窃玉的人的蹂躏，还要兼及拉人下水、诱人起性，试问面对这一切，她作为一个孤立无援的弱女子又能怎么办呢？她别无选择，只能按照白鹿原的道德与需要，在随波逐流中走向自戕又戕人的悲剧结局。这难道仅仅是小娥个人的命运悲剧么？

有意味的是，小娥死后闹起了鬼，白鹿原的人们又在白嘉轩的主持下建造了砖塔专以对付小娥的鬼魂，从而使小娥以物体的形式重又站立在白鹿原上，那说是镇妖塔，又何尝不是纪念塔。人们看到砖塔不能不想起小娥，而小娥则以她不屈的身影，诉说着自己的坎坷与不幸，指控着白鹿原性文化的虚伪与戕人，从而把隐匿在她的遭际中的个人的和民族的畸态性史昭示给人们，引动人们去思索，反刍其中所包含的诸多意味。

如果说白嘉轩的性行为、性观念是以对封建主义的认同与皈依的形式走向僵滞的话，那么，小娥的性追求和性心理，则是在同封建理性的盲目对抗和无奈顺从中走向了非人。使不同的人殊途同归，封建的道德文化显示出了它多么巨大的力量。人们在面临着社会生活的无情颠簸的同时，又被置于婚姻生活中的诸种误区，还能到哪里去寻求正常的人生和健康的心性呢？在这里，作者通过白鹿原两类形式的畸态性史，更进一步地从人性、人本的角度，把作品的意蕴大大深化了。

四

《白鹿原》作为一部有积累、有准备的长篇佳构，不仅表现在内蕴一方面，还表现在形式一方面。可以说，与它的丰厚隽永的史志意蕴相得益彰，它在艺术形式上气宇轩昂，具有鲜明的史诗风格。它以一个村镇、两个家庭为载体，把民族近半个世纪的历史做了缩微式的反映；在这一反映过程中，它又以显层次的运动、斗争的勾勒和隐层次的人心与人性的揭示，立体交叉式地全部揭示了社会生活和社会心理的历史变动。作品既立足于历史，又超越了历史。读着这样的小说，我很想借用狄德罗赞扬理查生的话对作者说："往往历史是一部坏的小说；而小说，像你写的那样，是一篇好的历史。"①

作者在获取史诗风格的写法上追求颇多，我以为比较重要的主要有两点。

其一，又"入"又"出"，"宏""微"相间。

《白鹿原》中，主要人物即有白嘉轩、鹿子霖、朱先生、冷先生、田福贤、鹿三、黑娃、小娥、白孝文、鹿兆鹏、白灵等十数人。除却个别人外，其他人或分属于白鹿两大家族，或分属于国共两大力量；人人各具共性，其个性之中又不可避免地带有家族和政治的意识倾向。对于作品中的人物和他们的行状，作者采取一种十分客观的态度，既入乎其内，从对象主体的角度探幽烛微，设身处地地写他们的行为处事的内在缘由；又超然物外，从外在旁观的角度高瞻远瞩，不动声色地写他们身在其中的迷离与偏失。触及个人是这样，涉笔族事、政事也是这样。这就使作品既以一种又"入"又"出"的双重视角，具有现实感与历史观相结合的真实性，又使作品以一种有"细"有"粗"的两种笔墨，具有微观透视与宏观鸟瞰相融合的深刻性。这样的写法，还同时以造成作品中的人

---

① 狄德罗：《理查生赞》，《古典文艺理论译丛》第5辑，第153页。

物和事件在内涵上的某种不确定性，带来感觉上的多义性，使得作品具有可从多种角度和多个侧面去读解和评析的可能。

其二，有"清"有"浑"，虚实相致。

历史常常如一位英国作家所描述的那样，"是混乱的，易变的，任意的，它遗留下成千上万解开来的头绪，参差不齐"①。因之，作家以历史生活为题材和素材，势必要进行梳理。但这种梳理，应该达到一种更集中、更形象的历史真实，而不是相反。因此，梳理当有一个合理的度。《白鹿原》反映历史生活之所以相当成功，正在于作者对历史素材的爬梳剔抉合理而适度。

关于白鹿原的历史，作者写清楚了它的家庭争斗的根根蔓蔓，以及后来的政治斗争的恩恩怨怨，但还有一些人物、一些事件，仍让人觉着不那么清晰，不那么明朗。如朱先生何以如孔明一般灵机妙算，白嘉轩到底在坡地发现了什么以为"白鹿显灵"，小娥死后怎能魂附鹿三之体闹起了鬼。还有白鹿原本身的历史的种种似是而非的传说，作者并未就其深浅、虚实与正误去一一追根究底，使得它们以一种隐晦不明的状态一同汇入了白鹿原的文化和白鹿原的历史。而这反倒既达到了一种真实，又构成了一种丰繁，使人们看到了一个独特的白鹿原世界和氤氲的白鹿原文化。作品因写得既"清"又"浑"，亦实亦虚，格外地丰厚和凝重了，也耐得起人们的咀嚼和回味了。

其他还如在历时性的事件结构中以人物命运为单元的故事性情节推进，由关中方言和书面语言相杂糅而形成的有滋有味而又铿锵作响的语言表达，都在完成着史诗风格的营造的同时，使作品充溢着一种历史与文学相融合的艺术魅力，使得阅读作品本身成为一种艺术的享受和情感的愉悦，徜徉其中甚至让人难以觉察到作品后三分之一笔墨的松疏以及个别人物的描写失却分寸的某些纰点。

一部好的作品总是引动人物超越作品本身去寻思些什么，读陈忠实

---

① 约翰逊：《小说形式与手段》。

的《白鹿原》，就很容易让人联想到法国哲人爱尔维修在回答人应当怎么办的提问时说的一句话："人应当躲避痛苦，寻求快乐。"这大概既是人最基本、最生生不息的追求，又是人最难得、最可望而不可即的追求。我以为，陈忠实创作《白鹿原》，大半是带着这样一种信念，而他想通过作品传达给人们的，也大抵是这样一个信念。

《白鹿原》的作者和读者朋友们，以为然否？

1995 年 5 月 19—20 日于北京朝内

（《白鹿原》评论小辑）

评《白鹿原》

朱　寨

陈忠实的《白鹿原》虽然是一部近 50 万字的长篇小说，却使人不能不细读。因为它的重要关节和旨意都是不可预测和外露的。作品的叙述描写文字，浸润着作者思想感情的洗练，人物的语言也都是经过斟酌筛选的，没有现成大路"水货"。因而也就不能粗略跳读，而与作品的频率同步。谢永旺同志在作品座谈会上发言说：对于这部作品你可以说有的部分写得强，有的部分写得弱，但你找不出一处败笔。说得很中肯。这对一部长篇巨制来说是很难得的。而这种苦心孤诣的艺术追求，更加值得赞赏。

《白鹿原》给人的突出印象是凝重。全书写得深沉而凝练，酣畅而严谨。就作品生活内容的厚重和思想力度来说，可谓扛鼎之作，其艺术上杼轴针黹的细密又如织锦。

作品描写的生活内容是：从 1911 年清王朝末代皇帝"退位"到 1949 年中华人民共和国成立前夕，这近半个世纪的现代历史在"白鹿原"上的风云变幻。白鹿原地处西部内地关中，远离历史风暴中心，时代的激流来到这里往往已成余波。一些政治敏感的浮游人物，仓促换装响应迎合，所表演的"不过是可怜的模仿剧"（马克思语）。但是在时代的烽火下，难免引燃地方自身社会矛盾的积薪。这更加关系到社会各方的直接利害，乃至于身家性命，因而矛盾斗争更加激烈复杂。加上那些模仿者夸张歪曲的表演，给历史的正剧带入了残酷笑闹的成分。作品虽然具有超越历史的视野，囊括社会的襟怀，但并不是用白鹿原的人物故事演义这段历史过程和关于这段历史的既定概念，而是庖丁解牛般游刃于白鹿原社会的"这一个"的肌体，写出了其历史递变、社会风情、生活血肉，特别是写出了由各种不同人物命运交织的纵横人生。

作品中的人物，从社会类型来说，都不使人觉得陌生，而且在不少作品中似曾见过，然而由于这些人物身心经历的曲折复杂、际遇命运的诡谲多舛，以及独特的个性、丰满的性格，都非同寻常，未曾相遇。有些人物情节的设构也是罕见。如白鹿两家本系同族同宗之间的明争暗斗；白嘉轩与鹿三之间的主仆"义交"；黑娃与小娥的悲惨生死恋；白灵与鹿兆海、鹿兆鹏兄弟的并非三角的爱恋婚恋；以及直到作品结尾还给人留下悬念的白孝文的反复一生……诡异跌宕，蕴意深邃。一些人物情节结局的奇突警拔，令人震惊心悸。如单纯的青年雇工黑娃，却身经人生种种坎坷磨难，最后才清醒地委身革命。而在解放后的镇反运动中，由于他曾经是匪伙的"二拇指"、县保安团营长而被镇压。其实就在那时他已与地下党有联系，曾掩护过革命部队突围，救出过被俘战士，处决了投降告密的叛徒。解放前夕也是由于他首先起义而迫使保安团长白孝文投诚。在镇反中他却被宣判与革命死敌国民党书记长姜维山、"乡总约"田福贤同罪，处以极刑立即执行。他唯一的要求"我不能跟他们一路挨枪"也未得到"搭理"。他突然被绳捆入狱的时候正在自己"副县长"的办公室里起草申请恢复党籍的报告。能够为他辩白证明的县长白孝文却闭口不言。真正了解其原委的只有地下党负责人鹿兆鹏，却不知其去向。当妻子携儿探监时，他殷殷嘱咐"一定寻找到鹿兆鹏，你寻不着，你死了的话由儿子接着寻"。一声"爸爸"，使他循声从监牢的洞孔看见了"酷似自己的眉眼"的儿子。实际上他从儿子的眉眼中看到了自己，想到了自己一生坎坷磨难的悲剧，他"像一棵被齐地锯断的树干一样栽倒下去"。

这怎不震撼人心？又如书中的白灵，为革命叛离封建家庭，在白色恐怖中出生入死，因为难以藏身才被转移到革命根据地，却在一次根据地的清党肃反中被怀疑是潜伏的特务被捕入狱。同案的还有二十位青年学生。她在狱中"像母狼一样嚎叫了三天三夜"，当面痛斥这一"内奸"的煽动者以"冠冕堂皇的名义残害革命"。这怎不令人感慨万千？一生反复的白孝文直到作品结束他的最后结局仍不可卜，给人留下了意味深长的悬念。作品结束了，并不因此而给生活也画上一个句号。

作品人物的社会阶级属性并不模糊，但都不是某种社会阶级属性的简单化身，而是多种社会因素的复合。所谓它艺术上没有败笔，也主要是指它没有可有可无的多余人物，没有符号化概念化的人物，或临时应急设计登场的道具式人物。每个人物都有自己独立存在的意义，都有自己出没的生活逻辑和性格逻辑，他们在人物关系和情节网络中都是一个不可缺少的结。作品主人公白嘉轩的性格更是多种现实和历史的社会因素的凝聚复合。他既是一个封建家族的代表，又是正直宽厚的长者。他是雇主，而与雇工平等相处，情义深厚。他对传统族规的恪守和维护严格到残酷的地步。他亲自执刑鞭笞违反族规的儿子，拒爱女于家门之外。但他秉公无私，为人宽厚，"敬神打鬼"，鄙视投机钻营，与作品中另一族长鹿子霖形成强烈的对照。当他的儿子成为县长，别人都投以羡慕眼光，为他引为荣耀，他却淡漠处之，讽刺鹿子霖"官瘾比烟瘾还大"。他跟长工一起耕作饲养，过着俭朴勤苦的生活。对于长工父子都是当自己家人看待。他给自己两个儿子上的人生启蒙第一课，就是让他们跟上长工鹿三去背粮磨面，启示他们如何磨炼做人。当鹿三对他的恩爱表示感谢和歉意的时候，他"生气地"批评说："你吃的是你下苦力挣的嘛！咋能是我养活你爷儿俩？"他们之间的友谊不是"主慈仆忠"，而是建立在共同的人生态度上：对劳动的酷爱，为人的宽厚，都有一种"忠诚刚烈坚毅直率的灵光神韵"。他们之间是"义交"。当黑娃蒙冤投狱，别人都唯恐避之不及，他却敢于探监说情。他出于维护族规和顽固的封建男女观念，确实亲手制造了黑娃和田小娥的爱情悲剧，小娥的惨死，以及把爱女驱逐出家门，而这何尝不是他对自己的残忍？小娥冤魂的反复出现实际是人们的错觉幻觉，是小娥的惨烈之死在人们心灵上留下的阴影创伤，白嘉轩也在经受着自造悲剧的精神惩罚。他本人也是自献于封建男女观念祭坛下的牺牲品，也是个悲剧人物。小说开篇所写他"引以为豪壮的是一生娶过七房女人"，但六房都是短命的失败，没有给他留下一个后代。虽然第七房女人与他结伴终身，生男育女，没有使他落下"无后为大"的不孝罪名。但是他始终昧于性爱和情爱，而酿造了别人和他自身的悲剧。

从白嘉轩身上可以突出地感到，中国封建文化传统和道德观念的积厚恒远。虽然他并没有受过传统文化典籍的正式教育，而与那位程朱理学的关中学派代表人物朱先生却有一种精神上的默契，处事论世一拍即合。因为久远的传统文化已"物化"为宗教礼俗、生活习惯，"俗化"为偶语口歌，这样的文化氛围和家教，自觉不自觉地形成人的近乎先天的品格观念。传统文化既有消极的成分，也有积极的因素。作者在批判描写白嘉轩封建落后观念的同时，也肯定地描写了他的传统美德。特别是他与鹿三之间的"义交"所体现的勤劳俭朴、重义轻利、达观宽容，对于权势物欲的贪婪追求，无疑是一种消解抵制，对于历史的盲目倾斜是一种制衡，而且是民族的维系纽带。尽管白嘉轩在白鹿原的政治舞台上默默无闻，但却是威慑维系白鹿原民心的中心。这也是白嘉轩这个人物性格丰厚深刻的地方。

作品通过丰富的情节，写出了历史过程的曲折、历史变革的复杂。正如恩格斯说的，历史运动的必然是"通过无穷无尽的偶然事件向前发展"的。这些偶然事件的内部联系看来"如此疏远或者是如此难于确定"。创作不是生活照相，从作品的情节脉络中却可以看到历史运动的脉络。历史事变是由"无数互相交错的力量""无数个力的平行四边形"产生的结果。而在作品对历史"总的合力"描写中，却看出重力的所在和拉力的趋向，揭示出历史的逻辑和人生的哲理。而这一切都微缩在方圆不大的白鹿原，集中在白、鹿家族两代人身上，因而写出了历史人生的纵深。

我们又常说"文学是人学"。而对于"人是社会关系的总和"这一关键的理解和阐释，常常是简单片面的。马克思说："社会——不管其形式如何——究竟是什么呢？是人们交互作用的产物。"①我们往往把社会了解得黑白分明。对于人的本质是"在其现实性上，它是一切社会关系的总和"总是省略了"在其现实性上"的指定范围，因为人还有自然属性；省去"一切社会"的"一切"，把社会关系等同生产关系。而对社会关系单一的理解上，又常只着眼于现实物质的方面，而无视历史文化的积淀。因而造成人物性格刻画上的单薄。恩格斯在批评费尔巴哈关于人的本质的观点时，却肯定他的这一名言："人是人、文化、历史的产物。"《白鹿原》在这方面提供了有益的经验。

《白鹿原》不论在作者个人的创作上还是在当前长篇小说创作上，都被认为是一个峰巅，甚至带有突起的奇迹性。因为在此前五年多的时间里，作者从文坛上销声匿迹。其实他带着时代巨变的思考和文学新潮的冲击，返回故土，沉潜入《白鹿原》创作准备和写作中。他从当今时代巨变去宏观超越地反顾历史，借用小说中的语言说，从"一些单一事件上超脱出来，进入一种对生活和人的规律性思考"。对于历史进程中的政治派系"鳌子"的争权夺利，亲族间的"窝里咬"，革命队伍的"内戕"，给予了痛斥的或针砭的描写。作品的乡土气息格外浓郁。对于乡土气息的描写不是外在的，而是渗透在日常生活的细节中，所以格外沁人心脾。

作者采取的创作方法是现实主义的，是契诃夫所说的"无条件的真实"的现实主义。同时看得出来对现代主义也有借鉴，因而作者在手法上给人以大胆新颖之感。性的描写是现代主义文学作品的一个重要内容，目前在国内创作中也成为一种时尚。《白鹿原》也用了相当的篇幅，描写了性爱和性行为，但都不是孤立的描写，而与刻画人物性格、展开主题、推演情节密切相关，不但写得严肃，而且揭示出人物性格中深隐的美或丑。作品最光彩照人的女性形象田小娥，就是通过对她的性爱描写表现

---

① 马克思、恩格斯的话均见《马克思、恩格斯选集》第四卷书信。

出她惊世骇俗的反叛精神，义无反顾、忍屈受辱的执着追求以及她的朴野恣肆、妩媚动人。鹿子霖灵魂的丑陋卑下，也是通过对他性行为的描写暴露无遗。

五年多的沉潜执着，作者终于实现了创作的誓愿："写出一部死后可以放进棺材当枕头的作品。"作者更应该欣慰的是：给孕育和哺养自己的母土和人民，奉献了赤子的回报。

《白鹿原》的征服

阎　纲

当一个陕西人、关中乡党冒着高温，汗流浃背，每天中午从广播里收听白鹿原上的故事，又在《当代》上体味这个故事时，他震惊了，被折服了，是乡情，是偏爱，还是审美体验、艺术打击所使然？

惊人的真实，奇异的情结，神秘的预见，深奥的千百年传统文化民族精神的积淀和生发，使人不得不在艺术陶醉的同时陷入历史的（包括革命史、阶级斗争史）沉思。

白鹿原既是一个弹丸之地、小小的村庄，又是关中平原，又是既包括西安又包括延安在内的陕西，也是自清末至解放、跨度半个多世纪的旧中国，白鹿原是鲁迅笔下的未庄，柳青笔下的蛤蟆滩，加西亚·马尔克斯《百年孤独》里的马贡多小镇。

《白鹿原》是政治的、经济的、社会的、道德的、民俗的、家庭的、婚姻的、心理的、人性的，而且是暴力的、革命的、传奇的，甚至是神秘的。它既是心灵史，又是社会史，要是说作者陈忠实早已是文学家的话，那么，现在他既是文学家，又是历史学家。在创作《白鹿原》时，他怀揣县志，跃于原上，俯瞰大地江河，上下左右求索，宏观微观、思古抚今，追求"史""诗"融汇的高境界，完成一部诗的史和史的诗那样名副其实的"历史画卷",慷慨激越,沉郁忧愤,神情斐然,热耳酸心,心旌为之动摇。十分明显,《白鹿原》的诗魂在精神,在发掘,发现我们民族几千年来生生不息生命的精神、赖以存在的精神,使得本民族其所以不被击倒,不被消灭,而延续数千年直到今天的"民族精神",为发现和光大这种生存、处世、治家、律己和自强不息的传统民族精神,作者不惜冒犯被神化、庸俗化了的"天条"。

所以,陈忠实不能也没有停留在长篇小说《渭华暴动》的水平上,不能也没有停留在里程碑《创业史》的水平上。"文化大革命",拨乱反正,改革开放,天时地利人和等等一切的一切,都不容许像陈忠实这样的作家滞留太久,他必须跨越,不然,中国的新文学,陕西的文学界、文学家将愧对前辈先贤。

柳青的《创业史》,先生的道德风骨,向为文士所敬慕。要是不苛求故人的话,在当时哲学和美学的泛政治的、指令性、简单化的情况下,出现《创业史》是文学的进步,艺术的胜利,因为它把小说的现实主义创作方法保住了,也就是保卫了文学自身。《创业史》在艺术上的重大贡献是个性的刻画和典型的塑造,是人物关系的微妙和深刻,是故事情节的单纯、新鲜和多维性的心理纠缠,是细节的精选、精致、逼真和表现力,是语言方面的锤炼、一语中的以及对话的口语化、地方化,并夹杂土语和叙述语言的相当程度的欧化,总而言之,用诺贝尔文学奖常用的一句评语概括,就是"精通叙述艺术",而其中,我个人认为,最值得我们注视和倚重的是他的入木三分的个性化描写,他把各式各样的农民不大走样地描绘成"思考者""思辨家"甚至"能人""智者",很了不起!

柳青的现实主义影响了陕西省几乎一代的年轻作家,路遥、平凹、忠实都在其内,忠实是其中忠实、执着的一个。当然,"转师多益"如平凹等,但忠实的确受益柳青匪浅,不论是个性的刻画还是典型的塑造,都证明他是柳青的好学生。对农民的体贴和一往情深,爱农民,愿终生献于农民致富之道,也师承柳青。

但是，死读书，不如无书；死学师，不如无师。继承是为了发展，文学史上不会有第二个柳青。《白鹿原》在以下几个方面超越了《创业史》：时空跨度大，场景开阔，社会面广，人物众多，矛盾复杂，富有传奇性、神秘性和哲理性，显示出结构才能，指挥千军万马，风重若鞭，丝丝入扣，合情合理，得来全不费功夫，一部如此大书，一上眼，就让牵着鼻子走，只有着迷和体味，而无单纯的愉悦或赶任务式的得失参半的翻检之劳。《创业史》里作者的议论没有了，"严重的问题是教育农民"的教育者的姿态消失了，人物的言必阶级、言必斗争，人物主要作为"政治的人"的偏狭或倾向被打破了，明显的"写政策"的急功近利陋习革除了。然而，最为重要的是社会的发展，观念的更新，思想的解放，独立的思考。创作是个人的劳动，文学是个性的艺术，作为刻画人物的个性，同时也在刻画自己的个性。放之四海而皆准的真理，只有经过艺术家的独立思考和艺术表现，才是货真价实的真、善、美。在《创业史》中，有时是两个头脑同时在思考，在打架，在一致行动，只要坚决反对资本主义，批倒富农，好像建成社会主义民富国强"楼上楼下电灯电话"的美气日子即可到来。《白鹿原》却是用作者一颗头脑思考的，陈忠实比柳青幸运的是他经历了"文革"、拨乱反正和改革开放过程中的坑坑洼洼，明智地接受了党的十一届三中全会的路线，坚信只有实践检验真理的真理。陈忠实在《白鹿原》的最后，把黑娃的一颗血淋淋的人头置于新中国的面前，置于读者面前，何等震惊和深沉！好重的一颗人头啊！这是农民中的智者贤者兼预言家朱先生的学生中唯一的"土匪坯子"，又是他老人家自认为"最好的弟子"在白鹿原解放之日滚下的头颅！我也注意到白嘉轩"以德报怨以正祛邪"的待人律己、"处世治家的信条"，他对心术不正的人施行"心理征服的办法"，以及他要在白鹿原乃至整个原上"树立一种精神"的生平愿望。更清醒地注意到作品里刻画的又一个相当成功、相当令人敬佩的人物朱先生留给几十年后"扫四旧"的红卫兵掘墓者的七个公母阴阳凸凹字——"折腾到何日为止"！

超凡脱俗、羽化成仙的朱先生，无疑是一个象征，先觉者大士真人、天神天命的人的对象化。

睡过不少男人、性行为演示最多最后被压在塔下的田小娥，那是人欲、人性的象征。白嘉轩则是人格神。他是一种精神，"白鹿精神"，生存精神，顺应天意和人欲的，天人合一的，千古流传的，生气勃勃的精神，有待继承或扬弃的"民族精神"；要么，干脆就是"四旧"！

于此，《白鹿原》大有深意存焉，于此，评论或批评《白鹿原》大有文章可做。

面对学生这一类浪漫主义的和类魔幻现实主义的突破，我相信老师柳青会欣然于九泉。当有些人把《创业史》当作"死狗"埋葬的时候，《白鹿原》一鸣惊人。《白鹿原》是省优、部优、国优产品，是全优产品，经得起方方面面的严格检验，且值得角角落落的解析。它不但必须运用美学的、历史的批评方法进行研究，而且需要（照样经得起）诸如人类发生学、神话原型学、精神分析学以至结构主义的文学批评。

当"后现代主义""后现实主义""超现实主义""先锋派"大显神通之后渐渐被人断言"业已终结"时，所谓的"新写实主义"卷起旋风。也有人继续试验一种"现实主义＋现代主义"的新的品种。远离功利主义的批评家把王蒙《坚硬的稀粥》、张洁的《上火》等归之于传统的"载道"派。王朔走红了，大有入主市场之势。通俗小说大行其道，雅文学可怜，门庭冷落。半路里杀出了个程咬金，运用"旧手法"写出"老题材"，《白鹿原》洛阳纸贵。小说形式没有出新，大众对小说的消费需求似乎压倒教化需求、认识需求，《白鹿原》却鹤立鸡群，太有意思了！

假若连最爱挑剔的批评家也不否认《白鹿原》是成功之作的话，那么，对目前有关"二为"方向、"双百"方针、批评标准、文艺政策、文艺界团结、文艺的繁荣甚至什么是资产阶级自由化，什么是多元化和应不应该多元化，是不是已经多元化等等或明或暗的争论，也许有所启示。

假若《白鹿原》是一部成功的作品，那么，中国新时期或有人所称的"后新时期"出现史诗性作品就不致像人断定的"放空炮""不可能", 而是又给人们以期望; 或者可以说, 为出现史诗性的巨著预示了一种可能。

写完于黄昏时黄昏中

(《小说作家作品研究》)

朴素自然　内蕴丰实

——读《白鹿原》

林为进

陈忠实的长篇新作《白鹿原》(《当代》1992 年第 6 期、1993 年第 1 期),无疑是近两年比较少见的优秀的长篇小说之一。作品的意义和价值,并不在于有所创新与拓展,而在于内蕴的丰厚与沉实。从而使得读者于轻松愉快的阅读中,很难不引起一些关于历史、关于社会、关于人与文化的、并不轻松的思考。既是审美的载体,又蕴含着人与历史的丰富内容,正是《白鹿原》的艺术价值远远高于目前常见的、一般的长篇小说之关键所在。

普通的关中人,悲壮的关中史

关中,对于中国文化和中国历史而言,都是一块光芒闪烁的土地。不仅遥望中华民族之始祖黄帝的陵山,而且目睹了从秦皇汉武,到唐朝宗室所上演的一幕幕或悲壮、或惨烈、或浪漫、或猥琐的历史戏剧。在这片无言沉默的土地上,可供挖掘的历史蕴含,无疑是异常丰厚而又广阔无垠的。而陈忠实似乎是历史的弄潮儿，对那些于历史的大潮中兴风作浪，决定历史导向的人物不是十分感兴趣，只是着力于描述并没有真正意识到历史为何物，按本能、凭直感谋求生存的平凡人生。日出而作，日没而息，面朝黄土背朝天，勤恳劳作的质朴农民，是《白鹿原》的主要表现对象。

对于中国这么一个典型的农业社会而言，如果不是追求书面历史的复述，而是企求真正表现出民族的心灵秘史，那么肯定离不开对农民及农民生活形状的描述。只有真正理解和认识中国农民的作家，才有可能写出揭示中国深层文化结构的作品。陈忠实对描写对象及切入视点的选择，就显示出了他相当坚定的追求。无论是比较富裕、有田有地有黄白财物的白嘉轩、鹿子霖，还是贫穷的、替人打工谋生的鹿三，无疑都是典型的中国农民。他们的生活理想与追求，全都寄寓于黄褐色的土地上，希望与失望，都离不开气候及土地收成的影响和制约。国家、民族、社会……这一切对他们而言，既十分遥远和抽象，更不会是他们所重视和关心的事情。用汗水换取收成，借以求得生存，才是直接关系和影响到他们的切身利益，从而使得他们不能不关心的大事，并体现出了他们所有的生活价值与取向。不过，他们虽然对外部世界、他们生活环境之外的事物没有兴趣，但实际上又不能不接受外部世界的影响和支配。从巡抚，到督军，再到省长，不同称谓的长官，改朝换代的标志，并没有改变他们的生活，反正谁当官他们都得种田纳粮。而在这种变与不变之中，农民永远是农民的表现，比起"将军换提督""省长替巡抚"，无疑是更能反映出历史的厚度与广度。这真正揭示出历史就像一条河，不断流动，河道或许也会改变，水分子的更换却又与亘古不变相互联结，使之既是原来的河又不是完全意义的原来的河。一代又一代关中人、白鹿原人，不断地重复着相同或相似的生活，也不断地重复着关于"白鹿可以带来幸福、赶走灾难"的梦想，可现实给予他们的，除了一段时间或许会有长官称谓的不同外，什么也没有改变。土里刨食的仍然是土里刨食。新建的白鹿原，不仅与原来的村名偶同，而且正好是建在原址，一个地上，一个地下。作者富于寓意的一笔，既抒发了对于历史与人生的感叹，同时也反映出作者对于历史就是不断重复之事实的认识。

这种认识与感叹，贯穿了《白鹿原》整部作品。从而，使得作品虽然没有着意于历史事件、历史人物的复述，但历史的氛围感及意蕴感都十分强烈。战乱、饥荒在作品中都没有展开描写，而只是简略地写朱夫子劝退方巡抚的20万大军，然后是从县令到县长，又到国民党县党部主任、保安团长、总乡约等官职走马灯式的更换，就表现了关中地区近现代史几十年来的一个缩影。一茬又一茬不同服色的兵，都在糟害着百姓。欺压、盘剥、各种苛捐杂税，使农民不堪重负，而得到的是更残酷的虐杀。饥荒、瘟疫，时不时又乘虚肆虐。可以说是中国最富庶地区之一的关中，并不比其他地区少受一点灾难的打击。

《白鹿原》正是由普通人的命运际遇入手，展示了关中地区近现代悲壮的历史过程（从北伐战争、建立民国，到共产党组织穷人闹革命、办农协，国共两党分分合合，直到共产党取得最后胜利，都在这块土地上有过令人瞩目的演出），并留下了醒目的痕迹。历史的壮阔与豪迈，留在白鹿原人心中的或许只是一种悠远的传说，但在他们自认为是无可奈何的命运战争中，体现出来的却是历史的沧桑。普通人固然不是历史的制造者，但历史的形成却凝结着他们的血和泪、悲与欢。故事的魅力、浓烈的历史意蕴感，无疑是《白鹿原》的主要成就之一。不过，《白鹿原》吸引读者的首先却是故事的魅力。故事自然不能代替小说，不少故意舍弃故事的现代派小说，不仅存在，而且颇具艺术成就。但是，从另一层意义上说，故事作为小说构架之主要营建手段之一，又将不会轻易丧失其应有的价值。尤其是既凭借故事抓住读者的阅读兴趣，又不仅仅是一个简单的低劣故事的作品，更能体现出故事的意义。《白鹿原》的故事，生动精彩，极具阅读的吸引力。不过，构成故事吸引力的并不是奇特的人生际遇，也不是激烈的冲突斗争，而是一些看似十分平常的生活写实。作者之所以能够将那些似乎并不特别新颖奇异的人与事，编织出相当好看的故事，除了得力于他朴素而又富有韵味的语言，让读者在阅读中感到十分舒展外，依赖的是他对笔下人物之行为与心态十分准确的把握与表现。这样，对于白嘉轩、鹿子霖这些大多属于平庸之辈，既无奇遇又欠广阔生活空间的农民，似乎可以表现的东西并不多，但陈忠实却可以不停地写下去，不动声色地牵引住了读者的注意力，自然而然地产生出去认识和了解他们的欲望。

《白鹿原》虽然不是依靠伏笔、设置悬念、吊胃口来激发读者的阅读兴趣，但在没有对事情的发展打听"以后呢"的欲望中，却会在一些局部结构中产生人物以后怎样了的揣摸。作品的开篇，就不难引起读者探寻好奇，对白嘉轩一辈子曾娶过七个老婆的经历，不能不看一下到底是怎么一回事。而对白嘉轩偶然发现一棵根部似白鹿的草，为什么会那么神秘，这一发现将会给他带来什么，都不会缺乏了解的兴趣。鹿子霖设计让田小娥勾引白嘉轩的长子白孝文，既有看一看严厉的族长白嘉轩如何处理这件同族通奸丑事的情节的吸引力，又紧扣着白鹿原两个权威人士——白嘉轩和鹿子霖表面客气、你恭我敬，内心相互防范的矛盾冲突。

既是故事的情节构成，而又蕴含着沉实丰富的内容，正是《白鹿原》的故事虽然不特别复杂奇诡，但十分耐读的重要原因之一。黑娃的父亲鹿三一直是白嘉轩家的长工，主仆之间具有一种非同一般的相互信任和尊重的关系。因而，黑娃从小就得到白嘉轩特别的关心和照顾，白嘉轩说服他的父母，并出钱送他上学，他上学时淘气被父亲打伤后，又是白嘉轩请的医生。从一般人的角度看，黑娃即使不把白嘉轩看作恩人，至少也应该具有某种程度的感激之心。而黑娃不仅不愿意再到白家当一长工，甚至在先当兵再上山为匪后，由于白嘉轩不允许他那曾是郭举人侍妾的妻子进家族祠堂的名单，以及在他出逃后，他妻子田小娥跟族人私通受到族长白嘉轩的羞辱处罚，而下令手下的土匪抢劫白家并故意打断白嘉轩的腰脊。这种描述，既是由某一件事而引出另一件事、某一人物的行为激发另外一些人物之行为动机的情节的自然发展，同时又寓含着人物内心的复杂。黑娃对白嘉轩看似恩将仇报的行为中，既有对白嘉轩总是那么自信，腰杆总是挺得那么直的嫉恨，又有一种虽不明确，但由于大家都苦熬苦干，而自己家总得接受白家照顾而激发的朦胧的阶级反抗及报复的心理，同时，在黑娃的嫉恨与报复中，又混杂着自卑及改变自身命运之欲求的心理因素。此外，像白孝文因为与田小娥私通而受到父亲白嘉轩的处罚，并因为染上毒瘾而被父亲分出去独立生活，进而卖田卖地卖房子，而当他投靠保安团并当上营长后，又极想买回原来卖出的房子并在原址重新建起来等情节，都不仅仅是故事的一部分有机的构成，而蕴含着比一般的简单叙述人物经历丰富得多的内容。

正是由于内容的丰富厚实，《白鹿原》虽然没有火爆的场面描写，也没有惊心动魄的命运搏斗，仅仅是一些平凡的人于具体环境中的所作所为，但故事的魅力却十分强烈。因为像爱·摩·福斯特所说的"价值生活"，是作者营构《白鹿原》之故事的基础。这样，他不仅告诉我们白鹿原人在一段时间内的生活故事，而且于故事中表现了历史、文化、环境与人生的多种关系。《白鹿原》的历史意蕴感，是由故事所体现。历史既神秘又不神秘，往往不过就是一些生活的事实而已。白鹿原的历史，正是由白嘉轩、鹿子霖、黑娃、田小娥、白孝文、鹿三、鹿兆鹏、贺老大、冷先生这些人正直、邪恶、美好、肮脏，或时而美好时而肮脏的行为所构成。《白鹿原》不是一个历史故事，而是于故事中体现出了历史的蕴涵。这正是许多作家梦寐以求，却很少人能够达到的境界。

《白鹿原》的故事，基本上只是围绕人物的行为去叙述，没有着意于氛围的渲染，甚至舍弃了环境的细节描写，某些既像传说而实际生活中又不时可见可闻的描述，又确使故事增加了浓郁的文化氛围与乡土色彩。朱先生灵验的卜卦，死时遗言土葬不要棺木，不要蒙脸布，刻砖留言预知以后会被人挖坟，表现了《周易》在中国文化中深远的影响。似乎神秘，却又于某种程度制约着人们的生活。此外，朱先生死时白鹿飞腾出书院，小娥附魂于杀死她的公爹鹿三，白灵遇害托梦疼她爱她的奶奶与爸爸等仿佛过于奇诡的事，在中国不同地区的民间都广有近似的传说。尤其是白嘉轩偶然发现一株根部似白鹿的草后，用计以好田换鹿家的坡地改迁父亲的坟茔，更是表现了阴宅学对中国人的重要性，从世界范围看，都是独一无二的。皇帝死前就要建陵墓，普通人死后，子孙无不想方设法找块风水宝地。这些描述，或是表现人物性格的需要，或是使情节的发展更为自然和完整，而又为文化氛围及底蕴的凝聚，起到了很好的作用。自然，这对于故事内涵的丰富和厚实，也是一个十分有力的衬托，并加强了故事的可读性。

内蕴丰实的人物形象

内蕴丰实的人物形象，无疑是《白鹿原》之艺术成就的重要支柱。在白嘉轩、鹿子霖的身上，或许没有反映出像朱老忠那么强烈的革命斗争的色彩，也没有梁三老汉那种面对社会变革的固执与彷徨。但是似乎不那么政治性的他们，不仅表现了中国农民的某种普遍性，而且于似乎不是特别鲜明强烈之中，充分反映出"他就是他"的个性内涵。

坚守中国传统道德规范的做人原则，勤劳克俭，严于律己，是白嘉轩自觉的人生指导。他做事持正，把名声、荣誉看得高于一切。对正义的追求，使他发起了抗税的斗争。而他毕竟是单身劝退方提督20万大军的朱先生的内弟，在冲击县政府时，他又因故被阻没有参加，所以事后他没有被捕，倒是鹿三、贺老大等人成了囚犯。于这种时候，白嘉轩表现出了他对名誉的重视及做人要坐得正、行得直的原则。为了不让人指着腰脊说他故意挑起事又害怕退缩，也为了不让鹿三等人替他背黑锅，他到县政府、法院去要求代鹿三等人坐牢，自认是抗捐斗争的发起者，并终于利用姐夫朱先生的影响力，把鹿三等人救了出来。也正是持正的原则，使他保持了跟国民党县党部主任及总乡约的距离，用各种理由婉拒了为他们出面做事的诱惑与胁迫。其中，虽然有他命中无有莫强求、安守本分的传统操守，但做人要正派，不为虎作伥、不仗势欺人、不顺杆爬的名声、荣誉感，无疑也起到了关键作用。不过，白嘉轩又不像那些具备较高文化素养、能够识别时代潮流，甚至主动追求进步的开明士绅，而只是一个颇有心计城府的地地道道的农民。这样，他的正直、正义、正派，都是传统道德规范对他的影响。他用传统的道德规范要求自己，也用传统的道德规范去要求别人。自觉不自觉之中，他承担起维护家族、宗族名声的保护神之职责。而家长与族长的权威，则是他维护传统道德规范的有力武器。反过来，家长，尤其是族长的权威感又强化了他的传统道德的规范意识。他严厉处罚企图勾引田小娥，没吃上羊肉还惹了一身骚的狗蛋，只是一种公事公办地对族规的维护；而他寄以希望的长子白孝文，也触犯了这一族规，不仅是对他族长权威的嘲笑，更刺伤他的是支撑他的做人原则遭到了亵渎。这一打击无疑是巨大的，为此，当愈来愈堕落的白孝文面临贫困与死亡的威胁时，他完全有能力去扛住母亲与妻子的劝告，不肯帮助使他失望的儿子。

他在某些事上的狠绝，以及在另外一些事情上所表现出来的宽容，看似矛盾，而在他身上，又是完整的他之体现。他对使他失望的长子白孝文的绝情，还有当他最疼爱的小女儿违抗他的命令逃婚后，他断然与小女儿白灵断绝父女关系并一直不肯原谅她，与宽容地对待恩将仇报、抢劫并打断他腰杆的黑娃，实际上都是传统文化中的孝义思想对他行为的指导。他给儿子起名全以"孝"字行辈，强调的是"孝"，也就显示出他是用"孝"去要求儿女。而对黑娃，他是用"义"的原则去指导自己的行为。这样，即使别人对自己不仁，也得以"义"对之。尤其是黑娃家与他家有数代交情，他更是宁愿自己吃亏，也不肯施以报复。因而，直到解放初期，县长白孝文陷害副县长黑娃为反革命即将枪毙时，白嘉轩还多方奔走，想救黑娃一命。而他对儿女的严及对别人的宽，又正是中国人另一种心态的反映，对自己所爱的人才有更高的希望、期待与更严格的要求，而对不那么亲的人，则或是客气地保持一定的距离，或是能够比较客观地看待他们的行为，不会有那么多的情感投入，也就不会要求同等情感的回报。严，更是一种爱的体现，并不仅仅是我们中国人所独有的心理反应与行为方式，西方文化也同样会滋生出这样的心态，所谓父子冲突的情结，虽然表现不完全相同，但无疑是人类共性的一种反映。

　　白嘉轩这个人物形象的丰富内涵，无疑是得力于文化底蕴的沉实。他的思维与行为，无不反映出中国传统文化的心理构成及规范指导。中国传统文化的优秀因素与糟粕因素，在他身上都得到了体现。他追求正直、正义、正派的生活价值。作为一个普通的富裕农民，他虽然不懂抽象的政治、真理、进步，由于环境、经历以及身份的影响与制约，他也不会肯定民主，他身上的封建思想自觉不自觉之中一直指导着他的思维与行为，但从直感出发，他厌恶从提督、将军到国民党县党部主任的大小官吏，同情甚至钦佩那些敢于反抗官吏的农民。为此，当闹农协的乡民受到总乡约田福贤的报复残害时，他勇于挺身而出，利用他在村民中的威信救助庇护那些反抗失败者。不过，正如他自己所说，他不是圣人，而只是一个平凡人。因而，重视正直、正派做人原则的他，为了子孙多福，不惜用计将长有根部似白鹿草的鹿子霖家的坡地换成自己的，而且为了赚钱，率先在白鹿原上种、熬鸦片，根本不会去想一想鸦片所带来的祸害。重视道德的人，又在干着不道德的事，既是矛盾，又是一种统一，正是中国传统文化不乏内在矛盾性的一个体现。就像不少传统文人，一方面谴责万恶淫为首，另一方面又称颂并实践挟妓游冶的风流快乐。乱伦，无疑是中国传统道德规范中的一个大罪过，而唐明皇将儿媳妇杨玉环占为己有却成了纯真爱情的千古绝唱。白嘉轩率先在白鹿原上种鸦片，并靠这发了财，可对儿子白孝文染上鸦片烟瘾却深恶痛绝，同样是道德内在矛盾性的反映。而正是这种道德的内在矛盾性，使得白嘉轩这么一个人物形象更见丰满与性格内涵的沉实。他既正直善良，又严厉冷酷，既是旧时代理想的农民地方首脑，又以他的封建顽固性对民主与进步起了阻碍作用。在这个人物身上，既反映出中国传统美德及中国农民的优秀品质，又揭示出中国农民根深蒂固的封建劣根性。从而不难看出中国进展缓慢的某种缘由。

　　打破好人坏人的界限划分，接近于文本描述人物，是《白鹿原》于人物塑造上的一大特点。作者只是叙述人物于具体环境、条件、心态下的所作所为，而隐去道德层面的称颂与谴责。从而摈弃了概念演绎的呆板空洞，而强化了人生实际的鲜活。主要人物白嘉轩的描述如此，闹农协的村民们在高压恐怖中没有几人还能挺直腰杆的简略描述亦然。另外一个主要人物鹿子霖的表现，也同样反映出文本描述的色彩。

鹿子霖是白鹿原的另一个富裕农民。他既是白嘉轩现实人生的竞争对手，于性格上看也是两个对立面。如果说白嘉轩代表一种正的话，鹿子霖更多显示出来的是一种邪。白嘉轩严肃拘谨，鹿子霖放荡淫逸。他不像白嘉轩那样自觉地以传统的道德规范来束缚自己的行为，而以实际利益和直接的感官享受为第一追求。为此，他不仅有许多风流韵事，而且勾引堂侄媳妇田小娥。为了与白嘉轩争夺族权、压下白嘉轩在白鹿原的影响，他投靠总乡约田福贤，而不管他们糟害乡亲的行为是否道德。而为了打击白嘉轩，他甚至让情妇田小娥去勾引白孝文使之"下水"触犯族规。可当白嘉轩在宗祠严惩白孝文时，他又故意出面求情。

为达目的不择手段，急功近利，放纵欲望，是鹿子霖的人生写照。而作者只是写出了他恶劣的人品与行为，并不把他当作一个反面角色、十恶不赦的坏蛋去塑造。他不受道德的规范束缚，风流成性，但被丈夫抛弃、性压抑难耐的儿媳妇向他投怀送抱时，他毕竟能够克制，没有跨出罪恶的最后一道藩篱。此外，他虽依附、投靠田福贤，追随得势的一方，但从来没有主动去干更大的坏事。而他所干的一切，除了性格本身的弱点外，念念不忘的是压倒白嘉轩，成为白鹿原上的第一人，以改变白鹿原总是长房白家说了算的历史。不过，于道义上及实际行动的最后结果，包括他买下白孝文的房子，后来因他大儿子鹿兆鹏是共产党的高级干部而被牵连入狱，又被白孝文重新买了回去，他往往是失败者。这样，对于这么一个带点流氓无赖色彩的人物，我们自然不乏厌恶感，但很难痛恨，甚至有点同情，同情他人生的无奈。

《白鹿原》除了这两个颇具性格内涵、并非以阶级分析方法塑造出来的富裕农民形象富有艺术特色外，其他的一些人物也都不乏神采。冷先生的描述虽然比较简单，但透过白鹿两家有事都找他，而他总是不偏不倚、尽量少言寡语的寥寥几笔，作者就表现出了一个夹在两大房头势力间谋生的外来户不得不小心翼翼、谨小慎微的生活形状。而他为救女婿鹿兆鹏一掷千金的豪气，以及亲自下药使患花癫的女儿缓慢死亡的行为，都是他性格的不同侧面而现出了内涵的沉实与丰富。此外，抗捐运动中因白嘉轩有事毅然出头的鹿三，作品中描述他的篇幅虽然不多，但由他驱赶并非明媒正娶的儿媳妇田小娥，不让做了土匪的儿子黑娃再进祠堂与家门，以及谋杀成为荡妇的田小娥，还有嘲笑羞辱饿倒在路边的白孝文等几个情节，就相当鲜明地突出了这么一个是非感强烈、质朴刚勇、忠厚愚直的农民形象。

陈忠实很善于通过一些小细节去揭示人物的性格及其中所包含的人际关系之底蕴。冷先生把长女许配给鹿子霖的长子鹿兆鹏后，想把次女嫁给白嘉轩的长子白孝文。而白嘉轩借故推辞，定下由次子白孝武去娶冷先生的次女。由这么一件小事，表现了三家的心态及人物的性格。鹿子霖是想通过跟冷家联姻来加强在白鹿原的影响力，冷先生自然愿意又怕因此得罪白家，而白嘉轩不肯让长子去娶冷先生的次女，则是对规格，也就是面子的考虑，充分表现出了他对荣誉、名声、尊严的重视。正因为陈忠实擅长运用细节，使《白鹿原》这部作品表现的平静生活极富艺术的韵味。而细节又源于对人生的深刻认识与省悟，也就不是一般的演绎故事者所能比拟的了。

在《白鹿原》的所有人物中，朱先生无疑是一个最有新意的创造。与其说朱先生是一个实体人物，不如说他是一种文化的象征。似虚似实、似幻似真的朱先生，是中国传统文人的代表显现。他既独善自身，又兼顾天下。他似乎超然尘世、专研经籍，又常常于禁烟、赈灾、兵祸时挺身而出，年届花甲仍想弃文投军抗日，不拘小节而大义凛然。朱先生的存在，无疑使作品的文化底蕴感更为浓郁。他的着墨虽然不算多，但无处不见他的影子，白嘉轩的思维与行为，就深受他的影响。他微语式的救世歌，对故事的凝聚、情节的贯穿、氛围的渲染，都起到了很好的作用。

正是有了如此众多内蕴丰实的人物，《白鹿原》的故事既自然流畅，又内容充实，好看而又耐读。

家族小说的变体

　　家族小说，或许是最易产生长篇巨著的一个小说种类。《红楼梦》《百年孤独》《喧嚣与骚动》《家》……都属于家族小说系列。《白鹿原》实际上也是围绕一个家族的不同人生与各种命运去展开描写。白、鹿虽是两姓，却是同一宗族的两个支系。因而，以白鹿原为基本描述环境的这部作品，可以说是一部扩大了的家族小说，或说是一种家族小说的变体。

　　描写集中，放得开，易收拢，是家族小说的优势。家族小说似乎不必特别精心营造一个结构，而只需将家族中不同人物的各自经历际遇描述出来，很自然就形成了一个相对完整的构思。《白鹿原》就是如此。作品并没有一般长篇小说少不了的剧本情节与描述线，既不是围绕一个事件或一个基本冲突去展开描写，也不是以家世的追寻与变迁，作为描述线索与表现内容。《白鹿原》大致是点染式地勾勒一下历史纵面的情况，如"提督换将军""将军换省长"就揭示了朝代的更换，并没有着力于描述面上历史变化与发展的具体情景，而是侧重于横向的展示，也就是以白鹿原于历史风云变幻中似变非变的生活形状之表现为核心，通过白鹿两姓几位外出闯荡的子弟之际遇、命运，并与白鹿原的生活虚实相间中加以联结，从而不仅创造出一个颇具氛围与底蕴的艺术世界，而且既朴实又浓烈地透示出这块土地极其丰富的历史内涵。

　　网状式的结构，是《白鹿原》的一大特点。这样，作品虽然表面上有一条按时间顺序的描述性，如从白嘉轩年轻时连娶七个妻子，写他经中年而到老年的生活情状，但基本上是以白鹿原为蜘蛛，白鹿两姓子弟为蜘蛛吐出的线，并于这一交织的线网，将那一时代的许多重要历史生活内容收纳其中。鹿子霖的大儿子鹿兆鹏那条线，描述了中共地下党在关中地区的活动，从闹农协到武装起义。鹿子霖二儿子鹿兆海弃文从武，既表现了北伐战争对这片古老土地的冲击与影响，再将白灵夹进他们哥俩中的纠葛，不仅反映了国共两党分分合合的历史关系，也写出了那个时代的年轻人在选择信仰中的矛盾与冲突。而从破落子弟到国民党县保安团营长再到共产党县长的白孝文，是命运与时势的反映，也是丑恶的灵魂往往深得现实幸运女神之青睐的揭示。当长工时与东家的小老婆私通，积极闹农协，失败后先当兵再为匪，又从土匪成为国民党县保安团炮营营长，倡导起义当了共产党副县长，又被县长白孝文陷害而死的黑娃。他的经历际遇，既丰富了作品的故事，又是白鹿原历史的重要一笔。在这族规森严，强调道德伦理的村子里，既产生过鹿兆鹏这样富有理性、勇敢追求理想、为大众而奋斗的优秀青年，培养了鹿兆海的纯洁与真诚，也扭曲了白孝文的灵魂，还出了黑娃式的土匪。历史的伟大与渺小，美好与肮脏，都在这一网状中得到了展示。就像白灵死于共产党内部莫须有罪名的肃反那样，不论我们肯不肯承认，那都是我们的历史，我们就是从那样的历史走到今天来的。

网状式的结构，使得作品的内容丰富，不流之于单调呆板。而舍弃了单线或所谓复线的描述，网状的构架，使整部作品像个浑厚的球体。这样，虽然没有层层推进透视的清晰，但浑然一体中自有一种厚重感。此外网状放射式的结构，也比较好地扩大了作品的空间感。闭塞的白鹿原，通过放射出去的线，将县城及西安，还有陕北及黑娃待过的渭南与土匪窝，有机地联结起来。从而，于相对集中描述的白鹿原中，展示的是更大的背景。为此，作者虽然没有着意于历史大背景的渲染，但由网状中的多条线索，历史的环境与氛围已自然地融于作品的故事之中。无疑，这比孤立的、以某种事件作为历史背景之衬托的描写要高明得多。

《白鹿原》固然并非尽满人意，鹿兆鹏、鹿兆海两兄弟先后爱上白灵的三角关系，白灵因政治信仰的关系而最后选择了鹿兆鹏的描述，既落俗套，又不利于写出真正的爱之激情。而且虽然不是有意，但毕竟还是难免给人以哥俩争夺女人的矛盾来揭示国共两党分歧与冲突的观感，尤其显得是将重大的矛盾庸俗化。此外，田小娥本来是一个很有艺术特色与社会内涵的人物。她那先是被迫嫁给郭举人做滋枣补身的工具，后沦为士绅玩弄对象并为公爹所谋杀的命运，无疑是很悲惨并应该令人同情的。由于作者在描述这个人物时，切入的视角及分寸感的把握都有所欠缺，因而，这么一个人物的命运际遇虽然能给人某种阅读的刺激，但本来可以具有的意蕴内涵却比较弱小，确为遗憾。

不过，即使存在着这样那样的不足，《白鹿原》仍然是一部相当优秀的长篇小说。既质朴又深邃，既平实又丰富，都是近年长篇创作中所少见的。而《白鹿原》之所以令我们感到震动，除了人物的鲜活，故事的沉实与内涵的丰厚凝重外，最大的感受是又一次认识到现实主义的创作远远没有过时。纯粹写实的《白鹿原》，不论是故事的叙述、人物的绘雕，还是气氛的渲染，都表现出了强大的艺术力量。没有着意寻求文化，文化的底蕴自在其中；没有专门追攀历史，历史的运行于人物的行为中深深渗透。作者似乎没有致力于外在气势的营造，也没有出于虚荣搭建庞大而难免空饰的架子，但内蕴的丰实与深邃自然而然就凝结起沉雄苍劲的气韵，给阅读者以强烈的感染。这一切都显示了现实主义绝不是一种已经失去价值的创作方法，而只看使用者是否真正获得了精髓而已。有几分辛劳，就有几分收获。陈忠实和他的《白鹿原》，再一次证明了文学的喜悦只属于辛勤的耕耘者。

《白鹿原》：多重视角下的历史脉动

赵祖谟

我想从视角方面对《白鹿原》做一些粗浅的分析。视角问题是文学叙事中一个重要的问题，它在不同层面上有不同的内涵。例如从写作方式看，可以从外向内写，通过人物的外在行为表现人物的心理，也可以从内向外写，表现人物的心理投影；从叙事看，可以采取限制性的第一人称、第二人称、第三人称，也可以采取全知全能视角。我这里所说的视角指观照生活的角度，即作者用什么样的主体意识观察、体验、认知、表现生活。

由于中国近现代革命斗争异常剧烈，由于新中国成立以来社会曲折多变，历史生活成为中国当代文学的热门。《保卫延安》《红日》《红旗谱》《红岩》《青春之歌》《黄河东流去》《芙蓉镇》《古船》……描绘历史生活的长篇小说蔚为大观。这些小说中的大多数是从两个阶级、两种政治力量、两条道路的角度观照生活。从结构—功能的角度看，它们大多继承了神话中天神与恶魔搏斗的叙述模式，导致了历史评价和道德评价的完全一致。这样的文学作品自有其认识价值和审美价值，但同古今中外那些艺术巨匠的历史文学杰作相比，则失去了历史生活的丰富性和复杂性。历史这一枝叶繁茂的大树，被砍去了华冠和枝条，只留下主干，虽清晰明朗，却不免单调。

陈忠实的《白鹿原》表现了力求恢复历史生活的丰富多彩的努力，它突破了从党派斗争、阶级斗争的角度表现历史生活的狭隘和局促，多视角地向历史的广度和深度开掘，从而摈弃了二元对立的认知模式，体现了多元复合的历史观。

二元对立的历史观把社会历史的演进看作是好与坏、善与恶、光明与黑暗、革命与反动、前进与倒退这一系列截然对立的力量进行的较量。多元复合的历史观则认为这是对社会历史的简化，社会历史是由多种力量、多种因素相互扭结、相互冲撞、相互交织的结果。它既注意到其间政治因素，又注意到经济因素、文化因素；既注意到社会因素，又注意到自然因素；既注意到人的意识层面，又注意到人的潜意识层面；既注意到历史的必然性，又注意到历史的偶然性。当然，我不是说《白鹿原》已相当完满地体现了这一多元复合的历史观，也不是说作者陈忠实十分自觉地采用了这一历史观，而是说他从创新意识出发，抛弃了新中国成立以来许多文学作品那种二元对立的认知模式，从而向多元复合的历史观迈出了可喜的一步。

一

小说以白鹿原为舞台，以白鹿两家三代人的人生历程为主线，用大开大合、大起大落的艺术笔法描绘了清末到新民主主义革命胜利近半个世纪关中农民的命运史，广泛而深刻地勾画出这一时期中国农村社会的历史长卷。

这近半个世纪的历史是风起云涌、瞬息万变、天翻地覆的历史，是各种政治力量相互扭结、较量的历史。政治斗争和军事斗争成为这一历史时期最突出的表现形态。任何文学作品要正面描绘这一历史生活，就无法回避这些浮现在社会历史表层的斗争，就不能不注意到这些斗争背后的阶级关系和政党关系。

　　但是，从什么样的视角出发描绘这些斗争，其艺术效果是很不一样的。例如写国共之争，从国民党的角度出发，必然像鹿兆海那样指责共产党领导的农民运动是一帮"死猫死狗""吃大户的盲动"；从共产党的角度出发，也就会像鹿兆鹏和白灵那样指责国民党背信弃义，残酷屠杀。这两种视角虽说高下不同，但都只盯住对方的毛病而缺乏对自己一方的深刻反思。《白鹿原》采取了新的视角，从不介入国共斗争而把农民的生存与发展放在首位的角度观照这一历史生活，描绘这一历史生活，从而实现了对阶级斗争、党派斗争视角的超越。这样的视角具有更大的涵盖力和穿透力，能发现和揭示更多更丰富的东西。

　　小说揭示了道德与历史的错位现象。国民党中坚决反共分子岳维山、鹿兆海个人品质方面无可指责。作为青年知识分子，鹿兆海以推进国民革命为己任。他是在看到鹿兆鹏依靠黑娃等人搞农运之后退出共产党而加入国民党的。他宁可和心爱的白灵分手也不愿放弃这一选择就说明他是把政治信念放在第一位的。当日寇的铁蹄践踏祖国的时候，抱着赴死的决心奔向前线，他无论如何想象不到会死在向红军进攻的战场上。岳维山在北伐战争时期真诚地同共产党合作。他看不起农运，但还是告诫田福贤"注意国共合作纪律，不要干涉兄弟党内务"。他的反共同样出于政治信念。他不贪污受贿，不贪生怕死，被鹿兆鹏抓住不屈膝投降。岳维山和鹿兆海的悲剧是国民党的悲剧，是大地主大资产阶级在中国的历史命运的悲剧。

　　在揭示道德和历史错位的同时，小说注意到"恶"在历史进步中的作用。鹿兆鹏在白鹿原发动的农运是"痞子"运动。黑娃们投身这一符合中国历史潮流的斗争与其说是出于阶级觉悟不如说是图报复，泄私愤。他们拼命刮起"风搅雪"，就是为了扩大影响，让人们怕他们，实现"一切权力归农会"。这和历代中国农民起义要达到"皇帝人人做，今日到我家"的愿望并无本质的不同。因此他们没有设身处地为广大农民着想，没有采取任何保护农民利益的措施。他们打打杀杀，大轰大嗡，逞一时之快，虽然铡了老和尚、碗客一类有民愤的坏人，但也游斗了白嘉轩这些正派中立的农民。这暴露了他们目光的短浅性、行为的盲目性和破坏性。作为滋水县共产党重要干部的鹿兆鹏虽然不同于黑娃们，却成了农民运动的尾巴，处处迁就黑娃们。因此农运所作所为让老实巴交的农民看不上眼。农运表面上的轰轰烈烈掩盖了实际上的孤军作战。当岳维山、田福贤等人返回县城和原上要对他们赶尽杀绝时，他们得不到善良农民的同情和掩护是必然的。

从某种意义上说，鹿兆鹏在白鹿原和滋水县的胜利的根本原因不是共产党的正确政策，而是国民党政权的腐败。随着党派斗争的激化，岳维山、田福贤们效忠的国民党视共产党为头号敌人。为此，他们对日妥协退让，对农运分子残酷反攻倒算，抓到共产党员即装麻袋投枯井，向农民横征暴敛比镇嵩军有过之而无不及，贪污腐化，营私舞弊，终于走到自身的反面。白鹿原上鸡飞狗跳，一片混乱。除了鹿子霖一类国民党走狗"活得顶滋润"，农民们"日子过不成了"。岳维山、田福贤们帮了鹿兆鹏的大忙，"原上现时暗地里进共产党的人多着哩！"鹿兆鹏在公开露面搞农运时没有实现的目标却在处于地下状态中实现了。国民党的腐败使在两党斗争中一直持旁观态度的朱先生、白嘉轩、冷先生都表现了倾向性。他们救鹿兆鹏，保护袭击白鹿原联保所受伤的游击队员。黑娃询问天下大事时，朱先生一反往日算卦只用隐晦朦胧言辞的惯例，明白无误地说："天下注定是朱毛的。"如此描写显然具有总结历史经验的价值。一个政权的巩固当然不能不保持相当的武力，但从根本上说，看他是不是真正为百姓做好事。如果不把百姓的利益放到至高无上的地位，不从民族的生存与发展着眼，而把党派的利益凌驾于百姓利益之上，一切以战胜对手为转移，其结果必然把手中的权力变成"鏊子"，烙煳对手的目的未必达到，却烙焦了百姓。那么，不论你有多么冠冕堂皇的理由，历史都会惩罚你！

这里不妨把小说对于白嘉轩和鹿子霖两个家族争斗的描写看作这一历史经验的一个注解。鹿子霖一心想压倒白嘉轩，为此他玩弄各种手段无所不用其极，而白嘉轩固然看穿了鹿子霖的种种打算，却始终不忘自身的正直和家族道德的维系。虽然鹿子霖几番得手，白嘉轩屡遭厄运，但最终却是鹿子霖一败涂地，人也疯了，白嘉轩保住了自己和家庭，这一历史经验令人深长思之。

二

"小说被认为是一个民族的秘史。"我认为这里所说的"秘"不是神秘，不是秘密，而是隐蔽。"秘史"就是指隐蔽在一个民族风起云涌般的历史事件下面的民族文化心态史。表现历史生活的小说不同于历史学著作之处首先在于，历史著作研究的对象是浮现在社会历史显层次的人物和事件，而小说除对此进行描写外，还应透过这些人物、事件揭示一个民族超稳定的，由历史积淀形成的民族文化心理状态。《白鹿原》在从民族生存和发展的视角观照清末到新民主主义革命胜利这近半个世纪历史运动的同时，又从文化视角入手向关中农民文化心理积淀掘进向我们展示了"白鹿精魂"的历史命运。

所谓"白鹿精魂"就是建立在宗法家族制度和儒家伦理道德基础上的农业文明。中国早在新石器时代的民族社会就形成了宗法血亲传统。进入阶级社会以后，由于一家一户小农经济的生产方式和生活方式，它不仅没有解体反而不断巩固强化，形成了中国特有的宗法家族制度和伴随这一制度产生并不断系统化、完善化的儒家以伦理道德为核心的学说。历经两千多年的积淀，构成了超稳定的文化心理积淀层，有力地制约着汉民族的行为方式和思维方式。尤其在地理环境相当封闭的关中农村，"五四"思想革命的风暴没有冲击进来，它几乎原封不动地保存着。

如同《红楼梦》中贾府有它的正统维护者、叛逆者和破坏者一样，对"白鹿精魂"来说，《白鹿原》中的人物也大致可以这样划分。

正统维护者的代表人物首推白嘉轩和朱先生。白嘉轩和朱先生的关系是"势"和"理"的关系，"行"和"知"的关系。这里的"势"和"行"指宗法家族制度和儒家学说的具体执行和体现，属于实践范畴；

"理"和"知"是指导这一实践的理想模式、意识形态和文化价值观念，属于精神范畴。

作为关中最后一位大儒，朱先生是宗法家族制度及思想学说的自觉忠实传人。和历代那些正直的儒"士"一样，把"修身齐家治国平天下"作为自己的奋斗目标和生活信条。他确乎是一个"经世致用"的人才，这从其只身劝退方升二十万大军而保境安民，赈灾中身体力行成绩斐然可略见一斑，无奈世事沧桑，人心不古，官场腐败，朱先生壮志难赈灾，只好一退而办"白鹿书院"，再退而重修县志，最后痛感无力回天，连书都不愿读了，其悲凉可想而知。

把朱先生的理想模式在白鹿家族中勉为其难地加以推行者是族长白嘉轩。这个人物形象无疑是作者的独创。"五四"以来，文学作品对这类宗法家族制度和思想的忠实维护者总是持批判否定的态度。《白鹿原》则反其道而行之，把他塑造成相当光彩的人物：严于律己，宽以待人，不媚上，不欺下，以德报怨，恩威并举，成为白鹿原上最有人望的族长。小说把他放到与鹿子霖的家庭争斗和白鹿原上各种势力争斗的交叉点上加以描写：一生里娶了七房老婆，以续家族香火；使出浑身解数，以实现人财两旺；办学堂，兴仁义，立乡约，正民风，以治理白、鹿家族；策动抗捐交农，以反对苛政；自残祈雨，以救百姓；力排众议，修塔以镇"邪"。在那风风雨雨的近半个世纪里，在乱哄哄你方唱罢我登场的旗号变换中，他是白鹿村不为小利而忘大义，不被潮流裹挟，站得稳，沉得住气的唯一人物。然而要实现朱先生制定的理想国是何等难哪。鹿兆鹏、黑娃发动的农运，岳维山、田福贤的统治，鹿子霖策划的破坏活动使白嘉轩兴仁义、正民风终成泡影。即使在自己的小家庭中，他亲自选定并寄予厚望的族长继承人白孝文背叛了他，他视如掌上明珠的女儿白灵离他而去。他涕泪俱下地对鹿三说"你数数我遭了多少难哇"，道出他为了维护宗法家族制度和思想，身心受到怎样的煎熬。这个腰板挺直，一脸正经的人物被土匪打成驼背一事成为一个象征，象征着他和朱先生孜孜以求的理想的悲剧命运，是作者为之唱出的一首挽歌。

鹿子霖是宗法家族制度和思想的维护者和破坏者。作为勺勺客的后代，他始终牢记"让人侍候你才算荣耀祖宗"的祖训，把出人头地作为自己的奋斗目标。根据白鹿两姓创始人的决定，他无缘充任白鹿家族族长，强烈的忌妒心推动他千方百计另寻途径以压倒白嘉轩。小说紧紧抓住他的这一隐蔽的思想动机写他怎样在修祠堂、办学、修围墙中大显身手而博得村民的赞赏，怎样策划田小娥勾引白孝文给白嘉轩以精神上的打击，怎样在白嘉轩惩罚白孝文、拒绝为田小娥修庙等事件中向白嘉轩长跪不起，既收买人心又使白嘉轩难堪，怎样几次三番投靠田福贤，利用机会中饱私囊。他阴险狡诈又为人平易随和，他贪得无厌却又常常解囊助公。和王熙凤作为贾府封建传统的维护者和破坏者一样，他和宗法家族制度及思想的关系也是一身而二任的。他的结局也带有"机关算尽太聪明，反误了卿卿性命"的色彩。

白孝文和黑娃虽然高下不同，但都一度成为宗法家族制度和思想的不肖子孙。从根本上说，他们从未真正反对过宗法家族制度和思想，只不过是从性欲和生存出发而产生的暂时背离。他们先后回到村里向列祖列宗跪拜，是所谓浪子回头的表现，显示了宗法家族制度和思想的强大吸附力。真正的叛逆者是鹿兆鹏和白灵。他们认识到宗法家族制度和思想的封建性，自觉反对它，不但断然拒绝了宗法家族为之安排的婚姻，而且走上了革命的道路。

整部《白鹿原》通过近半个世纪的历史风云的历时动态描绘，对体现宗法家族制度和思想的"白鹿精魂"做了共时静态展示。这一动一静的强烈对照使我们深深感到历史风云的短暂性和民族文化心理积淀的超稳定性。由于作者把主要笔力用于描写在历史风云中宗法家族制度及思想的步履维艰，因而揭示宗法家族制度及思想对历史风云的制约作用则嫌不足，这是一大遗憾。

三

性意识总是同一定的文化心理密切相连的,从性意识这一角度观照、描写生活有助于更深地触及一个民族隐蔽的心态。《白鹿原》的性描写不具有本体意义,性在这里是作为文化载体、道德观念载体出现的。

白鹿原是一个典型的父权社会。男人虽然按照严格的等级制度被安排在某个固定的位置上,但从群体上说,他们居于统治地位。和其他领域一样,性行为的主动权在男人手中。

白嘉轩一生娶过七房女人。他与这七房女人进行房事一方面是强烈的性本能冲动,另一方面是传宗接代的需要。从小说关于他娶前六房女人的描写看,性本能冲动占据上风。那些容貌美丽又富于性感的女人,婚前他一个都不认识,谈不上什么感情,她们成了他性发泄的对象。可是六个女人一接一个死去,没有留下一男半女,他感到断子绝孙的威胁。"不孝有三,无后为大",传宗接代的需要上升到首要地位。为此他主演了一场换地迁坟的活剧。这场活剧透露了他全部的隐秘的心事,透露了一个农民的天命观。在这之后,他到盘龙镇托吴长贵为他找女人,"你给我在山里随便买一个,只要能给我白家传宗接代就行了"。女人成了他的生育工具。正因如此,他感谢为他生儿育女的仙草。前六房女人没有做到这一点,在白嘉轩的记忆里只留下自己的"豪壮",她们的价值等于零。她们一个接一个地死去,仅仅引起白嘉轩断子绝孙的恐慌,而没有感情上的依恋和内疚。就是仙草,不仅为他生儿育女,而且带来罂粟种子,使白家人财两旺,但白嘉轩却把功劳记在自己换地迁坟,改变风水上。

在这样的父权社会中,女人没有独立的地位,用白赵氏的话说,"女人不过是糊窗户的纸,破了烂了揭掉了再糊一层新的"。白鹿原上嫁女,或者是变相出卖,或者是弥补家族间的裂痕,绝无爱情可言。妇女命定地为人女、为人妻、为人母,沿着"在家从父,出嫁从夫,夫死从子"的道路滑行。心甘情愿遵循这一命运安排的女人就是"德",就会受到别人称赞，自己也感到"幸福"。而顺从父母之命、媒妁之言娶妻生子的男人就被认为是正经人。爱情在白鹿原两性关系中是根本没有地位的。这正是在中国延续了几千年的婚姻观、道德观。

凡是逸出这一轨道，凡是敢于向这一两性观进行挑战者，都被认为是不道德的，都会遭到家族的拒绝或惩罚。白孝文初婚的两情欢洽受到父亲的严厉制止；鹿兆鹏不承认父辈包办的婚姻，被祖父毒打；白灵拒绝王家的婚事让白嘉轩感到"给本族白、鹿两姓的人丢了脸"，并宣布"白家里没有白灵这个人了，死了"。

这样的两性观无疑是对人性，尤其是对女性的摧残。白嘉轩前六房女人一个个死去，像风吹烟雾一样无声无息；冷先生的大女儿疯了，为了掩饰家族丑闻，被亲生父亲用药治哑，死于非命；而田小娥的遭际更令人痛惜。

田小娥嫁给郭举人做小老婆，成了郭家的仆人、性发泄对象和泡枣工具。她在郭家的地位不及一条牲口。她不计贫富，不顾面子，不问后果而毅然同黑娃相好，绝不仅仅是性欲所使，这是一个女人对爱的果决的追求。从总体上看，她依然是宗法家族制度的拥护者。她同黑娃回到村里，希望拜祖，得到家族的正式承认。但在封建贞节观念统治的白鹿村，她被认为大逆不道，她的奋斗只能是悲剧。是宗法家族制度把她同黑娃推上反抗的道路。当农运失败，田福贤们反攻倒算时，她成了任人宰割的一块肉。鹿子霖玩弄她，利用她，却从心里瞧不起她，白嘉轩为了警告鹿子霖而惩罚她，田福贤则收拾她以打击农运。田小娥绝不是道德败坏、内心阴毒的女人。她和鹿子霖私通是为了救黑娃，她勾引白孝文是为了向白嘉轩进行报复，但报复之后并没有产生胜利的快活，反而有一种"我这是真正地害了一回人"的内疚。是宗法家族制度及儒家道德规范，是白嘉轩、鹿子霖、田福贤等人把她逼上了人不人鬼不鬼的道路，成了一个被侮辱、被损害、被扭曲的人物。

四

《白鹿原》用多视角投射为我们构建了一个丰富驳杂的历史世界。上述分析不过是就其最主要的视角加以介绍。由于一个视角一个视角地加以论述，仍不免有简单化、片面性之嫌。但仅从上述分析就可以看出，《白鹿原》所展现的民族历史再不是仅仅由两种对立力量较量所致，而是由多种力量、多种因素扭结合力的脉动。即使在政治斗争、阶级斗争的白热化阶段，白鹿原上也不是分成敌我分明的两大阵营，而是你中有我，我中有你，多股力量并峙，复杂交织。白嘉轩、鹿子霖两家已无法维持家族统一。白嘉轩、白孝武固守宗法家族传统，鹿子霖投靠田福贤，鹿兆鹏、白灵背叛家庭走上革命，鹿兆海参加国民党。共产党、国民党、土匪和不介入这三派的农民各自为自身的生存和利益顽强地奋斗、挣扎。在那大动荡、大分化、大组合的时代里，人生历程是由形势、自身思想文化状况、性格和种种非理性因素及偶然因素复杂结合制约的，进程难以预料，结果往往和初衷相反。朱先生同白嘉轩终其一生为之奋斗的社会理想终成泡影，鹿子霖几经沉浮竟然人财两空；一心为革命的白灵在革命队伍里被处死，决心为抗日捐躯的鹿兆海死在进攻红军的战争中；鹿三杀田小娥本以为除了一害，不料自己中邪垮掉了。黑娃身份不断变化：农运骨干、习旅战士、土匪头、保安团营长、起义的主要策动者、人民政权的副县长，最后却被人民政权枪毙。白孝文由族长继承人而变成浪子，走投无路时由于鹿子霖的一句话而进入保安团，当营长，被裹挟起义，摇身一变成了起义的主要负责人，人民政权的县长。历史这只巨手是怎样捉弄人啊！

小说放弃了对历史做道德评价，也放弃了以成败论英雄。它的价值观念也是多元互补的。也就是说从多元复合的历史观出发，根据不同的价值标准对人对事做不同评价。例如对白嘉轩和鹿子霖，小说总体上是扬白抑鹿的，但通过少年黑娃的眼睛表现白嘉轩的严厉生硬和鹿子霖的和蔼平易，通过儿子上学和对瘟疫的处理表现白嘉轩的保守和鹿子霖的开放，通过对田小娥的态度看出二人的某些共同点。由于多元价值观念互补，因此分属不同营垒不同政见的人如鹿兆鹏和岳维山、鹿兆海和白灵都得到不同程度的肯定。即使对白孝文这个人物，小说通过他对田小娥说"不要脸了就像个男人的样子了"，对其夫人说"谁走不出这原谁一辈子都没出息"，从侧面道出了宗法家族制度及思想对人的束缚。鲁迅说《红楼梦》写人不是好人一味全好，坏人一味全坏，因而是真的人，这一评价用在《白鹿原》上同样合适。

五

《白鹿原》所取得的艺术成就是令人击节赞赏的，但作者进行这一艺术创作的内在矛盾也是显而易见的。这突出地表现在怎样对待宗法家族制度及其思想学说上。

毫无疑问，作者对宗法家族制度及其思想学说的本质有一定程度的认识，这在小说中尤其在两性关系的描写中有所揭示。但作者对朱先生、白嘉轩竭毕生精力所推行的社会模式又不无热情。例如小说第六章写白嘉轩在白鹿两姓家族中贯彻《乡约》，"一时间祠堂里每到晚上就传出了庄稼汉们粗浑的读《乡约》的声音"。小偷小摸、聚赌、打架斗殴、吵架骂街的事没有了，"白鹿村人一个个都变得和颜可掬、文质彬彬，连说话的声音都柔和纤细了"。这是怎样的理想社会啊。但是《乡约》不过是中国正直的士大夫根据宗法家族制度和思想学说设计的一种理想社会模式，其目的是创建一个大同世界、太平世界。在这个世界里，长幼尊卑有序，上慈下孝，主仁仆忠，和谐宁静。但这不过是乌托邦式的空想。在中国几千年的历史上从来没有也根本不可能实现。历史的真实是在充满仁义道德的颂歌掩盖下的"吃人"。《白鹿原》虽然在此后的描写中告诉我们《乡约》终成一纸空文，对它"吃人"的一面有所揭示，但却在着力表现社会此伏彼起的报复争斗中，忽略了《乡约》自身的空想，表现了作者对传统宗法家族制度及其思想学说的深层矛盾。

看来，用多元复合的历史观观照生活，用多元互补的价值观评价生活，是一件不容易的事。陈忠实已迈出了坚实的一步，期待他下一步拿出更好的作品。

我爱《白鹿原》。

（《小说作家作品研究》）

一个民族的历史画卷

常振家

　　正当严肃文学在商品经济大潮和俗文学的冲击下备受冷落，不少作家为此困惑、莫衷一是而倍感浮躁的时候，古老的关中大地却在悄悄地孕育着一位成熟的作家。

　　陕西作家陈忠实用了整整五年的时间，苦心经营，呕心沥血，终于在他那远离闹市的乡村祖屋里熔铸出一部沉甸甸的大作品——《白鹿原》。

　　大型文学期刊《当代》杂志 1992 年第 6 期和 1993 年第 1 期连续两期以巨大的篇幅刊载了这部洋洋近五十万言的鸿篇巨制。

　　《白鹿原》一问世，便以其雄浑厚重、咄咄逼人的气势，深沉冷静的历史思考以及众多崭新饱满的艺术形象征服了读者。

　　"小说被认为是一个民族的秘史。"《白鹿原》一开卷就引用了巴尔扎克这句话。而这也正是这部长篇小说的纲。

　　作家以沉实练达的笔触，撼人心魄地讲述了陕西关中大地白鹿两家的兴衰史。从清末民国初年一直写到解放初期，横跨数十年，形象而深刻地反映了半个多世纪中华民族的苦难、悲剧和历史演变。

　　新中国成立以来，写清末到解放初期农村生活的文学作品并不少见，但用陈忠实这样的眼光来看待和表现这段历史的却没有过。作者在经过六年痛苦的人生思考和艺术思考之后，以一个作家罕见的勇气和艺术胆魄，极为自然地将艺术概括依附于对历史的深刻思考和理解，字里行间弥漫着一种历史的厚重和苍凉，大量丰富生动的感性材料展示出生活复杂丰富的原始面貌，从而形成了博大深邃质朴的艺术风格。

《白鹿原》的艺术成就还表现在它呈现给读者好几个当代文学画廊中少有的艺术形象。

小说中的白嘉轩，一个以仁义为准则，勤俭持家、耕读传家的封建族长。他自尊自信，律人律己，威严、刚强而不暴烈。他腰板总是挺得端直，从村里走过去，那些在街上袒胸裸怀喂奶的女人立刻吓得跑回门里头去。他是旧时代中国农民心目中的理想人物之一。他与长工的剥削关系也不是剑拔弩张而是溶于温情脉脉的伦理道德之中……作家这种对地主阶级复杂属性的非同一般的揭示，不仅为文学画廊增添了新人，而且定会引起人们更深层的思考。中国封建社会之所以持续了两千多年，除了以往人们经常分析的种种原因之外，有白嘉轩这样的"脊梁"支撑着不能不算是一个重要因素。作家这种除了阶级斗争以外的，从文化、伦理、道德、人格等多方面审视历史的眼光不能不说是独具的。

小说中的朱先生也是文学作品中罕见的艺术形象。他是白鹿原上有名的才子，是位清高儒雅，洞察时世，预言未来，不入仕却又从不忘政治的乡贤和哲人。他博学多闻而且有历史眼光，他曾整饬民俗乡规，也曾试图从军抗日并预言共产党必得天下……他是白鹿原人们心目中的精神领袖，而他的怪癖以及预言的准确又使他蒙上一层东方文化神秘玄妙的轻纱。

美丽诱人，命运悲惨又富于反抗精神的小娥是小说中一位瑰丽饱满的艺术形象。她是白鹿原上的女神，又是白鹿原上久驱不散的冤魂：她先是嫁给郭举人做"养生"的工具，后来与长工黑娃私奔，为了救黑娃曾被鹿子霖占有，为了报仇她又在鹿子霖指使下去勾引族长白嘉轩的儿子白孝文……最后被耿直憨诚的公公鹿三用梭镖刺死。美丽善良的小娥生前受尽了踩蹋和磨难，死后，她的冤魂一直在白鹿原上萦绕，久久不散。人们读到她的时候，很容易想起肖洛霍夫《静静的顿河》中的女主人公阿克西妮娅。不同的是，小娥这个弱女子由于处在强大的封建势力压迫之下，再加上当时复杂的社会矛盾和白鹿两家的争斗，她所承受的苦难和践踏要比阿克西妮娅沉重得多、残酷得多，这也造成了小娥性格的丰富性。小娥是作品中写得相当成功的一个人物，这个艺术形象的塑造不仅对于揭示"民族秘史"至关重要，而且对于小说的结构也起了重要作用。

除了以上几个人物，作家还成功地塑造了鹿子霖、黑娃、鹿三、白灵、白孝文、鹿兆鹏、鹿兆海等一系列有特色有光彩的人物形象，写了围城、反攻以及大饥馑、大灾荒、大瘟疫等许多历史事件和场面：作品中的人物几乎每一个都是立体的，他们的命运始终牵动着读者的心，他们背负着沉重的历史压力，经历了那么多灾难或欢乐，他们用自己不同凡响的生生死死在白鹿原这片古老的土地上演出了一幕又一幕荡人心魄的历史悲剧。在这些人物身上我们不仅看到了中华民族的仁人志士和芸芸众生在半个世纪的历史演进中所付出的巨大的血淋淋的代价，而且看到了作者那种对历史对人生的独特体验，从而引起对中国近代历史演进迟缓的原因进行更加深入的思考。作者没有主观地去评价这些人物，而是把这些人物自然地放到历史长河中去表演，并力图通过他们写出旧时代中国农村文化的底蕴，展示民族精神和灵魂，写出作家迄今为止所能理解到的历史和生活的必然。

《白鹿原》是作家陈忠实第一次长篇小说的创作尝试。在此之前，他已创作发表了 9 部中篇小说、80 余篇短篇小说及报告文学等共计 50 多万字的作品，并先后有 9 部作品获全国奖或刊物奖。当他 45 岁那年创作第 9 部中篇《蓝袍先生》的时候，触发了他对民族命运这个重大课题的思考，点燃了他以往从未触动过的某些生活库存，而且一发而不可收。"那情景回想起来简直是一种连续性爆炸，无法扑灭也无法中止。"

一种强大的生命压力驱使着他。他决心充分利用和珍惜五十岁前这五六年黄金般的生命区段，创作出一部"死时可以当枕头睡"的书。

为了创作这部长篇，陈忠实离开了喧嚣的城市，开始了长达五年的艰苦创作历程。他用一年的时间辗转于西安周围的蓝田、长安、灞桥三个县（区），查阅了各县的县志和大量的文史资料，接着便回到自己在灞桥的乡村祖居。《白鹿原》草稿和复稿的近百万字就是在这简陋的乡村祖居里完成的。他家所在的那个村子相当闭塞，因为村子里房屋紧靠地理上的白鹿原北坡的坡根，电视信号被挡，买了电视机却无法收看，只能当作收音机收听《新闻联播》。陈忠实觉得他需要的正是这样一个寂寞乃至闭塞的环境，"这样才能沉心静气地完成这个较大规模的工程"。

　　为了做到心里沉静，陈忠实还为自己约法三章：不再接受采访，不再关注对以往作品的评论，一般不参加那些应酬性的会议或活动。这三条保障了他"整个写作期间能聚住一锅气"，而不至于零散泄漏。陈忠实说，正是这三条"拯救了我的长篇，也拯救了我的灵魂"。

　　五年过去了，一部深沉厚重的巨著终于问世了。陈忠实这个陕西关中大地农民的儿子，终于以对文学的执着追求和坚韧不拔的毅力实现了他大跨度超越自己的宏愿。

　　当这部堪称近代民族秘史的巨著沉甸甸地摆在读者面前的时候，许多读过作者以往作品的人都被小说中那种全新的历史思考和艺术表现惊住了。一位留美博士在写给陈忠实的信中说："只读了前六章就被那种血的蒸气、灵的苍凉和历史原生态的深沉厚重所震慑，读着读着，渐渐觉得许多同辈的书在它面前显得轻了，显得薄了，显得'玩'得稚气了。我叹服您以心智所开拓的生命和文学的新的境界。不得不感叹，对于我们祖辈父辈的生活，我们这代人中确实没有几个能像你这样忠实地描绘它了。"一位作家说："读了《白鹿原》，我终于认识到，文学毕竟不是可以靠少年意气完全玩得转的玩意。沉厚的积淀和内具的功力引发的不仅是一场撼动人心的爆发，注定会是永远的魅力。"

　　《白鹿原》获得了成功。这一成功标志着作家在经历了长期的苦闷之后思想和艺术上产生的巨大飞跃。陈忠实认为："苦闷是某个创作阶段上自我否定的必然过程。自我否定是一种内在的动力，是打破自己思维定式的一种力量。""对于一个作家来说,可怕的不是苦闷而是思维中呈现的太多的定势。思维定式妨碍吸收,排斥进取,导致作家扬扬得意自我欣赏,因而也导致作家思想和艺术生命的老化。"

只有自信的作家才敢于否定自己。

只有敢于大胆地否定自己的作家才能实现思想和创作上的巨大飞跃并逐渐走向成熟。

陈忠实的《白鹿原》将毫不逊色地扎扎实实地站在中国当代文学名著的书架上。

(原载 1993 年 5 月 1 日《文艺报》)

第三种真实

洪　水

　　历史题材从来是文学创作的重要领域，中国当代文学也绝无例外。

　　中华人民共和国成立后的 17 年，文学著作被概括为"三红一创，青山保林"。

　　新时期评选了三届茅盾文学奖，历史题材竟占到三分之二的比例。

　　除此之外，最能反映新时期长篇小说创作成就，因种种因素未能获奖却享有文坛最高声誉的《古船》《活动变人形》，也是历史题材的长篇小说。

　　可以这样认为，历史题材创作的水平决定了一个时期文学所取得的成就。

　　于是，呼唤史诗性的文学作品，几乎成了中国文坛的情结。一方面，人们总是不吝以史诗性为标准去褒奖一切令他们激动的作品；另一方面，人们又总以缺乏史诗性作品为由慨叹中国文学尚未走向成熟走向世界。

　　是的，我们至今还没有《战争与和平》《静静的顿河》，也没有《百年孤独》《追忆似水年华》。我们几代作家究竟出了什么问题？

　　难道我们的作家没有悠久的文化传统的滋养，没有阅尽人生苦难的经历？

难道我们的作家都缺少艺术才华，无力创造人类的名著？

当然没有人会接受这种妄自菲薄的诘问，然而又没人能切中时弊一针见血地说明差距何在。

陈忠实最近发表的《白鹿原》缩短了与世界文学的差距，从而也说明了这一差距。

《白鹿原》问世于我国当代文学创作的低潮，它涉及的内容又是作家们认为最没发挥余地的农村历史题材、在那一题材领域，已被中国新老几代最优秀的作家反复耕耘过，也竖立了一座座令人叹为观止的丰碑。

陈忠实恰恰敢于用人们熟悉的题材，熟悉的创作方法，写出了人们既熟悉又新奇然而又是期盼很久的长篇小说——一部今天、将来都无愧史诗称号的力作。

比肩已属不易，超越更令人惊叹。惊叹之余就不能不思考《白鹿原》的过人之处。

"其言直，其事赅，不虚美，不隐恶。"这是太史公司马迁的信史观，也是历代有良知的作家遵奉的写史准则。可以断言，没有这一准则，作家不可能写出经典作品，然而有了这条准则，不同的作家对同一历史题材竟能写出截然相反的文学巨著，如《暴风骤雨》和《古船》。

这就涉及作家们的历史观以及认识历史的真实观。

以《白鹿原》为界，我们的作家大致持有三种历史真实观。应该肯定这三种观念都是以追求历史真实为己任的，但它导致了三种性质的文学。

第一种真实，作者站在阶级、政党的立场上，热情讴歌一个成功的阶级和政党所取得的划时代的胜利。中华人民共和国成立后的17年中大部分革命历史题材小说均属此类。

全面评价这类作品的得失不是本文的任务，况且这些似乎早已有了公论。

第二种真实，在新时期文学创作走向成熟之际，产生了一类从更广阔的政治、文化背景上拨乱反正的文学。这些作者站在广大人民群众的立场上，以人道主义为思想武器，反思和批评政党所犯的殃及国家和芸芸众生的极左错误。

这类作品以《芙蓉镇》《古船》为代表。

第三种真实，作者除了站在政党和人民的立场之外，还站在人类共同的立场上，从全人类文明史的高度，或回顾或鸟瞰中国现当代的历史。

在改革开放、走向世界的今天，第三种真实的文学艺术作品正悄悄形成一种新的创作潮流。这类作品除了《白鹿原》，还有《大国之魂》《秋菊打官司》等作品。

前两种真实表面上看对历史评价有所不同，甚至有对立之处，但二者思想方法如出一辙，即都是情感大于理性，道德大于哲学。其基本模式就是把历史简化为好人与坏人的斗争。

第一种真实认为我们的历史是好人战胜了坏人；第二种真实则认为由于极左泛滥，坏人整了好人。

第三种真实努力走出道德评价历史的误区，不再纠缠党派阶级之间的是非恩怨，而是艺术地说明历史发生发展的诸多内在因素及其规律。这种历史观首次跳出了成者王侯败者寇的俗套。

有人担心《白鹿原》所取的这种历史角度会贬低我党领导中国人民艰苦奋斗所取得的伟大胜利的历史意义，事实证明这忧虑是多余的。

记得法国大革命200周年祭时，世界各派历史学家对这场给予人类深远影响的大革命发表了各自的见解，综合各家观点，大致可以分为两类：必要派和不必要派。

必要派无非是强调法国大革命对推动人类历史进步有着重大作用；不必要派认为大革命付出的代价太惨重了，历史进步不一定非要付出血流成河的代价。

这两派被称为革命派和人道主义派。他们的争论持续了两个世纪。后来也出现了第三种看法，认为今天还争论法国大革命应不应该是毫无意义的，争论应该如何革命也是强历史所难。正确的态度应该是冷静、客观、理性地研究这场大革命发生的历史必然性，为我们创造未来的历史提供经验教训。对过去的历史永远不能讲"如果"。

中国有句老话叫作"当代不修史"。众所周知，这是由于当事人难以跳出时代的各种局限，如文化、政治、权力、情感……修当代史对作家是一种挑战，既是艺术、认识上的，也是勇气、良知上的。

第三种真实的历史观突破了旧的历史樊篱，创作出了迄今为止我们最为成功的革命历史题材的长篇小说。

《白鹿原》描写的是民国初年到新民主主义革命胜利的半个世纪的历史。这 50 年是中国社会发生天翻地覆的 50 年，是新旧时代交替的 50 年，也是风风雨雨生生死死的 50 年。很多作家被这 50 年丰富的生活素材所吸引，创作出许多经典性作品，而《白鹿原》再一次老歌新唱，不料竟唱出了罕见的新意和深度。

第一种真实的热情讴歌和第二种真实的冷峻反省，在《白鹿原》中都有相当的位置，所以《白鹿原》给人的总印象是离经不叛道，哗众不取宠。

作品写白鹿两个家族 50 年间的兴衰消长，并波及了整个中华民族蜕变期的苦难历程。这一构思也许不能说明《白鹿原》的独到成就，但至少说明了作者的务实精神。

作品固然显示了不同凡响的历史见解，但更不同凡响的是作品那饱含在关中风情，富有质感的生活内容。尽管民国建立，国共合作，国共分裂，抗日战争，解放战争以及饥荒、战乱、瘟疫等天灾人祸都为我们十分熟悉，但在《白鹿原》中，这些又都有了化腐朽为神奇的特殊魅力。这魅力最终还是来自作者第三种真实的历史态度。有了这种态度，作者就能从容不迫地利用旧材料营造一座全新的艺术大厦。

仅以读者们司空见惯的有关阶级斗争的描写为例，就足见作者的匠心了。

《白鹿原》涉及的 50 年历史，正是旧的社会秩序瓦解，各种政治力量殊死搏斗的时期，用传统的观念看就是对立阶级决一死战，阶级斗争空前激烈的时期。作品毫不回避阶级斗争对历史发展的决定作用，但又第一次没有简单地把阶级斗争描写为阵线分明、敌我分明的两大阶级的对抗。

从《白鹿原》描写的几对人物关系，我们不难发现作者关于阶级斗争的新见解。你中有我，我中有你，可能才是阶级斗争的真实状态。作为个人，他们虽有各自的立场，但那远不像对抗中的两大阶级那么泾渭分明。

《白鹿原》中有个耐人回味的细节，白灵和鹿兆海两个有情人以掷硬币的方式选择党派，并且阴差阳错地让坚定的共产党员白灵加入国民党，让国军中校鹿兆海参加共产党。当然，白鹿二人很快各就各位，各为其主，且都是各党精英。

这一"恶作剧"显然不仅仅为了说明偶然性的重要作用，尽管历史是由无数偶然性组成的，但仅凭此就不能令人信服地揭示规律。

从白灵、鹿兆海近乎儿戏的选择上，我们可以看出，当时国共两党对社会对青年的影响是难分轩轾的。另外，当时人们对自己政治前途的选择并不凭阶级觉悟而是取决于各自的情感和利益。

鹿兆海作为一个血性男儿，在乱世之秋认定了枪杆子里面出太平出前程，所以就坚决参加国军入国民党。如果当时共产党同国军一样强大，我们就可以谴责鹿兆海阶级立场出了问题，而那实际上是他当时唯一的选择。当然，鹿兆海血液中的正统思想也促使他加入了占统治地位的政党。

白灵是新时代的青年，她与传统文化格格不入。她参加革命很大程度上取决于她是个反封建反正统的女性。白灵从天性本能上亲近反正统的共产党。再加上女性与生俱来的同情心，她就格外拥护被镇压被残杀的共产党。具体而言，则是她对恋人的亲哥哥鹿兆鹏境遇的关切以及兆鹏不屈不挠叛逆性格的向往。

所以与其说白灵选择了共产党不如说是选择了鹿兆鹏，与其说选择了鹿兆鹏不如说是选择了她自己。

作者在此无意扬共抑国或扬国抑共，因为扬抑早已有了历史定论，无须作者赘言。作者如此描写只是为了说明国民党垮台，退出历史舞台，绝不仅仅因为国民党是由南霸天、黄世仁一类乌合之众组成，相反，作品中的国民党人大多是正人君子，像鹿兆海、岳维山等人。这样的描写，才可能揭示真实的历史。

国共相争，是中国历史上正统与非正统的两种政治势力的较量而不是好人与坏人的殴斗。到了 20 世纪中叶，国际国内种种因素决定了国共之间攻守之势变易，所以尽管国民党精英也很英勇顽强，信念坚定，但那个政党注定难逃覆灭失败的下场。

《白鹿原》还从不同层次反复表现了这一历史见解。

鹿氏父子的命运纠葛和人生道路更深刻地揭示了"阶级斗争"的某些被忽略的本质。

鹿子霖既是族长白嘉轩的宿敌又是国民党基层政权的骨干。以白为代表的宗法统治本是国民党的统治基础之一，鹿与白作对，实际上是挖自己政权的墙脚。

鹿子霖在动摇宗法统治方面起到了逆子鹿兆鹏难以起到的作用，这两个阶级对立的父子又都成为旧时代的掘墓人，只是一个自觉一个不自觉罢了。

父子协力不同心很难说有什么新意，《白鹿原》高明之处在于它敏锐地发觉分属两个阵营的父子，从天性上看都是与那个正统社会有冲突的。

鹿子霖卑微的出身决定了他与自己所仰仗的正统社会有着深刻的冲突，他性格中与生俱来就有种不安分的因素，同时又把这一因素遗传给儿子鹿兆鹏。父子俩政治立场虽相去甚远，但在反正统这方面却达到统一。

鹿子霖反正统的手段完全是带有个人恩怨色彩的，如他处心积虑打击削弱白嘉轩的势力，腐蚀拉拢族长接班人白孝文，对田总乡约阳奉阴违，离心离德，最终国共两个阵营都不能接受他。

应该说鹿兆鹏所在的社会，政权并没有什么特别对不起他的地方，既谈不上歧视也没有压迫，但他生来就属于新时代的奋斗者，从天性上就与旧时代无法相安无事。他和父亲有所不同，父亲并不效忠自己所依赖的社会，必要时还会牺牲社会的利益；鹿兆鹏的时代，已有了一支成熟的反正统的社会力量，他顺理成章地参加了革命。

鹿兆鹏反抗现政权，不是出于个人恩怨得失，也不是出于压迫越深反抗越重的阶级斗争法则，所以显得更加超功利、更加高尚，这才是那个阶级必将胜利的力量所在。我们党有许多领导人的经历与鹿兆鹏这个旧时代的逆子贰臣十分相似，这就说明这个形象的文学历史价值。

黑娃的命运比前两组人物关系更令人信服地阐明了作者的历史态度。

黑娃原是个本分的农民，天性中缺少反抗基因。只是由于命运的旋涡把他身不由己地卷入阶级对抗的黑洞。

黑娃的婚姻使他同宗法社会决裂。黑娃与小娥的爱情如果早发生几年，至多是"孔雀东南飞""梁山伯与祝英台"的翻版。然而毕竟时代不同了，被社会家族抛弃的黑娃在鹿兆鹏的启发下，打出了公开与社会对抗的大旗。这也算是"官逼民反"吧。

黑娃从革命者沦为土匪，既说明革命道路的曲折，也说明了革命依靠的力量并不会自觉自愿地投身革命。

黑娃后来被国民党招安学为好人并不让人感到他背叛了人民的解放事业，反而显得这个历经各类磨难的农民变得更加成熟完善了。最后他顺应历史起义又被本阶级判了极刑，这也不给人以翻云覆雨小人的印象，反而会为这个不幸的人生感慨唏嘘。

黑娃政治上摇来摆去而在道义上却令人同情称道，这与甫志高等叛徒也丝毫没有相似之处。

黑娃的一生说明无论农民是否参加革命都不取决于阶级觉悟高低，而取决于作用于他命运的许多偶然必然的具体因素。

从白灵、鹿兆鹏情人反目各为其主，到鹿氏父子划清界限对立统一，又到黑娃正反串各类角色，作者由浅入深由表及里地揭示了历史的第三种真实，即摆脱了政党、阶级局限的历史真实。由此我们明白了，所谓阶级斗争远远不是那种泾渭分明、黑白立判、非此即彼的简单关系。阶级斗争可以发生在情人之间、父子之间，甚至一个人的不同时期。

作品对阶级斗争复杂性的描述使我们不难得出这样的结论：阶级斗争不是善与恶的斗争，对社会各大政治势力的对峙交锋，仅从道德上评价是十分肤浅的。

国共之间近半个世纪的厮杀也不是用善与恶的斗争可以概括的。得出这一结论是需要勇气的，然而回避这一结论就会令我们在一系列问题上陷入尴尬，如抗战，如改革开放、"一国两制"……

以往的中国历史从来就是一部忠奸善恶史，这很富有戏剧性和道德力量，但又有明显远离历史本质的缺陷。《白鹿原》的贡献就在于它首次超越了个人恩怨、党派分歧、阶级利益，真实地再现了我们很熟悉而又陌生的那段历史。也许用未来的标准衡量，作者今天的努力还很初级幼稚，但谁又能否认这是研究历史、创作文学的发展方面呢？

《白鹿原》独到的历史眼光除了表现在对那场阶级搏斗的再认识外，还表现在对敌我双方几种势力的代表人物和人物关系的塑造上。

可以这样说，《白鹿原》写活了几十个人物，而用传统标准对这些人物进行评价又是十分困难的，因为《白鹿原》中没有一般意义上的坏人，也没有一般意义上的好人。当然，朱先生必须除外，因为他本身就是一种理想精神的化身。

白嘉轩、鹿三是作者钟爱的正统农民形象，但作者并未因此违背第三种真实。

白鹿二人是主仆尊卑的关系，但在作品中我们完全感受不到以往作品中表现的那种简单的压迫与被压迫、剥削与被剥削的关系，这里是一种亲情诤友般的动人关系。

我们有理由相信这也是地主和农民的一种关系表现，这就像自然界许多动物之间的共生关系一样。谁也无法假设没有了这或没有了那的社会将会怎样，也就不单是一个谁养活了谁的问题。

作品绝不是要抹杀阶级差别，而只是慧眼独具地指出阶级对立实际上是一种动态平衡。地主与农民的差别是客观存在的，但在大部分情况下，他们可以相安无事各得其所。他们之间的利益冲突也必然时有发生，但冲突本身不是目的而只是他们调整相互关系的手段。否则，这种关系难以持续几千年。即使在今天提倡共同富裕的时代，不是仍有这种贫富差别存在吗？

由此我们可以断言，白嘉轩和鹿三的关系比黄世仁与杨白劳的关系更为普遍也更有代表性。

白鹿二人主仆关系十分和谐动人，但二人也有狼狈为奸沆瀣一气的恶行，如在迫害黑娃、小娥时，又显得十分残忍冷酷。

白嘉轩为了维护封建道统，不惜充当法海和尚的角色，将一对年轻人逼走逼死后，还要修建铁塔镇压，令他们永世不得翻身。而鹿三则干脆一刀杀死弱小无助的小娥，以保全主人和自己的声誉。

这些善与恶的巨大反差常常出现在白鹿原的芸芸众生各色人等身上，的确令人难以把握，但这些又无不令人信服。这表明作者从来不让个人来承当历史、社会、阶级的责任，这才是真实的人生、真实的历史。

《白鹿原》中的许多人物无法以传统标准衡量其是非，但作者并没有简单地把是非善恶堆积在他们身上，而是清晰勾勒出每一个人物行为动机的轨迹，揭示人物性格的内在逻辑，从而使人物具有三维立体的品性。

白孝文原是一个合格的族长接班人，但时代不同了，传统宗法制到了非崩溃不可的历史关头，因此白孝文就偶然出之必然地堕落了，经历了大难而未死的白孝文理所当然地变成了一个利欲熏心的机会主义者，从此开始把握机遇以求左右逢源。白孝文的转变是因为他受过死亡的洗礼。死亡意识、生命意识的觉醒，使他格外珍视生存的每一次机会，最终变成了一个无毒不丈夫式的枭雄。

从某种意义上说，不管白孝文所属的阶级政权兴衰如何，他这种人将永生不灭。因为他超越了一切观念，生存下去、生存得好是他的最高原则，为了这一生存原则他可以牺牲一切其他原则。

《白鹿原》中的人物无不打上文化、时代、阶级的烙印，他们的命运、选择也无不受到文化、时代、阶级的影响，每一个人都不仅对自己的阶级和政党负责。我们无法根据阶级的先进或落后，革命或反动去判断个人的善恶是非。但这不意味着作品抹杀了人物的善恶是非，作品依然有惩恶扬善的教化力量，只不过这里不再有至善至恶的人物形象。

第三种真实使作品在不违反历史发展规律的前提下，为我们勾勒出了一幅全新的社会演进的画图，也为我们塑造了一批全新的艺术形象。

《白鹿原》的创作意义也许不在这些"全新"上，这些"全新"不过是第三种真实的必然结果。第三种真实是一种世界的、人类的历史观和价值标准。它是产生世界文学的前提。这才是《白鹿原》对我国文坛最重要的贡献。

这是否拔高了《白鹿原》的意义？也许不是，也许是，因为在改革开放的今天，越来越多的作家开始具备了这种思维方法，《白鹿原》不过占了开风气之先的优势。

另外，本文几乎没有涉及《白鹿原》的缺陷不足，这不能说明它没有问题。恰恰在一些方面，作者没能贯彻第三种真实而受情感情绪所累，写出了与全文不甚谐调的败笔，如对"左"倾人物的描写，依然是脸谱化、漫画化的。尽管我们很理解作者这一失误的原因，但也不能无视这种白璧微瑕。

但愿《白鹿原》成为中国文学创作走向世界走向人类的一个里程碑。

一部令人震撼的民族秘史

李建军

一、几点新变和伸拓

《白鹿原》是一部富有新意的史诗。它在许多方面超越了当代同类作品的局限，无论在内容上，还是形式上，都有了新的突破和伸拓。这些突破和伸拓，我们至少可以从以下几个方面看出来。

第一，作者力求站在一个超越的立场，以"通古今而观"的"诗人之眼"，审视从清末民初到 21 世纪中叶这段的历史，努力在更真实的层面上，展现历史生活的本来面貌，叙述人物的悲欢离合生死沉浮，揭示中国历史的具有恒久性的本质，使这部小说成为我们民族的"秘史"。

换句话说，作者不是像过去的许多写"史诗"的小说家那样，先站在一个很显豁地表明自己的狭隘的倾向和态度的立场来审视历史和现实，也不像某种先于存在的观念撰写出来的"正史"或别的什么，而是我们民族的精神史、心灵史、苦难史、"折腾"史、命运史。它是作家基于对我们民族命运及未来拯救的焦虑和关怀，潜入国民生活的深处，以自己的心灵之光，所烛照出来的民族历史及国民精神的混沌之域和隐秘的角落。其实就这个意义上说，所有作为"秘史"的小说都应该是揭蔽，都应该以宏大而细微的展示，揭去掩盖于历史、社会及人生之上的遮蔽物，把它们的本真色魄敞亮出来。但真正可以当作我们的"民族秘史"来读的小说却寥寥无几，古代只有一部《红楼梦》，现代有鲁迅的《狂人日记》和《阿Q正传》，当代除了白先勇的一部分小说、张炜的《古船》之外，最有资格被称作"民族秘史"的，便是陈忠实的这部长篇新作了。

其次，陈忠实这部长篇小说的新变和伸拓还体现在，它不像以往的史诗性作品那样单一地展示和叙述人的理性行为，而是着意展露和揭示人的非理性的神秘行为，注意研究这些潜层次的心理和行为对人的性格和命运的深刻影响和强大支配力。如作者就比较重视性压抑、性苦闷、性追求、性满足对人物性格转变和命运变化的影响，注意从这个层面和角度展现人物内心世界和性格构成的复杂性，可以说，如果没有这方面的描写，白嘉轩、鹿子霖、白孝文、黑娃、小娥等人物绝不会像现在这样丰满和生气贯注。注重写神秘物象对人物心理和行为产生的持久影响，也是《白鹿原》展示人性的神秘和复杂的一种方式。白嘉轩费尽心机买到那块"宝地"，并且自始至终都相信"白鹿精灵"对自己家业的兴旺发达起了巨大的作用。这些非理性行为所包含的人性深处的神秘和真实，是很令人心酸的，它说明人在理性光亮黯淡的生存环境中，往往是无知而又无奈地乞灵于人之外的神物或神人的。另外，《白鹿原》还以"魔幻"的方法，描写和叙述了冤死的鬼魂（如白嘉轩的前几个妻子、白灵、小娥等），给自己的亲人或那些与她们的死有关的人所造成的具有神秘色彩的感应、幻觉、癫狂行为和精神变异。这种描写和展示，给我们彰显地敞亮出人的另一个生命空间和精神世界，使我们从人的这一个神秘、幽冥的精神世界，重新认识生命的意义和人性的复杂，郑重地对待平等互利与死的问题，并确信这样的真理：凡是发生过悲剧的地方，恐惧和神秘就永远留在那里，哪里有无辜者冤屈的死，哪里就不应该有幸存者心安理得的生。陈忠实的描写丰富了我们关于生命的知识，加深了我们对人性的理解。

第三，以敦厚之心谛视民族苦难，以反思的精神正视悲剧性的民族历史，在悲悯与反思中将传统情感与现代情感结合起来，借以彰示中国历史的本质，寻求民族救赎的途径，这是《白鹿原》这部卓越小说的另一个新异之处。

陈忠实这部小说中充满忧世忧生的悲悯感。这种"悲凉之雾"（鲁迅语），几千年来笼罩在我们民族最优秀的诗文里，而在《红楼梦》中达到了最为深浓厚重的程度。这种情感是文学作品所应表现的最重要的一种情感，因为它是人心灵最真实的图景。但这种情感自21世纪中期以后，便很少被我们的文学写出来过。在台湾，白先勇由于在历史的变迁中曾跌入精神的困顿，对人生和历史的悲剧性有过切实的体验，因而他的小说能深刻地传达出作家对于人生世事的失落感、悲悯感、沧桑感，具有极强的震撼人心的力量。大陆文学在"文革"浩劫过后，出现了一些具有悲凉意味的文学作品，如《古船》等。而陈忠实的这部小说则将这种情感由人生感悟推向历史悲叹，由现实反思推向历史反思，具有更丰富的历史内容和更深刻的理性发现。加缪曾说过："现代情感与传统情感的区别，就在于后者沉浸于道德问题之中，而前者则充满形而上学的味道。"①如果说陈忠实以前的作品在一定程度上还只拘囿于传统的道德问题中的话，那么，在《白鹿原》中他不仅能在更高的层次上继续沉浸其中，而且把现代情感溶渗于传统情感之中，注意对作品中所展示的一切进行形而上的理性沉思，寻找那些更为本质的东西。也就是说，陈忠实的道德关怀和沉浸已不再在狭小的天地里做浅层次的同情或鞭挞，而是进入对"存在"与"合理"这一二律背反问题的沉思与追问，用成功的艺术形式对"存在"的非合理性做了生动的描述和有力的揭示。作者塑造了朱先生这样一个集传统情感和美德于一身的形象，在充满凶险、苦难和混乱的白鹿原，朱先生便是它的良心，作者以他的被强化到极点的善良和仁厚，来比照和显示各种制造苦难的力量及"存在"的非合理性。作者借朱先生之口用"鏊子"这样一个生动形象的比喻，象征性地揭示了历史

---

① ［法］加缪著，杜小真译：《西西弗的神话》，北京：三联书店，1987年，第137页。

表象背后的真实本质，那就是在以暴易暴的非程序化历史更迭中，人生和世事的性质却从没有改变过，历史陷入一个怪圈，在这怪圈中运动着的历史的本质无非是毫无意义的同层次循环震荡。据此，我们可以说，陈忠实已站到了彻底的人道主义的立场，他在以悲悯的心情谛视民族苦难的时候，同时完成了对民族历史与民族命运的形而上的沉思与揭示。

二、对几个象征意象的阐释

象征是文学作品的一种很重要的表现方式。它赋予抽象的东西以具体的形式，它为难以言说的东西寻找可以将其包蕴的客观对应物，使之成为可以被体味与沉思的对象。它往往以自然界的物象和结构，来指代社会生活或人的精神世界的某种状态或秩序。

象征使《白鹿原》平添了许多诗意的光辉，为之注入了形而上的哲理内含，使这部小说于"史"的实质之外，又有了"诗"的灵动与"思"的深邃。阐释《白鹿原》里的几个象征意象，是我们理解这部小说的有效途径之一。

白鹿是贯穿在这部小说中的一个中心意象。它作为一个被赋予了美和善等终极意义的象征，很美丽很活跃地闪动在小说中。"那是一只连角都是白色的鹿，白得像雪，蹦着跳着，又像是飞着飘着……"白鹿在小说中是平宁、祥和、幸福、美好的象征，它在白鹿原人的传说中，是能祛苦消灾除害兴利的，因而：

人们一代一代津津有味地重复咀嚼着这个白鹿，尤其是在战乱灾难和饥饿带来不堪忍受的痛苦时渴盼白鹿能再次出现，而结果自然是再也没有发生过，然而人们仍然继续兴味十足地咀嚼着。那确是一个值得咀嚼的故事。……这样的白鹿一旦在人刚能解知人言的时候进入心间，便永远无法忘记。

令人惊奇的是，白鹿不仅在陈忠实的小说中被当作至美和至善的象征，而且在艾特玛托夫的《断头台》《白轮船》中也被赋予了同样的意义："母鹿一身白色，就像生头胎的妈妈的奶水那样白；肚子上的绒毛是褐色的，很像小骆驼的毛。头上的角美极了，扎煞开来，就像秋天的树枝。乳房又洁净又光滑，就象正喂奶的妇女的乳房。"（《白轮船》）在这部中篇小说中，白鹿被写成吉尔吉斯人的"圣母"。艾特玛托夫其实是通过对鹿之被猎捕与远去的叙述，揭示人性的沦丧和乐园的失落，探求吉尔吉斯民族的拯救和人性复归的途径。

其实，杀鹿捕鹿在中国也是很有历史颇为盛行的。古代帝王的鹿苑，就是供他们驰马弯弓猎鹿的特殊动物园，而且，一旦风云突变，这动物园的围墙便会被揭竿而起的人们推倒，这时，整个中国就变成一个大鹿苑，人也成为被追杀猎捕的对象了，但"逐鹿中原"之说与"鹿死谁手"之问，却既非指鹿而言，也与对人的关怀无关，其中意思乃在权力的追逐与得失。而第一个像艾特玛托夫那样把人与鹿深刻关联起来，并赋予鹿以丰富的象征意义的中国文学家是陈忠实。

陈忠实这部辉煌的杰作中有关白鹿的传说和描写，其实反映的正是一代又一代白鹿原人对没有饥饿没有痛苦没有敌视没有争斗的理想生活的憧憬和梦想，这里包蕴着他们面对苦难的无奈和无可告语的悲哀，从中也可以看出作者陈忠实对我们民族命运的深切关怀、对民族苦难的体察、对民族拯救的焦虑。

但白鹿在不同的白鹿原人心目中有不同的意义。在白嘉轩看来，"白鹿已溶进高原，千百年后的今天已经化作一只精灵显现了"，但它只是"有意把这个吉兆显现给他白嘉轩的"，于是他便费尽心机"迅猛而果敢"地将那块显现白鹿精灵的属于鹿子霖的漫坡地搞到手，做他的祖坟，借白鹿的祥瑞，为自己消灾避难，使自己家运亨通。尽管他的家庭及家族秩序最终已被摇动着白鹿原的政治斗争、自然灾难和神秘力量毁坏了、瓦解了，"白鹿"除了在梦境中告诉他女儿的惨死，并未使他实现自己的理想，但"白嘉轩把人财两旺的这种局面完全归结于迁坟"，直到最后当他看到坐在台上的做了县长的儿子白孝文时，竟"忽然想起在那个大雪的早晨发现漫坡地精灵的情景",可见,白嘉轩自始至终都相信白鹿作为一种神秘的力量改变着他的生活。

但在白嘉轩的女儿白灵心目中,白鹿则是神圣和理想的象征。起初她在教会女子学校听到上帝的名字,"她听到上帝的同时却想起了白鹿。上帝其实就是白鹿,奶奶的白鹿",这儿鹿是神圣的象征,到后来当她的革命同志鹿兆鹏问她"这会儿在想什么"的时候,她说:"我想到奶奶讲的白鹿。咱们原上的那只白鹿。我想共产主义就是那只白鹿!"这时,白鹿在白灵的心目中已变成理想的象征了。

如果说白鹿在白鹿原人心目中象征着理想和幸福,是善和美的物化形态,那么,白狼则是丑和恶的化身,是死亡、灾难和不幸的象征。这是一种防不胜防的凶物。它带给白鹿原的恐怖和灾难凭人力是难以解除和抗拒的。在这部小说中,白狼是一种被赋予了神话色彩的凶兽,有时也用以比拟、指代那些给白鹿原带来骚扰、苦难和死亡的人,可见,作者在这篇小说中赋予了这一象征形象以虚的和实的两层含义。

与白狼相对应的是天狗。这也是一种具有神话色彩的动物。它只是在白鹿原人不堪忍受白狼的骚扰和侵害的时候,才适时降临,驱走白狼。天狗是拯救的象征,但它总是迟到。

如果说以上象征意象具有虚幻的神话色彩的话,那么下面的两个象征物象便是质实的、具有具体的现实的社会内容或丰富的人生内涵;如果说虚幻的意象是对社会结构和人生苦难的曲折映现的话,那么质实的象征则是直接"说明"历史的本质及现实生活的相况。

在这两个象征中,鏊子是最令人震撼、最发人深思的一个。这个象征包含的情感是忧患的、悲慨的,蕴蓄的思想是深刻的、富有概括力的。"鏊子"是这部小说的"诗眼"。而朱先生的墓被掘发,以及刻在砖上的那两句醒世恒言,都可以当作"鏊子"这一象征的意味深长的注解来看。总之,"鏊子"犹如一束利剑似的强光,一下子刺穿并照亮了被严包密裹了几千年的中国历史。它不仅敞亮了中国社会和历史的本质,也揭示了人类历史本质的某些方面。

铜圆被鹿兆海和白灵这一对革命青年用来选择政治归属时，便也有了丰富的象征意义。它并不像白灵笑着说的那样是"好玩的铜圆"。它其实象征性地说明了人在政治的二元对立和阵线划分中的无奈状态和尴尬处境。面对这样的处境，任何个体的选择都必然地被一种难以抗拒的盲目力量驱动着，这种力量迫使人做非此即彼的归属选择。这种力量更多的是由人的有限的感觉经验所产生的骚动不已的情绪化的东西。超出具体情境来看，这种情绪化了的东西绝非一种理性化的主体力量，这样，它导引出的行为便无非是集体非理性行为中的一次为了满足归属需求的盲目的个体选择和片面认定，因而，它必然要导致悲剧性的结局。无论是鹿兆海无谓的牺牲，还是白灵悲惨的死，都说明了这一点。

三、艺术上的几个特色

《白鹿原》不仅从内容上看是一部选材严苛掘深的优秀作品，从艺术方面考察，这部小说也不失为一部成功之作。

结构是一部作品艺术形式构成的一个重要方面，它是作家赋予作品以浑圆完整的艺术秩序的一种艺术创造活动。作家通过结构把处于无序状态的零碎纷乱的生活表象和情绪记忆构织成有序的神完气足的题材系统。陈忠实的这部小说在结构上是成功的，它采取两种方式交错使用的结构策略：一是以白嘉轩的活动作为纽结，其他的情节都从这里往外衍射，形成一个以白嘉轩及其家庭为中心、以白鹿两家的纠葛和冲突为主线、以各种政治力量的交锋和斗争为次线的辐射状结构网络。二是以象征的意象和物象来贯穿作品，或使作品的情节向一定的题旨中心收束倾归，或使情节围绕特定的中心点做圆转运动，使情节的终点和起点严密地衔合到一起。比如，白鹿就是一个贯穿始终的既具有内容上的象征意义又具有形式上的结构意义的意象，就其在这部小说中的结构意义来看，从白嘉轩发现状似白鹿的蓟草而认定这是白鹿的精灵向他显示吉兆开始，到最后因夺人"宝地"向鹿子霖道歉，形成一个环形的情节结构图式。

而"鏊子"则是在更深的层次上起着组织情节的结构作用，可以说，正是这个物象使白鹿原上的震荡和狂乱行为成为一个完整的情节链，使这些情节有了共同的趋归目标。从鏊子的被朱先生石破天惊地说出，到红卫兵掘开朱先生的坟墓，构成了一个自足的情节链。于是，从以象征物来结构情节这个角度看，这部小说其实是以白鹿和鏊子这两个具有对立意义的物象时而平行时而交叉地结构情节，其意义和功能，有些近似于《百年孤独》中的那本"羊皮书"和那句"许多年之后，每当奥雷连诺·布恩地亚上校面对行刑队的时候……"的话。

从创作方法上来看，陈忠实在这部小说中试图进行新的尝试和整合的立意也比较明显。（顺便说一句，在我的理解中，创作方法就是写气图貌、刻画人物、叙述事件、营造氛围、创造意境的具体方法、技巧的途径。）我认为，陈忠实这部小说在写作方法上是整合性的，是以写实主义方法为主，而杂取了象征主义和魔幻现实主义的一些长处。现实主义方法在这部小说中表现为逼真的细节描写、个性化的语言、全知的第三人称叙述观点、对人物性格的典型化处理、对情节的传奇性和故事性的强调、对环境描写的注重等等。但陈忠实显然发现单用现实主义的方法，是难以把他所开掘出来的新异的对象世界牢笼于笔端的。于是，他用了象征主义的方法，以物象的秩序和结构来对应和暗示社会的秩序和人与人之间的关系等复杂的东西。如以白狼和天狗象征白鹿原上两种社会力量的对立和冲突；以铜圆之两面象征政治格局和人性深处的难以统一调和的矛盾的分裂状态；以白鹿象征人的理想和憧憬，而以鏊子象征与人的理想相对抗的充满苦难和厮杀的历史现实。除象征主义方法之外，陈忠实还采用了魔幻现实主义的一些方法。我觉得鲁尔弗的《佩德罗·巴拉莫》和马尔克斯的作品对陈忠实的影响相当大，以至于从某种程度上我们可以说，如果不是采用了"魔幻现实主义"的一些方法来营造氛围和描写人鬼相通的情景，便不会有全书最精彩的章节之一——第二十五章的令人震撼的效果。在这一章里，作者以"魔幻"的描写，打穿生者与死者、冥界与人间的界壁，在人鬼的相通和冲突中展示人性深处的东西，揭示人性的悲剧、人生的苦难和存在的非合理性。当然，正像拉美的魔幻现实主义作家是在合乎逻辑、合乎事实的种族与种族之间、文明与落后之间的矛盾冲突中，自然地本能地制造了一种奇幻的氛围一样，陈忠实的魔幻处理，也是从特定的文化情境出发的，是对我们民族半个世纪的历史所呈现的混乱状态的巨大景象进行艺术表现的成功尝试，具有独特的民族风格和文化内容。

从为了加强情节效果的情节修辞方式上来看，这部小说始终注意维持扣人心弦的悬念。悬念的意义从读者方面来看，是为了引起读者的欲知原委的参知心理和审美期待心理，使读者在一张一弛的过程中获得一种美感体验，从而使读者的趣味得到长久的维持。而对于小说创作来说，"其价值在于可以使我们认识到一连串的叙述如何以巨大的力量推动故事层层进展"，简言之，它具有推动情节发展的巨大动力。情节小说制造悬念的信息途径粗略地说有两种：一种是在叙述过程中先写结果，后写原委；一种是紧张情节的突然中断和转换，这也就是金圣叹在《水浒》第八回批点林冲在柴进庄上与洪教头比棒时所说的"忽然一闪法"，其效果是"闪落读者眼光"，"极力摇曳，使读者心痒无挠处"。陈忠实的《白鹿原》所用的多是前一种悬念设置法。如白灵的死，作者便是先在第十三章岔出笔来做了一下交代，到二十七章又通过白嘉轩梦见流泪的白鹿忽然变成白灵的面孔，给女儿的死蒙上一层神秘的色彩，进一步强化了这个悬念，然后才蓄水已满开渠引流，补叙了她惨死的经过。其他如小娥的死、鹿兆海的死作者都是先写其死，然后再加渲染，故意遮掩，使之如烟笼寒山雾失楼台，令读者忖度揣测难断其真，最后才交代原委，令读者惊诧不已：鹿三竟会杀人！而鹿兆海原来是被共产党打死的！

陈忠实不仅在小说情节的展开部如此设置悬念，也常常在小说的开端利用悬念来冠领情节。《白鹿原》开卷第一句话便是悬念性的："白嘉轩后来引以为豪壮的是一生里娶过七房女人。"为什么会娶七房女人呢？这就有了调动读者的阅读欲望和驱动情节发展的作用。其实这种以悬念式的开端冠领情节、驱动情节回溯式发展的叙述手法，在陈忠实早期的获奖小说《信任》中已被用过了，在这篇长篇新作里，不过是好事再做一回罢了。

这部小说的语言同他以前相比，也有了新发展变化。如果说他以前小说中的语言还存在构语模式单一、语义构成单纯、修辞手段不够丰富等不足的话，那么，这些缺憾在《白鹿原》中已被作者自觉地克服了。《白鹿原》的语言能够根据描写、叙述、议论、隐喻等不同的表现需要灵活地变化其构语模式、调整其语义构成、调动各种修辞手段。例如高密集度的长句子，在陈忠实以前的作品中是比较少见的，而在这部作品中则是所在多有；又例如，在陈忠实过去的作品中上下语境之间缝连得比较密实，缺乏必要的疏散和空隙，换句话说，作者总是句子与句子勾连得很紧，把能表述的意思和句子成分全都表述出来了，而在这部作品中，许多地方上下语境之间的合理空隙就大了，更凝练了。当然，这部作品在语言上也存在一些问题，如一些议论语言游离语境、一些句子锤炼推敲不够等，但从总体上说，我认为陈忠实这部小说的语言还是比较成功的。

至于陈忠实这部小说的不足，还有以下几方面应该指出：个别地方性描写过于单一；有时对叙述节奏把握得不够好；整体上看，对传统的旧人格样态和价值观念激赏多于批判、肯定多于否定。但这些毕竟是小疵微瑕无伤大雅，这部作品依然是一部具有令人震撼的重大突破的优秀作品，它不仅将以其成功的艺术创造和深刻的意义开掘成为中国当代文学的经典之作，而且一定会以其巨大的力量消解西方文学界对中国文学的隔膜和轻视，一定会激发起他们的阅读热情和阐释兴趣。

《白鹿原》：民族灵魂的秘史

李　星

　　陈忠实的长篇新作《白鹿原》不是那种标举或者创造出某种艺术新方法、新流派的小说，现实主义仍然是陈忠实进行艺术创造的基本法则：很具体的历史背景——20世纪初的辛亥革命，20年代的军阀混战，此后几十年间国共两党的角逐和斗争，中华人民共和国的成立；很真实、很客观的社会环境，地理自然描写——关中地区民国十八年的大饥荒，瘟疫大流行，刘震华围西安，大规模的鸦片种植，以及白鹿原上一根两枝的白鹿两个家族在社会动荡和自然灾害中的起伏兴衰，家族内部的矛盾和纷争；一群深刻得令人震撼的典型人物——族长白嘉轩和他的儿子白孝文、女儿白灵，乡约鹿子霖和他的儿子鹿兆鹏、鹿兆海，大儿媳鹿冷氏，长工鹿三和他的儿子黑娃（鹿兆谦），具有传奇色彩的乡贤朱先生，以及县镇官员岳维山、田福贤等等，共同构成了小说现实主义的结构框架，和基本的创作风貌。但是，《白鹿原》的阅读感受却是全然新鲜，甚至令人震惊的，这源于他以20世纪90年代一个现代人的胸怀和视野，对于历史，对于艺术，对于现实主义这个曾被一些激进者判为死刑的创作方法的新的体验。这种体验是生命的体验，生命的理解，否则，它在《白鹿原》中就不会是如此鲜活，如此地充满魅力。在《白鹿原》动笔之前的几年里，陈忠实一直密切地关注着文坛上关于写作方法的争论，在争论双方忙于论战甚至不惜把一种意见推向极端时，他却从中得到了比争论者双方还要多的好处。于是，他的《白鹿原》不仅成为把现实主义的潜能利用得很充分的艺术，而且成为将东方文化的神秘感、性禁忌、生死观同西方文化、文学中象征主义、生命意识以及拉美魔幻主义相结合的特色鲜明的现代艺术。可读性，是陈忠实关于长篇小说的艺术观念和艺术追求之一，它的圆满实现的同时也是作家叙述方法的成功。中国古典小说说事讲话的传统，被《白鹿原》赋予了新的活力；人物的心理意识不再是这种叙事方法的盲区，反倒在事物的发展和人物的行动中，获得了新的张力。所有这些似乎都在暗示着这样一种艺术现象，这样一条艺术规律：大作品的产生往往并不代表新方法的产生；大作品往往产生在前辈作家探索拓荒的基础上，产生在新方法的成熟阶段；它吸收和继承了前代和同时代文学创新的积极成果，又赋予他们以新的生命。

《白鹿原》之所以可以称之为大作品，不是因为它的50万字的篇幅，也不只是20世纪初到20世纪中50年间中国历史风云际会的宏阔背景，而是作家以当代眼光、当代意识审视、反省这段历史时，所具有的全新的体验和认识。白鹿原的白鹿村在巨大的祖国版图上，最多只是一个点，但是作家却将它对象化为整个中国近代社会结构的一个蕴含丰富的缩影，不仅保留了从漫长的历史深处走来的封建社会的政治结构形态、经济关系形态、社会文化和社会精神意识的存在形态，而且表现了在一种巨大的历史转折期，它们所经受的不可抗拒的转换、变化和解体。存在和变化都是立体的、全方位的，政治、经济、文化，还有传说和神话，灾害和瘟疫，农时和节庆，构成了色彩斑斓的民族生活和民族生存景观。在陈忠实的笔下，历史不再是一部单线条的阶级对抗史，同时也是一部在对抗中相互依存、相互融合的历史；历史不再是一部单纯的政治史，同时也是一部经济史、文化史、自然史、心灵史；历史的生动性不只是在社会政治层面的展开，而也是在人性和人的心理层面的展开，而且后者比前者更为生动，更为丰富，更有诗学的价值。

诗学和历史学肯定不是同一范畴的概念，但是诗学的完整意义却不全在自身，它注定要面对人学、人的存在之学以及历史学、哲学等等。《白鹿原》自然是对象化了的诗学，而不是历史学、哲学，但是当它面对中国近代史上这关键的五十年时，就不仅是诗学意义上一次生命的投注，而且也是一种历史观的显现了。但是这种显现却不是历史观的直接的显露，而是以诗学—历史观或历史—诗学观的形式，诗中有史，史中有诗，陈忠实的诗学—历史观，借用巴尔扎克的话"小说被认为是一个民族的秘史"，一言以蔽之。秘史是相对于大历史、正史而言的，是正史的孑遗，是正史的背面，是偏重于感性和个人性的小历史，小历史是对正史的丰富和补充，所以有马克思所说的从巴尔扎克小说中所得到的经济学知识，仅仅是在细节方面，也比全部的经济学著作还要多。但是小历史的意义，不仅仅在认识方面的扩大，也不仅是丰富和补充，而是发现，独特的发现。《白鹿原》对历史存在的感性发现，也不由让人想起马克思关于巴尔扎克作品的评论。在广袤的中国土地上，在肥沃的关中平原上，在古长安附近的天子脚下，也存在着一个个有着共同的祖先的村庄，在漫长的封建社会中，皇帝的权力，国家行政的意志，在底层，是通过村社的族长来执行的，族长是村社各姓的总家长，同时也是国家意志的执行者。而维系国家和村社族长、村社族长和村民的，不是频繁的具体指令，而是约定俗成的文化精神，是习惯得成熟和成熟得习惯的各种道德自律和诸如修祠、进祠、认祖归宗，敬亲奉长的礼仪形式。村社族长既是一种文化精神的人格代表，同时也是人们世俗生活的监督执行者。而在族长上面，作为族长的智囊和精神父亲的则还有乡贤——士一类人物。士不从事体力劳动，专事文化精神的创造，他的任务是在与世俗的距离中，保持文化精神的纯粹与圣洁，弘扬旧传统，创造新传统。但是在皇帝被赶跑以后，中国底层社会这种封闭的平衡被打破了，国家的行政权力从县延伸到镇、到村，出现了仓、保障市、总乡约、乡约、保长、甲长一类的行政建制和行政长官。于是族长在村社的权力独断也被打破了，他不仅受上级行政长官的管束，而且也受同级行政负责人的掣肘。此长彼消，此消彼长，随着族长权力的削弱，中国乡村最低一级领袖，也就由主要对家族成员——民众负责，转化为主要对国家对上级负责了。家国同构，政社（村）合一，中国共产党领导的民主革命就是在这种封建家族文化的深厚土壤中展开，白鹿原的人民也就是在这样的文化背景中迎来了中华人民共和国的诞生，它决定了这场人民革命的过程及其胜利后所走过的道路的全部复杂性、曲折性。正如陈忠实所说的："当我第一次系统审视近一个世纪以来这块土地上发生的一系列重大事件时，又促进了起初的那种思索进一步深化而且渐入理想境界，甚至连'反右''文革'都不觉得是某一个人的偶然的判断的失误了。所有悲剧的发生都不是偶然的，都是这个民族从衰败走向复兴过程中的必然。这是一个生活演变的过程，也是历史演变的过程。"这里的"生活演变"即是秘史，"历史演进"就是正史，在诗学—历史哲学的范畴中，它们就是这样迥然相异，又是这样的密切关联。而陈忠实正是通过《白鹿原》将我们民族的存在历史提升到一个新的诗学境界，它的独特的认识价值是无可怀疑的，它的独特的审美价值同样是无可怀疑的。

历史和民族的存在在作家诗学—历史学眼光的烛照之下，不仅具有深刻的历史性，也具有中国特色的文化性。进入 80 年代以来，中国哲学——理论界、文艺界，于中国文化的研究和艺术展示，可以用汗牛充栋来概括，不能说这些立论和探讨都是白费了精力的，陈忠实本人就从中获益匪浅，但是就笔者个人的感觉来说，从《白鹿原》中所得到的关于中国人与中国文化的启示更为触目惊心。它如此博大，如此深邃，从理论精神到实际操作，如此庄严，如此成熟，如此温情脉脉，又如此冷峻残酷，如此腐朽衰落，又如此顽固坚韧。所谓中国人不仅生活在这种文化中，而且他自身的存在就其实质而言，也是一种文化的存在。白嘉轩就是几千年中国宗法封建文化所造就的一个人格典型。他是《白鹿原》的第一主人公，也是作品中白鹿两个家族的族长。就个人品质而言，他完美到几乎无可挑剔的程度，以至于有些论者误以为作者对他持完全认同的态度。但是作品的非同一般恰恰在这里，在他的刚直的男子汉、富有远见的一家之长、仁义的族长的现象下面，却是一整套坚固的封建文化信条，在他的身上体现了中国家族文化全部的反动与保守。他的两个儿子和鹿子霖两个儿子一起上学读书，鹿子霖想让儿子读书识字到外面闯世事，他却很早就让两个儿子回到身边，走耕读传家的道路。他先按照一个族长的标准，培养长子孝文接班，在孝文与小娥的奸情被发现后，他气得昏过去，并不顾众人的哭劝，当众施行严厉的惩罚，并断绝父子关系；在孝文以后，他又按照自己的面貌将二儿子孝武培养成家族文化的忠实奴隶。他对叛逆者小娥的处理充分体现了他在捍卫自己的文化理想时的残忍，先是支持鹿三对小娥夫妇开除族籍，继而又先后两次对受人诱惑而失足的小娥用刺刷毒打，小娥冤死化鬼想讨回公道，他又建造七级砖塔镇压。在砖塔奠基时，他又指使人将据说是小娥化成的蝴蝶统统抓住，压在塔下，完全一个扼杀白娘子美好爱情的法海和尚形象。他容忍后来的黑娃和白孝文回村认祖归宗，很容易被人理解为是这个族长的宽厚，其实不然，那是在他们有了各自的不同程度的悔过之后。"凡离开白鹿原的男人，最后都要回来的。"正是这些家族文化的回头浪子，给了白嘉轩这样的自信。所有这些都说明，白嘉轩是家族文化的自觉的维护者，个人人格的完整与强大，更增加了这种文化的欺骗力量。白嘉轩是陈忠实贡献于中国和世界的中国家族文化的最后一位族长，也是最后一个男子汉。在他身上包容了伟大的中国文化传统全部的价值——既有正面又有反面。

白嘉轩和他的精神之父——乡贤朱先生所捍卫的文化道德传统，正在受着前进的历史潮流的巨大冲击，正在走向不可挽回的解体趋势。白鹿村最早的叛逆者是在白鹿原兴起燎原的星星之火时用先进思想武装的鹿兆鹏，还有他的忠实追随者白灵。白灵是白嘉轩视若掌上明珠的独生女儿，对于女儿的叛逆，他先是劝阻、威吓，在这些都无效后，他只好采取不承认主义："她已经死了。"同鹿兆鹏、白灵相比，白孝文走的却是完全不同的家族文化的背叛者的道路。从祠堂执法者的庄严，到砖瓦窑个人生命欲望的勃起，白孝文失去了封建宗法文化正流传人的全部脸面，失去的是枷锁，得到的是精神的自由。他同小娥纵欲虽然不无丑恶，但却完全合乎这个从禁锢中初次回到自我的囚徒的精神心理逻辑。他用自己的狂嫖滥赌、倾家荡产给予爱面子、保面子的族长父亲以一记记响亮的耳光。从本来的意义讲，他的叛逆比黑娃更彻底，在穷困潦倒、快要饿死的关头，他仍对前来劝说他回头的孝武说："要脸的滚开……不要脸的吃点饭去啰！"同黑娃一样，他最后也回到白鹿村祭祖，但这绝不是向故乡、向父亲认同，而是向乡亲们证明个人的价值，与此同时，他对太太说："谁走不出这原谁一辈子都没出息。"黑娃前半生的所作所为，他对族长的仇视，他与小娥的相爱，他对"农运"的积极，失败后宁愿与土匪为伍，给人一个天生的白鹿原的叛逆者的印象，但在当了保安团营长之后，他却开始了另一种生活，拜朱先生为师，娶知书达礼之女，用儒家规范重新塑造自己，以及回乡认祖归宗等，都说明了他对传统文化的皈依。这种皈依是彻底的，他对自己前半生的否定也是彻底的。即使最后不被白孝文阴谋所杀，当了人民政府副县长的他的生命也失去了昔日的辉煌与光彩。连黑娃这样的造反者最终也皈依了传统文化的事实，可以透见白嘉轩所身体躬行的宗法封建文化巨大的同化力，它并不会因为人事和社会制度的更替而寿终正寝。《白鹿原》巨大的艺术穿透力也由此可见一斑。

作为民族禁忌的性生活及其在文化网络中的重要地位的展示，是《白鹿原》艺术结构中民族秘史的一个主要方面。性心理、性要求是人类永恒的本性之一，但他的现实性却与人类社会的进步，个体与人类文明的程度息息相关，具有丰富的文化内涵。陈忠实怀着"中国在走向现代文明的同时，其中也仍然有一个性文明的问题"的历史使命感，坚持"不回避，撕开写，不是诱饵"的三原则，在人的自然性与社会性、历史性相结合，表现民族性文化，揭示家族文化的罪恶方面，同样取得了很大的成功和突破。在白嘉轩先后与七个女人结婚的新婚之夜，人们看到的不是性的渲染与丑恶，而是在强大的男权主义文化中，在性隐秘与性禁锢中煎熬成长的女子们表现各异、本质相同的文化心态。在田小娥与黑娃偷情中人们看到的是青年男女对于个人自由幸福的追求和实现后的欢悦。在鹿冷氏的"淫疯病",和死于亲生父亲的虎狼药之中,我们看到了包办婚姻的罪恶和传统贞操观念对于人性和人的生命的摧残。乡约鹿子霖乘人之危对田小娥的性占有,表现了所谓伦理纲常的虚伪,而田小娥后来对鹿子霖报复,虽然丑恶,但却也说明这个弱女子的无奈,在一切抗争的手段都被社会剥夺了的时候,这是她可能采用的最便利也是最方便的手段。在白孝文刚刚突破性蒙昧与性羞涩与新婚妻子欢度蜜月时,白嘉轩却唆使母亲进行最野蛮的干预,一句"你是白家的长子"的训斥,彻底破灭了白孝文在夫妻炕头生活中所得到的那点自由和欢愉。他的走向家族的叛逆,固然有乡村政治斗争中阴谋的因素,但白嘉轩却是自作自受,家族文化对人性的巨大压抑由此可见一斑。因为田小娥先后与作品中三四个男人发生过性关系,今天有的论者也称她为"荡妇",还有的人称她为当今潘金莲。其实,陈忠实从始至终都是把她当作一个被侮辱被损害者,同鹿冷氏一样的封建家族文化的牺牲品来塑造的,赋予她以巨大的历史、社会、文化、人性容量。人性与兽性,革命与反革命,正义与邪恶,村社各种势力的角逐,宗法封建文化的禁锢与反禁锢,种种的冲突都变成压力,压在她那美丽而柔弱的躯体之上,使她活得人不像人、鬼不像鬼,以"坏女人"的名义遭乡人唾骂。可贵的是,在强大的社会政治、宗教文化、世俗舆论的压力之下,她从未放弃对于美好的生活和美好的爱情的追求,没有放弃对于邪恶势力的抗争,没有放弃活下去等待黑娃回来的勇气,就连死后,她的灵魂也要跳出来申诉自己的冤屈,善辩自己的善良与纯洁。她是死在从来没有承认过这个儿媳的公公鹿三之手的。鹿三也是个善良人,他能兴正义之师、挺身而出替族长替主人"除害"的壮举,更突出了小娥形象的重要意义。……这种种的性形态、性生活在陈忠实的笔下不仅没有丝毫的淫秽之感,而且给人以深刻的思想启迪,充满着理性的光芒。对强化和丰富《白鹿原》历史文化与人、探索隐秘的民族灵魂的主题起了不可忽视的作用。

在个人生命与经验的成熟阶段，在我们伟大民族终于摆脱了梦魇的历史黑影，以全新的姿态面向世界、面向未来的时候，陈忠实凝视着家乡白鹿原的土地和村落，他感到了庄严与凝重，也感到了悲壮与苍凉，这是一个交织着追求与苦难的存在，也是一个古老的谁也无法忽视的存在，一切启示都存在于或显或隐，甚至于更隐秘的存在之中。这是世纪末的回眸与凝视，这也是重塑中华文明的渴望。《白鹿原》不仅对陈忠实个人是重要的，对整个中国文学也是重要的。这个重要的全部内涵，将进一步由后人来发现。

《白鹿原》：民族秘史的叩询和构筑

王仲生

《白鹿原》，一部超越了陈忠实的过去，也超越了新中国成立以来问世的农村题材长篇小说的扛鼎之作。

陈忠实是在写出我们民族的总体性存在和心灵变迁史的宏大预设中构筑他的这部长篇小说的，他不只是着眼农村，而且是立足农村叩询我们民族生存的历史。陈忠实成功地实现了他的构想。他写出了一部我们"民族的秘史"。

民族生存的历史反思

历史是什么？历史的真实又是什么？历史的真实与我们想象中的、我们所理解的真实是不是同一的？这些困扰着一代又一代历史学家的问题，我们暂且予以搁置。我们所关心的是每个作家都不可避免地面对着与历史的对话，并以自己的创作介入历史。卡西尔说："艺术和历史学是我们探索人类本性的最有力的工具。"从人类本体的角度去破译历史之谜，不会是唯一的途径，但无疑是最有效的方法之一；而且，这里还有一个不容忽略的区分，这就是文学毕竟不同于历史学。正如昆德拉所说，小说家是存在的勘探者，小说的使命在于"通过想象出的人物对存在进行深思"。虚构性的小说与实存性的历史既存在着联系又有着巨大的差别，《白鹿原》是陈忠实虚构的他心目中的我们民族的历史图景，通过它，去勘探我们民族的存在，特别是如昆德拉所说"揭示存在的不为人知的方面"。

当陈忠实穿越历史的隧道，从今天走向昨天的时候，他选择了白鹿原。应该说，这是一个非常明智的选择，这不仅仅因为，陈忠实生于斯、长于斯，存活于斯、思考于斯，始终不曾割断与白鹿原从血缘到精神上的联系；还因为，地处关中平原的白鹿原，几乎可以说集中代表了我们民族的文明和历史。蓝田猿人是在白鹿原附近出土，我们民族也正是从黄土地上起步，这是一块记录了我们民族漫长历史的文化沃土。然而，这绝不意味着，仅仅有这一切就够了。作家对对象的谙熟与钟情，无疑非常重要，而尤为重要的却是对对象的超越与审美发现。审美发现是一个主客体相互作用共同生成的过程，是主体在直觉和想象中建构超验世界的过程，也是作品的形而上意义向主体生成和显现的过程。艺术创造如昆德拉所说，是人类对自身存在的深层体悟。当陈忠实建构《白鹿原》这一超验世界时，既有原初意义上的生活，感情积累，也有大量阅读地方志的情感体验和历史审视（《白鹿原》的创作冲动最初正是来自对地方志的创造性阅读），而尤为重要的是陈忠实从自己的生存体验中，在"不仅感知过去的过去性，而且感知过去的现在性"（艾略特语）的历史联系中所获得的深沉而冷峻的历史意识和历史情感。这使得陈忠实有可能在我们民族的整个历史，特别是近现代史的长河中去把握他的对象。

但陈忠实又不能不在时间的历史性联系中割断历史。在小说的相对时空里，它不能没有起讫与边界。《白鹿原》的历史空间容纳了清末民初到新中国成立前夕半个世纪的时间跨度。其时我们民族正处在一个历史的转型期，从农耕文化向现代文化转换的艰难蜕变期。以这一新旧交替的特定时期为突破口，从我们民族历史的深层厚土的勘探里去透视、剖析与思考我们民族的过去、现在与未来。这种艺术选择无疑体现了陈忠实的历史眼光与宏大艺术魄力。因为正是在这种时间的切割里，我们分明看到了不可切割的历史的连续性。艾略特说："时间现在和时间过去，也许都存在于时间将来。"现在是历史向任何方向展开的起点和终点。过去、现在和将来面对面了。一个作家只有最敏锐地意识到他在时间中的位置，他才有可能面对他截取的那段历史进行历史的沉思和审美的创造。

按照传统的史诗性长篇小说的审美要求，作品的艺术构架应该是以重大历史事件为经，以重要历史人物为纬，交织渲染为特定历史阶段的社会全景图。面对这一创作模式和阅读期待，陈忠实却以他对历史和艺术的独特理解，走向了另一条艺术之路。

他不是写历史中的人，他写的是人的历史。他并没有在重大历史事件的规定性冲突里，听从既成的历史结论的指拨，铺展开人物对垒分明的矛盾，他艺术扫描的历史时空基本上框定在白鹿原这张小小的邮票上，追踪人物的行踪与命运，偶尔涉笔陕北与西安，插入"文化大革命"的补叙。总之，人，人的命运，始终居于白鹿原的中心位置，他们不再是历史事件中的工具性存在、历史结论的形象性注释，他们是活生生的历史存在和血肉生命。这反映了陈忠实历史意识的现代性。历史并不是如某些教科书写的那样，按照线性因果链发展，历史充满了偶然与必然，或然与定然。历史是如恩格斯所说由诸多力量的合力所形成的。马克思说"任何人类历史的第一个前提，无疑是有生命的个人的存在"。(《马克思恩格斯全集》卷10，第30页）"有生命的个人的存在"被马克思予以高度肯定，是因为虽然历史规定了人，但历史又是由人创造的。只有真正写出了人，这样，我们才能真正写出历史。

写人的历史，当然不只是展开某个或某些人物的孤立存在，而是通过个体生命的全部活动写出历史的沧桑和时代的变革。《白鹿原》里的所有人物都只能从清末民初的历史背景中走来，他们的悲欢离合、生死沉浮始终是与20世纪上半叶关中地区的重大历史事件交织在一起的。事实上，重大历史事件在神经末梢上引起的震颤往往会比旋涡中心更敏锐、更细微地传递着时代变动、社会冲突的信息。

写人的历史，当然不仅仅限于人的社会政治存在和阶级关系，而是同时还要展示出人物的历史文化存在、个体生命存在。《白鹿原》所塑造的人物，尤其是十几个主要人物，都是带着他们全部的丰富性、复杂性和生动性走向我们的。这样《白鹿原》提供给我们的历史画卷不再只是一部政治史、革命史、阶级斗争史，而是裹挟着历史的全部必然与偶然，定然与或然，有序与无序，可知与不可知的丰富、深刻和多样性展开的。陈忠实端给我们的是一条历史的河床，狂涛巨浪连带着泥沙俱下，一如生活的原初状况，以它全部的本色让人难以得出简单的认识判断，它不再是按照几条规律拼凑组合起来的某些历史教科书的标准艺术翻版。陈忠实写出了人的历史，他同时真正写出了历史。

这里关键在于准确地把握历史运动的总体情势即历史的走向与社会心态。离开这个总体审视，每个人物的命运将失去历史的依据和社会心态的说明。《白鹿原》以无可辩驳的生活逻辑告诉我们，以血缘关系为纽带的家族制度和儒家传统文化又是怎样与社会政治斗争盘根错节地纠缠在一起的。这样陈忠实也就通过这一段历史生活向着我们民族的总体生存掘进，探询究竟是哪些复杂因素构成了我们迈向现代化的内在动力，又存在着哪些历史的误区与陷阱，它们是怎么形成的。

作家的历史眼光在这里显示了它的穿透力，他并不停留在历史的短暂时间与表层现象，而是持一种历史的长期合理性观点来对我们民族进行历史性思考。黑格尔说"存在即合理"，然而《白鹿原》对此并不认同。所谓历史的必然性并不意味着我们可以将它置于一个与主体无关的客观秩序之中而消解了价值的选择与判断。短时间的历史合理性一旦还原到历史的长河中也许会黯然失色而走向它的反面。正是由于陈忠实努力摆脱有限时空的狭窄视野，把他笔下人物的命运搁置在一个更为长远的历史行程中予以审视，因此他才获得了一个更为坚实的历史座基和相应的历史时空的自由度，他对人物的理解也就逼近到历史的深处。

陈忠实显然是吸取了当代思维的优秀成果，在历史的远距离中对我们民族走过的这段历史进行回溯与反思。小说结尾写的那个当年白鹿原

"农运"带头人，临新中国成立时保安团起义的发起者鹿兆谦（黑娃），竟然被窃居了新中国成立后第一任县长的白孝文以革命的名义枪毙了。这当然不同于白灵屈死于红军肃反扩大化的"左"倾错误。但这严酷的历史是否在暗示着再一次的折腾的难以避免？那么，我们不禁要问：我们民族怎样才能走出这历史的怪圈？作家蒸腾于现实之上的历史眼光与历史运行的真实轨迹在这里相碰撞，那历史哲学沉思的火花照亮的正是陈忠实的民族挚爱和时代焦虑。

民族生存的文化反思

《白鹿原》为我们提供了关中地区传统文化的活标本，这是有目共睹的，但这绝不是一种炫耀、一种展览。它融进了陈忠实对我们民族传统文化的历史性思考。这种思考来自民族传统文化对现代文化的困扰，以及这种困扰在一个自觉承担起历史责任和社会良知的作家那里唤起的时代参与意识和变革意识。

中国传统文化本身是一个复杂的集合，乡社文化尤其如此。《白鹿原》描绘的那些关中平原的民情风俗，既是特定地域的产物，又积淀了我们民族的生活经验和人生体验。这里有岁时礼俗，即对时间的把握，它建立在时间的可逆性观念之上。如过年，过节，一年一轮回，周而复始。特别是忙罢会，那是对生活与劳动的规律性调节。这里有人生礼俗即婚丧庆吊的生动描写，来自对时间的不可逆转性认识，来自对人自身的阶段性的把握。大规模的定期祭祖活动，对于白嘉轩来说，不仅是中国人祖先崇拜的精神需要，更是实现对白鹿宗祠的思想控制的有力手段。这里还有神秘文化的弥漫，诸如白鹿的传说等。白鹿作为一个意象、一个隐喻，无疑成为普通百姓对美好生活的乌托邦式的向往与追求，也成为作家悬拟于现实之上的理想之光。作家也写了流布于民间的通说、驱鬼及祈雨仪式，还有饮食文化及住宅建筑、日常生活起居、衣着服饰……所有这一切，营造了一种特有的文化氛围，从精神到物质生活的静态描画里反映了《白鹿原》的整体风貌。

正是在这丰厚的文化堆积层上，活跃着白鹿原的男男女女、老老少少。

他们是族长白嘉轩，乡约鹿子霖，白鹿书院院长朱先生，名医冷先生，"仁义"长工鹿三，最富传奇色彩的黑娃和复仇女神田小娥，白鹿原最美丽的姑娘白灵，新中国成立后第一任县长白孝文……

这是一组出色的群雕，一个闪光的星座。

族长白嘉轩，在《白鹿原》的艺术框架里，占有举足轻重的地位。这不仅因为他贯穿作品始终，具有组织作品的结构意义，也不只因为出入在《白鹿原》里的众多人物无一不受到他精神上、人格上或正质或负质的支配性影响，而更是由于这个人物凝聚了陈忠实的历史思考与文化选择。

在现当代文学长廊里，我们结识过鲁四老爷、高老太爷、冯云卿、黄世仁、钱文贵……但，我们的文学作品从来没有出现过像白嘉轩这样的地主形象。白嘉轩的问世，填补了我国文学人物形象系列的历史空缺。

这个人物形象塑造成功的奥秘在于：陈忠实并不是或者说主要不是把白嘉轩作为地主形象来塑造的。陈忠实要为我们塑造的是一个来自历史文化深处的族长形象。

白嘉轩是农耕社会以血缘关系为纽带的宗法家族制度的代表人物。他是白鹿村白姓一家的家长，又是白鹿两姓组成的白、鹿家族的一族之长。我国历史从来都是政教分离。作为白鹿原上的宗教领袖，白嘉轩始终与政权、政治集团、政治斗争保持距离。与出任乡约、热衷于仕途的鹿子霖不同，白嘉轩从不染指政治，虽然政治从来没有放松过他。白嘉轩绝不同于《红旗谱》里的冯老兰，白嘉轩在政治角逐中从不谋取任何地位。漫长的封建专制的淫威早已扼杀了平民百姓本来就微弱的参政意识，而以伦理为中心的传统文化更给这种对政治的疏离蒙上了一层道德的光环。这种民主意识的普遍失落，不能不说是我国政治生活长期缺乏民主传统的深层土壤。这使得白嘉轩在拒绝错误政治的同时，对正确的、进步的政治斗争和政治秩序持一种冷漠的壁上观，也使得他先后为抢救鹿兆鹏、黑娃的生命而奔走的举动消解了本难避免的政治色彩，却获得了一种人性的、道德的光辉。在虽然不计个人恩怨的长辈的仁爱与宽容里，同时也隐伏了他道德教化的明确动机。

强烈而自觉的族长意识是支撑他笔直的、挺直的腰板的精神支柱。他本身就是传统文化、传统道德，就是乡规村约，以致他从街上走过，喂奶的媳妇们纷纷躲避。白嘉轩真诚地恪守着他信奉的道德律令，用以律人，更用以律己。他与形形色色的伪道学家因此也形成对照，与阴毒、淫乱而懦弱的鹿子霖更构成了强烈的对比。这给了他精神上、道义上凛然不可侵犯的威严与自尊，也驱使他在制定和顽固推行乡约村规时，专横粗暴僵硬到无情的地步。是他不准黑娃、小娥进祠堂，是他下令杖责小娥，又亲手杖责并驱逐了儿子白孝文，是他不再认投奔革命的爱女白灵……悖逆人类天性的封建道德的凶残暴虐在这里有了淋漓尽致的表现。

"耕读传家"从来是农耕文化和家族制度的规范之一，白嘉轩始终把它视之为治家、治族的根本方略。先来看"耕"，他早年并不缺乏经济头脑，但他终于退守朱先生的教导："房要小，地要少，养个黄牛慢慢搞。"坚持只雇一个长工。我国封建社会结构的长期稳定，毫无松动的经济原因在这里可以找到它真正的答案。再来看"读"，白嘉轩一贯重视教子读书，教族人读书，但必须是孔孟儒学，对于所谓新学，他天然地持怀疑、拒斥态度。这些都足以反映他思想中保守的、封闭的、顽固的一面，表现了我国传统文化结构中的不合理因素是怎样制约和阻碍着社会的进步。

应该怎样理解这一形象？我们几乎无法对白嘉轩进行简单的是非、善恶、美丑判断，因为他原本是一个极为复杂的审美创造。陈忠实以他对我们民族传统文化的正质、负质、优质、劣质的清醒认识塑造了这一人物。在临近解放的壮丁大逃亡中，白嘉轩不得不宣布："……日下这兵荒马乱的世事我无力回天，各位好自为之。"宣告了乡约村规及家族权势的暂时终止，但是，他的存活本身以及白孝文兄弟们在朝与野的不可撼动的地位，都无不留下了潜在的力量，预示着家族势力以及建立在家族势力基础之上的社会秩序其实是根深蒂固的。陈忠实那把锐利的解剖刀在这里是否触及了我们民族痼疾的根本所在？

在《白鹿原》的人物系列里，朱先生也是一个独特的存在，如同白嘉轩一样，我国新文学长廊中还从来不曾出现过这样一位儒者形象。

朱先生是关学最后一位传人。他是大儒却以布衣身份出现。在"达则兼济天下，穷则独善其身"的中国知识分子的人生选择中，他极成功地将入世与出世和谐地统一了起来，成为白鹿原上的"圣人"。

关学，作为儒学的一个学派，从宋代张载气一元论而到明清之际融汇了陆、王心学，以至清末强调实践即经世致用之说，这与龚自珍以来的文化思潮有关，也与关中处于内陆腹地，民风淳厚，商品经济不发达有关。朱先生重实践、重伦理的哲学思想即源于此。他曾明确宣称："我不是神，我是人，我根本不信神。"民本思想可以说构成了朱先生政治思想的核心，在承认王权的前提下，确认平民为国家社稷之本。这种民本思想使得他在十分关怀爱护平民的同时，又是一个真诚的爱国主义者。他的禁烟犁毁罂粟，他的参与放粮赈济灾民，他的应约说退方巡抚数十万入陕清兵，他的发动七老联名抗日请缨的宣言与举动，无一不是这种民本思想的具体体现。在清末直至新中国成立的历史风云和政治纷争中，他始终以超然局外的态度从不介入，但一旦事关平民百姓生死与民族存亡，他却挺身而出，义无反顾。

他坚定地维护小国寡民的小农经济。他的那些"房要小，地要少"之类的治家格言充分表明在"义"与"利"之间，他始终主张以"仁义"压抑和限制人的各种私欲。

他的知识结构应该说是较全面的。天文地理、农业耕种，尤其传统的孔孟儒学，他无不精通，这使得他能够预测天气和农业的丰与歉，能为人指点迷津去寻找失物。他的一生给人留下了数不清的奇闻逸事，而赋予他以神奇、神秘色彩。这是一个传奇式的人物，是一个智者。他始终局限在传统文化知识体系的封闭之中。

他是一个道德的完人，从来与人为善，为人排忧解难。他有一个和睦的家庭。他的人生态度是淡泊宁静的，粗茶淡饭，只穿土布不着洋线。他退隐书院开馆育人，辛亥革命后，他自动闭馆而潜心修撰地方志，但他绝不忘怀于世事，忘怀于社会。他以他清醒的政治洞察力，预言了共产党必定打败国民党，天下是朱毛的。

圣人，智者，预言家，朱先生集传统知识分子理想人格于一身。他被白鹿原人尊重、崇敬，他时时处处想以自己的学说、道德与知识影响白鹿原生活的秩序，但他不仅在生活方式上与世人远离，而且在各个方面都与社会隔绝。他的一切举措对这个充满了痛苦，充满了斗争，充满了折腾的社会的影响实在是微乎其微的。人们仍然在种鸦片，人们仍然在挨饿，人们仍在天灾人祸中挣扎，他的请缨抗日只有不了了之，他的地方志写好了也无从出版……他是长空的一只孤雁。

知识与权力的结合，在中国封建社会是以士大夫走向仕途而实现的。科举制度成为选拔中下层知识分子进入统治阶层的有效途径，为巩固封建政权提供了智力保证。朱先生是清末举人，他虽然无意于仕途，但仍然要取得举人名号，以确证自身的价值，这一点他与大多数知识分子是一样的。不同的是无论在清平之世还是乱世，都会有那么一些知识分子始终对当政者采取不合作态度。这使得这些游离于权力集团之外的知识分子拥有了一份自己的相对独立的人格。然而也正因为如此，他对现实生活的干预往往由于缺乏权力支持而显得软弱无力。朱先生的劝退清兵与参与赈灾，完全是得力于权力背景，一旦失去这个背景，他当然寸步难行，而只能成为一个生活的旁观者。这又使得他有可能较别人清醒得多地成为社会的评论者、历史的见证人，这样在陈忠实笔下，朱先生就不再只是小说世界中的人物，他获得了既在作品之中又在作品之外的一种历史判断与文化选择的象征。换言之，陈忠实是把朱先生作为一个参照系、一个价值尺度来塑造的。无论是朱先生的"天作孽，犹可违；人作孽，不可活"的道德戒律，还是"折腾到何时为止"的死后箴言，它所传递的既是朱先生的道德规范和社会批判，又在某种程度上体现了一种更为广阔的历史教训和深沉的人生体悟。

朱先生这个形象的丰富文化内涵正是建立在这个人物的双重身份之上。"白鹿原上最好的一个先生谢世了……再也出不了这样的先生了。"这是一种赞誉与惋惜，同时又无异于一个面对现实的历史预言。在白嘉轩的精神世界中占支配地位的朱先生的辞世，不仅标志着一个生命的终结，同时也宣告了朱先生所代表的人生哲学、人格理想的历史性失落。虽然作家对于他塑造的这个人物充满了难以掩饰的敬爱之情，但他并没有与朱先生完全认同。朱先生并不是陈忠实的代言人。小说主人公与小说叙述者并不是统一的。作为一个历史唯物主义者的陈忠实，他的历史观显然是超越了历史循环论，他是从我们民族通向现代化的艰难历史行程中去反思我们走过的道路。在对于我们民族文化的辩证思考中，陈忠实较之于那些或全盘肯定传统文化或全盘否定传统文化的人要高明得多。他坚持认为，我们只能从传统文化中走来，但我们又必须从传统文化中走出。

民族生存的生命反思

《白鹿原》承载着生命的沉重感。它与历史的沉重感、文化的厚重感紧紧纠缠胶结，深厚凝重得密不可分。它深刻地揭示了我们民族历史的整体性存在。

民族的沉重由个体的沉重聚积而成，而个体生命的沉重又无一例外地汇入民族命运沉重之河无从分离。还可以说，个体生命的世世代代的憧憬追求和生命旅程的无从摆脱的先验的、宿命的规定性所形成的困惑，人类生命的漫长进程和个体生命的短暂存在之间难以渗透的距离，所有这一切在作家生命体验中所激起的热情、所唤起的沉思已经远远不只是限于对民族命运的思考，而是打开了一扇与人类沟通的窗口。陈忠实的可贵在于，不仅把我们民族个体生命存在的沉重与人类生命存在的沉重联结在一起，而尤其在于洞悉了、把握了我们民族生存的沉重的挣扎和抗争，一种沛沛然不可遏制的原始生命活力，纵使屡遭压抑和践踏，扭曲和扼杀，却仍然以它顽强的存活而预示着一种潜在的巨大可能性。

"白嘉轩后来引以为豪壮的是一生娶过七房女人。"这当然反映了男子中心主义所培育的夫权思想即对女性的天然占有，其实是出于维系血缘命脉、确保家族财产的需要。如白赵氏所说："家产花光了值得，比没儿没女断了香火给旁人占去心甘！"同时，却也表现了一个男子汉的雄健的生命之力。作为个体生命，白嘉轩堪称是一个真正的男儿。他有心计，有手腕，刚梆硬正，铁石心肠。他精心设计并成功实现了与鹿子霖的换地，他一手策划了鸡毛传帖和"交农"事件，他主持了祈雨仪式并亲自扮演马角。无论为个人谋利还是为百姓请命，他都一往无前，气概非凡。这赋予他的生命本源以雄壮的阳刚之气，阳刚之美。他亲近土地，亲近劳动，亲近大自然。在长期的共同劳动中他与鹿三建立了手足之情。对于传播在白鹿原悠长岁月中的白鹿神话，他迷恋而敬畏，并从中吸取了他最初的人生搏击力。这种男性的活力在朱先生身上有着同样的体现，只是形式不同而已。

如果说，强大的生命活力在白嘉轩、朱先生那里是以与传统文化吻合与认可的方式呈现，那么，在黑娃、田小娥身上，则完全是通过对传统文化的猛烈反叛与对抗而宣泄。在《白鹿原》的众多人物形象中，这是一对最具叛逆性的男女，他们的蓬勃生命力恣肆得最为痛苦而光彩四溢。

田小娥，一个穷秀才的姣好女子，却因家贫而被迫嫁给了一个七十多岁的武举人，按年龄说，武举人都可以当她爷爷了，而且，她在武举人那里纯然只是一个性虐待的工具。对于这种强加于她的性剥夺，她理所当然地进行了反剥夺。她对黑娃的挑逗与真心相爱，完全是苦难人生中的一种生命需要，与世俗观念与传统道德全然无涉。他们低下的社会地位早已使他们成为传统文化道德的游离分子。田小娥与黑娃的相爱既不能见容于鹿三，更不能得到白嘉轩的认可。这样，他们的爱情从一开始就成了非法的。然而他们却坚贞地固守着贫困生命的一方绿洲，蛰居于村外的破窑洞里。他们也因此成了鹿兆鹏发动的农民运动最早的积极分子，并将这种婚姻上的反叛与政治上的、阶级上的反抗不自觉地结合了起来。在他们的一生中，这大约是最辉煌的瞬间吧！为挽救黑娃的生命，毫无政治斗争经验的小娥被鹿子霖引诱而堕入了一个巨大的阴谋。在白嘉轩与鹿子霖两个家族的冲突里，她不幸又一次充当了性的工具。她心甘情愿地按照鹿子霖的设计拉白孝文下水，卑劣的手段潜伏着报复白嘉轩的心理根据，围绕着鹿子霖对她的霸占展开的性占有与反占有，是通过与白孝文的关系变化表现的。对白孝文，小娥逐渐从性玩弄而改变为真心相悦，从单纯欲的诱惑而发展为情的交流，这促成了她对鹿子霖的勇敢的惩罚，对白孝文变态的爱。

在白鹿原人的眼光里，她是一个淫乱的女人、一个破鞋，她因此而惨遭鹿三的杀害。她是死在了传统文化、传统道德的强大与血淋淋的凶残里，她更是死在男子中心主义所建立起的性占有、性剥夺里。无论命运怎样对她不公，在历史的重轭下，她却始终不曾屈服。在历史所能提供给她的有限时空里，在人生所划定的搏击场上，她唯一拥有的武器，也只有性。她只能像她目前所能做的那样去求得生存的可能。在她所能理解的程度上，为求得自己生命的价值，确立自己在人生中的地位，她还能有什么武器，什么手段？她当然不能明白，性报复所伤害的不只是男子，而同时还是女性自身。她当然更不能知道，她其实是罩在了一张既定的社会之网中，她的身份，她的名声，早已注定了她只能当一个妾，当一个婊子，以至于暴死于谋杀里。但她却仍不安分，不甘心于屈死！

她附身于婆婆，她附身于鹿三，她化为黑色飞蛾翱翔于白鹿原，那是她复仇的精魂！她附体鹿三的那场哭诉，无异于一个弱女子的真心的自白和愤怒的控告！她是一个复仇的女神！虽然这是一个远非理性的本能的复仇者。

陈忠实以严酷的历史真实性塑造了这样一个不幸女子的形象。虽然他是从性这一角度落笔，但，性背后所潜藏的历史文化和社会生活内涵，特别是人生生命意蕴都极为丰富、复杂而深刻。他绝不单纯在写性，他是在写性的同时，写文化的双重意义，写原始生命活力在文明的发展过程中怎样委顿以至消亡。这当然不是在取消文明，而是深刻而尖锐地揭示了传统文化逆天性的一面，揭示了生命存在的历史性沉重。

黑娃从一个逃学的儿童而走向农运的带头人，投身红军又沦落为一个土匪，他的生命轨迹，也同样充满了偶然性因素。似乎是一种宿命，不是别人，而是最忠诚于白嘉轩的长工鹿三的儿子黑娃，天然地看不惯白嘉轩那直挺挺的腰，也正是黑娃这支土匪武装成为朱先生所说的制造成白鹿原这个"鏊子"的国共两党之外的第三股力量。黑娃这个最具蛮性的粗野汉子，竟然出乎所有人的意料，在成为县保安团的营长之后成了朱先生的关门弟子，而且是最出色的弟子。他终于在传统文化的礼仪教养中浪子回头，彻底地虔诚地皈依于传统了。

无论是小娥，还是黑娃，《白鹿原》中的每一个人物，都生活在历史所规定的宿命中，他们正是在这一宿命中创造各自的人生又丰富了整个历史。小娥惨死在传统文化的利刃下，黑娃跪拜在朱先生脚前，这是最有说服力的证明，强大的原始生命活力逃不脱传统文化的陷阱，或是死亡，或是依附与驯服。舍此之外，我们还有第三条路可走吗？这是陈忠实对民族文化发出的探询和拷问。重要的是，陈忠实认为，不论历史多么沉重，毕竟我们民族有过生命的蓬勃。

在某种意义上，《白鹿原》是一部悲剧，小娥的命运悲剧，黑娃的命运悲剧，白灵的命运悲剧，鹿兆海的命运悲剧，鹿兆鹏媳妇、白孝文媳妇以及鹿三、鹿三媳妇的悲剧。一个又一个灾难，饥荒，年馑，瘟疫；一场又一场劫难，刘镇华的兵劫，反革命的政变，日军轰炸，抓壮丁，如无情的铁犁把白鹿原犁了一茬又一茬。在社会发展的历史进程中，个人命运究竟放置在哪里？历史学家关注的是历史的规律性，在这种历史的大视野里，一般人的悲欢与存亡几乎微不足道。当十四年抗日浴血奋战时，一个阵亡军人的妻子的孤苦，有如鹿兆海的那位遗孀，于历史何补又何损？但在这个空缺里，小说家占有了一个广阔的空间，他所关注的，恰恰是普通人在历史进程中的全部痛苦和欢乐，挣扎与参与。这里，个人与历史是既相统一又相矛盾的。个人的莫可名状的、无可奈何地被历史所左右，所操纵，所支配，所作弄的困惑感、悲苦感在那些敏感的艺术家心里，不能不唤起情感的、心灵的创痛和思考的烛照。毕竟，时代的弄潮儿只是少数，芸芸众生是一个更普遍的存在，他们为历史前进所付出的代价往往成为历史前进的推动力。要把这些历史的真实还给历史，当然不太可能。我们要说的是，在陈忠实所理解的历史真实中，我们感到的不只是一个民族的忧思，同时也是整个人类的悲悯，一种人类的终极关怀。

参考文献：

①《福克纳评论集》（北京，1980），P. 181。
②《中国小说美学》（北京，1982），P. 99。

评《白鹿原》的可读性

薛迪之

《白鹿原》我是两口气读完的。在等待杂志续载的日子里，我欣喜地发现，自己那种沉睡已久的强烈的审美期待心理又复活了。小说的磁石般的引力使我深信，它一定是部可读性很强的作品。在此，有必要先来界定一下"可读性"这个经常被人们提到的词。可读性与消遣性虽有相关之处，但它们绝不是一回事。消遣性仅仅停留在趣味上，而可读性不但意味着有趣味并且能震撼心灵。它们都能引起审美期待，但可读性所引起的审美期待是强烈的、持久的，而消遣性所引起的审美期待是易逝的、易移的。

那么，如何获得那弥足珍贵的可读性呢？《白鹿原》在这方面取得的成就会给我们许多启示。

驾驭题材

题材本身并不是一部小说的决定性因素。题材是一把两刃刀，它可以给作家带来优势，也可以割破作家的手指。决定性的因素是作家是否有能力驾驭他选定的题材。

陈忠实研究论集 上

227

书名《白鹿原》，表面上是一个地理名词，实际上是一个社会学的群体概念，我们应当把它理解为"白鹿原社会群体"。作者使用的是《红楼梦》《静静的顿河》《红旗谱》《创业史》等著名小说的方法：通过一个初级社会群体来反映整个社会。

初级社会群体主要由家庭、亲族、邻里组成，它是人们社会结合的一种雏形，是人们社会生活的最基本单位，是人与人之间最基本社会关系和个人进行社会化的最基本条件。它具有原始性和稳定性的特征。对于小说来说，初级社会群体题材有它自身的优势。第一，富于人情味、人性味，是作为人学的文学的最佳材料；第二，外延可以很方便地伸向广大社会，内涵可以是广大社会的浓缩；第三，它的原始性使作家在生活体验上便于与读者沟通，而它的稳定性又便于作家把握生活。然而，初级社会群体题材也有它的劣势，最不利的是琐屑平凡以及由此带来的缺乏新奇和变化。因此，浪漫主义小说如《阿达拉》《悲惨世界》《基度山伯爵》，一般都远离这种题材。

小说家选取什么样的题材在很大程度上并不决定于他的自由意志。对于一个长篇小说家来说，可悲的是并非他去选取题材而是题材选取他，因为他只能去写自己所熟悉的东西。陈忠实之所以选取白鹿原作为题材完全是由于他一生都生活在白鹿原上。既然题材是前定的、宿命的，那么，作家的努力方向就很单纯了，这就是如何驾驭那不可逃脱的题材，而不是在地狱的大门口畏怯不前、踟蹰彷徨，所谓驾驭，首要的一点是认识题材的优势与劣势，扬长避短。

我们读《白鹿原》，感到它既亲切又奇特，既人性味十足又引人入胜，既是一幅风俗画又是一幅历史长卷。总之，它牵系着我们的审美情感，一读就不能放下。那么，作者是如何处理他的题材的呢？

初级社会群体的稳定性只是相对的，在自然与社会大动荡、大变革的条件下，这个社会群体就呈现出十分复杂的局面。一方面旧的解体分化，形成激烈的对立之势；一方面分化了的新因素又在旧体的引力下保持着独特的联系。凡是以此为题材的小说，总是赋予静态的空间以特殊的时间，这时间在量与质两方面都是以使静态空间动态化。《红楼梦》选择了封建社会解体时期，《静静的顿河》选择了苏联十月革命时期，《红旗谱》选择了中国土地革命时期，《创业史》选择了中国农业合作化时期。在这些时期中，大社会的显变与激变必然打破初级群体的稳恒性，使它从静态转化为动态。《白鹿原》的时间跨度较大，整整半个世纪恰好包含了中国历史上最伟大的两次革命。在 20 世纪的前五十年里，中国社会处于质的飞跃状态，作为社会基本单位的初级社会群体，其中个人的命运，人与人之间的关系都在发生着时反时复的变化。此时，有多少悲欢离合、沧桑陵谷、顺逆轮转、人生体验可写啊！

可读性的一个重要因素是情节的引人入胜。情节是人物的历史，引人入胜是读者对人物命运的关注。如果不从人物入手，而牵强地编造离奇却离谱的情节，虽说也会引人但绝不会入胜。鉴于此，陈忠实紧紧地抓住他的人物，设法从人物身上迸发出情节。

长篇小说人物众多，如何使所有的人物都动起来（心动与行动），去寻找自己的位置，去适应和变革生存环境，乃是对作家艺术功力的考验。牵一发可以动全局，关键在于牵动那"一发"。陈忠实"牵一发"的艺术就是设置境遇，而在那社会大变革时期，可供作家设置的境遇是不难找到的。

小说的前五章写了白鹿原社会群体的常态，从娶妻生子、土地种植一直写到翻修宗祠和兴办学堂，整个白鹿原被纳入旧生活的常规弥漫着一种友好和谐的欢乐气氛。从第六章开始，作家就着手设置境遇了。第一个境遇是改朝换代。白嘉轩说："没有皇帝了，往后的日子咋过呢？"朱先生为这位群体领袖（族长）拟定了一份《乡约》，似乎有了群体规范就可以保证稳态。然而，这《乡约》却约不住外部社会，于是便爆发了"交农"事件。"交农"虽说是群体对外界社会的抗争，但在这事件中每个人都为自己今后的命运埋下了种因。事件过后，初级群体在内部蕴蓄着分化，主要是新的一代在新的形势下成长，兆鹏、兆海、孝文、黑娃、白灵都在与外部社会接触中进一步社会化。从第十一章开始，作家设置了第二个境遇：白腿乌鸦兵围城。在围城事件中，白鹿原社会群体尽管仍作为一体来同外界社会抗争，然而，已经从个人的不同斗争方式上预示了群体的分化。接着是第三个境遇：农民运动及国共分裂。至此，群体已分化出三种势力：国民党、共产党与土匪。白嘉轩作为族长尽管还在不遗余力地恢复群体的稳态，但已经回天乏力了。接着是第四个境遇：年馑与瘟疫。从第十八章到第二十八章是小说最出色的十章，大自然的参与加剧了社会的变动，已经完全成熟了的年轻一代以各自的方式投入行动，群体中每一个人，包括此前被置于后景上的妇女都在灾难的旋涡中打转浮沉。自然灾害过后一片死寂，群体的创伤还没来得及恢复就又被卷入社会灾难的旋涡。第五个境遇是抗日战争。大概由于西部未曾沦陷，作家才没有对此展开描写，只是用反讽手法写了朱先生投军与兆海之死。第六个境遇是解放战争。这最后的五章写得也很动人，尤其是卖壮丁与策反保安团，写得有声有色。决定整个民族命运的大决战自然也决定了白鹿原社会群体的命运，每个人物都走向自己的归宿。不难看出，结局中笼罩着悲剧气氛，我认为作家这样写是非常聪明的。朱先生的死，黑娃的死，鹿子霖的疯，白嘉轩的残，以及鹿兆鹏的下落不明，共奏出一曲挽歌，似在挽悼旧的白鹿原的终结。从审美意义上看，挽歌比颂歌要深沉一些、崇高一些。

非臆造地、符合历史真实地设置一个境遇，然后在这境遇之下去展现各色人物的行为、情感以及人与人之间的变动着的关系，这无疑会给小说带来情节的生动性和丰富性。境遇造成事件，有了事件就有了故事性，而故事性乃是小说在诞生时从娘胎里带出来的最原始的本性。

小说诞生之后，在发展的过程中又汲取其他文学艺术品种的长处完善自己，其中较重要的一步是从戏剧那里拿来了戏剧性。早期小说如《巨人传》《堂吉诃德》，18 世纪小说如《汤姆·琼斯》《忏悔录》，还都是"流浪汉式"的。这种小说虽有广阔的社会画面，但却缺乏戏剧性。到了19 世纪以后，小说开始向戏剧靠拢，出现了一批具有戏剧性的小说。所谓戏剧性，仍是一个众说纷纭的话题，有人说是舞台性，有人说是冲突律，我则认为，说到底是人物命运的转折性。自古以来都是悲剧人物的命运由顺境转向逆境，喜剧正面主人公的命运由逆境转向顺境，正是命运的转折在吸引观众。转折性也是从娘胎里带出来的，因此也是戏剧的本性。

《白鹿原》是一部富有戏剧性的小说，因为它给每一个重要人物都安排了顺逆情境的转折，有的不仅转折的幅度大而且还反复转折。像白嘉轩、鹿子霖、白孝文、黑娃、鹿三、小娥这几个写得最成功的人物，都是通过命运转折完成塑造的。这里且以黑娃为例。

黑娃一入世便遇到了小娥，在第一次尝到禁果、如痴如醉的时候突然就陷入了灭顶之灾。逃过郭举人的追杀，熬过父亲的绝情，他挣扎着将自己的生活小船划进风和日丽的港湾。被杂志删去的第十一章是出色的一章，在此章中作者只用了一千字便完成了黑娃第一次向顺境的转折。黑娃的好运交到搞农运达到高峰，接着又陷入了被追捕的厄运。小娥被奸被杀，黑娃落草为寇，至此，人就倒霉到极点了。"堂堂的白鹿村出下我一个土匪！"作家让我们听到了人物灵魂的恸哭声。他痛苦，他自暴自弃，他凶狠报复，人性都扭曲了。当我们正在为他惋惜时，归顺保安团又使他别开了生路。黑娃娶贤妻、拜恩师，净化灵魂，经历了"复活式"的转变。这顺境直到带兵起义达到高峰，突然，他却被错误地枪决了，同时也完成了他命运的最后转折。这最后的转折又是作家高明的一笔。小说最忌讳不了了之，然而小说的高境界却是了而未了。

黑娃的命运经历了五次转折，而且每次转折都写得惊心动魄。黑娃是小说中最引人入胜、发人深思、令人同情、使人灵魂震颤的人物，这个人物的塑造成功，不能不说转折的情节起了关键的作用。写到此，我们不妨把黑娃与朱先生这两个人物做个比较。作者安排朱先生这个人物是有很深的用意的，然而这个人物由于缺乏转折就难以写得动人。记得70年代末评论长篇小说《李自成》时有人说：红娘子太红，老神仙太神。红娘子由于命运有转折却使人觉得红得可爱，而老神仙则苍白多了。关于朱先生我认为写得较出色的是投笔从戎那一章，此处不仅得力于反讽手法，而且也得力于有波折。

小说中几个女性写得也很成功，小娥的死，白灵的死，仙草的死，孝文媳妇的死，兆鹏媳妇的死，都写得哀婉动人。她们清一色地是社会的牺牲品，她们的命运一发生逆转就折向绝境，最后悲剧式地死去。

情节的转折可以引人入胜。所谓"入胜"，首先指的是与人物同呼吸共命运，跟人物一起经受沧桑变化、顺逆转折、走向归宿之地。其次，指的是通过自我观照与人物的人生体验发生共鸣。

我认为《白鹿原》的真正价值在于真切地、诚挚地、艺术地写出了丰富的人生体验。生、老、病、死，爱、恨、惜、怜，丧妻之痛，痴恋之苦，思亲之急，性爱之乐，沦落人的无奈，孤伶者的无助，凡人的怨怒悲愁，贤者的高峰体验，都写得惟妙惟肖，出神入化。一个作家，如果不具备稚子般的真诚，对同类的爱心，高层次的人格，丰富的精神世界，全身心的感情投入，以及无拘束的艺术想象，是不可能给出这么多生命体验的。

"一部文学作品并非一定要告诉我们关于人生实际存在方式的准确信息——虽然，这也可以作为第二位的因素加以考虑，更重要的还是要引导我们通过对生活经验有选择的直接描述，去认识人类存在的真谛。"[1]《白鹿原》再现了中国半个世纪的历史，提供了我们民族生存方式的信息，不过，这一点是次要的、第二位的。它的首要价值在于向我们展示了人类存在的真谛，人生价值的光谱，生命的奥秘。正因为此，它不仅会赢得当代读者，而且会赢得所有时代的读者。

这部小说大胆地、赤裸地、直率地写了人的性体验，比之劳伦斯的小说也不逊色。我都有点吃惊了，有点为作者担心了，有点为小说的命运犯愁了。

当前，性成了热门货，于是一些以捞钞票为目的的文商（仿"官商"一词造出）便乐此不疲。于是，性这个一向被国人视为既丑且恶的东西

---

① ［美］理查德·泰勒：《理解文学要素》，四川文学出版社，1987年，第2页。

确乎是以丑恶面目招摇过市了。对于这种面目丑恶的性，确实应当用扫黄的大扫帚将其清除。然而，也有既美且善的性，它不应在扫除之列。现在的问题是，两种截然相反的性常常会鱼龙混杂，使人不得不采取简单易行的办法：横扫一切。令人啼笑皆非的是，在扫黄问题上也会无可奈何地出现扩大化。

在性问题上文学要比影视幸运多了。影视的具象性太强，对性的表现令人敏感，因而对性的禁闭也更不容商量。文学是想象的艺术，因而性的宽容度就较大了，同时作家还可以用真正的合情合理的艺术需要的措辞为自己辩护。《白鹿原》中的性描写，应当说大部分是合情合理的艺术需要。

关于性问题，常常使人陷于两难境地。心理学上有两条规律：饱和效应与禁忌原理。饱和效应是说，刺激物长时间作用于感官，心理便发生饱和从而不做出反应，而要打破饱和状态，就得增强刺激。禁忌原理是说，越是禁忌，心理欲求就越强烈，对禁忌物的反应也越强烈。这样，性开放必然导致性泛滥，性滥必然导致性禁忌，性禁忌又必然导致性敏感。因此，在任何社会，性开放与性禁忌都有个适度问题。《白鹿原》中性描写的命运完全在于是否适应于社会的容许度。关于容许度，我无心去谈它，但此书中作家在性描写上的直率、真诚、合乎情理则无疑会受到读者赞叹。昂扬的生命力和真切的生命体验，在艺术中从来都是受欢迎的。

小说从第一章开始就在一些地方抹上一笔魔幻色彩。白嘉轩的第六个女人胡氏有一晚突然着了魔，竟能说出前五个她从未见过的死的女人的相貌特征，而且个个都与真人相吻合。第二章整个一章写的都是关于白鹿的魔幻故事。以后的许多章里，都多多少少被作者加进一点魔幻，例如鹿三鬼魂附体，小娥墓地里飞出小蛾，朱先生墓中枕砖上应验的谶语，三个人做同样一个梦，等等。这些魔幻因素其实也是一种人生体验，也许可以从心理学或民俗学上得到解释，我们且不在这方面发挥，只从艺术效果而言，它是有益于把读者带进规定情境的。

陕西的几位知名作家都喜欢读拉丁美洲的魔幻现实主义小说，尤其是马尔克斯的《百年孤独》更受推崇。那么，从异域小说中借鉴一点东西就是很自然的事了。

驾驭结构

结构是对情节的具体安排。题材处理和情节构思最终要体现在结构上。

作者在动笔写《白鹿原》之前一定对结构方式做过精心探索，不然，小说不可能如此清晰地呈现出三个结构原则，而这三个原则不仅同题材和情节相适应并且也与读者的接受心理相适应。

第一个原则我把它称作陌生化原则。"陌生化"一词是从英美新批评派那里借来的。它原先只是诗作中语言处理的原则。诗的语言应当区别于自然语言，自然语言人们太熟悉，用在诗中就显得平淡无力，因此诗作要求对自然语言做陌生化处理。在小说中，陌生化主要不是对语言的处理而是对结构的处理。一个人物，一个事件，一个场景，不能长时间地一直不变地写下去，否则读者的注意力就会疲劳，他们的心理就会产生饱和效应。作者必须恰到好处地阻断那处在前景的东西，让它们暂时隐没，转而把另一个人物、事件或场面推到前景上来。那隐没的东西并不是消失了，而是被搁置在一边；搁置就是陌生化处理。当被搁置的东西再一次被推到前景来的时候，读者就有一种新鲜感和亲切感，正像久别的亲朋从远方归来时那样。

在几个主要人物中，兆鹏、兆海、白灵、黑娃这四个出走在外的人物我们自然不能在白鹿原经常见到他们，正因为此，他们偶或出现一次都给我们留下新鲜、清晰和深刻的印象。白嘉轩、鹿子霖、朱先生这三个人物，是书中出现频率最高的人物，如果不对其做陌生化处理，恐怕也会令人腻味的。作者将白、鹿、朱三个人物作为三条主线穿插描绘，互相间离，乃是非常必要的。

在作陌生化处理的时候，唯一可靠的是作家的艺术直觉。如何把握

"阻断"的时机，以保证有足够的感情延长和巧妙地留下悬念？如何把握搁置的时间，以使悬念有足够的拖延？最初的理性设计往往是靠不住的。在这方面，陈忠实敏锐的艺术直觉帮了他的大忙。

第二个原则是蒙太奇原则。一般地说，蒙太奇是电影艺术中的组接原则，它首先要求在转场时衔接得自然流畅。《白鹿原》许多地方用的是叫板式转场法。在前一章或前一场景的结尾安排一个"叫板"，叫出人或事来在下一章或下一场景集中描绘，就称作叫板式转场。例如，第十四章的最后，田福贤对鹿子霖说："你可甭忘了黑娃，他跑了不是死了！"第十五章的第一句写道"黑娃早已远走高飞"，接着就叙述黑娃的逃亡。第十六章中部，白嘉轩对朱先生说："黑娃当了土匪，我开头料不到，其实这是自自然然的事。"接下来用一句叙述语言"黑娃确已成了土匪"起头，然后就详尽补叙黑娃加入匪伙的过程。第二十三章的最后写白灵想心事："到哪儿去寻找鹿兆鹏呢？"紧接着在第二十四章中展开鹿兆鹏的革命活动。第十九章的后部补叙小娥之死这个震动全村的事件，是以鹿子霖对白孝文说的一句话（"不是饿死的，像是被人害死的"）作为叫板叫出来的。第二十二章补叙白灵退婚事件，是以朱白氏对白灵说的一句话（"你一张退婚字条儿，把你爸的脸皮揭光咧"）作为叫板叫出来的。

第三个原则是疏密相间原则。所谓疏密，指的是时空的跨度，时空跨度越大就越疏，越小就越密。跨度大了叙述与描写就相对简括，跨度小就细密。疏密相间的结果使读者既见森林又见树木，既鸟瞰全景又窥察细部，得到一个又完整又具体的印象。第十八章写年馑，第二十五章写瘟疫，都是将对全村的灾情的概括描述与对个别人的死亡的细微描写穿插进行的；在用较小的篇幅描述大空间之后，又用较大篇幅描写具体空间，分别写了三个女人的惨死，概括描述主要诉诸读者的理性判断，具体描写主要诉诸读者的情感，一起将读者带进白鹿原的恐怖凄凉情景中去。

精巧的结构是产生美感的根源之一，审美愉悦不仅仅来自小说对现实美的表现，而且来自结构形式本身。

驾驭语言

陈忠实在《白鹿原》中已经呈现出自己成熟的风格。研究作家的风格必须从作品的语言着手，因为"风格是人们运用语言的方式而具备的一种功能"①。

作品语言是作家读者交流的物质中介，因此作家的语言方式直接关乎着作品的可读性。陈忠实的语言方式之所以耐人寻味，是因为它具有张力。张力（tension）这个词是美国批评家阿伦·退特创造的。他认为诗歌要兼顾内涵（intension）和外延（extension），两者结合的品质可以用两个词相同的部分来表示。tension 在英语中原意是"紧张关系"，即物理学中的"张力"。翻译为"张力"其实是词不达意的，但又找不到相应的词，只好如此。作为文学用语，"张力"指的是互补或相反的事物之间的对立统一关系。我认为，只有用这个词才能较准确地表示出陈忠实的语言风格。

《白鹿原》语言的张力包含三个二元对立项：具象与概括、意与情、雅与俗。张力是在每个二元对立项中形成的。我们分别来探讨。

陈忠实把他寻到的语言形式叫作"概括性的语言形式"，他想依靠这种语言形式用较少的文字去写时间跨度较大的题材。然而，文学自身所要求的语言的具象化必会与题材要求的语言的概括性相矛盾，因此，作家要使用概括性的语言就得解决概括性与具象化的矛盾，把握两者的辩证统一，即张力。

小说第一章就显示了这种既概括又具象性的语言张力。白嘉轩的五次娶亲，如若展开来描写，则每次都可写一整章的，但这里仅用几段概括性描述就跃然纸上了。在五次娶亲中还穿插了一场举办丧事。对于白秉德丧事的描述语言也是既概括又形象的。

---

① ［美］理查德·泰勒：《理解文学要素》，四川文学出版社，1987年，第107页。

"嘉轩当即和族里几位长辈商定丧事,先定必办不可的事:派四个近门子的族里人,按东西南北四路分头去给亲戚友好报丧;派八个远门子的族人日夜换班去打墓,在阴阳先生未定准穴位之前先给坟地堆砖做箍墓的储备事项;再派三四个帮忙的乡党到水磨上去磨面,自家的石磨太慢了。""整个丧事都按原定的秩序进行。七天后,秉德老汉就在祖坟坟地上占据了一个位置。一个新鲜的湿漉漉的黄土堆成的墓疙瘩。"

白家是殷富人家,乡间传统又是厚葬的,这场丧事一定办得场面很大,但作家既没有铺陈也没有渲染,而是以尽可能精练的文字的概括性描述,然而这段概括性文字仍然在读者眼前唤出一幅风俗画。

一场饥馑过后,白鹿原渐渐恢复了生机,作者只用了两句话便描绘出了这种情景:"大人和小孩的脸色得了粮食的滋润开始活泛起来,交谈说话的声调也硬朗了。"饥馑过后接着来了瘟疫,疫情之惨烈如何描述?作家仍然用既概括又形象的语言来描述:"人们悄悄算计已经不是谁家死过人,而是还有谁家没有死过人。"瘟疫的终止适逢秋庄稼丰收,人的死亡与大自然的复萌这种复杂的情景是很难描述的,作家靠语言的张力一下子便写得入木三分。"瘟疫是随着冬天的到来自然终止的"——多么准确、精练! "苞谷和谷子以及豆类收成不错,然而丰收没有在田野谷场和屋院形成欢乐的气氛"——将概括语"收成不错"与个体词"苞谷""谷子""豆类"一起组成一句,将概括语"没有欢乐"与具体词"田野""谷场""屋院"组成另一句,于是那种奇异的张力就出现了。"有人突然扑倒在刚刚扬除了谷糠的金灿灿的谷堆上放声痛哭死去的亲人,有人掼下正在摔打的梿枷摸出烟袋来,人都死了要这些粮食算啥!"——"有人"一语是抽象的,"金灿灿的谷堆"与"掼下梿枷摸出烟袋"是具象的,两者产生的张力,形成黑格尔所说的"具象共相"。

语言有两个功能,一是表意,一是传情。文学语言与科学语言的不同之处有两点:第一,一个是形象的表意语言,一个是抽象的表意语言;第二,文学语言不仅表意而且传情,科学语言则剔除感情成分。文学语言如果缺乏感情色彩,即使形象性再强,也会干巴巴的。兼顾语言的两种功能，在意与情之间形成张力，是陈忠实语言风格的又一特征。

第十五章写黑娃出逃："当窑门外的鸡窝里再次传来鸡啼的声音，黑娃从小娥死劲的箍抱里挣脱出来，穿好衣服，把一摞银圆塞到她手里。"从字面上看，作家用的是白描式的语言，既不渲染也不感叹，但在字里行间都注入了感情。第十八章写白嘉轩父子因卖房事争吵，父亲打了儿子，接着作者这样写道："白孝文却感到一种报复的舒畅，从地上缓缓悠悠爬起来走进屋去，咣当一声插上门栓，把父亲和孝武冷晾在院子里。"这里对于白孝文动作的白描也都是浸透着人物感情的。为了使语言带上感情色彩，作家特别注意语境和视点的作用。同样的语言，在不同的语境下就显示出不同的意义与情感。第十二章写久旱逢雨，只写人物的几个行为动作："鹿三从板凳上跳开去，爬到院子里"，"白嘉轩急得从凳子上跌下去，爬到门口又从台阶上翻跌下去，跪在院子里，仰起脸来，让冰冷的雨点滴打下来"。读者不难体验到，这些语句在特殊语境下所蕴含的感情。在第二十五章中，埋葬了仙草之后，白嘉轩走进院子，"看见织布机上白色和蓝色相间的经线上夹着梭子，坐板下叠摞着未剪下来的格子布"；他走进屋里，"缠绕线筒子的小轮车停放在脚地上，后门的木栓插死着"。在特定的语境下，这织机、纺车及插死的后门，显得多么凄凉！这里还是通过人物的视点去写物的。我们又可以感到主人公是多么孤寂！

中国现代小说语言偏雅，大都用书面文学语言写出；当代小说语言则带着地方味，有的索性全用方言，显得很土，读起觉得别扭。陈忠实是陕西作家，写的又是陕西农村题材，小说语言自然含着秦味儿，但我们读起来并不感到土气，也不觉得别扭，原因是雅与俗相得益彰，它们之间也构成了张力。他的叙述语言以雅为主，只是或多或少在语句中巧妙地加进一些方言，而人物对话则根据人物的年龄、文化程度以及经历或雅或俗，不一而足。这样，就显得十分自然，读起来也不怎么意识到有雅俗之分了。

小说的可读性这个大题目说到底是一个艺术功力问题。在当今之世，我们的文学艺术家一不可怨天，二不可尤人，三不可投机取巧，要赢得广大读者，唯一的办法是努力提高自己的艺术功力。

当之无愧的"民族秘史"

——陈忠实与《白鹿原》漫说

白 烨

《白鹿原》是真正的厚积薄发之作，因其"厚积"，所以"厚重"。

陈忠实从 1965 年发表短篇处女作到 1992 年发表长篇小说《白鹿原》，其间整整相隔了 27 年。不能说这 27 年他都在有意为长篇小说创作做准备，但 27 年间他在社会生活中的磨炼和在文学创作上的探求，无疑都给他的长篇创作在内蕴上和艺术上不断地打着铺垫。否则，我们就很难理解他的长篇小说《白鹿原》何以如此姗姗来迟，而这个晚生的产儿又为何一呱呱坠地便那么不同凡响。

作者在《白鹿原》开首所引述的巴尔扎克名言"小说被认为是一个民族的秘史"，给人们理解作品留下了一把钥匙。它以白鹿原的白鹿两家三代人的人生历程为主线，既透视了凝结在关中农人身上的民族的生存追求和文学精神，又勾勒了演进于白鹿原的人们生活形态和心态的近代、现代的历史发展轨迹，以及其发生的大大小小的回响。在一部作品中复式地寄寓了家族和民族的诸多历史内蕴，颇具丰厚的史诗品位，在当代长篇小说创作中当属少有。

然而，这一切都有一个孕育与产生的过程，了解这个过程，无疑有助于人们读解《白鹿原》，深谙《白鹿原》。

一、蓄势

我们当代作家的出身，大致上可分为两个大类：一类是从学校里走出来，一类是从生活里滚出来。陈忠实之为作家，显然属于后者。

陈忠实 1962 年中学毕业后，由民办教师做到乡干部、区干部，到 1982 年转为专业作家，在社会的最底层差不多生活了 20 年。他从 1965 年到 70 年代的创作初期，可以说是满肚子的生活感受郁积累存，文学创作便成为最有效、最畅快的抒发手段和倾泻渠道。他那个时期的小说如《接班以后》等，追求的都是用文学的技艺和载体，更好地传达生活事象本身，因而，作品总是充溢着活跃的时代气息和浓郁的泥土芳香，很富于打动人和感染人的气韵和魅力。

我正是在这个时候开始关注陈忠实的。1982 年，《文学评论丛刊》要组约当代作家评论专号的稿子，主持其事的陈骏涛要我选一个作家，我不由分说地选择了陈忠实。因为我差不多读了他的所有作品，心里感到有话要说也有话可说。为此，与陈忠实几次通信，交往渐多渐深。嗣后，或他来京办事，或我出差西安，都要找到一起畅叙一番，从生活到创作无所不谈。他那出于生活的质朴的言谈和高于生活的敏锐的感受，常常让人觉得既亲切，又新鲜。

陈忠实始终是运用文学创作来研探社会生活的，因而，他既关注创作本身的发展变化，注意吸收中外有益的文学素养，更关注时代的生活与情绪的替嬗演变，努力捕捉深蕴其中的内在韵律。这种双重的追求，使他创作上的每一个进步，都在内容与形式上达到了较好的和谐与统一。比如，1984 年他尝试用人物性格结构作品，写出了中篇小说《梆子老太》，而这篇作品同时在他的创作上实现了深层次的探测民族心理结构的追求。而由此，他进而把人物命运作为作品结构的主线，在 1986 年又写出了中篇力作《蓝袍先生》，揭示了因病态的社会生活对正常人心性的肆意扭曲，使得社会生活恢复了常态之后，人的心性仍难以走出猥琐的病态。读了这篇作品，我被主人公徐慎行活了 60 年只幸福了 20 天的巨大人生反差所震撼，曾撰写了《人性的压抑与人性的解放》一文予以评论。我认为，这篇作品在陈忠实的小说创作中具有很重要的意义，它标志着在艺术的洞察力和文化的批判力上，作家都在向更加深化和强化的层次过渡。1987 年间，我因去西安出差，忠实从郊区的家里赶到我下榻的旅馆，我们几乎长聊了一个通宵。那一个晚上，都是他在说，说他正在写作中的长篇小说《白鹿原》。我很为他抑制不住的创作热情所感染、所激奋，但却对作品能达到怎样的水准心存疑惑，因为这毕竟是他的第一部长篇。

1991 年，陈忠实要在陕西人民出版社出一本中篇小说集，要我为他作序。我在题为《新层次上的新收获》的序文里，论及了《地窖》等新作的新进取，提及了《蓝袍先生》的转折性意义，并对忠实正在写作中的《白鹿原》表达了热切的期望。忠实给我回信说：

> 依您对《蓝袍先生》以及《地窖》的评说，我有一种预感，我正在吭哧的长篇可能会使您有话说的，因为在我看来，正在吭哧的长篇对生活的揭示、对人的关注以及对生活历史的体察，远非《蓝袍》等作品所能比拟；可以说是我对历史、现实、人的一个总的理解。自以为比《蓝袍》要深刻，也要冷峻一步……

二、出炉

1992 年初，陈忠实完成《白鹿原》后，先交由几位亲近的文友帮忙把关。陕西的评论家李星是其中之一，他看了《白鹿原》的完成稿，告诉我《白鹿原》绝对不同凡响。后来参与编发《白鹿原》的人民文学出版社的高贤均又说，《白鹿原》真是难得的杰作。这些说法，既使人兴奋，又使人迷惑，难道陈忠实真的会一鸣惊人么？

《白鹿原》交稿之后，出书很快确定了下来，但在《当代》杂志怎样连载，连载前要不要修改等，一时定不下来，忠实托我从中了解一下情况。经了解，知道是在《当代》1992年第6期和1993年第1期连载，主要是酌删有关性描写的文字。在我给忠实去信的同时，人民文学出版社也给陈忠实电告了如上的安排。忠实来信说：

> 我与您同感，这样做已经很够朋友了。因为主要是删节，
> 可以决定我不去北京，由他们捉刀下手，肯定比我更利索些。
> 出书也有定着，高贤均已着责编开始发稿前的技术处理工作，
> 计划到八月中旬发稿，明年三四月出书，一本不分上下，这样
> 大约就有600多页……

原以为我还得再修饰一次，一直有这个精神准备，不料已不需要了，反倒觉得自己太轻松了。我想在家重顺一遍，防止可能的重要疏漏，然后信告他们。我免了旅途之苦，两全其美。情况大致如此。

后来，人民文学出版社《当代》一室的主任高贤均给我讲了他与《当代》的洪清波去西安向陈忠实组稿的经过，那委实也是一个有意味的故事。1992年3月底，他们到西安后听说陈忠实刚完成了一部长篇，便登门组稿，陈忠实不无忐忑地把《白鹿原》的全稿交给了他们，同时给每人送了一本他的中短篇小说集。他们在离开西安去往成都的火车上翻阅了陈忠实的集子，也许是两位高手编辑期待过高的原因，他们感到陈忠实已发表的中短篇小说在看取生活和表现手法上，都还比较一般，缺少那种豁人耳目的特色，因此，对刚刚拿到手的《白鹿原》在心里颇犯嘀咕。到了成都之后，有了一些空闲，说索性看看《白鹿原》吧，结果一开读便割舍不下，两人把出差要办的事一再紧缩，轮换着在住处研读起了《白鹿原》。回到北京之后，高贤均立即给陈忠实去信，激情难抑地谈了自己的观感：

> 我们在成都待了十来天，昨天晚上刚回到北京。在成都开
> 始拜读大作，只是由于活动太多，直到昨天在火车上才读完。
> 感觉非常好，这是我几年来读过的最好的一部长篇。犹如《太

阳照在桑乾河上》一样，它完全是从生活出发，但比《桑乾河》更丰富，更博大，更生动，其总体思想艺术价值不弱于《古船》，某些方面甚至比《古船》更高。《白鹿原》将给那些相信只要有思想和想象力便能创作的作家们上了一堂很好的写作课，衷心祝贺您成功！

　　1993年年初，终于在《当代》1、2期上一睹《白鹿原》的庐山真面目。说实话，尽管已经有了那么多的心理铺垫，我还是被《白鹿原》的博大精深所震惊。一是它以家族为切入点对民族近代以来的演进历程做了既有广度又有深度的多重透视，史志意蕴之丰甚、之厚重令人惊异；二是它在历史性的事件结构中以人物的性格化与叙述的故事化形成雅俗并具的艺术个性，史诗风格之浓郁、之独到令人惊异。我感到，《白鹿原》不仅把陈忠实的个人创作提到了一个面目全新的艺术高度，而且把现实主义的小说创作本身推进到了一个时代的高度。基于这样的感受，我撰写了《史志意蕴、史诗风格——评陈忠实的〈白鹿原〉》的论文（见《当代作家评论》1993年第4期）。

　　盛夏七月，陕西作家协会和人民文学出版社共同在文采阁举行了《白鹿原》讨论会。与会的60多位老、中、青评论家竞相发言，盛赞《白鹿原》，其情其景都十分感人。原定开半天的讨论会，一直开到下午5点仍散不了场。大家显然不仅为陈忠实获取如此重大的收获而高兴，也为文坛涌现出无愧于时代的重要作品而高兴。也是在那个会上，有人提出，"史诗"的提法已接近于泛滥，评《白鹿原》不必再用。我不同意这一说法，便比喻说，原来老说"狼"来了、"狼"来了，结果到跟前仔细一看，不过是只"狗"；这回"狼"真的来了，不说"狼"来了怎么行！

　　此后，关于《白鹿原》的评论逐渐多了起来，这些评论大都持肯定的态度，但也有一些评论着意于挑毛病。对出于文学角度的善意的批评，人们都不难接受，唯有那些并非出于文学也并非怀有善意的批评，颇令人疑惑和惊悸。比如，有人胡说什么《白鹿原》既如何为主流意识形态所欣赏、所推崇，又如何以严肃文学的身份向商品文化"妥协"，向大众情趣"献媚"。另有一种怪论，则从另一角度做政治文章，说什么《白鹿原》有意模糊政治斗争应有的界限，美化了地主阶级，丑化了共产党人。真是左右开弓，怎么说都有理。但只要认真读过《白鹿原》并全面地理解作品，这些意见都是不值一驳的。对于这些看法，作为作者的陈忠实能说些什么呢？今年10月，他出访意大利两度路过北京，听到这些风言风语，他先是皱着眉头惊愕："怎么现在还有这样看作品的？"继之坦然一笑，"还是让历史去说话吧！"

是的，历史比人更公正，评价一部好的作品，也有赖于公正的历史，因为，历史绝不会亏待不负于历史的人们。

三、评说

在我看来，《白鹿原》在以时间为经、事件为纬的结构框架中，始终以人物为叙述中心，事件讲究情节化，人物讲究性格化，叙述讲究故事化，而这一切都服从和服务于可读性。有关的历史感、文化味、哲理性，都含而不露地化合在引人入胜的艺术魅力之中，比较好地打通了雅与俗的已有界限。一部作品内蕴厚重、深邃而又如此好读和耐读，这在当代长篇小说中亦不多见。这些突破，使得《白鹿原》把陈忠实的个人创作提高到了一个新的艺术层次，也把当代长篇小说的现实主义创作推进到了一个新的时代高度，从而具有某种标志性的意义。

其一，由许多大大小小的事件纠结勾连起来的政治斗争的风云变幻，在作品中最具分量也最为显见，那实际上是作者由白鹿原的角度，对近现代以来的国史在社会层面上的一个浓墨重彩的勾勒。

白鹿原的斗争从清朝到民国、民国到新中国成立的近四十年的时间里，一刻也没有消停过。先是督府的课税引起了"交农"事件，其后是奉系镇嵩军与国民革命军的你争我斗。当事态演化到国共双方的分裂与对抗之后，白鹿原就更成了谁都不能安生、谁也无法避绕的动荡的旋涡：农协在"戏楼"上镇压了财东恶绅，批斗了田福贤等乡约；乡约和民团们反攻回来，在"戏楼"上吊打农运分子，整死了倔强不屈的贺老大；尔后，加入了土匪队伍的黑娃又带人抢劫了白鹿两家。及至"革命"进一步深入家族和家庭，白家的孝文进入了保安团，白灵参加了共产党；鹿家的兆鹏成为红军的要员，黑娃则摇身成了保安团的红人。这些大开大合、真枪实弹的阶级抗争，连同白嘉轩和鹿子霖那种钩心斗角的家族较量，使得白鹿原成为历史过客逞性要强而又来去匆匆的舞台，而白鹿原的芸芸众生们被裹来挟去，似懂非懂地当了看客，不明不白地做了陪衬。在复式叙述这些上上下下和明明暗暗的复杂斗争时，作者一方面立足于历史的现实，写了纷乱斗争之中的是是非非、善善恶恶以及革命力量在艰难困苦中的进取和社会演进的客观趋向；另一方面又超越现实的历史，让更为冷静、更为宏观的眼光，审视发生在白鹿原的一切，大胆而真切地揭示了革命和非革命的、正义和非正义的斗争演化成为白鹿原式的"耍猴"闹剧后，给普通百姓的命运和心性带来的种种影响。

作品第十四章写到国共分裂，田福贤等人重新整治了对立一方后给白嘉轩还"戏楼"的钥匙时，白嘉轩用超然物外的口吻说："我的戏楼真的成了'鏊子'了。"田福贤后来又从朱先生口中听到同样的话，"白鹿原成了'鏊子'"。洁身自好、与世无争的白嘉轩和朱先生，作为事态的旁观者确比别人看得更为清楚，"鏊子是烙锅盔烙葱花大饼烙馍的，这边烙焦了再把那边翻过来"。黑娃在"戏楼"上整了田福贤等人，田福贤等重新得势后一定要再在"戏楼"上回整黑娃的同党；你对我残酷斗争，我对你也无情打击，在这种翻过来又翻过去的互整中，白鹿原成了谁都没有放过的"鏊子"，白鹿原的乡民成了吃苦受累的不变对象。他们既是当时的历史所不能缺少的陪客，又是过后的历史随即忘却的陪客。这种付出了不该付出的又得不到本该得到的无谓结局，是比那些有头有脸的人物的相互戕害的悲剧更为深沉也更为普遍的悲剧。

"鏊子"说一出，把白鹿原的错综纷繁的斗争史，简洁而形象地概括了、提炼了。它既生动地描画了白鹿原式的斗争因"翻"而构成的烈度和频度，又深刻地喻示了这种"翻"来"翻"去的闹法给置身其中的乡民们造成的困苦。即就黑娃和田福贤在戏楼上你来我往的较量来说，就是谁也没占到上风的平手戏；而先后被整死的老和尚和贺老大，却切切实实地做了代人受过的替罪羊。从这个意义上来说，"白鹿原成了鏊子"，实质上是正剧幌子掩盖下的闹剧，以闹剧形式演出的悲剧。

其二，白嘉轩作为一个居仁由义、心怀大志的族长，被社会的浪潮挤到舞台的一角，家业难兴，族事难理，与老对手鹿子霖的较量始终难分胜负。可以说，他的一生是时乖命蹇的一生。然而，他的心有余而力不足的种种行状和心态，却构成了秘史中的另外一个重要部分，那就是隐含在一个传统农人身上的独特的文化精神和民族心史。

作为一个敬恭桑梓、服田力穑的农人，白嘉轩身上有着民族的许多优良秉性和品质。他靠自力更生建立起了家业，又靠博施众济树立起人望；无论是治家还是治族，他都守正不阿，树德务滋。尤其是对文化人朱先生、冷先生的敬之、孝之，对老长工鹿三的重之、携之，更以对小生产意识的明显超越，表现了他在一代农人之中的卓尔不群。白嘉轩始终怀有一个不大不小的热望：按照自立的意愿治好家业，按照治家的办法理好族事，使白鹿原的人们家家温饱，个个仁义，从而也使自己的声名随之不朽。但当这些想法在现实中刚刚开了一个头，他便遇到了种种意料不到的难题和挑战。起先是没有了皇帝，使他六神无主；接着是民国建立政权，鹿子霖以乡约的身份与他平分了秋色；随后便是各家的混战蜂起，家事和族事都乱了套，他使出浑身解数也每况愈下，只有儿子孝文在最后坐稳了县长，他才稍稍有所慰藉。从未放弃过个人的私欲和名誉，却也不错过任何可以急公好义的机会，把自己的价值实现寓于家族和乡里事业发展，这是白嘉轩这个形象的独特所在。

作为独特的白鹿原的独特产儿，白嘉轩离不开白鹿原这个舞台，白鹿原也离不开白嘉轩这个主角。他首先立了乡规、乡约，确立了他的族长的地位又使乡民们有规可依；他修祠堂、建学堂，树立了自己的威望，也使孩子们上学读书有了保障；他与鹿子霖明争暗斗，守住了族长职位，也阻遏了恶人的势力膨胀。他处处救助受难者，使自己的人缘、人望大增，也使频繁的混战对人的伤害得到了不小的减缓。他的"仁义"为怀、自立为本的人格精神，最典型不过地表现了中国传统农人基于小农经济和田园诗生活的文化意识和人生追求。

不难看出，对于《白鹿原》中的白嘉轩的塑造，作者既把他当作较为理想的农人典型，也把他当作一面可以澄影鉴形的"镜子"。用他，照出了鹿子霖的卑猥和丑恶；用他，照出了朱先生的睿智和清明；用他，还照出了乱世沧桑的悲凉与悲壮。一个世纪，如若使仁人君子都惶惶不安、悻悻不乐乃至备受折磨和煎熬，那这个时世还不可叹可悲么？反过来看，也可以说作者也经由白嘉轩写出了传统的"仁义"精神在历史发展中的有用性和无用性，尤其是白嘉轩不无欣幸地把儿子孝文当了县长认为是白鹿"显灵"的结果，更是以一种悖论性的内容，暗示了白嘉轩仁义追求走向意愿反面的最终破灭。在这里，作者在白嘉轩人格精神的悲剧结局里，不仅映现了社会生活在急剧变动之时难分青红皂白的某种冷淡性、无情性，而且表达了他对传统的文化精神肯定与否定参半、赞赏与批判相间的历史主义态度,尽管那样更像是一曲略带忧伤色彩的挽歌。

其三,《白鹿原》里少有缠绵悱恻、催人泪下的情与爱，有的多是缺情乏爱的性发泄。白嘉轩先后娶了七房女人，同哪一个都没有太深的感情；白孝文娶妻之后，先耽于床笫之事，后又移情别恋；只有黑娃和小娥的相恋带有真情，却又棒打鸳鸯散，各奔了东西。是作者没有兴致、没有才力去抒写人间情爱么？当然不是。我以为，这只能理解为关于白鹿原上的性事与性俗，作者别有自己的看法。尤其是通过白嘉轩的冷待女人和小娥的放纵沉沦，作者实际上向人们揭示了白鹿原人们游离了性爱主义的畸恋性史。

白嘉轩所娶的七房妻子中，有六个都没有给他留下什么，他也只有同她们初次交欢时的印象。他娶了第七个妻子仙草后，相处日渐融洽，其因在于她既连生三子，发挥了传宗接代的功用，又带来罂粟种子，起到了振兴家业的效能。然而，白嘉轩并没有想到他人财两旺的光景同仙草有什么切实的关系，他把自己的发家致富主要归结为"迁坟"后"白鹿逞灵"。没有给他带来什么东西的女人在他心目中没有任何地位，给他带来"人"和"财"的女人，在他心目中仍然没有什么地位。女人作为人在白嘉轩的世界里被遗忘了，她们或者只是他泄欲时的对象，或者只是他干事时的帮手。男女之间应有的情性相悦，到白嘉轩这里一概被淡化、被消解了。正是出于这种传统的婚姻观，他对六个死去的妻子只有在初婚之夜如何征服她们的感受，而且常常"引以为豪壮"。他看不惯儿子和儿媳的过分缠绵，教唆儿子孝文使出"炕上的那一点豪狠"，不要"贪色"，他认为小娥是"不会居家过日子"还要"招祸"的"灾星"，拒阻黑娃和小娥到祠堂成亲。作为正统社会的一个正统男人，白嘉轩只把婚姻看成是传宗接代和建家立业的一个环节，可能纷扰最终目的的卿卿我我、情情爱爱之类的东西宁可少要或不要。这样不讲对等意义上的互爱和超越功利意义的情欢，把婚姻简单地等同于生孩子、过日子，正是长期以来民族婚俗中少有更变的传统观念。它是正宗的，却也是畸恋的。

而小娥有关婚爱的想法和做法，与白嘉轩恰成鲜明的对比。她不计名利、不守礼俗，只要是两心相知、两情相悦，她就交心付身，没遮没拦，而且不顾一切、不计后果。她一旦爱上黑娃，便死心塌地、一心一意，哪怕他位卑人微，也在所不惜，把一个重情女子的柔肠侠骨表现得淋漓尽致。在小娥的情爱观里，显然不无贪情纵欲的成分，然而正是在这一点上，她有力地超越了传统的功利主义婚恋藩篱，带有一种还原性爱的娱情悦性本色的意味。然而，这必然与以白嘉轩为代表的正统道德发生抵牾，从而为白鹿原的习俗所不容。因而，当她失去了黑娃的佑护之后，便像绵羊掉进了狼窝，在政治上、人格上、肉体上备受惩罚和蹂躏，从而也变成了白鹿原皮肉场上的一只"鳖子"。鹿子霖乘其之危占有了她，并以此作为对黑娃的某种报复；她又听从鹿子霖的调唆以美色诱引孝文走向堕落；白嘉轩打上门来找小娥被气晕在门外；鹿子霖"气出了仇报了"又来寻小娥"受活受活"。在这里，正言厉色的白嘉轩把她当成伤风败俗的"灾星"，不顾伦常的鹿子霖把她当成搞垮对头的"打手"，而对她似乎不无情意的白孝文，也实际上把她当成是除治阳痿、激性纵欲的"工具"。在她那里，也是你上来我下去，翻着另一种形式的"烧饼"，场面虽然如火如荼，却谁也没有付出真情实意和爱心，她一如白鹿原的"戏楼"，是男人们互相角力和私下放纵的"演练场"。他们既没有轻易放过她，也没有把她真正当成人。

小娥由追求真情真性的爱恋而走向人尽可夫的堕落，当然有她自己破罐子破摔的主观原因，但在很大程度上也是白鹿原的男人所逼就的。她爱黑娃不能，洁身自好也不能。为人正直又守成的白嘉轩压制她，为人伪善又歹毒的鹿子霖威诱她。她在场面上要忍负正人君子的唾骂，在背地里又要承受偷香窃玉的人的蹂躏，还要兼及拉人下水、诱人起性，试问面对这一切，她作为一个孤立无援的弱女子又能怎么办呢？她别无选择，只能按照白鹿原的道德与需要，在随波逐流中走向自戕又戕人的悲剧结局。这难道仅仅是小娥个人的命运悲剧么？

有意味的是，小娥死后闹起了鬼，白鹿原的人们又在白嘉轩的主持下建造了砖塔专以对付小娥的鬼魂，从而使小娥以物体的形式重又站立在白鹿原上，那说是镇妖塔，又何尝不是纪念碑。人们看到砖塔不能不想起小娥，而小娥则以她不屈的身影，述说着自己的坎坷与不幸，指控着白鹿原性文化的虚伪与戕人，从而把隐匿着她的遭际的个人的和民族的畸恋性史昭示给人们，引动人们去思索，反刍其中所包含的诸多意味。

《白鹿原》作为一部有积累、有准备的长篇杰作，不仅表现在内蕴一方面，而还表现在形式一方面。可以说，与它丰厚隽永的史志意蕴相得益彰，它在意识形式上气宇轩昂，具有鲜明的史诗风格。它以一个村镇、两个家庭为载体，把近半个世纪的历史做了缩微式的反映。在这一反映过程中，它又以显层次的运动、斗争勾勒和隐层次的人心与人性的揭示，立体交叉式地全部揭示了社会生活和社会心理的历史变动。作品既立足于历史，又超越了历史。读着这样的小说，我很想借用狄德罗赞扬理查生的话对作者说："往往历史是一部坏的小说；而小说，像你写的那样，是一篇好的历史。"

从崇高到荒诞：《白鹿原》的美学风格

李清霞

摘　要　《白鹿原》对儒家文化的坚守与反思在客观地还原20世纪上半叶中国历史的本真状态时，也表现出叙事话语的破裂和文化理念的悖谬，这是由于文本的美学风格随着文本叙事话语节奏和人物性格命运的发展超越了作者的艺术构想，即从传统悲剧的崇高走向了现代悲剧的荒诞。

关键词　陈忠实　《白鹿原》　美学风格　崇高　现代悲剧　荒诞

新时期以来，文学经历了伤痕、反思、改革、寻根、先锋、新写实等思潮之后，逐渐丧失了对社会现实书写与把握的冲动和兴趣，而历史"就是一杯水已经经过沉淀，你可以更准确地把握它看清它"①。20世纪80年代的思想文化解放，也使人们不再满足于历史教科书和主流意识形态对于过去和历史的阐释，许多作家都把创作的视角投射到历史的长河中，去捕捉历史的瞬间和碎片，通过缝补叠合，虚构或重建意义世界。他们或以历史观照现实，或以历史还原现实，或借对历史的虚构表达主

---

① 苏童：《米》（急就的讲稿），北京：台海出版社，2000年，第4页。

体的某种理念，或纯粹为了表达书写的愿望。陈忠实的《白鹿原》就是在这一社会文化背景下产生的，小说题记引用了巴尔扎克的话："小说被认为是一个民族的秘史。"作者以凝重朴素的笔墨，以陕西关中平原上素有"仁义村"之称的白鹿村为背景，通过白鹿两家祖孙三代的恩怨情仇，描绘出 20 世纪上半叶中国农村波澜壮阔、触目惊心的神奇画卷，揭示出鲜为人知的历史文化隐秘。作者对传统儒家文化精神的正面书写得到学界和读者的广泛认可，但儒家文化面对西方现代文明的冲击和各种叛逆者时，文本表现出的叙事话语与文化的破碎与割裂，也使作者和文本处于尴尬的文化境地。这种文化悖谬的形成与文本美学风格的转变密切相关，而陈忠实并没有意识到文本是如何与"作者"渐行渐远，以致出现了作者对叙事话语节奏和人物性格命运失控的状况，文本的美学风格也从作者追求的传统悲剧的崇高走向了荒诞与反讽。

一

小说从白嘉轩六丧七娶写起，他巧换"风水宝地"、种鸦片发家、义助李寡妇为白鹿村赢得"仁义庄"的称号，他与鹿子霖一起修祠堂、兴办学堂造福乡里。皇帝退位后，白鹿原上出现了白狼，白嘉轩和鹿子霖带领村民修补残破的围墙阻遏了白狼的侵扰。没有皇帝的日子让原上的子民们惶恐不安，朱先生草拟《乡约》，制定了德行言等方面的日常行为规范以约束族人和村民，白嘉轩负责实施，白鹿村成为"礼仪之邦"，村民们也变得"和颜可掬文质彬彬"了，白鹿村呈现出典型的自治性宗法制乡村社会的形态，类似于欧洲中世纪的乡土文明和陶渊明"世外桃源"的政治文化范式。革命政权建立了"县—仓—保障所"基层行政机构，白鹿村挂起了"滋水县白鹿仓第一保障所"的牌子，鹿子霖任保障所乡约。县上强征繁重的印章税，白嘉轩决心为民请命，鸡毛传帖发动农人"交农"，县长被罢免，和尚、鹿三、徐先生等七人被逮捕拘押，在村民们看来双方"摔了一场平跤"。白嘉轩动用朱先生的关系、贿赂法院院长救出七人，完成了他轰轰烈烈的参政议政事件。这是白嘉轩面对现代文明冲击的一次自发反抗，文化资源是儒家的"仁政"思想，现代政府的民主和法律制度使他困惑迷茫、无所适从，革命政府认定"交农事件是合乎宪法的示威游行"，那七人只是要"对烧房子砸锅碗负责任"，他身上儒家那套"仁义"思想、敢作敢当的精神在现代法律精神面前显得荒唐可笑，事件最终靠人情关系和金钱解决。白嘉轩在原上"深孚众望"，惩戒了族里的赌徒和烟鬼，族规、祠堂、乡约形成的政治文化理念和乡村社会制度维持着白鹿村井然的秩序。他应邀参加了县第一届参议会，剪了辫子，夺下了女儿的缠脚布，并将女儿送进了村里的学堂。外部世界和外来文化影响并改变着白嘉轩的思想观念和行为方式，当现代政治体制和文明没有影响到他的政治权威、威胁到白鹿村乡村文明的正常秩序时，他对现代性是热情接纳和参与的。农民运动失败后，田福贤等在白鹿村的戏台上惩治参加过农协的村民，白嘉轩向田福贤鞠躬、向台下的村民下跪，提出将他吊到杆上替族人"赔情受过"；鹿子霖被抓进监狱，鹿贺氏求助前，白嘉轩就已安排儿子孝武进城设法搭救；他多次解救黑娃，不计较黑娃曾砸毁祠堂里的石碑，其土匪手下打断了他的腰椎。他大度宽容，以德报怨，自觉承担起自己对族人的责任，切实维护着村民的利益和安危，他处于白鹿村乡土社会结构的核心，以其道德自律、文化修养和人格魅力树立起一个挺拔高大的文化标杆，周身散发着人格神和民间英雄的崇高与壮美，他唤起村民们的敬畏感，村里的女人们给孩子喂奶都自觉地"囚在屋里"，怕被他撞见作为违反礼仪的事例在祠堂里被斥责。博克认为崇高会引发人"适度的恐惧"，满足人们自我保存的冲动，黑娃从小就嫌白嘉轩的腰"挺得太硬太直……"，他承认白嘉轩仁义，但他的仁义和善举让黑娃觉得恐惧，却不失尊敬。而鹿子霖让黑娃感到亲切。康德强调审美对象体积的无限大能唤起审美主体的崇高感。白嘉轩挺直的腰杆、冷峻威严的仪容在白鹿村树立起了人格神的形象，由"数学与力学的崇高"引起的恐惧感在主体心中唤起崇敬的力量和气魄，这种气魄在白嘉轩身上体现为道德自律、宗族责任和以德报怨的精神。

白嘉轩崇高的人格神地位在乌鸦兵的祸害和农协运动中逐渐被消解，他所体现的审美品格开始从崇高走向悲剧。朱先生是白鹿原的圣人和文化精神偶像，是正统的儒家弟子，恪守儒家的道德伦理规范，他是乡村智者，白鹿精神的化身，从清朝到民国，历任县官或执政者都敬他三分，甚至需要借助他的社会威望解决军事争端、处理相关政务或聚拢民心。随着外来政治势力和文化的不断侵入，在三民主义和共产主义相互冲突的平台上，针对报纸传媒所制造的现代政治和军队内部派系的钩心斗角，朱先生干预现实的社会功能被悬置起来，朱先生及其所代表的儒家文化从社会的参与者转变为旁观者或局外人，朱先生成为一个文化符号，儒家的"修齐治平"找不到发言的席位，相反黑娃所代表的土匪武装却成为国共两党争取的对象。维系中国社会几千年的儒家文化传统在现代社会的影响越来越微弱，影响的范围越来越小。在白鹿原上，朱先生的儒家文化观念与白鹿原祠堂里刻着的《乡约》与族规构成了一整套严密的文化价值体系，负责解释、评价原上的人与事，然而，一旦这些人或事延伸到白鹿原之外的政治社会之中，这套评价体系就丧失了解释能力而显得不知所措，白鹿两家子弟间的恩怨情仇已远远超出了儒家文化仁义道德的解释空间。现代社会的崛起使儒家文化成为渐行渐远的历史，黑娃的"学为好人"与回乡祭祖可以看作儒家文化的"回光返照"，黑娃的死则意味着儒家文化已淡出历史舞台。白嘉轩拄着拐杖、架着眼镜、拉着黄牛走在白鹿村村巷里时，表现出的那种县长父亲的"善居乡里的伟大谦虚"表明他已经彻底退出了历史舞台，彻底认同了现代社会的价值理念和评价体系。白嘉轩面对疯癫的鹿子霖自我反省，自认一生唯有巧取鹿子霖慢坡地做坟园一事有愧于心，他追求个人道德人格的完善，刚直宽厚，坦荡磊落，为恪守族规，他对田小娥赶尽杀绝；为维护耕读传家的家风，他关过女儿，惩戒过儿子，狠心拒绝过妻子临终想见儿女的遗愿；为了传宗接代的神圣使命，他先后娶了七个女人，其中一个女人就是因他的强横引发的恐惧郁郁而亡；原上遭遇年馑，他眼睁睁看着孝文媳妇饿死在自家的炕上，为了维护儒家的道统，他残暴、冷酷、绝情地对待那些叛逆和违拗他的人。但他的权威却在不断经受着挑战，鹿子霖凭借财富和现代政治体制所赋予的世俗权力蚕食着他的势力范围，儿女们的忤逆一次次撕破他的脸皮，白孝文的堕落、白灵的退婚，都严重损害了白嘉轩耕读传家的门风，威胁着他的族长地位和权威，给他以最致命打击的是白孝文彻底毁掉了白家立家立身的纲纪。原上遭遇大旱，白嘉轩带领族人祭祀，向关公和西海龙王求雨，黑乌梢附体的他将火红的钢钎穿透两腮，以大无畏的自我牺牲精神为民请命，豪壮之气足以感天动地，情景颇似被缚的普罗米修斯和受难的耶稣。然而，他的英雄气概没能感动上天，自然是冷酷无情、桀骜不驯的，白鹿原上的生民们在干旱与饥饿中走向绝望，道德律令和人格修养无法改变自然灾难。白嘉轩悲剧英雄的形象在饿殍遍野的原上成为遗响，政府成立白鹿仓赈济会赈济灾民，白嘉轩第一次缺席了原上的民生大事。瘟疫横行，小娥的鬼魂附在鹿三身上控诉冤情，称瘟疫是她招来的，要白嘉轩和鹿子霖为她抬棺坠灵，对瘟疫的恐惧使不甘死去的人"怨恨杀死小娥的鹿三以及秉承主家旨意的族长白嘉轩"，村民们捐钱捐物跪在白家门口恳求他带领大家为小娥修庙塑身以驱灾免祸，连白孝武、鹿子霖和冷先生都表示赞同，这让白嘉轩怨恨不已，感觉自己成了孤家寡人。虽然在朱先生的指导下"造塔驱鬼镇邪"镇压了小娥的冤魂，瘟疫也被大雪和寒冷消灭，但白鹿村的人心彻底散了，再也不会出现"寒冬腊月聚伙晒暖暖谝闲传的情景"了。随后白嘉轩以德报怨，营救黑娃和鹿子霖的举动完全成为形式，没有起到任何实质性的作用，他儒家文化的那套价值理念已经无法解释现实世界和党派之间的复杂关系了，但他还在一次次试图用自己的道德理念去约束族人和子女，在走向末路而不自知的困境中，他的人生由传统悲剧的崇高走向了现代悲剧的荒诞。在对待两性关系上，白嘉轩也表现出道德上的混乱，以孝道与生殖崇拜为神圣的借口先后娶了七个女人；以族规与《乡约》为基准不许黑娃夫妻进祠堂，惩戒白孝文，镇压田小娥；三儿子孝义媳妇原本是他最满意的，在他的授意下借种怀孕之后，他却觉得恶心并由衷地鄙视她，并且是通过白赵氏的感觉映衬他的感受。

二

加缪说当代的悲剧是集体性的，小说中白嘉轩与鹿子霖的人生充满了悲剧感；下一代的矛盾纠葛早已超出家族矛盾和个人恩怨的范畴，进入广阔的政治领域和社会领域，但他们的命运也充满现代悲剧的荒诞感。白嘉轩毕生的使命就是延续家族文化和家族历史，而鹿子霖的奋斗目标却是颠覆家族历史，即白家在宗祠中的统治权，他颠覆的希望着落在新型国家和政体赋予他的世俗权力上，这是两人的根本对立。鹿子霖的形象无法唤起人们的崇高感，他的一生充满了现代悲剧的荒诞，命运一次次给他希望将他推上财富、权力或荣誉的巅峰，又一次次使他坠入更深的谷底。他经历了富裕与贫穷的两极，在风光与绝望中游移，他被农协游斗过，坐过国民党的监狱，儿子给过他荣光，也给了他无尽的痛苦和折磨，他在原上有许多干儿子，身边却无人养老送终。他一生都在与白家争权夺利，自己的两个儿子竟先后爱上了白家的女儿。在镇压反革命的会场上陪斗的鹿子霖瞅见主持集会的白孝文，百感交集，鹿家几百年的努力化为泡影，他的生命意志和精神彻底崩溃了。鹿子霖的疯癫不是因为恐惧，而是因为绝望，他的疯癫属于加缪荒诞哲学中自杀的一种形式，即因为绝望而主动放弃自己的理性和意识，他在意识清醒时说的最后一句话是"鹿家还是弄不过白家！"①他的两个儿子为民族解放战争和新民主主义革命鞠躬尽瘁、流血牺牲，白家的儿子却轻易地窃取了革命胜利的果实。在无意识中，鹿子霖对白嘉轩说"咱俩好！"，或许这是他内心的真实愿望吧。白嘉轩将鹿家的悲剧归结为祖传家风不正，鹿子霖却没能力思考了。鹿子霖悲剧的原因能否归结为宿命，他的悲剧在现代中国有没有普遍性？探究历史真相和历史发展规律的人是鹿鸣——鹿兆鹏与白灵的儿子。尤奈斯库认为："荒诞是指缺乏意义……在同宗教的、

---

① 陈忠实：《白鹿原》，北京：人民文学出版社，1993年，第679页。

形而上学的、先验论的根源隔绝后，人就不知所措，他的一切行为就变得没有意义，荒诞而无用。"①鹿子霖使出浑身解数，拼命积聚财富，供儿子上学，抱着纯真的幻想努力往上爬，也没能颠覆白家在白鹿村的统治地位；他设计陷害白孝文，又在他沦为乞丐时，推荐他进了县保安团，成就了白家的辉煌。鹿子霖的一切行为和反抗都变得毫无意义，逃入混沌与无意识并没有结束他的苦难，他是一个失败的精神反叛者，现代政治只是他个体反抗的工具。

人是生存于历史之中的，个人和社会一开始就连在一起。鹿兆鹏和黑娃是"为生活本身而革命"，鹿兆海和白灵是"为信仰而革命"。鹿兆鹏的反抗带有明显的反抗封建父权和包办婚姻的色彩，他引导黑娃走上革命道路也是从反抗封建族权和婚姻制度开始的；黑娃是《白鹿原》中唯一具有朦胧的阶级意识的人，他从小就对他和白家兄弟的不平等及白嘉轩的施予有深刻的意识和觉悟，这种意识产生于日常生活中，产生于人最基本的欲望，鹿兆鹏的一块冰糖让这个冷硬的孩子浑身颤抖、哭出了声，从最基本的生存层面他意识到了贫富的不均，他和小娥由性而爱的婚姻遭到族长和父亲的严厉反对，他自己也觉得做了不要脸的事。他的反抗是从无意识开始的。他背叛封建族权和礼教参加农协失败，做土匪被捉，土匪、白嘉轩、共产党等势力纷纷伸出援手搭救；他学为好人，却被白孝文以新政权的名义当作叛徒枪毙。白嘉轩的文化理念在新政府的新政策面前毫无意义，黑娃的人生充满了荒诞感，他唯一的希望就是儿子长大能找到鹿兆鹏证明他的革命史。加缪认为荒谬感是萌生于一种荒谬的气氛中的感受与体验，人生活于现实中，"一旦世界失去幻想与光明，人就会觉得自己是陌路人。他就成为无所依托的流放者，因为他剥夺了对失去的家乡的记忆，而且丧失了对未来世界的希望。这种人与他的生活世界之间的分离，就像演员与舞台之间的分离，真正

---

① 袁可嘉：《现代主义文学研究》（下册），北京：中国社会科学出版社，1989年，第675页。

构成荒谬感"①。黑娃最终与岳维山、田福贤等国民党反动派被同台枪毙，使他"憋闷难抑"。白灵和鹿兆海是接受了五四新文化思想的新青年，两人决定加入国民党还是共产党时竟然以掷铜钱来决定，并出于爱分别加入了对方的党，荒唐的选择并没有影响两人坚定的政治信仰，却使一对恋人分道扬镳。白灵被当作特务活埋的根本原因是她的阶级出身无法合理有效地解释她的革命动机，她觉得窝囊，而不是冤枉或委屈，她让人想起加缪《局外人》中的默而索。田小娥是白鹿原上最妖媚的女子，她只是想过普通的夫妻生活，却被当作"婊子"排斥、欺辱。她没有接受过新式教育，她的反抗是发自本能的，性成为唯一的武器，她被自己的公爹杀死，死后鸣冤又被挫骨扬灰镇压在六棱塔下。兆鹏媳妇则成为鹿兆鹏反抗封建婚姻制度的牺牲品，守了一辈子活寡，最终得淫疯病被亲生父亲冷先生毒死。而白鹿原上最好的长工和最好的医生却因为下一代的不幸成为弑亲的罪人，饱受精神的折磨。在加缪看来，荒谬就是没有上帝的罪孽。在陈忠实看来，白鹿原的灾难和人性危机不仅是连年战乱和苛捐杂税造成的恶果，也是传统价值观念（如乡约和祠堂）失去话语权的必然结果。《白鹿原》的荒诞体现了传统文化在遭遇现代西方文明时的失败，也体现了人们在适应现代文明时痛苦的精神裂变及艰难的觉醒历程。在荒诞中人类坚守传统文化的精神以对抗现代文明，而小说的文化意义就在于它对传统文化稳固性和落后性的揭露和剖析，这也是叙事没有如某些新历史小说流于平面化和零散化的关键。

在白鹿村，白嘉轩以族规和乡约规范族人的言行，而乡约最忠实的践行者不是白嘉轩，而是鹿三，儒家文化在小说中大致有三个层面，分别体现在三个人身上，其中朱先生代表哲学和历史学层面，白嘉轩代表社会层面，鹿三代表个体层面。鹿三一生有两大壮举，一是"交农"事件中勇敢地站出来主事，二是杀死了儿媳田小娥。这个靠劳动换取粮食、

---

① ［法］加缪著，杜小真译：《西西弗的神话》，南宁：广西师范大学出版社，2002年，第5—6页。

安贫乐道的朴实农民反抗过政府、坐过牢、杀过人，他是鲁迅笔下最想做奴隶且做得很稳的人。在"交农"事件中，他觉得自己成了白嘉轩的化身；他杀死田小娥，人们都以为他是受了白嘉轩的指使，面对愤怒的黑娃他依然觉得自己是"替天行道"，而在白鹿村族长就是"天"。鹿三杀死小娥是出于仁义，小娥借黑娃娘和仙草之口申诉冤情，加重了鹿三的精神矛盾和恐慌，以致冤魂附体。冤魂附体的神怪之事古来有之，在中国民间流传很广，"窦娥冤""李慧娘"都是鬼魂申冤成功的案例。用现代心理学分析就是鹿三潜意识中的矛盾和痛苦所造成的压抑冲破了理性的桎梏外化出来，以田小娥的口吻表达他内心的矛盾和冲突，即本我与自我的冲突，本我觉得小娥冤，自我觉得小娥该杀。鹿三与小娥的翁媳关系是客观存在，他杀死儿媳就是"弑亲"，这是原始禁忌，也是他"忧郁"的根本原因。传统悲剧中的冲突通常都有社会原因或性格根由，而"荒诞"则是在莫名其妙中发生一切，并且所有的冲突都没有解决的途径，所以鹿三只能通过鬼魂附体来发泄内心的恐惧和痛苦。白嘉轩以自己的处世之道责备鹿三的杀人行为并非光明正大之举，镇压小娥的六棱塔封锁的不仅是小娥的冤魂，还有鹿三未泯的人性和残存的灵性，鹿三日渐萎靡，郁郁而死。鹿三内心道义与亲情的冲突找不到解决的途径，借小娥附身发泄内心郁结的渠道被六棱塔断绝后，只能在无意识中更加猛烈地摧残着他脆弱的神经。或许，白嘉轩的责备比他内心深处良心的谴责更让他难以忍受。而"荒诞就产生于这种人的呼唤和世界不合理性的沉默之间的对抗"①。"这种人的呼唤"就是指人面对非理性时对幸福和理性的渴望。荒诞着力于对自身混乱、不可理解的真实处境的洞察，其审美效应就是引起审美主体恶心、呕吐、无奈等极端反应。小娥的死让黑娃满腔的仇恨无处发泄，无奈地离开。一个妖娆得令其他女人（兆鹏媳妇）妒忌的女人，死后散发的恶臭却让村人们觉得恶心；白灵有着

---

① ［法］加缪著，杜小真译：《西西弗的神话》，南宁：广西师范大学出版社，2002年，第25页。

白鹿一样纯洁的灵魂，却被自己人活埋。她们都是叛逆者，一个是恶之花，一个是真善美的化身。世界对田小娥没有合理性可言，她要世界给她一个合理解释的抗争统统失败，她的身上闪现着传统悲剧女性悲壮惨烈的光辉，她倒是《白鹿原》中少有的具有传统悲剧精神的人物形象。

白鹿原的儿女们以各自的方式寻找着人生的意义，朱先生、白嘉轩、鹿兆海等曾唤起读者的崇高感，随着外来文化对儒家文化的蚕食，他们对现实世界的反抗成为一个个人生悲剧；鹿兆鹏宁死不向封建包办婚姻低头，却背负着岳父冷先生的救命之恩；冷先生机关算尽，却亲手毒杀了自己的女儿。在荒诞的情境之下，人无法把握自己的生命轨迹。文本叙事中的"模棱两可"和文化悖谬是作者内心矛盾的真实反映和他对社会历史文化反思的结果，他无力提供解决问题的思路，只好在文本中诚实地表现出自己对历史叙事的无能为力。

作者在叙事中所表现出的困惑、迷茫和矛盾是他对社会历史文化反思的客观真实的展现，他无力解决这些矛盾，家庭关系和家族制度在现实生活中逐渐破裂与消亡。与19世纪欧洲文学不同的是，这是由于现代政治、革命信仰、民主自由等现代理念的盛行而不纯粹是金钱造成的。在白鹿村，造成鹿子霖持续的生活挫败感的不是金钱，而是政治，从家族政治到党派争斗，小说将之归结为鹿家根基不正或命运。鹿子霖是政治斗争的牺牲品或替罪羊。"对任何人来说，他自身的特殊状况总是绝对的。"①白鹿两家世代争权夺利，但白鹿村最富有的却是冷先生，冷先生用以交换鹿兆鹏的十麻袋银圆只是他几年的积攒，他以医德赢得了在原上的地位和话语权，形成了能制衡白鹿两家权力的一股力量。白鹿村的社会关系构成是20世纪上半叶中国北方农村的缩影，具有"绝对性"和普适性。

当叙事从崇高走向荒诞时，作者似乎没有察觉，文本中悲剧英雄的

---

① ［英］雷蒙·威廉斯著，丁尔苏译：《现代悲剧》，南京：译林出版社，2007年，第186页。

厚土忠实丛书

形象再也无法唤起读者的崇高感，看到朱先生落寞地被县长赶出门，精心编纂的县志无钱刊印；看到白嘉轩无奈地关闭了祠堂的大门；看到鹿三被小娥的魂魄折磨得神情呆滞；看到疯癫的鹿子霖及鹿兆海墓碑上的污垢；看到黑娃被白孝文以正义的名义处死；等等。这一切没人笑得出来，人们感到沉重、感伤、无奈、荒谬。这部小说以传统悲剧理念建构的话语体系早已超出了作者理性的控制，表现出现代悲剧的荒诞和反讽。"无论在什么转折路口，荒谬的感情都可能从正面震撼任何一个人。荒谬的感情是赤裸裸的，令人伤感，它发出光亮，却不见光迹，所以它是难以捉摸的。"①在社会转型期，白鹿原的儿女们以他们难以捉摸的悲剧命运唤起人们的荒谬情感，这种情感同样引起了 21 世纪前后谋求对现实世界进行合理解释而不得的人们的强烈共鸣，这也是《白鹿原》拥有长久艺术生命力的重要原因。

---

① ［法］加缪著，杜小真译：《西西弗的神话》，南宁：广西师范大学出版社，2002年，第 10 页。

260

后革命的"史诗":《白鹿原》论

徐 刚

1993 年，陈忠实的鸿篇巨制《白鹿原》甫一问世，便被评论界兴奋地宣称为"一部可以称之为史诗的大作品"①。其后，围绕这部小说的赞誉不绝于耳，或曰"一部浓缩了的民族精神进化史"②，或曰"就作品生活内容的厚重和思想力度来说，可谓扛鼎之作"③。它不仅荣获当代长篇小说创作的"茅盾文学奖"，而且在不同机构评选的"百年百种中国文学图书"中始终榜上有名。当然，在众多赋予《白鹿原》"史诗"意识、"历史"画卷、"文化"视野和"挑战平庸"的赞辞之外，质疑的声音同样存在，比如"文化的尴尬"④"回归传统的平庸"⑤，以及"杜撰历史与发泄情欲的'拼凑故事'"⑥等，皆为此类。但这些都不影响小说从发表和

---

① 李星整理：《一部可以称之为史诗的大作品——北京〈白鹿原〉讨论会纪要》，《小说评论》1993 年第 5 期。
② 雷达：《废墟上的精魂——〈白鹿原〉论》，《文学评论》1993 年第 6 期。
③ 朱寨：《评〈白鹿原〉》，《文艺争鸣》1994 年第 3 期。
④ 南帆：《文化的尴尬——重读〈白鹿原〉》，《文艺理论研究》2005 年第 2 期。
⑤ 袁盛勇：《〈白鹿原〉：回归传统的平庸》，《青海师范大学学报》（哲学社会科学版）2001 年第 1 期。
⑥ 宋剑华：《〈白鹿原〉一部值得重新论证的文学"经典"》，《中国文学研究》2010 年第 1 期。

出版之后一直长销不衰，并被改编为多种艺术形式广泛流传。可以说，在中国当代文学中，类似《白鹿原》这样问世至今一直广受好评和关注的作品并不多见，而对它的相关研究更是卷帙浩繁。然而，作为一部作者本人下大力气的"垫棺"之作，为寻求艺术突破而"蓄意"阅读之后的重要成果，小说其实处处显出对主流思想意识、时代风潮与文化趣味的顺应，并取得了显著成效，但通过小说及其周边文本的深入分析可以发现，作者本人的内在旨趣、价值追求和心理因袭又与其文本表现有着微妙差异，这使得小说不失时机地显示出一定程度的矛盾与龃龉，比如意识形态与历史观的选择，以及对待传统文化的态度和微妙的批判等。这在既往的研究中有一定的揭示，但并不充分，而深入探讨这些客观存在却一直没能清晰阐释的矛盾，无疑有助于我们更加全面地理解这部对于当代文学影响至深的作品。

一、"剥离"：以"文化心理结构"为中介

在《寻找属于自己的句子》里，陈忠实坦言"是中篇小说《蓝袍先生》的写作，引发出长篇小说《白鹿原》的创作欲念"。如其所言的"当笔尖撞开徐家镂刻着'耕读传家'的青砖门楼下的两扇黑漆木门的时候，我的心里瞬间发生了一阵惊悚的战栗，那是一方幽深难透的宅第。也就在这一瞬，我的生活记忆的门板也同时打开"，而"长篇小说创作的欲念，竟然是在这种不经意的状态下发生了"①。事实上，正是《蓝袍先生》，确凿地敞开了通向《白鹿原》的神秘路径。

《蓝袍先生》里的徐慎行出身于"耕读传家"的传统家庭。他自幼受儒学熏染，以仁义礼智信为最高行为准则。父亲给他披上的蓝色长袍就成为这一静态传统的外在象征。在师范学校速成班，他陷入"现代观念

---

① 陈忠实：《寻找属于自己的句子》，《陈忠实文集》第 9 卷，北京：人民文学出版社，2015 年，第 303 页。

的旋涡"，一个叫田芳的女子，以其柔情与爱意，将他成功地从传统的泥淖中拯救，引渡到新时代的彼岸。然而不幸的是，在这里，他遭遇了更大的现实危机。情感的纠纷掺杂到"革命"动机中，徐慎行在"鸣放"中批评校长"好大喜功"，并被定为"攻击党的领导"，就这样莫名其妙地成了顽固的"右派"。

看得出来《蓝袍先生》与陈忠实过往的作品有着微妙的差异。其中，白烨所言及的"一改旧辙"更鲜明地体现在一种"伤痕—反思文学"与"反封建"意识的奇妙混合之上。小说的暧昧性在于，作者首先将立足于小农经济的儒家伦理世界处理为一种压抑人的力量。穿上"蓝袍"的徐慎行是被父亲禁锢的"没有七情六欲的木偶"，而革命的意义在于自由，让他脱去蓝袍，大胆追求恋爱与婚姻，进而生成为新的主体"从封建桎梏下脱胎成一个活泼泼的新人"。然而小说的逻辑在于，这种自由又让他忘记了过往持守的"慎独"的道理，终究招致了灾难。在劫后余生之际，他才重新明白"慎独"的重要意义。在此，于个人而言，现代性抑或政治解放的意义固然重大，但相对于传统的"精神枷锁"，它所导向的激进主义及其灾难仍然显得过于严重，令人不堪重负。这也是为什么徐慎行会在革命的恫吓中重新发现传统"颠扑不破的正确性"的重要原因。小说也借此以现代的激进主义为由，转而为传统的合理性辩护，其中的症候则在于因革命的"误入歧途"而不惜与整个现代为敌。

《蓝袍先生》中"慎独"的"归去来"，让陈忠实顿觉"一个重大的命题由开始产生到日趋激烈日趋深入"，由此上升为"关于我们这个民族命运的思考"。[①]这种"辩证法"的惊人"历险"昭示着，一切的现代似乎都是毫无意义的"折腾"，只有类似于"精神奴役的创伤"的"超稳定"的"文化心理结构"才是永恒的现实。也正是在这个意义上，我们能够从陈忠实所不断强调的"文化心理结构"中读出别样的"深意"。

因为在此之前，陈忠实原本是一位柳青文学的崇拜者。"柳青是我最

---

① 陈忠实：《〈白鹿原〉创作漫谈》，《当代作家评论》1993 年第 4 期。

崇拜的作家之一，我受柳青的影响是重大的。在我小说创作的初始阶段，许多读者认为我的创作有柳青味儿，我那时以此为荣耀，因为柳青在当代文学上是一个公认的高峰。"然而，到了20世纪80年代中期，这种崇拜所引发的"影响的焦虑"逐渐成为困扰作家的问题。"我的艺术思维十分活跃，这种活跃思维的直接结果，就是必须摆脱老师柳青，摆脱得越早越能取得主动，摆脱得越彻底越能完全自立。我开始意识到这样致命的一点：一个在艺术上亦步亦趋地跟着别人走的人永远走不出自己的风姿，永远不能形成独立的艺术个性，永远走不出被崇拜者的巨大的阴影。"于是"我决心彻底摆脱作为老师的柳青的阴影……决心进行彻底摆脱的实验就是《白鹿原》"①。在此，他所言及的"实验"，指的就是《蓝袍先生》中已然露出端倪的"文化心理结构"的人物塑造方法。

"文化心理结构"的概念最初由李泽厚在20世纪80年代初提出，它的内涵实际上与他早先较为常用的"民族性""国民性"有较大的相似性，甚至李泽厚本人也会将其与二者同时使用。他认为，思想史研究所应注意的是，"去深入探究沉积在人们心理结构中的文化传统，去探究古代思想对形成、塑造、影响本民族诸性格特征（国民性、民族性）亦即心理结构和思维模式的关系"②。为此，他特别强调孔子的思想史意义："孔子创立的这一套文化思想，在长久的中国奴隶制和封建制的社会中，已无孔不入地渗透在广大人民的观念、行为、习俗、信仰、思维方式、情感状态……之中，自觉或不自觉地成为人们处理各种事务、关系和生活的指导原则和基本方针，亦即构成了这个民族的某种共同的心理状态和性格特征。值得重视的是，它由思想理论已积淀和转化为一种文化——心理结构。"③在李泽厚这里，民族性格也就是文化心理结构，它来自历

---

① 陈忠实：《关于〈白鹿原〉的答问》，《小说评论》，1993年第3期。
② 李泽厚：《试谈中国的智慧》，《中国古代思想史论》，北京：人民出版社，1985年，第297页。
③ 李泽厚：《孔子再评价》，《中国古代思想史论》，北京：人民出版社，1985年，第34页。

史的积淀，并影响着当下与未来。李泽厚的"文化心理结构"学说在当时影响甚大。它波及创作领域，对寻根文学的生成亦有着潜在影响。而为寻求艺术突破而"蓄意"阅读的陈忠实显然深受这一学说的鼓舞。①

　　80年代中期，文学创作和理论都非常活跃，所有新鲜理论不论是中国的还是外国的都对我产生了很大的影响，尤其是关于创作的人物心理结构学说、文化心理结构学说。过去很长一段时间里，在接触到这个理论以前，接受并尊崇的是塑造人物典型理论，它一直是我所遵循和实践着的理论，我也很尊重这个理论。你怎么能写活人物、写透人物、塑造出典型来？文化心理结构学说给了我一个重要的启示，就是要进入你要塑造的人物的心理结构并进行解析，而解析的钥匙是文化。这以后，我比较自觉地思考中国人的文化心理，从几千年的民族历史上对这个民族产生最重要的影响的儒家文化，看当代中国人心理结构的内在形态和外在特征，以某种新奇而又神秘的感觉从这个角度探视我所要塑造和表现的人物。②

　　相较于传统的"人物典型理论""文化心理结构"的探寻既是一种方法论的分野，也是对既有方法的"改进"。正基于此，陈忠实由衷感叹："我在接受了这个理论的同时，感到从以往信奉多年的'典型性格'说突破了一层，有一种悟得天机茅塞顿开的窃喜。"③值得注意的是这里的文化心理结构与塑造典型人物之间的转换过程。对于陈忠实来说，这亦是一次艰难的精神"剥离"的过程，"我对生活的回嚼类似'分离'，却又不尽然，在于精神和思维的'分离'，不像植物种子劣汰优存那样一目了然，反复回嚼反复判断也未必都能获得一个明朗的选择；尤其是在这个回嚼过程中，对于昨日既有且稳定了不知多少年的理论、观念，且不说审视、判断和选择的艰难，即使做出了劣和优的判断和选择，而要

① 邢小利：《陈忠实传》，西安：陕西人民出版社，2015年，第123页。
② 陈忠实：《文学的信念与理想》，《文艺争鸣》2003年第1期。
③ 陈忠实：《寻找属于自己的句子》，《陈忠实文集》第9卷，北京：人民文学出版社，2015年，第336页。

把那个'劣'从心理和精神的习惯上荡涤出去，无异于在心理上进行一种剥刮腐肉的手术。我选用'剥离'这个词儿，更切合我的那一段写作生活"①。

在此，"剥离"的实质性意义在于更新思想，"思想决定着对生活的独特理解，思想力度制约着开掘生活素材的深度，也决定着感受生活的敏感度和体验的层次"②。对于陈忠实来说，"剥离"的最重要的层面在于，由既有的革命现实主义的典型人物塑造向最为时兴的"文化心理结构"探寻的创作转型，亦即从他所崇拜的柳青传统"逃逸"出去"寻找属于自己的句子"，进而找到"真正的自我"。因此对他来说"剥离"这些大的命题上原有的"本本"，注入新的更富活力的新理念，这种"剥刮腐肉的手术"，无疑显得"更艰难"，也"更痛苦"。

陈忠实一直试图走出柳青的阴影，"这种焦虑感来自柳青的形式已经在新的历史现实面前丧失了正当性"③。不过好在，经由"文化心理结构"这个绝妙的"中介"，陈忠实终于得偿所愿。借由"文化"，他"告别革命"，完成精神上的"弑父"壮举，这种精神上的"弑父"最终完成于《白鹿原》。④"80年代不断发生的精神和心理的剥离，使我的创作发展到《白鹿原》的萌发和完成。这个时期的整个生活背景是'思想解放'，在我是精神和心理剥离。"⑤在此，《白鹿原》所谓的"秘史"，在陈忠实那里，不是"村庄史和地域史"，而是一个时代之中的"人的脉象，以及他们的心理结构形态"，通过人物的"心理结构形态"及其"裂变"、重

---

① 陈忠实：《寻找属于自己的句子》，《陈忠实文集》第9卷，北京：人民文学出版社，2015年，第389页。
② 陈忠实：《寻找属于自己的句子》，《陈忠实文集》第9卷，北京：人民文学出版社，2015年，第389页。
③ 朱羽：《后革命时代的历史意识——读解〈白鹿原〉形式的"内容"》，《现代中文学刊》2009年第2期。
④ 廖述务：《走不出的〈白鹿原〉——陈忠实创作局限论》，《名作欣赏》2016年第9期。
⑤ 陈忠实：《寻找属于自己的句子》，《陈忠实文集》第9卷，北京：人民文学出版社，2015年，第389页。

塑并"透视政治的经济的道德的多重架构"。[①]

"我无非是透视那个时代的地理上的白鹿原和小说《白鹿原》里的各色人物时，从多重角度探索他们丰富的真实的心灵历程。避免重蹈单一的'剥削压迫，反抗斗争'的老路，而能进入文化心理结构的探寻，剥离无疑是其中一个重要途径。"[②]而在此之中，传统文化，以及人物心理结构中挥之不去的传统因子，成为《白鹿原》牢牢锁定的对象。当然，"还有比这些生活事象更复杂也更严峻的课题，譬如怎样理解集体化 30 年的中国乡村，譬如如何理解 1949 年新中国之前的中国乡村，涉及思想、文化、革命、传统与现代，社会主义和资本主义，等等"[③]。这些"剥离"的题中之义，正是《白鹿原》延展开来的重要话题。这也从另一个层面可以见出，现实的变化，使得陈忠实颇识时务地认识到意识形态转型的重要性。

二、后革命时代的"革命叙事"

通过"文化心理结构"，陈忠实在艺术形式层面进行了卓有成效的"自我更新"，而在这"剥离"的过程之中，艺术形式的变迁与思想形式的转轨往往又是互为表里的。这在《白鹿原》的创作中体现得较为明显。事实上，陈忠实前述所言及的"剥离"在很大程度上是以"文化心理结构"的选择为中介，而在意识形态和历史观的表达上向 80 年代流行思想资源靠拢。李杨的研究就曾提醒我们注意《白鹿原》与"1980 年代主流文学"的内在联系。在他看来"伤痕—反思文学"开创的后革命时代的

---

① 陈忠实：《寻找属于自己的句子》，《陈忠实文集》第 9 卷，北京：人民文学出版社，2015 年，第 315 页。
② 陈忠实：《寻找属于自己的句子》，《陈忠实文集》第 9 卷，北京：人民文学出版社，2015 年，第 397 页。
③ 陈忠实：《寻找属于自己的句子》，《陈忠实文集》第 9 卷，北京：人民文学出版社，2015 年，第 389 页。

"去革命化"叙事"寻根文学"对传统文化的认同和皈依、"新历史小说"和"新写实小说"对历史的人性化与欲望化处理,以及"魔幻现实主义文学"的艺术手法,都在小说《白鹿原》中——呈现,就思想和知识而言,《白鹿原》谈不上创新,它以 80 年代的历史观重新组织历史,既给我们留下了一个容涵了传统与现代的博弈、既新且旧的中国故事,也像一个收纳箱,为我们保留了在当下中国已经被幽灵化的 80 年代的思想遗骸。据此他认为这是"典型的 1980 年代的作品",而小说的突出特征也表现在对 80 年代"去革命化"这一"去政治的政治"的集中表达。①

确实,有关《白鹿原》对于经典革命叙事的重新讲述的问题,一直都是研究者关注的焦点。朱水涌就曾详细而深入地比较了《红旗谱》与《白鹿原》两个文本,将其视为"两个时代的两种历史叙事"。在他看来,"如果说《红旗谱》是在二元对立叙事中建构了现代中国农民革命的斗争历史,那么《白鹿原》就是在一个更复杂的文化体中,开掘着民族现代旅程的内在历史,这包含着民族精神生活的恒态与变动,以及民族在现代转型中具有悲剧意味的历史命运"②。在小说结构上,完全可以将《白鹿原》视为对《红旗谱》等"革命历史小说"的仿写。事实上,也正是《白鹿原》彻底改写了 20 世纪 50 到 70 年代的"革命历史小说"所建构的阶级对立,深刻体现出一种后革命时代的"去革命化叙事"。

在此,一个首要的突出标志便是小说对于传统地主士绅阶级形象的重新表述。在《白鹿原》的世界里,无论是白嘉轩还是鹿子霖,作为地主士绅的他们,都没有所谓剥削者的残忍,反而被标举为道德的典范。甚至就连邻乡的财主郭举人也心存慈悲,善待下人,而黄老五则更是"不歇晌也不避雨"地陪着长工黑娃一道干活,这些无疑都与《红旗谱》里的冯老兰大异其趣。小说中的他们正直、善良、勤劳、庄严,是不折不

---

① 李杨:《白鹿原故事——从小说到电影》,《文学评论》2013 年第 2 期。
② 朱水涌:《〈红旗谱〉与〈白鹿原〉两个时代的两种历史叙事》,《文艺理论研究》1998 年第 5 期。

扣的"忠义之士"。白嘉轩的父亲白秉德就树立了一个崭新的地主形象："他从不骂长工更不必说动手动脚打了,说定了的身价工钱也是绝不少付一升一文。他和长工在同一个铜盆里洗脸坐一张桌子用餐。他用过的长工都给他出尽了力气而且成了交谊甚笃的朋友,满原都传颂着白鹿村白秉德的佳话好名。"和父亲一样,白嘉轩对待"长工"鹿三,就如同对待自己的"兄弟";而鹿三也将为地主打工看成天经地义。他们是"最仁义的族长"和"最好的长工"的"金牌组合"。存在于他们之间的不再是剥削与被剥削的关系,而是充满浓浓温情的家庭气氛和伦理亲情,是一种超越了抽象阶级叙述的日用伦常。就像评论者所说的:"族长这一形象在现当代文学中通常作为保守、封闭、僵化、抵制文明甚至是罪恶的形象出现的,而白嘉轩却是一个肯定的、正义力量的化身。这与当代文学中的众多正面形象,形成了相当强烈的反差。"①就这样,《白鹿原》在道德判断的标准之下为地主和士绅阶级翻了案,这种叙述模式也深刻影响着当今的文学创作。

《白鹿原》里最具有戏剧性的情节,当属鹿兆海与白灵这对恋人以抛硬铜圆的方式决定加入国民党还是共产党。小说中,兆海猜的是"字"的一面,白灵猜的是"龙"的一面,结果铜圆显示有龙图案的一面,就这样决定兆海入"共",而白灵入"国"。这个"有趣"而又"郑重"的游戏,显然颠覆了我们习以为常的"青年走上革命道路必有一个导师式的引路人"的叙述模式,也顺利地"揭开了她和他走向各自人生历程中精神和心灵连续裂变的一个序幕"。此后,以爱情和信仰的名义,二人分别与自己的初衷背道而驰,白灵退"国"入"共",兆海退"共"入"国",却不曾想正好"弄下个反翻事儿"。就是这个"多像小伙伴们玩过家家婆新娘"的游戏,"却给他们带来不同的命运"。在此,小说无疑以人生道路选择的"偶然化"颠覆了阶级压迫与革命成长逻辑的必然性,这也显

---

① 畅广元、屈雅军、李凌泽:《负重的民族秘史——〈白鹿原〉对话》,《当代作家评论》1993 年第 4 期。

然背离了"十七年"文学所奠定的党组织引导的非凡功能，由此构成了《白鹿原》这部"后革命"的"史诗"与《创业史》《红旗谱》等"革命史诗"的显著差异。

正基于此，有的当代文学史将《白鹿原》归入"新历史小说"之列，指出这类小说的特征是，"在处理历史题材时，有意识地拒绝政治权力观念对历史的图解，尽可能地突显出民间历史的本来面目"①。这种民间"秘史"的含义在很大程度上体现为对于现代革命审慎的质疑态度，这也是作者早在《蓝袍先生》就已经形成的历史态度。因而，我们对于小说中黑娃的现代历险式的革命成长轨迹并不感到奇怪。作为"叛逆者"出场的他，由"风搅雪"涉足政治，此后便在强劲的社会风浪的冲击下蛰伏、隐忍，他做过土匪，后混入国军，又追随鹿兆鹏加入共产党，在解放战争中因立有策划起义大功而官居县长之后，可悲的是最后竟被县长白孝文暗中诬陷而惨遭屠杀；而天真、纯朴的百灵，为了革命背叛封建家庭，在"白色恐怖"中出生入死，却在清党肃反中被怀疑是潜伏的特务而被捕入狱。她在狱中"像母狼一样嗥叫了三天三夜"，痛斥煽动者"以冠冕堂皇的名义残害革命"，直至被残忍地活埋而死。另外，故事当然的主人公，作为中共地下党员的鹿兆鹏，白鹿原上革命行动的幕后指挥者，却在小说中陷入面目模糊的境地，革命成功之后也下落不明；而与此相反，混入革命、三心二意又狡诈阴险的白孝文则如鱼得水，如"不倒翁"般窃取了革命的果实。

《白鹿原》中最富争议的部分无疑是借朱先生之口说出的所谓的"鏊子"说。这一相对敏感的话题，也曾在茅盾文学奖的评选过程中引起一些争议。"鏊子"原本是朱先生面对白鹿原上"农民运动"被残酷镇压时的一个比喻，而后被用作历史变迁与争夺之于整个白鹿原的意义。在朱先生眼里，势不两立的国共双方并没有太大的差别："我观'三民主义'和'共产主义'大同小异，一家主张'天下为公'，一家倡扬'天下为

---

① 陈思和主编：《中国当代文学史教程》，上海：复旦大学出版社，1999年，第309页。

共'，既然两家都以救国扶民为宗旨，合起来不就是'天下为公共'吗？为啥合不到一块反倒弄得自相残杀？"无论朱先生概括得如何，这肯定是一种局外人的目光。看似公允，其实是各打五十大板。他的视域是超然的，同时也是冷漠和抽象的。在这个意义上，我们就不难理解"鳖子"的意义。在陈忠实笔下，白鹿原早已沦为一个你争我夺的"鳖子"。由此他将一切革命与现代都视为"异质性"的力量，它们残酷地进入，打破了宗法制乡村的宁静并且带来无尽的灾难。在作者看来，无论是共产党还是国民党的斗争，都不过是争权夺利的"窝里咬"，无论是朱先生的"天作孽，尤可违；人作孽，不可活"的道德戒律，还是"折腾到何时为止"的死后箴言，它所传递的都是作家的历史观。这种历史观，简而言之，就是以坚持循环论的"天道有常"的"超稳定结构"，来对抗一切以革命为中心的现代史观。这种反思激进主义，反思现代中国历史的态度，与前述《蓝袍先生》中对于革命的反思是一脉相承的。

当然，也有研究者并不主张将《白鹿原》与"革命现实主义"文学截然对立起来。在他看来，《白鹿原》固然展现了某种"民间历史"，但这种"民间历史"却是"被置于政治、社会的变迁之中呈现的，而非孤立甚至对立于政治、社会变迁的"。因此《白鹿原》更像是在"革命现实主义"延长线上所产生的"杰作"，其现代性反思针对的是"极左政治"，而非一切政治。这一点，通过阅读作者的创作手记《寻找属于自己的句子》便可清晰地感受得到。在小说的"翻鳖子"与"国共之争无是非"的背后，《白鹿原》非但没有以"民间历史"置换"革命史""政治史"，而是将"革命史""政治史"当作了重要的表现内容，以一种"新颖"的方式予以呈现。实际上，在陈忠实的其他小说中，乡村政治也是作家始终关注的对象。"这在新时期以来浓厚的消解政治、拒斥政治的文学氛围中，是难能可贵的。"因而《白鹿原》和陈忠实其他一些创作的价值正在于"将'大历史'重新带回到文学的视野之中"。对于陈忠实来说，"革命"因其与"极左政治"的关联而被予以审慎的质疑，但其依然具有不证自明的正当性，一个明证便在于，《白鹿原》中写的几位革命者"竟然没有一丁点缺点", 作家后来才意识到这一点, 并将其归结为他对 "革命" 的 "切近感和亲近感", ①这恰恰从一个侧面说明 "革命" 的正当性、崇高性已经内化到作家意识之中了。也正是在这个意义上, 我们能够体会评论家李建军所言及的《白鹿原》"亦因亦革"②的判断。这也意味着陈忠实虽无法在柳青一代作家的意义上讲述革命, 但却不得不时时处处以他们的创作为参照 "重新讲述" 革命。

三、"传统的发明" 及其内在矛盾

在《白鹿原》后革命时代的 "革命历史" 表述中, 革命只能以 "秘史" 的方式予以呈现, 这是时代的馈赠; 然而对于陈忠实来说, 他的心理因袭则在于对革命的几乎本能的 "切近感和亲近感", 这使得小说呈现出一种微妙的分裂, 这一点通过小说中文化寻根式的认同方式更能体现出来。

90 年代初期以后, 在文化全球化的历史潮流之中, 中国社会普遍有回归传统的倾向, 80 年代对传统的反思性批判也在一夜之间转向了对民族文化的全面认同。正是在这样的时代背景中, 陈忠实开始他 "一个断裂时代的文学的重整旗鼓"③。如陈忠实所言的, "我在企图解析白嘉轩的文化心理结构颇为困扰的时候, 记不得哪一天早晨, 眼前浮出了我从蓝田抄来的《乡约》。就在那一刻, 竟然发生一种兴奋里的悸颤, 这个《乡约》里的条文, 不仅编织成白嘉轩的心理结构形态, 也是截至 20 世纪初, 活在白鹿原这块土地上的人心理支撑的框架。小说《白鹿原》里的白嘉轩和地理概念上的白鹿原, 大约就是在这时候融合一体了"④。在

---

① 陈忠实:《寻找属于自己的句子》,《陈忠实文集》第 9 卷, 北京: 人民文学出版社, 2015 年, 第 405 页。

② 李建军:《〈白鹿原〉的美学价值和艺术旨趣》,《人民日报》, 2016 年 11 月 8 日, 第 14 版.

③ 陈晓明:《陈忠实: 现实主义的完成》,《文艺报》, 2016 年 5 月 6 日, 第 2 版。

④ 陈忠实:《寻找属于自己的句子》,《陈忠实文集》第 9 卷, 北京: 人民文学出版社, 2015 年, 第 375 页。

此，李下叔曾把陈忠实所说的，白嘉轩的文化心理结构背后的关于"民族的某种根基的挖掘与构建"称为"挖祖坟"，陈忠实对这个说法"非常欣赏"。[①]这里的"挖祖坟"其实颇有些"寻根"的意思。[②]韩少功曾在《文学的"根"》中主张寻根小说应当拥有"民族的，也是世界的"姿态，"在民族的深层精神和文化物质方面，我们有民族的自我。我们的责任是释放现代观念热能，重铸和镀亮这种自我"[③]。根据传记作家邢小利的考察，陈忠实最初对寻根文学是极为关注的，并且有一段时间进行跟踪和研究。可是，他很快发现"寻根文学"的方向有问题，它后来越"寻"越远，离开了现实生活。陈忠实认为，民族文化之根应该寻找，但不在深山老林和蛮荒野人那里，而应该在现实生活中人口最稠密的地方。[④]于是，他将目光朝向了他所生活的关中大地。

《白鹿原》中的"仁义白鹿村"就是 80 年代作家以文学来想象传统文化而结出的果实，这是一个乱世中的"乌托邦"。它堪与王安忆的《小鲍庄》中隐藏在村夫野老身上的"仁义"天性相媲美；而其"最后一个"的慨叹，以及文化断裂中的挣扎与焦虑，则与李杭育的文化挽歌意味相似。这是寻根文学的深化，也是这一潮流在 90 年代初期的再次收获。彼时，"重返宗族"与"告别革命"的双重性历史架构，正是陈忠实创作《白鹿原》时"必须去探索的历史架构"[⑤]。而二者的一致性，也正是《蓝袍先生》蕴含的文化密码所在。在此，前述所谓的政治的"误入歧途"恰恰是与现代性的变迁互为表里的重要"事件"。

《白鹿原》通过"文化心理结构"所发现的"白鹿精魂"，是以"耕读传家"的祖训为支撑，以传统文化的符号化表现形式——祠堂、族规

---

① 李下叔：《捡几片岁月的叶子——我所知道的〈白鹿原〉写作过程》，《当代》1998 年第 4 期。

② 邢小利：《陈忠实传》，西安：陕西人民出版社，2015 年，第 166 页。

③ 韩少功：《文学的"根"》，《作家》1985 年第 1 期。

④ 邢小利：《陈忠实传》，西安：陕西人民出版社，2015 年，第 164 页。

⑤ 程光炜：《陕西人的地方志和白鹿原——〈白鹿原〉读记》，《文艺研究》2014 年第 8 期。

与乡约——为首要标志的。支撑白鹿村的文化发明出了一套行之有效的文明机制，一种以礼俗为核心的乡规民约。这里所谓的"乡约"——显然也是陈忠实精心发掘的——是由儒学关中学派的成员、宋代进士吕大临所创立的，"从吕氏创作《乡约》的宋代算起，到'辛亥革命'发生的20世纪之初，这《乡约》已经被原上一代一代的子孙诵读了八九百年了"①。

借助这些"郑重"的文化形式，小说中的人物、作家以及80年代的文学，都获得了自我的救赎。这一救赎之路，不仅是80年代的"寻根文学"的题中之义，更是整个20世纪以"新儒家"为代表的文化保守主义者不懈追求的目标。在此，如南帆所指出的"寻根文学"隐含了一个意味深长的秘密转换："革命话语以及阶级范畴丧失了昔日的理论火力之后，民族、历史和传统文化开始成为阻击西方文化的桥头堡……这是全球文化竞争的必然结局，也是文学放弃了'阶级'主题之后转向的另一个丰富的想象资源。"而"《白鹿原》力图从文化与历史演变的关系上介入这个问题……儒家文化不仅是历史上一个遥远的传统，更为重要的是，这个传统还活在今天，而且进入了人们的日常生活"②。这种刻意的文化认同，也是某种意义上的全球化时代"传统的发明"（霍布斯鲍姆语）的产物。面对道德沦丧的现实，作家们纷纷重估"传统"的价值，而全球化时代文化身份的丧失，亦使得传统之根的挖掘显得更为迫切。而意在重新恢复"作为时间经验的宗族文化的历史想象"的《白鹿原》，则无疑为"文化复兴的现代中国"的民族国家叙事提供了"新的时间性资源"。在此，《白鹿原》的"一个重要的时间性经验"，就是试图恢复乡土中国行将消逝的"宗族"概念的社会记忆，以儒学与宗族文化的结合，表征中国文化在当代世界格局中的"主体地位"③。

---

① 陈忠实：《寻找属于自己的句子》，《陈忠实文集》第9卷，北京：人民文学出版社，2015年，第393页。
② 南帆：《文化的尴尬——重读〈白鹿原〉》，《文艺理论研究》，2005年第2期。
③ 房伟：《传统的发明与现代性焦虑——重读〈白鹿原〉》，《天津社会科学》，2016年第4期。

然而，《白鹿原》毕竟只是属于"重返宗族"的潮流之中，以文学的方式对于流行意识的顺应。对于"亦因亦革"的陈忠实来说，"剥离"的困难在于既要认同流行意识，亦会留有思维的惯性。所以《白鹿原》在对传统深情赞颂的同时，也有对其几乎本能的批判，即在叙述中不经意地暴露出儒家文化的残酷与虚伪。就此，小说也在其平滑严谨的叙述中包含着内在的分裂。比如，在面对故事的核心人物白嘉轩这位信奉"人行事不在旁人知道不知道，而在自家知道不知道"的"慎独"精神的传承者时，我们当然会由衷赞赏他那完美光辉的人格，但也同样不会忽略他早先的"换地"阴谋，以及种植罂粟的发家"污点"。而在其温情的仁义道德的承载者与礼教秩序的维护者之外，不可忽略的角色还理应包括残酷的加害者，这里所指的对象无疑就是小说中富有争议的人物田小娥。这个从《蓝田县志》的《贞妇烈女传》中"抄录"而来的人物，"整个一生的生命就只挣得了县志上几厘米长的一块位置"，而作者的同情其实是为了，"想由我来向这些在封建道德、封建婚姻之下的屈死鬼们行一个注目礼"①。因此，陈忠实创作的初衷显然是要比小说中所呈现的"妖女"形象更为复杂。而小说之中，田小娥之死的文化含义，也显然僭越了作者所精心营造的儒家正统地位。小说也借此无情地摘下了白嘉轩和鹿三，乃至朱先生的完美神圣的道德人格面具，深刻地揭示了这种儒家文化的虚伪性和温情面纱背后的施虐性。这也难怪，陈忠实毕竟是一个具有现代意识的当代作家，他并没有对自己珍爱的文化以及"文化代言人"有丝毫的宽容，相反，通过叙述小娥死后鬼魂附体于鹿三的鬼魅故事，也进一步把作品的文化启蒙主题推向了极致。②小说在此也将传统情怀与现代意识之间的矛盾更加显豁地暴露了出来。

① 陈忠实：《〈白鹿原〉创作散谈——扬子江评论》2007 年第 3 期。
② 毛崇杰：《"关中大儒"非"儒"也——〈白鹿原〉及其美学品呙议》，《文学评论》1999 年第 1 期。

结　语

　　在《废墟上的精魂》中，雷达也谈到了《白鹿原》的文化立场和价值观念的矛盾性："他既在批判，又在赞赏；既在鞭挞，又在挽悼；他既看到传统的宗法文化是现代文明的路障，又对传统文化人格的魅力依恋不舍；他既清楚地看到农业文明如日薄西山，又希望从中开出拯救和重铸民族灵魂的灵丹妙药。这一方面是文化本身的两重性决定的，另一方面也是作者文化态度的反映。"①这种清晰呈现的"断裂的挣扎"②，固然显示了作者"站在当下的基点上回望历史时候的感受，也表现着他在历史中观照现实的焦虑"③，但其中的原因却在作者本人思想转轨的价值因袭中有着一定的呈现。王晓平在将《白鹿原》指称为"新历史小说"时，敏感地注意到，"陈忠实不愿戏说历史，不愿全盘接受历史'说不清'、真相难解释，以及历史无正义的看法，但他仍然无意中接受了新历史主义的历史和文化观。这包括：注重性秘史的描写，以今人的'人性'代入对历史中人物心理、行为的理解和解释，尤其是抛弃历史唯物主义分析，以'文化心理'来结构人物"④。为了打破对于既有"本本"的迷信，陈忠实竭力从自己所信奉的"柳青传统"中"剥离"出来"寻找属于自己的句子"，并在这个同时也是思想意识的"剥离"过程之中，展开对于流行知识和意识形态的"习得"与"消化"，然而这种"蓄意"的吸收与转化，并不能彻底消弭他原有的知识与情感结构，而后者必然也会时时在作品中"表征"出来。因而，这种创造只能是"亦新亦旧"的产

---

① 雷达：《废墟上的精魂——〈白鹿原〉论》，《文学评论》，1993 年第 6 期。
② 张颐武：《〈白鹿原〉断裂的挣扎》，《文艺争鸣》，1993 年第 6 期。
③ 李建军：《〈白鹿原〉的美学价值和艺术旨趣》，《人民日报》，2016 年 11 月 8 日，第 14 版。
④ 王晓平：《论作为"新历史主义"小说的〈白鹿原〉》，《中国现代文学研究丛刊》，2015 年第 4 期。

品。再加之作者对于"可读性"的追求，以"不回避，撕开写，不做诱饵"的"性话语"为准则，结合魔幻现实主义与"秘史"的杂糅，终究呈现出奇观化书写与 90 年代商业写作的合谋之势。这些也都共同成就了这部"后革命"的"史诗"之作。

末代士绅阶层的式微与儒教文化之危机

——兼论《白鹿原》的当代文化意义

刘　宁

　　摘　要　在中国传统社会里，士绅阶层所尊崇的儒教不仅是官方政治意识形态，也是宗法家族中共同遵守的文化传统。两千年来，它具有稳固的统治地位。进入 19 世纪后期以来，在西方现代化的侵袭之下，士绅阶层日渐式微，他们所信奉的儒教文化也面临着前所未有的危机。牛兆濂是一位关学大儒，也是末世士绅，在中华帝国走向没落之际，他与自己所属的阶层一起步入日薄西山的境地。陈忠实以牛兆濂为原型塑造了《白鹿原》中的朱先生，在这个人物身上，作者不仅隐喻着儒教文化在 20 世纪上半叶衰落的命运，也寄寓着他重构中国当代文化的文学设想。

　　关键词　牛兆濂　末代士绅　儒教文化　意识形态危机　陈忠实《白鹿原》

　　19 世纪晚期，西方列强不仅使我城破国沦，更使我中华民族绵延了两千年的儒教文化发生了根本性的动摇，及至 20 世纪上半叶，这种动摇导致了中国人的意识形态危机。然而，进入 20 世纪后期，伴随着科技的迅猛发展，人文精神的日趋衰落，曾经一度式微了的儒教文化又重新引起了人们的关注，在社会上呈现出复兴的态势。尽管文学不能像思想史那样，能够对社会问题做出理性而深邃的论断，但是文学以其丰富的想象，广泛的受众，在对民族文化的思考问题上具有普泛而久远的影响力。鉴此，笔者拟以揭示历史人物牛兆濂在 19 世纪末期的悲剧命运，并联系《白鹿原》中以其为原型塑造的朱先生这一人物形象，分析儒教文化在 20 世纪上半叶面临危机的境遇，阐释作家重构中国当代文化的文学设想。

一、关中大儒牛兆濂与末代士绅阶层

牛兆濂（1867—1937），清末民初陕西关中大儒，蓝田人，号蓝川，字梦周，曾拜当时著名的理学家——三原的贺瑞麟为师，历任关中书院、鲁斋书院、芸阁书院、存古学堂、爱日堂主讲。他也受聘过一些新式学堂，担任过陕西咨议局常驻议员，但终因心恋旧学和不满时局的腐败而去职。牛氏一生以"祖述孔孟，宪章程朱"为座右铭，以《小学》《近思录》《四书集注》为读书根基，其他经史子集，随其性之高下分别施读。所著有《吕氏遗书辑略》4 卷、《吕与叔芸阁礼记传》16 卷、《近思录类编》14 卷、《秦关拾遗录》、《音学辨微四声切韵表》、《芸阁礼节录要》、《续修蓝田县志》22 卷、《续钞》若干卷、《答高凤临》、《芸阁杂记》、《芸阁答问》，门人校印有《蓝川文钞》等。他所教授学生遍及陕、豫、鲁、冀、皖、陇、鄂、苏、滇，乃至朝鲜，来学之士与年俱增，更有年高者，犹循循执弟子礼。因而，时人评价说："蓝川先生，闲先圣之道，绵将坠之绪，当邪说诬氏之时，亟亟也以维持世教、保存国粹自任，远近人士望风景从，请业请益者踵相接。"[1]

牛兆濂为关学鸿儒，首先重视礼教。据其 1917 年的《日记册》载：

---

[1] 李惟人：《增修四献祠芸阁学舍记》，蓝田县地方志编纂委员会：《蓝田县志》，西安：陕西人民出版社，1994 年，第 680 页。

"明日晨微雨里长老相见，为说小学教小儿先要安详恭敬一段，并举《吕氏乡约》大要，勤令常日上习，后为谈一段，□罢中少长成知礼仪，此善俗之本，而乖争凌犯，奢荡奸盗之习，自潜移默化于不自知矣！"[1]从牛蓝川自述，可见从北宋至清季，虽跨越近千年的时间，乡约却是民间重要的教化文本，传世不歇。然而，到了19世纪末期，"礼教不明则骄奢懒惰之习成一变。少不敬长，卑不下，尊强凌弱，众暴寡偷，常不讲由，家及乡举不堪问，而骄惰极矣！"[2]因而，牛氏大力推演乡约，为推行关学的"重礼贵教"思想发挥了积极的推动作用。张骥曾讲："高陵白悟斋，蓝田牛梦周恪守西麓之传，皆关学之晨星硕果然。"[3]其次，牛兆濂有很强的民族气节。1931年当听说东北三省失陷，不仅泫然流涕，减膳数月，并常用攘夷之说，启发自己的学生，不用外货。在他看来"时尚不重国货，取给外人一人一身无一物，非洋式一家之内无一物，由自造利权，一付外洋不究其本，但知仿效外夷，以求制计未有左于此者，试观印度有人名甘地者，一味勤俭化得通国不用英货，英人竟无可如何，此便是抵制外货最简单、直接，只要发岂在多乎？"[4]是年他写下了《我明告你》，号召国人团结起来，抵御外族入侵。"中国唯有你和我，今天你打我，明天我打你，你我互相争夺，外侵敌人消灭你和我。你不打我，我不打你，你我团结如一人，你我共同打敌人，中国一定能胜利。"[5]文字虽简单，但是情感真挚。此后，他在香港《大公报》上发表了八君子抗日宣言书，愤然投笔从戎。尽管后来因为受到阻拦未能成行，但是仅凭此举，就可见牛氏强烈的民族气节。对此，他曾有诗云："踏破白云千

---

[1] 牛兆濂《日记册》丙辰年孟夏，系民国六年，此日记现收藏在陕西省蓝田县档案馆。

[2] 牛兆濂：《吕氏乡约编者按》，牛兆濂：《续修蓝田县志》，民国三十年，卷11。

[3] 张骥：《关学宗传》，陕西教育图书社排印本，陕西师范大学图书馆藏，卷36。

[4] 牛兆濂：《风俗》，牛兆濂：《续修蓝田县志》，民国三十年，卷11。

[5] 牛兆濂：《我明告你》，蓝田县地方志编纂委员会：《蓝田县志》，西安：陕西人民出版社，1994年，第672页。

万重，仰天池上水溶溶，横空大气排山去，砥柱人间是此峰。"①不啻为自我个性的写照。再次是遵循"学为好人"说。这是从明季冯从吾的一副对联中概括出来的。此联曰："做个好人，心正身安魂梦稳；行些善事，天知地鉴鬼神钦。"②即是"做好人、存好心、行好事"，其间隐含着有仁义之心则会行仁义之事，行仁义之事的人则必是好人。少墟先生的对联尤显关学重视实践的特点，牛兆濂则用一生身体力行之。

作为地方名绅，牛兆濂一生建立了诸多功勋。1912 年解除了西安之围，1924 年化解了军阀刘镇华与蓝田绅兵之间的冲突。据张元勋所书《牛蓝川先生行状》讲，"甲子蓝田绅团与军队冲突，刘督派兵，意在屠戮，经先生一言，祸乃得解"③。第三件事情是禁烟。近代陕西烟祸横行，"慕种烟之利不顾无穷之害，禁种不能，食者日众，一染此毒，即成残废殒身绝嗣，倾家荡产以其大者也。聚赌所在奸盗直数，山岭僻处有位特甚，子弟被诱必致荡产，穷无所归聚而为匪，况烟赌相因未有赌钱而不吸烟者，皆地方官绅所宜加意也"④。鉴此，牛蓝川在西府查禁鸦片，此举功德无量。第四件事情是庚子年饥荒时，牛氏赈灾，做有赈诗数首，江南义赈得诗，付千金，救活了很多百姓。民国十八年陕西大灾，牛氏每饭以黎藿充饥，门人劝其加餐，先生则说"饿殍遍途吾忍饱乎？"第五件事情是编撰成 22 卷本《续修蓝田县志》。此志从 1930 年筹划续修起，至 1940 年付梓刊行，前后历时十年之久。纵观牛兆濂一生，即从 1867 年到 1937 年，其间中国发生了诸多重大的历史事件：1894—1895 年的甲午海战，中国惨败；1898 年的戊戌变法，维新失败，1905 年的科举制度被废除，仕途从此堵塞；1911 年的辛亥革命，王权崩溃；1912 年

① 张元勋：《牛蓝川先生行状》，蓝田县地方志编纂委员会：《蓝田县志》，西安：陕西人民出版社，1994 年，第 801 页。
② 冯从吾：《冯少墟集》，清康熙癸丑年重刻本，卷 22。
③ 张元勋：《牛蓝川先生行状》，蓝田县地方志编纂委员会：《蓝田县志》，西安：陕西人民出版社，1994 年，第 802 页。
④ 牛兆濂：《风俗》，牛兆濂：《续修蓝田县志》，民国三十年，卷 11。

民主共和制确立；1919 年"五四"新文化运动；1937 年抗日战争爆发。牛蓝川一生正值中华民族三千年未遇的动荡变革之际，西方列强以坚船利炮轰开了古老中国的大门，西方传教士把基督耶稣从大洋彼岸带到东方，"中国的海上联系，不仅成了西方人入侵的渠道，而且还吸引新的中国领导方式进入上海、天津、九江和汉口等新型城市。越来越多的学生离乡背井，前往日本和西方去探求拯救祖国之道，脱离了中国的士大夫阶层"①。而像牛兆濂这样的关学大儒显然与时代不合拍，他的旧学已经无生源，自己更不能接受新学，最终只好退避在书斋。牛氏的遭遇表明中国文化根基所在的内陆，"耕读传家"的生活方式日渐衰落，儒家"齐家治国"的大方略式微，士绅们已逐渐失去了在乡村的权力。

士绅是中国传统社会特有的一个重要社会阶层。自王官失守、道器相离，王朝的文化系统和政治系统逐渐分化，士人们就自觉地担当起"弘道"的重任。"士志于道"的理想主义精神，致使中国士人能够超越自我和群体利害，萌生出对整个社会的人文关怀之情。"学而优则仕"为士人跻身帝国官吏的行列开辟了道路。及至宋代，儒学发生了从官学化到地域化的蜕变，泛化为世俗的精神形态，这种精神形态借助缙绅阶层，通过宗族控制、祖先崇拜、共耕族田的方式，构成了一个个区域性的基层儒教社会。在这个社会，官僚、士绅和农民三大阶层具有不同的社会功能。王权凭借官僚阶层维持着一个庞大的统一帝国，士绅阶层在底层承担着地方的治安与教化，而农民阶层负责向帝国交赋纳税，同时它们之间又具有开放性。通过科举取士，农民在理论上可以进入士绅阶层，而取得功名的士绅入仕后则成为帝国的官员，官僚告老还乡之后又重新复归于地方士绅的行列。在这一体系中，士绅阶层是一个枢纽，他们既是家族利益的捍卫者，又是政府意志的代言人。许多士绅自身就是族长，他们凭借自己在宗族中的地位将官方意志贯彻到乡村，同时也将民间的

---

① 费正清：《剑桥中华民国史（1912—1949）：上卷》，北京：中国社会科学出版社，1994 年，第 26 页。

声音反馈到官府。更重要的是，儒教学说借助士大夫将精神象征系统（伦理道德规范）、社会象征体系（宗法血缘关系）和政治象征系统（普遍王权秩序）整合在一起，以伦理—政治一体化的人治主义政治模式为大一统结构提供了自身在精神领域的垄断性地位。然而，19世纪末期，西潮东卷、海呼山啸，中国原有的社会关系和制度体系发生了巨变。

科举制度曾经是联系中国传统的社会动力和政治动力的纽带，考取功名是攫取特权和向上爬的阶梯。可是，1905年其被废除，通向上层特权的途径被切断，地方士绅们失去了晋升的希望和政治的屏障，整个社会呈现出断裂的状态。至此，持续了两千年的儒教意识形态在19世纪后期、20世纪初期遭遇了从未有过的打击。在此之前，虽说在某种意义上中国切实亡了几次，但是却从未激起文化上的根本之变，关键在于，"环列皆小蛮夷"，文化上全非中国对手。可是，20世纪初叶，西学以"智勇相倾，富强相尚"的精神对儒教文化构成了威胁，就是深处关中的士人都强烈地感受到这一点："近世以来，西力东侵，我国以学术不振，国势积弱之故，一与外接触而相形见绌。有志者思以弱为强，乃昌新学以变法，取人之长，补我之短，未始非救国之计。不为用夏者反变于夷，图新者竟舍其旧，直欲举数千年来文明古国之精神而毁弃之，甚至侮圣灭伦而不惜。呜呼，古之为天下也，将以求治；今之为天下者也，则唯恐其不乱；古之为天下也，则教以让，今之为天下也，则唯恐其不争，狂澜莫挽，将伊胡底，此诚有志世道人心者所不容一日安也！"[1]这些关学士人已然清醒地意识到中西文化的冲突，并对这种冲突表达出深切的忧患意识。

如果说西方对中国的冲击可以划分出层次的话，那么"在外层带（就地理或文化而言），诸如通商口岸、现代工商业、大众传媒、基督教徒……的出现，确实是西方冲击的直接产物；在中间带，像太平天国革命、

---

[1] 李惟人：《增修四献祠芸阁学舍记》，蓝田县地方志编纂委员会：《蓝田县志》，西安：陕西人民出版社，1994年，第680页。

同治中兴、晚清新政、辛亥革命、联省自治、工农武装割据等等，都不是西方冲击下的直接产物，而是经西方催化赋予某种形式与方向的古老而又全新的历史现象。在内层带，如中国的人口、土地资源、内地和乡村的宗法关系、风俗习惯、生活方式、底层的骚乱、匪患等等，两个世纪以来基本没有受到西方文明的感染，保持着自己亘古未变的外部标志与内在象征"①。但是作为中华文明重要发祥地之一的陕西关中，牛兆濂的悲剧说明，内地乡村的宗法关系、人们的生活方式在嬗变，坚守尊礼贵教、崇尚气节的末代士绅已经开始走向穷途，这本身意味着儒教文化全国性的危机。陈忠实的家乡灞桥与牛兆濂生身和归葬之地只有七八华里的路程，一种天然的亲近感使历史时序的距离缩小到几近于无。在乡村，牛兆濂的真实名字人们知道较少，但牛才子的称谓却遍布民间，关于他有种种故事和传说。因而，从童年时起，陈忠实便耳熟能详这个神秘传奇的人物，心里拥有永久性的记忆。若干年后，这位关学大儒便在他的《白鹿原》中成为朱先生这一人物形象。

二、朱先生与儒教文化危机

历史与文学总有牵扯不断的联系，一些历史学家坚信"史学首先是一种艺术，本质上是一种文学艺术"②。对中国文学而言，援引历史进入小说，获得史诗的称号是对小说的最高赞誉。因为"史诗之中，神或者英雄背后是一个民族、一个国家的命运，气势磅礴的史诗风格象征了汹涌无尽的历史洪流"③。《三国演义》《水浒传》皆是这方面的杰作。在上述小说中，历史人物转化为文学中的人物形象时，有历史的真实性，也

---

① 柯文：《在中国发现历史：中国中心观在美国的兴起》，北京：中华书局，1989 年，第 4 页。

② 雅克·勒高夫著，方仁杰译：《历史与记忆》，北京：中国人民大学出版社，2010 年，第 133 页。

③ 南帆：《后革命的转移》，北京：北京大学出版社，2005 年，第 187 页。

融入了作家的文学想象。牛兆濂的命运折射出作为中国文化最早发祥地之一的关中地域，士人们遭遇现代化后的文化心理结构嬗变。以这一人物为原型陈忠实创造了《白鹿原》中的朱先生。平心而论，从文学角度讲，或许由于作者受史料所限，或者缘于对儒教文化的理解不够深入，仅与小说中的白嘉轩相较，朱先生形象有些概念化。但是，作家在其身上所投射的末代士绅的文化象征意义，则足以使自己在20世纪中国文学中占据重要的位置。

作为承载中国主流文化——儒教文化的士人们的命运和前途是20世纪中国作家深入思考的话题之一。鲁迅曾经对这些知识分子进行过"决心自食，欲知本味"的灵魂解剖，在由传统向现代转化过程中，他们就"像一匹受伤的狼，当深夜在旷野中嗥叫，惨伤里夹杂着愤怒和悲哀"①。与鲁迅揭示中国士人心灵痛苦不同，陈忠实则借展示士人阶层在末世的穷途，来隐喻中国传统文化遭遇的危机。这一以朱姓来命名的人物，隐射其为程朱学派传人，对其陈忠实有两个定位：一是内圣。首先则是圣人，就像道家推崇至人、真人、神人，儒者则强调圣人。"中国儒家至圣贤者，天人之际之人格，持载人文世界与人格世界之人格。"②圣人是内有刚强之势，外具平易近人的品性，因而具有生而俱来的沟通人神的功能，所谓"文史星历近乎祝卜之间"，反映了中国古代"知识分子"的原始形态。朱先生测阴阳、知天命，一语道出白鹿显形的天机，推测出农家耕牛丢失之后的方位，根据白嘉轩描述的梦境推算出白灵遇害的结果，这一切都透显出圣人的卡里斯马特征。当然作为圣人这只是其一，最核心的还在于其内怀仁义之心。依据牛兆濂奉行的愿"学为好人"道德原则，作家竭力彰显朱先生身上具有的"仁"，他查禁鸦片，化解白嘉轩与鹿子霖之间的矛盾，退清兵、赈灾民、劝诫刘将军，"这个人一生留下了数不清的奇事轶闻，全都是与人为善的事，竟而找不到一件害人利己的

① 鲁迅：《鲁迅全集》第2卷，北京：人民文学出版社，2005年，第110页。
② 唐君毅：《中国文化之精神价值》，南京：江苏教育出版社，2006年，第278页。

事来"①。就本质论，儒教文化是一种超稳定的政治——伦理文化，由礼、仁、天组成一个结构系统。礼即为周礼，是一种理想而永恒的社会组织原则。它的起源和核心是尊敬和祭祀祖先，并在此基础上加以改造制作，演化为一整套宗法制的习惯统治法则。仁是一种价值观，也是一种道德原则，源自人天生亲子孝亲的本性。不仅能够推己及人，融化在日常生活里，也存在于人与宇宙息息相通之间。与仁相提并论的还有一个"义"。义，宜也。即为正当、适宜或正义之意，后转化为个体在行为上选择一种符合大局的适宜举动。可见，仁是内在心理诉求，义则是外在行为举止，内怀仁爱之心，外就有正当、合宜之行为。"天"是儒教文化哲学观的集中体现。从远古直到今天汉语的日常应用中，"天"作为命定，主宰义和自然义的双层含意始终存在。"天人合一"重视的是国家和个体在活动和行为中与自然及社会相适应、协调和同一。陈忠实对朱先生的另一个定位则是由外王到边缘。儒家讲究修齐治平，在《白鹿原》的前半部分，朱先生作为白鹿原上最大的士绅与白嘉轩联手以乡约治理乡村，充分发挥士绅管理地方的职能。经由他们的联合治理，白鹿原上"从此偷鸡摸狗摘桃掐瓜之类的事顿然绝迹，摸牌九搓麻将抹花花掷骰子等赌博营生全踢了摊子，打架斗殴骂街的争斗事件不再发生，白鹿村人一个个都变得和颜可掬文质彬彬，连说话的声音都柔和纤细了"②。小说描绘出在礼乐刑罚兼施下建构的人类理想社会，充满了近现代乡土中国独有的舒缓与和谐，儒家克己复礼的实用理性的魅力，以及士绅阶层特有的威严感。

然而，在小说的后半部分，这种权威文化受到强有力的挑战。首先是新式学堂代替了传统儒家从宋代以来实行的书院教育。"生员们相互串通纷纷离开白鹿书院，到城里甚至到外省投靠各种名堂的新式学校去

---

① 陈忠实:《白鹿原》，北京：北京出版社出版集团，北京十月文艺出版社，2008 年，第 153 页。

② 陈忠实:《白鹿原》，北京：北京出版社出版集团，北京十月文艺出版社，2008 年，第 79 页。

了。"①朱先生则无可奈何地躲进白鹿书院批阅历代旧志。书院是从10世纪起在中国出现的一种教育机构，它本是士大夫思想活动的中心。在随后的几个世纪中理学主要在书院中盛行和保持它的思想活力。明朝末期，儒家学者在书院里面还能集体地对朝堂提出政治抗议和批评。清以降，书院则被置于政府的财政控制之下，并被禁止进行社会政治性质的讲学和讨论，但是它们作为培育社会精英的教育机构仍是重要的。然而，20世纪初叶，民国的县府里新添了国民教育科，知识传播的空间由书院转变为新式学堂，知识结构也变化了，从伦理政治的规范知识变为应用性的自然知识，从"四书五经"转变为新学。鹿子霖的儿子兆鹏和兆海进城上了新式学堂，白嘉轩的女儿白灵也进入了教会学校。白鹿书院的关闭象征着统治乡土中国两千年的儒教文化被西学颠覆，新兴的知识分子脱离了由宗族与血缘伦理控制的地域传统氛围，而以游离于区域控制之外的群体方式出现在中国政治舞台上。其次体现在朱先生的"鏊子论"和"左"倾问题上。19世纪末期帝制崩溃、科举制废除之后，中国社会出现了几种社会现象：第一，意识形态的真空，以科学为象征的重科技、讲实用的思想意识，在学界甚至政界广泛流行。它虽然未普遍达到严复倡导的科学精神的水准，而是传统实用理性的延伸，但是它对于各式虚伪的说教（传统及其现代变形）起了抵制的作用。而同时，一种功利式的肤浅理解，不但未能促进科学的独立健康发展，还可能遮掩人们探究尖锐的社会、历史问题的视野。第二，思想文化上义理与心理的失序，整个社会呈现出断裂的状态。各个阶级和阶层之间，由于缺乏公共的价值观和制度基础，无法形成有序的联系，也缺乏稳定的制度化分层结构，呈现出一种无中心、无规范、无秩序的离散化状况。上述两种社会现象在《白鹿原》中表现为乡约失去统摄社会的功能之后，白鹿原上开始出现各种势力争夺乡村权力的活剧。先是以共产党为主领导下的农协运动，

---

① 陈忠实：《白鹿原》，北京：北京出版社出版集团，北京十月文艺出版社，2008年，第53页。

接踵而来的是国民党还乡团疯狂的报复行为。20世纪初期，国共两党都加强了对乡村的控制。"渭南地区的华县和华阴县，是陕西农民运动的中心，运动开展的广泛程度和卷入的农户人数，当是北半个中国闹得最红火的地区，与毛泽东在湖南发动的'农民运动'遥相呼应。当不属于渭南中心地区的蓝田县，大部分村子都成立了'农民协会'，建立了农民武装，包括地理上的白鹿原地区。"①小说描写了鹿兆鹏、黑娃领导下的农协运动，在这场"文化革命"中以反封建为由，革命者摧毁了祠堂、乡约、仁义碑，打断了族长白嘉轩的腰杆，混乱、暴力、血腥交织在这场农民反封建革命中。"头一个佃农的控诉还没有说完，台下的人就乱吼叫起来，石头瓦块砖头从台下飞上戏楼，砸向站在台前的老和尚，秩序几乎无法控制。鹿兆鹏把双手握成喇叭搭在嘴上喊哑了嗓子也不抵事。台下杂乱的呐喊逐渐统一成一个单纯有力的呼喊：'铡了！把狗日铡了！……铡刀压下去咔嚓一声响，冒起一股血光。"②反封建革命运动中的"红色恐怖"令人不忍目睹。在随之而来的国民党领导下的反革命反扑运动中，还乡团的报复行为也同样充满暴力。"鳖子论"是朱先生面对白鹿原上国共两党翻来覆去折腾的一种形象性比喻，在三民主义和共产主义激烈的竞争舞台上，朱先生所代表的儒教文化没有任何发言的席位，故而只能表现出对这种相互倾轧的冷漠态度。

不过这种状态并没有维持多久，朱先生就"左"倾起来，"天下注定是朱毛的"论断便是这种政治倾向的集中体现。它是陈忠实对20世纪前半期中国历史发展必然趋势的一种文学表述方式。当儒教文化出现危机时，中国社会面临着一场新的文化流变与思想冲突。在各种文化冲突之中，20世纪上半叶的中国，一方面价值迷失与冲突步步加深，权威中心

---

① 陈忠实：《寻找属于自己的句子：〈白鹿原〉手记》，上海：上海文艺出版社，2009年，第181页。

② 陈忠实：《白鹿原》，北京：北京出版社出版集团，北京十月文艺出版社，2008年，第181页。

屡屡丧失;另一方面,对民族凝聚中心的历史需求与心理期待也在逐渐加强。在诸多价值意义中,历史选择了马克思主义。因为作为一个思想体系,第一,它既源于西方文明,又是"西方"文化的批判者和叛逆者;第二,它不仅是现代文明的一部分,而且如其所自我论证的,代表着比发达资本主义更进步更领先的经济、政治和文化;第三,它是一种挑战哲学、体现被压迫阶级、被压迫民族反抗阶级和民族强权的意志,是弱者推翻强者统治的强大精神武器。因而,中国化了的马克思主义作为一种整合性的意识形态,在解决中国危机方面,显现出强有力的求实功能。而末代关学大儒、士绅朱先生所代表的儒教文化节节败退,充满儒教文化的白鹿村被现代性话语包围、肢解、重组,这一切构成了儒教文化失败的悲剧。拥有共产主义信仰的知识分子鹿兆鹏们,则在社会的建制之外进行革命,1949 年新中国的成立,标志着马克思主义在中国的胜利,意味着纠缠中国半个多世纪的意识形态危机暂时被克服。

三、《白鹿原》的当代文化意义

然而,尽管中国化了的马克思主义作为一种整合性的意识形态,在解决中国危机方面,曾经显现出其比文化保守主义和自由主义更强有力的救世功能。一方面,它对共产主义前景的瞻望和理想主义的美好人生的勾画,为信念饥渴的中国知识分子和一般人民大众提供了热烈的道德激情;另一方面,它基于历史发展必然性之上的社会政治秩序设计,又以对独立、民主、统一和平等的种种承诺,迅速转变为可以简便操作、根本解决的社会动员。可是,作为一种应对危机的革命意识形态,如果要回应更深层的现代化的挑战,必须有一个世俗化的转型。从 1949 年到 1979 年的 30 年中,这一转型非但没有完成,反而以"继续革命"的方式延续着自己的惯性。新时期后期以来,当马克思主义所依赖的社会建制受到世俗化大潮的腐蚀而逐渐崩溃时,当代社会的文化危机和道德危机出现了。

文学对文化的反思常常要比思想史拥有更广泛的影响力。在 20 世纪 80 年代后期陈忠实开始构思《白鹿原》的写作,作品以陕西关中一个名叫白鹿原的地域为背景,讲述了中华民族在近现代社会 50 年来的历史变迁,浓郁的文化意味是《白鹿原》赢得巨大声誉的原因之一。关中是关学的发祥地,自北宋张载创立以来,"代不乏人,综其本末,惟蓝为盛,自伏羲肇娠华胥,进伯、微仲、和叔、与叔诸先生继起,而少墟之编,丰川之续,独以羲圣、秦关为终始。然则集关学之大成,其惟先生乎"①。这里的先生即为本文在第一部分所论及的牛兆濂。蓝田深厚的关学文化对于生于兹的陈忠实具有巨大的影响,他深刻地意识到:在中华民族领先于世界各民族时,关中是华夏文明的灿烂中心,而当中国被世界近现代化进程所抛弃时,关中则又成为停滞中国的缩影。因此,关中的崛起与衰落,在某种意义上,是中国乃至中国文化的崛起与衰落的缩影。中华民族文化之谜恐怕就蕴含在"关中之谜"中,这也就是《白鹿原》作为一地域文化作品所凝聚的民族文化的意义。不过《白鹿原》的问世更与 20 世纪的最后 20 年中国的社会现状有密切的联系。这个世纪末期,一系列业已僵硬的理论预设遭到了深刻的质疑,持续不断的阶级斗争图景逐渐撤出了历史叙事。在革命的激进和摧毁性产生了令人惊骇的副作用之后,传统文化及时出面,劝诫人们退后到一个安宁和谐、"天人合一"的境界。这就是《白鹿原》诞生最为重要的时代背景。恰值此时,李泽厚的"文化心理结构"为陈忠实创作《白鹿原》提供了哲学和创作方法的理论资源。李氏的"文化心理结构"的主要内容是指,儒教文化以血缘为根基,重视实用理性,也强调人的内在精神超越,是一种乐感文化。直至今天,这样一个稳定的民族"文化心理结构"尽管赖以产生的社会经济基础消失了,但是它却依然在人们的心灵深处延存下来。陈忠实接受了"文化心理结构"说,在《白鹿原》中写出了朱先生作为儒

---

① 张元勋:《牛蓝川先生行状》,蓝田县地方志编纂委员会:《蓝田县志》,西安:陕西人民出版社,1994 年,第 802 页。

教文化的象征意义。这一意义的核心在于：虽然普通老百姓并不熟悉甚至不知道孔子，但孔夫子开创的那一套宗法制度，长幼尊卑秩序、"天地君亲师"牌位，却早已浸透在老百姓的日常生活、风俗习惯、观念意识和思想情感之中。小说中白嘉轩让儿子跟随鹿三进山去背粮，身体力行参加生产劳动，老百姓正是通过实践活动将儒家教义贯彻到自己的生活里。

然而，儒教文化如何参与到中国当代文化的建构之中，对陈忠实而言，却是始终悬而未解的问题。与其说作家在文本中对朱先生充满溢美之词，不如说作者对儒教文化具有深厚感情。可是，理学的"存天理，灭人欲"无形的肉体和精神的绞杀曾经给予作家切肤之痛。也正是处于这样一种反传统的意识，陈忠实在对《白鹿原》里的人物进行解析之际，也"看到蒙裹在爱和性这个敏感词汇上的封建文化封建道德，在那个时段的原上各色人物的心理结构形态中，都是一根不可忽视的支撑性物件，而揭示这道原的'秘史'里裹缠得最神秘的性形态，封建文化封建道德里最腐朽也最无法面对现代文明的一页，就是《贞妇烈女卷》"[1]。这样陈忠实《白鹿原》就完成了对儒教文化的艳羡与批判。就此意义讲，陈氏不是简单的民族文化复古主义者，而应该归入 20 世纪以来中国思想界里的文化保守主义者行列。

作为对现代中国意义危机的反应，文化保守主义思潮的崛起是对"五四"之"理性化"和"西方化"运动的反动，它以重建终极关怀和维护文化认同的主题，保持了中国现代化运动的价值的批判性，因而具有张力。从梁启超发表《欧游心影录》，到柳诒徵提出"中学西被"的命题，他们认为：西方以宗教立国，中国以人伦立国，中国的礼教具有普遍价值，它是医治西方个人主义的药石。之后，梁漱溟的《东西文化及其哲学》则是这种主义的代表作。新儒家认为：与其说近代以来的危机是来自历史传统的负面影响，不如说是来自历史传统的某种断裂和缺少理解

---

① 陈忠实：《寻找属于自己的句子：〈白鹿原〉手记》，上海：上海文艺出版社，2009年，第 79 页。

把握历史传统的正确方式。在文本表层，陈忠实对中国文化危机的揭示终止于1949年新中国建立，马克思主义克服了中国意识形态危机。而从深层讲，即文本隐含但未明言看，《白鹿原》的问世还意味着：对20世纪下半叶直至20世纪90年代这段时间，当代中国文化再次面临危机的反思与拯救。

1978年，中国开始了自上而下的社会主义自救行为——改革。它的发动者试图探索出一条世俗化的社会主义新路径，从而市场出现了。此后，个体的才智、能力以及自由选择权都将因为市场而得到充分的尊重。打开自己、解除思想禁锢是这个时代强有力的呼声。在这样的社会背景下，1985年陈忠实发表了《蓝袍先生》，作品蕴含着深刻的文化反思、心灵剥离之意。及至20世纪90年代，在经济改革导致市场社会基本形成和三资企业占据国民生产总值一半以上的时候，我们已经不能简单地将中国社会的问题说成是社会主义的问题，而当苏联、东欧社会主义体系瓦解之后，资本主义的全球化过程已经成为当今最为重要的世界性现象，中国的社会主义改革已将中国的经济和文化生产过程纳入全球市场之中。"信息、技术、商品、人员——尤其是货币正在全球范围空前频繁地往来，市场的开拓与扩张有力地突破国家、民族、文化风俗以及意识形态画出的传统疆域。"①各种文化交织在一起，日新月异的科技为全球化的实现提供了必要的条件。科技制造了大型喷气式客机、越洋电话、好莱坞、迪斯科，可口可乐的入侵面积远远超出了京剧、太极拳与茶文化的出口，凡此种种致使20世纪90年代中国知识分子面对的问题大大复杂化了。人文精神危机的大讨论，全球化中的民族国家认同潮流，反现代主义的强烈诉求，这些都表明当代中国社会的文化和道德危机已经不能简单地归因于传统文化的腐败，因而反过来有人说这些问题恰恰是传统失落的结果。这可以说是当代中国文化向传统回归的重要原因之一。

第二方面的原因是亚洲四小龙的崛起，儒教资本主义的刺激。20世

---

① 南帆：《后革命的转移》，北京：北京大学出版社，2005年，第151页。

纪90年代初期，一些早先的启蒙主义者转而吁求传统的价值，特别是儒教的价值，他们开始关注西方社会的各种发展模式是否适应中国的社会和文化，特别是日本以及"亚洲四小龙"的崛起，这些国家和地区的现代化的成功被视为"儒教资本主义"的胜利。通过把儒教与资本主义挂钩，人们似乎意识到：中国的传统不再是阻碍现代化的历史负担，而是实现现代化的历史动力。尤其是韦伯认为在基督教精神的鼓舞之下，才有西方资本主义的发展的论断，在很大程度上，启示了中国当代知识分子。既然西方的基督教可以作为资本主义迅猛发展的精神因素，那么当代中国能否将儒教文化作为国家发展的精神力量？于是，将儒教文化纳入中国当代文化建构中来便成为20世纪80年代的热潮问题。在这股文化热中，杜维明等新儒家从海外来到中国，以传道的方式传播儒教思想，以方克木为代表的一些学者，站在马克思主义立场上，对儒教进行全方位的介绍和研究。

第三方面的原因是世界文化多元化的趋势。20世纪90年代以来，二战后形成的雅尔塔体系崩溃，世界文化呈现出多元化的倾向，各种类型的文化已经愈来愈明显地陷入竞争、垄断、效仿的圈套。亨廷顿在《文明的冲突与世界秩序的重建》中宣称：未来世界的冲突将是源于西方文明、伊斯兰文明与儒家文明之间的根本分歧。同时全球化也激发出中国的民族主义，与20世纪80年代全面拥抱西方不同，20世纪90年代以来的中国知识界，开始转向追问中国问题，在知识资源上，也由以往一味"向西寻求"而转向寻求本土文化资源。

"一种技能或信仰总有复兴的机会，只要还有关于它们的文字记载，或者一小批拥护者对它们仍保持着淡淡的记忆。"[1] 20世纪90年代中国的思想文化界异常活跃，并且重新进行分化。一方面市场经济的出现，知识分子的生存状态以及尊严受到严重挑战。另一方面，中国日益卷入

---

① 爱德华·希尔斯著，傅铿、吕乐译：《论传统》，上海：上海人民出版社，2009年，第307页。

全球化潮流中去，民族主义与全球化关系异常紧张。面对这些状况，中国作家始终拥有一种强烈的感时忧国的精神，作品总是表现出深重的历史使命感。生于理学思想积淀深厚的陕西关中，陈忠实以一部《白鹿原》表达了对儒教文化在 20 世纪上半期遭遇危机的忧患，也透显着一种重构中国当代文化的意识。在 20 世纪末期，当物欲横流、道德沦丧、中国用了 30 多年时间所建立的共产主义信仰溃败之际，儒教文化自然而然成为拯救人们意识形态危机的良药，可是儒教文化该怎样疗救社会，又该如何救赎人们的心灵，在《白鹿原》里仍是一个悬而未解的问题。

现实主义文学传统的再激活

——论《白鹿原》的深层历史意蕴

胡红英

　　陈忠实 1993 年问世的长篇杰作《白鹿原》距今已经 23 年。岁月流逝，物是人非，然而这部小说的历史意蕴却从未消失，它依然是一个巨大的存在。作为鉴别文学价值的一个标准，现实主义文学的深层历史意蕴值得发掘。反思《白鹿原》与现实主义文学之关系，即是温故知新，借以扩充当代文学相关问题的讨论空间。

一、《白鹿原》的现实主义资源

　　在严肃文学话题不断被消费文化所抵消的时代，因陈忠实先生逝世，"现实主义"这个文学关键词，再度带着厚重的历史气息进入读者视野。陈晓明指出："无论是对现实主义小说艺术的推进，还是对乡土的本真而又富有历史感的表现，陈忠实对中国当代文学都作出了不可磨灭的贡献。他完成了他自己，也完成了乡土中国文学书写的现实主义。陈忠实的逝去，确实意味着这种几十年磨砺而成的乡土中国现实主义书写的名家的离去。"他认为，陈忠实的《白鹿原》属于"中国当代现实主义首屈一指

陈忠实研究论集

上

295

的经典作品"，"成就了中国现实主义文学的高度"。①何平认为："经由《白鹿原》，一种基于反思现实主义文学传统，亦反思我们民族传统和现实的，新的对未来中国文学有影响的现实主义法度被陈忠实确立起来。"在何平看来，《白鹿原》是新时期伊始至20世纪80年代中后期"现实主义"创作的"集大成的'综合体'"②。陈晓明、何平两位教授在纪念陈忠实先生的文章中，都触及了陈忠实创作《白鹿原》与现实主义文学传统再激活的问题。

陈忠实说："如果我只能写写发发如那时的那些中短篇，到死时肯定连一本可以当枕头的书也没有，五十岁以后的日子不敢想象将怎么过。"这表明，《白鹿原》是一部寄托了作家写作理想的小说。1993年，他在答问中再次说："《白鹿原》是现实主义的创作。在我来说，不可能一夜之间从现实主义一步跳到现代主义的宇航器上。"③10年后，李遇春在向陈忠实提问时指出："像您是在六七十年代开始文学写作的，然后在七八十年代之交开始第一次创作转换，即从那种'革命现实主义'文学规范向传统意义上的现实主义文学转变，此后又在八九十年代之交完成了第二次创作转型，从传统的现实主义转向了'开放的现实主义'，吸纳了强烈的现代生命意识和诸多现代小说技法。"④陈忠实对此表示了认同。

陈忠实初入文坛，便有"小柳青"之称，⑤柳青是他创作中最重要的现实主义"资源"。但是，怎么在这个传统中再创新，也是他重点考虑的问题，"柳青是我最崇拜的作家之一，我受柳青的影响是重大的。在我小说创作的初始阶段，许多读者认为我的创作有柳青味儿，我那时以此为

① 陈晓明：《陈忠实：现实主义的完成》，《文艺报》，2016年5月6日，第2版。
② 何平：《探寻陈忠实的现实主义法度》，《人民日报》，2016年7月15日，第24版。
③ 陈忠实：《关于〈白鹿原〉的答问》，《小说评论》1993年第3期。
④ 陈忠实、李遇春：《走向生命体验的艺术探索——陈忠实访谈录》，《小说评论》2003年第5期。
⑤ 李遇春：《陈忠实与柳青的文化心理比较分析——以〈白鹿原〉和〈创业史〉为中心》，《小说评论》2003年第5期。

荣耀……到80年代中期我的艺术思维十分活跃,这种活跃思维的直接结果,就是必须摆脱老师柳青,摆脱得越早越能取得主动,摆脱得越彻底越能完全自立。我当时有一种自我估计,什么时候彻底摆脱了柳青,属于我自己的真正意义上的创作才可能产生,决心进行彻底摆脱的实验就是《白鹿原》……但无论如何,我的《白》书仍然属于现实主义范畴"①。显而易见,无论柳青还是王汶石,都是新中国成立后"现实主义"文学创作谱系中的重要作家,陈忠实在谈论自己的文学创作起源时不断回到当代的"现实主义"谱系,一再重申《白鹿原》的"现实主义"风格,格外忠于他这一原本就非常明晰的文学创作事实。

《白鹿原》初版时中国文坛当代早已变脸,寻根先锋和新写实小说成为热浪滚滚的创作时尚,就连路遥1986年完成的《平凡的世界》,也"因恪守传统现实主义写作风格而受到'文学精英'的忽视贬抑"②。所以,陈忠实把《白鹿原》重新纳入"现实主义"轨道,实在是令人吃惊。在创作和批评转向的背景下,《白鹿原》在并非有利的文学土壤中依旧经得起批评从不同角度展开阐释,就说明它是一部对现实主义文学传统再激活的小说。从这个角度看,《白鹿原》作为现实主义小说享有如此高的地位,而且还是"成就了中国现实主义的高度""集大成的'综合体'",实在是一个意蕴深远的文学话题。

二、对现实主义文学传统的再认识

"现实主义"曾经是中国20世纪最主流的文学传统,在中国现当代文学史中可谓根基牢固。无论是20世纪30年代左联时期,还是新中国成立后文艺界展开的论争,作家、批评家围绕"现实主义"争论的问题

---

① 陈忠实:《关于〈白鹿原〉的答问》,《小说评论》1993年第3期。
② 俞敏华:《行走于"现实主义"的期待与慎行之轨上——论"新写实小说"的出场》,《文艺争鸣》2016年第5期。

仍然较为一致。如安敏成认为："我们可以从中推断出一条普遍的规律：现实主义对纯粹指涉性的追求，涉及对作品发生中作家想象力作用的削减，即否认作品的虚构性。这一追求有点口是心非，聪明的读者从不会信以为真，但也恰恰是作品在'真实'临界线上含混的位置，为他们带来了愉悦。"①——作品的"真实性"问题确是"现实主义"文学论争中最根本性的问题。当然，作品的"真实性"问题，即如何反映现实和反映怎样的现实的问题，对于具有启蒙追求的中国"现实主义"文学而言，并不是一个单纯的文学创作问题。

具有"小柳青"美誉的陈忠实对"现实主义"的认识，也紧紧围绕"真实性"这一根本性问题。按陈忠实的说法，他"真正创作是从新时期开始"②，"此前在'文革'期间曾经发表过几篇小说，到新时期开始……不光是在认识的意义上，而且涉及艺术本身，都要打破极左的文艺禁锢，使自己能够尽快地接近真正意义上的艺术和文学……这大约是在 1978 年的冬天，我记得很清楚"③。事实上，《陈忠实文集》贯穿 80 年代的"言论"都表明，他在新时期之前所受的"现实主义"文学教育，依旧统领着他的创作，"真实性"问题依旧是他面对的根本性问题。1983 年，"文学创作是一种复杂的劳动……我以为不论如何复杂，如何神秘，还是不外乎柳青生前所讲的作家要经过'三个学校'的总概括，即生活的学校、艺术的学校和政治的学校"④。1984 年，"作家研究的主要对象是生活"⑤。1985 年，"文学是生活的反映，作家必然要把这种变革的生活诉

---

① 安敏成著，姜涛译：《现实主义的限制——革命时代的中国小说》，南京：江苏人民出版社，2011 年第 9 期。

② 陈忠实、舒晋瑜：《我早就走出了〈白鹿原〉——陈忠实访谈录》，《中国图书评论》2012 年第 10 期。

③ 陈忠实、李遇春：《走向生命体验的艺术探索——陈忠实访谈录》，《小说评论》2003 年第 5 期。

④ 陈忠实：《突破自己》，《陈忠实文集（1983—1984）》（2），广州：广州出版社，2004 年，第 482 页。

⑤ 陈忠实：《从昨天到今天》，《陈忠实文集（1983—1984）》（2），广州：广州出版社，2004 年，第 486 页。

诸文字"①。1986年，"在最初对文学发生兴趣并且产生创作欲念的时候，观察生活，无疑是我对文学领域里诸多命题中接触最早的几个基本命题之一。即使现在……反而愈来愈觉得它对一切初学写作者和趋向成熟的作家一样具有同等重要的意义"②。1987年，在重申"作家研究的主要对象是社会生活"之后，他又说："我关注的是农民世界的生活运动。"③1990年，"维系艺术家和读者（观众）之间达到感情交流的唯一的东西是真情，是作家艺术家的真诚和他创造的形象的真实"④。

　　尽管陈忠实的"现实主义"立场从未动摇，但从具体而微的层面观察，陈忠实20世纪80年代的创作思想，也并非一成不变。如上所言，陈忠实认同他的创作经过了三个阶段：新时期前的"革命现实主义"，新时期的"传统的现实主义"，八九十年代之交的"开放的现实主义"。对应于由"传统的现实主义"转向"开放的现实主义"，陈忠实谈了他其间创作思想的细微差异。在"作家与生活的关系"上，他认为他在80年代后期，遭遇了"从生活体验进入到生命体验"的过程，之前"都是生活体验的东西，都是从体验生活中得来的"，而"生命体验"是"一个对现实生活的升华的过程"，"更带有某种深刻性，也可能更富于哲理层面上的一些东西"。在创作方法上，他认为他1985年以前是"符合八十年代初期现实主义文学规范"，80年代中期以后，他开始"从人物外化的性格进入了人物内在的文化心理结构"——"从文化心理结构去解析和塑造人物"，他认为这种变化"感觉是深了一层"⑤。

----

① 陈忠实：《答读者问》，《陈忠实文集（1985—1986）》（3），广州：广州出版社，2004年，第480页。
② 陈忠实：《创作感受谈》，《陈忠实文集（1985—1986）》（3），广州：广州出版社，2004年，第486页。
③ 陈忠实：《中篇小说集〈四妹子〉后记》，《陈忠实文集（1987—1995）》（5），广州：广州出版社，2004年，第336页。
④ 陈忠实：《唯有真情才动人——读〈肖重声散文选〉》，《陈忠实文集（1987—1995）》（5），广州：广州出版社，2004年，第357页。
⑤ 陈忠实、李遇春：《走向生命体验的艺术探索——陈忠实访谈录》，《小说评论》2003年第5期。

　　显然，陈忠实谈论他的创作时，始终贯穿着"进化论"的思维。陈忠实这一认识创作的"进化论"思维，也适用于评价他前后期的小说："我和当代所有作家一样，也是想通过自己的笔画出这个民族的灵魂。我以前的某些中短篇小说也是这种目的，但我的体验限制了这些中短篇小说的深度。此次《白》书的写作意图也是这样。你说的这样高的评价可以看作是对我的鼓励，但在我来说就是想充分展示我的独特的生命体验，即截止到1987年前后我已经体验到了的。"①所以，在陈忠实看来，《白鹿原》比之前的小说成功，就在于创作《白鹿原》时，他有着更为深刻的体验——创作早期小说的"生活体验"已经升华为"生命体验"。

　　无论"生活体验"还是"生命体验"，不外都是对于现实的认识——认识论视野下对现实生活的观察和体会，属于人从现实中获取的经验。陈忠实整个80年代单调又高度一致的创作言论，表明他确实是一位由"社会主义现实主义"—"革命现实主义"文学传统哺育出来的"现实主义"小说家。在"打破极左的文艺禁锢"之后，陈忠实比他的前辈们获得了更多的写作自由。我们看到的是，陈忠实自己的"生命体验"成了他"现实主义"小说创作最主要的依据——《白鹿原》则是这一创作探索的丰碑。

三、"生命体验"与《白鹿原》的历史激情

　　陈忠实认为"生活"分为两部分："一个是作家所看到的社会生活，再一个就是作家所经历的社会生活。作家自己所经历的社会生活主要包括作家个人的生活经历。""说生活体验或者体验生活，我在这点上泛指两种生活都有，既有客观的社会生活，也有作家个人的生活经历。总而言之，它们都是生活体验的东西，都是从体验生活中得来的。"②而"生

---

① 陈忠实：《关于〈白鹿原〉的答问》，《小说评论》，1993年第3期。
② 陈忠实、李遇春：《走向生命体验的艺术探索——陈忠实访谈录》，《小说评论》2003年第5期。

命体验"作为"更带有某种深刻性"的一种体验,"经过了一个对现实生活的升华的过程"。陈忠实举例说:"这就好比从虫子进化到蛾子,或者蜕变成美丽的蝴蝶一样。在幼虫生长阶段、青虫生长阶段,似乎相当于作家的生活体验,虽然它也有很大的生动性,但它一旦化蝶了,它就进入了生命体验的境界了,它就在精神上进入了一种自由状态。这个'化'的过程就是从生活体验进入到生命体验的一个质的过程。这里面更多地带有作家的思想和精神的色彩。"[1]因此,可以说"生命体验"是"生活体验"的升华和质变,是作家对"生活体验"经过再体验获得的经验。

由此我们发现,由"生命体验"所点燃的历史激情,促使现实主义超越了自身叙述的困境,在《白鹿原》宏大的历史结构中,最为醒目的就是对白嘉轩、朱先生和白灵、鹿兆海这两代人物形象的成功塑造。

小说主人公白嘉轩身为白鹿村的族长,行为正派,严格遵循传统伦理,他既不允许儿子们到城里求学,也不允许他们参加政治运动,在外面的政治角逐打乱白鹿村的秩序时,他总以不变应万变,维持"耕读传家"——辛勤耕作、固守家风的生活状态。他的际遇在动荡的历史之中算得上好:任何时期物质生活都较为富足,大儿子成了新中国成立后白鹿原首任县长,两个小儿子仍在白鹿村生活,而他也长寿。小说稍次要主人公鹿子霖和白嘉轩年纪相仿、家境相仿,身为鹿姓最富足的一家之主,他不如白嘉轩那样信奉传统伦理,性关系混乱,也更能接受新事物,早早送儿子们到城里求学,自己则置身于白鹿原的政治角逐中。他的结局可谓惨淡:大儿子参加共产党在新中国成立后不知去向,小儿子参加国民党牺牲了,家里余留的唯一生气是有个小孙子,新中国成立之初他受斗吓疯,不久便死去。对比白嘉轩和鹿子霖的不同作风和际遇,对比白家尚算安稳平静和鹿家几近家破人亡的结局,《白鹿原》对传统文化包含的生存智慧,对不问世事、固守世俗生活的生存姿态,给予了非常正

---

① 陈忠实、李遇春:《走向生命体验的艺术探索——陈忠实访谈录》,《小说评论》2003 年第 5 期。

面的表达和高度的肯定。

小说的其他主要人物，主要承载了陈忠实对革命的认识。白灵是朱先生之外小说中唯一一位体现了超越性的人物，象征了纯粹而理想的革命热情：她因为同样的革命热情爱上鹿兆海，后因鹿兆海加入国民党，她转而爱上了鹿兆海的哥哥——共产党员鹿兆鹏。白灵的行动似乎缺乏理性，而她的际遇，像是对于理想主义革命热情的极大讽刺：她在根据地的"清党肃反"运动中遭活埋。鹿兆鹏作为一位出色的党员，他在小说中的主要工作是动员大众参与革命，但我们看到由他动员起来参与革命的人物，不仅奉献财物，且往往牺牲性命。围绕鹿兆鹏的行动，小说也展示了政治人物的权力角逐导致战争失败和战士无辜死亡的现象。鹿兆海怀着救国热情加入国民党，却死于国民党和红军的内战。这正如有人所指出的："与老练世故的兆鹏相比，这对青年男女的鲜明特点就是'单纯'。兆海因为单纯加入国民革命，最后壮烈牺牲在中条山抗日前线。白灵因为单纯义无反顾地投身革命，嫁给兆鹏，最后冤死。"这是单纯青年的横死，这是热血理想与复杂年代之间的格格不入，正是这种巨大反差才令人顿足心痛惋惜。朱先生决定替从白鹿书院走出的这位忠义悌孝弟子守灵。程光炜接着引述，"朱先生问：'兆海的灵柩啥时间运回原上？'白孝文说：'明天。先由全县各界吊唁三天，最后召开公祭大会，之后安葬。'朱先生说：'我明天一早就上原迎灵车，我为兆海守灵。'白孝文提醒说：'姑父，兆海是晚辈……'朱先生说：'民族英魂是不论辈分的……兆海呀……'朱先生双手掩脸哭出声来……"并评论说："这是陈忠实从地方志中抄录出的最动人的一节，他的深意是对革命是非曲直做最坦率的讨论。"①而作为两位年轻牺牲者的历史底蕴，朱先生的形象在小说最后结局中尤为感人。程光炜进一步指出："朱先生之死是《白鹿原》全书的高潮。他像作品所有故事、人物、冲突的总线头，把全书紧

---

① 程光炜：《陕西人的地方志和白鹿原——〈白鹿原〉读记》，《文艺研究》2014 年第 8 期。

紧串联在一起。这位白鹿原的大儒，忠义的象征，所有乡党的道德楷模，却生在一个风起云涌改朝换代的非凡大时代。他避世白鹿书院，默默为文化传统守节。他文雅儒弱，但俨然是纷乱巨变的白鹿原的定海之针。在白嘉轩内心深处，他是'白鹿原最后的一个先生'。在乡民心目中，他是乡约的制定者和守护者。"①社会变革有潮落潮起，而中国传统文化之绵长，却是生生不息和持之永久的。

在这里，经由作家"生命体验"所酿造的历史激情达到了最高潮。其最大意义在于，他把一度陷入迷失的现实主义文学书写成功带到新世纪文学的序幕之中。20世纪90年代文学，也包括后来的新世纪文学，正是因为拥有《白鹿原》这份文学资产，而再度呈现辉煌。正如"革命现实主义"小说，往往以丰富的生活细节描写，展开一个简单的政治性主题，《白鹿原》尽管长达五十万字，其通过对小说人物近五十年的生活细节的生动描写，围绕小说主要人物的主题，确实集中体现于以上两个方面：一是对中国传统文化的认同——尤其倾斜于世俗化的一面，一是对革命的反思——尤其理想主义的一面。李杨教授在谈论电影《白鹿原》对小说《白鹿原》的删节时也认为："其中最大的删节是删掉了小说中的两个重要人物——白灵和朱先生。而这两个人物，恰好是小说《白鹿原》的灵魂。他们是小说主题最重要的承载者——白灵用来'反思革命'，朱先生则被用来'回归传统'。"②

《白鹿原》在历史再现中设置了这样的主题，思及陈忠实在"真实性"问题上对于反映大众生活、坚持大众立场的坚守，不免令人颇感困惑。这部小说的主要人物来自白鹿村最富裕的两个家庭，除了黑娃和鹿三，其他底层人物几乎面目模糊——就像多数女性人物在小说中都面目模糊。这大概便是陈忠实抛弃"革命现实主义"的先在立场、完全依照

---

① 程光炜：《陕西人的地方志和白鹿原——〈白鹿原〉读记》，《文艺研究》2014年第8期。

② 李杨：《〈白鹿原〉故事——从小说到电影》，《文学评论》2013年第2期。

他的经验去理解历史生活的结果。那么，陈忠实挪用他在新中国生活的经验，作为认识、再现白鹿原历史的方法，他赋予《白鹿原》上述主题，与他的经验之间存在怎样的关系？

依照陈忠实的说法，80年代中期以后，他理解和塑造人物的方法，是由通过人物性格，转变为通过人物文化心理结构。不管这两种方法有何差异，它们表明了陈忠实惯于通过人物的心性去本质上把握一个人物。[1] 读过《白鹿原》，再去阅读陈忠实1980年前后的小说，会清晰感觉到，这些小说中的人物与《白鹿原》中的人物一样，总是处于由利益驱动的斗争之中。陈忠实认为分别完成于1985年和1986年的《蓝袍先生》《四妹子》也是以"文化心理结构"去书写人物，[2] 这两部小说同样展示了主人公与他/她周围环境的争斗，尤其《蓝袍先生》主人公打成右派后回到家便遭到妻子的指责、要求离婚。因此，《白鹿原》将革命叙述为人由利益驱使而展开的激烈冲突，基本囿于他对人的根本认识。

《白鹿原》对革命的反思，把革命理解为因观念不同而展开的冲突，似乎消解了20世纪知识分子赖以安身立命的革命理想主义，但它同时又提升了人们思考的层级。《白鹿原》对中国传统文化的认同，在小说中恰好填补了那一虚空。我们知道，严肃的"现实主义"小说家无不追求"真实"反映生活，陈忠实的《白鹿原》透露了一个值得深思的问题——一个通过观察、认识自己的生活来获得对生活的认识的"现实主义"小说

---

[1] 陈忠实对人的理解，确实存在本质化的倾向。他认为中国人或说汉民族，不分城里人、乡里人，几千年里读着一本大书，而且"更有一本无形的大书"，由"父母亲友以及无所不在的社会群体中的人那里对下一代人进行自然的传输和熏陶"，从而，形成了"一个共同的中国人的文化心理结构特征"——"城里人文化层次比乡里人高，物质文明和精神文明也相对要高一些，……但这仅仅只是程度的差异，而无本质差别。"（参见陈忠实：《关于〈白鹿原〉的答问》，《小说评论》1993年第3期）

[2] 陈忠实、李遇春：《走向生命体验的艺术探索——陈忠实访谈录》，《小说评论》2003年第5期。

家，当他严格挪用他从生活中得到的经验去再现他没有经历的历史时，他的书写存在怎样的陷阱？解玺璋先生认为："小说《白鹿原》以残酷的叙事戳穿了乌托邦的虚妄，让历史露出了真相。"① "戳穿了乌托邦的虚妄"，确实是《白鹿原》"残酷的叙事"的效果，但历史的真相是否真如此呢？虽然《白鹿原》的生活看似没有诗意，而中国一部风起云涌的现代史却是充满诗意的。

但我们也不得不指出：《白鹿原》对革命的反思，建立于陈忠实对人的根本认识上；因此《白鹿原》对激烈斗争生活的质疑，同时是在质疑人的本质和人与人之间存在超越性关系的可能性。陈忠实生于1942年，新时期到来时他已经三十多岁，世界观和人生观已基本形成，不难理解他何以对人具有如此悲观的认识。《白鹿原》获得的广泛认同，表明这种悲观的广泛性。因此可以说，《白鹿原》确实是一部充满历史悲剧性的作品。

---

① 解玺璋：《〈白鹿原〉戳穿了乌托邦的虚伪》，《群言》2016年第6期。

为鲁迅的话下一注脚
——《白鹿原》重读

郜元宝

内容提要 陈忠实以"地方志"和"家族史"模式结撰《白鹿原》，尽管田小娥等个别人物塑造集"柳青传统"之大成，更多人物则散落于密集的事件铺排而难以获得立体呈现。"事件大于人"本质上是"文化大于人"，白嘉轩等主要人物形象驳杂并非个性丰富使然，而是作者让人物负载了太多文化信息所致。《白鹿原》在"寻根文学热"沉寂多年之后继续"寻根"，但其所寻之"根"糅合儒、佛、道而以道教文化为主导，不啻为鲁迅名言"中国根底全在道教"下一注脚。性、暴力、污秽场面的大量描写也与此有关。《白鹿原》继承了中国古代文学与含蓄相对立的倾向暴露的另一传统，这在当代文坛亦非孤立现象。

一

据 1993 年 6 月人民文学出版社第 1 版篇末作者自记，《白鹿原》1988 年 4 月至 1989 年 1 月草拟，1989 年 4 月至 1992 年 3 月成稿，最初连载于《当代》1992 年 6 期和 1993 年 1 期。算上 1987 年至 1988 年作者辗转查阅长安、蓝田、咸宁三县的县志、地方党史和文史资料的准备阶段①，正式创作逾时六年。该书是 1942 年出生的作者迄今为止唯一的长篇，倾尽心力和积累，可谓毕其功于一役。其实这是作者之福，也是读者研究者之福。中国作家倘若都能效法陈忠实，该省却读者多少时间精力！

作者自述执笔时，于外国作家颇借鉴托尔斯泰、肖洛霍夫、马尔克斯等，于当代作家则取法柳青《创业史》、张炜《古船》和王蒙《活动变人形》②。外国文学巨擘无论矣，自认学习当代作家，这在"毋友不如己者"的文化传统中十分罕见。比起柳青（还有另一位陕西前辈作家王汶石）、张炜、王蒙，无论就观念之转变、内容之充实、描写之细腻、头绪之繁多、语言之朴茂而论，陈忠实皆略无愧色，甚或后来居上。尤可称道者，全书结构首尾贯通，至于卷末而笔力不减。中国名著"靡不有始，鲜克有终"，有之，当自《白鹿原》始。

小说所述起于晚清，偶涉 1949 年解放初和"破四旧""文革"若干事件，但主要以民国为背景。读者若着眼于社会政治角度，会依次看到在"白鹿原"上演的辛亥革命、"大革命"、国共分裂与对抗、"全面抗战爆发"及第二次国共合作、抗战胜利后的内战直至国民党政府溃败的全过程。以往评论也确实主要注目于此，因而将《白鹿原》定位成一部反省民国史和革命史的"历史反思小说"或"新历史主义小说"，这当然也有部分道理。但由于小说地点仅限于"白鹿原"及其所属的"滋水县"，不可能呈现国共两党关系的全局。与此同时，盘根错节的家族纠葛与浓郁深厚的风俗人情实际上始终醒目地占据着小说的叙述中心。

---

① 陈忠实：《寻找属于自己的句子——〈白鹿原〉创作手记》，第 11—12 页。另见该书"附录"陈忠实、李星《关于〈白鹿原〉的问答》，第 181 页，上海文艺出版社 2009 年版。下同。
② 关于陈忠实对柳青、王汶石的倾倒膜拜以及后来的脱离超越，参见前揭《寻找属于自己的句子》，第 9 页，第 43—44 页，第 91—97 页。关于陈忠实对《活动变人形》《古船》的评述，参见该书第 39 页。

整本《白鹿原》如它所效仿的《古船》，也采取了地方志和家族史形式。作者起初甚至将该书命名为《古原》，可见他受《古船》影响之深①。复杂的国家政治之"是非成败"收缩为浓郁深厚的乡土人情和犬牙交错的家族纠葛，厚积于民间地方和家族村落的复杂人性与文化习俗才是表层社会政治叙事包裹着的实际内容。陈忠实虽然也很关心在白鹿原这个"鏊子"上不停"翻烙饼"的严酷政治斗争，但不同于前辈作家柳青、王汶石的地方在于，他没有停留于此，他仅仅以社会政治的是非善恶为起点，由表及里，进一步追问深层的人性和文化。

这主要得益于作者 1982 年前后亲身参与解散人民公社、分田到户的基层工作，经历了从过去几十年深信不疑的合作化集体化农业政策到个体化经营的历史逆转所造成的巨大心理冲击，在"思想解放"的时代精神推动下痛苦而缓慢地从单纯以政治意识形态观察农村和农民的传统视角转换到"文化心理结构"，从而摆脱了前辈作家柳青等政治意识形态的固执，放开手脚开掘人物的人性内容及其背后的文化蕴含②。如果舍弃人性和文化，纠缠于"鏊子"之喻是否模糊了社会政治史叙述应有的价值判断，甚至争论《白鹿原》是不是一部针对现代革命历史的"翻案"之作，是否颠覆了传统固化的现代史观，如此解读法，并不适合于这部主要着眼于人性和文化的长篇③。

固然一定的人性总是在一定的社会政治生活中养成，并经过长期历史演变而积淀为一定的文化。任何历史舞台的前景都是社会政治生活中的人事浮沉，所谓"乱纷纷你方唱罢我登场"，但在这样的历史戏剧（包括在"鏊子"上翻烙饼般的政治争斗）中就有人性和文化的耀眼闪现。

---

① 陈忠实、李星《关于〈白鹿原〉的问答》，前揭《寻找属于自己的句子》"附录"，第 186 页。

② 前揭《寻找属于自己的句子》，第 90—103 页，第 33—55 页，第 44—45 页，第 112—113 页，第 40—41 页，第 89 页。

③ 前揭《寻找属于自己的句子》，第 90—103 页，第 33—55 页，第 44—45 页，第 112—113 页，第 40—41 页，第 89 页。

社会政治生活是人性和文化相互作用的中介物，只不过这个中介转眼即逝，而人性和文化却相对恒定。因此，借社会政治叙事来探究相对恒定的人性和文化，这对文学（尤其长篇小说）来说具有一定的合理性与普遍性。撇开文化和人性，把文学作品仅仅当作社会政治史研究的材料，其方法论之未当，正不待烦言而解。

二

《白鹿原》塑造了白鹿两家和其他小姓、外来户众多人物形象，有的性格稳定，有的复杂多变；有的善恶分明，有的经过一番善恶转换之后变得模糊起来。作者写人，主要基于20世纪80年代中期韩少功《文学的"根"》和阿城《文化制约着人类》等论著的文化观念①，有时则听凭不为文化制约的人性的自然流露。前者视人物负载文化信息的多寡而显出性格的单一或多面，后者却突破文化拘囿，显出浑然丰满的自然人性。前者如白嘉轩等，后者似乎只有田小娥一个典型。

白嘉轩、鹿三、冷先生、白灵、鹿兆海、鹿兆鹏、田福贤，是性格稳定、善恶分明的一组人物。执掌白鹿村宗祠的"族长"白嘉轩作为核心人物被大书特书，其主要精神支柱是清醒地认识到并在所有场合始终强调，不管社会政治环境如何变幻莫测，以传统儒家的"仁义"为核心的宗法制乡村传统文化价值都必须坚守。在他看来，这不仅是最高道德原则，也是乡村社会维持繁荣稳定的保障。他殚精竭虑，修身齐家，谨言慎行，敦厚风俗，虽然读书识字不多，但遇事懂得请教关中儒学传人

---

① 陈忠实在《寻找属于自己的句子》里反复感谢他在80年代中期接触并很快深信不疑的"文化心理结构理论"，但不知为何始终没有提到提出该理论学说的作者和著作。根据上下文语境，笔者推测这一理论可能包括李泽厚大量论著中反复阐述的文化心理积淀说，韩少功、阿城、郑万隆等"寻根文学"主张，以及该书提到的余秋雨《艺术创造工程》等。

（也是他姐夫）"朱先生"，其行事为人都有来自朱先生儒家文化的权威依据。辛亥革命胜利后，白嘉轩没有沉浸在革故鼎新的兴奋或恍惚中，而是在朱先生指点下，迅速为白鹿村制定和推行了一整套乡规民约，以族长身份约束子弟和族人一体遵循。他从善如流，比如虽然种罂粟能获暴利，但一经朱先生晓以大义，即绝无留恋，立刻停止。他的严厉表现在毫不留情地惩治族内吸毒、聚赌和淫乱的男女，甚至拒绝接纳和周济因为情欲发动而堕落败家的长子白孝文，任其自生自灭。但他这种近乎六亲不认的严厉实际上潜藏着造福乡里或望子成龙的深厚温情。他对"海兽"一般生性活泼、献身革命的爱女白灵的感情也混合着这种严厉和温情。"交农"事件（交出农具以抗议政府横征暴敛）体现了他"为民请命""舍身求法"的精神，不舍昼夜不辞劳苦力耕务农精打细算的一生则凸显了他"埋头苦干""拼命硬干"的品格，虽然当不起鲁迅所谓"中国的脊梁"的称号[①]，但确实为一方民众所仰戴。在"白鹿原"变成"鏊子"而忍受着不同政治力量拉锯式争斗的悲惨岁月，他不偏不袒，恪守中立，始终以家族文化和乡村人情为本位，以诚信良善为信仰依归。他佝偻的身躯蕴含着中国乡村以儒家理想为根基的家族文化强大的自信心和生命力。

和白嘉轩相比，朱先生更多传奇化、概念化和象征化色彩。朱先生谙熟儒学理论，白嘉轩则身体力行。这二人一表一里，共同构成了白鹿原儒家文化的中流砥柱。此外，白嘉轩的"义仆"鹿三、面冷心热的亲家冷先生、叛逆的女儿白灵，都是为了塑造白嘉轩而设置的陪衬，和其他次要人物（如国民革命军军官鹿兆海、中共地下党领袖鹿兆鹏、心狠手辣的"总乡约"田福贤）一样，总体上都善恶分明，前后性格变化不大。

性格复杂、人性模糊的是鹿子霖、黑娃与白孝文三人。《白鹿原》严

---

① 鲁迅：《且介亭杂文·中国人失掉自信力了吗？》，《鲁迅全集》（第6卷），第118页，人民文学出版社1981年版。

格遵循柳青式的"人物角度",作者尽量隐藏在人物背后,由人物依照各自性格逻辑说话行事,因此全书叙事力求客观冷静。人物的是非好恶不代表作者的观点立场,人物各行其是,呈现出"复调"的关系①,作者也尽量不偏不袒。尽管如此,作者对黑娃还是寄予了更多同情,因此黑娃的性格在这三人之中相对比较鲜明,然而这也并不影响作者探索其人性的复杂。这位争强好胜自尊敏感的长工的儿子在"大革命"中加入"农协",带领穷人在白鹿原上掀起一场"风搅雪",失败后有家难归,只好落草为寇。他出身卑贱,但为了爱情敢做敢当,不惜与家庭、宗族乃至全村疏远,和所爱者田小娥住在村头破窑里孤苦过活。小娥因生活所迫和自然人性的需求而先后与多位男人有染,但黑娃并不嫌弃她,不将责任推到弱女子身上,依然对小娥有情有义,眷恋不舍,经常冒着生命危险偷偷回村接济她。田小娥被害,他更是悲愤欲绝,发誓不再踏入白鹿村一步。他虽然出于自尊并为了报复白嘉轩对田小娥的族规惩治,命令手下打折了白嘉轩腰杆,在土匪生涯中也表现得特别凶狠,但毕竟本性善良,爱憎分明,所以"下山"之后,一心"学为好人",竟然出人意料成了朱先生最得意的关门弟子。尽管他已大彻大悟,却仍然无法从复杂诡秘的政治舞台轻易脱身,只能力求做到诚实无欺,无论对收留他的土匪头子"大拇指"、国民政府保安队,还是对后来归顺的共产党,他都肝胆相照,俯仰无愧,最终也因此被人构陷,冤沉海底。黑娃父亲鹿三是白嘉轩的"义仆",始终被这个"义"字囚禁着无法舒展,黑娃则以他轰轰烈烈的一生将"义"字书写得酣畅淋漓。

如果说作者毫不掩饰地给予黑娃以同情和赞赏,对鹿子霖则充满鞭挞和憎恶,在这个人物身上,作者同样未能做到完全的冷静客观。鹿子霖父亲一开始也想将爱子培养成白嘉轩式人物,无奈鹿家祖上"勺勺客"用"尻子"立业,根基不正,这就注定了鹿子霖的人生道路最终和白嘉

---

① 前揭《寻找属于自己的句子》,第90—103页,第33—55页,第44—45页,第112—113页,第40—41页,第89页。

轩迥然不同。鹿子霖藐视白嘉轩视为生命的儒家伦理，惯于损人利己，又喜欢"吃官饭"，染上官场恶习，逐渐由迟钝变狡猾，由犹豫变坚定，起初"面慈心软"，后来日益歹毒，种种忍心害理之举甚至超过"总乡约"田福贤。他又天性好色，不择手段不知羞耻到处渔色。他对田小娥表面上爱惜呵护，实际从一开始就是乘人之危，以挽救黑娃为名欺骗田小娥。他将包括田小娥在内的所有女性都仅仅作为泄欲工具。不仅如此，还自以为身份尊贵、道德高尚，在心里鄙弃小娥，大言不惭地声明他们"不在一杆秤杆上排着！"因此他才会利用正打得火热的田小娥去色诱白孝文，以求在精神上击垮对手白嘉轩。鹿三杀死儿媳妇田小娥之前，鹿子霖已经起了杀田小娥以灭口的念头。他和女性交往表面上总是情深意长，正如他在政治舞台上偶尔也会讲究一点方圆规矩，似乎与田福贤们有所不同，这就使他的丑恶与肮脏蒙上一层伪装而富于欺骗性。

白孝文性格发展更跌宕多姿。在白嘉轩精心培养他做未来族长时，白孝文俨然就是一个未来族长，而当田小娥在鹿子霖指使下投怀送抱时，他的道德堤防顷刻崩溃。但白孝文并没有一败涂地。表面上他已经甘心沦为众人所不齿的败家子、色鬼、瘾君子、乞丐，破罐子破摔，放荡不羁，但这只是心高气傲的一种扭曲的表现，实际上还是想伺机自救，所以县保安队用人的机会从天而降时，他就毫不犹豫接受了。复活之后的白孝文并不像鹿子霖那样依然故我，而是洗心革面，城府转深，立志走一条完全不同的"新路"。这条"新路"和白嘉轩的期望背道而驰。白嘉轩先后接待了"浪子回头"的白孝文和黑娃回白鹿原祭祖，备受冲击的心理结构渐趋稳定，自信地说白鹿村任何人迟早都要跪倒在祠堂里，但他不知道白孝文的归来祭拜，目的乃是为了告别；白孝文此时已经坚信，谁要是走不出白鹿原，就一辈子没出息。"白孝文清醒地发现，这些复活的情愫仅仅只能引发怀旧的兴致，却根本不想重新再去领受，恰如一只红冠如血尾翎如帜的公鸡发现了曾经哺育自己的那只蛋壳，却再也无法重新蜷卧其中体验那蛋壳里头的全部美妙了，它还是更喜欢跳上墙头跃上柴火垛顶引颈鸣唱",这是作者本人最得意的一笔①。白孝文也曾对田小娥的死表示过痛惜,但他四处乞讨、企图翻身时,并没把寒窑中孤苦伶仃的田小娥放在心里。人死之后的怜惜与其说是良心发现,不如说是顾影自怜,或者是惋惜一个可心的女子不再为重新风光的自己继续占有。作者写白孝文最惊人的一笔还不是他荣归故里、从失败的鹿子霖手里昂然购回当年落难时卖出去的门楼、在一度唾弃他的父亲白嘉轩和白鹿村人面前扬眉吐气,而是写他如何狡黠地向贺龙所部冒领黑娃的功劳,并阴险地构陷黑娃,借不明真相的新政府之手置黑娃于死地而后快。如果说白孝文因田小娥的引诱从族长位置滚落,是儒家文化在原始人性面前溃不成军,那么他后来的见风使舵与心狠手辣,则是混同于民间政治厚黑学而乱中取胜。从人性角度看,这是更大的失败与堕落。白孝文的堕落,如同白灵、鹿兆海、鹿兆鹏的献身革命,异曲同工,都象征着白嘉轩、朱先生所坚守的儒家文化后继乏人。

三

田小娥与上述几位都不相同。这是《白鹿原》中极富争议的人物,其最受诟病之点主要在于全无"贞节"、有亏"妇德":做"武举"小妾时与长工黑娃私通;与黑娃成亲后,因黑娃做了土匪不敢回家,慢慢依附于趁火打劫的长辈鹿子霖;与鹿子霖打得火热时,甘愿受其指使"色诱"白孝文,后来竟然爱上了白孝文而疏远憎恶起鹿子霖来。无论站在旧道德还是新道德的立场,田小娥似乎都罪不可赦。

但仔细分析起来,她又并非全无可恕之处。"武举"是靠金钱强霸她来采阴补阳,她有理由"背叛"而与黑娃相爱。公公鹿三始终不认她做儿媳妇,黑娃落草为寇,有家难回,她孤苦无依,又亲眼看见亲身经受

---

① 前揭《寻找属于自己的句子》,第 90—103 页,第 33—55 页,第 44—45 页,第 112—113 页,第 40—41 页,第 89 页。

了反攻倒算的"民团"的凶残,加上鹿子霖软硬兼施,她只好姑且以鹿为靠山,在恐惧屈辱中得到一点可怜的生存的欢欣。她引诱白孝文之后发现这个未来的族长因道德压力变得性无能,非但没有幸灾乐祸,反而同情起来,认为"他确实是个干不了坏事的好人"。尤其得知白孝文因她而饱受白嘉轩族规惩罚时,竟浑然忘记了当初白孝文把她当"淫妇"残酷毒打的事,反而一次又一次在心里呻吟着:"我这是真正地害了一回人啦!"她就这样渐渐爱上了白孝文。不管哪个男人,但凡给她一点"爱",她就万分感激,加倍回报。但除了身体,她用以回报的资本实在有限,她甚至拿出不知哪里得来的一点烟土来"孝敬"白孝文,这虽然在事实上令白孝文更快速地堕落败家,而在见识不广的田小娥自己,却是一种爱的表达。

田小娥的全无"贞节",不是因为她奇淫无比、天生喜欢祸害男人,而是她所身处的男权中心社会根本不允许她保持"贞节",反复以她无法抗拒的权势残酷地剥夺她的"贞节"。她并非像《金瓶梅》中的潘金莲那样被害之后反过来也来害人,倒是经常天良发现、以德报怨。她的所作所为多半乃是出于生存的无奈而非欲壑难填。陈忠实写田小娥,完全抛开了写其他人物时严格遵循的文化视角,一任田小娥的自然人性无辜地流淌出来,所以田小娥和《白鹿原》中任何一个人物都迥然不同。她恰似一面镜子,先后照见黑娃的善良与倔强,照见白嘉轩和鹿三基于儒家文化伦理中"女人祸水论"的偏激、愚昧与残忍,照见白孝文混合着真情的虚伪,照见鹿子霖灵魂和身体的邪恶与肮脏,照见早先利用小娥"吃泡枣"和采阴补阳的"武举"以及首肯此事的正房太太的丑陋与自私,照见她的穷秀才父亲的面子文化,某种程度上甚至也照见了貌似客观冷静的叙述者面对这个不幸的女人时经常陷入的情感与价值判断的游移暧昧。

作者自述他在查阅地方志时,被数不清的"贞妇烈女传"激起灵感,

---

① 陈忠实:《寻找属于自己的句子》,第14页,第72—75页。

刻意反过来写一写被"贞妇烈女传"肆意歪曲的平凡女子的真实命运①。但我以为，就人物性格及其结构关系来说，田小娥之与黑娃、鹿子霖、鹿三，更像脱胎于《创业史》中素芬之与丈夫拴拴、梁生宝、富农姚士杰和公公"直杠老二"的关系。拴拴爸爸"直杠老二"生前把儿媳妇素芳"简直没当人"，但冥顽不化的公公一死，哭得最伤心的反而是素芳，这就好像鹿三虽然始终不认田小娥做儿媳妇，拒绝黑娃和小娥进家门，甚至在"女人祸水论"的驱使下理直气壮也极其残忍地杀害了小娥，但小娥临死前还是扭过头来，疑惑不解地喊了鹿三一声"大"（爸爸），这就很像素芳对"直杠老二"的以德报怨。拴拴是凡事听父亲摆布的平庸孝子，跟素芳夫妻感情淡漠，而"蛤蟆滩曾经传播过生宝和这女人的流言风语"，大英雄梁生宝和拴拴的组合才是素芳理想的丈夫。梁生宝+拴拴，相当于一个黑娃。在和梁生宝的关系上，素芳与田小娥的不同之处仅仅在于她只是在心里爱慕梁生宝而不敢像田小娥那样大胆地与所爱者私通结合。鹿子霖的身份地位和人格个性活脱脱就是姚士杰转世，他趁火打劫诱奸了田小娥，恰似姚士杰欺负善良胆小、不敢声张叫屈的素芳。素芳得不到丈夫的关爱，对姚士杰的淫行既憎恶又有所留恋，这也正如田小娥对待鹿子霖的态度。连鹿子霖祖上"勺勺客"丑陋的发家史也和姚士杰父亲"铁爪子"富成老大不可告人的"创业史"如出一辙。田小娥与黑娃、鹿三、鹿子霖的关系，跟素芳与拴拴+梁生宝、"直杠老二"、姚士杰的关系，真是如合符节。

当然也有不同，这不仅表现在陈忠实添加了"武举"和白孝文两位与田小娥的关系，更在于他写田小娥时，索性将柳青笔下的素芳基本尚处于压抑状态的自然人性完全释放出来，让它得到充分展露。当然，柳青在《创业史》第二部（上）中极写素芳令众人大惑不解地为"直杠老二"撕心裂肺痛哭一场，或许也是为了弥补他在描写素芳的自然人性时过度节制所留下的遗憾。在深刻洞悉和大胆表现人性奥秘这一点上，陈忠实和柳青后先辉映，一脉相承。田小娥在《白鹿原》整本书中的分量因此一点不比白嘉轩、朱先生和鹿子霖等人轻多少。这是一个备受争议、难以一言以蔽之但无疑值得谅解和同情的文学中罕见的复杂而浑然的女性人物形象。

在田小娥的形象塑造上，一如在厚实的生活积累、丰富的民间生活语言的汲取和提炼方面，陈忠实均无愧于"柳青传统"的集大成者，甚至踵事增华，度越前修。而一个孤苦无告、受尽凌辱、死后还备受唾弃的田小娥就足以颠覆《白鹿原》全书苦心孤诣营造的"仁义白鹿村"的儒家文化氛围。

四

除了田小娥、黑娃、白孝文、鹿子霖，《白鹿原》中大部分人物性格稳定鲜明，并不难把握。作者显示艺术功力的地方主要不在人物个性和心理的挖掘，而在于对人物命运的准确追蹑，对方言土语和现代汉语共通书面语的娴熟运用与恰如其分的融合，对生活的敏锐观察，对历史复杂性的深切体认，尤其是对传统宗法乡村社会面临崩溃而新的乡村文化尚未建立的转型期中国乡土文化形态的全景描绘。虽然陈忠实服膺"柳青的'人物角度'写作方法"，但除了少数几个主要人物，大量次要人物都只是为了铺排事件而设置起来。全书篇幅巨大，大量穿插性次要人物散落于应接不暇的事件中，因此很难首尾呼应，捏成一个有机生命整体，这就像鲁迅分析《儒林外史》人物描写与事件铺排时所说的那样，"仅驱使各种人物，行列而来，事与其来俱起，亦与其去俱讫"①。作者用于事件铺排的功夫远远超过人物塑造，因此造成"事件大于人物"的局面。换言之，情节发展经常只是为了铺排事件，而不是为了追蹑人物心理和性格合乎逻辑的演化。

事件得不到人物支撑，人物沉浮于事之流，这就益发使事件的铺排显得过于臃肿堆垛，有时甚至缺乏充分的逻辑性和先后呼应。比如开篇

---

① 鲁迅：《中国小说史略·清之讽刺小说》，《鲁迅全集》（第9卷），第221页。

头一句说"白嘉轩后来引以为豪壮的是一生娶过七房女人",接下来逐个讲述白嘉轩迎娶七房女人的详细经过,但读者一点也看不到白嘉轩的"豪壮",而只见他的万般痛心、委屈、懊恼、恐惧和心灰意冷。这就产生了情理逻辑的矛盾,使原本类似浩然《艳阳天》"肖长春没了媳妇,三年还没续上"那个著名的开头失去了"覆压"全篇的气势,显得不伦不类。再如整个第四章,先后讲述白嘉轩种鸦片得钱起房子,白鹿村人竞起仿效连种三年,朱先生出来干涉,大家从善如流,不久换了县令,全村又继续种鸦片,接着又写白嘉轩喜得贵子,筑坟,因为买李寡妇地而与鹿子霖打斗,朱先生出面和解,跟着又插叙一大段白鹿村人"种土"细节。这许多事件的铺排彼此见不出蝉联递进的逻辑关系,甚至完全不合逻辑。朱先生为何不在白嘉轩第一年种鸦片时就出面制止?若说他是故意让白鹿村人先赚点钱再说,那也不符合朱先生的性格。而且新县令允许种鸦片之后,朱先生为何就不再据理力争?白鹿村人既然以"仁义"著称,既然在朱先生第一次劝说之后就从善如流,放弃"种土",为何改了县令,又故技重演?类似这样缺乏逻辑、过于堆垛的现象在小说中还有多处。此外,黑娃为何宁可冒着生命危险暗中接济田小娥,却始终不把田小娥"接上山"共享清福,也是一个破绽,因为书中并未明确交代土匪头子"大拇指"不允许二当家的黑娃接小娥"上山"。或许田小娥一走,许多事件就没法铺排了?作者从地方志获得大量材料,如若不用,会感到十分可惜。但这样一来,过于丰茂的事件铺排也就很容易割裂和淹没人物性格的内在逻辑。

但作者大量铺排事件,除了"补史之阙",主要还是为了呈现自己在这些事件中把握到的文化。"事件大于人"本质上是"文化大于人"。这是以家族史和地方志为根基的小说《白鹿原》必然具有的特征,也是作者受到 20 世纪 80 年代中期以来"文化寻根热"影响的结果。只不过"寻根热"过去多年之后,陈忠实还继续"寻根",而且比任何一位"寻根"作者都更深地沉浸到他的文化根基里去了。陈忠实本人对这点的解释是,古代文学名著中张飞、诸葛亮、曹操、贾宝玉、王熙凤、林黛玉、孙悟空、猪八戒和鲁迅的阿 Q、孔乙己这些典型人物已经"把中国人的性格类型概括完了",在这之后他"不敢妄想'典型性'"了,只想在坚持柳青式"人物角度"写法前提下尽量开掘人物所背负的"文化心理结构",尽量写出"文化心理结构"动摇和复归过程中人物情感世界的震荡。①质言之,写人物,目的是写文化。

说到《白鹿原》所展现的中国乡村文化,占据中心和前景的无疑是白嘉轩、朱先生及其八位纂修县志的同道所代表的传统儒家文化。朱先生以"关中儒学"末代传人自居,扬言"南国多才子,南国无学问",足见其在儒学修养上的自负。但他县志修讫无力出版,乡学屡兴屡废,从"白鹿书院"出去的学生都选择了和他的愿望背道而驰的道路,他和八位同道投笔从戎未果,几乎演成一场闹剧,这都说明他们和孔子一样,结局必然也是"吾道穷矣"。

其实朱先生也并非"醇儒"。他虽然雷打不动坚持"晨读",恪守儒家"学为好人"的教训,模仿孔子春秋笔法,试图通过县志纂修而令"乱臣贼子惧",甚至还亲手推倒白鹿书院不伦不类的四尊神像,但客观上村民们总把他视为"神",逼着他"打筮问卜",而朱先生主观上也并不拒绝与孔子之后正统儒家文化相冲突的那些阴阳占卜、风水堪舆、拆字算命之类民间道教的"怪力乱神"。他年轻时仅仅看到朱白氏的眼睛便决定娶她为妻,其中就大有"玄机"。他多次为白嘉轩、白赵氏等解梦占卜,且相当灵验。他还主动为白灵看相,又从国民党"青天白日满地红"的党旗来预测国共之争的胜负,以此作为生前最后一卦。他经常未卜先知,能预知自己的死期,艺术化地从容安排后事。临死之前偷偷在墓碑和陪葬砖石上所刻的文字甚至准确无误地预言了二十多年后"破四旧"和"文革"。作为一代大儒,先生固然不同于鲁迅所谓"无特操"的历代"名

---

① 前揭《寻找属于自己的句子》,第 90—103 页,第 33—55 页,第 44—45 页,第 112—113 页,第 40—41 页,第 89 页。

② 鲁迅:《准风月谈·吃教》,《鲁迅全集》(第 5 卷),第 310 页。

儒"[2]，但他兼收并蓄了道教、佛家、原始巫鬼崇拜以及其他种种民间俗神的信仰，思想言行异常驳杂。由于作者对这个人物特别推崇，虽然多少画出了传统"名儒"的风采，但过于传奇化、概念化、象征化乃至神秘化的渲染也使得朱先生近乎《三国演义》作者笔下的诸葛亮，"多智而近妖"[1]。

朱先生尚且如此，在理论上始终仰仗朱先生的儒家文化践行者白嘉轩就更加驳杂不纯了。他的家族意识、女人祸水论，他与鹿三之间恪守传统的主仆之"义"，他坚守白家世代相传的"立家立身的纲纪"，他建宗祠，立乡约，兴私塾，约束子弟，固然都显示了儒家文化精神。小说恭敬地全文照录出于宋儒吕大临之手的中国第一份《乡约》，并且几乎就将白嘉轩写成了这份《乡约》的肉身化代表。但是，小说一开始就写白嘉轩处心积虑骗取鹿子霖家的风水宝地，先请朱先生破解"白鹿重现"之谜，再请阴阳先生帮他迁祖坟，以此"禳灾"，这就逸出孔孟以后强调"修齐治平"的德行功业而尽量摒除"怪力乱神"的正统儒家文化准则之外了，而对于他一向不齿的鹿子霖和整个鹿家，也有悖于儒家的"己所不欲，勿施于人"的忠恕之道。

白嘉轩带领族人在关帝庙"祈雨"一节写得尤其惊心动魄。众人祈求不应，白嘉轩乃以族长身份亲自出马，虽是佝偻之躯，却神奇地跃上供桌，双手抓住刚出炉的铁铧在头顶舞摆三匝，然后用烧得红亮亮的钢钎穿透左右腮，在锣鼓、铙子、男人们疯癫般"关老爷，菩萨心；黑乌梢，现真身，清风细雨救黎民"的"吼诵"声中真的化为"西海乌梢蛇"，同样疯癫般念咒降神，之后又被村民们抬着，翻山越岭来到黑龙潭，向"西海龙王"求雨。

按"祈雨"之习源于上古，《吕氏春秋》说："汤克夏而正天下。天大旱，五年不收。汤乃以身祷于桑林曰：'余一人有罪，无及万夫。万夫有罪，在余一人。无以一人不敏，使上帝鬼神伤民之命。'于是翦其发，

---

① 鲁迅：《中国小说史略·元明传来之讲史（上）》，《鲁迅全集》（第 9 卷），第 129 页。

礳其手，以身为牺牲，用祈祷于上帝。民乃甚说，雨乃大至！"《淮南子》则记曰："汤之时，七年旱，以身祷于桑林之际，而四海之云凑，千里之雨至。"《文选》李善注引《淮南子》则说商汤"将自焚以祭天。火将燃，即降大雨"。《荀子》《尸子》《说苑》《帝王世纪》等书都有类似记载，郑振铎先生认为这并非"荒唐不经的神话而已"，"愈是野蛮的似若不可信的，倒愈是近于真实"[①]。后来这种由部落首领或帝王以一人为罪身和"牺牲"向上天祈求的古风渐渐变为道教方术，仪式也趋于繁杂怪异。《白鹿原》描写的向关帝、西海龙王祈雨，显然是后世民间道教之所造作，不复有"祷于桑林"的上古遗风了。

与"祈雨"前后呼应的还有白嘉轩厌镇田小娥冤魂一节。他先是请来"驱鬼除邪的法官"驱赶田小娥附在"义仆"鹿三身上的冤魂，焚烧她的骨殖使其魂魄无所归依，最后采取朱先生的"构思设计"，以"六棱砖塔"镇压田小娥冤魂所化之厉鬼，"六棱塔喻示着白鹿原东南西北和天上地下六个方位：塔身东面雕刻着一轮太阳，塔身西面对刻着一轮月牙，取'日月正气'的意喻；塔身的南面和北面刻着两只憨态可掬的白鹿，取自白鹿原相传已久的传说"。白嘉轩根据"女人祸水论"毫不顾念田小娥的死，甚至安慰凶手鹿三说，"这号人死一个死十个也不值得后悔"，浑然忘记儒家还有"仁者爱人"和"恻隐之心"。他最后竟以佛道杂糅而以道教为主导的宝塔镇妖孽的方式来收拾被田小娥冤魂搅得一片混乱的局面，更完全背离了儒家思想。小说开头写白嘉轩发现第七个妻子仙草新婚之夜腰上绑着六个桃木棒槌，觉得十分荒唐，嗤之以鼻，其实这六个辟邪的桃木棒槌也是道教"法师"所赐。不管仙草娘家所请的"法师"和白嘉轩后来为鹿三辟邪所请的"法师"是否是同一个，白嘉轩作为儒家伦理文化践行者思想深处的道教文化因素总算是暴露无遗了。

---

① 郑振铎：《汤祷篇》，原载1933年1月《东方杂志》三十卷一号，此处参考《郑振铎古典文学论文集》（上），上海古籍出版社2009年版，第108—109页。

白嘉轩上述种种行为都浸染了可以直接收入道教囊中的民间"俗神"崇拜①，所以白嘉轩作为小说主人公的形象之所以显得混杂多面，并非其思想个性丰富复杂使然，乃因作者让他的人物负载了以儒教为外衣而以佛道（主要是道教）为内核的极其混杂的文化信息。"文化大于人"的特点在白嘉轩的形象塑造上尤其明显。

儒、佛、道三家历来分合无定，而道教不断吸取儒佛两家思想，同时儒佛两家也严重道教化了，这都是不争的事实。所谓"三教合一"，主要还是兼收并蓄有容乃大的道教取胜。比如在命运观上，佛教基本属于命定论，儒家也讲"尽人事以待天命""生死有命，富贵在天"、存顺殁宁，唯独道教相信人力可以扭转命运，"性命双修"的信仰和花样繁多的"炼养"之法就是最好的证据。恰恰在这方面，儒佛两家都会偷偷向道教看齐，正如鲁迅所说："许多外国的中国研究家，都说中国人是定命论者，命中注定，无可奈何；就是中国的论者，现在也有些人这样说。但据我所知道，中国女性就没有这样无法解除的命运。'命凶'或'命硬'，是有的，但总有法子想，就是所谓'禳解'；或者和不怕相克的命的男子结婚，制住她的'凶'或'硬'。假如有一种命，说是要连克五六个丈夫的罢，那就早有道士之类出场，自称知道妙法，用桃木刻成五六个男人，画上符咒，和这命的女人一同行'结俪之礼'后，烧掉或埋掉，于是真来订婚的丈夫，就算是第七个，毫无危险了"，"中国人的确相信运命，但这运命是有方法转移的"，"风水，符咒，拜祷……偌大的'运命'，只要花一批钱或磕几个头，就改换得和注定的一笔大不相同了——就是并不注定"。②鲁迅所言几乎原封不动发生在白嘉轩身上，差别只是男女角

---

① 关于"俗神"，这里主要参考赵益《俗神的长成——多元宗教视角中的通俗文学》一文，见"复旦中文学术前沿工作坊"之《多元宗教背景下的中国文学论文集》（此次工作坊 2014 年 11 月 7 日至 9 日在复旦中文系举行，论文集非正式出版物），第 79—93 页。

② 鲁迅：《且介亭杂文·运命》，《鲁迅全集》（第 6 卷），第 130—131 页。

色相反,不是女克夫,而是男克妻罢了;至于"禳解"之法,则如出一辙。

作者初衷是要将白嘉轩塑造成"仁义白鹿村"的灵魂,具体来说,就是流传近千年一部儒家《乡约》的肉身化代表。他为白嘉轩儒家文化精神的张扬击节赞叹,也为儒家文化精神在白嘉轩的时代无可挽回的悲剧命运扼腕叹息。《白鹿原》实际就是写一部儒家《乡约》及其肉身化体现者白嘉轩的命运浮沉,所以作者后来如此形容白嘉轩在整部书中的地位:"白嘉轩就是白鹿原。一个人撑着一道原。白鹿原就是白嘉轩。一道原具象为一个人。"①但在白嘉轩的儒家文化心理结构中,竟然杂糅着那么丰富的道教文化因素,这恐怕是作者本人始料未及的罢。

"白鹿原"原型是陈忠实故乡陕西省西安市东南郊灞桥区,刘邦曾屯兵"灞上",唐朝诗人反复吟诵"灞陵"(汉孝文帝刘恒陵寝),历史上属周秦故土,又是汉唐两代京畿繁华之地,儒、道、佛文化均有深厚遗留。孔子曰"郁郁乎文哉吾从周",对周公"治礼作乐"终生敬仰,而《诗经》(全部为周诗)所展示的真实的周代文化远比孔子之后正统儒家的想象更加丰富多彩。秦汉之际本于《周易》和《老子》的谶纬之术和道家方技杂然并存,汉武帝一度"罢黜百家,独尊儒术",但他本人秉承秦始皇求长生的宏愿而更加信赖道流,之后佛法传入,益显驳杂,所谓"独尊儒术"只是政治上一句口号,实际操作和生活信仰仍以道教为主。《三国志·魏志·张既传》记张既"从征张鲁,鲁降。既说太祖拔汉中数万户以实长安及三辅",陈寅恪先生据此认为建安之世,"曹操实有徙张鲁徒众于长安及三辅之事",而"世守天师道之信仰"的"米贼余党"就大量附籍于长安及其郊县,加强了这一地区的道教势力。②"八仙"和全真教"北五祖"许多就出自关中地区(比如王重阳即生于咸阳大魏村)。唐代奉道教为国教,宋代道教势力益张,真宗、徽宗和高宗皆信之入迷,

---

① 前揭《寻找属于自己的句子》,第 90—103 页,第 33—55 页,第 44—45 页,第 112—113 页,第 40—41 页,第 89 页。

② 陈寅恪:《崔浩与寇谦之》,《金明馆丛稿初编》,北京:三联书店 2001 年版,第 124 页。

大儒周敦颐、邵雍、朱熹等不同程度也侵入道教。自唐之后，终南山即为修道隐居圣所，周秦故地深染道教之习毫不足怪。鲁迅说"中国根柢全在道教，此说近颇广行。以此读史，有多种问题可以迎刃而解"[1]，小说《白鹿原》不啻为此下一注脚。

五

《白鹿原》另一可注意之点，是作者对于和"身体"有关的性、暴力和污秽场面的描写太过密集。小说一开头，即逐一描写白嘉轩与六个被他所克的前妻举行洞房花烛夜的全部细节。此外，写白赵氏全面监管孙子白孝文和孙媳妇的房事，写小娥先后与"武举"、黑娃、鹿子霖、白孝文的性事，写鹿子霖与儿媳妇之间的性诱惑与性抵御，写鹿子霖儿媳妇（冷先生女儿）因为对公公的性幻想而发狂，写孝义不育，白嘉轩安排鹿三不懂事的小儿子兔娃给儿媳妇受胎，写白鹿原附近乡里"棒槌会"风俗，写朱先生死后两个儿媳妇看到公公硕大的生殖器时的感想，无微不至，全无避讳。

暴力描写方面，作者先是刻意强调黑娃与生俱来的暴力倾向，然后详细描写黑娃的农协如何"铡"淫邪的"碗客"与"大和尚"；写民团如何报复农协，将与农协有关的人逐一从高杆上"墩"下来，轻则伤残，重则血肉模糊；写土匪头子"大拇指"做木匠学徒时如何替死去的恋人小翠报仇，接连屠戮小翠的前夫和造谣生事的二师兄；写朱先生如何在为鹿兆海举行丧葬仪式时当众焚烧兆海历经百战收集来的四十三个鬼子的头发；写"总乡约"田福贤如何指使民团挑开怪人"白兴手"连在一起的手指；写白嘉轩如何指挥众人在祠堂里按族规逐个用缀满钩刺的鞭子抽打半裸的小娥。这一切暴力场面的描写都无所不用其极。

---

① 鲁迅：《致许寿裳》，《鲁迅全集》（第 11 卷），第 353 页。

不仅性和暴力的描写频频"越轨",《白鹿原》的秽恶场面也远远超出所有同类题材的作品。其中,写小娥死后,包括白嘉轩、鹿子霖在内的白鹿村村民们如何一拨又一拨到小娥和黑娃的村口土窑去观看裸死的小娥被"蛆虫会餐"的身体,写黑娃如何观看只剩下一副骨架子的小娥和她的依然美丽的牙齿,写瘟疫期间白鹿村人如何一个接一个"两头放花"——上吐下泻。所有这些描写无疑超过了任何西方自然主义的作品,作者似乎必欲抵达详细真切的效果才肯罢休,往往到了挑战读者心理和感官承受力的程度。《白鹿原》开头写白鹿村人如何传说白嘉轩"那话儿"长着毒钩,最后写鹿子霖如何在解放军公审大会上屎尿横流,以及鹿子霖女人鹿贺氏发现丈夫死的时候"刚穿上身的棉裤里屎尿结成黄蜡蜡的冰块",可谓以污秽描写始,又以污秽描写终,始终一贯。

如何评价陈忠实的这些描写是一回事,而如何理解以陈忠实为代表的中国当代作家何以完全抛弃中国文学的含蓄传统,如此不知避讳地展览与身体有关的性、暴力和污秽,发扬光大了中国文学本来就有的与含蓄恰恰相反的过度暴露的传统,则是另一回事。

这里只想指出,以道教主导的中国传统文化对身体固有一种"前现代"和"前科学"的谙熟,或许与此有关。不妨再引鲁迅一段话:

> 医术和虐刑,是都要生理学和解剖学智识的。中国却怪得很,固有的医书上的人身五脏图,真是草率错误到见不得人,但虐刑的方法,则往往好像古人早懂得了现代的科学。例如罢,谁都知道从周到汉,有一种施于男子的"宫刑",也叫"腐刑",次于"大辟"一等。对于女性就叫"幽闭"……(省略号为作者加)那办法的凶恶,妥当,而又合乎解剖学,真使我不得不吃惊。[1]

鲁迅在同一篇文章中还说"大明一朝,以剥皮始,以剥皮终,可谓始终不变",这些故事,"真也不像人世,要令人毛骨悚然,心里受伤,

---

[1] 鲁迅:《且介亭杂文·病后杂谈》,《鲁迅全集》(第6卷),第165—166页。

永不痊愈的"。正因为有这种令鲁迅也"不得不吃惊"的对于身体的奇特的谙熟，中国文学传统上一方面尽量含蓄地不写身体，一方面又毫无节制地大写特写。陈忠实及其志趣相投的许多当代中国作家继承的无疑是中国文学这一种全无含蓄乃至过度暴露的传统。

《魏书·释老志》记寇谦之："服食饵药，历年无效。幽诚上达，有仙人成公兴……（省略号为作者加，此处省去一些文字，下同）谓谦之曰：'……当有人将药来，得但食之，莫为疑怪。'寻有人将药而至，皆是毒虫臭恶之物，谦之大惧出走。兴还问状，谦之具对，兴叹息曰：'先生未便得仙，政可为帝王师耳'。"是以秽物治病成仙，乃道教悠久传统①。宋人吴淑《江淮异人录》也记道士令病人"'食少不洁，可以解'及疾危困，复劝之。病人有难色……谕之曰：'事急矣，何难于此？吾为汝先尝之。'乃取啖之。人感其意，乃食，而病果立愈"。②白嘉轩用粪便惩治族中偷吸鸦片的青年，冀以猛药戒除恶习，此法也有甚深的道教渊源。

---

① 陈寅恪：《崔浩与寇谦之》，《金明馆丛稿初编》，北京：三联书店2001年版，第125页。
② 吴淑：《江淮异人录》，上海古籍出版社2012年版，第125—126页。

三

韩伟 陈涌 白烨

朱言坤 费秉勋 王渭清

赵祖谟 朱寨 房伟姚晓雷

王鹏 邢小利 杨光祖 刘宁 冯望岳 祁小绒

王素 张勇 阎纲 王鹏程 李震 徐刚 李建军 张国俊

陈黎明 李云雷 李杨 冯希哲 王仲生 李兆虹 杨晓歌

林为进 常振家 李清霞 洪治纲 胡红英

李树军 段建军 雷达 裴雅琳 王晓音 孙豹隐 李晓卫 李遇春 吴进

薛迪之 张丽军 宋颖桃 蒋济永 王大鹏 郜元宝 李星 魏李梅 洪水

温奉桥

乡贤·乡魂·乡治

——《白鹿原》乡贤叙事研究

朱言坤

内容提要　陈忠实的《白鹿原》生动形象地展现了传统中国乡村治理的历史图景。在《白鹿原》中，有两种对比鲜明的乡村治理模式：一是以白嘉轩为代表的"乡贤治乡"模式，二是以鹿子霖为代表的"乡官治乡"模式，这两种治理模式给白鹿村带来的影响是完全不同的。从清末民初到新中国成立前夕的半个多世纪里，这两种不同的乡村治理模式在白鹿村始终存在，二者之间既矛盾重重，冲突不断，又相互妥协合作，共同维系着历史大变革时期动荡不安中的乡村社会秩序。在当代中国乡村治理中，如何用好"乡贤治乡"与"乡官治乡"两种模式，平衡好二者之间的关系，从而收到最好的乡村治理效果，值得深入思考和认真借鉴。

关 键 词　陈忠实　《白鹿原》　乡贤　治乡　乡官　治乡

陈忠实的长篇小说《白鹿原》，最初连载于《当代》1992 年第 6 期和 1993 年第 1 期，后由人民文学出版社于 1993 年 6 月出版单行本，是当年"陕军东征"系列中最具代表性的作品，相继被改编为同名电影与电视剧。1997 年获茅盾文学奖。这部被作者在扉页上标定为"民族秘史"

的小说一出版，就受到社会各界广泛关注，享誉海内外，至今依然是学术界研究的重要对象。在中国当代小说史上，《白鹿原》的特立独行之处，就是它的"乡贤叙事"。出现在这部小说中的白嘉轩、朱先生、冷先生、徐先生等乡村人物，也与过去以革命和阶级视点塑造的同类人物形象判然有别。他们以乡村贤达人士的面貌，活跃在中国传统乡村社会的历史舞台上，以他们的道德理想、人生成就与人格魅力，影响着中国传统乡村社会的政治、经济、文化、思想、教育等领域的发展，是中国传统乡村的灵魂人物，也是宗法社会乡村治理的重要人物。《白鹿原》所揭示的民族历史的"秘密"，也和晚清至民国时期中国传统乡村的"乡贤治乡"与"乡官治乡"有关。

一、传统乡村的灵魂出现

在《白鹿原》中的白嘉轩、朱先生、冷先生、徐先生等都是白鹿原上的乡贤，是白鹿村的灵魂，是传统乡村宗族治理的领导者。乡贤一词始于东汉，盛于明清，其所指在不同的语境中有所不同。有论者将乡贤限定在"士"即知识分子范畴，认为乡贤属于"士"阶层，在宋代以后与乡村发生紧密联系；明清时期，乡贤的发展与乡绅阶层的兴起紧密相关，而"广义上的乡绅是指'士之居乡者'。乡绅又可分为官绅、学绅和商绅。官绅是指曾经或现任官员在乡者；学绅是指那些有功名或学衔但又尚未入仕者；商绅是指那些具有商人身份的士绅，其在地方上具有一定权威并获得民众认可"①。本文在比较宽泛的意义上使用"乡贤"这一概念。本文认为，那些在乡村里有德行、有才能、有声望，并且受当地民众尊重的人，都可以视作乡贤。白嘉轩、朱先生、冷先生、徐先生等都是这样的乡贤。

白嘉轩只上过 5 年乡村学堂，自然算不上"士"，但他有德行、有才

---

① 胡彬彬：《古代乡贤与乡村治理》，《文史知识》2016 年第 6 期。

干、有声望，深受白鹿村乃至整个白鹿原民众的敬重，是当之无愧的乡贤。对白嘉轩这位在中国当代文学史上横空出世的乡贤形象，二十多年来学术界做了非常深入的研究，对其正面的认识与评价主要有几点：第一，讲仁义，是儒家道德传统的忠实实践者，如对鹿三一家的关爱。第二，讲宽恕，如不计前嫌，营救陷入牢狱之中的黑娃、鹿子霖等。朱先生称赞说："这心肠这肚量这德行，跟白鹿原一样宽广深厚永存不死。"第三，坚持"耕读传家，学为好人"的修身齐家信念，挺直做人的腰杆。第四，勤劳俭朴，发家致富，不失庄稼人本色。第五，远离党派政治，拒绝为官，淡泊宁静，善于慎独。第六，沉着、内敛、坚强，不失为大丈夫男子汉，具有强大的魅力。持这些观点的文章很多，较有影响的有王仲生的《〈白鹿原〉：民族秘史的叩询和构筑》①、雷达的《废墟上的精魂——〈白鹿原〉论》②等。对白嘉轩的负面认识与评价，主要有几点：第一，是个封建人物，思想保守落后，对于所谓新学，持怀疑拒斥态度。第二，在对违反乡约的村民和家人进行惩罚时，专横粗暴，冷酷无情，等等。持这些观点的文章也很多，较有影响的有费秉勋的《谈白嘉轩》③、朱寨的《评〈白鹿原〉》④等。研究者们大都并不简单肯定和否定，而是试图辩证地看待白嘉轩形象的审美文化意义。总的来看，已有的研究，忽略了白嘉轩在乡村自治中表现出来的宗族领导者的特征及其作用。

从宗族治理角度看，白嘉轩在乡村宗族治理中所表现出来的特征有几点：第一，有思想，有梦想。白嘉轩治理宗族的指导思想，就是儒家思想。这不仅有姐夫兼精神导师朱先生的教导与灌输，也有自己的生命体验与人生感悟作感性经验基础。白嘉轩的"宗族梦"，就是要把白鹿村建成真正的"仁义白鹿村"。第二，以法治村，有法可依，执法很严。朱

① 王仲生：《〈白鹿原〉：民族秘史的叩询和构筑》，《小说评论》1993 年第 4 期。
② 雷达：《废墟上的精魂——〈白鹿原〉论》，《文学评论》1993 年第 6 期。
③ 费秉勋：《谈白嘉轩》，《小说评论》1993 年第 4 期。
④ 朱寨：《评〈白鹿原〉》，《文艺争鸣》1994 年第 3 期。

先生拟的《乡约》其实就是民间法,白嘉轩以此为白、鹿两姓宗族的法律法规,严格执法,对违反《乡约》的族人绝不因情废法。第三,有组织领导能力。在祈神祭祖、主持礼仪、抗灾济困等宗族公共事务中,白嘉轩都表现出了很强的组织领导能力。第四,处事公平。如惩罚违反《乡约》的田小娥、白孝文等都一视同仁,对儿子白孝文的处罚甚至比其他人还要严酷。第五,有公心,无贪欲,决不以权谋私,因私废公。第六,身先士卒,在与宗族有关的各项公共事务中,白嘉轩都率先垂范走在族人的前面。正因为有如此品格的乡贤主导宗族治理,白鹿村才能成为"仁义白鹿村"。在宗族治理中,白嘉轩看重的是口碑,是道德评价,享受的是道德意义上的成就感,与乡官鹿子霖对乡村事务的管理主要出自对权、钱、色的贪恋是完全不同的。白嘉轩在宗族治理中表现出的这些政治道德品格,即使对今天的乡村治理而言,也是十分珍贵的。

朱先生是白鹿原民众心中的"圣人",是白鹿原传统文化的灵魂人物,是白鹿原乡村治理思想的提供者与实践者。对朱先生这位乡村知识分子形象,二十多年来学术界也做了非常深入的研究,对其正面的认识与评价主要有几点:第一,是关中大儒,是程朱理学的传承者与践行者,是关中文化和儒家精神的象征。第二,慎独济世。慎独是朱先生的生存哲学,济世是朱先生的人生姿态,用儒家"内圣外王"思想指导自己的人生,并努力成就这样的人生。第三,淡泊名利。与政治保持距离,绝仕进,弃功名,有"富贵不能淫,威武不能屈"的凛凛气节,有仙风道骨。第四,有爱民、爱国精神。抗战时期面对民族灾难,投笔从戎,亲赴战场抗击倭寇。第五,是一个智者。知识结构比较全面,在孔孟儒学之外,还精通天文地理、农业耕种,能够预测天气和农业的丰与歉,能为人指点迷津。持这些观点的文章很多,如上述雷达、王仲生、朱寨等论者的文章。对朱先生的负面认识与评价,主要有几点:第一,持文化保守主义立场,局限在传统文化知识体系的封闭之中。第二,对时代政局及未来发展有敏锐的洞察力,但与各种所谓的时代新思想保持距离。第三,将白鹿原上政党政治的翻云覆雨,称之为"翻烧饼的鏊子",认识深刻，但政治态度暧昧，等等。持这些观点的文章也很多。对朱先生这一形象的评价，论者们大都能辩证地看待其思想文化意义，也有完全否定朱先生这一形象的，如毛崇杰的《"关中大儒"非"儒"也——〈白鹿原〉及其美学品质刍议》①。总体上看，已有的研究，对朱先生在乡村治理中的作用有所论述，但不充分。

从乡村治理角度看，朱先生以救世济民、教化天下为己任，在保持遗世独立的清高姿态的同时，积极参与到白鹿原乡村社会的各项公共事务中：第一，协助晚清滋水县府在白鹿原禁烟，亲自动手铲除妻舅白嘉轩种的罂粟，做了一件利国利民的大事。第二，在晚清民国改朝换代之际，只身一人劝退数十万入陕清兵，平息战火，让白鹿原免掉了一场可怕的战争灾难，也让白鹿原乡村社会由晚清王朝平安地过渡到民国，功在三秦。第三，参加赈灾，负责救济，一丝不苟，一介不取。第四，为抗战英雄举行公祭；投笔从戎，亲赴抗日战场，影响巨大。第五，编纂县志，鞠躬尽瘁。第六，在白鹿书院办学讲学，志在为国家为社会培育栋梁之材。第七，为白鹿原制定乡约，引导民众德业相劝，过失相规，礼俗相交，患难相恤。此外，调解家族纠纷，庇护政治落难者，等等。概言之，朱先生以自己的道德声望和学说知识，积极投身到救世济民的各项活动中，在政治、经济、文化、教育、军事等各个方面，都给白鹿原带来了广泛而深远的影响。

冷先生、徐先生也都是白鹿原上不可或缺的乡贤。冷先生是白鹿原上医术最高明的中医，他悬壶济世，德艺双馨。在为白鹿原人提供医疗服务外，也积极参与到调解民间纠纷、赈灾救困等各项乡村公共事务中。徐先生是朱先生推荐到白鹿村坐馆的私塾先生，其思想学说、道德理想等与朱先生同声共气。在白鹿村的教育及乡约的宣传推广中，起到了不可替代的重要作用。

---

① 毛崇杰：《"关中大儒"非"儒"也——〈白鹿原〉及其美学品质刍议》，《文学评论》1999 年第 1 期。

如上文所述，白嘉轩、朱先生、冷先生、徐先生等都是白鹿原上当之无愧的乡贤，是白鹿原的灵魂人物。他们分布在乡村政治、经济、文化、教育、医疗等各个领域，既是各自领域的杰出者，又是热心乡村公共事务的贤达人士。白鹿村能够在中国历史大变革时期的血雨腥风中顽强地生存下来，能够在"城头变幻大王旗"的乱世中成为"仁义白鹿村"，与白嘉轩、朱先生、冷先生、徐先生等优秀乡贤的作用及其在乡村自治中的倾心付出是分不开的。

二、传统乡贤的乡村自治

在《白鹿原》中，白鹿村是陕西滋水县白鹿镇下的一个自然村庄，由白、鹿两姓人家组成。白、鹿两姓同出一宗，有共同的祖先，有共同的祠堂，依照儒家伦理长幼尊卑的方式组织起来，宗族有族长，家庭有家长，族人们在家长、族长的领导下，按照乡约族规做人行事，是一个典型的宗法社会。村里的事务，其实就是宗族的事务。而宗族里的事务，一部分与国家有关，主要是钱粮、赋税、户籍等；一部分则与宗族自己有关，主要是四时八节、生老病死、婚丧嫁娶、天灾人祸等等。所有这些宗族事务，主要由族长负责打理，是比较典型的宗族自治模式。

在传统中国乡村的宗族自治模式中，族长是乡村治理的核心人物。宗族族长的产生方式通常有两种，一是推举制，大都选择"齿德俱尊"者立为族长，这种方式较为普遍。二是继承制，由大宗嫡长子世袭族长之位，如白嘉轩就是通过这种方式取得族长的身份和地位。这种方式并不常见，是因为长房长子在财富、品德、能力等方面有可能不堪大任，难以服众。白嘉轩能通过继承制世袭族长之位，这与白鹿村独特的村史有关，也与白嘉轩的个人才能有关。首先，就白鹿村历史而言，这个村庄原本不姓白也不姓鹿，"这个村庄后来出了一位很有思想的族长，他提议把原来的侯家村（有胡家村一说）改为白鹿村，同时决定换姓。侯家（或胡家）老兄弟两个要占尽白鹿的全部吉祥，商定族长老大那一条蔓的人统归白姓，老二这一系列的子子孙孙统归鹿姓；白、鹿两姓合祭一个祠堂的规矩，一直把同根同种的血缘维系到现在。……改为白姓的老大和改为鹿姓的老二在修建祠堂的当初就立下规矩，族长由长门白姓的子孙承袭下传。原是仿效宫廷里皇帝传位的铁的法则，属天经地义不容置疑。老族长白秉德死后，白嘉轩顺理成章继任族长是法定的事。"（《白鹿原》第五章）。其次，就个人才能而言，白嘉轩精明能干，勤俭持家，接替父亲白秉德成为名副其实的家长之后，就带领家人通过各种方式快速发家致富，其"才足以断事，德足以服众"①。当上族长的白嘉轩，成为白鹿村自治的最高行政长官，掌握了管理白、鹿两姓宗族的各项权力，如主祭权、准司法权、准行政权等，并很快显示出管理宗族事务的能力，成为白鹿原上最具影响力的族长。

白嘉轩当上族长后做的第一件大事，就是翻修祠堂。祠堂是宗族制度的产物，是宗族祭祀、行政、司法、教育、文化、社交、礼仪、娱乐等的公共场所，是宗族的神圣之地，具有独特宗法政治文化功能。在《白鹿原》中，祠堂出现过 175 次。反复出现或曰始终"在场"的祠堂，是白鹿原乡村社会变迁、时局动荡、风云变幻的聚散地，是白鹿村民上演人生悲喜剧的重要场所，当然也是白嘉轩族长践行自己的宗法道德理想，精心治理宗族的重要阵地。在这个阵地上，白嘉轩祭祖先，续族谱，办学堂，立乡约，主婚礼，解纠纷，断曲直，将祠堂在宗族自治中的政治文化潜能发挥到了极致。

在祠堂的诸多政治文化功能中，白嘉轩最看重的是祠堂"管摄人心"亦即建立归属感，凝聚人心的作用。他说："凡是生在白鹿村炕脚地上的任何人，只要是人，迟早都要跪倒在祠堂里头的。"（《白鹿原》第三十章）。这在黑娃（鹿兆谦）和白孝文身上有非常显著的戏剧性表现。黑娃曾经是白鹿家族最彻底的反叛者，后来也是最彻底的回归者。黑娃与田

---

① 《安徽古歙·东门许氏宗谱·家规》，转引自叶娟丽：《我国历史上宗族组织的政权化倾向》，《学术论坛》2000 年第 2 期。

小娥的婚恋不符合白鹿家族的规矩，也没有得到宗族的认可，不允许在祠堂举行婚礼。心生恨意的黑娃先是参加革命，失败后上山为匪。不论是参加革命还是上山当土匪，黑娃都把反叛的矛头对准代表封建家族的族长白嘉轩和象征封建家族的祠堂，打折了白嘉轩挺直的腰，砸碎了祠堂里刻有乡约的石碑。归顺民国政府后，黑娃拜朱先生为师，修习儒学，"学为好人"，带着再婚的妻子，又跪倒在祠堂里，在祖宗牌位下真诚忏悔自己犯下的罪过。白嘉轩不计前嫌，以最隆重的仪式，迎接黑娃的回归，借此彰显宗祠巨大的凝聚力。相似的故事，在白孝文身上又重复上演了一次。宗祠之所以如此有吸引力，与祖先崇拜有关，"朴素的祖先崇拜，被赋予了借着血缘关系维系宗族内部特别是统治者家族内部团结的意义"①。

白嘉轩当族长后做的第二件大事，就是实施《乡约》。所谓"乡约"，"就是指在宗族乡里订立的共同遵守的规约，村民自愿遵守，自发执行。族长的道德名望使争讼双方信服他们的公平裁决，而不需要司法介入解决矛盾纠纷，农村宗族保持着内部的秩序稳定与和谐"②。白嘉轩所实施的《乡约》是朱先生制定的。这部《乡约》，实为宋代"吕氏四贤"之一的吕大钧执笔写成的《吕氏乡约》。朱先生作为关中大儒，与宋代"吕氏四贤"是一脉相承的。朱先生所在的白鹿书院，就是从前的"四吕庵"。这座庵是为了纪念"吕氏四贤"的功德由皇帝钦定修建的，吕氏后人又将其改成了现今的白鹿书院。吕大钧的《吕氏乡约》包括《乡约》《乡仪》两部分。《乡约》由"德业相劝、过失相规、礼俗相交、患难相恤"四大部分组成，除此之外还包括罚式、聚会和主事等内容。《白鹿原》只摘录了其中的"德业相劝"与"过失相规"两个部分。如杨开道所说，《吕氏乡约》有四个特点：第一，以乡为单位，而不是以县为单位，这样自下而上地进行，与儒家学说中修身齐家治国平天下的人生哲学和政治

---

① 萧默：《文化纪念碑的风采》，北京：中国人民大学出版社，1999 年，第 30 页。
② 郑重：《白鹿原的"乡约"社会治理》，《人民法院报》2012 年第 7 期。

哲学主张一致；第二，是由人民公约，而不是由政府任命；第三，是局部参加，而不是全体参加；第四，是成文法则①，但属于民间法的范畴，是对国家法的补充。因"这些乡约与统治者宣传的官方价值观高度契合，甚至本身就是律法的翻版，得到了统治者的认可和支持，也符合中国人的传统道德观念，易于为村民所接受"②。

白嘉轩实施《乡约》的方法有三点：第一，"铸刑鼎"。将《乡约》刻在两方青石板上，镶在祠堂正门的两边，与栽在院子里的"仁义白鹿村"交相辉映。第二，定时组织宗族成员集体学习。白嘉轩经常召集白鹿两姓十六岁以上的男子齐集学堂，请徐先生逐条讲解，要求每个男人再教给妻子和儿女，学生在学堂里也要学《乡约》。第三，督促村民遵循乡约、违约必罚，处罚的方法有罚跪、罚款、罚粮以及鞭抽板打等。自实施《乡约》以后，村民都照《乡约》做人行事，白鹿村"从此偷鸡摸狗摘桃掐瓜之类的事顿然绝迹，摸牌九搓麻将抹花花掷骰子等等赌博营生全踢了摊子，打架斗殴扯街骂巷的争斗事件再不发生，白鹿村人一个个都变得和颜可掬文质彬彬，连说话的声音都柔和纤细了"（《白鹿原》第六章），白鹿村真的成了"礼仪之邦"。

白嘉轩当族长后做的第三件大事，就是办学堂。学堂就设在祠堂。白嘉轩翻修祠堂的重要动机之一，就是要在祠堂里办学堂。"白鹿村百余户人家，历来都是送孩子到七八里地的神禾村去念书，白嘉轩就是在那里早出晚归读了五年书。"白嘉轩办学堂，有方便两个儿子上学的想法，也有让自己的名字与祠堂和学堂一样不朽的动机，但主要还是出于一个族长为宗族万世承传的公心。白嘉轩办学堂的善举，不仅得到了鹿子霖等族人的积极响应，而且得到了精神导师朱先生的充分肯定与高度评价："你们翻修祠堂是善事，可那仅仅是个小小的善事；你们兴办学堂才是大善事，无量功德的大善事。祖宗该敬该祭，不敬不祭是为不孝；敬了祭

① 杨开道：《中国乡约制度》，山东乡村服务人员训练处 1937 印，第 103—107 页。
② 郑重：《白鹿原的"乡约"社会治理》，《人民法院报》2012 年第 7 期。

了也仅只尽了一份孝心，兴办学堂才是万代子孙的大事。"(《白鹿原》第五章)学堂最后虽然受到了现代新学校的冲击，但也让白孝文、白孝武、白孝义、白灵、黑娃、鹿兆鹏、鹿兆海等白鹿宗族子弟在这里受到了儒学教育，他们后来大都成了白鹿原上的风云人物，其影响与意义是深远的。

白嘉轩当族长后做的第四件大事，就是抗灾济困。白鹿村在白嘉轩任族长期间遇到两次重大灾害，一是旱灾，二是瘟疫。为了抗击旱灾，白嘉轩带领族人举行伐神取水仪式，以自残的方式求神降雨，但天不遂人愿。旱灾导致饥荒，白嘉轩又投入到赈灾之中。饥荒过后是肆虐白鹿原的瘟疫，白嘉轩带领族人用给田小娥亡魂修镇鬼塔的方式抵抗瘟疫。受个人识见的局限，白嘉轩带领族人用求神镇鬼的方法抗击旱灾和瘟疫，虽然没有也不可能取得什么实际的效果，但表现出了一个道德英雄应有的自我牺牲精神与担当。

白嘉轩当族长后做的第五件大事，就是带领族人保家卫族。"白狼"的出现造成了白鹿村人的恐慌，"白狼"实际上是民国初年河南农民白朗领导的起义，起义军打击了陕西的军阀统治，但也侵扰了沿途百姓的生活。出于宗族自保的需要，白嘉轩带领族人把白鹿村堡子的围墙豁口全部补平。白嘉轩在组织族人修补围墙豁口的同时，也把族中十六岁以上的男人组织起来，夜夜巡逻放哨。放哨的人在围墙上点燃麦草，手持梭镖和铁铳严阵以待。白嘉轩组织的保家卫族，在一定程度上保障了宗族的安全、人心的安定与社会秩序的稳定。

综上文所述，白嘉轩在当族长期间，做了很多与整个白、鹿两姓宗族利益攸关的大事情。白嘉轩运用族长的权力和自己的人格魅力带领族人所做的这些事情，一方面巩固了他族长的位置，增强了族长的威严与号召力；另一方面把族人们组织和团结起来，共同面对时世的艰难，勉力维持中国历史大变革时期白鹿原宗法乡村的社会秩序，其宗族治理的成效及其意义是不言而喻的。

白嘉轩主导的宗族自治，得到了晚清时期滋水县令的肯定，表彰为"仁义白鹿村"。滋水县令要大力表彰白嘉轩及其治理下的白鹿村，其原因是不难理解的，如美国学者艾尔曼所说："我们不难理解国家支持地方性宗族发展的原因。儒家系统化的社会、历史、政治观点都是围绕祖先崇拜展开的，宗族关系被奉为道德行为的文化基础。忠孝等宗法观念又被外化到国家层面。因此，宗族秩序的道德影响作为地方社会的建设性基石，被国家认为是有益的。"[①]

三、乡村自治与官治的互动

在《白鹿原》中，白嘉轩和他的族人们先后经历了晚清、民国及新中国初期三个历史时期，但小说所叙述的白鹿原故事主要发生在晚清与民国两个阶段。在这两个历史阶段，白鹿原由乡贤主导的乡村"自治"与由政府基层官僚主政的乡村"官治"之间的互动关系是很不一样的。在晚清时期，二者之间是一种互补关系；在民国时期，二者之间已演变成为对抗关系。

据《白鹿原》第七章记述，晚清时期的白鹿原没有什么正经八百的行政机构和地方官员，仅设有白鹿仓，"白鹿仓原是清廷设在白鹿原上的一个仓库，在镇子西边三里的旷野里，丰年储备粮食，灾年赈济百姓，只设一个仓正的官员，负责丰年征粮和灾年发放赈济，再不管任何事情"。也就是说，晚清时期的滋水县依旧是"皇权止达于县"，白鹿原还处在"无政府"状态，乡村税负、治安、户籍、教化等事务主要依赖乡村中有威望、有能力、有财富的贤达士绅，亦即乡贤。白鹿村的治理，就是由白、鹿两姓共同的族长白嘉轩主导的，朱先生、冷先生和徐先生等乡贤则主要充任白嘉轩的精神导师与支持者。

如前文所述，辛亥革命前的白鹿原处在平静的"自治"状态，清朝"没在原上公开征召过一兵一卒，除了给皇上交纳皇粮外，也再没增收过

---

① ［美］艾尔曼：《经学、政治与宗教——中华帝国晚期常州今文学派研究》，赵刚译. 南京：江苏人民出版社，1998年，第18页。

任何名堂的军粮"(《白鹿原》第三十章)。白鹿村修祠堂、立乡约、办学堂、正乡风、恤孤寡、抗灾害、祈神祭祖等非政府行为，都是在族长白嘉轩主导下进行的。白嘉轩做这些事情，不是在完成晚清政府下达的工作任务，也不要政府支付俸禄，他是在自觉履行族长的职责，他把做好这些事情看成是自己应该担负起的宗族使命。白嘉轩主导的白鹿村自治，其意义在于两个方面：第一，根源于皇权的族权，弥补了皇权未能抵达县以下乡村的"权力空白"，维护了乡村社会的秩序，保障了乡村社会在政治、经济、文化乃至人口生产等方面的运行与发展；第二，晚清政府借助于乡贤主导的乡村自治，实现了对乡村社会的控制，减轻了国家政权运行的负担，降低了统治成本。简言之，二者之间的这种互补或曰依赖是双赢的。

美国学者李怀印在论述晚清和民国时期的国家与乡村的关系时提道，社会学家马克思·韦伯"在分析中国的社会组织时，始终强调村社自主性的存在以及其与世袭君主之间的紧张关系。根据韦伯的解释，中国乡村的此种自主性和内聚性，源于地方自治组织。这些组织承担着诸如修路、河道疏浚、地方防卫、犯罪控制、办学、丧葬仪式等职责。同样重要的是村社生活中的宗族组织，尤其是族长权力和宗祠至高无上的地位。正是这种基于对祖先膜拜的宗族凝聚力，'抵制着世袭君主行政体系的无情入侵'，并导致自上而下的世袭君主统治与自下而上的宗族强大反制力之间持久的冲突"[1]。这种观点，用于描述白鹿村与晚清王朝之间的关系是有问题的，用于分析白鹿村与民国政府之间的关系则比较适用。

民国时期，政府几度提倡地方自治，曾先后颁布过《地方自治试行条例》《地方自治试行条例施行规则》《县自治法》《县自治法施行细则》等。民国政府搞的这些乡村自治，其本意是为了向乡村社会渗透，强化

---

① ［美］李怀印：《华北村治——晚清和民国时期的国家与乡村》，岁有生、王士皓译，北京：中华书局，2008 年，第 10 页。

对乡村的控制，以维护其统治，因而"名为自治，实为官治"①。国家权力向乡村渗透的办法很多，如设立区乡行政机构，建立保甲制度，推行国家法律制度和国家意识形态，用具有强权专制色彩的"官治"挤压乡贤主导的"自治"，从而实现对乡村社会的控制。

据《白鹿原》第七章记述，辛亥革命后，"皇帝在位时的行政机构齐茬儿废除了，县令改为县长，县下设仓，仓下设保障所；仓里的官员称总乡约，保障所的官员叫乡约。……现在白鹿仓变成了行使革命权力的行政机构，已不可与过去的白鹿仓同日而语了。保障所更是新添的最低一级行政机构，辖管十个左右的大小村庄"。《白鹿原》对民初北方乡村基层政权的记载是符合历史事实的。自民国初年起，政府打破中国古代"皇权止达于县"的传统，强行进入乡村社会，将行政权力由县下沉至区乡一级，设立区乡行政机构，区乡从此成为国家最基层的行政单位。这样的巨变，让白嘉轩等地方贤达人士始料不及，也不明就里。当投机分子鹿子霖当上保障所的"乡约"时，白嘉轩禁不住狐疑地问："乡约咋成官名了？"（《白鹿原》第六章）在这场历史巨变中，乡官鹿子霖获得的行政权力远大于族长白嘉轩的宗族管理权力。当鹿子霖为当上白鹿仓第一保障所乡约举行庆祝活动时，白嘉轩尽管满腹狐疑，还是不得不与冷先生及保障所下辖各村的头面人物一起，参加了庆祝活动（《白鹿原》第七章）。这可以看成是白鹿原乡村自治与官治的首次直接碰撞。

据《白鹿原》第三十章记述："某天早晨，中华民国政府对设在白鹿原的行政机构的名称进行了一次更换，白鹿仓改为白鹿联保所，田福贤总乡约的官职名称改为联保主任；下辖的九个保障所一律改为保公所，鹿子霖等九个乡约的官职称谓也改为保长；最底层的村子里的行政建制变化最大，每二十至三十户人家划为一甲，设甲长一人；一些人多户众的大村庄设总甲长一人。这种新的乡村行政管理制度简称为保甲制。"20

①　王培棠：《江苏省乡土志》，北京：商务印书馆，1938年，第229页。

世纪 30 年代，国民政府推行的这套保甲制度，不同于中国古代的保甲制度。中国古代保甲制度，大体上是乡村自治与官治互济的制度，而国民政府推行的保甲制度受区乡行政控制，是官僚化的准行政组织，是国民党用以控制乡村社会、维护其政权的统治工具。

中华民国政府在白鹿原设置的保甲制度，其职能有二：第一，防共"剿"共，不让共产党势力在白鹿原上蔓延。联保主任田福贤在对联、保、甲三级官员训话时，就开宗明义地说，建立保甲制度就是要对付共产党，在白鹿联防所辖属的区域彻底消灭共产党。第二，征丁征粮。"原上现存的年龄最长的老者开启记忆，说从来没见过这样普遍的征丁和这么大数目的军粮，即使清朝也没在原上公开征召过一兵一卒，除了给皇上交纳皇粮外，也再没增收过任何名堂的军粮。民国出来的第一任滋水县史县长征收印章税引发'交农'事件挨了砖头，乌鸦兵射鸡唬众一亩一斗，时日终不到一年就从原上滚蛋了。而今保甲制度征丁征粮的做法从一开始就遭到所有人的诅咒"（《白鹿原》第三十章）。

国民政府通过区乡行政机构及保甲制度，对乡村进行具有强权专制色彩的"官治"，在实现对乡村社会的控制的同时，也给乡村社会带来了前所未有的沉重负担乃至毁家灭族的灾难，其表现主要有三：第一，设置区乡行政机构及保甲制度，使官僚人员迅速膨胀，增加了民众的负担；第二，竭泽而渔式的征丁征粮征税，超过了乡村的承受能力，摧垮了乡村经济，使"白鹿镇的三六九集日骤然萧条冷落下来，买家和卖家都不再上市"。第三，严重的贪腐与巧取豪夺，充任乡村官治的人员大都是与鹿子霖一样品行低劣的土豪劣绅与地痞流氓，他们除了完成政府交派的税负征缴任务外，还往往随心所欲地摊派，趁机从中牟利，如鹿子霖出狱后当了田福贤的"钦差"，保长甲长们征收的苛捐杂税使得鹿子霖在监狱"腾空的皮囊开始充填起来，脑门上泛着亮光，脸颊上也呈现出滋润的气色"（《白鹿原》第三十三章）。

国民政府对乡村的"官治"，造成了中国农业的凋敝与农村的萧条，激起了农民的仇恨与反抗。在白鹿原，以白嘉轩为首的白鹿村的宗族势力，对以田福贤、鹿子霖为代理人的乡村官治形成了激烈的对抗。白嘉轩们采取的斗争方法主要有四种：第一，抗争。如民初滋水县县长史维华通过鹿子霖等"乡约"们收所谓"印章税"，遭到白鹿原农民的反对，白嘉轩通过"鸡毛传贴"，组织农民"起事交农"，到县府游行示威。第二，不合作。如"交农"事件发生前夕，总乡约田福贤和乡约鹿子霖要求族长白嘉轩出面阻止，白嘉轩拒不合作。第三，消极应对。如乡约鹿子霖要族长白嘉轩收税，白嘉轩只是应付了事，并不真的执行。第四，逃避。白嘉轩自己多次拒绝当乡官，也鼓励和帮助儿子白孝武逃避当保长这类的乡官。这些斗争方法的运用，在一定程度上对乡村官治起到了制衡作用，维护了乡村农民最起码的生存权益。

概言之，晚清时期，"皇权止达于县"，"帝国的统治者乐意减少对地方治理的行政干预，并且鼓励村民们通过自愿合作完成对国家的应尽义务"[1]。白鹿村由族长白嘉轩等乡贤主导的乡村治理，具有很强的自治特征，与国家权力之间形成了互补共赢的关系。与之相反，民国时期，国民政府通过区乡行政机构及保甲制度，对乡村进行"官治"，限制了乡村自治的空间，意在强化统治，却苛政横行，官贪吏掠，使农业凋敝农村萧条农民贫困，引起了农民的憎恨与反抗，反而动摇了国家的权力根基，其教训十分深刻。

结　语

陈忠实的《白鹿原》生动形象地展现了传统中国乡村治理的历史图景。在《白鹿原》中，有两种对比鲜明的乡村治理模式：一是以白嘉轩为代表的"乡贤治乡"模式，二是以鹿子霖为代表的"乡官治乡"模式，这两种治理模式给白鹿村带来的影响是完全不同的。从清末民初到新中

---

① ［美］李怀印：《华北村治——晚清和民国时期的国家与乡村》，岁有生、王士皓译，北京：中华书局，2008 年，第 10 页。

国成立前夕的半个多世纪里,这两种不同的乡村治理模式在白鹿村始终存在,二者之间既矛盾重重,冲突不断,又相互妥协合作,共同维系着历史大变革时期动荡不安中的乡村社会秩序。在当代中国乡村治理中,如何用好"乡贤治乡"与"乡官治乡"两种模式,平衡好二者之间的关系,从而收到最好的乡村治理效果,值得深入思考和认真借鉴。

白鹿精神与朱先生

王仲生

摘　要　朱先生是"白鹿精神"的人间体现者，一个"大儒"形象，他并不是没有缺陷与不足的。他是清末士大夫和文化传统的代表性人物，与现代知识分子格格不入。他对现代文明的拒斥，对田小娥的不能容忍，揭示了他的历史局限性。

关键词　朱先生　白鹿精神　大儒　现代知识分子　现代文明　田小娥

即使很优秀的人，也是不完美的。

没有局限和缺陷的人生，不是真实的人生。解读朱先生这一文学形象，我以为，离不了这样一个基本出发点。

文学作品里的人物与现实生活中的人物，当然不会等同，即使是理想人物，也不可能完美无缺。那种高、大、全式的不食人间烟火的虚幻完美，早已证明了它的失败。

在《白鹿原》小说世界里，朱先生是一个"显赫"的存在。他的"显赫"不是缘于他的权势与地位，也不是他在小说叙述结构中的关键性作用，而是来自他的精神、他的人格、他所抵达的道德高度和人生境界。

他的精神，笼罩和影响了《白鹿原》小说里几乎所有的人，唯有鹿兆鹏能够以一个劝导者的身份与之对话。这一点，特别耐人寻味。像岳维山、田福贤之流，虽不以朱先生为然，也不敢轻易造次。

朱先生是白鹿原或者说古老中国乡土社会的一棵参天大树。但他绝不是"完人"，因而才更具艺术的真实性、可信度与人性深度和审美价值。

随着乡土社会的解体，在社会结构新旧交替之时，朱先生生命之树轰然倒下。不过，他留给我们的思考却不会终止。

朱先生这个形象的出现，是《白鹿原》给当代文学的贡献之一。

忠实说，朱先生是《白鹿原》里第一个浮现到他眼前的人物。因为这是"唯一有比较完整的生活原型的人物"。而且，小说孕育之初，作家翻阅的《蓝田县志》正出自朱先生原型牛才子之手。牛才子是县志总撰。从童年起，牛才子的传说就让忠实倾倒。牛才子在忠实的心里近乎"神"，尽管忠实从不信神。

朱先生（或曰牛才子）是催发忠实《白鹿原》创作机制的动力之一。

"成也萧何，败也萧何。"正是受制于生活原型，对朱先生这一形象，作家多少有些挥洒得不那么自如。忠实自己也说写朱先生是"小心翼翼"，人物塑造的艺术拘谨，常常出现在作家心仪的人物身上。艺术史上不乏先例，《创业史》之写梁生宝即如是。

1949 年以来，我国文学人物长廊和艺术谱系里，朱先生这样的"大儒形象"，可以说是第一次出现。

如果放眼百年新文学，倒是不乏祖父形象：《呼兰河传》里的祖父，慈祥的老人；《四世同堂》里的祁老者，家庭的守护者。而在《激流三部曲》里"当代大儒"冯乐山是一个虚伪而贪色的伪君子。《科尔沁旗草原》里的丁半仙，扮神弄鬼，旁门左道，成就了他的世传家业。激进文化主义思潮下，"儒"处于怀疑否定之列，"大儒"不可能"僭越"于新文学。

宗璞的《南行记》为我们塑造了当代大儒，但这是在《白鹿原》之后。

时代为"大儒"形象的出现提供了思想可能，忠实成为把这一可能性转化为文学现实性的"第一个吃螃蟹的人"。

朱先生是"白鹿"的象征。白鹿在小说的符号系列里，是一种精神，更是一种理想，是美好世界的寄托、美好人格的向往……

与白灵死亡时，嘉轩与朱白氏梦见白鹿一样，朱白氏在朱先生临终前，"忽然看见前院里腾起一只白鹿，掠上屋檐飘过屋脊便在原上消失了"。而朱先生死亡时，朱白氏再次在恍惚中看见了白鹿消失。

作品是把朱先生这个人物作为白鹿惊魂、白鹿原人的精神代表，民族文化传统理想的化身来塑造的。但作品并没有回避朱先生身上的缺陷和不足，朱先生与现代知识分子绝不相牵连，他与现代理性处在完全不同的文化立场。

作为"关中大儒"，作品没有从朱先生学术研究、学术活动展开，更没有从思辨和玄想落笔。

小说主要从朱先生的世俗交往和对社会事物的参与来展示他的"从道不从君"的人生选择，体恤民生、关注底层的济世襟怀，为民族存亡奔赴前线的一腔热忱，审时度势对时事的了如指掌以及平静地对待死亡的哲人气度。

"学而优则仕"，朱先生否定了这一传统。他拒绝巡抚方昇的多次举荐，坚辞为官。在他看来，枝枝节节改变不了大局，要从根本上医治这个社会，就要从教育入手，他坚持讲学于白鹿书院。

权力崇拜是人类最坏的偶像崇拜，是洞穴时代的遗迹之一，也是人类的一种奴性。在朱先生身上，我们看不到这种奴性，我们看到的是他的独立人格，这种人格独立，源于他的精神世界和人伦情怀。

朱先生以一个精神导师的形象出现在白鹿原。

在白嘉轩眼里，朱先生是"圣人"，圣人与凡人的区别在于是否身体力行圣人之言。朱先生是一位践履圣人之言的身边的圣人。

《朱子语录·孟子》卷十一、六一说："圣人是人与法为一，己与天为一；学者是人与法未为一，己与天未为一，固须行法以天。"

王阳明说，圣人之心以天地万物为一体（《阳明全书》卷二十《大学问》)。

圣人作为一种人格塑造，历来为儒家推崇。从"人与天地万物为一体"看，朱先生体现了这样的精神追求。

朱先生的第一次亮相，就被披上了神秘光环。

大雪纷飞，人迹罕至，白嘉轩发现了积雪里的一株奇异植物，悄悄埋好，跑去请教朱先生，先生让他画下来，先生告诉他，这画的不是一只白鹿么？

由此，白嘉轩开始了阴谋规划，展开了白嘉轩与鹿子霖两家的世代恩仇。白鹿原半个世纪的风云变幻，形形色色人物命运的生生死死、悲欢离合，一出大戏拉开了序曲，从这个意义上看，朱先生是大戏的启幕人。

朱先生稔熟农事与节气的关系，善于观测天象，这让他常常无意中给村民的农事帮了大忙。他还善于从常理出发，推测一些时间的前因后果。他指引丢牛人很快找回了牛。

小说这些细节的描写突出了朱先生不是那种耽于玄思坐困书斋的人。这是关学务实精神的体现。

乡亲们奉他为"神"。

朱先生自己却并不这样认为。

朱先生反复说："我不是神，我是人。我根本不信神。"他甚至亲自动手推倒了"四吕庵"，即白鹿书院里不知何人所塑的四座神像。在这些地方，朱先生与原儒、与孔子一脉相承。

"孔子只是一个实际的世间智者，在他那里思辨的哲学是一点也没有的"，黑格尔的这个评价凸显了孔子的入世精神和人间关怀。朱先生的学识始终指向了尘世、俗世。

白鹿原广泛传播着朱先生的一些生活箴言：房是招牌地是累，攒下来的银钱是催命鬼。

这类从长久生活中积累的历史经验，反映了皇权专制和自然经济条件下小农耕作的生存之道。一种弱者的生存哲学，一种对欲望的反拨。

朱先生一辈子拒绝与洋字沾边，对近代工业文明，朱先生持排斥态度。不过辛亥革命倡导的放脚剪辫子，朱先生很是认同，可见他并不是一味守旧的人。

朱先生一介书生，却情系民生心忧天下，普及苍生的宏大抱负让他时时刻刻把百姓冷暖放在心头。

他迫使白嘉轩铲除了发家的鸦片田。面对国民政府铺天盖地而来的鸦片种植，他却束手无策。

他帮助冷先生平息了白嘉轩与鹿子霖的换地风波，为白鹿村争取了"仁义"村的石碑，而在此后愈演愈烈的白鹿村生死争斗中，朱先生只能是一个旁观者。

朱先生重视教育、教化，以此为自己的终生事业。

"在没有了皇帝的日子怎么过"这样一个紧迫而又严峻的生存困惑和普遍疑惧面前，朱先生开出的药方一是肯定白嘉轩的办学校，不过这是私塾，在"咸与维新"的时代要求下，这不能不是倒行逆施；二是重颁"乡约"。

乡村变革太难太难。通常情况下，激烈的变革之后，总会出现反弹。《白鹿原》对于辛亥革命后农村出现的这样一种向传统回归的艺术把握，既是历史真实的反映，更显示出作家的历史眼光。底层百姓对新的变化采取的这种排斥，来自历史的教训，所谓"兴也，百姓苦，亡也，百姓苦"，即为经验的总结。

长期以来，传统乡村的认识范式认为，国家权力不下县，县下唯宗族，宗族皆自治，自治靠伦理，伦理造乡绅。

在这样一种认识范式下，"乡约"被提到了普遍有效的地位。

钱穆就认为"乡约"是带有宗教与道德精神的一种乡村约法。更有甚者，在《白鹿原》的评论中，有人就认为"乡约"是农村的"社会契约"。这种观点完全无视"乡约"和"社会契约"是两种全然不同的社会形态产物，他忘记了"社会契约"是建立在公民社会这样一个前提下。

"乡约"不涉及权力和财产，他是乡村生活中伦理关系的规范性要求。包括了德业相劝，过失相规，礼俗相交，患难相恤，以及罚式、聚会、主事等操作系统。

秦晖通过《长沙走马楼三国吴简·嘉禾吏民田家莂》的分析，提出了他的观点，吴简反映的国家政权在县以下的活动与控制十分突出，当时不仅有发达的乡、里、丘组织，而且常设职、科层式对上负责制与因此形成的种种公文程式在简牍中都有所反映。[1]

封建时代的中国的农村基层组织究竟如何，不是我们要讨论的问题。我想指出的是"乡约"并不能给辛亥革命后的白鹿原带来平静，这在小说里已经得到证明。

"乡约"这个宋代蓝田吕氏兄弟所创立、朱熹增订的乡村生活规约，明代王阳明门下大弟子讲学时亦与之合流，足证在相当长的时间内曾产生了广泛影响，成为教导民众做人修养的教科书，维护了乡村秩序的伦理规范。

随着时代的推移，"乡约"逐渐失去了它的制约力，朱先生重申"乡约"以之为过日子的章法，至少说明，以前"乡约"在白鹿原废弛已久，不然何以重申！而《白鹿原》以生活的逻辑与"乡约"的不相容再次告诉我们"乡约"不是解决白鹿原问题的钥匙。

白嘉轩这个朱先生思想的忠实实践者，是"乡约"的执行人，他就曾自信地认为，白鹿村人不论是谁最终都得回到祠堂认祖。而他的儿子孝文却毫不含糊地说，走不出白鹿原的人，永不会出息。这让人想起于右任的话，十个老陕九不通，一通便成龙。不通在哪里？闭塞落后之谓也。

"乡约"连同白鹿原如果不能与世界、与中国的潮流"与时俱进"，它要维系固有的传统生活已不再可能。

虽然如此，朱先生的热诚仍然可贵。

朱先生是一个"仁者"。

他的只身赴方昇大营劝退20万清兵，为的是不让生灵被涂炭。他的唯一武器就是他对大局的清醒分析，清廷已为朽木，枝枝叶叶的修补已

---

① 秦晖：《传统十论》，上海：复旦大学出版社，2003年，第3页。

无济于事，唯一选择只能是顺时利世。

他给围困西安的镇嵩军刘军长前途的预测再次证明了他的眼光犀利：大雪将给镇嵩军以致命一击。

朱先生拒绝任何官职官衔，他却出任赈灾副总监，为了帮饥民渡过灾荒，朱先生破天荒地担任了这个职务。他德高望重，名震四方，舍朱先生，谁也担不了这个担子。

"这个肥缺给了谁，谁就会在本年内成为本县首富。"朱先生一身正气，保证了赈灾物资真正用在了灾民身上。他四处巡视，以身作则，不吃招待宴，率先吃舍饭并要求赈灾委员也得吃舍饭。

朱先生是个"智者"。

鹿兆鹏火烧白鹿粮仓，朱先生不再执教白鹿书院，辞去了师范学校校长职务，重修县志成了朱先生后半生的事业，他自嘲"不过是一个陶钵"。他对白鹿原上的复杂斗争有着自己的认识和判断。

国共合作北伐时期，朱先生曾以"不论是谁，只要不夺我一碗苞谷糁子我就不管他弄啥"。基本持观望态度。

一场"风搅雪"，朱先生动摇了滋水县"水深土厚，民风淳朴"的评价。

黑娃成了土匪，洗劫了白、鹿两家，打折了白嘉轩的腰。

"噢！这下子是三家子争着一个鳌子啦！""原先两家子争一个鳌子，已经煎得满原都是人肉味儿；而今再添一家子来煎，这鳌子成了抢手货忙不过来啦。"

形象的比喻中，自有朱先生的评判。

曾有论者把小说人物朱先生的这一比喻与作家的历史判断混为一谈，这显然是将小说世界的虚拟人物与现实世界、经验世界里的作家拉在了一起，而完全无视他们分属两个不同的世界。如果以此逻辑类推，那推论之荒唐将愚不可及。

而且从朱先生这样一个关中大儒与理学传人的角色设定来看，儒家的历史观念本就有历史循环与历史倒退之说。

邹衍的阴阳与五德始终说，使他把人类历史尤其是政治史看成一个不断循环的过程。

董仲舒把儒家和阴阳家思想结合起来倡导所谓黑白赤"三统"的历史循环论。

北宋邵雍把时间历程划分为元、会、运、世。他认为自尧以后中国历史的总趋势是退化的。

在西方，近代以来，形成了从线性时间出发的历史进步论。

黑格尔的历史哲学是线性目的论、进化论历史观形成的基础。在黑格尔看来，历史的目的，即其进步的方式，不过是精神理念的自我意识的展现。

黑格尔因此认为，印度与中国没有历史。在他看来"中国很早就已经进展到了它今日的症状，但是因为它客观的存在和主观运动之间仍然缺少一种对峙，所以无从发生任何变化，一种终古如此的固定的东西代替了一种真正的历史的东西"①。

黑格尔《历史哲学》还认为"在中国，那唯一的、孤立的自我意识便是那个实体的东西，就是皇帝本人，也就是权威"②。

黑格尔的所谓历史目的论，已受到西方学者的挑战与质疑。

波普尔在他的《开放社会及其敌人》一书中，对黑格尔的历史主义，展开了深入的批判。黑格尔认为历史尤其是一般的历史，是建立在一个本质的和实际目的之上的，这个目的实际上现在是将来还是在历史即神的计划中实现的；总之，历史中有理性，必须按照严格的哲学根据来确定，从而表明它本质的以及事实上是必然的。波普尔认为黑格尔的观点指向了极权主义，在黑格尔看来，历史发展的三个辩证步骤，其"生命……是进步具体化的循环"。"这些步骤的第一步是东方的专制主义，第二步是由古希腊和罗马的民主制和寡头政治构成，第三步，也是最高的

---

① [德] 黑格尔：《历史哲学》，王造时译，北京：商务印书馆，2007 年，第 73 页。
② [德] 黑格尔：《历史哲学》，王造时译，北京：商务印书馆，2007 年，第 87 页。

一步，是德国的君主制。"当然这是一种专制民主制。波普尔因此提出了他反历史主义、反本质主义的理论。这本著作是对所有那些威胁开放社会的伪科学（整体论、本质主义、实证主义、历史主义等等）的方法论处事方式的批判。

"未来依靠我们自己，而我们不依靠任何历史必然性。"波普尔在这本著作的引言里这样说。

汉娜·阿伦特认为：人对自身的创造这一观点属于黑格尔和马克思思想的传统范畴。他说，人作为自然物种的一类或个体来说，自己无法掌握自己，这是再明显不过的了。

阿伦特说："人类作为整体是不断发展的说法，或者发展是统治人类一切运动过程的法则……只有到了19世纪才成为一个几乎普遍接受的信条。"正是这种观点"不但促成了达尔文在生物学上的发现，还使人认识到，人类的存在是由于大自然无法抵挡的向前运动，还引发了新的历史哲学……"（《关于暴力的思考》）。较之于波普尔，阿伦特甚至对人的创造自己也予以了否定。

朱先生的鳌子之说，还反映了儒家与理学的民本主义思想。"民为贵，社稷次之，君为轻"，孟子的民本主义思想是儒家学说中最为人推崇的亮点。而张载的"为天地立心，为生民立命，为往圣继绝学，为天下开太平"，更表明了一种重建思想秩序的理想和社会担当的自信。张载认为只有以道德和伦理为本位，人才可能获得生命的价值和意义。

朱先生的独立人格在这里得到了充分表现。朱先生从不参加、不介入政治活动和党派纷争，他以一个独立的旁观者的身份看待发生在身边的这些政治军事冲突。在他看来，生活有比政治军事斗争更多更丰富更广大的内容，而百姓应该有自己对生活的选择和安排。

对朱先生来说，他希望自己"学为好人"，也希望大家都"学为好人"。"学为好人"是朱先生一生身体力行的大事，但他终于痛苦地发现"好人难活"。

朱先生作为一个局外人，对形势有清醒的认识。他做出的"天下是朱毛的"的判断，既来自现实的观察，也来自民心向背的把握。他认为：而今这个鸡飞狗跳墙的世道与三民主义对不上号吆！他由此而提出：共产党得了天下以后会怎样，还得看。这也正是"古陶钵"以古鉴今的历史价值。

朱先生不是完人，他和我们一样，有自己的缺陷和不足。

作家并没有回避朱先生的不足，这与忠实的痛苦反思分不开，也与他的艺术追求分不开。忠实以牛才子为原型塑造朱先生的初衷，可能是努力想把朱先生写得完美、完满一些，可是，人物一旦在作品中活了起来，就会按自己的逻辑去发展，从而违背作者当初的设计。

田小娥化蝶，白鹿原瘟疫成灾，朱先生怒斥为田小娥修庙的主张，力主把田小娥"装到瓷缸里封严封死，就埋在她的窑里，再给上面造一座塔，叫她永世不得出世"。

朱先生俨然如法海和尚之以雷峰塔永镇白蛇于塔下。

朱先生认为，田小娥化蝶制造瘟疫是妖媚之举，"人妖颠倒，鬼神混淆"，理当封杀。

对比朱先生对鹿兆谦"学为好人"的称许礼赞，对比朱先生对白孝文"浪子回头"的热情首肯，朱先生之厚此而薄彼，判若两人。

朱先生的传统伦理道德的卫道士形象引人注目。他的文化保守主义立场，决定了他对传统道德的坚守，更何况，面对瘟疫对广大百姓的危害。

朱先生对事关民族存亡的抗日战争表现了他的坚定的民族主义立场和浩然正气。

朱先生题赠中条山战役的抗日名将：砥柱人间是此峰。

鹿兆海赴前线前夕，以那枚铜圆相托于朱先生，朱先生表现了一个长者的关爱和理解。这个细节对于完成朱先生形象塑造，是极为可贵的一笔。朱先生对男女私情、恋情并不全然排斥。

朱先生参与了白鹿原上绝无仅有的一次隆重葬礼，民族存亡高于党派斗争，朱先生的人生信念在这场葬礼中又一次彰显了，这种历史观构成了白鹿精神的重要内容。

朱先生发表了他的抗日宣言，小说的高明处在于作品并没有将宣言诉诸笔端，通常以为该写的，没写；以为可以不写的，却写了（例如兆海以铜圆相托）。

　　作品写八位老先生奔赴前线，临行前夕，有一场小宴，朱先生破天荒开起了玩笑，把朱白氏拉到席上敬酒，那一番亦庄亦谐的戏语，一下子把"拟圣人"拉为了"凡人"。这也属于可不写的，但却写得真切动人。

　　作品塑造朱先生多从大事、大处落笔，如劝退清兵、赈灾，如讲《乡约》，如"学为好人"，等等，总感觉可敬却难以让人亲近。倒是这些日常细节，揭示了朱先生内心的那种温情、私情。朱先生这个形象也就立体化了，日常化了，凡人化了。

　　不写人物可示于人的一面，而是把人物轻易难以示人的隐秘一面揭示给读者，这也是作家的艺术功底。

　　小说写朱先生编撰县志，短缺经费，无钱付印，已是难得一笔。而临终前在家"理发"这一场景，更写得感人至深至切。

　　鹿兆谦新婚之夜把妻高玉凤叫为"妈"，为"理发"这一场景的出现已做了铺垫。"朱先生的脸颊贴着妻子温热的大腿，忍不住说'我想叫你一声妈'……朱先生扬起头诚恳地说'我心里孤清得受不了，就盼着有个妈'，说罢竟然紧紧盯瞅着朱白氏的眼睛叫了声'妈——'两行泪珠滚滚而下"。没有朱先生与朱白氏两人眼睛的对视，情感就无从落实而陷于缥缈。

　　朱先生从儿时的记忆深处，涌出的对于母亲、对于妻子、对于亲人的呼求和渴盼，把他的内心的孤清表达得细致而真切。

　　面对死亡，朱先生表现了他对生的挚爱和感恩，对死的豁达和通透。

　　这是一颗孤独而高贵的心灵。

　　凡有鲜明自我而又卓尔不群者，皆与孤独终生相伴。孤独只属于意志坚强而富于思想的人。

　　朱先生在白鹿原上往往离群而索居。他与他的那七位编县志的同仁，思想与情感的交流，小说也涉笔不多。

朱先生的孤清来自他精神上的高蹈与超越，他所代表的白鹿精神与现实世界有难以弥合的距离，朱先生希望白鹿原、希望尘世是一个理想的世界，但他清醒地看到，这个理想遥不可及。

对于未来，他看得较之兆鹏、兆谦要冷静得多。他并不认为未来是美好的、前景是光明的，甚至在朱先生看来"折腾"仍将难以避免，也许母亲的呵护是尘世唯一可以企及的，这已是生命中的绝响！

朱先生留下的后事安排的遗言，不幸一一被证明了朱先生对事实发展的了然如指掌。朱先生墓中留下的那方砖头刻下的字赫然在目：

天作孽，犹可违；

人作孽，不可活。

这应该是《尚书·太甲》中的一句：

天作孽，犹可违，

自作孽，不可逭。

长久的历史经验告诉我们：

上天的灾难，可以躲开，自己作孽，灾难无可逃遁。朱先生的遗言应该是民间版本。

这已不只是道德主体的自律自戒，而涉及人的存在、社会的存在的某种规律性总结。

先秦原儒对于天的认识在《论语》里基本上皆为理想上有意志有人格有作为之上帝，孔子仍为遵守古代传统朴素的上帝观念者。

墨子犹然，以敬天事鬼为是。

孟子亦称知"天"莫之为而为者，天也；莫之致而至者，命也。

庄、老言天，其义始大变。

"夫万吹不同，而使自己也，咸其自取，怒着其谁邪！"始以自然义言天。

老子始舍天而言道。"天法道"，道在"天"之上。

《尚书·洪范九畴》是殷遗民箕子追随夏商一脉相承的学术政治传统，他将集中在五行和皇极两畴。皇者，大也。极者，中也。我国文化是早熟的文化，把宗教玄秘、人类经验寄寓在一个象征符号里，去代表一个思想体系。它是宇宙的永恒真相、最高价值。周人又将它化为道德之仪轨，神秘宗教化为伦理文化型的理性化宗教，宗教又变为理性化的道德。《尚书·周书》里，康豪、君奭、立政、吕刑诸篇，把"洪范"以身体节后为基础的道德属性予以彻底的精神化而成为良心的自觉，用以启发理性的批评而确立他的普遍原则。他展开在人类社会中，宗教不是死了，而是转移到他的神秘的世界中了，这也可以解释宗教何以在传统中的缺失。

朱先生留下的还有"折腾到何时为止"，夹在砖头中间。

这是天问，也是警示："折腾"是自我作孽。他的反面是创造性，是"天行健，君子以自强不息"。

有论者认为，朱先生终于从拟圣人走向凡人，是一个"弱"者。这显然忽略了朱先生一以贯之的精神之强大，即"天行健,君子以自强不息"。

"我们自己承担自由的历史的责任。在同样意义上，我们承担起创造我们生活的责任，唯有我们的良心才能对我们加以裁决，而不是世俗的成功。"波普尔在《开放社会及其死敌》一书中，这样认为。

在世俗的层面，朱先生似乎失败了，他的一切努力付之东流，然而他的追求本身，他所遗留的警示，却具有不灭的价值。

波普尔接着说："那种认为上帝在历史中显现自身和他的审判的理论，与那种认为世俗的成功是我们行动的最终判断和证明的理论彼此难以区别，它与那种认为历史将做出裁决（也就是说，未来的强权即公理）的教条是一回事。它与我们称之为'道德未来主义'是一样的。"

在波普尔看来，无须从未来去证明，证明就在当下。成功，世俗的成功并不能证明什么。承担历史责任的自由，创造我们生活的责任，才是最后的裁决。

朱先生大仁大智，勇敢地承担了他的责任。他的勇于担当，是他强者生命的召唤。

等级制度、特权压迫下的无奈和普遍的人类生存困境下的不能真正把握自己,给朱先生身上带来了自由与自觉被处于重重围困之中。"反正"后来他退回书斋专心于县志编纂,抗战中他投笔请缨而被迫取消,再次证明了他"知其不可为而为之"的勇毅与碰壁。

但这并不能掩盖与取消朱先生独立于政党之外的客观审视的价值,他无疑是我们理解白鹿原艺术世界不可或缺的独特视角与参照。

朱先生是长空的一只孤雁。

有论者认为,朱先生是传统人文精神和终极关怀的依归和家园。不能说作者完全没有儒教救世的思想等等。

我以为,这些论点都有可商榷之处,朱先生绝非完人,也绝非圣人,而且即使如孔子、孟子这样的圣人、亚圣,他们的思想和主张也不是全盘都对、全盘都好。在孔孟身处的时代,他们的思想和主张当然有它的光辉处。两千多年来,他们的学说几经阐释和发展,早已有了新的变化。董仲舒为一变,程朱与陆王又为一变,近现代新儒学又为一变,至于小说里朱先生所代表的张载关学,与程朱有更多的联系(关学开程朱之先河,但又与陆王有别)。关学本身又是一个复杂的存在。我们不能在小说的规定情境中去理解朱先生与哲学史、思想史上的关学混为一谈。我们只能在小说规定的情境中去理解朱先生,而朱先生如前所分析,他是关中大儒形象,但关中大儒形象不意味着他没有局限性。看不到朱先生对田小娥的非人性、非人道,是片面的。当然,我们不能也无须去苛责朱先生。

儒家思想能否救世是一个问题,作者是否欲以儒家思想救世又是一个问题。小说家的责任是塑造人物以勘探人性,勘探人性之复杂,为微妙与幽深以及无限可能性和这种可能性在规定情境里的唯一性,即悲剧性、荒诞性。他并无必要也无能为力为我们解开人生之谜、人性之谜。他只需发现、表现与呈现。他更不可能为我们指出未来,为我们昭示一个值得我们效法的人生导师或样板,为我们设计一个未来的社会蓝图,指明未来的文化发展方向。

朱先生是一个复杂的存在,复杂不会掩盖他的光辉。

朱先生所代表的传统文化与文化传统是一个复杂的存在，复杂不能掩盖这个文化的光辉；但光辉并不意味着我们要全盘继承。而且，全盘继承不可能。以儒学论，它一直处在发展中，一直在与时俱进，此其一；其二，我们处在市场化、信息化、全球化的时代语境中。原儒是农业经济与春秋战国纷争的思想产物，是那个时代为了解决那个时代困惑而提出的，其中当然包含历史性的、普遍性的内容，需要我们挖掘整理。文化的承传永远是在发展中，在创造性的转换中。

不少人认为《白鹿原》是在肯定和弘扬传统文化和文化传统的基点上展开它的艺术叙述的。我以为这还是一种误读。

看不到朱先生、冷先生、白嘉轩与鹿三身上的复杂性、残酷性以致血腥性，只能是一种泾渭分明、黑白对立的简单思维与人物评价。这与看不到追逐于权力与女性中的鹿子霖这个艺术形象也有他的美好一面，同样失之于简单化一样。

如果说真的对生活有帮助，那是因为他们阐明生活的冲突和模棱两可之处。我们阅读，为的是增加对人性和生活的认识（而不是教导我们如何生活。这当然是另样的观点，与我们传统和正统的"文以载道"、车尔尼雪夫斯基的"生活教科书"或斯大林的"人类灵魂工程师"之类大相径庭）。生活从来不是是非明确云泥立判，生活比我们接受过的全部道德教训或政治复杂微妙而有意思得多，也美妙得多。

谈白嘉轩

费秉勋

　　《白鹿原》以中国民主革命在白鹿原上的具体演进过程为经，以白、鹿两大家族的家族内部生活以及两族的相互关系为纬，来推进小说的发展。我以为概括地说这部长篇主要有以下三个特点和收获。第一是宏阔的艺术气势和史诗的规模；第二是充分的、严格的和开放的现实主义文学品格；第三是全方位展现社会生活，作品包容了丰富的文化内涵，负载了充分的文化信息，贮存了较大的历史认识价值和文化资料价值。

　　如果从政治归属着眼，《白鹿原》中的主要人物可分为三大阵容：国民党（田福贤、鹿子霖、白孝文、鹿兆海）、共产党（鹿兆鹏、鹿兆谦即黑娃、白灵、韩裁缝）、封建村族派（朱先生、白嘉轩、冷先生、鹿三、白孝武）。三派之间有斗争，有联合，他们的行动演成了波澜壮阔的社会生活活剧。写共产党，写职业革命家，陈忠实没有超过前人，甚至敌不上前人。写乡村国民党，至多和以往的文学拉个平手。写大气凛然的封建村族人物，写得最出色最深刻最成功，这是《白鹿原》最独到的东西，是前人没有做到，没有写出来的东西，是中国现当代文学的一大战绩。《白鹿原》的胜利主要在这一点，没有白嘉轩、朱先生，就没有《白鹿原》。

我这里要为中国封建文化大唱赞歌，这肯定没有一个人会赞同，但既然允许百家争鸣，我也就有这个权利。这种不合时宜的赞歌，主要是通过谈白嘉轩这个人物来进行的。过去常说"文学新人"，但内容实指"时代新人"，即能站在时代前沿以顺应和推动历史发展的人，这样概念化的表述似乎还堂而皇之，待到具体化的时候便往往和当时的政治运动挂起钩来，提倡写这样的"文学新人"的，往往是文学界的行政领导，以及和行政领导不大能分得很清的在理论界占据要津的一些人。做这种提倡时，其意识中盘踞主要是政治，而把文学扔到了一旁。所以当时所谓"文学新人"的标准也便和当时的政治本身一样根基不稳。几年之后，"新人"常常成了庸人或小丑。我以为，"文学新人"应当是文学把现实中存在的某种人以一种艺术典型立起来了，立体化地写活了，这样的形象在文学中前所未有，别人未写或没有写成功过，这才叫"文学新人"。准此而论，白嘉轩就是"文学新人"，当然不是以前谬定的那种"文学新人"，而是名副其实的"文学新人"。

如果我们的襟怀很大，不是一般的大，而是大到能泯灭阶级、时代、民族的意识，像传说中那种能住在天上长生不死，因而可以俯瞰全球和历史的神仙的话，我们不能不承认，中国封建历史很伟大，中国封建制度、封建文化、封建精英人物十分了不起。如今得让我们仰视的西方欧美那些地区和民族，他们的封建时代很短，很"苟简"，绝没有中国封建文化的完美高度。我这样说，你立即会觉得抓住了把柄，会说，人家封建时代短得好，所以人家很快走向先进，你中国封建好得了不起，长命不死几千年，所以落到了人家后面。看，你的襟怀又小了不是？你又回到狭隘的境界去了，你又成了 20 世纪末的特定时代的人，你又功利地思考问题了！我们现在是要用大胸怀来探讨问题，或者说从审美角度超功利地来研究问题，把中国封建历史作为一个审美对象来观照。中国封建社会如此之长，不能像西方封建制那样很快结束，是有它本身的因缘的，是它的生命活力本身在起作用。西汉、盛唐是中国封建社会发展过程中的两座高峰，唐以后也许可以说走了下坡路，但完善的封建社会制度却仍然给文明、文化的高度发展提供着良好的舞台，活版印刷、宋词、苏东坡、程朱理学等，都是带有世界意义的文明伟绩。经过元明两代，中国的封建社会仍然有生命力。到清代，虽已像一个百岁老翁到了弥留之际，渐渐临近了外强的威胁，但仍能显示封建社会某种静谧安和的盛世魅力。对于中国封建制度生命活力和长命因缘的揭示，也应成为中国文学用武的一个领域。白嘉轩这一人物的塑造，就不期而然地做了这种独特的工作。

对客观现实复杂存在特征的成熟把握，在白嘉轩这一文学形象的创造中，充分地显示出来，这是陈忠实的一大突破。在中国"文革"前十七年的长篇中，总是依据所定的主题，把人物分为营垒分明的两部分：正与反、忠与奸、善与恶、先进与落后等等。从总的倾向看，陈忠实以往的作品基本上也没有跳出这种积习的窠臼。作为现实主义文学来说，这已退到了古人的水平线以下。曹雪芹写《红楼梦》就彻底打破了这种违背现实的人工分野，从大原则而不是就具体人物说，曹雪芹写人是以现实存在为依据的，"不敢稍加穿凿"。把人物明确分为正反好坏两部分，这在中国文学是有历史根源的，尤其是在中国戏曲中，两方人物分得清清楚楚。既然《红楼梦》已自觉打破了这种人为划分，为什么现代中国解放区文学和新中国成立后十七年文学又返回到窠臼中去了呢？我以为这是所谓"阶级观点"和斗争哲学铸就了人们的意识，在这种意识下产生的文学，自然对"谁是我们的敌人，谁是我们的朋友"这个问题，丝毫不敢有所含糊了，于是，曹雪芹非常自觉地、明明确确地抛弃了的东西，又被捡了起来。在当时的政治背景下，文学是这样的文学，这是带有必然性的。这一积习，是产生深刻现实主义文学的重大障碍。陈忠实在创作《白鹿原》时，无论在文学观念上还是生活积累上，都做了相当充分的准备，因而对自己也对中国文学实现了重大的突破。和陈忠实以前的作品相比，《白鹿原》运用了更严格更充分的现实主义创作方法，使他的文学创作品位有本质性的升华，不再提取偏重于政治伦理的生活事件，对人物也不轻易呈露创作主体的爱憎褒贬，表现出作家更客观、更冷静、更睿智的态度。这一切在对白嘉轩这一人物的塑造中表现得尤为圆熟成功。白嘉轩坚实的精神力量和在白鹿村的德望，像泰山一样不可动摇，然而同时他也与时代的车轮相逆而动。他是一个英雄，也是一个堂吉诃德。他有自发的农民式的义愤，暗中发动过交农运动，但他又不支持共产党领导的民主革命斗争。他对田福贤、鹿子霖的鄙夷和蔑视表现出浩然正气，而又竭力阻挠黑娃、白灵等人自由的爱情婚姻，显示了封建宗法势力的顽固和残酷。这一切融汇为一个血肉鲜活的生命体，活动在作家的笔下。

总体来看，或者说就其本质来看，白嘉轩是属于封建性的，他是中国农民中鹤立鸡群的人物，他把朱熹以来维护封建人际关系和伦理秩序的思想、哲理、道德规范、行为准则甚至操作方式，都自然圆活地融贯于日常生活中了。从白嘉轩身上，我们就会理解，中国封建社会何以如此长寿。有着健康坚实的生理禀赋、强盛的摄取和代谢机能，还有着特别的心理素质和精神素质以保证养生，不长寿才怪呢！

白嘉轩身上具备着诸多传统美德和修养，有着巨大的人格力量。他洞察生活矛盾精明而敏锐，虽然不动声色，而事物的底里都逃不出他的眼睛，事物的发展每每都在他的掌握之中。他整饬族纪家风显出无比的权威，处理人际关系克己而谅人，用活了儒家的中庸原则。坚定地去营救打坏他腰的黑娃，对长工鹿三尊重而有着真正的友情，这一切并无丝毫的矫情和伪饰，这些都是令人敬仰的。他勤劳自守，劳动成为生命的第一需要，也是他树立人格根基的基石。作为农民中一个出类拔萃的人物，白嘉轩的思想有相当的深刻性，甚至可以认为他是一个乡土哲学家，第二十六章写大瘟疫之后白嘉轩关于生活像木轮大车，死的人就像断了的车轴，必须让大车继续前进，所以不能不把旧车轴撂过手的哲理性思考；二十七章关于世事就是祸福，祸福相依相伏像罗面柜的哲理谈吐，都是把深刻的哲理通俗化、生活化而达于出神入化之境。

白嘉轩上述这一切德行、修养、人格，基本上是属于封建性的，但即使到目前的新时代里，也还有其价值，也还没有完全过时。一个国家一个民族的文化、哲学、伦理、道德、心理意识等，绝不是只属于某一特定的阶级和时代，在很大程度上它是超越阶级和时代的，要建设这个国家，发展这个民族，如果无视甚至鄙夷这一切，就必须要受到惩罚。白嘉轩这一形象的深层意蕴正是用文学形象对这一点的揭示。一个人物，他的身上如果典型地融化着民族的文化心理素质，哪怕他所隶属的阶级已经退出历史舞台或已经在历史舞台上成为不合时宜的角色，他仍然会有价值，仍然会是一个不能等闲视之的角色。而且可以说，只有拉开人物与他所承担主角的时代的距离，造成这方面的反差，这种价值就愈会复杂地显示出来。深刻性和复杂性是孪生的兄弟，而形而上学则是简单的、机械的、"明晰"的。白嘉轩这个形象无论就本身的性格结构还是就他与时代的关系来看，都是复杂的，其深刻性也正包含在这种复杂性之中。

《白鹿原》写的是清末到新中国成立即 19 世纪末到 20 世纪中叶的农村生活，正好是中国新旧民主革命的这段时间。民主革命的主要任务就是反封建，在这一时代中作为封建村族派的代表人物，白嘉轩免不了有困惑和尴尬。如果不是在这一时代，也不必在封建制鼎盛的隋唐，就是在封建制度已入末运的明清时代，白嘉轩也会成为一个了不起的人物，而他偏偏生活在封建思想和封建制度成为先进的社会革命的进攻对象的时代里，这便使他成为一个深刻的悲剧人物。悲剧的根源主要在于他生不逢时。

我们上文说过《白鹿原》中的主要人物可分为共产党、国民党、封建村族派三大阵容，整部作品所叙写的，对三派来说，都有一定的悲剧性。共产党的革命是顺天应人的，但有时却因把斗争哲学推向极端而出现了残酷的内部杀戮。白灵被自己人活埋，红三十六军被叛徒告密而全军覆没，实质上属于共产党人的黑娃新中国成立后被枪毙。这些都给人们留下难言的遗恨，从这里也折射出白嘉轩的某些价值。国民党搞民主革命，很快就走向腐败和营私，又把全部精力用于对付共产党，自掘坟墓，走向毁灭。田福贤遭镇压，鹿子霖被吓傻，自然都是罪有应得。封建村族派就其观念、主张、作风，既不会完全与共产党主张一致，也不会与国民党合流，但到这个时代，它已经无所作为，只能搞些祭祀祖先、续家谱、维持风化等与时代不合拍的事情。其他两派的主要人物都毁灭了，作为封建村族派主要人物的白嘉轩却一直活了下来，但他身上的悲剧性最为深刻。马克思在《黑格尔法哲学批判·导言》中说："当旧制度还是有史以来就存在的世界权力，自由反而是个别人偶然产生的思想的时候，换句话说，当旧制度本身还相信而且也应当相信自己的合理性的时候，它的历史是悲剧性的。当旧制度作为现存的世界制度同新的世界制度进行斗争的时候，旧制度不是个人的谬误，而是世界性的历史谬误，因而旧制度的灭亡也是悲剧性的。"白嘉轩的悲剧性就在于，作为一个封建性的人物，虽然到了反封建的历史时代，他身上的许多东西却仍然呈现出充分的精神价值，而这些有价值的东西却要为时代所革除，这些有价值的东西就显示出浓厚的悲剧性。价值和革除它的力量，两方面究竟谁是谁非，很难判断清楚。例如共产党倡导斗争哲学，这是政治革命斗争所需要的，反动的东西你不打它就不倒；白嘉轩和他崇拜的圣人朱先生则以儒家的"仁"和"中庸"为思想指导，反对斗争哲学，追求社会的和谐稳定，无过无不及，不使事物发展到极端而走向反面。这两方面都有其合理性。不斗争，反动统治不可能被推翻，但如把斗争扩展到生活的各个领域，整个生活岂不成了朱先生说的"鏊子"吗！悲剧性在于随着民主革命的深入和完成，朱先生、白嘉轩的观念、主张越来越被取消了市场，但经过一个接一个的政治运动，后果和事实说明朱先生、白嘉轩的观念和主张有其合理的内核。这正如黑格尔说的"在悲剧里，永恒的实体性因素以和解的方式达到胜利"。白嘉轩所代表的是一个应当早就退出历史舞台的阶级，但随着这个阶级的被推翻，他们的不少道德、思想、哲学主张等却显示了确定无疑的价值。这种价值与其说是属于封建阶级的，不如说是属于整个中华民族的。一个人物身上的这些价值不光在他盛壮的时候尤其在他为时代所抛弃时才愈益见出光彩，这肯定是这一人物所属的国家和民族的悲剧。当白嘉轩驼着背晒太阳时，得到白灵牺牲而他家被称为烈属的消息，他跺足捶胸地自责，这时他和白灵之间似乎是"以和解的方式达到胜利"，然而他还不知道，白灵的死有着更直接、更带悲剧色彩的原因。

愿我们永远记着白嘉轩！

《白鹿原》人物形象的人格治疗学意义探微
——以白嘉轩、鹿子霖为中心

王渭清

　　摘　要　文学是"人学"，《白鹿原》作为一部民族的"心灵秘史"，作者在塑造人物形象时将其上升到文化原型符号的高度，揭示人类个体人格发展中的悲剧。其中白嘉轩、鹿子霖的人格悲剧是人格面具过度膨胀的悲剧；他们的生命历程对当今个体人格的健全发展具有一种人格治疗学意义，从而形象地印证了"文学是论心的工具"这一论断。

　　关键词　《白鹿原》　人格面具　自卑情结　人格治疗学

　　20世纪西方小说理论提出了"扁平人物"和"圆型人物"概念，认为"扁平人物"只表现一种单一的性格特征，而"圆型人物"则是一种动态的塑造，因为"人既然是社会关系的总和，那么人的性格世界就不可能仅仅是某种单一的社会内容的反映。正如社会是充满矛盾的，人的性格也是充满矛盾的"①。因此，二者相比，后者更能显示出审美对象的丰富性，更能体现"性格描写是对人类本性的表现，是从一般对人类本

---

① ［英］威廉·阿契尔：《剧作法》，北京：中国戏剧出版社，1964年，第67页。

性所共同认识、理解和接受的方面来表现人类本性。心理分析似乎是人物性格的探索，把从未探索过的特点置于我们的认识和理解范围之内"①。而陈忠实也总是把人物置于复杂多变的环境中来描写，让人物同周围环境发生多方联系，从而使人物形象在空间差异性和时间变异性中呈现出一种动态的结构。在此意义上说，《白鹿原》中的许多人物都是独特的"这一个"。不仅如此，当我们进一步站在人类文化背景下对小说中的主要人物逐一进行审视剖析时，不难发现作品中的这些人物还都各自具有一定的文化符号意味，他们都被作家赋予了一定的象征含义，作家通过对他们性格的塑造"深入到人的内心世界，努力地表现出历史、时代、社会在人的心灵中的巨大投影"②，向我们暗示着民族的"心灵秘史"。他们的人格和行为，作为符号形象在一定程度还具有某种与人格有关的"原型"的特征。而这些特征正是我们今天人性教育、人的自由与全面平衡发展，人文精神与价值重构的重要参照。本文以白嘉轩、鹿子霖为个案，对此试加解析。

白嘉轩和鹿子霖是贯穿全书的主要人物，他们两个人代表了中国农业文化由传统向现代转型时期两种典型人生状态。白嘉轩是一个代表传统伦理道德的符号性形象，鹿子霖是一个代表着中国近现代交接点上市侩实用主义人生的符号性形象。但从本质上看，他们却有着共同的一面，即其人格行为都受着"顺从原型"的制约。而"顺从原型"亦称"人格面具"，它是"一个人公开展示的一面，其目的在于给人一个很好的印象以便得到社会的承认"③。白嘉轩以他"神像"一样的君子型人格面具换得世代族长的德高望重，鹿子霖则以他"鹿乡约"的人格面具换得众人羡慕及人前风光人后风流。然而，"当某一心理结构高度发达并因而在整个精神系统中占据了一个强有力的位置时，它总是倾向于脱离精神的其

---

① 刘再复：《性格组合论》，合肥：安徽文艺出版社，1999 年，第 297 页。
② 刘再复：《性格组合论》，合肥：安徽文艺出版社，1999 年，第 62 页。
③ ［美］霍尔：《荣格心理学入门》，北京：三联书店，1987 年，第 41 页。

他部分而独立出来。……这样，整个精神就变得极不平衡；占统治地位的心理结构变得越来越强大，而许多不发达的心理结构则变得越来越弱小。……人格结构中的这一专制倾向可以在一段时间内保持稳定的影响，但或迟或早，由于均衡原则的作用，这个占据统治地位的情结最终要被推翻，这种由于堤坝突然崩溃而造成的某一强大心理结构的能量外流同样也可能导致灾难性的后果"①。当历史的车轮在时代的节拍下剧烈翻滚着血腥的浪花呼啸前行时，把他们二人的信仰、依托碾得粉碎。最终，他们都成了膨胀人格面具的受害者和牺牲品。

白嘉轩出生于白鹿村族长世家，家族的遗传和后天文化环境的习得形成了他人格面具的核心——君子情结。即以道德完善为美，并且成其为一种潜意识和深层观念。在这种意识和观念下，白嘉轩将几千年的实用理性原则付诸伦理道德实践，本能地将个体生存融于为家庭生存之中。所以小说一开始说他七娶六死而成为其"引以为豪的壮举"，这便昭示了白嘉轩生命基础和生命意义的坚定，隐喻着他强大的生命原动力。由此可看出，中国宗法文化绝非理性枯竭、感情贫乏的"阳痿"文化。这亦正如林语堂所说："受了孔子教化的生命好像倒并未达到成熟衰老的年龄，而享受着绵长的童年生活。"因此，白家先人由经验积累沉淀下来的忍耐、自律、自强及一整套立身纲纪不需要他太多地学习便能继承下来，以后浸染日深，由习惯而变为本能。首先，他心胸开阔，忍耐自律。在他一生中，以德报怨是他在心理上战胜对手的法宝，他对黑娃如此，对鹿子霖入狱的态度也是如此，他的目的是"让所有人看看，真正的人怎样为人处世，怎样待人律己"。其次，谨守修身治家的伦理纲常。他立乡约族规教化乡民，苦心孤诣要把儿子培养成"白嘉轩第二"，等等，都是他君子型人格面具膨胀的反映，美国心理学家霍尔说："当一个人的自我认同于人格面具而且以人格面具自居时，这种情况被称之为'膨胀'。一方面，这个会由于自己成功地充当了某种角色而骄傲自大。他常常企图

---

① 〔美〕霍尔：《荣格心理学入门》，北京：三联书店，1987年，第95—96页。

把这种角色强加给他人，要求他人来充当这一角色，如果他有权有势，那么在他手下生活的人，就会感到痛苦不堪。有时候父母也会把自己的人格强加给子女，从而导致不幸的结局，那些与个人行为有关的法律和习俗实际上乃是集体人格面具的表现。"①儿子白孝文起初的不幸正是由此而起，甚至他修乡约族规实质上也是在制造一种集体人格面具。他禁止黑娃与小娥进祠堂，两次惩戒乱伦事件甚至连自己儿子都不姑息，面对小娥鬼魂的威胁也凛然不惧，坚持把小娥骨灰压于塔下，让她来世不得翻身，如此这些充分体现了他与拒绝集体人格面具者水火不容的态度。第三，白嘉轩人格面具的象征是他的"腰"和"脸"。他那挺直的脊背是其刚健有为的品格、秉直端正的气性的象征。刚健有为是传统文化精神中天人关系和各种人际关系的总原则，也是中国人积极的人生态度的最集中的理论概括和价值提炼。他的"脸面"是其作为家长、族长信度的标尺，是祖辈族规乡约的天然天平，在他的脸上有着自己最为朴素的理念与生命价值，所以凡事必要"顾着脸面"。白灵私自退婚，他用数倍于彩礼的麦子和棉花归还王家，并抱拳打拱，对族人说："我给本族白鹿两姓的人丢了脸。"当孝文"揭了他脸上的一层皮"，而被他赶出家门。他生命始终以有脸没脸作为一种个体道德价值的标尺。第四，白嘉轩身上集中表现了自强不息的儒教精神，他生命历程布满了踏实奋斗的足迹。面对饥馑天荒并不悲观，他坚信"天杀人人不能自杀"，尤其在瘟疫流行的时候，他打发走了母亲儿孙，自己誓与天命抗争到底，直至妻子染疫身死，他也未有丝毫颓唐，每夜在鹿三的马号里吼唱悲壮慷慨的秦腔。他的这些行为都在自觉地阐释着传统儒家"天行健，君子以自强不息"的信条。

白嘉轩一生尽管留给了世人无尽的钦佩和赞叹，然而他也有其孤独和无奈脆弱的一面，有他因人格面具过度膨胀而带来与集体相疏离的孤独感和离异感，以及人格面具在残酷的政治斗争和丑恶社会势力面前其

---

① ［美］霍尔：《荣格心理学入门》，北京：三联书店，1987 年，第 50—51 页。

无能为力无可奈何的悲叹。按他的逻辑，人的心灵一旦皈依了他理想中的伦理世界，便算改过自新，就可以既往不咎。但是残酷的现实击碎了他的逻辑。当他看到黑娃与岳维山田福贤一道被推上断头台时，他难以接受，一时气血蒙目，失去了一只洞明世事的眼睛，从此变得更像个"哲人"，留给他精神世界的唯有对往事的回忆和叹息。他以"耕读传家""学为好人"为生活准绳，秉持朴素的具有儒家色彩的民本意识和民本思想，竭力游离于现代政治斗争之外，但是现代政治风云却一次又一次将其卷入斗争和痛苦的旋涡之中，他无法摆脱更无法彻底地反抗。镇嵩军乌鸦兵进驻白鹿原，在乌黑的枪管的威逼下，白嘉轩敲锣集合村民，观看充满血腥气的强行征粮"仪式"；农运兴起，他惨淡经营的祠堂被砸开，"仁义白鹿村"石碑、"乡约"石刻被砸烂，这不次于挖了他的祖坟；田福贤复辟，又强行"借"用戏楼，演出了一场血腥的"耍猴戏"，"白鹿村的戏楼这下变成烙锅盔的鏊子了！"白嘉轩只能发出悲愤而无力的哀叹。可见，他的悲剧、他的经历、他的体验和所有行为都为君子情结所统治，这种君子情结已占有了他的整个人格，他对姐夫朱先生的崇拜备至便是证明，他的悲剧与朱先生具有同一性，都是传统伦理道德情结与现实境遇冲突的悲剧。

同时，当道德实践方式同与生俱来的生命天性发生矛盾时，在白嘉轩那里，其家族的生存则体现为一种强烈的自觉。顺此其人格面具所展示出来的负面效应不仅仅是一种孤独感和离异感。从一开始，白嘉轩不露蛛丝马迹地买回鹿家二亩坡地而发迹的现象看，其道德意义上的"义"，无法与生存意义上的"利"相抗衡，在生存的大"利"面前，"义"不能不显示出它浮泛的一面。而且他所依凭的"仁义"本身是以等级关系为基础的，因此在这个号称"仁义白鹿村"的宗族社会里，所处的社会等级越低，就越受欺辱。女人的地位低于男人，所以她们只能做传宗接代、操持家务的工具，而无权进祠堂。作为郭举人"泡枣儿"的田小娥被视为荡妇，比一般妇人更是等而下之。因此，可以受到公开的羞辱。其实，所有受到族规惩罚的人，都是族里的弱者或幼者，比如"游荡鬼"狗蛋儿。而鹿子霖这样侮辱过无数女人的好色之徒，却从来未受罚。这绝非白嘉轩的疏漏，而是这位族长和整个社会对宗族上层人物特权的默认。还有那违背白家醇正家风，违背传统性观念地向兔娃借种来延续三儿子的子嗣方案，完全是由白嘉轩亲手策划的，所有这些，无不佐证了封建儒家"仁义"的人格面具的虚弱性、伪饰性。当白灵私下自己退婚而不顾及白嘉轩的那张"脸"时，他当着族人面宣布："白姓里没有白灵这个人，死了！"并从此把白灵名字从家族和家庭中抹掉了。甚至白吴氏临死想见一眼自己亲生的女儿的权利都被他冷酷地剥夺了。对其子白孝文误入歧途残酷地实施"家法"，并强迫分家，促使白孝文走上另外一条人生之路。白孝文沦为乞丐，濒于死亡的边缘，他仍毫无怜惜之情等等。可以看出，其人性在封建礼教的冷水浸泡中已彻底地扭曲、异化，在精神天平上，人性与礼教的比重的完全颠倒，无不折射出其"仁义"人格面具的冷酷性。因此，白嘉轩不单以活生生的形象展示了传统文化转型期的阵痛，而且他的形象也是一个民族、一个历史时期、一个人类社会的群体情感符号，他的形象是具有象征意味的符号性形象，他的人生历程象征了人类人格精神中的"顺从原型"在中国农业文化背景下的特定的形态。

相比之下，鹿子霖一生似乎过得"最滋润"，但他也有他的人格面具，而且他人格面具膨胀的背后有很深的自卑情结。奥地利心理学家阿德勒认为："没有人能长期地忍受自卑之感，它一定会使他采取某种行动，来解除自己的紧张状态。假使一个人已经气馁了，假使他不再认为脚踏实地努力能够改进他的情境，他仍然无法忍受他的自卑感，他仍然会努力设法要摆脱它们，只是他所采用的方法不能使他有所进益。他的目标仍然是'凌驾于困难之上'，可是他却不再设法克服障碍，反倒用一种优越感来自我陶醉，或麻木自己。"[①]鹿家祖先忍辱学艺发迹的历史使鹿家后代的血液里流淌着一种很强的自卑感，鹿马勺留下的遗嘱——后

---

① ［奥］A·阿德勒：《自卑与超越》，北京：作家出版社，1986年，第46—47页。

代子孙好好念书，读书做官改变门庭，光宗耀祖。但"尽管一代一代狗推磨儿似的居心专意供子弟读书，却终究连在老太爷坟头放一串草炮的机运也不曾有过"。老太爷的尸骨肯定早已化作泥土，他的遗言却似窖藏的烧酒愈久愈鲜。祖先的遗言难以实现使其子孙后人的自卑感愈积愈厚，而成为一种自卑情结。为了补偿这种自卑感，成了鹿子霖人格面具膨胀的促成因素。当鹿子霖不能从经济方面、宗教礼教方面将白嘉轩彻底打垮而成为白鹿原上的"人上人"时，政治上压过其一头必然成为他的一种新的选择，成为其实现家族夙愿的理想途径。因此"鹿子霖却想起老太爷的话：'中了秀才放一串草炮……'他现在是保障所的乡约，草炮雷子铳子都放了，老太爷在天之灵便可得到慰藉了"。鹿子霖当上"乡约"后的第一次政治活动便是积极支持"腌子县长"史维华推行的掠夺农民的印章税，白嘉轩发起"鸡毛传帖"，掀起"交农"事件，鹿子霖积极帮助田福贤缠住白嘉轩，企图使这次抗议斗争由于失去首领而流产；他亦步亦趋地跟在田福贤的后面，在白鹿村搞过一场血腥的"耍猴"——整治农会成员，使白嘉轩屈膝下跪代族人赔情受过，才放了被惩处的农协会员；等等。总之，他以"鹿乡约"的权力位置来为其自卑感进行补偿，来努力维持他的人格面具、精神世界并为此而自足。

同时，萌芽于封建社会晚期的商业文化精神塑造了鹿子霖这个人物的心理结构，并指导着他的行为方式，使其成为一个农民加市侩的实用主义者。鹿子霖的祖先发迹于商品经济相对发达的城市，城市生活的经历自然使其较多地染上市侩主义的气息，这种人生观的形式，在一定程度上迎合了近代人在资本主义萌芽的影响下自我意识觉醒的大趋势。事实上，鹿马勺留给鹿姓子孙的"理论思想"中既有建立在传统农民意识基础上的儒教观念，亦有市俗化、市井化的竞争精神，这一切传至鹿子霖身上却都发生了变形和变质，于是便出现了同政治上的蝇营狗苟相映衬的道德上肮脏、败坏、卑鄙无耻和阴毒虚伪。他也彻底成为与白嘉轩"两股道上跑的马"，他的全部社会观念、宗族观念、人际观念都被其政治观念、市侩实用主义道德观念排挤到微不足道的地位，其人格面具亦随之不断膨胀。因此，在鹿子霖眼中，白嘉轩的修祠堂、立乡约、填族谱、惩乱伦是十分可笑的事。并且鹿子霖对白嘉轩一直是主动出击的，这是后起的商业文化精神对占主导地位的传统农业文化精神的挑战。他乘人之危淫恶之极地占有小娥，又唆使其拉白孝文下水来"尿到族长"白嘉轩的脸上，却又策动"跪谏"为孝文的乱伦求情，以隐蔽自己蒙蔽众人；为了巩固他在白鹿原的地位他极力交好冷先生并与其结成亲家。他对儿媳鹿冷氏的性挑逗，深深刺痛了儿媳"性心理"中封建伦理道德的糜集伤痕，使其得了"淫疯病"而被冷先生亲手毒死；他以"鹿乡约"的身份行走于白鹿原上，酗酒赌博，及时行乐，盗人妻子，结交相好，以致后来将自己与"老相好"所生孩子认作"干娃"的竟有数十个之多。他晚年虽然身边没有一个儿子，但唯一能给他精神安慰令他自豪的便是白鹿原上还散布着数十个深眼窝长睫毛的鹿氏种系。所以这些与白嘉轩完全对立的道德伦理观念，使其在自我麻木与陶醉中，对其自卑情结进行过度补偿，而产生一种压倒白嘉轩的优越之感。

正是由于鹿子霖太热衷于人格面具，使其面具膨胀以致淹没了自我，只有当他被诬陷度过两年铁窗生涯后，才意识到这一点，才发觉世上你争我夺的空虚和无意义，意识到自己原本的情感志趣实在无聊，发出了"瞎也罢，好也罢，我都不管它了，种二亩地有一碗糁子喝就对哩"的叹息，这是说给别人听的，实际更是说给自己听。为了发泄对人格面具不堪负载的情绪，便想体验一下挨打受骂的滋味，他夜晚路遇小长工的一番变态表现正是这种情绪的反映，尤其到了深夜，他才感到孤寂，面对所处的世界，他没有了一丝留恋，对于所有曾与他利益有关的人和事都失去兴趣，"他甚至安静地企盼，今夜睡着了以后，明早最好不要醒来"。可见，他虽然意识到自己精神的迷失，但并没有能力去超越，更没有勇气主动离开这个世界。事实是他每早都要醒来，醒来后又得戴上他的人格面具，"潇洒"奔走于白鹿原各村，用他自己对孙子讲的话来说就是"爷去给我娃要馍吃"。足见，他的人格面具既具有自欺性，又具有乞丐性。终于有一天，他的同伙岳维山和田福贤被押上刑场时，预示他的政治生涯的彻底堵决，对他来说，失去了权力位置就意味着失去灵魂，失去了生命存在的意义。现实彻底击碎了他的人格面具，他的精神全面崩溃，从此结束了他有灵性的生命。因此也可以说，鹿子霖兴于人格面具，最终又毁于人格面具。

在现实生活中，人为了使自己生存境况得以改观，常常要戴着各色面具去追名逐利，久而久之，便落入了实用功利的陷阱，虽然有时候也自感惶惑，却终是无力自拔，尽管厌弃自己的人格面具，而又丢不下其人格面具，最后不得不以生命的支离破碎为代价换回一个与众不同的人生，这种维持他与众不同的人生权利的人格一旦被剥夺，那就等于断送了这种人的生命支柱。而鹿子霖是一个标志着传统文化向现代转型的人物，在他身上传统伦理观念又相对淡薄，他放纵自我享受人生，既未明确反对束缚自己的伦理道德，也没有明确的价值取向，一味地追名逐利，为了像他们祖先所期望的那样成为"人上人"，用尽心机，好像总被一只无形的手牵着走。在他的实用主义人生中，他似乎很有自我意识，然而又被人格面具所淹没。也正是在这个意义上，我们认为，鹿子霖形象及命运本身也映显着现实社会中一类人的心灵轨迹。可以说，在有限的形式里映显了无限的人生内容，故而也具有了象征意味。

综上所述，白嘉轩、鹿子霖形象不仅是典型的"这一个"，他们所代表的文化内涵极为丰富，尤其在中国农业文明的土壤上，这些人不仅是具象，更是有深刻象征含义的文化符号。在生活中，每个人在不同情境下可以有不同的面具，这些面具的总和构成了他的整体人格面具。从积极一面而言，人格面具是人适应社会的重要条件；然而人格面具在整个人格中也会产生负面作用，"如果一个人过分地热衷和沉湎于自己扮演的角色，如果他把自己仅仅认同于自己扮演的角色，人格的其他方面就会受到排斥。像这种人格面具支配的人，就会逐渐与自己的天性相异化而生活在一种紧张的状态中"[1]。白嘉轩与鹿子霖的人格和命运结局，正象

---

[1] ［美］霍尔：《荣格心理学入门》，北京：三联书店，1987 年，第 50 页。

征着历史进程中个体人格面具过度发达的悲剧历程。他们二人对于读者的启示意义正如荣格所说:"人格面具的存在却是人类生活的一个事实,并且还必然要寻求表现。所以最好还是采取一种较为节制的形式。"①因此,白嘉轩、鹿子霖的人格悲剧对于当今某些人格膨胀者无疑是一服清心剂。

总之,文学是"人学"。而人的性格是艺术表现的中心,性格之于艺术形象,犹如血液之于人体,艺术形象才能具有自己独特的生命力,而陈忠实正是通过对典型人物心理的探求来将人物性格的塑造作为一种文化符号,从而揭示我们这个具有古代文明的东方民族心理的某些历史印迹,而这些"民族秘史"对于我们今天个体人格健全发展和人文精神重构具有重要的治疗学意义,从而形象地印证了"文学是治心的工具"这一论断。

---

① [美]霍尔:《荣格心理学入门》,北京:三联书店,1987年,第52页。

田小娥论

杨光祖

　　一个优秀的作家必须发出一种人类的声音，他体现的是人类的尊严和良知。作家唯一的存在方式就是用富有文才的语言表达出自己的感情和思想，他们是为思想活着的人，是为理想活着的人。陈忠实的《白鹿原》虽然有许多的瑕疵，可有一点却是我们不能不承认的：它的博杂，它的厚重，或者可以说，它是一部经得起多重阐释、持久阅读的作品。

　　《白鹿原》描写了在一个时代大转型大动荡时期，一个小小的白鹿村的变迁，人物的悲剧无不与这个大巨变的时代紧密相连。田小娥就是这个时代渴望自由，追求爱情的女性的悲剧，她不愿再做男人的工具，她要寻找爱，可是太早了一点，白鹿村不会给她这些，那个社会还没有可能满足她的要求。她的抗争只有一个结局：毁灭。但她那种精神仍然启迪着我们，感动着我们。她是儒家文化衰亡过程中的一道闪电，虽然瞬间即逝，但意义却非常久远。

　　我个人觉得，《白鹿原》里出现了那么多的人物，其实从内心里作家最喜欢、最无法忘却的还是田小娥。而塑造得最成功的也是田小娥，作家无意识中倾注感情最多的也是这个人物。白嘉轩、朱夫子都有很多作家的理想在里面，当然也就有许多主题先行的东西，并不是非常成功的人物。小说第九章关于黑娃与田小娥初涉爱河的描写，真是回肠荡气，才情四溢。

2007 年，偶尔看到陈忠实的访谈《我相信文学依然神圣》(《延安文学》2006 年 5 期)，我很欣喜地发现我的感觉是正确的。陈先生在访谈中，当访问者问到朱白氏与田小娥的区别时，他难得地激动了："我只想告诉你写作这两个人物时的不同感受，写到朱白氏时几乎是水到渠成十分自然，几乎不太费多少思索就把握着这个人的心理气象和言语举止，因为太熟悉了。而投入到小娥身上的思索，不仅在这本书的女性中最多，也不少于笔墨更多的另几位男性人物。我写到小娥被公公鹿三捅死，回过头来叫出一声'大呀'的时候，我自己手抖眼黑难以继续，便坐下来抽烟许久，随手在一张白纸上写下'生的痛苦活的痛苦死的痛苦'，然后才继续写下去。""还有白灵，还有被封建道德封建婚姻长期残害致为'淫疯'的冷先生女儿。我写了那个时代乡村社会不同家庭不同境遇下的几种女性形象，我自觉投入情感最重的两个女性是田小娥和白灵。前者是以最基本的人性或者说人的本能去实现反叛，注定了她的悲剧结局的必然性，想想近两千年的封建道德之桎梏下，有多少本能的反叛者，却不见一个成功者。活着的小娥反叛失败，死的小娥以鬼魂附体再行倾诉和反抗，直到被象征封建道德的六棱塔镇压到地下，我仍然让她在冰封的冬天化蛾化蝶，向白鹿原上的宗法道德示威……你竟然不体察我的良苦用心。"读到这里，我的眼睛湿润了，这就是陈忠实，这就是《白鹿原》打动人的地方。有些论者不细读文本，却在那里想当然地胡说什么陈忠实开始了对家族制的肯定，并认为是对"五四"新文化运动的反动，是对鲁迅、巴金小说反家族制的反动，是对家族制的第一次歌颂。看来，这样的评论真是太离谱了。陈忠实说他对白灵、田小娥投注的笔墨里的情感是最热烈的，区别于对所有人物的文字色彩。可由于"白灵是以一个觉醒了的新女性反抗白鹿原沉重的封建意识的人物"，作家对她并不是很熟悉，我个人认为描写并不是非常成功。而田小娥就不一样，这样的女性广布广大的乡村，作家很熟悉她们，难怪作家要如此动情了。

这种动情的缘故不仅是来自农村现实，更是来自历史。陈忠实说，他去翻阅《蓝田县志》，看到 20 多卷的县志，竟然有四五卷专门记录贞妇烈女的事迹。目视这些名字，他有了颤动与逆反心理，"田小娥的形象就是在这时候浮上我的心里。在彰显封建道德的无以数计的女性榜样的名册里，我首先感到的是最基本的作为女人本性所受到的摧残，便产生了一个纯粹出于人性本能的抗争者叛逆者的人物"[1]。一切不都是很清楚了吗？《白鹿原》有田小娥这样的人物，它才有了自己的灵魂，有了长久的生命。白嘉轩身上也有作家的血泪，当然黑娃、鹿三、白灵等都有着作家的灵魂附体。可都没有田小娥如此让他难以割舍。

田小娥本质上是一个传统女人，她渴望守妇道，但社会、时代、家族、命运都不给她机会。她只能用极端的方式反抗：用自己的肉体去诱惑、破坏那貌似神圣的礼教。但在破坏的过程中她时时又回到传统女性的状态，只是这状态维持不久，又被外在的压力击碎。不同于祥林嫂的，就是她有激烈的反抗，虽然这反抗的代价太大，可我们看到了一个真正的人的出现。在不断地用生命的反抗中，田小娥触及了人类的悖论：道德与人性，自由与专制。在某种意义上，她是接近自由的，接近人本身的。可这种灵魂出窍太可怕了，作为传统文化严格管束下的田小娥，只有两条路：回归、毁灭。而以白嘉轩为代表的封建礼教，以鹿子霖为代表的基层政权都不允许她的回归，不允许她做一个贤妻良母，余下的也就只有一条路：毁灭。其实被毁灭的何止田小娥一人？冷先生的女儿，鹿兆鹏的媳妇，不是也被可怜而悲惨地毁灭了吗？罪魁祸首还不是那个礼教吗？老辈包办下一代的婚姻，根本无视他们的感受，族规、家法远远大于个人的情感。

田小娥的成功塑造，是陈忠实此作的很大贡献，从某种意义上说，她解构了白嘉轩的圣人形象。关于这一点，无疑继承了鲁迅礼教吃人的叙事传统。白鹿村就是封建社会的缩影，田小娥无路可走，《玩偶之家》

---

① 陈忠实：《寻找属于自己的句子》，《小说评论》2007 年第 4 期。

的娜拉还可以离家出走，而她去哪里呢？在那个铁桶似的社会，反抗只有一条路：死亡。陈忠实是个传统的农村男人，他骨子里还是非常大男子的。可他内心里有着一重温柔的海洋，从《蓝袍先生》里我们就可以非常真切地触摸到这一点。于是无意识中，田小娥的出现具有了女权主义的色彩，使《白鹿原》具有了多重解读的可能，丰富而复杂，温情而博大。

当黑娃逃走，在这个狼一样的村子，孤苦无依而又美丽异常的田小娥就注定摆脱不了悲惨的命运。在这里白嘉轩以"道德"的名义将田小娥推上了罪恶的绞刑架，而田小娥以后的反叛、沦落，其实真正的罪魁祸首是他，而他还以为自己在弘扬正义。这就是中国儒家的必然结局。想当年，孟子要休箕踞的妻子时，还有一个开明的母亲，可到汉儒，原始儒家的那一点开明宽容就不见了。而到宋明理学这里，女性不但没有一点的自由、权利，而且更是有了原罪。女性只是作为生殖工具而存在，作为男人的性工具而存在，没有丝毫的人的尊严，有的只是家族的尊严，男人的尊严。白嘉轩就是一个变态的家族尊严的维护者，一个已经死去的儒家文明的守墓人。

与白嘉轩的冷酷相比，早期的白孝文更加人性化。他可能不是一个很好的族长，甚至连族长候选人都不够格。当然这不是白孝文之过，而是时代的变迁。鲁迅笔下的大哥，曹禺笔下的周萍，巴金笔下的大哥，都已经不具备族长的条件，不管自身条件，还是外部的变化，都已经不给他们这个机会了。时代的变化让他们认识到了再不能沿着以前的老路走了，他们要走新的路，而旧的礼教、宗法根本不允许，于是他们反叛，他们出走；他们不是新生，就是毁灭。经历磨难的白孝文最后成功变形，成为新政权的县长，巧妙处死了真正的起义者黑娃，这是小说最精彩的一笔。一个什么都不信的投机流氓最后成了赢家。而他的沦落，这个以白嘉轩为首的儒家礼教难道能脱掉责任吗？

田小娥其实不是一个淫荡的女性，任何女性天生就是好女人，只是这个社会让她们堕落。我们看她对白孝文的态度，开始是一种复仇的快感，是一种邪恶的诱惑，而后来她感动于孝文的痴情，她天性中的善良又一次萌芽了。她做起了一个贤妻良母，做得那么幸福，可是以白嘉轩为首的家族已经不会给她这个机会了，他们要把她彻底地毁灭。田小娥的死是对儒家的一种嘲笑，是对家族制的彻底否定，是对这个男权社会的一种无言而有力的抗议。鹿子霖霸占田小娥，其实从某种意义上做了白嘉轩想做而不敢做的事。中国人对待美女向来只有两种选择：占有，或者毁灭。小说中作者把白嘉轩竭力塑造成一个十全老人的形象，甚至圣人的形象（朱夫子是小说中明里的圣人），但是过犹不及，而且白嘉轩的形象在小说中更多的是大仁却奸，是一个专制独夫的形象，许多青年人的毁灭都是因为他的存在。他从礼教出发，成了与作为政权象征的鹿子霖一样的负面力量。倒是在田小娥这里，作家内心的许多东西无意之中却爆发出来，写出了一个真实的复杂的田小娥。如果说田小娥属于生活的赐予，灵魂的战栗，那白嘉轩其实更多的是理念的写作。

田小娥的身体（肉体）无疑是美丽的，这在第九章田小娥一出场，作家就明白地告诉了我们。正是这个美丽的肉体给了腐朽的男权社会一个很大的冲击，他们接受不了这个诱惑，他们必须除之而后快。自古以来美丽的女人总是祸水，因为那些掌权的男性总是过不了那一关。中华民族是一个不懂女性美的民族，中国男性从来没有学会欣赏女人的美，他们的占有欲太强烈了。历史总是一再地印证着这个道理。他们在这样无耻地做的时候，还要找一个堂皇的理由，那就是家族利益，那就是礼教，那就是男人的尊严。

白嘉轩用一个塔镇住了田小娥，无疑也是一种性的象征，不管作家意识到了没有。白嘉轩那么地仇视田小娥，从骨子里也有一种得不到那么就毁灭的阴暗心理。他第一眼看到田小娥就认为她不是一个过日子的好女人，就认定她是婊子，白家的祠堂绝不给她开一条缝。他是典型的道貌岸然的伪君子，是儒家思想渗透下的忠实奴才。我们看他在实行家法、族法时多么的正义、无私，可他内心里难道就没有恐惧，没有对自己的压制？我感觉他鞭打的不是白孝文、田小娥，而是他心里的一个魔，一个难以摆脱的魔。我们看小说的开头，劈头就是："白嘉轩后来引以为豪壮的是一生里娶了七房女人。"我以前对这个开头很不以为然，对作家之后的长达几页的生猛描写，曾颇有微词。我现在懂了，其实这是作家的微言大义，白嘉轩有幸福的家庭，有性的疯狂，更有强大的族权，可他绝不允许田小娥有一点自由、一点柴米油盐的幸福。在他第一次对田小娥行刑时那种狠心，"从执刑具的老人手里接过刺刷，一扬手就抽到小娥的脸上，光洁细嫩的脸颊顿时现出无数条血流。小娥撕天裂地地惨叫"。这种残酷的行动下，难道就没有掩藏着他丑恶的灵魂？《圣经》里的耶稣宽容了一个行淫的妓女，他对捆绑妓女的那些人说：你们谁觉得自己没罪，就可以惩罚她。但大家都走了。是什么让白嘉轩这样的人觉得自己就是圣人，就无罪，就可以对别人施加酷刑？

中国传统文化尤其宋明理学下的中国男人，都希望女人成为贞妇，可从内心里又瞧不起她们，他们也喜欢所谓的荡妇。而中国的女性其实是非常愿意有一个幸福美满的家庭，可她们偶一失足就会被残忍地剥夺一切爱情和有利于提高思想和智慧的权利。甚至常常还不是她们的过失，而是由于天真无邪、真诚挚爱而被男人欺骗。在她们知道美德和罪恶的区别之前她们就已被凌辱，在她们刚有了幸福生活之后，礼法却用各种神圣的名义蹂躏侮辱。这究竟是谁之过？第十七章结束，田小娥尿了鹿子霖一脸尿，并大骂："鹿乡约你记着我也记着，我尿到你脸上咧，我给乡约尿下一脸！"雷达说："奇举、奇文！田小娥嘲弄的不只是卑鄙的鹿子霖，还有'乡约'——容不下她的礼教。"[①]黑娃闹革命，正义之中也充满暴力血腥。国民党反扑过来，却把无辜的田小娥吊上高杆施以酷刑。

田小娥骨子里是一个有情有爱的人，一个有尊严的女子。他勾引白孝文成功，可并没有一丝的报复的快活。白孝文被施以族法，赶出家门，她非常愧疚。而当时的白孝文骨子里也不是一个大恶之人。白嘉轩太自以为是，你当年七房老婆的豪壮，你的自负不仅害了田小娥，也害了儿

① 陈忠实著，雷达评点：《白鹿原》，文化艺术出版社，2008年，第193页。

子。白孝文是一个干不了坏事的人，在田小娥床上多少天，也愣是没有成功。可当被赶出家门，被大家唾骂之时，他才成功地享受了鱼水之欢。这里面难道就没有父亲施加的恐惧心理作怪？田小娥也是一个敢爱敢恨的人。小说第二十五章她的鬼魂开始复仇，白鹿原上瘟疫盛行。这一段的描写很可怕，虽然也有北方农村的真实，但作家自己意志介入太多，既要写出田小娥的无辜，也要表扬白嘉轩的正气，描写难免就有了混乱，让读者也不知所云。这无疑与作家理智层面对儒家的过度热爱有关。好在作家对儒家的热爱也仅仅是处于朴素层面，他也不是什么新儒家，对儒家其实并没有多少深入的了解，于是作为农民那些朴素的人性时不时会爆发。田小娥终于借鹿三的身体喊出她的不平："我到白鹿村惹了谁了？我没偷掏旁人一朵棉花，没偷扯旁人一把麦秸柴火，我没骂过一个长辈人，也没搓戳过一个娃娃，白鹿村为啥容不得我住下？"

田小娥死的时候，是裸体死去的，她那回头的一瞥，是多么的惊异，那一声"啊……大呀……"是何等凄婉。当礼教的受害者鹿三一把匕首刺向田小娥的美丽强健的后背时，老人感到了一种无力与恐惧，当然也感到了一种快意。可田小娥那回首一瞥中有着多么的无辜，多么的难以理解。"杀田小娥的不应是'好人鹿三'，却又偏偏是鹿三，宗法势力往往要借助他这种长满厚茧的手来实施杀人。"[①]这话说得多好。白嘉轩这样的人是不会亲手去杀田小娥的，他要杀就光明正大地杀，因为他认自己为正义。往往是这些忠厚老实的文盲最后扮演着凶手的角色，这就是儒家文化的可怕所在。鲁迅先生的小说早就深刻揭示了这一点。当然，鹿三毕竟是一个好人，杀了田小娥后，他经常会听见她的一声"大呀"，"看见水缸里有一双惊诧凄怆的眼睛，分明是小娥在背上遭到戮杀时回过头来的那双眼睛"。

玛丽·沃斯通克拉夫特说："丧失了名誉的女人想象她自己堕落到了低级得不能再低级的地位，至于重新获得她以前所拥有的地位，那是不

① 陈忠实著，雷达评点：《白鹿原》，文化艺术出版社，2008年，第221页。

可能的；任何努力都无法将这个污点洗刷干净。因而，她失掉了所有的鞭策力量，并且没有任何其他维持生存的手段，于是卖淫就成了她唯一的庇护所。由于环境的影响，她的品质迅速地堕落下去，而这个可怜而又不幸的人对这种环境几乎是没有丝毫力量的。""这在很大程度上是由于女人所受到的懒惰闲散的教育所致的。在这种教育中，女人总是被教导应该依靠男人来维持自身的生存，并且把她们自己的身体看作是男人努力供养她们所应该得到的回报。"①在白鹿原那个封闭的社会里，田小娥堕落的责任应该由以白嘉轩为首的家族负责，由那个男权社会负责。可他们却非常轻易地把责任推到了田小娥身上。他们摧毁了她所有的尊严、自由、幸福，却对她的肉体不愿放弃，不愿摧毁，他们都想占有她，享受她。雷达说："田小娥既有勇于叛逆蔑视礼教的一面，也有见识浅薄，水性杨花，做人没有底线的一面，她由反抗残害到报复偷情，再到纵欲无节操，这是怎样的一种复杂和多面！鹿子霖好色、乱伦、乘人之危，连半个人都不是了。"②我觉得这里雷达先生对田小娥的苛责，还有着男权的心理在。正如玛丽·沃斯通克拉夫特说的，当社会不给一个女人一点生存的空间，一点人的尊严，她又怎能坚守住"底线"？在郭举人家吃香喝辣的田小娥，跟上黑娃后，连一个像样的住处都没有，只有一个破窑洞。但田小娥并没有嫌弃。她说了："我不嫌瞎也不嫌烂，只要有你……我吃糠咽菜都情愿。"

在那样恶劣的环境下，黑娃与田小娥依然同居到一起，不管村人的非议，不理族规的蔑视。他们这样勇敢的举动，就连见过世面的现任白鹿初级学校的校长鹿兆鹏都非常佩服："你敢自己给自己找媳妇。你比我强啊！"并激动地说："你——黑娃，是白鹿村头一个冲破封建枷锁实行婚姻自主的人。你不管封建礼教那一套，顶住了宗族族法的压迫，实现

---

① ［英］玛丽·沃斯通克拉夫特著，王瑛译：《女权辩护——关于政治和道德问题的批评》，中央编译出版社，2006年，第84页。
② 陈忠实著，雷达评点：《白鹿原》，文化艺术出版社，2008年，第164页。

了婚姻自由，太了不起太伟大了！"不过，我们必须清醒地认识到，田小娥、黑娃对于爱情、自由的追求还停留在原始的朴素阶段，并没有自觉的理性认识。他们的可贵就在这里，局限也在这里。白灵、鹿兆鹏都受过教育，比较有理性了，对爱情、自由有一种自觉的追求，但时代的洪流还是吞噬了他们。社会在大转型，大动荡，大巨变，任何人都无法预测自己的命运。但他们不管自觉，或朴素地追求自由、爱情的行为，无疑都值得肯定。

在一般人的心目中，田小娥绝对是一个无情无义的婊子，可是在黑娃、白孝文的心里，她是他们的最爱。当做了滋水县保安大队文秘书手的白孝文终于回到了白鹿村，却发现田小娥已死，他的感情是那么的诚挚，他跑到已经被他父亲填了的窑里去看曾经给他幸福与甜蜜的人，发誓一定要割下凶手的头。作家这里的描写虽短却力量巨大。而代表着礼教、政权的郭举人、鹿子霖仅仅只是把她当作工具，当作玩物而已。从这里我们看到了人性的险恶，也看到了白嘉轩所谓正义、尊严、家法、族规的真面目，它们后面的阴险与专制。当田小娥以鬼魂的形式表达自己的不平，他却将她打入镇妖塔下，永世不得翻身。在这里，我们看到了自由的艰难，但也看到了自由的曙光。只是作家的描写明显地有了混乱，他意识层面的礼教束缚与无意识中的人性自由光辉，开始发生了混乱。五四运动多少年了，他竟然还站在儒家文化的立场，来解读中国近代史，民主科学之光怎么还是那么的暗淡？他理智层面的认识：近代中国的动荡是因对儒家文化的继承态度引起的，也根本是站不住脚的结论。他对朱先生、白嘉轩的描写明显有儒家文化合理性的倾向，这种先入为主的落后思想引发了整部小说的混乱。作家浓墨重彩塑造的朱先生，应该说是一个优秀的儒者，或者说大儒，可面对巨变的社会，他还不是束手无策吗？其实，这正好从一个侧面证明了儒家文化的落伍过时。而作家对他的描写也有人为夸大不实之处，破坏了这个人物形象的合理性，尤其红卫兵挖墓挖出的砖头上，还刻着字：折腾到何日为止。真是欲状朱夫子之智而近妖了。好在作家还是一个纯正的农民，不乏农民的正气，所以才有了田小娥，这个反叛儒家文化，这个被儒家文化摧残毁灭的不屈精魂。她像一根钢钎撬塌了所谓儒家文化纸糊的高塔。

当黑娃回到山上，"捉住酒瓶把烧酒倒洒在钢刃上，清亮的酒液漫过钢刃，变成了一股鲜红鲜红的血流滴到地上；梭镖钢刃骤然间变得血花闪耀。黑娃双手捧着梭镖钢刃扑通跪倒，仰起头吼叫着：'你给我明心哩……你受冤枉了……我的你呀！'"当黑娃说出"我媳妇小娥给人害了"的时候，"梭镖钢刃上的血花顿时消失，锃光明亮的钢刃闪着寒光，原先淤滞的黑色血垢已不再见"。这里，作家农民的善良天性一览无余，真是神来之笔！

2007年10月20日晨，我从西安的一家旅馆出来，拦了一辆出租车就往西安市东南郊白鹿原而去，阳光很好，不多时间，就看见像海浪一样的一条线，司机说那就是白鹿原了。白鹿原原名狄寨原，属秦岭余脉，临近狄寨乡，往南即入蓝田县界。此地原为农村，现在已经成了大学城。我们一直到了白鹿原的顶上，下车在那里一站，清秋的风吹来，我感觉到田小娥的存在，她在这块土地上的气息。那一刻，我似乎听到了激越悲壮的秦腔，看到了秦腔声里的田小娥，一个高亢悲壮而多情美丽的烈女子。

从田小娥的四副面孔
看陈忠实乡土中国叙事的伦理生成

姚晓雷

一

　　20 世纪以来的中国一直走在由传统社会向现代社会转型的路上，"现代"一词不仅被用作一个时间概念，更被用作一个价值概念，即所谓的"现代性"。经过启蒙运动以来一代代专家学者的探讨和演绎，"现代性"在 19 世纪到 20 世纪初期之间已成一个以现代理性为核心的宏大话语体系，它所呈现的知识观念和价值标准，也在相当长的时期内成了与中国社会的现代转型伴生的中国新文学的主要诉求。不过，任何事物都在不断地发展变化过程中。20 世纪末以来乡土中国的现代转型过程虽还未完成，但经过近百年的实践，人们终于发现了一个谁也无法否认的事实，即我们转型过程中所面临的社会历史文化的复杂性已经远远超出原初的预想，无法再像初期那样只要简单地祭起现代性的理性、人性、自由、公平、正义的口号就可以理所当然地占据伦理的制高点，现代性的每一种价值元素都需要深入拷问，才能行之有效地切入我们社会历史发展的

陈忠实研究论集 上

内在肌理。尤其是，过去看似天衣无缝的现代性理性范式也遇到了后现代性的挑战等问题，它固然还没有丧失自己的价值自信，但姿态和具体内涵也在不断调整中。20世纪末以来的乡土中国叙事便是在这样现代性与后现代性、经典范式和中国本土独特社会实践的复杂糅合背景下展开，作者文学叙事的立场与方法无不受到新背景下遭遇的各种新问题及新方法的影响，折射着我们时代各种复杂的文化信息，反映着我们当下时代的种种冲突和焦虑。陈忠实的《白鹿原》创作即是如此。

《白鹿原》是陈忠实20世纪末期写的一部描写白鹿村这个渭河平原上的小村子半个多世纪历史变迁的巨著，小说架构宏大，情节复杂，人物纷繁，内容主要讲白鹿村的两大家族白家和鹿家近现代以来的历史遭遇，不仅纳入了民国时期、大革命时期、日寇入侵、三年内战、新中国成立初期的一系列外部社会的历史风云，而且纳入了作者对古老土地的本土精神在近现代以来各种文化碰撞挤压下的阵痛与演变的内在思考。陈忠实在《白鹿原》开篇便写道："小说是一个民族的秘史。"他写该书即打算通过对一个地方几十年历史的史诗性描绘，来解读近现代以来乡土中国转型过程的内在轨迹和文化密码。这部小说塑造了一系列栩栩如生的人物形象，如白嘉轩、朱先生、黑娃、鹿子霖、鹿三等。田小娥在里边不是最重要的，但相比其他有相对稳定的个性特征以及大致正常的人生轨迹的人物而言，田小娥的形象则不断辗转于人、妖、鬼多条命运轨道上，身份和个性充满矛盾，能更集中地折射转型时代各种社会文化理念的内在诉求和矛盾冲突。我们不妨以陈忠实《白鹿原》中的田小娥形象为中心，来窥探一下新时期以来乡土中国叙事伦理生成的复杂背景及特点，进而对作家的探索经验进行审视。

陈忠实曾专门谈到田小娥形象的创作缘起，说是他基于读到《蓝田县志》的贞妇烈女那部分内容后的一种反向写作，是用今天新的价值视角对过去那些被官方叙述抹杀了自我属性的贞妇烈女形象的重新解读：

一部二十多卷的县志，竟然有四五个卷本用来记录本县有文字记载以来的贞妇烈女的事迹或名字，不仅令我惊讶，更意识到贞节的崇高和沉重。我打开该卷第一页，看到记述着××村××氏，十五六岁出嫁到×家，隔一二年生子，不幸丧夫，抚养孩子成人，侍奉公婆，守节守志，直到终了，族人亲友感念其高风亮节，送烫金大匾牌一幅悬挂于门首。整本记载着的不同村庄不同姓氏的榜样妇女，事迹大同小异，宗旨都是坚定不移地守寡，我看过几例之后就了无兴味了。及至后几本，只记着××村××氏，连一句守节守志的事迹也没有，甚至连这位苦守一生活寡的女人的真实名字也没有，我很自然地合上志本推开不看了。就在挪开它的一阵儿，我的心里似乎颤抖了一下，这些女人用她们活泼的生命，坚守着道德规章里专门给她们设置的"志"和"节"的条律，曾经经历过怎样漫长的残酷的煎熬，才换取了在县志上几厘米长的位置，可悲的是任谁恐怕都难得有读完那几本枯燥姓氏的耐心。我在那一瞬有了一种逆反的心理举动，重新把"贞妇烈女"卷搬到面前，一页一页翻开，读响每一个守贞节女人的复姓姓氏——丈夫姓前本人姓后排成××氏，为她们行一个注目礼，或者说挽歌，如果她们灵息尚存，当会感知一位作家在许多许多年后替她们叹惋。我在密密麻麻的姓氏的阅览过程里头晕眼花，竟然生了一种完全相背乃至恶毒的意念，田小娥的形象就是在这时候浮上我的心里。在彰显封建道德的无以数计的女性榜样的名册里，我首先感到的是最基本的作为女人本性所受到的摧残，便产生了一个纯粹出于人性本能的抗争者叛逆者的人物。这个人物的故事尚无影踪，田小娥的名字也没有设定，但她就在这一瞬跃现在我的心里。我随之想到我在民间听到的不少泼妇淫女的故事和笑话，虽然上不了县志，却以民间传播的形式跟县志上列排的榜样对抗着……这个后来被我取名田小娥的人物，竟然是这样完全始料不及地萌生了。①

---

① 陈忠实，《寻找属于自己的句子——〈白鹿原〉写作手记》，《小说评论》2007年第4期。

二

一旦要用新的价值视角去对过去那些被官方叙述抹杀了自我属性的贞妇烈女进行反向书写，一个问题就很自然地出现了：正如我们一开始就提到的，在乡土中国现代转型的百年实践中，新文化的阵营早已不再单纯，非原初意义上的"现代性"可概括，而有了许多不尽一致的社会文化理念的纷争，陈忠实在这里并非要单纯地借用某一种文化资源，而是要尽可能地化用有助于他的主题呈现的各种新的思想文化资源。正因为如此，田小娥不可避免地成了诸多现代社会文化理念内在诉求的载体。仔细分辨不难发现，与不同社会文化理念内在诉求所各自形成的义化身份相对应，田小娥在小说中至少被赋予了四副面孔。

田小娥在作品中的第一副面孔是被封建宗法社会礼教制度吃掉的善良弱女。田小娥在作品里首次登场，是在十七岁黑娃到郭举人家做长工时，作为郭举人的小妾露面的。一方面，她本性善良，对她家的长工很友好，吃饭的时候看到饭凉了总要热一热，不让长工们吃凉饭。另一方面，她看似外表光鲜，享受着有吃有穿的生活，但实际上只是封建妻妾制度的牺牲品。她不要说享受正常的爱情，连做个正常人的资格都没有。在郭举人眼里，她只是个为自己荒唐的返老还童法子服务的工具，不只如此，她还受到郭举人大老婆的严格监视和控制，被视作奴仆。正是旨在维护男性特权的封建妻妾制度，制造了男女之间和妻妾之间的严重不平等地位，田小娥的悲剧也由此拉开了帷幕。田小娥和黑娃偷情被发现后，郭举人将其赶出了家门，也正是封建宗法社会礼教制度的名节观，导致了田小娥被看成声名狼藉、人人唾弃的贱货，她的父亲田秀才为此病倒了，"要尽早把这个丧德丢脸的女子打发出门，像用铲锨除拉在庭院里的一泡狗屎一样急切"。①黑娃把她领回家后，哪怕彼此情投意合，却

---

① 陈忠实：《白鹿原》，北京：人民文学出版社，1993 年，第 134 页。

也因为在封建礼教眼光审视下的严重人格污点而无法兼容于自己的宗族，不仅白嘉轩拒绝为他们举行新媳妇进祠堂拜列祖列宗的仪式，便是黑娃的父亲也将之视为奇耻大辱，断然把他们赶出了家门，致使他们只好流落到村头一孔破窑洞里寄身，过着低人一头的生活。田小娥最后的死，也是因为黑娃的父亲鹿三容忍不了孤苦无依的田小娥成了他眼里不断勾引良家子弟的祸害，而采取的自以为正义的杀人行为。田小娥的这样一副面孔，承接的是"五四"新文学中追求的反传统、反礼教的现代性话语传统。我们知道，出于对改造现实、实现社会现代转型的功利需要以及对此前西方现代性话语里的价值理想的信任，早期新文学作家设置了一个本土传统和外来现代性理想的二元对立模式，让本土社会的传统礼教文化充当"吃人"的角色，女性尤其作为被封建礼教吃掉的对象，鲁迅《祝福》中的祥林嫂、柔石《二月》里的文嫂、巴金《家》中梅表姐等一系列女性形象的塑造都是如此，早期新文学作家也通过他们笔下女性被"吃"的叙事来实现反封建的主题。从这一层意义上讲，田小娥的悲剧的确是封建礼教"吃人"的悲剧。田小娥的这一副面孔，让我们充分看到了其形象生成背后的"五四"新文学价值背景。

到此为止，田小娥的形象尽管还不足以让人完全耳目一新，但若作者沿情节的曲折性和遭遇的复杂性方面多下功夫，也并非不能自出机杼。从作者在小说中表现出的叙事功底来看，作者完全具有这方面的能力，整个《白鹿原》故事情节绵密曲折、环环相扣、层出不穷而高潮迭起。可作者的目的显然不在于此，他并不想重复一个在文学史上已被别人改头换面地讲了多遍的主题，而是要赋予人物更加复杂的新质。

田小娥在作品中的第二副面孔是沉湎于身体本能快感的欲女形象。陈忠实是有意识地在田小娥形象上植入性主题的，他曾解释道："这是我接受了关于人的文化心理结构的新鲜学说，并试探着对《白鹿原》里的人物完成透视和解析，看到蒙裹在爱和性这个敏感词汇上的封建文化封建道德，在那个时段的原上各色人物的心理结构形态中，都是一根不可忽视的或梁或柱的支撑性物件，断折甚至松动，都会引发整个心理平衡的倾斜或颠覆，注定人生故事跌宕起伏里无可避免的悲剧。"①通过性来写出一种与县志里的贞妇烈女卷记载截然不同的生命内容，并以此颠覆看似庄严的传统道德文化的价值大厦，也许是陈忠实要在田小娥身上强化性描写的初衷。不过，陈忠实既没有把她处理成一个可以轻易在旧有男女伦理框架里寻找性实现的传统女性，也没有把她处理成一个在现代个性解放追求里寻找性定位的现代女性。他在这里大胆启用了一个现代作家们无论是塑造传统女性还是现代女性性格核心时都有意回避或贬低的词：原欲。仔细分析小说文本，在田小娥对黑娃爱的表象下，总有一种让人难以简单评判的、非道德化的本能欲望在深水静流，有意无意地起着主导作用。

面对才 17 岁、从来没有过男女经验的黑娃，比他大好几岁、在各方面都居于优势地位的田小娥在二者的关系中显然起主导作用，她以腰疼让黑娃帮她揉为理由，主动引诱黑娃解除伦理禁忌。曾让笔者困惑的是：作者在这里怎么定位田小娥和黑娃二者之间的关系呢？是写田小娥对黑娃产生了感情吗？笔者在进一步考察的时候不得不排除了这方面的幻想。田小娥和黑娃此前仅有的几次接触里，除了一些吃饭上的话题几乎就没有更深的交流；田小娥诱导黑娃发生关系时，似乎也找不到田小娥企图抛下自己目前的生活轨道、决心要和黑娃在一起的意图。他们是在经历了多次身体狂欢后，才逐渐有所精神交流，田小娥固然在偶然遭遇到泡枣儿这个引发自己屈辱体验的话题时也说出"兄弟啊，姐在这屋里连狗都不如！我看咱俩偷空跑了，跑到远远的地方，哪怕讨吃要喝我都不嫌，只要有你兄弟日夜跟我在一搭"，但也只是气头上的话，并没有多当真，"兄弟你甭害怕，我也是瞎说"，②和真正的爱情还相差很远。只是在后来被郭举人赶出家门无路可走被黑娃领走后，田小娥才开始和黑娃同病相

① 陈忠实：《寻找属于自己的句子——〈白鹿原〉写作手记（连载五）》，《小说评论》2008 年第 3 期。
② 陈忠实：《白鹿原》，北京：人民文学出版社，1993 年，第 127 页。

连起来。不能说田小娥和黑娃后来没有真实感情，但对田小娥来说，即便对黑娃有了感情，但她并未将自己的感情和身体完全捆绑。在作品里，田小娥是一个身体不属于爱的、可以很轻易地向别人敞开的人，不管是出于利用的目的在鹿子霖面前，还是出于报复的目的在白孝文那里，都是如此。这个始终受欲望本能驱动的身体，一下子使得田小娥形象复杂起来了。在过去常规的现代性叙事框架里，惯性的模式是张扬理性的功能和地位，人的肉体也是由理性控制的，身体欲望的功能和理性的功能应该是一致的。在陈忠实这里，作者给我们带来的认知上的矛盾在于，他既赋予了田小娥超出理性规训的身体，又以非常自然的态度接受了它。作者既不是把其作为某种现代个性自由价值观念的符号加以张扬，也不是在指责田小娥的轻浮、堕落、人格分裂，而是自然而然地把它作为人性的一部分而接纳。周作人在《人的文学》里，虽然也指出人的内容包括动物性在内，但具体到研究对象时，周作人其实并未能贯彻这种对单纯动物性本能的重视，而是要把它放在理性升华的坐标上去衡量，如他评论郁达夫《沉沦》中的性欲描写时尽管也承认其本能的"非意识的喷发"，可紧接着还是把它处理为不合理的制度造成的"青年的现代的苦闷"，即要从现代性的国家民族叙事中为其寻找一个高大上的理由。为什么陈忠实会在田小娥形象塑造中引入这个"不受规训的身体"呢？也许我们可以将其放在20世纪中后期蔚然壮大的社会文化对前期现代性的反思的背景下进行理解。我们知道，现代性逐渐被演绎成一个以理性为本质的、覆盖到所有社会层面的绝对性价值体系后，其弊端也在社会实践中日渐暴露，现代性那种无所不能的姿态也开始受到人们质疑，以西方后工业化社会为基础，20世纪中后期崛起的后现代文化思潮更是掀起了一场声势浩大的解构运动，其中就包括对现代理性架构中身体价值的思考。例如福柯认为身体是一系列体制塑造出来的，是权力和知识规训的结果，现代性的理性模式也是规训人身体的一种权力和知识模式，"现代性不仅是相对于现时的关系形式，它也是一种同自身建立起关系的方式。现代性的自愿态度同必不可少的苦行主义相联系。成为现代人，并非接

陈忠实研究论集 上

受身处消逝的时光之流中的那个自己本身，而是把自己看作一种复杂而艰难的制作过程的对象……这个现代性并不在人的自己的存在中解放人，它强制人完成制作自身的任务。"①许多作家艺术家基于对理性压抑的反拨，刻意呼唤不受规训的原始本能，以至于"身体"的突围成了一场"系统的冲动造反，是人身上一切晦暗的、欲求的本能反抗精神诸神的革命"②。新时期以来，国内许多作家开始从与传统不同的角度来展现和思考不受理性控制的身体，如王安忆的《荒山之恋》《岗上的世纪》。陈忠实《白鹿原》在塑造田小娥这一形象时，未必是为了演绎某种后现代的理论，但也有意无意地接纳或融合了其中的某些前沿元素。陈忠实谈道，书中对性的书写，一开始还纠缠于尺度和分寸，进而增添了某种挑战的味道，即一定程度上开始了一些本体意义上具有文化挑战性的探索。

田小娥形象的第三副面孔，是以阶级、身份、仇恨、反抗为标志的20世纪中国革命话语语境下的阶级反抗女。20世纪中国社会现代历史转型实践过程的一个重要内容就是阶级斗争，毋庸讳言，对阶级斗争的强调一度被渲染到覆盖一切的地步，形成了许多偏颇化的结论，但其中并非不包含对社会历史发展规律的某些真理性认知。不难发现，陈忠实在塑造田小娥形象时，也在一定程度上接纳了近现代革命叙事中某些关于阶级斗争的主导性思维范式。与完全被动地被封建宗法社会礼教制度吃掉的弱女不同，陈忠实赋予田小娥的形象一种内生的反抗性。在郭举人为了延年益寿让她用女性那个部位泡枣来吃时，她报复的方法是把干枣儿掏出来再扔到尿盆里去，"他吃的是用我的尿泡下的枣儿！"后来闹农会时，她随着黑娃参加了农会，参与了农会斗地主、斗土豪劣绅的运动；在白孝文做了族长用族规殴打她后，她还故意勾引白孝文，好把白孝文的面子踩在脚下。关于阶级斗争的思维范式在这里主要表现为两个特点：

第一，不同阶级身份的人之间的对立是天生的，不是单纯因为某个

---

① 杜小真编选：《福柯集》，上海：上海远东出版社，1998年，第536页。
② 刘小枫：《现代性社会理论绪论——现代性与现代中国》，上海：上海三联书店，1998年，第23页。

人的个人品德好坏，而是因为他们的阶级本性，从不同阶级地位和身份派生出的行为和立场让他们彼此天然地处于对立位置上。小说中田小娥和郭举人之间的矛盾，便是被作者设置为一种阶级之间的本能对立。郭举人虽然是一个地主，但就个人人品而言，他不但不能算差，而且还有不少令人称道之处。他对长工不苛刻，"老举人很豪爽，对长工不抠小节，活儿由你干，饭由你吃，很少听见他盯在长工尻子上嘟嘟囔囔啰啰唆唆的声音"①。面对到他家打工的十七岁的黑娃，他一开始甚至还带有一种对子侄辈的关爱和欣赏之情。黑娃和田小娥偷情事发后，郭举人的处理方式也可圈可点，他没有为难黑娃，只是给他结清了工钱让他离开。郭举人对让他丢面子的田小娥也没怎么殴打虐待，只是一休了事，这也从另一个侧面说明了他并非穷凶极恶。那么堪为他那个阶层道德优秀者的郭举人为什么会做出用田小娥阴道泡枣吃的荒唐事儿呢？我以为应该辩证看待：田小娥的小妾身份决定了在传统的道德观念里，田小娥一切行为出发点就应该是为了服务于郭举人的利益，郭举人让她这样做并不是特意要虐待田小娥，只不过按照他所属阶级的道德做了他认为理所当然的事。也就是说，不是郭举人故意不把田小娥当人，而是阶级伦理导致占据统治地位的阶层不把下层社会的人当人。田小娥要报复做族长的白孝文，主要着眼点也不是白孝文打了她的个人恩怨，而是要撕掉罩在白孝文这个阶层外表下道貌岸然的假面。

第二，田小娥身上阶级仇恨意识被过度强化。我们知道，人的任何行为都需要一定心理基础的支持，田小娥这样一个传统宗法社会中的女性，当面对着某些让她觉得令人发指的行为而不得不诉诸复仇行动时，并非仅靠仇恨就可以百无禁忌，一旦逾越底线，要么会受到良心的极大反噬，要么会表现为惧怕因果报应的不安。但在田小娥这里，作者让她很容易地摆脱了所有心理禁忌，只要是基于带有阶级性质的仇恨和报复，都理所当然地、不受任何约束地取得了许可证。不妨再以田小娥报复郭

①　陈忠实：《白鹿原》，北京：人民文学出版社，1993年，第116页。

举人的行为为例。针对郭举人吃泡枣的荒唐行为，田小娥采取的方式是让郭举人吃尿泡的枣，乍看起来，给人的感觉是田小娥对郭举人的仇恨已经到了无以复加的程度，她和郭举人在一起的生活早已是苦大仇深、生不如死，以至于在心理上不共戴天。但反复阅读文本后，却发现事实并没有严重到这种程度。小说中田小娥是在写郭举人家有两个很不错的长工时出场的，"时日稍长，郭举人的两个女人也都很喜欢这个诚实勤快的小伙计，很放心地指使他到附近的将军镇上去买菜割肉或者抓药"[1]。从这里透露的信息是，哪怕内部有再多矛盾，郭举人和包括田小娥在内的两个女人在外人面前还是属于一个阵营的利益共同体，他们以共同的标准来管理长工。田小娥和黑娃开始偷情，也主要是为了满足本能需要，她并没有真想脱离这个利益共同体。既然田小娥一开始还对她所属的利益共同体有所认可，那就说明除了泡枣和被郭举人大老婆处处监视的事，她还没有在情感和心理上对郭举人决绝到你死我活、势不两立的地步，其仇恨意识不至于成为自己的心理主轴。但为什么一旦涉及阶级时，仇恨意识就可以不顾其他心理要素乃至于性格逻辑的制约而被强化到无以复加的地步呢？如果我们将其放在20世纪中国革命历史进程的话语范式里，就不难理解了。如何在现代性的框架中，辨识这种以阶级、身份、仇恨、反抗为标志的阶级斗争话语的合法性，是现代性话语体系诞生后所面临的世界性难题。一方面，现代性追求理性和公平就要消除造成社会不公平的因素，而消除不公平的手段不可能都是和风细雨的，有时必须依赖暴力等极端的反抗手段；另一方面，一旦采取暴力手段又可能带来新的非理性和不公平。田小娥形象的这一副面孔，也不可避免地关联到这个极其复杂的悖论。

田小娥的第四副面孔，是具有恶魔性的女撒旦。陈思和先生在研究张炜等人的小说时，曾提出一个被过分相信人性向上升华能力的现代性叙事所长期忽视的问题，就是人性的恶魔性。所谓恶魔性，有些近似于

---

[1] 陈忠实：《白鹿原》，北京：人民文学出版社，1993年，第117页。

人性中不受理性力量控制的恶本能，它"神通广大，常常在人们理性比较薄弱的时候推波助澜，构成对社会某种文明秩序或正常权威的颠覆，其颠覆对象包括社会意识形态的正统性、社会伦理道德的制约性，以及对自然界规律的神圣性"①。在陈忠实所塑造的田小娥身上，也若隐若现地弥散着这股气息。它先穿插在作者对田小娥其他面孔的叙事中，如田小娥将偷情时黑娃的男性排出物涂在尿泡枣上的对郭举人的反常态报复行为，便是指向一种邪恶的心理快感。田小娥那在诸多场合沉溺于理性规训之外的本能欲望的身体，固然有其他多方面的象征意义，但无法回避其中包含的反文明、反秩序、反道德的恶魔性因素。田小娥身上的恶魔性的进一步暴露，是在她开始报复白孝文的行为中。小说写道，被鹿子霖陷害和鼓动，田小娥因被撞见和狗蛋在一起被族规惩罚后，找了白孝文正在看戏的机会去找白孝文报复：

> 白孝文站在台子靠后人群稍微疏松的地方，瞧着刘秀和村姑两个活宝在戏台上打情骂俏吊膀子，觉得这样的酸戏未免有碍观瞻伤风败俗教唆学坏，到白鹿村过会时绝对不能点演这出《走南阳》。他心里这样想着，却止不住下身那东西被挑逗被撩拨得疯胀起来，做梦也意料不到的事突然发生了，黑暗里有一只手抓住了他的那个东西，白孝文恼羞成怒转过头一看，田小娥正贴着他的左臂站在旁侧，斜溜着眼睛瞅着他，那眼神准确无误明明白白告示他："你要是敢吭声我也就大喊大叫说你在女人身上耍骚！"白孝文完全清楚那样的后果不言而喻，聚集在台下的男人们当即会把他捶成肉坨子，一个在戏台下趁黑耍骚的瞎熊不会得到任何同情。白孝文恐慌无主，心在胸膛里突突狂跳双腿颤抖脑子里一片昏黑，喊不敢喊动不敢动，伸着脖子僵硬地站着佯装看戏。戏台上的刘秀和村姑愈来愈不像话的

---

① 陈思和：《欲望：时代与人性的另一面——试论张炜小说中的恶魔性因素》，《文学评论》2002 年第 6 期。

调情狎昵。那只攥着他下身的手暗暗示意他离开戏场。白孝文屈从于那只手固执坚定的暗示，装作不堪沤热从人窝里挤出去，好在黑咕隆咚的戏场上没有谁认出他来。那只手牵着他离开戏场走过村边的一片树林，斜插过一畛尚未翻耕的麦茬地，便进入一个破旧废弃的砖瓦窑里。①

来到田小娥住的砖瓦窑后，她更是像一个地狱里冒出的可怕的鬼魅一样，时而恐吓，大叫"来人哟，救命呀，白孝文糟蹋我哩跑了……"；②时而挑逗，"哥呀你打，你打死妹子妹子也不恼"；时而软语相求，"哥呀，你看我活到这地步还活啥哩？我不活了我心绝了我死呀：我跳涝池我不想在人世栽了，我要你亲妹子一下妹子死了也心甘了"；时而蛊惑，"哥呀你正经啥哩！你不看看皇帝吃了人家女人的馍喝了人家的麦仁汤还逗人家女子哩"；不只语言，身体动作也一起上来，"说着扬起胳膊钩住孝文的脖子，把她丰盈的胸脯紧紧贴压到他的胸膛上，踮起脚尖往起一纵，准确无误地把嘴唇对住他的嘴唇"。③在田小娥的强大攻势面前，涉世未深的白孝文只能被玩弄于股掌之间，很快缴械投降。田小娥的这种报复行为，其时机之准，下手之辣，一系列动作之高难度、高精准及环环相扣，对人性的弱点掌握得那么透彻、利用得那么恰到好处，犹如恶魔附体。田小娥身上这一恶魔性特质使她浑身充满不祥之兆，谁和她靠得近就会给谁的正常生活带来灭顶之灾，先是黑娃，一度沦为土匪，革命胜利后作为革命的有功之臣却被带有投机性质的白孝文枪毙，很难说没有因为与田小娥纠缠而给双方种下的心结；再是白孝文，虽说田小娥后来放弃了对他的报复，但因为双方此后的相互纠缠而抽上大烟，几乎沦为乞丐，性格大变。田小娥这一人物身上恶魔性的充分显示，是她在自以为无辜被杀后化为瘟疫，对白鹿原上所有或大或小的村庄进行无差别的

① 陈忠实：《白鹿原》，北京：人民文学出版社，1993年，第247—248页。
② 陈忠实：《白鹿原》，北京：人民文学出版社，1993年，第248页。
③ 陈忠实：《白鹿原》，北京：人民文学出版社，1993年，第249页。

攻击。田小娥这副具有恶魔性特征的女撒旦面孔，和一些现代派文学中表现的人性恶有所类似，但它并不像那些现代派文学中通常以恶为唯一元素或本质元素，而是与其他几副面孔的特征彼此纠缠汇融，从而使得这一形象的意义更为多元和丰富。

田小娥的四副面孔让我们清楚地看到，新时期以来的乡土中国叙事，已经不可能不在远比 20 世纪之初的现代性框架复杂得多的种种价值纠葛中展开。如何回应时代的挑战，开辟出自己独创性的价值廊宇，成为新时期以来的乡土中国叙事需要解决的当务之急。

三

既然 20 世纪末以来的文学乡土叙事已经不可避免地成为经过近百年转型实践后更为复杂的文化状态和新的历史意识载体，那么衡量作家艺术境界的标准，就不仅要看他的作品有没有大胆表现新背景下的尖锐问题，更要看他在回应这些问题方面是不是具有足够的思想创造力，以及由此派生的艺术圆融度。田小娥的四副面孔，的确包囊了许多时代提出的尖锐问题，它们在很大程度上增加了人物形象的内涵，从而使得田小娥形象成为无法取代的文学典型。但客观地说，田小娥四副面孔的主要价值在于提出了问题，而非发挥作者的原创性思想能力解决问题，在思想融创能力和宏大艺术境界的开拓方面，作品还是有很多难尽人意的地方。最典型的表现是：四副面孔的内部逻辑并非完全有机统一，而是彼此之间经常充满断裂，每一副新面孔的加入，在给人物形象的内涵带来新质的同时，往往又在更大程度上破坏了其他面孔单独发掘时本可以演绎出的主题深度，致使几乎对所有面孔的塑造都浅尝辄止。

以陈忠实对田小娥第二副面孔的演绎为例。田小娥在作品中的第二副面孔是沉湎于身体快感的欲女形象，在这一线索上，本可以进一步上升到身体与现代性话语系统里所张扬的"自由"价值关系的前沿性探索。所谓自由，就是作为主体的人自己主宰自己，它在思想、政治、道德文化等不同的领域各有具体表现，但总体而言，都不外乎拒绝来自外部的一切不合理的控制。在现代性的原初价值谱系中，自由曾被许多启蒙思想家视为最本质的价值，作为 20 世纪中国新文学渊源的"五四"新文学，也正是在"冲决罗网"这个意义上高高扬起这面从西方启蒙思想家手里接过的旗帜，并在批判压制人性的传统道德等方面进行了多方位出击，取得了丰硕的战果。在田小娥的形象塑造中，我们不难感到其背后明显有一条现代性话语系统里"我是我自己的"价值诉求在做支撑。不过在现代性的原典叙述里，身体自由总被赋予一种理性的维度，成为理性在个人权利层面的一种自然延伸，和同样由理性制造出来的幸福、善、美、正义等元素先天处于一种同盟关系，这样的文学叙事大都要在最后给身体的自由套上与心灵同步的规范。到了 20 世纪末，时代对"自由"的解读已经有了许多新的内容，其最主要的表现是让"自由"走出理性的控制。在当下的思想文化语境中，"身体"作为拷问"自由"的一个突破口，的确有其得天独厚之处：身体是人物质存在和精神存在的共同载体，人类文明进化的表征之一就是尊重自己身体的程度；然而"随着社会的发展，智力的进步，人类精神显示出来的智慧日益具有凌驾肉体之上的功能和作用，使得身体在人类与自然界、与其他物种以及与其他同类的激烈的生存竞争中，越来越处于被支配、被统治的次要地位，并日益从生物性身体转化为社会性、政治性、文化性和精神性身体。使人的身体在精神的支配、奴役和形塑下日益被扭曲和异化"[1]。既然现代性原典话语里的理性在解放身体的名义下通过一系列的规训和处罚扭曲了身体的本能，那么回到身体原初的本能欲望、生命冲动和潜意识来反思已有理性的局限性，乃至重塑更具有包容性和开放性的现代性，难道不是一个恰如其分的时机吗？国际上很多现代派或后现代派的文学正是在现代理性关于身体言说裹足不前的地方起步，从而上升到对现代社会文明结构和秩序合理性的叩问。如曾获得诺贝尔奖的大江健三郎的《性的人》

---

[1] 张之沧、张禺：《身体认知论》，北京：人民出版社，2014 年，第 410 页。

即是探索身体打破理性规训之后的可能性，在个人获得了本能行为的自由后，身体就真的通向自由了吗？陈忠实塑造田小娥的初衷，本来包含着在这方面深入探索的意图，他看到县志上的贞妇烈女记载后，深感这种对性的压抑和扼杀是"这道原的'秘史'里缠裹得最神秘的性形态，封建文化封建道德里最腐朽也最无法面对现代文明的一页"[1]，故在《白鹿原》写作中把它当作要探讨的重大命题而反复嚼磨，最后决定"不回避，撕开写，不作诱饵"，希望能具有一种先锋性、挑战性的效果。可到了田小娥这里，作者只是约略地打开了一个窥探身体的口子，却浅尝辄止了，没有沿着身体自由的线索朝其蕴含的社会文化乃至个人心理的颠覆属性进一步开拓，拒绝了对欲望化的身体自由和自由之后的更深层叩问，而匆忙让其止步于对浅层次肉体快感的流连中。甚至因为惧怕这种身体欲望具有的离经叛道色彩过于醒目，作者除了把它用快感做肤浅化处理，还有意无意地用被封建宗法社会礼教制度吃掉的善良弱女及以阶级、身份、仇恨、反抗为标志的 20 世纪中国革命话语语境下的阶级反抗女等其他几副面孔来稀释，对自由价值的先锋性探索在这里被打了严重的折扣。

再看对作为阶级反抗女的田小娥的第三副面孔的演绎。田小娥的这一副面孔和以阶级、身份、仇恨、反抗为标志的 20 世纪中国革命话语语境结合在一起，涉及弱势群体在阶级社会中如何追求公平正义的问题，本可以有着更精彩的演绎，比如，20 世纪 20 年代大革命时期，在席卷白鹿原的农会风潮中，已经被封建宗法制度和封建礼教剥夺了做正常人的资格、坠落在生活最底层的田小娥完全有全身心投入这场运动的理由，也完全可以像在性生活中充满大胆和创意一样在这场革命中也充满大胆和创意，把身体的完全释放和受压迫的心理情绪的完全释放融为一体。若如此让田小娥身上的内在底蕴得到尽情演绎，田小娥后来在农会风潮

---

① 陈忠实：《寻找属于自己的句子——〈白鹿原〉写作手记（连载五）》，《小说评论》2008 年第 3 期。

陈忠实研究论集

上

失败后再度跌入人生低谷受尽各种折磨和侮辱就会更加精彩，而她后来向具有恶魔性特征的女撒旦面孔滑动也更显得合理。但陈忠实却没有这样开拓，他只是简单地提到她随着黑娃参加了农会，参与了农会斗地主、斗地方上土豪劣绅的运动，就一笔带过。甚至在农会风暴前后，小说里赋予田小娥的心理反应更多是害怕、是乞求，与自己平时一贯具有的反叛意识大相径庭，作者在对田小娥阶级反抗女这一面孔的书写上颇有虎头蛇尾之嫌。

以上情况，究其原因，并非作者为了达成某种传奇性的艺术效果而有意制造这些断裂和矛盾，而是因为把田小娥投入百年中国社会现代转型的价值冲突旋涡中后，尽管想要尽可能丰富地挖掘和表现其具有的各方面主题内涵，但作家自身还未能在思想上完全消化它们。陈忠实在谈田小娥形象创作缘起时，曾将自己所进行的创作概括为"反向写作"，即有意无意地暴露了其中的奥秘。何为"反向写作"呢？顾名思义，就是他的写作不是基于对表现对象本体的深入了解和把握，而是基于对过去某种关于表现对象的表述方式的不满，故采用一种逆反式写作。这种逆反式写作的优点和缺点都很明显，优点是能够从固有的表述方式里敏锐捕捉到问题，具有鲜明的问题意识；缺点是常常止步于暴露问题，无法真正深入到表现对象的本体内部进行发掘和演绎，提炼出属于自己的理论观念，只好在写作中依据一些半生不熟的外来理念。由于"反向写作"决定了作者和表现对象之间沟通的方式是外部观念而不是内部经验，作者只好以堆积木的方式将来自外部的不同主题意向简单地罗列在一个人身上。陈忠实在塑造田小娥形象时之所以出现各副面孔之间的断裂和掣肘现象，就是这种"反向写作"思维造成的后遗症。就陈忠实在塑造田小娥第二副面孔时对"性"的认识高度来看，除了压抑有罪反抗有理，其他就只剩下本能的刺激和快感了，这其实是对"性"丰富的生理、心理内容的一种阉割。陈忠实在塑造田小娥第二副面孔时对阶级反抗和革命的认识高度也不敢恭维，可能是20世纪历史上的革命实践过程中的诸多偏差使他有所疑虑，以及受到20世纪末流行的文化保守主义的影响，他借小说中其他人物之口说出的对 20 世纪中国革命史上不同阶级之间大决斗的概括，无非是个"鏊子"说，就像烙饼一样，你翻过去，我翻过来。这其实也是一种外部视角的避重就轻，在"此亦无是非、彼亦无是非"的和稀泥调子下，掩盖了公平正义原则所要求的对每一个内部细节的具体辨识，貌似深刻，实则求深反浅，无法帮他做到让田小娥这样的人物深入阶级革命的肌理中尽情释放自己的个性。

陈忠实的这种由反向写作带来的问题意识大于内在辨析的弊端，不仅仅是个人问题，在很大程度上代表着新时期以来乡土中国叙事的一种普遍性局限。这里不妨再以莫言《红高粱》中的"我奶奶"戴凤莲的形象塑造进行参照。莫言的《红高粱》也是一种反向写作，基于对现代生活中人们生命力的退化以及革命史教材抗日书写的反拨，他特意塑造了一些在偏僻乡野有着自由自在生命力的人们及他们的抗日故事，小说中的"我奶奶"戴凤莲不仅敢爱敢恨，而且敢于打破世俗，百无禁忌，丝毫不受自己人妻身份的拘束，和情人土匪头子余占鳌以及家里的长工罗汉大爷等都保持亲密关系。戴凤莲在弥留之际，有大段的对生命总结和感叹的话："天赐我情人，天赐我儿子，天赐我财富，天赐我三十年红高粱般充实的生活。天，你既然给了我，就不要再收回，你宽恕了我吧！……天，什么叫贞节？什么叫正道？什么是善良？什么是邪恶？你一直没有告诉过我，我只有按着我自己的想法去办，我爱幸福，我爱力量，我爱美，我的身体是我的，我为自己做主。"① 表面上看，"我奶奶"戴凤莲的形象似乎在自主性身体欲望的价值阐发上超出了田小娥的意义设定，由朦胧的感性层面上升到明确的价值自觉。但真的如此吗？仔细分析起来恐怕未必。看似做到了"将自由进行到底"的戴凤莲，其实并没有走出变了形的传统才子佳人情爱伦理模式的窠臼，她的身体也没有真正觉醒，只是在表现的尺寸上更大胆、更放肆而已。在莫言的笔下，戴凤莲的身体欲望的最大满足不是单纯来自自由的身体，而是爱情的副产品，

① 莫言：《红高粱》，《人民文学》1986 年第 3 期。

是在余占鳌这个能满足她爱情想象的另一种英雄面前的一种水乳交融的反应，她和罗汉大爷的性只是一种工具性的拉拢和利用，更谈不上真正的自由。这种在戴凤莲身上一系列大胆的、越轨的欲望行为，是由于在更高意义上遵守了传统美德而获得谅解的，正如莫言所说的，"他们杀人越货，精忠报国，他们演出过一幕幕英勇悲壮的舞剧"①，浅层次的叛逆行为有内在的对国家、民族等主流价值核心内容的绝对皈依，戴凤莲这一形象所具有的自由层面的探索意义，一定程度上还不如《白鹿原》里田小娥身上那不附加太多外在条件的本能欲望冲动。莫言的例子再次证明了乡土中国叙事中的"反向写作"的局限性，它的价值在于挑战所有反叛对象的"反向"，作品中的人物都是服从这一观念而设置的，而很难形成一种有深度的正面构建。它也提醒我们必须面对这样一个严峻事实：新时期以来文学中的乡土中国叙事境界提升的最大瓶颈，迄今为止，就是由于思想能力和思维方式的限制，大都仅仅满足于以花样百出的方式提出问题，而非建构意义上的正面突破。这个问题不解决，文学中的乡土中国叙事就无法走得更远。

不过，虽然有这样那样的毛病，陈忠实在对一些现代价值命题的阐释上也并非完全没有自己的拓新性。像陈忠实这样对乡土中国生存内容有着深刻体验的作家们，自身的现实生活功底以及个人主观上的探索意识，使他们一旦把一些现代性、后现代性的价值命题导入自己熟悉的表现领域中时，常常能从实际出发催生出一些非常值得重视的开拓性发挥。例如田小娥的结局处理。关于田小娥形象，最引起争议的恐怕是她死后变成的邪恶瘟疫，这也是田小娥第四副面孔的核心所在，我们不妨就此再继续进行一番具体的审视：田小娥表面上是死于看不惯她把东家的儿子勾引到人不人鬼不鬼地步的鹿三之手，事实上是死于她的某些行为严重触犯了当时大家公认的一些伦理观。田小娥能够严重触犯当时大家公认的伦理观的行为是什么呢？田小娥心不坏，但控制不了自己的身体，

---

① 莫言：《红高粱》，《人民文学》1986 年第 3 期。

甚至放纵自己的身体，这才是她被杀的根本原因。问题的关键甚至还不在于田小娥被杀死，而在于作者对田小娥被杀死这件事的态度。陈忠实在访谈里谈到，写到田小娥被鹿三杀死的时候，自己眼睛都黑了，乍看起来是在同情和惋惜田小娥，可就作品的实际安排来看，就发现未必。若陈忠实真的完全站在田小娥的立场，他大可以把田小娥死后的不甘处理为窦娥冤式的上天示警，即便必须采取邪恶方式复仇也会给她保留一丝人性的良善，而不至于把她弄成人见人憎的恶鬼。人物的命运安排在很多场合本就代表着作者对人物的评价，陈忠实故意让田小娥死后化为肆虐的、恶狠狠的瘟疫，显然是要传达他的道德价值观。陈忠实虽然也同情田小娥，可他内心里还是认定田小娥是会给周围的人带来灾难的瘟疫，是需要受到某种惩罚的。陈忠实借作品里白嘉轩的行为宣示了自己的立场：面对化为瘟疫危害到整个白鹿原，并让整个白鹿原人心惶惶的田小娥，陈忠实让白嘉轩的表现像个守护正义的天神，"世中只有敬神的道理，哪有敬鬼的道理？对神要敬，对鬼只有打"，"我今日把话当众说清，我不光不给她修庙，还要给她造塔，把她烧成灰压到塔底下，叫她永世不得见天日"。①陈忠实赋予白嘉轩的正气凛然彻底地镇住了成了瘟疫的田小娥，白鹿原上也恢复了平静。这一结局曾让很多读者和研究者感到无法理解和认同：为什么陈忠实要安排在生活中没有多少真正恶迹的田小娥，不仅落个被人杀死的结局，而且死后还要背上化为瘟疫的罪名被再度镇压，以至于彻底不得翻身呢？这其实在很大程度上反映的是陈忠实看待公平正义内容时的历史辩证眼光。从今天的人文主义立场来说，田小娥的身体权利也是她个性权利的一个有机组成部分，她只要不用害人的手段追求身体的满足，都是被允许的和无可厚非的，现代化的生活方式已经给身体的自由打下丰厚的各方面基础，身体问题更大程度上成了一种无碍社会公平的私人问题。可在田小娥生活的生产力原始低下、各种资源极其匮乏的时代，如何维持一个社会有机体的良性生存和

---

① 陈忠实：《白鹿原》，北京：人民文学出版社，1993年，第441页。

陈忠实研究论集　上

发展，乃是这个时代公平和正义原则要考虑的核心问题。这种人的欲望需求的无限性和环境条件的有限性之间无法调和的矛盾，是禁欲主义产生的根本原因。一方面，就像战争时期推崇英雄主义一样，物资极度匮乏的时代于公于私都要推崇能适当克制自己欲望的道德品质，控制身体被视作控制其他更复杂欲望的基础。另一方面，因为过去生产方式的原始落后，大多数人都必须付出极大的意志和精力才能勉强维持基本生存，一旦过于放纵会形成透支，影响到他们创造维持进一步生存的物质财富的精力。这些情况从《白鹿原》的相关描写里也可以看到，如动不动就席卷白鹿原的灾害、饥馑等。陈忠实并不因为个人对田小娥的同情，就置道德伦理背后的历史逻辑于不顾。陈忠实赋予田小娥最后的结局给我们的启示是：不存在超越历史规定性的先天合法的是非标准，衡量一种道德观是否公平合理，就是看当时社会历史提供的可能性与社会体制赋予它的现实实现程度。这种主动摆脱现代性概念迷信，而在自己对乡土中国生存内容有着深刻体验的领域充分调动自己的认知经验进行独创性阐释,恰是新时期以来乡土中国叙事中体现出的一些难能可贵的价值品格。

陈忠实所塑造的田小娥的四副面孔，以及在四副面孔整合时出现的问题和形成的经验，都为我们研究和探索当下文学中乡土中国叙事的伦理生成提供弥足珍贵的范例。20 世纪以来乡土中国遭遇的是中国历史上"数千年未遇之大变局"，一方面，文学的乡土中国叙事拥有了人类历史上任何一个时期都难比肩的丰富的现实社会生活实践内容及各种开放的文化资源；另一方面，我们时代所面临的种种混乱和无序状态又给作家的深度呈现制造了严重困难。如何进一步总结各方面探索经验，以有助于我们的文学创造出高屋建瓴的大境界，不正是当前文学研究的核心任务吗？

"革命"符号里的白灵和黑娃

——《白鹿原》人物论之一

王仲生

摘 要 20 世纪上半叶，"革命"是这个时期的关键词。革命与反革命的殊死搏斗构成了这一时期中国的二重奏。《白鹿原》的"革命叙述"不同于"左翼叙述"与"延安叙述"，黑娃代表了"白狼"，白灵象征了"白鹿"，他们的"革命"人生充满了历史感和悲剧性。

关键词 《白鹿原》 "革命"符号 黑娃 白灵 悲剧性

在小说创作上我们有了《死水微澜》，有了《科尔沁旗草原》，有了《呼兰河传》《财主的儿女们》，有了《红旗谱》《三家巷》和《青春之歌》等长篇小说。

"革命叙事"是分别由"左翼"传统和"延安"传统实现的。它当然还在延续中发展。

《白鹿原》的"革命叙事"与上述两类相比较，显然采取了一种有别于它们的"另类叙事"。

在"左翼"传统中，小说叙事的合法性站在一个广泛的对于老中国旧传统的全面彻底的否定中，一种对自由公正的未来世界的向往使叙述被激情和乐观催动着，年轻和年轻人的苦恼与彷徨给这种叙述带来了另外的一种辅色调，让叙述有了丰富的和声。

在柔石的《二月》、胡也频的《光明在我们面前》、叶圣陶的《倪焕之》、茅盾的《虹》等作品中，我们都能看到。

"延安"叙述，知识分子的主角地位开始让位于工农，大众的斗争走向了前台。随着作家身份的转换，让作品叙述追求一种工农所喜闻乐见的民族形式和大众趣味。这使赵树理的《李有才板话》等作品成了成功的样本。丁玲的转变充分说明这种叙述的过渡与更换。

《白鹿原》的"革命"叙述，不同于"左翼"叙述，也不同于"延安"叙述。这是拉开了时间距离，经过了现代理性反思过后的对"革命"的清醒叙述。这种清醒和新中国成立后的诸如《青春之歌》《三家巷》《红旗谱》的单色调不再一样，而是呈现为复色。一种力求全面的眼光下的审视，使革命既有它的英雄气、正义性，也有它难以避免的局限性。这种对革命的歌颂以及从吸取历史教训出发的反思，让"革命"愈来愈接近它的真实历史面貌，愈来愈启示我们从历史的双重性里体验历史，体验革命。

小说里的鹿兆鹏是白鹿原革命的发动者和领导人。小说相当完整地叙述了这位青年知识分子成长为革命者的艰难历程。

兆鹏长期潜伏于白鹿原，出入于革命军队、革命根据地和土匪队伍，他舍身忘家，几度从死亡线上脱身，后来又远走新疆，为革命事业而奔赴茫茫边陲。他是作家笔下一位让人崇敬的革命者。

鹿兆鹏是白鹿原撒下革命火种的播火人，他深刻地影响了白鹿原乡亲，尤其是黑娃和白灵。

白灵和黑娃，有太多的命运的相似性。当然，他们之间又有着各自的特异性、相互的差异性。正是这种"同中求异"或者说"异中求同"，把他们联系在了一起。

黑娃，长工鹿三的儿子，白鹿原上"白狼"意象的现实版，"白狼"的化身。这个关中"冷娃"，率真而硬气，敢作敢当，冷倔而仗义。白灵，白嘉轩的爱女，"白鹿精魂"的象征性人物，"白鹿精魂"的人间体现者。

"白狼"出没于尘世，给白鹿原带来了惊恐和骚乱。它是旧秩序的破坏者，在这个意义上，它为人们向往和欢迎，但它没有建立新的合理秩序，它因此只能造成动荡和不安。"白狼"作为一个符号，它的符意丰富而具有两面性。

在何县长眼里："白狼是个人，是一帮匪盗的头领……这个白狼比嘈传的白狼恶过了百倍；那个白狼不过吮咂猪血，这个白狼却烧杀奸淫无恶不作，有上万号人马，全是白狼。"这是从统治者眼里看到的"白狼"。

何县长不可能认识"白狼"出现的必然性、合理性以及它的巨大破坏性后面的原始复仇。他把"白狼"的非人性、非理性做了歪曲和夸大。

白鹿，高悬、飘逸于天宇。

在久远的亘古的传说里："原上出现过一只白色的鹿，白毛白腿白蹄，那鹿角更是莹亮剔透的白。白鹿跳跳蹦蹦，像跑着又像飘着从东原跑向西原，倏忽之间就消失了"，"一只雪白的神鹿，柔弱无骨，欢欢蹦蹦，舞之蹈之，从南山飘逸而出，在开阔的原野上恣心嬉戏。所过之处，万木繁荣，禾苗苗壮，五谷丰登，人畜兴旺，疫疠廓清，毒虫灭绝，万象乐康，那是怎样美妙的太平盛世"。

小说关于"白鹿"的诗一般描绘，不止一两处，可以说"白鹿精魂"笼罩全书，"白鹿理想"统领全书。这是白鹿原人的集体无意识，是白鹿原的乌托邦。

一个没有乌托邦的民族是可悲的，一个沉溺于乌托邦的民族也是可悲的。拥有乌托邦而走出乌托邦，那是一个民族走向成熟的标志。《白鹿原》写了白鹿原人的乌托邦，也写了这种乌托邦的不可实现性，这是《白鹿原》的深刻。

白灵和黑娃，无论是天宇的精魂，还是尘世的白狼，他们在革命的神圣性的向往里，走向了革命。这种"神圣性"从他们自发反抗的合理性里一步步发展、提升、演绎而成。然而，他们又都在传奇性的"革命之旅"中死在了"自己人"手里，死在了"革命"的光环所不能照耀的"死角"或"死结"。

这几乎是中外文学叙述中一个永恒的母题：正义者死于借"正义"之手的邪恶中。

《白鹿原》的创造性在于，这种历史悲剧、人生悲剧的发生，放在中国文化、中国历史的特定时空的大背景下，有它的必然性，也有它的人性的复杂性和革命本身的复杂性。这不能不是双重悲剧，它体现了一种严峻而沉重的历史反思和人性反思，对于我们这个民族，这种反思太重要了。

黑娃和他的父亲鹿三处于极端对立之中，鹿三越是安于现状，安于"奴隶"的地位，黑娃越是要反抗，要越轨。

鹿三严格遵循世代相传的儒家伦理。儒家的做人"准则"渗入骨髓，他是一个彻底为"伦理传统"浸泡的人。假如他不是一个"长工"，而是步入官场，他就会是包拯式的人。

鹿三也曾义无反顾地顶替白嘉轩，做了"交农事件"三个领头人之一。在回顾自己一生时，他曾不无自豪地认为，他这一辈子，做了两件大事：一是领头交农，一是杀了田小娥。

前者，不无正义性，来自儒家的"仁政"思想和"为民请命"的合法性。正如孟子所说："君子之事君也，务引其君而当道，去于仁而已。"一个有道德的人为君王服务，就要引领君王走上仁义之道，如此而已。"君不乡道，不志于仁，而求富之，是辅桀也。"君王不向着仁，为仁而执政，你却帮君王聚敛财富，这不是辅助君王，是帮着桀这样的恶人为虎作伥。鹿三不过是以朴素的为民请命的思想去反对民贼之类的恶人，后者充满了血腥与强暴。不诉诸法律，以所谓道德审判代替法律审判，这在中世纪黑暗欧洲，所谓"宗教裁判所"曾不止一次地上演过。时至20世纪，一个公公居然以梭镖将儿媳妇活活刺死，却沾沾自诩，认为是杀得好，杀得光彩。这种为道德和理念而杀人的悲剧，其惨烈，其震撼，显示了作家忠实的思考尖锐而深刻。对于弥漫于古老乡村的道德传统的残暴与持久，作家有着从当代理性出发的洞察和批判。

白灵面临的是白嘉轩。白灵的走向革命是从反抗包办婚姻起步的，这正是从"礼教"中觉醒的一代又一代中国女性争取人格独立的必由之路，也是贯穿于"五四"叙事、"延安"叙事的共同主题，只是各个女性自我解放的形式不同而已。

如同黑娃面对鹿三，白灵面对的是白嘉轩。白嘉轩和鹿三，可以说是白鹿村最顽强的"礼教"堡垒。恰恰是白嘉轩和鹿三，培育了白鹿村最具反抗活力的白灵和黑娃，堡垒从来都是从内部攻破的。

小说有一段黑娃吃冰糖的生动叙述。

兆鹏有如其父，自小喜欢关心别人的事，这是一种情感倾向。这与白嘉轩爱管祠堂的事全然不同，白嘉轩是出于维护和推行《乡约》的神圣性，一种理性支配下的坚定不移。

黑娃从屈辱中猝然与"甜蜜"相遇，"呆呆地站住连动也不动了"。太美妙，也太意外!黑娃幼小的心承受不了这突然降临的幸福！"无可比拟的甜滋滋的味道使他浑身颤抖起来，突然，哇一声哭了！"

无论是对痛苦，还是对幸福，黑娃都有一根过于敏感的神经。这与白灵一样，正是这种对痛苦的敏感，促成了他们对幸福追求的无比执着。

作家陈忠实在这一细节的准确而鲜活的叙述里，寄予了极为丰富的内涵。

一块冰糖能引爆如此强烈的反应，当时白鹿原人的贫困可想而知。这是一。第二，兆鹏对贫困孩子的关心与他以后走上革命以为广大群众谋求幸福，有一种心理上、精神上的必然联系。第三，小说并不就此止步。小说的深刻在于它继续向着人性的纵深掘进。

"黑娃悲哀地扭开脸，忽然跳起来说：'我将来挣了钱，先买狗日的一袋冰糖。'"

如果只写前述一段，而没有后面的一跳一说，黑娃也就只是一个一般的小男孩，可有了这一跳一说，黑娃较之一般，就突出了他的自尊和自信的特点。不是再要一口冰糖，而是自己去买，不是一块两块，而是整整一口袋！作家在这里把这个天不怕地不怕的农村男孩的个性挖掘到了灵魂的深处。

不止于此，作品还写黑娃把兆鹏给他的水晶饼咬了一口，咬一咬牙，把那水晶饼扔到路边的草丛中里去了。

他竟然对兆鹏说："财东娃，你要是每天都能够拿一块水晶饼一块冰糖孝敬我，我就给你捡起来吃了。"他强烈地意识到主奴的不平等、贫富的悬殊以及由此产生的人格自尊。

他毕竟还是小孩，他突然回心转意，他气馁了，自我瓦解了："我再也不吃你的什么饼儿什么糖了，免得我夜里做梦都在吃，醒来流一摊涎水。"

不要怜悯，不要赐予，一切都可以在自尊自强里去夺取，去获得，这是黑娃性格中的主导一面。如果明白了只是一场梦，那就干脆丢开，另走一条不同的路。这是黑娃性格发展中的一种可能性，这种可能性在黑娃童年时代已埋下了种子。

作家仍不止笔，围绕这一细节，作家写了成年后当了土匪二拇指的黑娃和冰糖再次"遭遇"。

你绝对想不到，当黑娃实现了童年的梦，看到手下抱来的一桶冰糖，他，竟然当众尿了一泡尿！

是童年的遭遇的不堪回首，还是破坏比占有更能发泄人世郁积的愤怒？应该是后者。

当年攻打冬宫，那些来自农村的红军，看到沙皇收藏的那些精美的艺术品、工艺品，来不及掠走，一律踩在脚下，毁掉。

美好，如果不能独自占有，不如统统毁掉。我吃不到，你也别想吃！我吃到了，你更别想吃！为什么我们不能资源共享，共享美好？

这是人性中的卑劣，还是阴暗？

人物心理情感很少是线性的、平面的。率真耿直如黑娃，对一块冰糖经历了如此曲折的多层面的反应。在这些情感波动的后面牵连到黑娃变化了的生存境况和心绪心情的复杂性。

《白鹿原》细节描写的深刻性当然不仅这一例。仅这一例，也足以让我们看到作家对生活的发现与稔熟，对生活的提炼与升华。

黑娃的匪气、霸气，走向了极致，走向了极端，他如果不就此毁灭，他必然要改弦更张另辟一条人生之路。

黑娃结识了田小娥。

这个原始生命力极其旺盛的小伙邂逅了同样具有旺盛生命力的小娥，他们碰撞出了爱的蓬蓬烈火。黑娃的人生之路发生了根本转折。他们双双陷入"大逆不道"被拒之祠堂之外，有如祥林嫂之不得参与祭祀，而迷狂，而疯癫，而死亡。

黑娃不是祥林嫂。黑娃有幸与兆鹏同学，更有幸一直被兆鹏关注。这个不是平地卧虎的黑娃在兆鹏的点拨下、启蒙下，站了起来，他要啸傲山林，闯荡江湖了！

这是黑娃人生的又一转折，与婚恋相比，这是黑娃命运的真正拐点。他卷入了政治斗争。

在传统的"延安"叙事里，"哪里有压迫，哪里就有反抗"，是普遍法则。而在《白鹿原》里，黑娃早已平静，他已经准备好"就这么没脸没皮活着算尿了"。

兆鹏的引导和激发，让黑娃点起了焚烧粮仓的第一把火。黑娃从个人反抗走向了社会反抗，从自发反抗走向了自觉，从情感、婚姻反抗走向了暴力！

"白狼"如影随形，把黑娃引向了神秘和恐怖。民间起事，往往以此为符号。符号自有它神秘的魅力。革命者往往以此为最初的助燃剂。

黑娃参加了为期三个月的培训，成为"风搅雪"农会16兄弟的老大。

黑娃际会风云，领着大伙批斗游街，铡刀起落，碗碗客、大和尚人头落地，民愤大的总是被首先开刀。白鹿原卷进了从未有过的社会动乱，与当年鸡毛传帖、交农事件相比，农运有了广泛的社会宣传、社会动员、社会组织、社会威权，这就使与国民党的分手具有了必然性。国民党、共产党在建立怎样一个国家形态上的对立，是这种必然性的根基所在。

小说对于"风搅雪"批斗会的描述有两点需要关注：一是背景、气氛即氛围的渲染，第二点是大场景里的小细节的捕捉与色差对比。

兆鹏的冷静，黑娃的冲动，贺耀祖的丑态，老和尚的瘫软，碗碗客的死硬，田福贤的冷眼，鹿子霖的恐惧，金书手的当众揭发，岳维山的不以为然，共产党儿子斗老子的群众议论，特别是白嘉轩的置身事外……把复杂的阶级、阶层、政党对立和不同人物的心理情感态度在聚焦镜前一一显形、现身、亮底。

大革命失败，贺老大被活活墩死，白色恐怖把白鹿原掩埋在血泊里。黑娃的命运随之发生变化。

有论者以为黑娃是撬动《白鹿原》情节发展或者说叙事结构的支点。此论忘了支点离了推动力将失去意义。推动力何在？是鹿兆鹏，是岳维山，是国共两党的持久斗争；是白嘉轩，是鹿子霖，是白、鹿两家延绵的家族冲突；是传统社会的伦理、道德和现代文明的伦理、道德的精神交锋与道德交锋。发生在白鹿原的复杂矛盾交织了百年来中国社会由传统向现代转型的时代焦虑与深层困惑。

这还只是一个层面，更深的层面，还在于人，作为个体生命，他的复杂的生理的心理的欲望，以欲望为核心的无意识是像语言那样建构起来的。无意识也由能指（欲望）和所指（欲望的客体）之间的关系而组合。我们总是从一个能指滑向另一个能指。欲望的满足，总是想象性的，它并不排斥对能指的专一。

欲望不是需求，也不是要求，是要求与需求之差。是需求的盈余价值，快感由盈余而产生，人的一生耗尽于这种盈余的快感。

某种意义上，《白鹿原》是各种欲望的追逐和因这种追逐而激发的角力和竞技。

与这种无意识、这种欲望不同，意识形态的功能在于结构"社会"，以现实其自身。这是齐泽克对拉康的诠释。

以此来解读《白鹿原》，将帮助我们更深刻地看到，利益需求驱动的欲望支配了白鹿原人各自的人生目标，并为这一目标而彼此争斗或彼此携手。

诉诸感觉、感情、知觉和想象的审美创造，《白鹿原》给予我们的启示的丰富性、深刻性于此可见。兆鹏再次为黑娃指路。黑娃参加了渭华暴动，当了齐旅长的贴身警卫。暴动失败，黑娃身负重伤，被大拇指救起，收留，不久成了二拇指。

黑娃的从农民而革命战士而土匪头目的传奇经历是那个动荡年代给一个血气方刚的男子提供的一种可能。黑娃抓住了这种机遇。他不是成熟的革命者，他是凭着经验的感知和兆鹏的导引走上革命之路的。成为土匪，虽非所愿，却是当时唯一能走的路。旧中国的兵匪一家，在黑娃这里有了真实体现。

如朱先生所说，国民党、共产党，加上土匪，三方争斗把白鹿原变成了"鏊子"。国民党和共产党两党相争呈现的二元对峙，由于土匪的介入成了三方博弈。

临近政权易手，黑娃选择了保安大队。这一选择，出乎鹿兆鹏所料。长久的打家劫舍，黑娃早就厌倦而谋求安静与平稳，游击队的飘忽不定，已不再让黑娃动心，而是让他厌烦。

黑娃的命运与选择与《静静的顿河》主人公葛利高里有太多相似性和人生悲剧的必然性。哥萨克英雄葛利高里由骑兵而红军师长而投向佛明匪帮而又回归故乡，这只俄罗斯革命风暴里的雄鹰，终于折翅。他与阿克西尼娅的恋情和情欲也将他们俩共同焚毁。疾风暴雨的殊死搏斗，忽红忽白的风云变幻，一个缺乏思考力和判断力的豪雄男子，怎甘在平庸与屈辱里沉没？性与暴力便成为黑娃与葛利高里雄性激素旺盛的宣泄和狂欢。他们无可遁逃地出入于兵与匪，革命与非革命、反革命，最后又走向了厌倦与死亡。

黑娃成为首先起义的功臣，这对于黑娃不过是革命的回归。在黑娃心底，他难道不从来就是"革命"的吗？

黑娃当然不曾料到，他会死在白孝文的枪下。

黑娃在成了保安大队炮营之长后，开始了人生的大逆转。黑娃洗心革面，脱胎换骨，决定要"学为好人"。

曾国藩认为"凡功名富贵,皆有命定。半由人力,半由天命。唯学作贤,全由自己做主,不与天命相干涉"。学为圣贤,全由自己。此话对了一半。社会能否为"学为好人"提供环境,也是关键。

有论者认为黑娃回归传统儒家伦理有悖他的性格发展逻辑,此论显然忽视了人物心理结构嬗变的复杂性和逆转的内在心理诉求。

黑娃从小就"忠诚",就讲"义气"。无论对兆鹏,对习旅长,对大拇指、张团长,他都忠心耿耿,坦诚相见,说一不二。

黑娃重"孝"。小时,他自愿出去打长工,一是避开白嘉轩的硬挺的腰杆,二是给父亲减轻负担。

这种潜意识里的忠与孝,使他骨子里与传统儒家伦理是相通的。他出生在白鹿原村浓重儒家传统的氛围里。

正如有人指出的那样,中国革命,仍然是以儒家的思维、儒家的方式反传统,追求的是"天下为公",这与儒家的"大同理想"几无区别。而且,对于绝对公平、绝对公正、绝对正义的追求,常常导致将敌对方置于绝对邪恶、绝对不公平、绝对不正确的地位,这种二元对立的绝对性、决断性,从来不中庸,也不现实。

反思"文化大革命",就不难明白"三忠于""四无限"的造神运动和"领袖崇拜",正是以传统的思维方式去反传统,不过是一套文字游戏、话语霸权。

黑娃从小就是一竿子扦到底,讲彻底的人,一个"从不负人"的人。

与田小娥的性爱和婚姻,"风搅雪"结拜16兄弟,为习旅长出生入死,当二拇指对大拇指忠贞不贰,对张团长推心置腹,凡事黑娃都是光明磊落,彻彻底底。他训练手下那帮土匪的认真,足以说明他对秩序、对文明的向往和尊重。

长年的军旅和土匪生涯,早让黑娃盼望着安定和平静,步入中年的黑娃开始厌倦青少年代的荒唐、鲁莽、打打杀杀。

黑娃的内心呼唤,要求他学为好人:"需得寻个知书达理的人来管管我。"他选择了玉凤做自己的妻子。

新婚之夜，"他想不起任何一件壮举能使自己的心头树起自信与骄傲，而潮水般的一波又一波漫过的尽是污血与浊水……，他陷入自责懊悔的境地"。包括"与田小娥的见不得人的偷情"。黑娃要念书，"闯荡半生，混账半生，糊涂半生，现在想念书求知活得明白，做个好人"。他真诚地虔诚地拜朱先生为师，成为朱先生的最后一个弟子。

心理的长期分裂要求自我修复，理性开始对感性、对欲望、对本能形成了压倒性优势。黑娃说："我老早闹农协跟人家作对，搞暴动跟人家作对，后来当土匪还是跟人家作对，而今跟人家顺溜了不作对了，心里没劲儿咧，提不起精神咧，所以说想当个私塾先生。"如同鹿三，没了"对立面"的黑娃，"乏了，也烦了"。

黑娃的回乡祭祖，宣告了一个新的叫鹿兆谦的人登场，那个叫黑娃的人淡出了白鹿原的时代舞台。

黑娃的回归，证明了传统的强大，这是黑娃人生之路的倒退吗？

黑娃的这一艺术形象在"延安"叙事里不曾有过。"延安"叙事有接受工农教育和工农结合的知识分子。舍此之途，知识分子便是没有出路的、没有前途的。革命的工农与传统是决裂的。《白鹿原》与"五四"叙述倒是有着某种呼应。路翎在《财主的儿女们》里塑造了蒋家二少爷少祖这一形象。这个知识分子，在五四精神熏陶下，也曾呼风唤雨，为抗日救亡奔走来到重庆，蒋少祖开始了颓唐，潜心书斋，走向了复古主义，宣扬孔孟，这个当年的文化激进主义者在现实冲击下败下阵来，成为文化保守的代表人物。区别在于，路翎对蒋少祖持一种否定的批判态度，而作家陈忠实是以肯定的叙述书写了黑娃向伦理传统的皈依。

黑娃在人格修养和家庭伦理中的严于律己、学为好人，说明了文化传统具有强大的生命活力，说明了它的历史合理性的方面。

文化传统与传统文化是两个不同的概念。后者是与东方专制主义完全同构的，而前者包含了相当优秀的内涵。

黑娃的回归文化传统并不妨碍他的政治选择，反倒促成了他毫不犹豫、绝不动摇地对共产党的信赖。他率部起义，投向了新政权的怀抱。

他从来认为他是"革命"的自己人。

问题在于一辈子倡导并践行着圣人之道、学为好人的朱先生尚且难容于现世，又何况鹿兆谦？

鹿兆谦的新的文化生命尚未展开，他就死在了白孝文的阴谋中，并且是以"革命"名义。

白孝文是浪子回头的"成功"范例。在所谓的"回归"中，他得到了白嘉轩、朱先生的肯定和赞扬，他们都不能也不曾发现"回归"的表象后面白孝文包藏了一颗多么阴险的野心。陈舍娃的被杀无疑是对白孝文的一个警告，他因此而怀疑鹿兆谦了解到了他的两面派真面目。正是出于这种怀疑，白孝文才一枪击毙了张团长。

黑娃的死亡给《白鹿原》画上了沉重一笔，这是历史性的拷问，是"革命"叙事清醒而深刻的发展。

暴力和爱情谱写了黑娃传奇的一生。

黑娃与田小娥的恋情在忠实笔下写得惊心动魄又光彩照人。性爱在这里交织了他们生命的光彩和反抗的呼喊。为了田小娥，黑娃曾洗劫鹿子霖、白嘉轩，错杀了鹿泰恒，打折了白嘉轩的腰。因为田小娥的惨死，黑娃声称不再认鹿三为父亲。

然而，爱情悲剧仍不能幸免。鹿兆谦"学为好人"之日，正是黑娃与田小娥"爱情"死亡之时。学为好人的鹿兆谦投入高玉凤的怀抱之时，正是田小娥被抛入邪恶与罪恶之日。

鹿兆谦回到了白鹿原，进到了祠堂。对于埋葬着田小娥的那个塔，连关注的一瞥，鹿兆谦也不曾有过。这是田小娥的悲剧，也是鹿兆谦的悲剧。黑娃重构了自己，他同时也解构了田小娥。

黑娃文化心理结构的转换呈现为一个颠覆性逆转形态。从本能与欲望出发，黑娃长期处在"自在"（自然）状态，屡次的重复性颠仆，几乎使黑娃厌倦了，他断然撕裂旧我，企望自己活在"自为"（自觉）里，以建立"新我"。

人物命运的大起大落与根本性逆转是人物自我调整的主体建构，也是时代风云骤变促成的。

作家并不是借人物写历史，写革命，也不是隔岸观火地写人物在历史和革命中的沉浮，他是和他笔下的人物一道参与，感受历史和革命，创造历史，也创造人物自己的生命，去勘探人生、勘探民族的心灵秘史，勘探我们民族迈向现代化的曲折艰难和历史必然，而人物情感的动荡起伏转变，在这里有着举足轻重的地位。

在"革命"符号系统里，白灵是一颗闪耀异彩的流星，过早陨落在天际。

让我们梳理一下《白鹿原》的女性世界。

在礼教的祭坛，白嘉轩的前六任妻子、兆鹏妻子鹿冷氏、田小娥、车老板家女儿小翠、白孝文的原配……她们都一一不能幸免于死亡。鹿冷氏因了无爱的婚姻，被活活折磨死。大姐因了饥饿，也因了爱的失落，死在了年馑里，临死前，大姐挪步到公公白嘉轩面前："爸，我到咱屋多年了，勤咧懒咧瞎咧好咧你都看见。我想过这想过那，独独儿没有想到我会饿死。"

在这样一个女性生存的苦难和不幸里，白灵因此显得特别的光彩照人，尤其是她的投向革命，更让她与白鹿原上所有的女性拉开了距离。

有论者以为白灵参加革命缺乏思想基础和性格依据，并以林道静为例，说白灵这一形象难以令人信服。

这是缺乏深思之论，没有细究白灵这一人的成长史。

与黑娃一样，白灵拥抱革命，一波三折。

白灵是白鹿原第一个也许是唯一一个女洋学生。洋学生的教育与传统学堂全然不同。

西安被围八个月，白灵参与了守城，解围后又参加了救灾活动。

白灵居然逃过了父亲的禁闭，又以一纸退婚书争得了自由。白嘉轩气急败坏，断绝父女关系，宣布白灵死了。一语成谶，白嘉轩从此失去了女儿。

"五四"叙事、"延安"叙述中大书特书的青年男女反叛婚姻走上革命道路的耳熟能详的故事，在《白鹿原》里被轻轻带过。作家忠实对白灵的塑造另辟新路。

在加入共产党还是国民党这一事关政治生命的重大选择面前，小说告诉我们，白灵与兆海竟然以抛掷铜圆来搞定。这一细节，曾为一些人诟病，其实，稍许了解一下国共合作时期的一些史实，就很容易理解那时的热血青年的率性与天真。

大革命失败，国民党清党，兆海由共产党而加入国民党；白灵却反其道而行之，退出国民党，加入共产党，并且是在共产党处于最危急时刻。这一戏剧性变化，充分写出了白灵性格的不同常人。

巾帼不让须眉，白灵的出类拔萃，在这里得到了突显。

哈耶克在《通往奴役之路》一书里，曾精辟论述过妇女和青少年，不论是在革命还是为国捐躯上，都较男子更出色地表现了她们的坚贞不屈，英勇无畏。

白灵属于这一类。在法国贞德，中国的赵一曼、刘胡兰等不朽女性光辉名册里，白灵为革命写上了自己的名字。

如同黑娃一样，对于痛苦与不幸，白灵都十分敏感。不同的是，黑娃出于自己的不幸，"吃冰糖"细节，充分揭示了黑娃的极度自尊。白灵呢，对于他人，尤其是普通人的不幸，她都会感同身受。她对围城时死难的无辜百姓的同情，她对白色恐怖中大屠杀的极度愤怒，皆源于此。

白灵成了地下党一员，成了学运领袖，成了秘密交通员，熟悉党史的人都知道，杰出的工运、农运、学运领袖中，不乏美丽女性。如同黑娃给了白嘉轩一竿子打折了族长挺直的腰杆，白灵在民乐园里一砖头打得国民政府教育部长头破血流，他们都是"该出手时就出手"的敢作敢为的叛逆者。

革命的需要，让白灵与兆鹏不得不假扮"夫妻"，"婚变"在特定情境下势必难免。

兆海与白灵有过争论，一对青梅竹马都难以改变自己，他们只有分手。

对于叛徒，白灵与兆鹏表现了同样的不能容忍，不能手软。处决了叛徒"姜政委"，饮庆功酒后，白灵与兆鹏结合了。

小说为这场婚变做了充分铺垫：情境的和情感的铺垫。

"革命"在这里将道德的负疚轻轻搁置了！

"她对他由一种钦敬到一种钦慕，再到灵魂倾倒的爱，是一步一步演化的。"

白灵因暴露了身份，不得不进入陕北根据地。

在根据地却卷入到极左的肃反之中。白灵因此被清洗，被活埋。

美丽的生命在黄土高坡凋谢。

无畏的艺术胆识和魄力，让作家忠实为我们书写了这悲壮的一页。忠实不回避革命中的不应有的错误和挫折，这源自他对革命的忠诚和坚信，对历史的真实的清醒反思。

白灵是有生活原型的，那是张景文烈士。

黑娃也是有原型的。

小说世界和经验世界、想象世界分别是不同圆心的圆。他们也会有部分的重叠、交叉。

白灵、黑娃两个人物形象与现实生活的部分重叠、吻合，揭示了历史沧桑的真实性和吊诡性，也把作家杰出的艺术创造力辉煌地展现给了我们。

作品对白灵的悲剧，采用了如下的叙述策略，使这一悲剧更具艺术冲击力。

第一，叙述视点从白灵转向白灵同牢战友的转述，在转述中又恢复白灵的直接申说身份，以白灵怒斥极左路线推行者毕政委。这种批判的现场性具有极大的震撼力。

白灵直指"毕政委"，义正词严："我怀疑你是敌人派遣的高级特务，如果不是，那么你就是一个野心家、阴谋家。不然的话，你就是纯粹的蠢货。你有破坏革命的十分才略，却连一分建树革命的本领也没有。"这是一篇痛批极左的宣言书。

第二，从叙述转向梦幻，寄托深情的怀想。

白嘉轩在白灵死亡的那个晚上折腾了大半夜睡不着，后半夜"刚睡着，就看见咱原上飘过来一只白鹿……待飘到我眼前时，我清楚地看见白鹿眼窝里流水水哩，哭着哩，委屈地流眼泪哩，在我眼前没停一阵子，又掉头朝西飘走了"。

朱白氏说："天哪，我咋个黑也梦见白鹿了。"

朱先生心里明白：白灵完了，昨夜完的；但，他不能说，只是叮嘱白嘉轩，"你要记住昨天的日子"。

把白鹿与白灵联系在一起，借助梦的形式告白家人，无论在现实生活中还是中外文学作品中，这类叙述，都美丽而忧伤，寄寓了作家的绵绵深情。他不愿直接站出来，他是借作品人物，曲折而委婉，深沉而执着地表达了他的情感。

第三，叙述的延宕。在 20 年、50 年的历史后续里，书写长久的反思。

小说叙述时空延绵到 20 世纪 50 年代，当局正式宣布"白灵同志牺牲了"，发放了"革命烈士证"。白嘉轩大声说："我灵儿死时给我托梦哩，……世上只有亲骨肉才是真的……啊嗨嗨。"浑身猛烈颤抖着哭出声来。他准确地记住了白灵死亡的日子，那是在白灵死亡后近 20 年的时候。小说还写到 20 世纪 80 年代，白灵遗孤鹿鸣已成了作家，他年过 50才清楚白灵是他母亲。他发现了白灵的奇迹。他觉得，重要的是"对发生这一幕历史悲剧的根源的反省"。

小说告诉我们，发生在 20 世纪 30 年代的悲剧，到 80 年代仍然是历史留给我们的教训，这是意味深长的。不论是鹿鸣，还是作家陈忠实，他们的这种历史责任感，都折射了我们时代的思想的深度、广度和力度。

"无根"的飘零者

——《白鹿原》黑娃形象分析

祁小绒　杨晓歌

摘　要　《白鹿原》中的黑娃是一个关键性人物,蕴含着丰富的历史文化内容,他是作者以独特视角审视传统文化和现代革命文化的切入点。黑娃的悲剧人生折射出中华民族的生存状态及生命方式,象征了中华民族寻找精神之父的艰难历程,他使作者书写的"民族秘史"具有了沉郁悲凉的意味。

关键词　黑娃　儒家文化　革命文化　寻父意识

《白鹿原》是一部"关于我们民族命运思考"的作品。小说在宗族的兴衰和人物命运的起落中揭示了儒家文化对民族心灵的影响以及民族生存繁衍的奥秘。作品以人物为中心,展现了个体生命与生存环境之间的对立冲突,折射出社会矛盾、阶级斗争和传统文化之间的复杂关系,记录了白鹿村人在自然和社会历史变迁中的挣扎与奋斗、困惑和苦恼,再现了人性与社会道德的冲突、文化传统与现实变革的激烈交战,从而完成了对儒家文化及现代革命文化内涵的全面展示。笔者认为,《白鹿原》的意义生成与黑娃之间有着至关重要的联系,他是作者审视传统文化和现代革命文化的重要视点；黑娃动荡的一生为读者勾勒了一幅全新的20世纪中国社会生活的历史画卷，他使这部民族命运史的内容变得多姿多彩，从中表达了陈忠实对民族文化和历史命运的独特感悟和生命体验。然而，在以往有关《白鹿原》的评论文章中，黑娃形象的美学价值未能引起研究者足够的重视，对其意义阐述不够深入，本文试图从一个新的角度，即通过黑娃形象来透视《白鹿原》的丰富内涵，以供研究者参考。

一、对儒家文化的理性审视

《白鹿原》从文化的层面深入探索了中华民族命运的生存方式。小说主要表现人与环境的对立冲突，即人与历史及文化的复杂关系。在这个关节点上，作者对儒家文化全部要义进行深刻的解析，揭示它对民族历史命运的发展和个体生存的影响。其中，对儒家文化的反思是贯穿作品的重要内容，而黑娃则为作者提供了审视儒家文化弊害的最佳角度。黑娃在作品中出现时，"仁义白鹿村"已成为人们心中的"圣地"，白嘉轩和他的精神之父朱先生以其感人的仁义之举不断地诠释着儒家文化的精髓。在其精神的感召下，整个白鹿原呈现出一派旧有的生活秩序，弥漫着友好和谐的气氛。然而，生活在其中的黑娃却是一个异数，表现出对"仁义"的本能拒斥。他从小顽皮好动，不愿念书，看不起鹿子霖卑劣的人格，更看不惯恩人白嘉轩一副凛然正经的神情和挺直的腰杆。父亲送他进学堂，目的是想将他野性顽皮的劣根性改掉，把他培养成白嘉轩所期望的"谦谦君子"。但黑娃无法忍受念书的枯燥与寂寞，而财东娃鹿兆鹏施舍的冰糖却给他留下了难以磨灭而又痛苦的记忆。对于白嘉轩，黑娃"无法拒绝那只粗硬有力的手，一直把他拽进学堂。那只手给他留下了复杂的难忘的记忆"[1]。出身的低贱及生活的贫困使黑娃产生了自卑与失落感，进而刺激他形成倔强不屈的个性，使他本能地与命运抗争。黑

---

[1] 陈忠实：《白鹿原》，北京：人民文学出版社，2002年，第73页。

娃最初的人生目标就是要成为像白嘉轩、鹿子霖那样的财东，于是，他开始了改变自己命运的人生之旅。此时的黑娃，单纯透明，流露出人的自然天性。这种与生俱来的个性，与白嘉轩所遵循的"耕读传家""学为好人"的信条背道而驰。外出"熬活"，是黑娃叛逆的起点。在革命浪潮的冲击下，黑娃受压抑的情感被释放出来，在白鹿原刮起了一场"风搅雪"式的农民运动，并很快成为农民运动的带头人。由于国共分裂，革命受挫，黑娃背井离乡。凭着机敏，他做过习旅长的警卫，后不得已投靠土匪，被推举为匪首"二拇指"。"大拇指"被害后，黑娃受招安，成为县保安团炮兵营营长。滋水县解放前夕，他率部起义，当上了人民政府的副县长，但仅过半年又遭白孝文暗算被枪毙，走完了自己坎坷动荡的生命历程。

考察黑娃的一生可以发现，在其桀骜不驯的外表下，始终涌动着一颗骚动不安的心，这就是对自我价值实现的渴望，其中夹杂着对现存制度和传统文化的不满。但是，低贱的地位、不屈的个性，使他在实现自我价值时出现了偏差，使他以叛逆的方式实现了对现存制度和文化的超越。但无论是身为农民运动的领袖还是红军战士，或是沦为土匪，他都不自觉地偏离了主流社会文化的中心，成为社会制度及文化的叛逆者。在作品中，作者形象地揭示了儒家文化与人性的冲突及其对人的生命力的压制。黑娃身上洋溢着一股强烈的生命气息，处处表现出与儒家文化相对立的人性内涵。陈忠实用这样优美的语言描述黑娃："他的眼睛里透出一股豪恨之气，……双臂粗壮如椽，胸部的肌肉盘皆成两大板块，走起路来就有一股纠越的气势。……他与小娥居住的窑洞显示出一股争强好胜的居家过日子的气象。"①黑娃与田小娥忠贞不渝的爱情，更是作者大笔书写的人性乐章。他们不守礼俗，两情相悦，其婚姻还原了男女间娱情悦性的本色，而与建立在生儿育女基础上传统的婚姻模式相去甚远，因而遭到了白嘉轩等人的强烈反对。"仁义村"容不下这对恩爱夫妻，但

---

① 陈忠实：《白鹿原》，北京：人民文学出版社，2002 年，第 169 页。

是，"寒窑虽破能避风雨，夫妻恩爱苦也甜"，这是整个白鹿原遭人鄙视却令人羡慕的最幸福的一对夫妻。在这里，作者对人与人之间的美好情感给予了如诗如画般的描绘。黑娃的金刚怒目，敢作敢为，颇似吴承恩笔下的孙悟空，秉天地之灵气，受日月之精华，无拘无束，率性而为，敢于与既成的规范相抗衡，他与白嘉轩、鹿三恪守的儒家伦理道德产生了激烈的冲突。在这一形象身上，充分体现了作者对于人情人性美的礼赞，也折射出儒家文化对人性的贬抑，这是黑娃独特的价值所在。作为中国传统文化的主要组成部分，儒家文化的核心内容是仁义，孔子的"仁者爱人"思想，虽不乏博爱因素，但其目的是为了建立一种所谓的"父子有亲、夫妇有别、长幼有序"的伦理秩序。孔子言："孝悌也者，为仁之本与。"① 人与人之间实质上是一种不平等的遵从关系。从家庭关系入手，建立一种规范的伦理秩序，是仁义的核心内容。儒家文化蔑视甚至否定人的自然属性，将人的本能欲求视为洪水猛兽加以无情的压制，以此来维护既成的伦理规范要求。陈忠实拂去儒家文化表面温情脉脉的面纱，令其残忍冷酷的本质浮出水面。在《白鹿原》中，无论是白嘉轩还是朱先生，他们都是儒家文化伦理秩序的自觉维护者，他们虽有着令人敬佩的人格魅力，但在惩治小娥时他们却毫不留情，将其置于死地，并以自己特有的方式逼黑娃就范。当黑娃最后真正实现了对传统文化的皈依时，精神却出现了前所未有的萎缩，成为一具道德文化的空壳。在作品中，黑娃成为一面镜子，映照出儒家文化的种种弊端，蕴含着作者对传统文化的批判意识。

二、对革命文化的深刻反思

陈忠实曾说："当我第一次系统地审视近一个世纪以来这块土地上发生的一系列重大事件时，又促进了起初的那种思索进一步深化而且渐入

---

① 李泽厚：《〈论语〉今译》，合肥：安徽文艺出版社，1998年，第30页。

理性境界，其至连'反右''文革'都不觉得是某一个人的偶然的判断的失误或是失误的举措了。所有的悲剧的发生都不是偶然的，都是这个民族从衰败走向复兴复壮过程的必然。这是一个生活的演变过程，也是一个历史的演变过程。……我不过是竭尽截止到一九八七年底全部艺术体验和艺术能力来展示我上述的关于这个民族生存、历史和人的这种生命体验的。"①陈忠实在小说中通过黑娃形象实现了对传统文化的理性反思。但作者并未到此为止，而是把人物放置在 20 世纪中国社会历史的背景下，细腻地描绘了黑娃在革命浪潮中的沉浮，表达了作者对社会革命的深刻思考。黑娃与田小娥度过了短暂的幸福时光以后，很快被卷入农民革命的风暴中。一场"风搅雪"式的农民运动，使昔日平静的白鹿原沸腾了，黑娃叛逆的个性在革命风暴中得到酣畅淋漓地表现。革命将他原有的自卑心理和对白嘉轩、鹿子霖的不满激发出来。他表现出前所未有的高涨热情，放火烧粮台，办讲习所，与他的革命三十六兄弟惩处恶霸，砸烂祖宗牌位，捣毁乡约以及斗争田福贤等，将白鹿原的革命推向了高潮。黑娃堪称革命的弄潮儿，不愧是那个时代的英雄，而辉煌革命生涯也预示着他在叛逆的道路上越走越远。作者真实地揭示了现代中国革命历史发展的本质规律，革命顺应农民的天然要求，将他们自发的反抗意识变成自觉的革命要求，这是中国革命取得胜利的根本原因。"打土豪，分田地""一切权力归农会"等口号喊出了一代农民的心声。然而，在革命过程中，黑娃砸牌位、毁乡约的举措令人痛心、发人深思，表达了作者对现代革命文化弊端的批判态度。

20 世纪的中国革命是在反传统中进行的，革命就是破旧立新，在摧毁旧制度的同时，也伴随着对传统文化的破坏。对以儒家文化为核心的传统文化的猛烈抨击，是"五四"新文化产生的基础；30 年代的革命文化又继承了"五四"传统；十年"文革"则是对传统文化及新文化传统

---

① 陈忠实：《关于〈白鹿原〉的问答》，《〈白鹿原〉评论集》，北京：人民文学出版社，2000 年，第 389 页。

的全盘否定。革命浪潮一次次地冲击着传统文化，最终将其连根拔掉，造成了文化领域内的一片荒芜景象。关中大儒朱先生的一句"折腾到何日为止"，总结了 20 世纪中华民族的性格和灵魂，"折腾"现象也成为这段"民族秘史"的实质。"文革"中，白鹿书院沦为养猪场，继而又成为造反派武斗的场地，连已谢世的朱先生也未能躲过这场浩劫，他的遗骸被挖出受到红卫兵的批判。这种刨祖坟式的"革命"行为暗示着历史的轮回。对革命历史的讲述，流露出陈忠实对传统文化的眷念和哀悼之情，也包含着作者对革命文化的反思与批判。与作者的痛惜心态相比较，黑娃等人的革命行为显得那样滑稽可笑，农民运动似乎只是一场闹剧而已。事实上，黑娃的革命实质并未超出阿 Q 的局限性，在对革命的热情中夹杂着盲目与冲动，他被革命的浪潮裹挟着被动地前进，最终被以革命的名义枪毙，与阿 Q 的结局又何其相似。在思想感情上，黑娃更热衷于革命，然而这个革命最忠实的拥护者最终却成为革命的死敌。他的死固然有白孝文的原因，但其身上不光彩的"历史"已决定了他的悲剧命运，黑娃革命的引路人鹿兆鹏始终未露面，就是最有力的暗示。他背叛了传统，又与革命文化疏离，其特殊的革命经历及其悲惨结局，形象地再现了 20 世纪中国革命的历史进程及其复杂性。作者以独特的视角审视这段历史，力求对革命历史本质做出新的解释和客观的评价。

三、寻找"精神之父"的艰难历程

陈忠实对于民族命运的描绘，还在于形象地描绘了人与文化连肢连体的依附关系，呈现出中华民族艰难的"寻父"历程，从中展示了中国人的生命方式及其生存困境。作者运用相当多的笔墨叙写了黑娃对儒家文化的皈依。匪首"大拇指"被鹿兆鹏害死后，黑娃经历了他一生中最痛苦的时期，出现了前所未有的精神危机。在国共两党的殊死搏斗之际，黑娃终于看清楚自己的暗淡前途和命运，接受了白孝文的招安，主动融入主流社会。黑娃在第二次婚姻中选择了老秀才知书达理的女儿，"知书达理"表明黑娃进一步认同了儒家的文化价值体系，并在此确立自己的文化人格。新婚之夜，"他的眼前浮现的是小娥那张眉目活泛生动多情的模样。……黑娃的心情变得更加糟糕，他觉得自己十分别扭，十分空虚，十分畏怯，十分卑劣……与小娥见不得人的偷情以及在山寨与黑牡丹的龌龊勾当完全使他陷入了自责和懊悔。……黑娃久久地坐着抽烟，看着炕头并排摆着一双鸳鸯枕头，更加卑怯到无力自持的地步"①。在这里，儒家文化的理性之光不断拷问着黑娃的本能欲望，这无疑是文化与人的情感欲望之间的冲突，对于黑娃来说，无异于一场灵魂的炼狱，他感到从未有过的自卑。最后，黑娃幡然醒悟，投到朱先生的门下，虔诚地拜师念书，求学问为修身、为做人。他向朱先生表明心迹："兆谦闯荡半生，混账半生，糊涂半生，现在想念书求知活得明白，做个好人。"②黑娃终于对自己的前半生予以彻底否定。以后，"黑娃每日早起借着蒙蒙的晨曦舞剑，然后坐下诵读《论语》，……每隔十天半月去一趟白鹿书院，向朱先生诵背之后再说自己体味的道理。……朱先生仰起脖子慨叹道：'想不到我的弟子中真正求学的竟是个土匪胚子。'"从此，"黑娃开始了自觉的脱胎换骨的修身，他几乎残忍地摒弃了原来的一切坏习气，强迫自己接受并养成一个好人所应具备的素质。中国古代先圣先贤们的镂骨铭心的哲理，一层层自外至里陶冶着这个桀骜不驯的土匪胚子。"③渐渐地，黑娃的言谈开始雅致，举手投足也显示出一种儒雅的气度。时机成熟后，黑娃回乡祭祖，他见到白嘉轩时的第一句话便说"黑娃知罪了"。祭祖时他声泪俱下："列祖列宗，不孝男儿鹿兆谦跪拜祖宗膝下，洗心革面学为好人，乞祖宗宽容。"④看到曾经被自己砸碎现在重新镶嵌的乡约，黑娃顿然想起作为农协总部的这个祠堂里所发生过的一切，他羞愧难当：

① 陈忠实：《白鹿原》，北京：人民文学出版社，2002年，第308页。
② 陈忠实：《白鹿原》，北京：人民文学出版社，2002年，第582页。
③ 陈忠实：《白鹿原》，北京：人民文学出版社，2002年，第583页。
④ 陈忠实：《白鹿原》，北京：人民文学出版社，2002年，第585页。

"那断裂拼凑的碑文铸就了他的羞耻。"接着他又和新婚妻子一起在白鹿村跪拜诸多长辈。黑娃以其真诚的忏悔为族人所接纳，重新回到了白鹿原主流社会的中心，实现了对传统文化的皈依。在这里，作者揭示了人与文化的深刻联系。

对于儒家文化精髓的叙述和张扬是陈忠实着力表现的又一重要内容。在作品中，儒家文化的精髓主要是通过一种文化人格来完成的，这种文化人格体现在白嘉轩、朱先生等人物身上。在对这些艺术形象的描绘过程中，充溢着作者对儒家文化所造就的理想人格的敬仰和向往。小说通过黑娃修身做人、脱胎换骨的书写，树立了一座"圣贤文化神话"的纪念碑，表达了作者对传统文化的仰慕和赞赏。以儒家思想为核心的传统文化在漫长的发展历程中，产生了巨大的向心力和凝聚力，形成了中华民族的集体无意识，它渗透在社会生活的各个领域，对政治、人伦精神、人们的思维方式乃至生活观念和社会习俗都产生了深远的影响，成为中华民族性格的根底。在我国广大农村，对农民真正产生影响的首先不是政治观念，而是世代流传下来并不断得到完善的乡规民约，它是儒家精神的集中体现，由此形成了几千年中国社会组织结构和文化的超稳定性。在"礼仪之乡"的白鹿村，由朱先生亲书的《乡约》中最重要的三条"德业相劝，过失相规，礼俗相交"，是儒家倡导仁义的纲领性文件，是一种道德教化的规范。它深深地吸引了乡民，白鹿村的祠堂里每天晚上就传出庄稼汉子们粗浑的背读《乡约》的声音，其影响也立竿见影：白鹿原"从此偷鸡摸狗摘桃掐瓜之类的事顿然绝迹，摸牌九搓麻将抹花花掷骰子等等赌博营生全踢了摊子，打架斗殴扯街骂巷等斗争事件再不发生，白鹿村人一个个都变得和颜可掬文质彬彬，连说话的声音都柔和纤细了"[1]。小说中的白鹿是仁义的化身，是伦理规范的象征，具有神奇的力量，它所到之处，一切美好的东西自然而然地生长，一切丑恶的东西自然而然地消失。这个美丽的神话在白鹿原广为流传，实质上勾勒了一幅在儒家思

---

① 陈忠实：《白鹿原》，北京：人民文学出版社，2002年，第94页。

想浸润下带有乌托邦色彩的理想生活蓝图,《乡约》其实就是白鹿精魂的再现。难怪当鹿兆鹏、黑娃向农民宣传革命道理时,乡人嗤之以鼻。实际上,"耕读传家""学为好人""修身齐家治国平天下"等观念已成为白鹿原世世代代农民的人生信条和立身行事之本,也是其家族生存的生命力本源,更是一种生生不息的"本分"的生命意志,它是宗法制乡村社会中人们憧憬的理想生活境地。白鹿祠堂实际上成为人们的精神家园,白嘉轩、朱先生是人们的精神之父。正如白嘉轩对白孝武所说:"凡是生在白鹿村炕角地上的任何人,只要是人,迟早都要跪到祖宗祠堂里头的。"①因此,无论是鹿兆海的魂归故里,还是黑娃的浪子回头,都是飘零者对精神之父的追寻,即对传统文化的认同。黑娃从传统文化的叛逆者到最后对传统文化的皈依,象征了中华民族艰难的"寻父"历程。鲁迅笔下的狂人,发现自己"在无意之中吃了妹子一片肉"时,他真正清醒了,意识到自己与传统文化的深刻联系,于是,狂人病愈,"赴某地候补矣",重新加入到了吃人者的行列。陈忠实和鲁迅从不同的角度深刻地揭示了人与传统文化的不可分割的联系。然而,黑娃的回归传统虽然不乏真诚,却也无可奈何,这是一种被动的选择。当黑娃真正成为一个布衣学子时,他却感受到从未有过的萎靡和疲惫,甚至想远离世事的纷扰。他对妻子高玉凤说:"我自下山到现在,总提不起精神。……我乏了,也烦了。"②昔日金刚怒目、桀骜不驯、充满人性活力的黑娃不复存在了,一个真正有文化理想和人格魅力的道德典范,精神居然如此萎靡不振,这是对人的生命的真正浪费。在黑娃身上发生着从人的自然性到历史性的可怕蜕变,他成为文化的载体。身为朱先生的真正弟子,却死于人民政府的枪口之下,这不能不说是一个极大的讽刺,而儒家文化的真正叛逆者白孝文则如鱼得水地生活在新旧时代。这种描写暗示出传统文化在现代文化冲击下的日渐式微。小说中朱先生仙逝时院里腾起一只白鹿,

---

① 陈忠实:《白鹿原》,北京:人民文学出版社,2002 年,第 588 页。
② 陈忠实:《白鹿原》,北京:人民文学出版社,2002 年,第 591—592 页。

掠过房檐飘过屋顶便在原上消失了，这预示着一种文化理想的消失，其中蕴含着作者对传统文化衰落的悲叹。可以设想，黑娃即使不被枪毙，也难逃朱先生般的厄运，他无法真正融入传统文化，又见弃于革命文化。因此，无论是黑暗动荡的旧时代还是充满理想的革命新时代，都没有黑娃的真正位置，他就像无根的浮萍，孤独的灵魂无处依傍，无以为家。黑娃的精神苦闷和悲惨结局，折射出中华民族在步入现代化以后所遭遇的尴尬处境，象征着传统文化面临的危机，它使作者书写的"民族秘史"具有了沉郁苍凉的意味。

《白鹿原》充满了厚重的历史感和文化感。作者穿越历史的隧道，以悲悯之情俯视 20 世纪关中这块热土上芸芸众生的生活，通过个人命运来观照民族历史命运，以生命个体与环境的冲突来展现复杂的社会历史及文化的变迁。黑娃的人生道路，映照出现代中国社会历史的变革，展现了民族文化全部内容的丰富性和复杂性，凸显了传统文化在走向现代社会之后的无可避免地衰落。小说深刻地揭示了人与文化既相冲突又无法分割的关系，烛照出民族秘史的本质及个体生命的生存困境。黑娃的悲剧人生，折射出中华民族的灾难与痛苦。这一形象的塑造，真实地再现了在 20 世纪中国的历史进程中人们对传统文化的复杂心态，渗透了作者对民族命运的发展及传统文化未来走向的焦虑和关怀，表达了作者最深厚的生命意识和生命体验。

黑娃论
——解读《白鹿原》

李兆虹

摘　要　黑娃是《白鹿原》的叛逆者，陈忠实通过黑娃对正统文化的反叛与回归探讨了儒家文化和民间侠匪文化。黑娃对以宗法制为基础的儒家文化的反叛及最后的回归说明儒家传统文化的巨大力量。通过他的人生轨迹也反思了中国现代社会的历史，描绘了真实历史背景下的现实生活，还原了生活形态的本来面目。

关键词　陈忠实　《白鹿原》　儒家文化　侠匪文化　回归

黑娃是陈忠实《白鹿原》中的一个重要人物，是白鹿原上的叛逆者。作者借助于黑娃这条主线真实地描绘了特定背景下的现实生活，表现了农民运动、国共党派之争以及阶级对立与阶级斗争，还原了生活形态的本来面目，向历史的广度和深度开掘，从一个侧面反映了中国在迈向现代化过程中的艰难曲折。通过黑娃形象作者也探讨了儒家文化和游离于儒家文化之外的另一种民间文化——侠匪文化。

一、两种文化形态的渊源

《白鹿原》涉及了儒家文化、侠匪文化两种文化现象，作者透析了由农耕经济与儒家精神共同铸就的中华民族的基本精神，它具有内聚力、稳定性和鲜明的宗法色彩，影响着人们的价值观、生活方式、思维方式、情感结构。"家国同构"是封建社会最基本的社会结构，以血缘关系为纽带的家族文化是儒家文化的原始起点，是中国文化的基石，可以说中国文化是在家族观念上筑起的，儒家文化中的"仁""礼""三纲五常"都与家族伦理有着密切关系。"家"是经济乃至政治利益的共同体，家族或者亲戚一荣俱荣、一损俱损的例子屡见不鲜。在这个意义上，儒家文化的孝悌观念以及"父为子纲""夫为妻纲"的规定均是维持家族稳定的意识形态。"家"与"国"相对，抽象的"国"之下是形象的"家""治国"与"齐家"相提并论，并且是"齐家"的延伸。

处于主流意识形态之外的底层文化形态游民文化与匪文化是一种重要的文化现象，侠与匪作为民间力量，在中国历史舞台上曾长久存在着，侠匪文化与侠匪精神对中国社会的发展、中国人的价值观都产生了深远影响。它伴随着主流文化同时存在，左右着中国历史的发展，但却往往被忽略。闻一多清楚地看到了这一点，他说："大部分中国人的灵魂里，斗争着一个儒家，一个道家，一个土匪。"这种文化疏离家族意识或宗法观念，离经叛道，与民间源远流长的造反精神相通。

在中国文化中，儒家奔走的是朝廷庙堂，道家向往的是山林归隐，释家追求的是修行与寂静，儒的入世与释道的出世思想互为补充，构成中国士大夫精神境界。而侠客、游民、土匪流落江湖，存在于民间，脱离主流社会秩序，其思想意识是对正统文化的一种补充。宋代以来，这种思想意识通过文艺作品撒播到民间，因此，一般民众的灵魂里也活跃着侠匪意识，它与正统的儒释道意识共同构成了中国人的意识形态。

战国时出现了大量的游士，汉时出现了不少游侠，他们驰骋于社会的上下各阶层，成为主流文化之外的一种特殊力量。游侠的末流堕落为流氓、盗匪，成为社会的祸害。汉以后遇到天灾人祸，游民大量出现。唐末和五代的战乱把各个阶层的人们赶出了家园，加入了流浪者大军，他们没有固定居址，没有谋生手段。宋代坊市分离的模式打破了，代之而起的是具有开放布局、居民与市场连成一片的街巷式城市模式。城市形制的变化和商业手工业的繁荣，使汴京、临安等大城市对农村人极具吸附力，这里可以使他们活下去，甚至有发达的机会。南宋初年就流传着歌谣："若要官，杀人放火受招安；若要富，赶着行在卖酒醋。"（《鸡肋编》）宋元小说《水浒》《说唐》等描写侠匪题材的作品，为宋明游民意识的传播起了一定的作用。宋江、李逵、鲁智深、秦叔宝、程咬金成为人们效仿的民间英雄，加剧了侠匪精神的民间渗透。在严酷的条件下，老百姓生存难以维持时，就可能铤而走险，踏上造反之路，历史上民众造反主要是暴动和为匪。儒家文化要人们逆来顺受和互相协调，无法给民众更多精神上的满足，不能提供更多的宣泄渠道，这对底层百姓、弱势群体显得尤为残酷。在社会动荡之际，土匪、农民起义自然大量出现。

二、黑娃：被家族和儒家正统文化摒弃的人物

黑娃是《白鹿原》的叛逆者，儒家文化和侠匪文化互为交错地熔铸在黑娃身上，是中国多元文化的一次展示。黑娃的人生充满悲剧，他经历了不安分的雇农—农运领袖—红军战士—聚众山林的"土匪"二头目—国民党保安团营长—共产党副县长—新政权的"死囚"—被处决这样曲折的过程，这是一条从叛逆社会到皈依传统文化的轨迹。黑娃的反叛是对以儒家教义为宗旨的宗法制的反叛。这种反叛与离经叛道的侠匪文化一脉相承。小说细致地描写了黑娃从普通农民一步步被逐出正统秩序之列，被迫走上革命和为匪之路（在他看来，二者并无本质区别），又重回正轨，改过自新的过程。

黑娃是传统文化最坚决的离经叛道者，他父亲鹿三是族长白嘉轩家

的长工，他从小就对财东娃鹿家兄弟有着天然的反感，对"腰板挺得直直的"白嘉轩有强烈的距离感。白嘉轩资助他念书，黑娃却说："干脆还是叫我去割草。"他蔑视父亲同白家的亲密关系，不愿受白嘉轩照顾。他向往"自由"，离开家乡，外出"熬活"。在郭举人家，他与受尽侮辱、被当作性奴隶和"养生"工具的郭举人妾田小娥有了情感，历尽磨难，冲破封建伦理纲常，与小娥结合在一起。这一惊人的叛逆之举在白鹿村引起轰动，他是白鹿村第一个冲破封建枷锁实行婚姻自主的人，鹿兆鹏因婚姻无法自主而对黑娃大加赞赏。鹿三对这个不合名分的儿媳深恶痛绝，视为祸害，最终残忍地杀害了小娥。

实际上，鹿兆鹏、白灵对白鹿村宗族文化的冲击在文本中未能充分地展现出来，这些革命者逃离了农村和家族，来到了都市。在白鹿原对宗族文化的批判和反抗主要是通过黑娃完成的。黑娃对祠堂的背叛是盲目的、自发的，是封建文化压抑下不自觉的抗争。

鹿兆鹏掀起"风搅雪"革命风暴时，黑娃是最早的参加者。他心灵中的反抗的种子、叛逆的精神，随着革命的发展而膨胀起来。他"火烧粮台"，烧了军阀的粮库，在第一次国共合作时期成为农协会的骨干，铡碗客、杀和尚、斗乡约，以极大的热情参加革命。鹿兆鹏为黑娃提供了释放心理怨恨的机会，黑娃在白鹿村的革命行动是向宗族祠堂复仇，他砸烂列祖列宗的牌位、族规石刻。农运失败后，他逃出白鹿原，参加共产党领导的习旅，颇受器重。习旅覆没后，黑娃死里逃生，有家不能归，成了真正的流浪者，他再也回不到家族之中，回不到普通农民的位置上了。偶然地他被推进了土匪的怀抱，走投无路的黑娃落草为寇。根深蒂固的"义"的观念使黑娃同"大拇指"郑芒儿拴在一起，他拒绝了鹿兆鹏的革命召唤，以生命换取短暂的生活享乐。黑娃打断白嘉轩的腰、刀劈鹿恒泰，成了滋水县有名的响匪，这时期黑娃性格的核心是英雄，其本质是同既存文化规范、政治秩序的抗争，这与历史上离经叛道的侠匪没有区别。

黑娃形象是作者对农民革命、农民运动的新的思考。农民的革命行动与他的阶级出身有关，还取决于其他偶然和必然的因素，而最根本的压迫是儒家文化对人性的桎梏，是一个被抛出正统文化秩序之外的普通农民对现实的反抗，不仅仅是阶级对立与阶级压迫。

三、黑娃回归的意义

黑娃反叛过程有着不同的角色：农运领袖、红军战士、"土匪"二头目。黑娃对国共的态度与选择及他的革命和为匪，在他看来并无本质区别，他身上焕发出梁山好汉的气质。他对革命的认识和理解，与传统劫富济贫的观念并无多大差异。

土匪内部的火并使黑娃进行了新的命运抉择，他接受了国民党保安团的招安，成了县保安团营长，由现存制度的叛逆者变成维护者，黑娃的反抗最终没能跳出传统农民起义的模式，走着"造反—招安"的传统之路。被招安后，黑娃娶了老秀才"识书达理"的女儿玉凤，新婚之夜，面对端庄秀丽的秀才女儿，想起从前的一切，"他觉得自己十分别扭，十分空虚，十分畏怯，十分卑劣"，"他想不起以往任何一件壮举能使自己心头树起自信与骄傲，而潮水般一波又一波漫过的尽是污血和浊水，与小娥见不得人的偷情以及在山寨与黑白牡丹的龌龊勾当，完全使他陷入自责、懊悔的境地"。他拜朱先生为师，学习礼仪道德，用儒家规范重新塑造自己，"兆谦闯荡半生，混账半生，糊涂半生，现在想念书求知活得明白，做个好人"。黑娃把从前的叛逆行为视为"混账""糊涂"，他要做恪守传统道德与礼教的"好人"，他每日早起诵读《论语》，"言谈中开始出现雅致，举手投足也显现出一种儒雅气度"，"真正开始了自觉的脱胎换骨的修身，几近残忍地摒弃了原来的一些坏习气，强硬地迫使自己接受并养成一个好人所应具备的素质"。黑娃回原上祭祖，虔诚地认同宗法秩序。见到白嘉轩后，满含热泪地说："黑娃知罪了！"祭祖时他"瞅见墙上镶嵌的乡约碑石的残迹，顿然想起作为农协总部的这个祠堂里发生过的一切，愧疚得难以抬头"。黑娃虔诚而痛彻地忏悔着，成了彻头彻尾的传统儒家宗法的回归者，可见传统文化强大的向心力。新中国成立前夕黑娃起义了，投入共产党的阵营，但却惨死在阴谋家白孝文的诬陷中。他的死说明在儒家文化异常强大的中国，有着生命活力的侠匪文化必然被儒家文化打败，只能臣服于正统文化之下。

儒家文化起着维持正常社会秩序、规范人伦的作用，但也有扼杀人性的一面，与正统文化相对立的侠匪文化可以补充儒家文化的缺陷，对人性的张扬起着积极作用。但侠匪文化是非主流的，在儒家正统文化面前必然失败，黑娃的人生轨迹就是最好的说明。在白鹿村，时代的发展趋向始终不能摆脱传统文化的迷雾，他们遵从传统认知，否则就会受到惩罚。白鹿村的下一辈鹿兆鹏、白灵、黑娃、白孝文都做过自觉不自觉的抗争，但归根结底又回复到原点。

参考文献：

［1］闻一多. 关于儒道土匪［M］. 闻一多全集. 北京：三联书店，1982.

［2］陈忠实. 陈忠实文集（第四卷）［M］. 广州：广州出版社，2004.

［3］雷达. 废墟上的精魂［J］. 文学评论，1993（1）.

四

陈涌
韩伟　　白烨
朱言坤　费秉勋　王渭清
赵祖谟　朱寨　房伟姚晓雷
邢小利　杨光祖　刘宁　冯望岳　祁小绒
王鹏　　王鹏程　李震　徐刚　李建军　张国俊
王素　张勇　阎纲　冯希哲　　　　　　杨晓歌
陈黎明　李云雷　李杨　李清霞　王仲生　李兆虹　胡红英
林为进　常振家　　　　　　王晓音　洪治纲　李遇春　吴进
李树军　段建军　雷达　裴雅琳　孙豹隐　李晓卫
薛迪之　张丽军　宋颖桃　蒋济永　王大鹏　郜元宝　李星　魏李梅　洪水
温奉桥

从随物婉转到与心徘徊

——论陈忠实的散文创作

李建军

摘　要　陈忠实的散文创作，沿着从自在到自觉，从无我向有我，从粗粝向细腻，从外在向深在的不断跃迁和拓殖，从而最终臻至沉郁高华、撄动人心的成熟境界，写出了一系列寓抒情于叙事的优秀的散文作品。研究他的散文创作不仅有助于了解他的生活经历，有助于认识他的小说创作，而且，还可以通过个案来考察中国当代文学发展的艰难和曲折，进而认识文学写作的一些规律性的问题。

关键词　陈忠实　纪实性散文　个人体验　宣抒

如果说，陈忠实的小说创作嬗变、演进的轨迹，是通过逐渐摆脱对"当下生活"的盲目随顺，进升到与现实保持一种"历史的超脱"的自觉状态，从而完成了对现实问题的清醒反思、对"民族秘史"的深刻叙述，最终创作出了过渡期（1984—1988）的《四妹子》《蓝袍先生》《舔碗》《轱辘子客》《窝囊：献给古原的女儿》和成熟期（1988—1992）的《白鹿原》等优秀作品，那么，他的散文创作，则是沿着从自在到自觉，从无我向有我，从粗粝向细腻，从外在向深在的不断跃迁和拓殖，从而最终臻至沉郁高华、撼动人心的成熟境界，写出了一系列寓抒情于叙事的优秀的散文作品。然而，与他的小说作品研究的热闹景象相比，对他的散文创作的研究，简直可以用门可罗雀来形容。事实上，同他的小说创作一样，陈忠实的散文创作也包含着有待分析的问题，也内蕴着值得吸纳的经验，所以，有必要进行认真的阅读和细致的阐释。

一、讴歌与礼赞：陈忠实纪实性散文的基本姿态

散文无疑是陈忠实很喜爱的一种文学样式。他起手所写的作品，不是小说，而是散文。然而，从数量上看，他早期的散文似乎并不多，很长时间里，为了心无旁骛地创作小说，他似乎遏抑了自己写散文的冲动，他大量地写散文，是《白鹿原》出版以后的事。陈忠实 1978 年至 1982 年的四五年里写的散文（报告文学、创作谈及其他类型的随感等）共十多篇，按字数算约为他这个时期创作总量的六分之一到五分之一。1983 年至 1986 年的三四年里写的各种散文，也是十多篇，按字数算，约为这个时期创作总量的八分之一到七分之一，而 1987 年至 1995 年的散文创作，从数量上看，急剧增加，远远超过了他此前所写的散文的总数，质量上也渐趋成熟和上达。

陈忠实早期的散文，纪实性很强，大多属于报告文学或特写，这正是在很长一个时期颇为流行的文体，它曾被称为"轻骑兵"，意思是它可以最快捷、迅速地报道生活中发生的重大事件。有意思的是，这个时期的许多小说作品，也都多多少少具有报告文学的性质，如杜鹏程的《夜走灵官峡》《延安人》，甚至《在和平的日子里》，王汶石的《新结识的伙伴》等。报告文学成为具有反思深度和批判力量的文体，是后来的事，在它还没有获得成熟的独立品格的漫长时间里，它的基本倾向和主题，是讴歌和礼赞生活。

陈忠实的大部分特写和报告文学，都没有超越徐迟的《哥德巴赫猜想》、黄宗英的《大雁情》等在当时堪称"经典"的东西。不同的是，陈

忠实是农民的儿子，在公社里当了十年的干部，所以，他由衷地热爱农村，关心农民的生活，他的报告文学的主人公，就多是那些直接来自农民中的优秀人物，或与农村生活发生关联的科技工作者。他们往往都善良、忘我，把整体看得高于个体，视劳动为神圣而美丽的事业。他们的意识和行为符合集体主义的伦理要求，是一群富有牺牲精神的"奇理斯玛"（charisma，一译"卡里斯玛"）。

《躯干》（1980）可能是陈忠实写得最早的一篇纪实性特写。白鹿原上的陈家坡村，是个旱原，小麦的灌溉一直是个难题。缺乏有能力、孚众望的领导，是问题久久不能解决的一个原因。陈广汉曾经是个很好的大队长、当家人，但到了"四清"运动时，他被开除了党籍，"从1966年到1978年的十三年间，陈家坡就像一个被抽掉了脊梁骨的人体，再也支撑不起软瘫的躯体来"[①]。1979年，他平反回到了陈家坡。有这个人和没这个人，大不一样，"社员从切身饥寒温饱中更清楚地归结到这一点"[②]。终于，"1979年夏季，陈家坡获得大丰收，秋季收成也不错，全年总产量突破十二万斤，是解放三十年来最高的收获量了"[③]。这篇报告文学讴歌得热情有余，但思想却太过简单、幼稚。在特殊的情境下，陈广汉确实可以被看作是陈家坡的"躯干"，但是在和平时期、安闲时期，一个群体的命运，如果依然决定于一个人，这通常会被当作不正常的事情。而扼杀一个"当家人"，正像使一个平庸，甚至品行极为败坏的人一夜之间成为"当家人"一样，都源自一种产生"当家人"的特殊体制。尤为可怕的是，这种体制或许可以让一个人在某个时期成为称职的"当家人"，但却无法防止他沦为任性而粗暴的领导者，或者成为一个异化的腐败分子。这才是问题的根本。所以，深刻的主题开掘应该指向这样一些问题：那些"当家人"为什么会，以及怎样产生出来的呢？如何避免任性的"奇

---

① 《陈忠实文集》第1卷，西安：太白文艺出版社，1996年，第505页。
② 《陈忠实文集》第1卷，西安：太白文艺出版社，1996年，第506页。
③ 《陈忠实文集》第1卷，西安：太白文艺出版社，1996年，第508页。

理斯玛"对普通人的主宰呢？林毓生先生的分析，也许会对我们认识这些问题有些启发。对于那些类似于"当家人"的"奇理斯玛"式的人物产生的原因，林毓生先生是这样说的："由于一般人性格上的许多弱点（依赖性，庸俗性），以及社会、文化、政治与经济中的许多缺陷与问题，他们常常过分依赖或渴望（奇理斯玛）的出现，以填补与解决许多社会、文化、政治与经济的缺陷与问题，并赋予它们新的秩序。"①这也就是说，从客观方面来看，如果"许多缺陷与问题"能够加以克服和解决，那么，就具备了让普通人摆脱其作用和地位被人为夸大的"奇理斯玛"的主宰，从而最终获得真正的自由和解放。总之，对任何拥有权力和影响力的杰出人物（"奇理斯玛"）的讴歌，都不能没有节制，因为，受到普遍崇拜的权力，在毫无制约的情况下，必然会变得暴戾而恣睢。乌纳穆诺说："到目前为止，我永远不会把自己或者我的信心交付给任何受欢迎的领导者，他因为领导一个民族而得以统御人，而他从来不曾深切体认到这种情感的层面：他所领导的人是有血有肉的人、是生而受苦的人、是不愿死但又有其终点的人；人本身就是目的，而不是充作手段而已；人必须成为他自己而不是其他的人；总而言之，是寻求所谓幸福的人。"②乌纳穆诺对"领导者"的认识多么深刻！它至少启发我们，任何情况下，面对任何一个拥有权力者，都不应该简单地讴歌他，而应该透过一层，看到权力可能带来的危害，认识与权力运作相关的体制本身的问题。

《可爱的乡村》《崛起》写的依然是农村里的领导者。这两篇特写和报告文学，写的是同一个人：郭裕录。它们要想说明的依然是"一个人的作用，或者说一个领袖人物的作用"③。同陈广汉一样，郭裕录也是个"实实在在的共产党员"。他具有共产党员的几乎所有美德。他大公无私、有气度、有志气，用了十年的时间，终于领导他的乡亲们，"把袁家村建

---

① 林毓生：《中国传统的创造性转化》，北京：三联书店，1988年，第83页。
② 乌纳穆诺：《生命的悲剧意识》，哈尔滨：北方文艺出版社，1987年，第17—18页。
③ 《陈忠实文集》第1卷，西安：太白文艺出版社，1996年，第533页。

设成为一个社会主义的乐园，改变了自己的命运"①，"郭裕录在带领乡亲们把一块贫瘠苦焦的土地变成一个社会主义乐园的进军中，可以说是惊天动地而泣鬼神的"②。袁家村成功了，也成了其他地方的人来取经学习的楷模。这个队的领导人也滔滔不绝、振振有词地向前来参观的人"讲体会"。而作者最后也敞亮了自己的看法："领导班子，尤其是主要领导者的作风问题，是事业取得成功的关键所在。"③这与中国古人歌颂那些"爱民恤物"的"有脚阳春"的模式，似无二致。作者试图通过对一种道德榜样的讴歌、宣传，来影响和范导其他人的意图是显而易见的，而把所谓"领导者的作风问题"，当作解决问题的关键，也是一种流行的观念。然而，把一个地方局部的成功，提升到一种道德高度，升华为一种组织形式或道德的规范加以提倡，从而为社会提供一种可效法的楷模，实在是一种善良的徒劳。由于思想情感的简单和主体内容的贫乏，陈忠实的纪实性散文就缺乏发人深省的新意，缺乏持久而强大的感染力。

如果说陈忠实的那些为数不少的讴歌"当家人"的纪实性散文，在主题上并没有什么精警、闳深之处，艺术上也难说有什么可圈可点的妙处，那么，他的一些写普通劳动者的特写和报告文学就不同了：后一类纪实文学，写普通劳动者的坎坷人生和艰辛生活，写他们对劳动和工作的神圣的态度，写他们在困境中永不屈服的生存意志，不仅使人读来感觉亲切，而且艺术性也要略高一些。

《大地的精灵》记录了农村妇女陈秀珍充满磨难而又不断奋斗的人生经历。她饱尝了人生的酸甜苦辣，不断遭受打击和挫折，但她没有灰心，没有被击垮。她从小受穷，吃不饱饭，念不起书，一个接一个地看管接踵来到这个世界的妹妹们。她十八九岁，就出嫁了。到了婆家，能吃饱饭了，但这个新家仍遵循着粮囤和金库由阿婆和阿公统管的传统习律，

①《陈忠实文集》第1卷，西安：太白文艺出版社，1996年，第538页。
②《陈忠实文集》第1卷，西安：太白文艺出版社，1996年，第551页。
③《陈忠实文集》第1卷，西安：太白文艺出版社，1996年，第560页。

她同别的兄弟和妯娌们一样，终年累月，不名一文。婚后三四年，这个大家庭终于解体了，她也有了自己的破破烂烂的小家。她终于借了800块钱盖起两间房子。她不知疲倦地干活，她养鸡养猪，但收入太少。为了还债，她铤而走险进秦岭去挖药材。她养鸡挣了钱，她的鸡群扩大到了1500只，年利润超过万元了。但新的打击降临了：她的养鸡场由于人为的原因垮台了。但她没有一蹶不振，又和别人一起承包了邻村的果园，重新建起了鸡舍、猪圈和牛棚。正像陈忠实所比喻的那样，陈秀珍这样的普通农民，才是"大地的精灵"，他们体现着一种生生不息的伟大精神和坚强不屈的生存意志。在陈忠实的中篇小说《四妹子》中，我们可以看到陈秀珍的影子，从某种程度上说，陈秀珍正是四妹子的原型，没准正是她的经历和遭遇点燃了陈忠实创作《四妹子》的灵感也未可知。

《渭北高原，关于一个人的记忆》（与田长山合作），也是陈忠实这个时期纪实散文中的佳作，曾获1990—1991全国优秀报告文学奖。这篇作品中的传主李立科，是高级农艺师，他把自己的全部心思，都放在了通过科技手段，改变渭北高原的"绿色革命"上，放在了改变这块土地的干旱、贫瘠状况上。他以一种义无反顾的精神投入工作，几乎将自己的生死置之度外。不仅如此，李立科身上还有一种最宝贵的东西，那就是温柔的怜悯心。他总是将自己的目光和热情，投向那些最需要关慰的底层人："甘井人说，李立科爱穷人，谁越穷，他越爱找谁；哪个村子穷，他往哪个村子跑得最勤最欢。"作者也告诉我们"这个村子的破败穷困的景象使他大为伤心动情"[1]。李立科的精神和行动确实包含着朴实的道德热忱和打动人心的力量。在他身上最突出的，其实是在每一个正常的人身上都有的善良的同情，是没有被狭隘的政治动机所污染的纯洁情感。作者对李立科事迹的叙述，就是围绕一个"情"字展开的，因而，每有令人怦然心动的地方。

总之，陈忠实在礼赞普通劳动者的时候，理融情畅，文笔朴实，因

①《陈忠实文集》第5卷，西安：太白文艺出版社，1996年，第323页。

446

情造文，故虽写事而不因事废情。但是，在他的纪实性散文中，这样的篇章，惜乎太少，更多的时候，却是以一种略显夸饰的、过于意识形态化的宣谕姿态，专注于对外在生活事件的叙述，而缺乏对人物和作者内在情思的开掘和宣抒。1995年，陈忠实发表了一篇谈文学的短文《文学无封闭》，阐述了自己对文学创作这样一种成熟的看法："作者进行文学创作唯一依赖的是一种双重性的体验，由生活体验进而发展到生命体验，由艺术学习发展到艺术体验，这种双重体验所形成的某个作家的独特体验，决定着作家全部的艺术个性。"①他强调了生活体验的重要性，但值得注意的是，他已不再简单地把"生活"看作唯一起决定作用的因素，而是强调了作家自己内在的生命体验的重要作用："普遍的通常的情况是，一般的规律作家总是经由生活体验进入到生命体验阶段的；并不是所有作家都能由生活体验而进入生命体验的，甚至可以说进入生命体验的作家只是一个少数，即使进入了生命体验的作家也不是每一部作品都属于生命体验的作品。"这确实是高妙、深湛的见解。用它来衡度陈忠实的许多纪实性散文，可以发现其中的许多问题：它们既很少记录作者的生活体验，也很少表现作者的生命体验，而是以一种外在的方式，宣达一种讴歌性的主题，而且多多少少有些非文学的意识形态化色彩。

刘勰在《文心雕龙·物色》中说："岁有其物，物有其容；情以物迁，辞以情发。"进而总结出"既随物以婉转""亦与心而徘徊"的妙论。如果我们不把"物"仅仅只看作景物或物象，而是理解为外在的"生活"，那么，它所阐发的妙谛，就同前述陈忠实的见解有了"心心相印"的契会：文学必须从对外部生活的观照，转入对内在的以情感为本体的生命世界的体验（"与心而徘徊"），从而实现对个体及人类普遍的生命体验的摒息谛听和深情诉说。正因为有了对于文学的这种内在的自觉，陈忠实的散文写作才摆脱了与世偃仰的被动状态，才在20世纪90年代戛戛乎达到了自由而成熟的境界，进入了他在散文创作上的新阶段。

---

① 《陈忠实文集》第5卷，西安：太白文艺出版社，1996年，第510页。

二、个人的体验和宣抒

陈忠实不属于自我表现型的作家。在很长一段时期里，他的散文创作表现出隐没自我的倾向，显得重事而轻情，重他人而轻自己这与他同时期小说创作上缺乏个人视境的情形是一致的。

陈忠实显然也意识到了自己写作上存在的这种局限。这让他深觉苦闷和烦恼。他在致王汶石的《关于中篇小说〈初夏〉的通信》中说："我首先感到的是自己的理论对于生活理解上的无能为力。加之慑于对于图解政策的农村题材的创作教训，我一度曾经想到写过去了的已有历史定论的生活，或者写点童年的回忆，躲避现实的困扰。"①某种程度上，我们可以说，陈忠实已经意识到个人视境的重要性。事实上，这种个人意识的觉醒和个人视境的确立，确实为他的创作打开了新局面：写"已有历史定论的生活"，就是要避免与"当下"生活仓促应战短兵相接，并为其所挫伤，也便于作家自己更好地展开自己的视境，于是他拿出了《白鹿原》；童年的经历和遭遇，会深深地积淀在一个人的心灵世界，并持久地影响着他的情感方式和生活态度，甚至铸定了一个人内在的生命气质，所以，"写童年的记忆"，就等于回到纯粹的个人世界，回到个人内在的真实的生命世界和纯真的情感世界。

陈忠实叙写童年往事和早期经历的散文，确乎是情动于中、灿然可观的佳作。我们可以把这些文章，当作陈忠实的心灵传记的一部分，从中了解他的人生经历，了解他所体尝的人生况味，甚至看到他的气性、人格由以形成的重要因缘。他对底层人、对农民、对老师、对妇女、对儿童的温柔的情感，俱皆基源于他早年的辛酸、美好的记忆。他对文学的圣徒般的忠诚和热爱，以及他写作《白鹿原》时的那种沉心静气的精神状态，都与他的成长历程，有着密切的因果关联。陈忠实曾不止一次

---

① 《陈忠实文集》第 2 卷，西安：太白文艺出版社，1996 年，第 540 页。

地提到路遥的《人生》和《在困难的日子里》，尤其是对前者，常有由衷的赞叹，评价非常高。他肯定是从这些小说中看到了自己作为一个农民之子的影子。但陈忠实同路遥终究不一样。虽然他们都来自社会底层，都有过酸痛的人生经历，同样自尊心都较强，但路遥有强烈的个人宣抒倾向，他很早就有勇气通过小说讲述自己的伤痛的往事。陈忠实就不同了。陈忠实无疑是个有着至性深情的人，但他的情感世界较为内敛。他极度自尊。在很长一段时间里，他并不愿意向别人讲述那些有伤自尊的往事。他把目光投向外在的社会生活。但缺乏个人生命投射的空洞的客观化叙说，最终带给作家的是举步维艰的创作困境。他终于把目光投向遥远但却非常清晰的童年记忆。于是他写出了我们下面将要论及的感人至深的散文作品。

写于 1987 年 8 月 13 日《第一次投稿》，可能是陈忠实最早的宣抒自己对童年生活的记忆和追怀的散文。这篇文章的前两个自然段的叙述，是极为重要的。一个农村少年，许多年以后，终于克服了强烈的自卑感，第一次敞开心扉，用文字的形式，幽幽地诉说着萦绕在自己心灵上的挥之不去的委屈和郁悒：

背着一周的粗粮馍馍，我从乡下跑到几十里远的城里去念书，一日三餐，都是开水泡馍，不见油星儿，顶奢侈的时候是买一点杂拌咸菜；穿衣自然更无从讲究了，从夏到冬，单棉衣裤以及鞋袜，全部出自母亲的双手，唯有冬来防寒的一顶单帽，是出自现代化纺织机械的棉布制品。在乡村读小学的时候，似乎于此并没有什么不大良好的感觉；现在面对穿着艳丽、别致的城市学生，我无法不"顾影自卑"。说实话，由此引起的心理压抑，甚至比难以下咽的粗粮以及单薄的棉衣遮御不住的寒冷更使我难以忍受。

在这种处处使人感到困窘的生活中，我却喜欢文学了；而喜欢文学，在一般同学的眼睛里，往往是被看作极浪漫的人的极富浪漫色彩的事。①

① 《陈忠实文集》第 5 卷，西安：太白文艺出版社，1996 年，第 169 页。

在这两段文字中，有饥饿、寒冷的体验，有自卑、委屈的阴影，读来让人深感压抑和沉重。然而，正应了那句"文穷而后工"的老话，这种物质上的贫困，却逼压出了精神上的巨大能量，使陈忠实对文学产生了浓厚的兴趣。

接下来叙述的，是由于早熟的心灵和过人的才华，竟然使陈忠实写出来的诗歌显得过于"成熟"，以至于让教语文的车老师认定它是抄袭来的。这种误会让自尊的少年深受伤害。他由老师的不信任，突然想到了自己"粗布衣裤的丑笨"，以及其他让他觉得窝囊和尴尬的事情。他认为正是这些因素，使老师对自己产生了误解。于是，他以非常暴烈的方式向老师表达了自己的愤怒。他也伤害了老师。他做好了接受被开除的心理准备。期末，他的操行等级降到了"乙"。然而，他与车老师的僵局终于打破了。他的一篇作文终于让老师高兴地看到了他的文学才华。车老师大度而自然地与他和解了，并主动帮他抄文章，准备推荐给《延河》发表。他与老师和解以后的感受，是那样的激动和复杂："我感到愧悔，想哭，却说不清是什么情绪。"他责备自己的"可憎的狭隘"，时时想到把自己的作品寄给老师，"去慰藉被我冒犯过的那颗美好的心！"读这篇散文，你会有一种沉重而美好的体验，你会同时感受到苦涩和甜蜜、幸福和不幸。真诚的心灵剖白，往往给人这种感受。这是一种能在人心灵深处的静水上，轻漾起层层涟漪的柔和而温煦的暖风，它能吹拂进每一个没有死灭的心灵。

《晶莹的泪珠》叙写的是对陈忠实人生影响极大的休学事件。这件事改变了他的人生轨迹，给他留下了难忘的痛苦记忆。陈忠实14岁那一年，因为穷，勤劳的父亲虽然尽了最大的努力，却怎么也供不起两个儿子同时上中学。无能为力的父亲只好让陈忠实先休学一年，等哥哥考上师范以后再让他复学。对于这样一件给自己带来极大心灵创痛的事件，陈忠实在回忆起的时候，却不是一味地怨天尤人，或诉说自己的不满，而是把叙述的重点，放在了一位女老师对自己休学的同情和关心过程的细致叙述上，放在了父亲通过卖树来供养他和哥哥上学的艰辛和不易上。

这两件事交叉叙述，相互对应，显示出作者构思谋篇的高超技巧。这篇散文在叙述上，有小说艺术的那种起伏腾挪的灵活姿态，丝毫没有时下习见的那些以写琐屑小事为乐的无聊之作的乏味和板滞。事件的叙述充满只有成功的小说情节才有的那种裹挟力和张力，人物的对话亦显得简洁、自然而真实。女老师送"我"走出校门，无疑是这篇散文最打动人心的段落，其效果有如小说的高潮：

我抬头看她，猛然看见那双睫毛很长的眼眶里溢出泪水来，像雨雾中正在涨溢的湖水，泪珠在眼里打着旋儿，晶莹透亮。我瞬即垂下头避开目光。要是再在她的眼睛里多驻留一秒，我肯定就会号啕大哭。我低着头咬着嘴唇，脚下盲目地拨弄着一颗碎瓦片来抑制情绪，感觉到有一股热辣辣的酸流从鼻腔倒灌进喉咙里去。我后来的整个生命历程中发生过多少这种酸水倒流的事，而倒流的渠道却是从十四岁刚来到的这个生命年轮上第一次疏通的。第一次疏通的倒流的酸水的渠道肯定很窄，承受不下那么多的酸水，因而还是有一小股从眼睛里冒出来，模糊了双眼，顺手就用袖头揩掉了。我终于扬起头鼓起劲儿说："老师……我走咧……"[1]

这样的情景，让人悠然想起穆旦《童年》中的诗句："秋晚灯下，我翻阅一页历史……/窗外是今夜的月，今夜的人间，/一条蔷薇花路伸向无尽远，/色彩缤纷，珍异的浓香扑散。"[2]

陈忠实写于 20 世纪 90 年代的回忆童年及青年时代往事的散文，有时选择第三人称来展开叙述。将过去的自己转化为文本内的观照对象，转化为一个形式上的他者，从而与现在的自己——一个冷静的叙述者，形成一种超脱的审美的距离，从而给人一种浩茫而沧桑的人生感受。这种叙述方式，绝不是一个纯粹形式上的小伎俩、小摆弄。这与作者已进入知天命以后的那种沉静、通脱的心境，是一致的，与陈忠实的将至爱

① 《陈忠实文集》第 5 卷，西安：太白文艺出版社，1996 年，第 207 页。
② 李方编：《穆旦诗全集》，北京：中国文学出版社，1996 年，第 58 页。

深情内敛化的情感方式，是一致的。更重要的，这是他作为小说家最拿手的叙述方式。他肯定认为，选择这种叙述方式，更容易与读者建立起一种近距离的讲—听关系，更容易在作者与读者之间建立起一种可以彼此共享的叙事空间。他试图把个人话语转化为一种共享话语。这是他的散文具有小说化倾向的根本原因。他的这种拟客观化叙事是极为成功的，读者只要有基本的默契，即明白这不是一篇小说，恰恰相反，它本质上是一篇个人宣抒性很强的散文，就够了。这样，它就既利用了小说的客观性讲述的叙事吸摄力，又不影响读者从中获取陈忠实人生经历和心灵轨迹的真实信息。《汽笛·布鞋·红腰带》和《生命之雨》是作者采用这种小说化的叙述方式的成功尝试，发表后曾引起过较大反响，被多家刊物转载。

《汽笛·布鞋·红腰带》虽然采择的是第三人称拟客观的叙述方式，但叙述的视点，却是内在的，也就是说，这种客观叙述传达出的，其实是被叙述者的内心体验，这在某种程度上，消解了拟客观叙述可能造成的隔膜感，而让读者更加明确地意识到，这不过是作者自己的经历罢了。

这篇散文的叙事次序与题目所标示的正好相反。这是三个具有丰富象征意义的形象。首先出现在作品中的是红腰带。这是"他"在人生的第一个本命年的时候，母亲给"他"织的。它象征着祝福和母爱。它是支撑"他"在人生苦旅中勇往直前的精神力量。其次是布鞋。布鞋象征着磨难，象征着艰辛，让人联想到漫漫其修远兮的路途，联想到"鸡声茅店月，人迹板桥霜"的意境。布鞋是不堪坚硬的路途磨损的，于是，"他"无可奈何地把"他"的血肉之足交给了粗粝的道路。粗粝的道路折磨了"他"的肉体，但却给"他"的生命意志淬了火。最后是汽笛。汽笛象征着远方和召唤，象征着启迪和力量。它让"他"在近乎绝望的"最后一刻听到了发自生命内部的那一声汽笛的鸣叫"[①]，它让"他"后来在绝境中打消了自杀的念头，让"他"重新点燃了对文学的爱的火焰，"他

---

① 《陈忠实文集》第 5 卷，西安：太白文艺出版社，1996 年，第 197 页。

走进图书馆，把莫泊桑和契诃夫的小说抱回住屋，昼夜与这两个欧洲人拥抱在一起"①。曲终奏雅，卒章显志，红腰带、布鞋、汽笛最后给了"他"这样的生存智慧："无论往后的生命历程中遇到怎样的挫折，怎样的委屈怎样的龌龊，不要动摇也不必辩解，走你认定的路吧！因为任何动摇包括辩解，都会耗费心力耗费时间耗费生命，不要耽搁了自己的行程。"②显而易见，《汽笛·布鞋·红腰带》宣达的是一种在坎坷与困苦中坚定前行的人生信念。

《生命之雨》表面上看，从结构到意蕴，都给人一种迷蒙如霏霏细雨的印象。这篇散文叙事上像意识流小说，而意蕴内涵又像一首朦胧诗。多种事象斜飞直落，多种意旨横交竖织。那么，作者宣达的主旨是什么呢？文中的"他"在想什么呢？"生命之雨"象征着什么呢？这篇散文的意义构成是繁复的，甚至是浑涵、微茫的。它确实又是耐人咀嚼的。它无疑以最具包蕴力的形式，表现了陈忠实深在的生命意识和深刻的理性感悟。让我们透过雨帘，看看进入"他"的视界的那些具体物象和事象：与"他"年龄相仿的雨中的牧羊女；"他"与父亲都出生在三伏天，这季节让"他"吃了很大的苦头；"他"对父亲的愧疚心情及父亲的死；"他"在细雨中的河边与10岁女孩相遇，她的问题，她父亲的遭遇；"他"与作为报纸栏目主持人的她的对话："文革"中夫妻间的复杂关系；又是细雨中，打谷场上的劳动场景，男孩女孩追逐、发生争执，母亲打了男孩，父亲抱起了男孩，都进了屋；种种问题。苦难、懊悔、误解、伤害，以及关爱、保护、交流的愿望等，构成了对这些物象和事象进行描述和定性的关键词。在我看来，这篇文章的主旨，就是启示人们，困陷于充满苦难、冲突和残缺的人生境况，是人所时有的尴尬处境，因此，相互之间的抱慰、关爱、谅解、保护，乃是生命存在、成长所需要的，这就是"生命之雨"。这篇文章其实已超越了对个人情感的宣抒，而进入了对

---

①《陈忠实文集》第5卷，西安：太白文艺出版社，1996年，第198页。
②《陈忠实文集》第5卷，西安：太白文艺出版社，1996年，第198页。

世事、人生进行具有诗性意味的哲理把握的境界，从而拓垦出一个博大、深广的意义世界。

《尴尬》写的是陈忠实在第二个本命年的尴尬遭遇。这些尴尬体验，是那个在人类历史上罕有其匹的荒唐时代带给他的。与今天的共同致富不同，那时大家都追求共同致"愚"，陈忠实写了几篇散文发表，就证明他还不愚，还有智慧，还有想象，还有灵魂，于是，大家就要让他明白不愚昧要付出多么大的代价。他的住屋的门框上，被人贴上了一副白纸对联，内容选用的是"万寿无疆"的"伟大领袖"的诗句：借问瘟君欲何往，纸船明烛照天烧。眉批为：送瘟神。当时"尽舜尧"的"六亿神州"似乎都明白，借用"领袖"人物的话语，更容易造成对敌手的精神挫伤。陈忠实确实被挫伤了。他爱面子的心理根深蒂固。但他不得不接受这个适宜给"阶级敌人"作挽联的诗句和白纸对联对自己自尊心的磨砺。每次进门和出门，一看见两样"丧气鬼氛"的东西，"心里就发怵"。但这尴尬带给他的不只是心灵的折磨和痛苦，后来他才充分意识到"这人生第一次的大尴尬对我的决定性好处"，"不单是脸皮磨厚了，不单是心理承受挫折的能力增强了，恰恰是作为一个企图反映社会的文学理想所不可或缺的生命体验"①。我们可以肯定地说，这种在陈忠实看来是"炼狱式的洗礼"，肯定强化了他的贫弱的批判精神，丰富了他的人生体验，丰富了他对人性的认识，使他能够用自己的头脑对中国文化及中国政治，重新进行思考和理解。歌德说："一般说来，我总是对描绘我的内心世界感到喜悦，然后才认识到外在世界。"②陈忠实进入 90 年代的宣抒个人体验的散文，证明了歌德的这种"喜悦"，不只是偶或一有的个人感受，它其实说明了这样一个规律，即散文作品，甚至一切文学作品，都必须首先基源于个人的生命体验，基源于"我的内心世界"，唯有这样，

---

① 《陈忠实文集》第 5 卷，西安：太白文艺出版社，1996 年，第 253 页。
② 爱克曼辑录：《歌德谈话录》，朱光潜译，北京：人民文学出版社，1978 年，第 33—34 页。

他的创作，才能给自己带来"喜悦"，并用这种"喜悦"去感染别人。

三、深情的抱慰与无边的眷恋

陈忠实90年代臻于高华之境的散文中，有两类散文足以引起人们的注意，一类是写女性命运的散文，另一类是抒写他对自然之细腻情感与深深眷恋的散文。如果说，我们判断一个作家的道德纯洁度与精神境界之高下的标准有四，即看他对妇女的态度如何，对自然的态度如何，对宗教的态度如何，对儿童的态度如何，那么，若综合考评，陈忠实无疑是可以拿个良好的成绩的，若就其中的前两项来打分，则他的成绩当是优秀的。

女性的命运和遭遇，女性的历史和生存现状，女性的平等、自由和解放，是陈忠实一直关心的问题。我们从中篇小说《地窖》中唐生法的妻子身上看到了这种关切，"她寻求安慰。她寻求寄托。她寻求真诚。她寻求别人尤其是亲人起码的尊重和爱护"①。我们从中篇小说《四妹子》《康家小院》《蓝袍先生》，短篇小说《田园》《珍珠》及报告文学《大地的精灵》中，也都不难看到作者对妇女问题的重视和关切，而这种情感和态度，在他的长篇小说《白鹿原》中，更是得到了集中、强烈的表现。陈忠实写于90年代的两篇散文《沉重之尘》和《贞节带与斗兽场》，更是显示了他对女性命运问题的新的思考。他思考的焦点集中在所谓的"贞节"问题上，集中在女性所遭受的性凌辱与性剥夺上。《沉重之尘》抒写的是他为了创作《白鹿原》在蓝田查县志读"贞妇烈女"卷时的感受与思考。从心灵最初的悸颤，到虔敬而庄严地依次默读那些贞妇烈女们的"代号"，到对虚伪的官修正史的怀疑，到对"这个民族的面皮和内心分裂由来已久"的认识，到最后"电击火迸"一样产生出田小娥这样一个活泼泼的文学形象，作者沉重而复杂的心灵体验，被动人而简洁地描述

---

① 《陈忠实文集》第5卷，西安：太白文艺出版社，1996年，第28页。

下来。作者的情感是悲悯沉痛的，他震惊于她们的不幸，他震惊于陷入不幸的她们竟有那么多，仅记录她们"代号"的县志，就有两大本。他想象她们的不幸，想象她们在获得这个"代号"的过程中所默默忍受的煎熬和痛苦。他念着她们的"代号"，一页一页揭过去，一行一行念下来："一个个从如花似玉的花季（朵）萎缩成皱褶的抹布一样的女性，对于她们来说，人的只有一次的生命是怎样痛苦煎熬到溘然长逝的……我庄严地念着，企图让她们知道，多少多少年以后，有一个并不著名的作家向她们行了注目礼。"①然而，与这些被以"代号"的形式供起的贞节道德的楷模形成对照的，却是偷偷摸摸遮遮掩掩的通奸和"偷情"，而且，这种似乎并不道德的行为，还被编成俗谓"酸黄菜"的黄色段子，以口耳相传的方式，满足着这个民族通过话语宣泄欲望的需要。一方面是荡妇淫娃，一方面是内在生命被非人的贞节道德慢慢凋伤的牺牲者，这就是作者所以愤然抨击"这个民族的面皮和内心的分裂由来已久"的原因。

毫无疑问，在中国这个大讲礼防的国度，性作为一个与人生存质量直接相关的重要问题，一直是被讳莫如深地避讳着、悬置着。无论社会形态如何变化，中国人的这样一个道德禁忌，一直没改变。这也不奇怪，关于性的符合人的自由本质和健全发展的道德规范，必然要求对人性、人权的充分尊重，要求在个人的生活领域与公共的、集体的生活领域之间，必须画出不可逾越的界线。但这样的要求，无疑是以权力运作为核心、以强制形式表现出来的道德体系所不能接受的。

与性相关的一个重要观念是贞节。贞节原是一个极严肃的道德问题，但它在过去，往往被强调到扭曲人的灵魂甚至剥夺人的生命的境地，而在今天，它却常常被当作一种否定性的道德观念受到嘲讽。这正像霭理士所说的："贞节一旦变相而成强制的绝欲以后，它就成为不自然的了，也就不成其为一种德操，并且也就不再有什么实际的效用。贞节的根本

①《陈忠实文集》第5卷，西安：太白文艺出版社，1996年，第255页。

性质也就消灭于无形。到此境地，不明原委的人便转以贞节为（不自然的）或违反自然的行为，从而加以贬斥，并且认为它是陈腐的宗教信条，以及衰弱的政治统治的一个条件，应该和这种信条和政治同其命运。这真可以说是冤极了。"[1]他进而提出，贞节的转入禁欲和纵欲的动荡状态虽属不幸，"却不应当教我们忘记了平衡状态中的贞节，它终究是一个值得怀抱的德操。这个德操也是万不可少的，为了培植性能的活力，我们少不得它，为了维护做人的庄严，我们也不能没有它"[2]。由于贞节问题是个非常重要又非常复杂的问题，而人们因为缺乏对它的公开而充分的讨论，因而，每有模糊的甚至错误的理解，故我在此处，不避絮烦之讥，胪陈曾被周作人及潘光旦大力阐宣的霭理士的重要见解如上云尔。

妇女的命运，具体地说，妇女在性方面所受到的非人道的凌辱和剥夺的悲惨境况，在中国一如《沉重之尘》所叙写的那样，是令人震惊的。那么，外国的情形如何呢？人性中的丑陋和残忍，对女性的酷虐和凌辱，是不是一种普遍的现象呢？我想，陈忠实到意大利访问的时候，多少也存了对这问题进行比较和研究的目的。《贞节带与斗兽场》就记录了他在意大利的观感。

中国有贞节牌，县志中有"贞节烈女"卷，而意大利与此类似的东西是贞节带。我想，陈忠实在意大利看到贞节带时，心灵的悸颤程度，绝不下于他在蓝田读"贞妇烈女"卷时的感受。这种铁打的贞节带，是罗马远征将士为自己的妻子准备的。这种带有尖锐的铁刺的贞节带，从将士们出征的那一天起，就被锁戴在妻子的身上，而钥匙却被去打仗的丈夫带走。如果他们战死在沙场，便意味着她们作为女人的另一种形式的生命亦同时死亡：她们的性自由被终生剥夺了。作者问道："腰际和阴部带着这种钢铁锁链的女人如何睡觉怎么行走？如何日复一日无时无刻

① 霭理士：《性心理学》，潘光旦译，北京：三联书店，1987年，第392页。
② 霭理士：《性心理学》，潘光旦译，北京：三联书店，1987年，第393页。

不在承受肉体的折磨和心灵的屈辱？漫长的人生之路对她们来说将意味着什么？"①很显然，作者在这里看到了人性的残忍，看到了施加于女性的野蛮和暴力。而这一切都是由于缺乏真正的爱，由于人性的昏暴造成的。那么，人性的残暴，是只有这一种形式么？不是的。作者在斗兽场的所见所闻，为我们提供了否定的答案。罗马的奴隶所承受的凌辱、虐杀和痛苦，绝不少于那些不幸的妇女。而他们和妇女的不幸，都有一个共同的原因，就是人身上野蛮的兽性。

但陈忠实还没有就此打住，而是在文章的最后荡开一笔，联想到希特勒，联想到墨索里尼，联想到"文革"，并且非常深刻地提出，种种的灾难虽已过去，种种的罪恶也被钉上了耻辱柱，然而，事实上，人们钉住的都不过是一张风干了的破皮："幽灵呢？破皮风干之前原有的幽灵还有没有呢？会不会在某天早晨以一种更具蛊惑的装饰，重新向这个世界挥舞贞节带？"②这样的忧虑和诘问，绝非杞人忧天的多余和自扰，与贞节带类似的锁禁人的精神、人的自由灵魂乃至人的身体的有形或无形的械具并不是没有啊！"女性命运，乃是人类命运的象征，过去的手段与今天的比起来，也只不过显得粗糙、蠢笨了一些而已。"妇女的命运和遭遇，同人类整体的自由和解放一样，是个持久而沉重的话题。陈忠实这篇文章余音袅袅的诘问，潜含着的正是这样的深刻洞见。作者的精神视域，因了对妇女悲剧的关注，因了对人类悲剧的反思，因了对人类未来的深忧，愈发显得宕深而远大。

尊重女性，同情女性，是温柔而善良心灵的天然倾向，而这种温柔的情感和爱的精神，必然会顺情而发地及于自然，因为大自然有着像女性一样慈爱、温柔、美好的事物。

进入陈忠实散文中的自然界的物象，往往是有生命的。而且，事实上，他也确实常常把这些被人格化、被赋予生命的物象当作人的生命的

---

① 《陈忠实文集》第 5 卷，西安：太白文艺出版社，1996 年，第 271 页。
② 《陈忠实文集》第 5 卷，西安：太白文艺出版社，1996 年，第 274 页。

象征，换句话说，他很少纯粹地去写景，也很少陶醉在静默、凝滞的物象中，把物象只当作一个可以静观的形式和对象。读他的散文，你会想起普里什文的散文，但陈忠实显然不像普里什文那样，整日沉浸在自然中，几乎遍写俄罗斯大地上一切的动物、植物，以及其他的自然景观，——陈忠实的以自然为题材的散文，远没有普里什文那么多，所写的也不过是树和鹭鸶、白鸽等几种鸟类而已；你也许会想起梭罗的《瓦尔登湖》，但陈忠实显然还没有像梭罗那样，试图通过对自然界普运周流的变化过程的详细记录，通过对自己在宁静的自然怀抱中的近乎原始的生活体验的描述，揭示一种像自然那样去度过四季的"自然人"哲学；最后，你也许会联想到德富芦花的散文，因为芦花的散文也是把自然与人生联系起来，这与陈忠实通过对有生命的自然物象的描写来表现是多么相近啊，但是他们还是存在着那么大的差异：芦花的散文幅制短小，近乎散文诗，而且多描写由一景一物引发的刹那间的人生感悟，换言之，芦花的散文的理趣化倾向是显而易见的，而陈忠实的散文则近乎小说，人物行动的动态过程和具有叙事驱动力的情节性因素，明显是他的散文的藤架，而爬附在这藤架上的花叶锦绣，即诗意与理趣，总是自然地生长出来的，是附丽于"藤架"之上的。

　　树在陈忠实的自然题材散文中，具有头等重要的意义，是一个有着像小说中的头号人物一样重要性的核心形象。这显然与陈忠实对树的沉痛而又美好的复杂记忆有关。他在散文《晶莹的泪珠》中说过，在50年代末至60年代初的困苦日子里，他的父亲除了卖粮，主要靠卖树来供他和哥哥上学。陈忠实对树的深情由此而来。但这只是一个原因。另一个原因，就是树作为自然界中的一种植物，一种生命形式，其实是一种精神性的存在。树是从生到死，永远据守在一个地方，像屈原《橘颂》所赞美的那样"深固难徙，更壹志兮"，象征着一种操守，一种坚定不移的精神；它在烈日下，用自己粗壮的枝柯和密密的绿叶，为人们遮蔽出一方绿荫，给人们提供了舒散疲劳的方便，这，象征着温柔的爱意和无私的奉献精神。树亦有德，树亦有灵，树亦有风格。孔子喟然发浩叹："岁寒，然后知松柏之后凋也。"陈忠实在树的身上，看到的就是这种与人的生命相通、相近的人格性、灵魂性的东西。

陈忠实有一组散文，总名为《我的树》，共三篇，分别是：《拥有一方新绿》，写的是法国梧桐；《绿蜘蛛，褐蜘蛛》，写的是梨树；《绿风》，写的是洋槐树。其实陈忠实不管写什么树，写的都是一种精神，一种与他自己早年的坎坷经历、与他自己的生命息息相通的精神。是什么精神呢？是一种在困厄中活下去而且成长起来的坚强的生命意志和永不颓丧的精神。因此，这些散文，都无一例外地写树的成活艰难，与不屈的生长过程。《拥有一方新绿》中的法国梧桐，刚种下时"太小太细了，仅仅只有食指那么粗"①，"我"为它的未来忧虑："猪可以拱断它，小孩随手可以掐折它，它太弱小了嘛。"②而后来，当其他的树由嫩叶而绿叶，显示出了蓬勃的生机的时候，"我"的法国梧桐依然叶苞不动。然而，就在"我"失望、绝望，要把它拔起来扔掉，就在"我"拽住树准备用力的一瞬，"奇迹发生了，挨近地皮露出来一点嫩黄的幼芽，我的心由惊奇而微微颤抖了"③，"我久久地蹲在那里而舍不得离开，庆祝一个新的生命的诞生"④。它终于长大了。有胳膊那么粗了，有碗口那么粗了。"已经成为一株真正的树挺立在那里，巨大的伞状树冠撑持在天空"⑤。不知谁家的孩子，把"我"的名字，刻在了树上，那名字，也随树一起长大了。其实，不要刻画这个名字，作者用法国梧桐来隐喻自己的立意，也是显而易见的。如果不揣冒昧地用心理分析的理论阐释，我们或许可以这样来看问题：陈忠实对法国梧桐的呵护，对法国梧桐成长过程的关注，都说明了他在通过对树的护养，来象征性地修复自己童年成长期受过挫伤的心灵，来缓解由童年的受挫及伤害造成的内在压抑性情结与伤害性记

---

① 《陈忠实文集》第 5 卷，西安：太白文艺出版社，1996 年，第 231 页。
② 《陈忠实文集》第 5 卷，西安：太白文艺出版社，1996 年，第 231 页。
③ 《陈忠实文集》第 5 卷，西安：太白文艺出版社，1996 年，第 231 页。
④ 《陈忠实文集》第 5 卷，西安：太白文艺出版社，1996 年，第 231—232 页。
⑤ 《陈忠实文集》第 5 卷，西安：太白文艺出版社，1996 年，第 232 页。

忆。当然，这样的分析，揭示的也许只不过是作品隐含的一个可能性的意义层面，而更为显化的主题指涉，则明显是作者把对父亲的怀念、对乡土的依恋、对生活的热爱、对生命的执着，统统拢入对生命力顽强而旺盛的法国梧桐生长过程的叙写，娓娓道来，如细雨微风，温柔而美好。

《绿蜘蛛，褐蜘蛛》在陈忠实的三篇写树的散文中，无疑是诗性意味最浓的一篇，甚至，可以说是其中最好的一篇。梨树的树身高度适中，枝杈以与树高适合比例的长度，伸展开来，它的叶子圆、大，花是白的，不是那种惨兮兮的白，而是冰清玉洁的白。梨树的风姿是绰约的，精神是高洁的，它会引发人的悠然意远的联想。然而，梨树也是容易受害虫侵袭的，这也许就是因为它太高洁的缘故吧。在这两篇散文中，对梨树的生命构成威胁的，是一种被作者命名为"绿蜘蛛"的害虫。"我"与绿蜘蛛作战。终于，受到精心保护的梨树开花了，结果了，而"我"的一部长篇小说也写完了。这确实是一篇意境高华的佳作。它以对梨树形神两方面的诗意化描写，蕴含了作者情感世界中极为细腻、温柔、敏感、深至的一面；以梨树的生长，象征人的精神的发展和生命的成长，以阴冷鬼祟的绿色及褐色蜘蛛，象征伤害、侵凌生命的破坏性力量，让人联想到人的世界中存在的那些像绿蜘蛛那样专门以伤害、妨碍别人成长为职业的人，总之，这篇散文，宣豁风抱，由物及人，以小喻大，既富情味，亦饶理趣，令人击节。

当然，陈忠实90年代的散文远非篇篇皆好，更非美玉无瑕。就风格来说，劲直雄健有余，而萦绕回环不足；就语言来说，长语漫势显多，自然简短不够，个别语句则因推敲打磨未妥，遂致达意未周，终成瑕疵。上述种种，以我浅见，似乎都是陈忠实在以后的创作中需要面对和解决的问题。

"生命的真实"与"心灵的悸动"

——陈忠实散文创作论

韩 伟

自从陈忠实 1965 年发表第一篇散文《夜过流沙河》以来，他结集出版的散文已达十余册。他在散文中讲述着他的生活、他的亲身体验，以自己深厚的艺术素养和舒缓的话语，叙述着他对生活的理解、对文学的热爱。诚如弗洛姆所言："没有爱，人类一天也不能生存。"①对文学痴迷让陈忠实"每当在生活中受到冲击，有了颇以为新鲜的理解，感受到一种生活的哲理的时候，强烈的不可压抑的要求表现欲念，就会把以前曾经忍受过的痛苦和寂寞全部忘记，心中洋溢着一种热情：坐下来，赶紧写……"②。他写出了在他生活中的每一个阶段的令人回味的美的东西，他以从容不迫、谦卑的笔调书写着一个作家心中最美的意象，他的散文往往让我们的心灵产生一种沉静的审美愉悦。充满着生命真实与心灵悸动的文本，表现出作家对于人生、生命、天地大道的哲思。他的散文总

---

① ［美］弗洛姆：《爱的艺术》，李健鸣译，北京：商务印书馆，2004 年，第 14 页。
② 陈忠实：《代自序·我的文学生涯——陈忠实自述》，《陈忠实自选集》，海口：海南出版社，2008 年，第 4 页。

是能够于现实中感悟精神的庄严与神圣，在物与我的双向的叙事中展示出灵动的生命。

陈忠实文学的创作动力与源泉就是生活。他说"就我自己而言，散文就是一种心灵的独白，心灵对于现实对于历史的一种感悟，需要抒发，需要强辩，需要呜咽，有时候也需要无言的抽泣。感天感地感时感世感人感物，总而言之在于一个感，有感触有感慨有感悟而需要独白。"①正是源于生活的这种深沉而灵动的生命体验，让他的散文透射出生命与人性的美好。

一、关中热土：点燃生命激情的"原坡"

陈忠实的散文都是以自己生活的"原坡"作为创作的原点。"作品的产生可能取决于作者的根本经验；或许，作品的整体结构和个性特性在功能上会依赖于作者的心理特质、天分及其'观念世界'和情感的类型；因此，作品多少打上了作者全部人格的烙印并以他的方式'表达'这一人格"②。如果我们以一种整体、综合的视野去审视陈忠实的心路历程和他的文学理想，就会发现，他对文学的热爱源于这个"原坡"。我们仔细研究他的创作，就会发现他总是用洁净隽美的笔触吟咏着他的文学热土。在乡村与城市之间，他疏离城市，认同乡村；在功利与非功利之间，他疏离功利，认同非功利。在这一点上，他与沈从文先生有着惊人的相似。与沈从文先生不同的是，沈从文热衷于对于乡情乡景中人性"真、善、美"的讴歌，而陈忠实更偏爱于歌赞乡情与乡景。他的散文中描写的最多的便是宁静的乡村景致，他用他经历过苦难的目光打量着曾经给他无

---

① 陈忠实：《心灵独白》，《陈忠实文集·陆》，广州：广州出版社，2004 年，第 238 页。
② ［波］英伽登：《文学的艺术作品》，转引自《当代西方文艺理论》，朱立元主编，上海：华东师范大学出版社，2005 年，第 134 页。

数生活体验的原坡——灞河、老屋。因为这些东西承载着他的成长与记忆，是他曾经的生活。这些融入他散文的东西，是他生命的精神块垒，是他对生活的再度体验的思想凝铸。

人要回归乡土，人性要回归自然。对于自己的家乡，陈忠实永远怀着宗教般的虔诚。他曾经这样叙述家乡对自己的影响："灞桥是我的家乡，生我，养我，培育滋润了我。"①他记忆中和烟和雨的灞水，映竹映村的灞桥，都是让他获得感动的契机。他对家乡人事、风情、风景的描述，正如同周作人所说："人总是地之子，不能离地生活，所以忠于地可以说是人生的正当的道路。现在的人太喜欢凌空的生活，生活在美丽而空虚的理论里，正如以前在道学与古文里一般，这是极可惜的，须得跳到地面上来，把土气息泥滋味透过了他的脉搏，表现在文字上，这才是真实的思想与文艺。这不限于描写地方生活的'乡土艺术'，一切的文艺都是如此。"②周作人所说的"跳到地面上来，把土气息泥滋味透过了他的脉搏"，实际上就是浸染在创作主体中作品的特色。文学的生命其实就在于能够拥有自己的创作个性，而陈忠实的这种孕育在关中平原泥土气息中的创作，恰恰是他个性真诚的表达。

陈忠实是一位具有浓郁地方色彩的作家。关中平原的美丽自然景观、社会风情和人文传统，构成了他散文的世界。在他散文中，体现得最鲜明最充分的就是他的"生命之原"。他以脉脉的温情抒写着自己的"生命之原"。透过他的书写，我们看到的这一轨迹，其实就是他生命的一个延伸，是只有在这里生活过的人才有的血脉情怀。陈忠实所生活的"霸陵原，雄踞于关中腹部，横亘于溺水与终南山之间，原体高平而谷岸耸立，显得浑厚而见气势，确实是一个巨大的存在。但在陈忠实的笔下，它并

① 陈忠实：《故乡，心中最温馨的一隅》，《陈忠实文集·伍》，广州：广州出版社，2004年，第422页。
② 周作人：《地方与文艺》，《自己的园地》，北京：人民文学出版社，1998年，第126—127页。

非单纯的自然物象，而更多是一种文化的和历史的象征。陈忠实像他所描写的那些人物一样，世世代代生于斯，长于斯。当他把自己半个世纪的人生体验对象化到白鹿原的巨大象征之中的时候，他也同时带进了对这一块土地的爱，带进了悠悠的乡心和乡情。"①陈忠实倾心于这种自然与人的相融相谐。他描写原坡的时候，他的笔调永远是温馨的，但却永远有一些撞击人心智的东西在里面。他的散文有意味、有色彩，他的创作融入了他全部的生命体验。他将他心跳的感觉、精神的疼痛，将他的感官与感性全部书写入散文中："夏日一把躺椅冬天一抱火炉；傍晚到灞河沙滩或原坡草地去散步。一觉睡到自来醒。当然，每有一个短篇小说或一篇散文写成，那种愉悦，相信比白居易纵马原上的心境差不了多少。正是原下这两年的日子，是近八年以来写作字数最多的年份，且不说优劣……我愈加固执一点，在原下进入写作，便进入我生命运动的最佳气场。"（《原下的日子》）只有在原下，他才可以进入云卷云舒的自由创作境界，他以自己的深厚的生活体验描述着"我"或"他"的经历和在当下的生活，剖析与剥离着内心深处的我，展示着"我"的独特精神和情怀。

家乡的原坡河川、大道小径、蓝天白云、朝霞黄昏、禾苗花卉、虫鱼鸟兽，在陈忠实的眼中都是关中这灵秀土地所哺育的孩子。他在《拥有一片绿荫》《绿蜘蛛，褐蜘蛛》《三九的雨》《告别白鸽》中用质朴而多情的笔调书写着大自然的各式生命。他喜欢优美而健康的自然，他对土地及土地上的一切都有着极其深厚的感情："于夕阳沉落西原的傍晚，我在湿漉漉的地皮上看见一根根刚冒出来的嫩黄的旋管状的苞谷苗子时，心底发生了好一阵响动。我坐在被太阳晒得温热的土墚上，感觉到与脚下这块被许多祖宗耕种过的土地的地脉接通了，我的周身的血脉似乎顿然间都畅流起来了。"②他的散文创作，就是他自我的张扬，就是他生命价值的书写。他自己曾说过，在写完《白鹿原》以后，很自然地偏向了

---

① 何西来：《文学鉴赏中的地域文化因素》，《文艺研究》1999 年第 3 期。
② 陈忠实：《接通地脉》，《南方文坛》2007 年第 2 期。

散文与随笔的写作。他只想尊重自己的生命体验和艺术感觉。①一只鸟，一棵树，以及他所亲历的事情，都直观地诉诸文字。如果我们把这种感悟放大，就会发现我们可以从他自己的生命体验中，去观察、去感受、去佐证一个能够让人性自由发展的精神家园。

陈忠实喜欢讴歌健康而美丽的塬，也喜欢讴歌健康而美丽的物。生命的这两种形式是他散文抒写的表与里，从生命的向度去挖掘精神与理想才是他真正的散文创作理念。正因为他的散文创作紧紧系在他对生命意义的理解上，这就决定着他创作的向度。如他所说："创作实际上也不过是一种体验的展示……千姿百态的文学作品是由作家那种独特体验的巨大差异决定的……生命体验由生活体验发展过来。生活体验脱不出体验生活的基本内含……作家总是由生活体验进入到生命体验的，然而并不是所有作家都能由生活体验进入生命体验，甚至可以说进入生命体验的只是一个少数；即使进入了生命体验的作家也不是每一部作品都属于生命体验的作品。生命体验……是以自己的心灵和生命所体验到的人类生命的伟大和生命的龌龊，生命的痛苦和生命的欢乐，生命的顽强和生命的脆弱。"②只有在生命状态中体验生活，才是真正的创作。在散文中他展示着生活中的真，展示着人类的至善，更隐约地暗示着人的内在世界的追求与渴望。在这个作家已过"知天命"的年岁，回顾整个生命历程的时候，所有经过的欢乐已不再成为欢乐，所有经历的灾难挫折引起的痛苦也不再是痛苦，变成了只有自己可以理解的生命体验，剩下的还有一生储存于生命磁带上的汽笛鸣叫和一双透了鞋底的布鞋。这里不仅有对理想的执着，更有为达到理想而付出的不悔。这也是所有曾经有过理想并为之奋斗过的人的心灵的缩影，是最真切的生命体验，这份苦难

---

① 陈忠实：《关于〈白鹿原〉获茅盾文学奖答诗人远村问》，《陈忠实文集·陆》，广州出版社，2004 年，第 227 页。

② 陈忠实：《兴趣与体验》，《陈忠实创作申诉》，广州：花城出版，1996 年，第 4—6 页。

的历练支撑着他的文学之梦。《生命之雨》中以满是宽容与柔情的笔调写着人与人、人与自然、人与历史的和谐。文中写的是一对年轻夫妇，在"文化大革命"中分属对立的两派组织，妻子向自己一派的造反队司令报告了丈夫的行踪，丈夫被抓去打断了一条腿。这位现在走路还颠着跛着的丈夫仍然和那位告密的妻子生活在一起。如今，被打断腿的这个跛子丈夫投靠了那个对他施刑的造反队头儿的门庭挣钱去了。作家说，我们"不可能解除所有痛苦着的心灵的痛苦，也不可能拯救所有沉沦的灵魂……这就是生命之雨！"作家想表达一种人与自然的和谐，人与人之间的宽容与理解，他认为这种伟大的爱就是"生命之雨"。他形容父亲的去世让"那具庞大的躯体日渐一日萎缩成一株干枯的死树……"于是慨叹："哦！生命中的雨啊！"无论生命以一种怎样的形式存在都是可贵的。这既是一种人道主义情怀，也是一种天地道心的境界。每个人的生命中都会经历着生命的雨，我们应该如何看待这生命之雨呢？正如作家所言："生命中也敏感雨而渴盼细雨的浇灌和滋润。"我们应该以感恩的心去珍惜生命，让自己的心永远葆有温暖与宽容，只有这样才能在"生命之雨"中感受人间大爱。

在陈忠实的作品中有一种情结寄寓在其间，那就是对人生美好事物的寻绎。这种情结使他以独特的眼光发现着生活，在作品中表述着他对生活的深刻领悟和品味，这也增加了他作品的灵动与风采。《三九的雨》《生命之雨》《原下的日子》都显示着他所宣扬的美好而朴素的生命意识。《塬下的日子》以一种沉思和虔敬的姿态，悲悯着原下的世事变迁。作家为我们生成了一个无限开放的思索空间，这是一种在人性和生命意义双重视域下的冥思。陈忠实的散文创作不只是对现实生活的模仿或虚构，他是在哲学化地图解生活，他在文本中以对原下老屋的描写构建出一种家园感，虽是回归的家园，却并未给人以归属和安全的空间感。如果我们细研陈忠实作品中家园的空间结构，可以发现，它其实暗示着家园已经失落，即便重得也不复可能是原来的模样了。这种回家的旅程其实也围绕着一种复杂而微妙的失落感，充满着一种追缅的怀旧情绪。在陈忠实的笔下，民风淳朴的乡村是令人向往的生命乐场，他眷恋着他的生命之原。在他着眼于对美好生活的回忆或是对历史的追忆时，他总是推崇一种更人性的自然表达。德里达说："回忆是这样一种东西的名称……即人们能够将其与现在的现在或将来的现在分离的过去的现在的一种心理'能力'记忆投向将来，并构成现在的在场。"[1]在陈忠实的回忆中，正是由对"现在的在场"而构成的对"过去的现在"的书写，这种书写蕴含着他对生命本原及生命走向的思考。从中我们可以看出他对生活、生命的关注和审视。陈忠实笔下的老屋，是原上祖祖辈辈劳作过的地方，在这个地方时间与空间有一种特殊的关系：生命与生命间的冲突，胶着与背离都淋漓尽致地展现在这一空间中。诚如巴赫金所言："生活及其事件对地点的一种固有的附着性、黏合性，这地点即祖国的山山水水、家乡的岭、家乡的谷、家乡的田野河流树木、自家的房屋……祖辈居住过、儿孙也将居住的这一角具体的空间……然而在这有限的空间世界里，世代相传的局限性的生活却是会无限的绵长。世代生活地点的统一，冲淡了不同个人生活之间以及个人生活的不同阶段之间一切的时间界线。地点的一致使摇篮和坟墓接近并结合起来，使童年和老年接近并结合起来，使几代人的生活接近并结合起来，因为他们的生活条件相同，所见景物相同。"[2]陈忠实将自己与老屋、原坡、灞河从时间空间上杂糅到一起，然后又从时间与空间上跳出来，打断了时间的连续性，让我们在另一空间向度上面对过去的事物，以现在的"在场"领悟事物原初的意义，从而真正地理解生活，这是一种对人自身存在的哲性反思。

---

① ［法］雅克·德里达：《多义的记忆——为保罗·德里达而作》，蒋梓骅译，北京：中央编译出版社，1999 年，第 67 页。

② ［俄］巴赫金：《小说的时间形式和时空体形式》，《小说理论》，白春仁、晓河译，石家庄：河北教育出版社，1998 年，第 425 页。

二、价值理想：激活散文创作的"灵地"

陈忠实的散文与中国散文牧歌式情调的传统不同，他的散文有着浓重的济世情怀。他的散文以鲜明而炽热的感情歌赞关中，并熔道德、情感、审美于一炉。在陈忠实的散文中无论是叙事、写景还是怀人，都是意在高扬生命无价，这是一种积极的写作精神。生活并不总是寄寓着人生温馨的情趣，人生皆有不顺的时候，他始终倡导要做有勇气有担当的人，我们不可以"用瞒和骗，造出奇妙的逃路来，而自以为正路。在这路上……一天一天满足着，即一天一天堕落着，但却又觉得日见其光荣。"[①]《三九的雨》《生命之雨》《汽笛·布鞋·红腰带》《晶莹的泪珠》通过对粗糙而质朴的生活描写，透彻而练达地思索着人性的善与恶。《贞节带与斗兽场》《北桥，北桥》《口红与坦克》《伊犁有条渠》以一种沉静而深刻的哲思，带人们在历史中评判着人性与真情。陈忠实就这样用散文带给我们无数生命的故事，这些故事可以深深植入人的心灵和精神世界的深处。"无论往后的生命历程中遇到怎样的挫折怎样的委屈怎样的龌龊，不要动摇也不必辩解，走你认定了的路吧！因为任何动摇包括辩解，都会耗费心力耗费时间耗费生命，不要耽搁了自己的行程。"（《汽笛·布鞋·红腰带》）当我们面对来自现实汹涌的诱惑，"当各种欲望膨胀成一股强大的浊流冲击所有大门窗户和每一个心扉的当今，我便企望自己如女老师那种泪珠的泪泉不致堵塞更不敢枯竭，那是滋养生命灵魂的泉源，也是滋润民族精神的泉源哦……"（《晶莹的泪珠》）生命中的灾难与转机，在他看来都是激活他创作的源泉。

在《贞节带与斗兽场》《北桥，北桥》《口红与坦克》《伊犁有条渠》这些游记中，作家并没有仅仅停留在对事件表面的记叙和对个人情感表

[①] 鲁迅：《论睁了眼看》，《鲁迅全集》第 1 卷，北京：人民文学出版社，1981 年，第 240 页。

达的沉迷。他在平缓的叙述中为我们讲述着个体生命刻骨铭心的体验。"痛苦是活力的刺激物，在其中我们第一次感到自己的生命，舍此就会无法进入生命状态。"①《贞节带与斗兽场》中用一种更宽阔的视野去观察历史，走出个人经验的书写，进入一个更广阔的历史体验。他像一个勘探者，引领我们回到被漠视的历史中去寻绎精神的脊梁。当我们跟随着作者的描述身处当年古罗马的斗兽场，贞节带与斗兽场带给我们深深的震撼，它以对历史的回顾为主题，将人性的苦难，生命的救赎等情感融合到一起，让这些感人的文字，真切地表达作家的心声。《北桥，北桥》中，引发南北战争的北桥，以一块铭刻侵略者入侵行径的碑文激起我们反思历史情怀，以那没有仇恨的碑文表了人性与人道的最宽容的胸襟。当年，北桥那边的侵略者母亲想念自己的儿子的时候，不正是十年后许多美国母亲在梦里思念战死在越南的儿子的时候吗？当硝烟散去，又给这人世留下些什么呢？这不是一种道义上的呼唤，这是北桥人民超越世俗的大爱。《北桥，北桥》《口红与坦克》都表现出这种人间大爱的极限。在文中，这些充满局限和极限的爱让人心生敬畏。在历史面前，我们不过都是沧海一粟、长河一掬，然而在历史长河中真正令人唏嘘的不是历史的成败功过、是非对错，而是这长河中的生与死，情与爱。正如哥伦比亚作家加西亚·马尔克斯所言："我对死亡感到的唯一痛苦是没能为爱而死。"正是源于对生命的本能的爱，才让生命绽放出耀眼的光芒。只有爱才能更体现人的完整性。在柏拉图对话录中有一个美丽的故事，据说人类原本是球形生物，后来因行为恶劣而被神劈成两半，从此，每个人作为被劈开的半个始终在寻求着生命的另一半，这便是爱。这描述的是一个整体破裂而重返整体的故事。它以美丽动人的方式揭示了人存在的原初本真，只有爱才会让我们变得统一完整。在陈忠实的散文中处处闪烁着爱的光辉，亦蕴藏着一种参透人生的豁达。

陈忠实丰富的人生阅历，让他的创作深度和广度都得到了延宕。他

---

① ［德］康德：《实用人类学》，邓晓芒译，重庆出版社，1987年，第127页。

认为"作家的生命的意义在于艺术创造，而创作唯一可信赖的只有作家自己的生活体验、生命体验和艺术体验。各个作家的那些体验的独特性，从胎衣里就注定了各自作品的基本形态"①。无处不在的生活体验在陈忠实看来不管是眼泪还是欢笑，都是我们生命的一个组成部分。我们所听、所见、所触，皆与生命有关，这种存在意识的体现，是他散文中最突出的特点之一。对个体生命意识的高扬，对道德与价值的讴歌，让他得以写出这人世最值得珍重的情感。他认为这种生命的体验才是作家艺术个性的全部之所在。作家一定要真实地展示在他的生活和艺术中用生命所体验到的一切，并将这种独特的体验诉之于文学。他自己也承认："看重生命体验，这是我写作到80年代后期自己意识到的。无论是社会生活体验，无论是作家个人的生活体验，或者两部分都融合在一块了，同时既是作家个人的生活体验，又是作家对社会生活的体验，在这个层面上，我觉得应该更深入一步，从生活体验的层面进入到生命体验的层面。进入生命层面的这种体验，在我看来，它就更带有某种深刻性，也可能更富于哲理层面上的一些东西。"②

在回忆自己的创作时，陈忠实曾坦率地承认对柳青的学习："就自己写作的实践来说，我还是信服柳青著名的三个学校（生活的学校、艺术的学校、政治的学校）的主张，而且越来越觉得柳青把生活作为作家的第一所学校是有深刻道理的。"③他以柳青为榜样，柳青的文学创作观念深深影响着他。柳青曾说过："我写《种谷记》以前，接触过更多的行政村主任和农会主任。我写《铜墙铁壁》以前，除了沙家店，我在刘家崄仓库住过一星期，战时也在有粮站的高家圪住过两天，我经常到米脂县

① 陈忠实：《柳青的警示——在柳青墓前的祭词》，《陈忠实文集·陆》，广州：广州出版社，2004年，第203页。
② 李遇春、陈忠实：《走向生命体验的艺术探索——陈忠实访谈录》，《小说评论》2003年第5期。
③ 陈忠实：《我信服柳青三个学校的主张》，《陈忠实创作申诉》，广州：花城出版社，1996年，第52页。

仓支看他们如何工作。我还在有一个民兵战斗英雄（他出席过 1950 年全国战斗英雄代表大会）的村里住过五天，又在有一个战时宁死不屈的村干部的村里住过三天。我到过五个区的领导机关，和他们乱谈战时的生活和工作。我到佳县城、乌龙铺、镇川堡，我下小馆和人们扯拉战时他们自己的遭遇。"①这就是柳青的文学创作精神，他把根深扎在生活中，他主动放弃了城市优越的生活条件，坚持在农村落户，过普通农民的生活。陈忠实同柳青一样有着独特而敏锐的时代感受力，善于将自己的生命融入自己的创作中，他认为"作家的艺术触角感受生活的灵敏度，才是引发心灵激情和创造欲望以期形成创造理想的关键。而这个艺术触角的灵敏程度，既有先天的成分，更依赖后天的磨砺。我更看重后天的磨砺，磨砺艺术触角的途径便是知识的不断丰富和知识结构的不断更新，才能使自己以人类最新的视点去观照现实和历史"②对于陈忠实来说，曾有的生活体验都是他散文书写的原点。那些曾经的生活故事，都构成他表达生命意识的叙述内容。他从回忆的角度书写身边的人与事，这样的内心经验根植于自己的记忆又反馈到文本中。时间与空间的变化，往往使这种回忆和发现为我们撩开社会人生的一角，也是作者不为而为的一种收获。"未有体验不谋篇"③这种更为真实的情感体验，它可以缩短阅读的距离，并让这种距离仿佛是一种同作家的邂逅。

尽管人类的生命意志是强大的，但是在永恒的时间与自然面前，我们的征服能力与认识智慧都有一定的局限性，更多的时候，我们都是无能为力的。达摩克利斯之剑永远高悬在人类的头顶，人的生存处境使人无处可逃，唯一可做的就是面对生活并在生活中生存，这是一切时代的人最本真的处境。《别路遥》《何谓良师》《何谓益友》《释疑者》中，陈

---

① 柳青：《回答文艺学习编辑部的问题》，《柳青专集——中国当代文学研究资料》，孟广来、牛运清编选，山东大学中文系编，1979 年，第 25 页。
② 陈忠实：《真情无价——为周养俊著〈絮语人生〉序》，《陈忠实文集·陆》，广州：广州出版社，2004 年，第 252 页。
③ 陈忠实：《文学的信念与理想》，《文艺争鸣》2003 年第 1 期。

忠实让我们重新去看待生命中的悲欢离合。生与死的不可料定，让生命充满了神秘感。我们在生命面前，面对生命中必然的"死"，我们只有接受。苦难帮助我们理解人生，死亡却逼迫我们彻悟生命。诚然我们都贪恋生命与幸福，惧怕惨象与悲痛，如何让生命在有限中进入无限，在路遥看来："作家的劳动绝不仅是为了取悦当代，而更重要的是给历史一个深厚的交代。"①但在陈忠实看来就是希望"写一部可以当枕头的书"②，将有限的生命融入历史的洪流，这似乎是一种世俗意义上的和解，但这也许是唯一能释然的办法。陈忠实的散文充满了生命意识和道德关怀，尤其表现在怀人散文中，这是一种对生命的沉思，更是一种自我完善。《别路遥》中的路遥，《何谓良师》中的吕振岳，《何谓益友》中的何启治，《虽九死其犹未悔》中的邹志安，这些可亲可敬的师友，让我们看到陈忠实游弋于此岸和彼岸的生命感悟，其态度持敬而虔诚。当我们终将失去一切，当我们叩问命运，追问生命存在的意义，当死亡让我们在离去的亲友身上看到我们未来的命运，知晓有一天我们终将深入时间的海底的时候，我们才真的对生命寄予无限的理解和敬畏。也许我们无法用文学对人类生命做出最终极的关怀，但是我们要珍惜大自然所赋予万物，包括人类的宝贵的生命。

真正的文学创作必须是一种负责任的创作，不能一味地只是模仿生活而遗忘了自己作为一个作家肩上的担当。作家需要对生活的洞观与直面，但绝不是对生活异想天开、随心所欲的阐释，创作同样需要辛勤地劳动与深入的思考。虽然陈忠实没有理论专著，但他的创作思想和艺术见解在他的散文中仍是有迹可循的。陈忠实的散文以自己的生活体验展示着他对于人生的哲性理解、对文学理想的守护，他的散文其实就是他对自己这种无功利唯美主义倾向的一种阐释。在他的散文中，对人世间

---

① 路遥：《路遥全集·散文、随笔、书信卷》，西安：太白文艺出版社，2000年，第7页。
② 陈忠实：《陈忠实自选集》，海口：海南出版社，2008年，第588页。

"真情"与"生命"的珍爱体现了他对现实的关怀,他不是以"为文学而文学"的姿态来实践他的文学理想,他的散文是为人生的艺术,应该是"真诚而不是虚伪地关注国家和民族的命运,热情而不是冷漠地注视当代生活的进程……保持心灵世界里那根艺术神经的聪灵和敏锐……发出既宏大又婉转的回声"①。他在散文中灌注着自己的内心的生命节奏,他将生活中许多生活场面"图式化",并综合成一个完整有序的客体世界,洞察其中的"观念"或"形而上",这才是陈忠实散文的精神所在。他将自己的艺术追求与对生命的哲学思考融为一体,正是有了这种探寻,才使他的散文韵味深长,才使他的散文获得了真正的艺术生命。

---

① 陈忠实:《柳青的警示——在柳青墓前的祭词》,《陈忠实文集·陆》,广州:广州出版社,2004年,第204页。